HEYNE <

Das Buch

Wie jedes Jahr haben sich die elf Klane Valorians zu ihrem Sommertreffen in der weiten Ebene von Ramtharin versammelt. Auch die Zauberin Gabria und ihr Mann Lord Athlone, Häuptling des Khulinin-Klans, sind mit ihren Kindern angereist. Kelene, Gabrias unabhängige und willenstarke Tochter, weigert sich seit einem tragischen Reitunfall mit einem magischen Hunnuli, ihren Zauberkräften irgendwelche Beachtung zu schenken. Die junge Frau ist dagegen fest entschlossen, das traditionelle Pferderennen der Klane zu gewinnen. Während des Rennens geraten Kelene und einige andere Reiter jedoch in ein abgelegenes und einsames Tal, wo sie auf einen geheimnisvollen Grasshügel stossen. Dabei bricht ein Reiter am Hang des Hügels ein und die Decke einer Grabkammer wird sichtbar. Als einige auserwählte Klanleute am Tag darauf die Kammer untersuchen, wird der darin verborgene Sarkophag beschädigt. Doch niemand sieht die glimmernde Gestalt aus rotem Dunst, die sich in der kommenden Nacht über dem Grab im Mondlicht formt.
Kurz darauf bricht im Klanlager eine unheilbare Seuche aus. Auch Gabrias jüngster Sohn schwebt in Lebensgefahr. In ihrer Verzweiflung beschließen Gabria, Athlone und der Rat der Klane, eine Gruppe von sieben Zauberern nach Moy Tura zu schicken. Sie sollen in den Ruinen der legendären Zauberstadt nach Aufzeichnungen über einen Heilzauber zu suchen. Auch Kelene wird mit auf die gefährliche Reise geschickt – in der Hoffnung, dass sie ihre magische Gabe endlich anzunehmen lernt. Doch bald stellt sich heraus, dass die Zauberer und ihre Hunnuli nicht alleine nach Moy Tura aufbrochen sind …

»Die Tochter der Zauberin« ist nach »Die letzte Zauberin« der zweite Roman der großen Saga um Gabria und ihre Gefährten.

Die Autorin

Mary H. Herbert wurde 1957 in Ohio geboren. Bereits während ihrer Schulzeit schrieb sie erste phantastische Kurzgeschichten und setzte ihre schriftstellerische Tätigkeit auch während des Studiums in Montana und Oxford fort. In den USA avancierte sie zur Bestsellerautorin. Heute lebt Mary H. Herbert mit ihrem Ehemann und ihren zwei Kindern in Georgia.

Mary H. Herbert

Die Tochter der Zauberin

Roman

WILHELM HEYNE VERLAG
MÜNCHEN

Titel der amerikanischen Originalausgaben
CITY OF THE SORCERERS
WINGED MAGIC
Deutsche Übersetzung von Michael Siefener

FSC
Mix
Produktgruppe aus vorbildlich bewirtschafteten Wäldern und anderen kontrollierten Herkünften

Zert.-Nr. SGS-COC-1940
www.fsc.org
© 1996 Forest Stewardship Council

Verlagsgruppe Random House FSC-DEU-0100
Das FSC-zertifizierte Papier *München Super* für Taschenbücher aus dem Heyne-Verlag liefert Mochenwangen.

Redaktion: Angela Kuepper

Taschenbuchausgabe 04/2006

Printed in Germany 2006
Umschlaggestaltung: Nele Schütz Design, München
Satz: Buch-Werkstatt GmbH, Bad Aibling
Druck und Bindung: GGP Media GmbH, Pößneck

ISBN 10: 3-453-52155-2
ISBN 13: 978-3-453-52155-1

http://www.heyne.de

Erstes Buch

Stadt der Zauberer

Prolog

Die helle Morgensonne ergoss sich in goldenen Strahlen durch die Zweige der alten grauen Pappeln, die rings um die verlassene Lichtung wuchsen. Das Licht sprenkelte das hohe, unberührte Gras und glitzerte auf dem Isin, der in der Nähe vorbeiströmte. Die Sonne erwärmte die kalte Morgenluft.

Gabria spürte die Wärme der Sonne auf den Schultern, während sie aus dem seichten Wasser watete und die Uferböschung erkletterte. Sie atmete tief die Luft ein, die nach sonnenwarmem Gras und Feuchtigkeit duftete. Sie wischte sich ein wenig Schlamm von den nackten Füßen, ließ dann den Saum ihres langen Rocks fallen und ging langsam zu der Lichtung zwischen den Bäumen.

Gabria war sich nicht sicher, warum sie heute hergekommen war. Es war schon viele Jahre her, seit sie zum letzten Mal jene schmerzhaften Erinnerungen heimgesucht hatten, die sie bisweilen an diesen Ort zogen. Sie schaute flussabwärts und sah in der Ferne die großen Klanlager, die sich dicht ans Ufer drängten. Wieder einmal waren die elf Klane Valorians durch die weite Ebene von Ramtharin gereist, um zum jährlichen Sommertreffen beim heiligen Tir Samod zusammenzukommen. Wieder einmal hatte aus Ehrerbietung und auch ein wenig Angst keiner der Klane seine Zelte in dieser schattigen, angenehmen Lichtung am Fluss aufgeschlagen.

Gabria zuckte leicht mit den Schultern. Es war nicht wichtig. Niemand hatte ihre Familie vergessen – dafür hatte sie gesorgt –, und wenn die Klanleute diesen Platz mieden, wo die Corin vor so vielen Jahren zu lagern pflegten, konnte sie das gut verstehen. Schließlich war das Massaker an ihrer Familie und dem ganzen Klan ein beispielloses Ereignis in der Klangeschichte gewesen. Es war eine Tragödie, die noch immer im gemeinsamen Bewusstsein des Volkes von Valorian widerhallte.

Gabria betrat die Lichtung. Es war ein seltsames Gefühl, wieder hier zu sein. Die Gegend hatte sich in den vergangenen Jahren verändert, doch im Geiste sah Gabria immer noch die Lichtung, wie sie vor fünfundzwanzig Jahren gewesen war, als ihr Vater und ihre Brüder noch gelebt hatten.

Sie blickte hin und her, vorbei an Gräsern und Bäumen bis in die Schatten ihrer Erinnerung – der Erinnerung an Gesichter, Dinge und Lachen, fest verankert in ihren Gedanken und von so großem Wert für sie.

Etwas in der Nähe eines großen alten Baums fing ihren Blick ein – ein einzelner Grabhügel mit einem Helm und einem Speer darauf. Sie verzog den Mund zu einem schwachen Lächeln, denn nun erkannte sie, dass sie nicht die Einzige war, die in der letzten Zeit hergekommen war.

Der Speer war neu; der Helm schimmerte und war sorgfältig poliert. Gras und Unkraut waren von dem Hügel entfernt worden, und jemand hatte frische Erde darauf gehäuft. Gabria brauchte nicht zu raten, wer diesen einfachen Ehrendienst ausgeführt hatte. Pazric, der Mann, der unter dem Speer schon lange eins mit der Erde geworden war, war ein enger Freund ihres Mannes gewesen.

Gabria starrte das Grab an und konnte den Blick nicht davon losreißen. Der Hügel erinnerte sie an ein viel größeres Grab weit im Norden, im Corin-Treld. Der Geruch umgegrabener Erde, das leise Klirren des Helms, der sanft in der Morgenbrise schaukelte, das glitzernde Sonnenlicht auf dem polierten Stiel des Speers – es war genauso wie hier.

Sie stand reglos da. Die Brise spielte mit einer Locke ihres blassgoldenen Haars, die sich aus dem Knoten über dem Nacken gelöst hatte. Trotz der Sonne zitterte sie – ob aus einer alten Angst heraus, aus neuer Spannung oder vielleicht auch wegen der bitteren Erinnerungen, sie wusste es nicht. Die seltsame Kälte drang in sie ein und verursachte ihr eine Gänsehaut, und das Herz schlug ihr schmerzhaft heftig in der Brust.

Das Sonnenlicht verblasste zu einem bleichen Gelb, das die Welt um Gabria herum in Zwielicht tauchte. Sie versuchte, die Gegend wieder deutlich zu erkennen, doch die Bilder wichen von ihr zurück und versanken in einem schwachen, undurchsichtigen Nebel, der sie wie ein Leichentuch umgab. Während eines kurzen Augenblicks war der sonnenhelle Morgen verschwunden – verdeckt von Nebel und Schweigen.

Gabria atmete schneller. Sie starrte verwundert auf die Stelle, wo der Grabhügel gewesen war, doch durch den Schleier aus düsterem Dunst erkannte sie nichts mehr.

Nebel. Nebel hatte auch an jenem Nachmittag im Corin-Treld geherrscht ... Dieser Gedanke drang mit erstaunlicher Macht in sie ein. O Götter, flüsterte sie stumm. Nicht schon wieder.

Es kommt Nebel auf, hörte sie eine vertraute Stimme sagen. Es war Gabran, ihr Zwillingsbruder. Sie drehte sich um und versuchte ihn im Nebel zu erspähen, doch sie hörte neben sich nur weitere Stimmen im Dunst.

Die Herden kommen herein.

Alle sind hier, rief Gabran. *Warte. Was ist das für ein Lärm?*

Unbewusst verkrallte Gabria die Finger ineinander, und die Nägel stachen ins Fleisch. Alles Blut war aus ihrem Gesicht gewichen. Von der anderen Seite des Flusses, aus dem Flachland im Süden, ertönte ein Horn mit lautem, klarem Schall, und das plötzliche Geräusch von Hufgetrappel wurde schwach von der Brise herbeigetragen. Gabria schüttelte sich heftig.

Taleon, hol Vater!, hörte sie Gabran einem anderen Bruder zurufen. *Ich muss Gabria finden. Es kommen Pferde heran. Hört sich an wie eine große Truppe.*

Der Lärm der Hufe wurde lauter und dröhnte ihr wie Donner in den Ohren.

O meine Götter, sie greifen uns an!, schrie Gabran irgendwo in dem grauen Dunst. Gekreisch, Gebrüll und Schmerzensschreie hallten um Gabria her. Entsetzt wollte sie zu ihrer Familie laufen. Ein Teil ihres Verstands sagte ihr, dass all dies vor vierundzwanzig Jahren geschehen war und der ganze Corin-Klan tot und begraben in seinem Erdhügel lag. Sie begriff durchaus, dass es nur eine Vision war – wie schon so oft. Doch nichts vermochte die Gefühle von Kummer und Hilflosigkeit zu besänftigen, die sie nun wieder so frisch und quälend wie damals bestürmten.

Sie brennen die Zelte ab. Wir müssen uns zu Vater durchschlagen! Wo ist Gabria?

»Ich bin hier!«, rief die Klanfrau den geisterhaften Stimmen entgegen. »Gabran, ich bin hier!«

Gabria? Wo bist du? Ich muss dich warnen! Die Stimme ihres Bruders wurde lauter, als hätte er sie gehört und suche sie nun im dichten Nebel.

»Ich bin *hier*, mein Bruder«, antwortete sie verzweifelt.

Plötzlich war seine Stimme voller Schmerz und Wut. *Nein! Vater liegt am Boden. Wir müssen standhaft bleiben und kämpfen. Die Frauen und Kinder können nicht mehr fortlaufen. Es ist zu spät. Wir sind von Reitern umzingelt. Überall brennt es. In diesem Rauch und Dunst kann man nichts mehr erkennen. O Götter*, brüllte Gabran über den wilden Kampfeslärm hinweg. *Ich kenne diesen Mann mit der Narbe. Diese Männer sind Ausgestoßene! Medb hat sie geschickt! Er hat geschworen, uns zu töten, und er hat Wort gehalten. Diese Feiglinge setzen Lanzen ein. Gabria, bring dich in Sicherheit.*

»Nein. Komm zurück, Gabran!«, rief Gabria. Die Stimme ihres Bruders schwoll zu einem qualvollen Schrei an und erstarb. Auch die anderen Geräusche verstummten und ließen Gabria allein im Nebel zurück. Sie stand wie angewurzelt da und war zu verblüfft, um sich bewegen zu können.

»Gabria?«, sagte eine Stimme neben ihr.

Sie zuckte so heftig zusammen, dass sie umgefallen wäre, wenn nicht zwei Hände sie gepackt und gehalten hätten. Der Nebel in ihrem Kopf verzog sich so rasch, wie er gekommen war. Das Sonnenlicht und Gabrias Sehvermögen kehrten mit blendender Klarheit zurück. Die Geräusche des Flusses, des Windes in den Bäumen und der fernen Klanversammlung füllten die schmerzende Leere der Stille aus.

»Was ist los mit dir? Geht es dir gut?«, fragte die Stimme.

Ein lang gezogenes Jammern entwich ihr, als sie sich an die vertraute, tröstende Schulter ihres alten Freundes Sayyed Raid-Ja lehnte. Sie spürte, wie die Kälte langsam ihren Körper verließ. »Es geht mir so weit gut«, sagte sie traurig in das gewebte Leinen seines blauen Hemds hinein. Dann hob sie den Kopf und sah ihn an.

Sayyed, der Sohn einer Klanfrau und eines turischen Stammesangehörigen, war von seinem Vater verstoßen worden, als er sein magisches Talent offenbart hatte. Jung und eifrig, wie er gewesen war, hatte er Gabria aufgesucht, um von ihr die Zauberei zu erlernen, war bei den Klanen geblieben und ihr Freund geworden.

Gabria war dankbar für seine beruhigende Gegenwart. Sie rang sich ein Lächeln ab.

Der sorgenvolle Ausdruck wich aus seinem Gesicht, doch er hielt ihre Arme weiterhin in festem Griff. Für einen Turic war er klein; daher befanden sich seine schwarzen Augen auf gleicher Höhe mit ihren grünen. Einen Moment lang betrachtete er sie eingehend. »Was ist geschehen?«, wollte er wissen. »Du hast ausgesehen, als würdest du gleich ohnmächtig. Dein Gesicht ist so bleich wie der Wintermond.«

Gabria zögerte, bevor sie eine Antwort gab. »Ich habe etwas gesehen – oder eher gehört –, das aus der Vergangenheit kam«, sagte sie bedächtig.

Sayyeds dunkle, von vielen Jahren in Sonne und Wind gebräunte Stirn verzog sich zu einem Runzeln. Er kannte sie gut genug, um genau die beherrschte Spannung auf ihrem Gesicht zu erkennen, und er wusste, weshalb sie manchmal auf diese Lichtung zogen. »Das Massaker?«, fragte er.

Sie nickte, wandte den Blick von ihm ab und schaute auf eine Stelle, die nur sie allein sehen konnte. Als sie keine Antwort gab, fuhr Sayyed fort: »Ich erinnere mich daran, wie du mir von deiner ersten Vision erzählt hast.«

Gabria bewegte kaum den Kopf. »Aber diesmal habe ich nichts gesehen. Ich habe es nur gehört.«

Plötzlich ertönte ein Horn aus der Ferne, und das schwache Stakkato von Hufen hallte durch die Luft. Gabria zuckte heftig zusammen. Angesichts der geisterhaften Erinnerungen füllten sich ihre Augen mit Tränen.

»Heute Morgen veranstalten sie ein Wettrennen in der Ebene«, sagte Sayyed sanft.

Die Klanfrau machte sich aus Sayyeds Armen los und rieb sich die schmerzenden Schläfen. Mit Gewalt brachte sie sich zurück in die Wirklichkeit. Sie war die Tochter eines Häuptlings, die Frau eines Häuptlings und eine Zauberin – sie war kein zitterndes kleines Mädchen mehr, das die Erinnerung an eine alte Tragödie zum Weinen brachte.

Sie drehte der Lichtung den Rücken zu und machte sich auf den Weg zum Flussufer. Sayyed begleitete sie und war froh, dass das Schlimmste vorüber zu sein schien. Die Farbe kehrte in ihr Gesicht zurück, und ihr Schritt war stetig.

»Warum bist du heute hierher gekommen?«, fragte er, während sie gemeinsam an der Böschung entlang gingen. »Was hat die Vision hervorgerufen?«

»Ich weiß es nicht«, erwiderte Gabria mit lauter Stimme, die das Rauschen der Stromschnellen übertönte. »Ich habe nach Kelene gesucht. Sie sollte mit mir das Reidhar-Lager besuchen. Sie glauben, dass dort ein kleiner Junge mit magischen Fähigkeiten lebt, aber er ist zu ängstlich, um seine Macht auf die Probe zu stellen. Kelene hat ein gutes Verhältnis zu Kindern, sie gewinnt immer deren Vertrauen.«

Sayyeds Lächeln war wissend und wehmütig. »Aber du konntest sie nicht finden«, sagte er.

»Nein. Sie ist wohl auf ihrem Pferd irgendwo hingeritten.«

Der Mann warf einen raschen Blick auf den weit entfernten Rennkurs, an dem sich die Zuschauer für den heutigen Wettkampf bereits eingefunden hatten. Er hatte eine ziemlich genaue Vorstellung davon, wohin Gabrias Tochter Kelene unterwegs war. Aber das beantwortete noch nicht seine Frage, warum Gabria die Lichtung aufgesucht hatte, und sie schien es mit einer Erklärung nicht eilig zu haben.

Gemeinsam kletterten sie die Böschung hinunter und wateten durch den Isin. Gabria schwieg nachdenklich, und Sayyed respektierte ihre Zurückhaltung. Nachdem sie das westliche Ufer erreicht hatten, gingen sie stromabwärts bis zum zweiten Fluss, dem Goldrine, der in einer Reihe von Stromschnellen in den Isin mündete. Der Mittelpunkt der Klanzusammenkünfte, die Insel des Tir Samod, lag mitten im Zusammenfluss der beiden Ströme. Auf einem Stück Land in der Form eines Pfeils unmittelbar gegenüber der Insel wurde gerade im Ratshain das große Häuptlingszelt für die anstehenden Ratsversammlungen errichtet.

Gabria hielt im Schatten einer alten Pappel an und sah zu, wie die Männer um das Zelt die Klanflaggen hissten: Gold, Braun, Indigoblau, Grün, Schwarz, Gelb, Grau, Purpurrot, Orange, Hellblau und Kastanienbraun. Eine nach der anderen wurden sie aufgehängt und flatterten im Wind, bis nur noch das scharlachrote Banner des Corin-Klans fehlte. Einer der Zeltpfähle wurde immer zu Ehren des niedergemetzelten Klans frei gelassen.

Die Zauberin schaute traurig auf die leere Stelle zwischen den Flaggen. »Er hat versucht, mich zu warnen«, murmelte sie wie zu sich selbst.

Sayyed war überrascht. »Wie bitte?«

»Ich glaube, Gabran wollte mir etwas mitteilen. Diesmal habe ich nur den Lärm des Massakers gehört. Ich konnte im Nebel gar nichts erkennen. Aber ich habe ihn sagen gehört: ›Ich muss dich warnen!‹ Das hat er noch nie gesagt.«

»Warnen? Wovor? Vor dem Massaker? Vor Lord Medb?«

»Nein, nichts in der Art. Er hat in meiner ersten Vision vor dem Kampf gegen Lord Mebd nichts dergleichen gesagt.« Gabria schlang die Arme um den Körper und versuchte die pochenden Kopfschmerzen zu verdrängen. »Was hat er damit gemeint? Und warum jetzt?«, fragte sie.

»Wenn du jemand anders wärst, würde ich glauben, du leidest unter der Hitze oder hast zu viel Wein getrunken. Aber deine Visionen scheinen immer von Bedeutung zu sein«, entgegnete Sayyed.

Gabria lächelte schwach. »Wenn ich nur wüsste, worum es geht.«

»Vielleicht ist es eine Vorwarnung, welche die Form eines dir vertrauten Unglücks angenommen hat«, schlug er vor.

Das Gesicht der Klanfrau nahm einen trüben Ausdruck an. »Du könntest Recht haben.«

Ein vertrauter Ruf scholl aus dem Hain herüber. Die beiden drehten sich um und sahen, wie Lord Athlone hinter dem Ratszelt hervorkam und mit einem Knaben an seiner Seite auf sie zuschritt.

Gabrias Puls schlug schneller, wie jedes Mal, wenn sie ihren Gatten sah. Auch nach dreiundzwanzig Jahren Ehe betete sie ihn noch an. Sie sah zu, wie er ihnen entgegenkam, wobei er die Hand auf die Schulter ihres jüngsten Sohns gelegt hatte.

Mit sechsundvierzig, einer Lebensspanne, welche viele Klanleute bereits zu alten Menschen gemacht hatte, befand er sich noch immer im Vollbesitz seiner Kräfte. Er war groß und muskulös und strahlte eine gelassene Autorität aus. Er war der Häuptling des Khulinin-Klans, des größten und mächtigsten Klans in der Ebene, und er befand sich in der einzigartigen Position eines Häuptlings, der zugleich Zauberer war. Vor vierundzwanzig Jahren, als das Klanrecht die Ausübung von Magie streng verboten und man die Klanleute gelehrt hatte, sie zu verabscheuen, hätte ihn diese Gabe zum Tod oder zur Verbannung verurteilt. Doch vieles hatte sich geändert, seit Lord Medb und Gabria die alte Kunst der Magie wiederbelebt hatten. Nun bewegte sich Lord Athlone vorsichtig auf einem Pfad zwischen wachsender Zustimmung zur Zauberei und verbleibendem Misstrauen und Vorurteilen in den Klanen.

Fröhlich begrüßte der Häuptling seinen Freund und hauchte Gabria einen Kuss auf die Wange. Sie kicherte unter dem Kitzeln seines Schnurrbarts und angesichts des Schalks in seinen dunklen Augen.

»Mama! Sayyed!«, rief ihr Sohn Coren. »Ich habe den Männern dabei geholfen, das Zelt aufzustellen.«

»Ich hatte nicht erwartet, dich heute Morgen hier anzutreffen«, sagte Athlone. »Bist du schon im Reidhar-Lager gewesen?«

Gabria schüttelte den Kopf. »Noch nicht. Ich kann Kelene nirgends finden.« Ihr Gesicht wurde ausdruckslos. Sie entschloss sich, ihm in einer ruhigeren Stunde von ihrer Vision zu berichten.

Athlone stieß einen Laut der Verärgerung aus. »Welpen haben mehr Verantwortungsgefühl als dieses Mädchen. Ob sie jemals erwachsen wird?«

Niemand machte sich die Mühe, darauf eine Antwort zu geben, denn diese Frage hatten sie sich in den letzten Jahren immer wieder gestellt. Von den vier Kindern, die Gabria geboren hatte, war ihre älteste Tochter Kelene schon immer besonders schwierig gewesen. Im Gegensatz zu ihrem ältesten Bruder Savaron und ihrer jüngeren Schwester Lymira lehnte sich Kelene mit ihren achtzehn Jahren gegen alles auf, was die Eltern ihr vorschlugen. Sie war unabhängig, willensstark und halsstarrig. Athlone hatte ernsthaft darüber nachgedacht, sie zu einer Ehe zu zwingen oder sie sogar für ein paar Jahre in einen anderen Klan zu schicken. Aber Gabria hatte ihn gebeten, damit zu warten. Sie erkannte in Kelene einige von Athlones Eigenschaften, ohne dass diese jedoch durch Reife und Weisheit ausgeglichen wurden.

Als die Antwort auf seine Frage ausblieb, schnitt Athlone eine

Grimasse und fügte hinzu: »Ich vermute, sie ist mit ihrem Wallach ausgeritten.«

»Das war nicht schwer zu erraten«, meinte Sayyed. »Möglicherweise übt sie für das morgige Rennen.«

»Das hatte ich vergessen«, gab Athlone zu.

Sayyed brach in ein herzliches Lachen aus und deutete auf die Ebene. »Wie konntest du das vergessen? Während des ganzen letzten Jahrs hat deine Tochter von nichts anderem gesprochen als von ihrem Wallach und der Aussicht, dieses Rennen zu gewinnen. Mein Sohn ist vermutlich auch dort und spornt sie zusätzlich an.«

Athlone verzog verärgert den Mund. »Wir hätten vor dem Rennen von Kelene nichts erwarten dürfen.« Er hielt inne, und sein Blick verlor sich in der Ferne. Ein Teil des Zorns wich aus seinem Gesicht. »Seit dem Unfall«, fuhr Athlone schließlich fort, »hat sie ihrer Gabe keine Beachtung mehr geschenkt.«

»Ich hatte eigentlich erwartet, dass sie Pferde verabscheut, nicht aber Magie. Es war schließlich nicht die Schuld der Magie, dass dieser grausame Hengst auf sie gefallen ist«, sagte Sayyed.

»Sie hatte keinen guten Grund, ihn zu reiten«, antwortete der Häuptling. Die Enttäuschung des Vaters war in seiner Stimme deutlich zu hören. »Sie hat Glück gehabt, dass es ihr nur den Fuß zerschmettert hat.«

Gabria legte die Hand auf den Arm ihres Gatten. »Lass ihr Zeit. Sie wird es auf ihre eigene Weise lernen.«

»Vielleicht«, meinte Athlone. »Aber in der Zwischenzeit könnten wir ihre Hilfe gut gebrauchen!«

»Ich werde euch helfen, Papa«, legte Coren mit der ganzen Begeisterung eines Zehnjährigen los, der eine ältere Schwester übertrumpfen möchte.

»Ich weiß, dass du das kannst«, entgegnete Gabria und beugte sich zu ihm hinab. »Ich will einen Jungen besuchen, der genauso alt ist wie du. Sein Name ist Bennon. Möchtest du mitkommen und mit ihm reden?«

»Kann er auch zaubern?«

»Ich glaube ja.«

»Gut! Ich kann ihm eine Menge Zaubersprüche beibringen!«, verkündete Coren stolz.

Sayyed grinste; die Zähne leuchteten weiß unter der Schwärze seines sorgfältig gestutzten Barts hervor. »Nimm Nara mit. Sie beeindruckt die Kinder jedes Mal.«

Coren grinste genauso breit wie er. »Können wir, Mama?«

Als Antwort stieß Gabria ein scharfes, durchdringendes Pfeifen aus, das alle Geräusche aus dem geschäftigen Ratshain überlagerte. Die Männer beim Ratszelt sahen auf und drehten den Kopf, als der Pfiff von einem fernen Wiehern beantwortet wurde. Von der Weide, auf welcher die Klanpferde grasten, galoppierte ein schwarzes Pferd über den grasigen Talboden – Nara, Gabrias Hunnuli-Stute.

Im Gegensatz zu den von den Klanen gezüchteten harachianischen Pferden, welche den Stolz und wertvollsten Besitz der halbnomadischen Klane darstellten, waren die Hunnuli die Nachkommen einer Legende. Sie stammten von einem einzelnen Hengst ab, der von der Göttin Amara gesegnet worden war, und waren klüger, stärker und langlebiger als jedes andere Pferd. Ursprünglich waren sie als Reittiere für die Zauberer gezüchtet worden und hatten die Gabe, auf telepathische Weise mit jenen Klanleuten in Kontakt zu treten, welche die angeborene Gabe der Zauberei besaßen. Nach dem Untergang von Moy Tura, der Stadt der Zauberer, und der folgenden Ermordung der Magier waren die Hunnuli in Vergessenheit geraten und beinahe ausgestorben. Zweihundert Jahre später hatte Gabria die Hunnuli-Stute Nara in einem tückischen Schlammloch gefunden. Sie hatte dem Pferd das Leben gerettet und dadurch eine unzerstörbare Freundschaft mit ihm geschmiedet.

Mit dieser Freundschaft hielt bei den Klanen ein neues Verständnis für das Hunnuli-Pferd und seine Verwendung Einzug. Es war zum Teil der Ehrfurcht und Hochachtung vor den Hunnuli zuzuschreiben, dass die Leute Gabrias Zaubermacht anerkannten. Seit jener Zeit war die Zahl der Zauberer und der Hunnuli in den Klanen allmählich auf etwa je dreißig angestiegen, und die Bewunderung für die Pferde war ungebrochen.

Selbst jetzt wandten sich alle Augen Nara zu, während sie am Lager der Khulinin vorbeipreschte und in den schattigen Ratshain galoppierte. Wie jedes Hunnuli, so war auch diese Stute ebenholzschwarz und trug ein weißes Zeichen in Form eines gezackten Blitzes auf der rechten Schulter. Die dichte Mähne und der Schweif flogen wie schwarzer Rauch dahin, als die kräftigen, langen Beine das Tier mit großer Leichtigkeit über den Boden trugen. Es hielt vor Gabria an und wieherte zur Begrüßung.

Gabria stieg auf und machte es sich frohgemut auf dem warmen Rücken der Stute bequem. In Gegenwart ihrer alten Freundin fühlte sie sich immer sicher und geborgen. Die Aussicht auf einen Galopp ins Lager der Reidhar scheuchte die verwirrenden Schatten von Gabrias Vision in die hintersten Winkel ihres Bewusstseins. Vermutlich würde sie nur allzu bald erfahren, was dieses seltsame Geschehen verursacht hatte, doch in der Zwischenzeit konnte sie etwas tun, was ihr gefiel – ihre Liebe zur Magie mit Kindern teilen.

»Los geht´s.« Sie lächelte ihrem Sohn zu und streckte ihm die Hand entgegen.

Coren stieß einen Freudenschrei aus und sprang vor seiner Mutter auf Naras Rücken. Gabria und Coren winkten den beiden Männern zu und ritten dem Reidhar-Klan entgegen.

Eins

Zum dritten Mal in ebenso vielen Minuten knirschte Kelene mit den Zähnen und drückte die Knie zusammen, während ihr Wallach seiner schlechten Laune mit Sprüngen und Scheuen freien Lauf ließ. Das Pferd hatte den Kopf gesenkt und tänzelte vor der Startlinie herum, während die anderen Reiter ihn verfluchten und sich von ihm fern hielten. Der Wallach fühlte sich mörderisch an – Kelene spürte es in jeder angespannten Sehne seines Körpers.

Natürlich war das nichts Neues für Ishtak. Der Wallach war ein steingrauer Harachianer und außerordentlich schwierig und widerspenstig. Ein schlechter gelauntes Tier hatte Kelene noch nie gesehen. Sie wusste, dass er sie nur ertrug, wenn es ihm passte, und sie wusste auch, dass er sie bei der ersten Gelegenheit abwerfen würde. Dennoch hatte sie ihn ausgewählt und seine Launen kennen gelernt, und sie ertrug ihn nur aus einem einzigen Grund: Dieses Pferd konnte rennen. Wenn es seine ganze Wut in den Wettkampf steckte, war es so sicher auf den Beinen wie eine Ziege und so geschwind wie der Wind. Nur wenige harachianische Pferde vermochten es zu schlagen.

Die Schwierigkeit bestand darin, den Wallach bis zum Start ruhig zu halten. Für Kelene war das keine leichte Aufgabe. Im Gegensatz zu den anderen Reitern hatte sie weder Sattel noch Steigbügel, sondern nur eine Satteldecke, die über Ishtaks Rücken gebunden war. Sie hatte auf die harte Art lernen müssen, dass ihr verkrüppelter Fuß und Knöchel zu schwach waren, ihr ganzes Gewicht im Steigbügel zu tragen oder ihr eine gebeugte Haltung zu ermöglichen. Die Schmerzen hatten sie schließlich dazu gezwungen, ohne Sattel zu reiten und ein Gefühl für Gleichgewicht, Stärke und festen Halt zu entwickeln, das sie zur Kontrolle über das störrische Pferd brauchte.

Sie hatte ebenfalls gelernt, dass die üblichen Frauenröcke bei einem Querfeldeinrennen eine Gefahr darstellten. Heute trug sie den besonderen geschlitzten Rock, den ihre Mutter für sie genäht hatte, sowie ein goldenes Hemd und weiche Stiefel. Ihr dickes, dunkles Haar hatte sie im Nacken zu einem Knoten zusammengebunden.

Das Mädchen fluchte, als der Wallach wieder aus der Reihe tänzelte, und biss dann die Zähne zusammen. Es war nicht möglich, dieses übellaunige Biest mit sanften Worten, Streicheleinheiten oder Drohungen zu besänftigen. Er hatte nur Freude daran, seinen Reiter zum Narren zu halten oder ein Rennen zu gewinnen – zu was auch immer sich die erstbeste Gelegenheit bieten mochte. Kelene zog seinen Kopf hoch und zwang den Wallach zurück in die Reihe der Reiter, die auf den Start des Rennens warteten. In wenigen Augenblicken würde es losgehen.

Zusammen mit Ishtak warteten fünfundzwanzig weitere Pferde auf das Startzeichen. Einige von ihnen tänzelten vor Aufregung, andere waren ruhig und unbeeindruckt von der Menschenmenge, dem Lärm und der steigenden Spannung. Es waren keine Hunnuli dabei, denn dieses Rennen stellte für sie keine Herausforderung dar. Die besten harachianischen Pferde aus den verschiedenen Klanen waren unter sich. Staub wirbelte unter ihren stampfenden Hufen auf, und die Klanfarben auf den Hemden der Reiter glänzten in der Morgensonne.

Es war ein perfekter Tag für ein Induran-Rennen: klar, warm und trocken – ein typischer Sommermorgen. Der Himmel strahlte makellos blau, eine leichte Brise bewegte das Gras. An diesem Morgen waren der Markt und die Lager verlassen, und Stille herrschte im Ratshain. Alle waren in die Ebene gegangen, um den Start des wichtigsten Rennens der ganzen Zusammenkunft zu sehen.

Das Induran war ein Querfeldeinrennen, welches die Ausdauer, das Durchhaltevermögen, das Geschick und den Mut von Pferden und Reitern auf die Probe stellte. Es gab nur wenige Regeln, und das Rennen war offen für jedermann, der das Verlangen und das Pferd dazu hatte. Die Tatsache, dass Frauen nur selten an einem solch rauen Rennen teilnahmen, stellte für Kelene eine zusätzliche Herausforderung dar.

Im vergangenen Jahr hatte sie gut mitgehalten, bis ihre Lieblingsstute eine Meile vor dem Ziel in ein Loch getreten war und sich das

Bein gebrochen hatte. Dieses Jahr hatte Kelene Ishtak und war entschlossener denn je, das Rennen zu gewinnen.

Das Mädchen blickte auf den Starter rechts von ihr, aber er machte keine Anstalten, das Horn an die Lippen zu heben. Er wartete auf spät entschlossene Teilnehmer. Einige Pferde weiter erregte jemand ihre Aufmerksamkeit. Es war ein schlanker, junger Mann auf einem Kastanienbraunen. Er grinste sie spöttisch an und winkte. Rafnir, Sayyeds und Tams einziger Sohn, war einer der besten Reiter, den die Klane je hervorgebracht hatten, und einer der wenigen ernsthaften Rivalen, die Kelene in diesem Rennen schlagen konnten.

Rafnir lachte über Ishtaks schlechte Laune, doch Kelene weigerte sich, ihm die Genugtuung einer Antwort zu geben. Stattdessen richtete sie ihre ganze Aufmerksamkeit auf das flache Land vor ihnen.

Aus den Augenwinkeln sah sie, wie der Starter das Horn erhob. Die sechsundzwanzig Pferde standen Brust an Brust nebeneinander, und die Reiter waren bereit. Die Menge tobte vor Erregung.

Unwillkürlich verkrallte Kelene die Hände in Ishtaks Mähne und beugte sich über seinen Hals nach vorn. Sie wusste, dass Ishtak beim Start unter ihr ausschlagen würde, und sie wollte nicht schmählich im Staub enden, noch bevor das Induran-Rennen richtig begonnen hatte.

Das Horn erschallte laut und süß, und die Pferde sprangen beinahe gleichzeitig los. Außer Ishtak. Der Wallach warf den Kopf hoch und bohrte die Hufe in die Erde. Kelene trat ihn, was ihn aber nur noch bockiger machte. Nun tänzelte er wie eine Krabbe seitwärts. Als er sich schließlich dazu herabließ, geradeaus zu laufen, war er dabei störrisch und zögerlich und lag bald zwölf Längen zurück.

»Du kannst mich nicht abwerfen, du mistköpfiger Sack Hundefleisch!«, brüllte Kelene ihn an.

Er trat noch zweimal aus und lief dann auf die Zuschauer los, die diese Darbietung mit Erstaunen und Belustigung betrachteten.

Kelene bebte vor Zorn. Sie zerrte am Zügel, riss ihm den Kopf herum und schrie: »Lauf, du dämlicher Esel! Lauf, oder ich verfüttere dich an die Bussarde!«

Der Wallach kämpfte heftig gegen sie. Dann drehte er den Kopf herum und sah die Schweife seiner Rivalen weit vor sich im Staub verschwinden. Er schnaubte wütend und entschied sich endlich, doch noch an dem Rennen teilzunehmen. Sein Lauf wurde zu einem fließenden Galopp, seine Wut verschwand, und der Kampfgeist, den Kelene an ihm bewunderte, kehrte zurück. Er gewann an Schnelligkeit, und seine schlechte Laune war vergessen.

Mit einem Grinsen entspannte sich Kelene und ließ ihm seinen Willen. Es war ein langes Rennen, und vieles konnte noch geschehen. Ihr machte es nichts aus, dass sie so weit hinten lagen.

Zwei Meilen liefen die Pferde parallel zum Geldrine über den grasigen Talboden Richtung Süden. Sie behielten eine mittlere Geschwindigkeit bei, damit sie nicht zu früh ermüdeten. Für eine Weile bildeten sie eine enge Gruppe, die sich bald auflöste, als die schnelleren Pferde nach vorn stürmten. Es dauerte nicht lange, bis Ishtak die Tiere am Ende der Gruppe eingeholt hatte. Schritt für Schritt zog der Wallach mit einigen anderen Pferden gleich und überholte sie.

Kelene saß fest auf der Satteldecke. Sie hielt die Zügel nur leicht und hatte die Beine gerade so fest gegen die Flanken des Pferdes gepresst, dass sie das Gleichgewicht halten konnte. Ishtak mochte keine aufgeregten Reiter, die seinen Lauf mit vielen unnötigen Griffen und Befehlen durcheinander brachten. Das Pferd und das Mädchen waren durch das gemeinsame Ziel des Sieges zu einem einzigen Wesen verschmolzen, während sie über die grasbedeckte Ebene dahinflogen.

Bisher war die Rennbahn offen und halbwegs eben gewesen, doch als sich die Pferde dem Zwei-Meilen-Zeichen näherten, wandte sich der Weg nach Osten durch den Fluss und führte in die zerklüfteten Berge, die das Tal säumten.

Kelene verengte die Augenlider vor dem aufgewirbelten Staub und spähte voraus. Die vordersten Pferde bogen bereits nach Osten ab und galoppierten auf das baumbestandene Ufer des breiten, träge dahinfließenden Goldrine zu, in dem sich die Sonne spiegelte. Spannung ergriff ihren Körper, als sie Ishtak langsam nach rechts lenkte. Sie warf einen raschen Blick zurück und sah mehrere Pferde dicht hinter ihr. Mit einem leichten Fersendruck trieb sie Ishtak voran, bis er zwischen den einzelnen Gruppen das offene Gelände erreichte.

Sie passierten einige verstreute Bäume, sprangen über einen umgestürzten Stamm und eilten auf die Uferböschung zu. Bevor Kelene einen weiteren Atemzug machen konnte, waren die vordersten Tiere langsamer geworden und außer Sicht geraten. Die Reiter unmittelbar dahinter holten auf und trieben ihre Pferde ebenfalls über die Böschung.

Als Ishtak das Ufer erreichte, zögerte er nicht. Er setzte die Hinterhufe perfekt auf und sprang sofort auf die Böschung, die etwa zehn Fuß zum Fluss hin abfiel. Kelene hielt sich mit aller Geschicklichkeit und Kraft an dem Wallach fest, der auf dem abschüssigen Untergrund sein Gleichgewicht zu behalten versuchte. Er lehnte sich so weit zurück, dass sein Schweif über den schlammigen Grund schleifte. Durch Matsch, Kies und Gebüsch stolperte er abwärts.

Eines der Pferde vor Ishtak lehnte sich zu weit nach vorn, verlor das Gleichgewicht und stieß mit zwei anderen Tieren zusammen. Sie fielen in einem Knäuel aus schlagenden Läufen und kreischenden Reitern in den Fluss. Glücklicherweise wurde niemand verletzt, doch die Reiter waren von ihren Pferden gestürzt und damit disqualifiziert.

Mit einem unangenehm dumpfen Laut traf Ishtak auf den schmalen Schlammstreifen am Boden der Böschung. Er musste einem weiteren gestürzten, um sich schlagenden Pferd seitwärts ausweichen, doch er blieb im schlüpfrigen Schlamm auf den Beinen und preschte ins Wasser. Große Fontänen aus silberner Gischt stoben unter seinen Hufen auf.

Der Fluss war an beiden Ufern ziemlich seicht und wurde nur in der Mitte so tief, dass Ishtak schwimmen musste. Als er und Kelene das gegenüberliegende Ufer erreicht hatten, waren beide nass bis auf die Haut und hatten drei weitere Pferde überholt. Nun waren nur noch zehn Reiter vor ihnen, einschließlich Rafnir. Für vier von den ursprünglichen sechsundzwanzig Teilnehmern war das Rennen beendet.

Der Kurs verlief nun ostwärts quer durch das Tal und auf die zerklüfteten Berge zu. Die Anführer wurden auf dem ebenen Grund wieder schneller und hofften, einige Entfernung zwischen sich und den Rest der Verfolger bringen zu können, bevor sie den schwierigeren Teil des Weges erreichten.

Ishtak antwortete auf diese Herausforderung mit einem Ausbruch von Schnelligkeit, der ihn an sechs weiteren Pferden vorbeitrieb und nahe an die Anführer und Rafnirs Kastanienbraunen heranbrachte.

Rafnir warf einen Blick über die Schulter, sah Kelene und grinste. »Wo warst du denn so lange?«, schrie er über den Lärm der trommelnden Hufe.

»Ich hab für einen Spaziergang angehalten«, gab sie zurück und fühlte sich, als hätte sie genau das getan. Der Staub auf ihren feuchten Kleidern hatte sich in Schlamm verwandelt, und ihr Gesicht war fleckig vom Flussmatsch, der unter Ishtaks Hufen hochgespritzt war.

Wenige Augenblicke später erreichten die ersten Reiter den nur undeutlich erkennbaren Pfad, der in die ausgewaschenen, kahlen Berge führte, welche hier die Begrenzung des Tals bildeten. Der Pfad wurde plötzlich enger, schlängelte sich bergauf und zwang die Reiter dazu, hintereinander zu bleiben; höchstens zwei konnten hier Seite an Seite reiten.

Kelene fand sich unmittelbar hinter Rafnir und einem anderen Reiter wieder. Sie versuchte, Ishtak an ihnen vorbeizutreiben, doch große Felsen und Gebüsch säumten den Weg zu beiden Seiten. Gemeinsam galoppierten Rafnir, ein Dangari, Kelene und ein Wylfling tiefer in die Berge hinein. Sie setzten sich immer weiter von den anderen ab und waren bald außer Sichtweite.

Der Pfad wand sich über einen steilen Abhang und um aufgetürmte Felsvorsprünge herum, bis er schließlich in eine enge Schlucht mit hohen Felswänden abfiel, die sich durch die Berge schlängelte. Die Sonne stand nun unmittelbar über ihnen, brannte auf die roten und grauen Felsen und verwandelte die Schlucht in einen Backofen. Kelenes Kleider trockneten, und die Feuchtigkeit in Ishtaks grauem Fell wurde zu dunklem Schweiß auf Hals, Brust und Flanken. Die vier Reiter waren gezwungen, ihre Geschwindigkeit auf dem felsigen Boden der Schlucht zu drosseln.

Plötzlich hielten die beiden Führer ihre Pferde an. Sie hatten eine Stelle erreicht, an der sich mehrere ausgetrocknete Flussbette vereinigten und ein verwirrendes Labyrinth aus Felswänden und schmalen Durchlässen gebildet hatten. Zur Bestürzung der Reiter war dieser Teil des Pfads durch eine kürzliche Sturzflut fortgeschwemmt worden.

»Wohin?«, rief Rafnir dem Mann neben ihm zu.

Der Reiter, ein junger Dangari in einer blauen Robe, sah alle drei unsicher an. »Dort hinunter!«, rief er und zeigte nach links.

»Nein«, widersprach Kelene, während Ishtak schnaubte und über die Verzögerung vor Wut schäumte. »Ich glaube, es geht da entlang.« Sie deutete nach rechts.

»Das kann nicht sein, da ist ein Felssturz im Weg.«

»Ja, aber der ist frisch, und ich bin mir fast sicher, dass der Pfad nach rechts abzweigt«, beharrte Kelene.

Da sie die Einzige der vier war, die den Pfad bereits früher entlang geritten war, wollte Rafnir ihrem Vorschlag folgen. Doch bevor jemand eine Entscheidung treffen konnte, trieb der vierte Reiter, ein stämmiger Wylfling auf einem Rotschimmel, sein Pferd an der Gruppe vorbei und schlug den linken Weg ein. Rafnir und der Dangari setzten ihm nach. Kelene zögerte ein wenig und schaute nach rechts, doch da biss Ishtak auf die Zügel und sprang hinter den anderen drei Pferden her.

Das Mädchen widersetzte sich ihm nicht. Vielleicht war es ja der richtige Weg. Doch sie hatte kein gutes Gefühl dabei; je tiefer sie in die Schlucht hinein ritten, desto überzeugter war sie davon, dass sie die falsche Abzweigung genommen hatten. Die Felsen türmten sich über ihren Häuptern auf, und der Weg wurde so schmal, dass Kelene beide Seiten mit ausgestreckten Armen berühren konnte.

Sie suchte gerade nach einer Stelle, wo sie Ishtak wenden konnte, als die Reiter vor ihr die Geschwindigkeit erhöhten. Die Felswände öffneten sich zu einem weiten Tal, das vor Sonnenlicht flirrte und mit Gras, wildem Wein und kleinen Büschen bewachsen war. Seltsamerweise erhob sich in dem sonst so flachen Tal ein ovaler Hügel, der ihnen mitten im Weg stand. Seine grasigen Hänge waren mehr als zehn Fuß hoch und zweimal so lang.

Niemand schenkte dem Hügel große Aufmerksamkeit, als sie um ihn herum ritten; ihre Aufmerksamkeit war ganz auf den Pfad vor ihnen gerichtet. Der führende Wylfling trieb sein Pferd wieder zum Galopp an und preschte auf das gegenüberliegende Ende des Tals zu. Die anderen Männer folgten dicht hinter ihm. Es dauerte eine oder zwei Minuten, bis sie ihren Irrtum erkannten. Das Tal war eine Sackgasse.

Die nackte Steinwand in der Ferne hatte Kelene noch kaum wahrgenommen, als sie den Wutschrei des Wylflings hörte. Sofort riss sie Ishtak herum und trieb ihn den Weg zurück, auf dem sie gekommen waren. Da Ishtak zuvor am Ende der Gruppe gewesen war, befand er sich nun in Führung. Kelene war fest entschlossen, diesen Vorteil auszunutzen, damit sie die Zeit wettmachen konnte, die sie durch den Ritt in die Schlucht verloren hatte.

Kelene war so sehr damit beschäftigt, den schmalen Durchgang zuerst zu erreichen, dass sie nicht sah, wie der Wylfling sein Pferd wendete und den Hang des seltsamen Hügels hoch peitschte, um ihr den Weg abzuschneiden. Sie sah nur den Pfad vor sich und Rafnirs Kastanienbraunen dicht hinter ihr. Sie bemerkte daher nicht, dass das Pferd des Wylflings einen Sprung nach vorn machte und zu Boden ging, als es den Hügelkamm hinter sich gelassen hatte.

*

An ihrem Aussichtspunkt auf einem niedrigen Hügel in der Nähe der Ziellinie rückte Gabria plötzlich von ihrem Mann ab. Ihr Gesicht war so fahl wie Eis.

Erschrocken beugte sich Lord Athlone vor und nahm sie beruhigend in die Arme. »Was ist los?«, fragte er zutiefst besorgt.

Sie holte tief Luft und war einen Moment lang zu verblüfft, um sprechen zu können. Sie saßen auf einer Decke im Gras und teilten das Mittagessen mit Sayyed und Tam, während sie auf das Ende des Rennens warteten. Gabria war wegen ihrer Vision vom Vortag noch immer ein wenig aufgewühlt, doch sie hatte noch nie etwas derart Machtvolles wie diesen Schock des Grauens verspürt, der sie soeben durchfahren hatte. »Ich weiß es nicht«, erwiderte sie zitternd. »Es war, als hätte etwas Kaltes und Widerwärtiges meinen Geist berührt. Es war entsetzlich!«

Sayyed sah sie fragend an. Sie schüttelte den Kopf. »Nein, es war nicht wie gestern.«

»Was ist gestern geschehen?«, wollte Athlone wissen.

»Ich hatte wieder eine Vision vom Massaker an den Corin.«

Athlone war entsetzt. »Warum hast du mir das nicht gesagt?«

Gabria machte sich von ihm los, damit sie sich umdrehen und

ihm ins Gesicht schauen konnte. »Ich wollte erst darüber nachdenken. Diesmal war die Vision anders. Es war, als wollte Gabran mich vor etwas warnen, aber ich weiß nicht wovor oder warum.«

»Glaubst du, es besteht eine Verbindung zu diesem seltsamen Gefühl, das du gerade hattest?«, fragte Sayyed.

»Ich wünschte, ich wüsste es!«

»Ist mit den Kindern alles in Ordnung?«, fragte Tam ruhig.

Diese Frage verwirrte Gabria. »Ja, ich glaube schon. Es war nicht das Gefühl eines Unglücks; es war etwas anderes. Etwas beinahe Böses.«

»Etwas Böses?«, entfuhr es Sayyed und Athlone gleichzeitig.

Sie nickte. »Ich weiß, dass das nichts aussagt. Ich kann es aber nicht besser erklären.«

»Ich habe aber nichts gespürt«, meinte Athlone.

»Du hast ja auch keine Visionen«, betonte Sayyed. »Das scheint Gabrias besondere Gabe zu sein.«

Die Zauberin lächelte schwach. »Daran habe ich noch nie gedacht. Was mag das bedeuten?«

Sayyed blickte gen Himmel. »Das wissen nur die Götter.«

»Genau das befürchte ich«, murmelte Gabria.

*

Kelene hatte das Unglück hinter ihr nicht bemerkt. Sie verlangsamte Ishtak und trieb ihn zwischen die hohen Felswände des schmalen Pfades. Auch Rafnir war der Unfall des Wylflings entgangen. Er ritt unmittelbar hinter dem Mädchen und ihrem Grauen in den Hohlweg.

Nur der junge Dangari sah, wie das Pferd in Schmerzen ausschlug und der Wylfling-Reiter bewusstlos im Gras lag. Mitleidig hielt er sein Pferd an, stieg ab und wollte helfen.

Inzwischen ritt Kelene weiter; sie hatte den Blick fest auf den Pfad vor ihr gerichtet und lauschte auf die Echos des Hufgetrappels zwischen den Felswänden. Als Ishtak die Gabelung der drei Wege erreicht hatte, machte sich das Mädchen nicht die Mühe, nach Spuren zu suchen, sondern trieb ihr Pferd sofort über den niedrigsten Teil des Felssturzes kurz hinter der rechten Abzweigung. Zu ihrer Erleichterung kletterte Ishtak ohne große Schwierigkeiten über die herabgestürzten Steinbrocken. Auf der anderen Seite sah Kelene die Hufabdrücke von mindestens sechs oder sieben Pferden. Jetzt waren sie auf dem richtigen Weg.

Rafnir war ihr hart auf den Fersen, zusammen mit drei weiteren Reitern. Kelene wagte einen raschen Blick zurück und sah, wie Rafnir und die übrigen hinter ihr aufholten. Es entging ihr, dass der Dankgari und der Wylfling nicht unter ihnen waren. Sie beugte sich über Ishtaks wehende Mähne und trieb den Grauen das trockene Flussbett hinunter.

Bald verließ der Pfad die Schlucht und führte auf die Hänge der Berge. Kelene spürte, wie Ishtak seine mächtigen Muskeln anspannte und mit neuer Kraft vorwärts stürmte.

Sie rutschte auf seinem Rücken nach vorn und fuhr mit der Hand durch das feuchte Fell. Der Wallach war schweißüberströmt, doch er schien noch nicht müde zu sein. Er galoppierte verbissen weiter und überholte zwei langsamer laufende Pferde, deren Reiter ihre Kräfte für die letzten Meilen aufsparten.

Kelene versuchte Ishtak etwas zu verlangsamen. Doch der Wallach zerrte nur an den Zügeln und rannte so schnell er wollte den steilen Hang zum sanfteren Talboden hinab.

Sobald er den Hang verlassen und den Grund erreicht hatte, streckte Ishtak den Körper und flog mit langen, gleichmäßigen Sätzen über das Gras. Vier Pferde waren noch vor ihm, und Kelene hörte das Trommeln vieler Hufe hinter sich. Sie lächelte dem Wind zu; ihr Herz sang angesichts des aufregenden Rennens.

Als die Pferde auf den Isin zupreschten, machte Ishtak den vorderen Pferden die Führung streitig. Mit vor Aufregung geblähten Nüstern überholte er drei weitere Pferde, bis nur noch ein einziges vor ihm dem Ziel entgegenrannte. Doch Kelene wusste, dass Rafnir dicht hinter ihr war. Aus den Augenwinkeln sah sie seinen Kastanienbraunen links neben sich.

Die Tiere erreichten den Isin und beschrieben eine weite Kurve nach Süden. Kelene, Rafnir und ein weiterer Reiter – ein in Orange gekleideter Bahedin – lagen Kopf an Kopf, als sie am Ufer auf den Tir Samod zueilten. Zu beiden Seiten galoppierten Klanreiter mit und schrien ihnen Mut zu, während die am Flussufer stehenden Zuschauer ihre Favoriten anfeuerten.

Die drei Pferde in Führung rannten wie ein aneinander gefesselter Pulk an den Zelten des Murjik-Klans und dem beinahe leeren Markt vorbei und wandten sich nach rechts auf die Furt im Fluss zu. Am gegenüberliegenden Ufer hatten sich Klanleute am Rennkurs bis zur Ziellinie aufgestellt.

»Na los, mein Junge!« Kelene trieb ihren Wallach mit zusammengebissenen Zähnen an. »Na los!« Der graue Wallach wurde noch schneller und löste sich von den beiden Pferden rechts und links.

Donnernd rasten die drei Pferde das Ufer hinab zu der seichten Furt. Wasser spritzte unter ihren Hufen auf und durchnässte sie. Jubel ertönte von überall, als die Pferde das Westufer erreichten und den Pfad zur Ziellinie einschlugen.

Der Bahedin war noch immer bei Rafnir und Kelene, doch sein Brauner wurde allmählich müde und fiel zurück. Eine Minute lang waren die beiden Khulinin Kopf an Kopf, die Pferde machten gleich lange Sätze, doch dann zog Ishtak davon, und seine Nase flog vor der des Kastanienbraunen dahin.

Sie waren beinahe am Ziel – die Ziellinie und die Klanrichter befanden sich knapp vor ihnen.

Dann sah Kelene etwas, das ihr Blut in Eis verwandelte: Rafnir zog eine Peitsche aus seinem Gürtel, erhob sie und wollte damit sein Pferd antreiben.

Peitschen waren im Rennen nicht verboten und Kelene hatte nichts gegen sie. Aber Ishtak. Er hasste Peitschen mit einer Leidenschaft, die schon an Wahnsinn grenzte, und er war zu nahe bei Rafnir, als dass er sie übersehen könnte. Er erkannte die Peitsche am Rand seines Blickfelds und wurde wild.

Mit einem Wutschnauben warf er den Kopf in Rafnirs Richtung und schnappte nach der verhassten Peitsche. Dabei riss er Kelene die Zügel aus der Hand. In diesem schrecklichen Augenblick strauchelte der Wallach und prallte gegen Rafnirs Reittier, und beide stürzten in einem Haufen aus schlagenden Beinen und Körpern zu Boden.

Die beiden Reiter, die durch den heftigen Aufprall abgeworfen worden waren, lagen verletzt und verwirrt im Dreck, während der Bahedin jubelnd die Ziellinie überquerte. Zunächst gab es eine entsetzte Stille, als die Menge verwundert den Unfall bestaunte, dann aber feierten die Bahedin lautstark ihren Helden, und einige Khulinin rannten vor und räumten die Gestürzten aus dem Weg der nachrückenden Reiter.

Zwei Männer halfen Ishtak und Kelene, die durch die Menge in den Schatten eines Baumes humpelten. Zwei andere brachten Rafnir und seinen Kastanienbraunen herbei.

»Ist alles in Ordnung mit dir?«, fragte ein Mann Kelene. Als sie nickte, verließen die beiden Männer sie und besahen sich Rafnirs Verletzungen. Kelene sank vor den Vorderläufen ihres Wallachs langsam zu Boden und starrte in entsetztem Unglauben auf all den Schmutz. Sie war dreckig und zerzaust, und jeder Knochen schmerzte ihr im Leib. Aber keine ihrer Schmerzen kam an die Qual der Niederlage heran. Zum zweiten Mal hintereinander hatte sie das Induran-Rennen wegen eines Unfalls verloren.

Sie hob den Blick und sah Sayyed, Tam und ihre Eltern auf sich zueilen. Kelene kämpfte sich auf die Beine und trat ihrer Mutter entgegen, doch die Herzensqualen waren zu viel für sie; sie verlor die Selbstbeherrschung. Tränen rannen ihre Wangen hinab. Gabria breitete die Arme aus, und Kelene wandte sich nicht von ihr ab. Ihre Mutter nahm sie in die Arme und hielt sie umfangen, während sie vor Schmerz und Enttäuschung schluchzte.

»Ist er verletzt, Mutter?«, murmelte Kelene nach einer Weile. »Er ist so schwer gestürzt.«

Gabria wusste genau, wen Kelene meinte. Das Mädchen gab nicht das Geringste um Rafnirs Wohlergehen. Sie sah fragend zu Tam hinüber, die mit ruhiger Stimme zu Ishtak sprach.

Auch Rafnirs Mutter hatte die Frage verstanden und drückte sanft Kelenes Arm. »Er hat ein paar Prellungen und Quetschungen und ist sehr müde. Glücklicherweise hat er sich nichts gebrochen«, sagte sie mit einem sanften Lächeln. »Reib ihm die Beine mit Liniment ein, und lass ihn ein wenig ausruhen. In ein paar Tagen wird er wieder bocken.«

»Vielen Dank«, sagte Kelene zu den beiden Frauen. Sie richtete sich zur vollen Größe auf, warf den Kopf zurück und machte sich von Gabria los. Die Tränen waren nun verschwunden. Sie hatte keine Zeit mehr für Traurigkeit; Ishtak brauchte ihre Hilfe. Sie bezwang ihre Gefühle und merkte nicht, wie dabei ihr Gesicht einen leeren, beinahe kalten Ausdruck annahm. Sie ging zurück zu ihrem Pferd und hob die Zügel auf.

Hinter Kelene seufzte Gabria auf und senkte die Arme. Sie kannte diesen Gesichtsausdruck nur allzu gut. Sie hatte ihn bei ihrer Tochter in den letzten Jahren immer öfter bemerkt – ein leeres Gesicht, das genauso abweisend und unnachgiebig wie eine Steinmauer war. Kelene hatte sich wieder in ihre eigene Gedankenwelt zurückgezogen, und der Augenblick der Nähe zu ihrer Mutter war vorbei.

Gabria hätte beinahe die Arme ausgestreckt und ihre Tochter zurückgezogen, doch sie tat es nicht. Sie wusste, dass diese Geste nicht willkommen war und fragte sich traurig, ob sie es jemals sein würde. Früher war Kelene ein liebenswertes, offenes, warmherziges Kind gewesen, das ihre Eltern und die Familie verehrt hatte. Jetzt war sie eine achtzehnjährige, unverheiratete Frau mit einem verkrüppelten Fuß und für alle so etwas wie eine Fremde.

Gabria biss sich auf die Lippen, als sie Kelene mit dem grauen Wallach an der Leine weghumpeln sah. Sie war sich nicht sicher, ob sie den Gedanken ertragen konnte, die Kelene, die sie früher einmal gekannt hatte, für immer an diese kalte, auf Abstand bedachte Person zu verlieren. Sie wollte irgendwie die ausdruckslose Maske durchdringen und die Liebe und Freude finden, die noch dahinter verblieben waren. Wenn sie nur wüsste, wie ihr das gelingen könnte.

*

Als später am Abend die Kochfeuer im Khulinin-Lager brannten und die Sonne hinter einem orangefarbenen Schleier verschwand, gesellte sich Sayyed zu Lord Athlone und dessen Sohn Savaron unter der Markise des großen Häuptlingszelts. Sie saßen auf niedrigen Stühlen, genossen den Frieden des Sonnenuntergangs und unterhielten sich mit der Zwanglosigkeit alter Freunde. Pokale mit kühlem Wein standen auf einem Tablett vor ihren Füßen. Athlones drei Hunde lagen neben ihnen und kauten auf den letzten Resten des Abendessens herum. Die Männer hörten Gabria, Lymira und Coren im Zelt lachen und schwatzen, während sie sich für die abendlichen Tanz- und Musikwettbewerbe fertig machten, die im Ratshain stattfinden würden. Kelene war nirgendwo zu sehen.

Die drei Männer hatten ihren Wein beinahe ausgetrunken, als sie jemand vom nahen Pfad her grüßte.

»Guten Abend, Lord Athlone! Ich hatte gehofft, dich noch hier anzutreffen.« Der Sprecher und sein Gefährte, die leichte indigoblaue Sommermäntel trugen, gingen über den Weg auf sie zu. Zwei Mitglieder von Athlones Herdwache salutierten auf ihrem Posten neben dem Häuptlingszelt.

Sayyed und Savaron erhoben sich gemächlich. »Seid gegrüßt, Lord Koshyn«, sagte Sayyed.

Koshyn vom Dangari-Klan erwiderte den Gruß. »Ich wollte dich nicht in deinem Hause stören«, sagte er zu Athlone, »aber ich war der Meinung, ihr solltet etwas Interessantes hören.«

Stühle und noch mehr Wein wurden herbeigeholt, und die fünf Männer setzten sich unter die Markise. Lord Koshyn grinste seinen alten Freund breit an.

Er war nur ein Jahr jünger als Athlone, aber schon länger Häuptling als dieser, doch die Jahre waren nicht so freundlich zu ihm gewesen. Sein blondes Haar war ergraut und schütter geworden, und das verblasste Muster aus blauen Tupfen, das in seine Stirn tätowiert war, ging in dem verwitterten Braun seiner Haut beinahe unter. Sein ehemals athletischer Körper war nun untersetzt, und die schmerzenden Gelenke hatten ihn langsamer gemacht. Doch sein Lächeln war noch so ansteckend wie immer. Obwohl selbst kein Magier, war er einer der einflussreichsten Unterstützer der Zauberei in der Riege der Häuptlinge und einer der engsten Freunde Athlones.

Er setzte sich dankbar auf den Stuhl und streckte die Beine aus, während Savaron ein wenig schweren Honigwein aus einer Karaffe eingoss und ihm den Becher reichte. Koshyn nippte daran und dachte zum tausendsten Mal, wie sehr Savaron seinem Vater glich. Sie waren einander so ähnlich, nicht nur in der körperlichen Gestalt, dem braunen Haar, den Augen und dem Schnurrbart, sondern auch im Charakter. Savaron hatte sogar die Angewohnheit seines Vaters, eine Augenbraue zu heben, wenn er etwas bezweifelte. So wie jetzt.

Koshyn bemerkte, dass ihn beide Männer gleichzeitig anstarrten, und musste unwillkürlich kichern. »Tut mir Leid«, sagte er und schüttelte sich vor Lachen. »Athlone, dein Sohn ist ganz der Vater. Bei Surgarts Schwert, du hättest es nicht besser machen können.« Er wischte sich mit dem Ärmel übers Gesicht und grinste ein wenig wehmütig, denn er dachte an seine eigenen Söhne, die gestorben waren, bevor sie das Mannesalter erreicht hatten. Athlone war ein sehr glücklicher Mann, entschied er für sich.

Lord Koshyn lehnte sich auf seinem Stuhl zurück. »Ich bin aber nicht hergekommen, um euch beide zu vergleichen. Ich habe jemanden mitgebracht, der euch eine Geschichte zu erzählen hat.« Er wandte sich an den Dangari neben ihm.

Der junge Mann, der gerade erst dem Knabenalter entwachsen war, starrte Lord Athlone beinahe ehrfürchtig an. Er war dem Zauberer-Häuptling nie zuvor persönlich begegnet, doch er hatte alle Geschichten über seine Taten gehört. Er neigte den Kopf vor dem Khulinin-Lord und warf einen Blick auf seinen eigenen Häuptling.

»Na los, Junge«, drängte Koshyn.

Der junge Mann zupfte an seinem schmutzigen blauen Hemd. »Ich bin heute bei dem Induran-Rennen mitgeritten, Lord«, sagte er. »Wenigstens zum Teil. Unglücklicherweise bin ich zusammen mit Eurer Tochter, Rafnir und Moreg vom Wylfling-Klan in eine Schlucht geraten, die sich als Sackgasse erwies.«

Athlone nickte. Er hatte schon von der falschen Abzweigung gehört.

»Während wir versuchten, in der Schlucht zu wenden, ist Moreg mit seinem Pferd über einen großen Hügel geritten. Ich habe als Einziger gesehen, wie sein Pferd gestürzt ist; deshalb habe ich angehalten und ihm geholfen.« Er lehnte sich vor; Erregung verdrängte seine Schüchternheit. »Lord Athlone, so etwas habe ich noch nie gesehen! Sein Pferd ist durch eine Lehmschicht gebrochen und auf etwas gestürzt, das wie ein Dach ausgesehen hat.«

»Ein Dach?«, rief Sayyed aus.

Der Dangari deutete es mit den Händen an. »Ein hölzernes Dach, wie wir es in den Grabkammern verwenden. Ich glaube, wir haben einen alten Grabhügel gefunden.«

Athlone beugte sich vor und stützte die Ellbogen auf den Knien ab. Seine Neugier war erwacht. »Ein Grabhügel? In einer abgelegenen Schlucht ohne Ausgang? Wie seltsam!« Er hielt inne und dachte über diese Neuigkeit nach. »Du sagst, Moreg ist gestürzt. Hat er sich verletzt?«

»Er hat starke Kopfschmerzen, aber sein Klanheiler sagt, dass er unverletzt ist.« Der Dangari machte ein trauriges Gesicht, als er hinzufügte: »Das Pferd hat sich ein Bein gebrochen; wir mussten es töten.«

Lord Athlone schlang nachdenklich die Finger ineinander und sagte zu Koshyn: »Hast du vor, morgen dorthin zu reiten?«

Der Anführer der Dangari lächelte schwach. »Natürlich. Am späten Nachmittag nach der Ratsversammlung. Ich werde ein paar starke Männer und Schaufeln mitnehmen.«

Athlone erwiderte sein Lächeln. »Ich kenne noch einige Leute, die gern etwas graben würden.«

»Na bitte, mein Junge«, sagte Koshyn und klopfte seinem jungen Gefährten auf die Schulter. »Deine falsche Abzweigung mag sich schließlich doch noch als vorteilhaft erweisen.«

Der Reiter war erfreut, setzte sich aufrechter und grinste über die Anerkennung seines Häuptlings.

Die Männer unterhielten sich noch immer über den Hügel und seine seltsame Lage, als einige Zeit später die Klanhörner ertönten. Der Schall zeigte den Sonnenuntergang und den Wechsel der Ausreiter an, die bei den grasenden Herden Wache ritten.

Sayyed stand auf. »Meine Lords, wenn Ihr mich entschuldigen wollt«, sagte er. »Es ist Zeit für meine Gebete.«

Beide Häuptlinge nickten ihm zum Abschied zu, und Sayyed machte sich auf den Weg. Er ging über den weiten Platz vor dem Zelt des Häuptlings und verschwand zwischen den Fellzelten, aus denen das große Lager der Khulinin bestand. Mechanisch trugen ihn seine Füße zu dem kahlen Pfad, der von der Mitte des Lagers ausging. Pfeifend bahnte er sich einen Weg an spielenden Kindern, Kochfeuern und einigen angebundenen Pferden vorbei zu seiner eigenen Behausung.

Zwei große Hunde und ein kleinerer struppiger lagen neben seinem Zelt. Als sie ihn kommen sahen, sprangen sie auf die Beine und bellten einen lärmenden Willkommensgruß. Ein Lamm und zwei Ziegen meckerten hungrig aus einem kleinen Pferch neben dem Eingang. In einem Weidenkäfig, der an einem der Eingangspfosten hing, blinzelte eine kleine Eule mit einem gebrochenen Flügel angesichts des plötzlichen Lärms und steckte den Kopf verärgert zwischen die Schultern.

Ohne auch nur in das Zeltinnere zu sehen, wusste Sayyed bereits, dass seine Frau Tam nicht daheim war. Sie wäre bei diesem ganzen Bellen und Meckern sofort hinausgekommen. Er schüttelte den Kopf und beruhigte die Hunde, bevor er den Vorhang aus Wolfshaut beiseite schob und hineinging.

Sayyed sah sich um. Er hatte Recht gehabt; das Zelt war leer, wenn man von einer weiteren großen weißen Hündin absah, die auf Tams Lieblingsteppich ihren ganzen Wurf säugte. Sayyed entdeckte den Gebetsteppich neben seiner Pritsche und eilte damit hinaus, um im Freien einen Platz zu suchen, an dem er in Frieden seine Gebete sprechen konnte.

Obwohl er schon viele Jahre bei den Khulinin war und etliche ihrer Gebräuche übernommen hatte, waren ihm einige Gewohnheiten aus seiner Jugend bei den turischen Stämmen geblieben, die aufzugeben er sich geweigert hatte. Er trug noch immer einen Burnus unter dem traditionellen Klanumhang. Er führte noch immer das lange, geschwungene Messer mit sich, das er sich am Vorabend seiner Mannbarkeitszeremonie erworben hatte. Und er betete noch immer zwei Mal täglich zu seinem Gott.

Die Klane beteten vier Gottheiten an – Amara, die Mutter des Lebens und der Geburt; ihre Schwester Krath, die Göttin des Schicksals und der dunkleren Leidenschaften; Sorh, den Gott des Todes; und Surgart, den Gott des Krieges –, aber sie waren für gewöhnlich keine Fanatiker und hatten nicht versucht, Sayyed dazu zu zwingen, den Glauben an seinen einzigen Gott aufzugeben. Es war eine Nachsicht, die Sayyed zutiefst schätzte.

Sayyed fand eine einsame Stelle auf einer Wiese nicht weit vom Rand des Lagers entfernt. Hier breitete er seinen kleinen Teppich aus und verneigte sich tief gen Süden, wo nach dem Glauben seines väterlichen Stammes die heilige Stadt Sarghun Shahr lag. Als ihm die stillen Worte des Abendgebets über die Lippen kamen, war er ganz vom Frieden dieses Augenblicks erfüllt, und die Vertrautheit des Rituals gab ihm Geborgenheit.

Er war noch nicht ganz zum Ende gekommen, als er plötzlich ein

Gefühl der Unruhe verspürte. Irgendetwas hatte sich verändert. Seine friedliche Einsamkeit war gestört worden. Er erhob sich auf die Knie, drehte den Kopf und sah, dass Tam hinter ihm stand. Sie wartete darauf, dass er zum Ende kam, doch sie tappte mit dem Fuß auf den Boden und hatte die Hände fest ineinander verkrallt, als müsse sie ihre Ungeduld im Zaum halten. Sayyed schloss die Augen, um einen weiteren Moment bei seinem Gott zu sein, vertrieb die Steifheit in den Beinen und beendete die letzten Strophen des Gebets. Dann stand er langsam auf.

Ich werde allmählich alt, dachte er gequält, während er sich streckte und die Schmerzen aus den Knien vertrieb. Er hatte kaum Zeit, den Teppich aufzurollen, als Tam ihn schon am Arm packte und ihn durch das Lager zum Goldrine und dem Markt auf der anderen Seite führte.

Sayyed ging willig mit, auch wenn er sich wunderte, was sie vorhatte. Trotz ihrer offensichtlichen Eile hatte Tam bisher kein Wort mit ihm gesprochen. Natürlich. Tam sagte selten etwas. Eine schwierige, manchmal grausame Kindheit hatte sie hinter Mauern aus Schweigen getrieben, die selbst das Erwachsensein und eine liebevolle Ehe nicht vollständig hatten einreißen können. Sayyed betrachtete ihre anmutigen, feinen Gesichtszüge, ihre gewaltigen Augen, die von schwarzen Wimpern und zarten Brauen eingerahmt wurden, und ihren Mund, den sie entschlossen zusammengekniffen hatte. Sie hatte das ausdrucksstärkste Gesicht, das er je bei einer Frau gesehen hatte. Sie brauchte nicht zu reden, sie vermochte mit ihrem Gesicht, ihren Gesten und ihrem Körper beinahe alles auszudrücken, was sie wollte.

Nun strahlte sie Erregung aus. Ihr Gesicht glühte rosig, und die Augen funkelten. Sie eilte durch das Lager zu der Behelfsbrücke, die sich über den Fluss spannte und zum Markt führte. Ihr langes, schwarzes Haar mit den hellen Bändern tanzte eine Gigue auf ihrem Rücken.

Sayyed musste sich bemühen, mit ihr Schritt zu halten, während sie über die enge Brücke auf das gegenüberliegende Ufer zuflog. Er kicherte, als er sie beobachtete. So wie er Tam kannte, hatte sie möglicherweise einen weiteren Vogel oder ein anderes Tier entdeckt, das von einem der vielen Kaufleute angeboten wurde, welche die Klanversammlung besuchten. Während die meisten Frauen auf dem Markt nach Stoffen, Gewürzen, Geschmeide, Haushaltsgeräten oder Töpferwaren suchten, durchstöberte Tam die Läden nach Tieren, die von den reisenden Händlern gequält worden waren. Sobald sie eines entdeckte, kaufte sie es und ließ es entweder frei oder fügte es ihrer ständig wachsenden Sammlung vierbeiniger Pflegefälle hinzu.

Sayyed bemerkte, dass sie diesmal nicht wütend war; wenn sie ihm also ein Tier zeigen wollte, war es wohl bei guter Gesundheit.

Sie eilten auf den von Buden, Läden und Ständen übersäten Marktplatz, der sich am Ostufer des Goldrine befand. Jedes Jahr kamen Kaufleute aus den Fünf Königreichen im Norden und von den turischen Stämmen im Süden zur Versammlung und brachten Güter aus vielen Ländern zum Tausch gegen Nutzvieh, Pferde, Sättel, Teppiche, Webwaren, Schmuck und Handarbeiten mit. Der Markt war ein quirliger Ort und vom Morgengrauen bis zur Abenddämmerung geöffnet.

Sayyed war in diesem Jahr noch nicht auf dem Markt gewesen, doch Tam gab ihm keine Gelegenheit, sich umzuschauen. Ohne langsamer zu werden, drängte sie ihn zu einer großen, reich herausgeputzten Bude am äußersten Rand des Marktes.

Die Bude war nach allen Maßstäben als groß zu bezeichnen; Dach und Wände bestanden aus hell bemalter Leinwand. Eine ganze Seite war aufgerollt, so dass der Wind und die Kunden ungehindert eindringen konnten. Eine über dem Eingang hängende Flagge wies den Kaufmann als Einwohner von Pra Desch aus.

Offensichtlich hatte sich der Eigentümer der Bude nicht auf eine besondere Ware spezialisiert. Hier schien es von allem, was die zivilisierte Welt zu bieten hatte, etwas zu geben; jeder verfügbare Platz war ausgefüllt. Stoffmassen umgaben Steinguttöpfe und seltene Glasbehältnisse auf Regalen; Schwerter und getrocknete Kräuter hingen von der Decke herab; Kinderspielzeug, Helme und Teppiche lagen auf der Ladentheke. Es war kaum genug Platz, um sich umzudrehen.

Sayyed kniff die Augen zusammen. Was hatte Tam hier bloß gefunden? Er folgte ihr ins Innere und wartete ab, während sie zum Inhaber ging und ihm auf den Arm klopfte.

Der Kaufmann, ein großer, blasshäutiger Pra Descher, drehte sich um, erkannte sie und strahlte. »Ihr seid also wegen ihr zurückgekommen! Ich wusste es.«

Wegen ihr?, dachte Sayyed. Er musterte den Kaufmann, der in den hinteren Teil seines Zelts ging und mit einer großen, sorgfältig gezimmerten Lattenkiste zurückkam.

Der Mann stellte die Kiste vor Tam auf die Theke und trat mit einem zufriedenen Lächeln auf seinem breiten Gesicht einen Schritt zurück.

Sehr vorsichtig griff Tam in die Kiste und zog ein kleines, pelziges Tier heraus. Sayyed rollte mit den Augen. Natürlich! Nichts anderes als ein Tier vermochte Tam auf dem Markt in eine solche Erregung zu versetzen.

»Sie ist ein wundervolles Tierchen, nicht wahr?«, sagte der Pra Descher. »Und sehr selten. Ich habe ihre Mutter, die schon schwanger war, aus der Stadt Macar weit im Osten mitgebracht. Dieses Kleine ist das letzte, das ich noch habe. Die Mutter habe ich zu einem guten Preis an den Fon von Pra Desch verkauft.«

»Wie gut?«, fragte Sayyed und war bemüht, die Schärfe aus seiner Stimme zu verbannen. Er wollte sich nicht eines Tieres wegen zum armen Mann machen lassen, egal wie sehr seine Frau dieses Wesen liebte.

Der Händler warf zuerst Tam und dann Sayyed einen fragenden Blick zu, als ob er seine Möglichkeiten zu ergründen versuchte. Tam wiegte die kleine Kreatur in ihren Armen und kraulte sie sanft unter den winzigen spitzen Ohren. Das Tier drückte den Kopf gegen Tams Hand und machte ein schwaches, rasselndes Geräusch.

»Der Dame gefällt mein kleines Schoßtierchen offensichtlich.« Er verstummte und fügte dann mit großer Geste hinzu: »Um ihretwillen bin ich bereit zu handeln.«

Bevor Sayyed eine Antwort geben konnte, drückte ihm Tam das pelzige Tier in die Arme. Er hielt es prüfend mit beiden Händen hoch, und es beobachtete ihn mit gleicher Neugier. Das Geschöpf war wie ein Schatten aus reinem Weiß, und sein Fell war so dicht und weich wie Distelwolle. Beine und Schweif waren im Verhältnis zum schmalen Körper recht lang, und der Kopf war rund und hatte eine kurze Nase und runde, goldene Augen. Das Tier erinnerte Sayyed an die verkleinerte Ausgabe eines Höhlenlöwen. »Was ist das?«, fragte er.

»Eine Katze«, antwortete der Kaufmann stolz. »Etwa ein halbes Jahr alt. Sie ist ganz leicht zu halten. Sie erjagt sich ihre Nahrung selbst, pflegt ihr Fell allein und läuft allein herum. Sie verlangt nur ein warmes Bett und eine liebevolle Hand. Ich glaube, beides davon hat Eure Gemahlin. Ich verkaufe meine Tiere nicht an jeden, mein Herr. Ich verkaufe sie für den Preis, der mir angemessen scheint, und nur an denjenigen, der sie zu schätzen weiß.«

Sayyed sah seine Frau milde an. »Mir bleibt wohl keine Wahl, oder?«

Tam zuckte die Achseln; ihre Augen blitzten – was ein Lächeln auf das Gesicht des Händlers zauberte. Ohne ein Wort nahm sie ihrem Gatten die Katze ab und setzte sie vorsichtig auf die Ladentheke. Lange starrten sie und das kleine Tier einander an, als ob sie eine Übereinkunft erzielen wollten. Dann verspannte sich Tam, schloss die Augen und hob einen Finger.

Sayyed lehnte sich gegen die Theke. Er wusste, was als Nächstes kam. Nun war es zu spät, Tam die Katze auszureden, selbst wenn er es gewollt hätte. Sie würde das Tier mit einem einfachen Zauberspruch zu ihrem Eigentum machen. Die Katze blinzelte nur und setzte sich. Mit ihren goldenen Augen starrte sie Tam fest an. *Miau.*

Ein strahlendes Lächeln erhellte Tams Gesicht. »Sie hat Ja gesagt«, meinte sie zu Sayyed.

Der Kaufmann sperrte den Mund auf. »Was? Wer hat Ja gesagt?«

»Die Katze«, erläuterte Sayyed. »Wie Ihr sehen könnt, verehrt meine Frau Tiere. Sie hat einen Zauberspruch perfektioniert, mit dessen Hilfe sie verstehen kann, was ein Tier sagt.«

»Und das hat sie gerade getan? Hier? Ich habe nichts gesehen.«

»Da gibt es nicht viel zu sehen. Die Magie ist sehr fein und tut dem Tier nicht weh.«

»Aber die Katze hat doch nur miaut. Sie hat nichts gesagt, was ich hätte verstehen können«, sagte der verblüffte Kaufmann.

»Nur andere Magier können ein Tier verstehen, das meine Frau verzaubert hat.« Sayyed streckte die Hand aus und streichelte die Katze. »Unglücklicherweise ist es bisher niemandem gelungen, ihren Spruch nachzumachen. Tam hat ein sehr starkes Einfühlungsvermögen, was Tiere angeht, und ich glaube, das ist der Grund, warum sie diesen Zauber so erfolgreich ausführen kann.«

»Interessant«, sagte der Pra Descher und sah Tam und die Katze nachdenklich an. Beide beobachteten ihn eingehend. »Worin hat die Katze denn eingewilligt?«

»Bei mir zu bleiben«, erwiderte Tam. Wenn sie sprach, war ihre Stimme weder schwach noch zögerlich. Die Worte kamen mit einer stillen Festigkeit heraus, welche die Kraft hinter dem Schweigen enthüllte.

Der Kaufmann beugte sich zu ihr vor und schwenkte den Finger. »Ich bin ebenfalls damit einverstanden … für eine kleine Entschädigung. Ihr könnt nicht einfach meine Waren verzaubern und dann von mir erwarten, sie zu verschenken.«

»Natürlich nicht«, sagte sie milde und unbeeindruckt von der Masse seines hoch über sie aufragenden Körpers.

Sayyed sah den beiden mit verschränkten Armen zu und fragte sich, wie sie für diese Katze bezahlen wollte. Bei den Klanen in der Ebene war Gold ein seltenes Zahlungsmittel, das öfter als Schmuck oder Verzierung gebraucht wurde. Die Klanleute bedienten sich des Tauschhandels. Und genau das war das Sayyeds Problem. Er konnte sich nicht vorstellen, dass eines von Tams Besitztümern für diesen Händler von Interesse war. Der Pra Descher schien schon alles zu haben!

Tam musste diese Frage von seinem Gesicht abgelesen haben, denn sie blinzelte ihm zu, bevor sie sich wieder an den Kaufmann wandte. »Ich habe gehört, Ihr habt Schwierigkeiten mit einem Eurer Zugpferde«, sagte sie.

Diese Frage verblüffte den Mann. »Ja, aber was hat das mit diesem Geschäft zu tun?«

»Würdet Ihr meine Dienste für Eure Tiere als angemessene Gegenleistung für diese kleine Katze ansehen?«

»Was für Dienste?«, fragte der Händler misstrauisch.

»Wenn ich mit ihnen rede, erfahre ich von ihren Schwierigkeiten. Ich kann herausfinden, was ihnen fehlt oder wo es ihnen wehtut und was nötig ist, um sie glücklich zu machen. Ich kann mich um ihre Wunden kümmern und ihre Ängste lindern.«

Der Kaufmann schwieg sehr lange. Er starrte Tam an, wog ihre

Worte und den möglichen Nutzen ihrer Hilfe gegen den Wert einer weißen Katze ab. Er trommelte mit den Fingern auf der hölzernen Theke. »Ich habe achtzehn Pferde«, sagte er schließlich.

»Für die Katze werde ich mit allen reden«, meinte Tam.

Der Pra Descher zögerte erneut, und Sayyed glaubte bereits, der Kaufmann würde nicht auf den Handel eingehen. Dann zuckte der Mann langsam die Achseln. »Dobs hat vom Geschirr an der Schulter eine Wunde, die nicht verheilt, und Ben zieht ein Bein nach …«

Tam sagte nichts darauf. Sie kraulte der Katze die Ohren und gab dem Mann Zeit zum Nachdenken.

»Woher weiß ich, dass Ihr diese Tiere wirklich verstehen könnt?«, wollte er schließlich wissen.

»Kommt mit.« Tam drehte sich um und verließ das Zelt. Der Kaufmann gab seinem Gehilfen ein Zeichen, dieser möge ihn vertreten, dann eilte er hinter ihr her; Sayyed nahm die Katze und folgte den beiden. Die Gruppe umrundete den hinteren Teil des Zelts, wo fünf große Wagen geparkt und etliche kurzbeinige, kräftige Zugpferde in zwei Reihen unter einer Markise angeleint waren.

Sayyed nickte zustimmend, als er sie sah. Die Pferde waren sauber, gut genährt und gepflegt. Er glaubte nun, dass Tams Angebot den Pra Descher überzeugen konnte, da er sich offenbar um das Wohlergehen seiner Tiere kümmerte.

Tam begab sich sofort zwischen die angebundenen Pferde, klopfte ihnen gegen den Leib und fuhr mit der Hand an den weichen Nasen entlang. Als sie zu einem großen Grauen kam, blieb sie stehen. »Ben?« Der Kaufmann nickte.

Erneut zog Tam die Magie um sich zusammen, bildete in Gedanken den Zauberspruch und setzte ihn mit sanften Worten um. Der Graue ruckte kurz mit dem Kopf und sah sie dann aus einem dunklen, feuchten Auge an. Er wieherte und hob einen Vorderhuf vom Boden. Schweigend zog Tam einen kleinen Dolch aus der Scheide unter ihrem Gürtel. Sie bettete den Huf in ihren Rock zwischen den Knien und stach vorsichtig in die dreieckige Kerbe unter dem Huf. Niemand rührte sich.

Nach kurzer Zeit lächelte sie und zog einen Felssplitter hervor, der in der Kerbe nicht sichtbar gewesen war und Ben große Schmerzen bereitet hatte. Das Pferd schnaubte vor Erleichterung.

Der Kaufmann nickte. »Abgemacht.«

Wie ein Kind ein hoch geschätztes Geschenk ergreift, so packte Tam das Kätzchen und lief mit ihm zwischen den Pferden her. Freude leuchtete auf ihrem schmalen Gesicht.

Der Pra Descher grinste. »Ihr habt eine außergewöhnliche Frau, Klanmann.«

Sayyed nickte kaum merklich, denn sein Blick folgte Tam bei ihrem Freudentanz. Der Kaufmann hatte Recht. Tam war etwas Besonderes – doch das wusste Sayyed schon seit dreiundzwanzig Jahren.

Zwei

»Lord Athlone, das ist unerträglich! Wir können nicht zulassen, dass Eure Frau jedes Kind entführt, das ihr gefällt!« Fiergan, der Häuptling des Reidhar-Klans, schlug mit der Handfläche auf die Knie und starrte den Khulinin unter buschigen Augenbrauen an.

Sayyed bemerkte, wie Lord Athlone die Zähne zusammenbiss und seine Wut zu bezwingen versuchte. Als Sohn des alten Lord Caurus hatte Fiergan das aufbrausende Temperament seines Vaters geerbt sowie dessen Unduldsamkeit Dingen gegenüber, die er nicht verstand – und die Fähigkeit, Athlone wütend zu machen.

Lord Athlone saß auf einem Kissen und schwenkte müßig einen Hornbecher in der Hand. Sayyed als Herdwache, Savaron und Rejanir, der Wertain der Khulinin, befanden sich an seiner Seite. Jedem, der nicht mit dem Häuptling vertraut war, musste dieser als erstaunlich ruhig erscheinen, doch Sayyed erkannte an der tödlichen Kälte in den erdbraunen Augen und an den steinharten Linien des Kinns, dass sein Lord vor Wut kochte.

Gabria nahm oft an Ratssitzungen teil, doch an diesem Tag hatte sie sich entschuldigt, weil sie Bennon, den Reidhar-Jungen, mit den anderen Kindern unter ihrer Obhut bekannt machen wollte. Lord Fiergan hasste es, mit ihr zu streiten, und Sayyed wusste genau, dass der Reidhar-Häuptling Gabrias Abwesenheit ausnutzte, um seine Beschwerde über die angebliche Entführung vorzubringen.

Es war gut, dachte Sayyed, dass Waffen im Ratszelt während der Sitzungen nicht erlaubt waren. Ein halber Tag Streit mit Fiergan würde in jedem Mann Blutlust erwecken.

»Ich will Euch für dieses Mal vergeben, dass Ihr Gabria der Entführung anklagt«, sagte Athlone mit täuschender Milde. »Allen Kindern, bei denen sie magisches Talent entdeckt hat, wird die Wahl gelassen, bei ihren Familien zu bleiben oder zu uns zu kommen. Alle sind freiwillig zu unserem Klan gekommen, um unter Gabrias Anleitung und *mit* der Einwilligung ihrer Eltern die Zauberei zu lernen.«

Lord Fiergan tat seine Worte mit einer Handbewegung ab. »Ihr könnt kein Kind – und auch kein anderes Mitglied des Klans – ohne die Erlaubnis des *Häuptlings* wegnehmen!«, sagte er mit durchdringender Stimme.

»Wir hatten die Einwilligung des Häuptlings in allen Fällen – außer in Eurem.«

»Und dennoch habt Ihr Bennon weggenommen!«, donnerte Fiergan.

Athlone setzte seinen Becher ab, ließ dabei aber Fiergan nicht aus den Augen. Der stämmige Reidhar-Häuptling hatte ein rotes Gesicht und schwitzte unter der Hitze, doch er machte keine Anstalten, klein beizugeben.

Sayyed seufzte. Es würde eine lange, angespannte Sitzung werden, falls Lord Ryne nicht von seiner Macht als Ratsvorsteher Gebrauch machte und diese Sache beendete. Er hatte gehofft, der erste Sitzungstag würde ruhig und kurz sein. Die dreiundfünfzig Anwesenden – Häuptlinge, Söhne, Wertaine, Älteste, Priester und Priesterinnen – aus allen Klanen hatten sich früh am Tag im Zelt getroffen, als die Luft noch kühl und der Tag frisch waren. Zunächst hatten sie sich um einige kleinere Probleme gekümmert, zum Beispiel um den Diebstahl einiger wertvoller Zuchtpferde aus dem Dangari-Klan durch eine kleine Bande turischer Räuber, die Beilegung eines Streits über Weiderechte zwischen den Klanen der Schadedron und der Ferganan und die Annahme des Verlobungsvertrags zwischen dem jungen Lord Terod von den Amnok und der Schwester von Lord Hendric aus dem Geldring-Klan.

Alles schien gut zu laufen, bis Lord Fiergan das Thema der Unterrichtung junger Zauberer zur Sprache brachte. Inzwischen war es Nachmittag geworden, und obwohl man die Wände hochgerollt hatte, damit frische Luft eindringen konnte, war es in dem großen Zelt unangenehm heiß, und überall summten Fliegen herum. Die Männer schwitzten und verloren die Geduld.

»Er besucht uns nur ein paar Tage, um danach eine Entscheidung zu treffen«, sagte Athlone gerade. »Natürlich wird er sofort zurückkehren, wenn Ihr es wünscht.«

Fiergan sah die anderen Männer an, die sich um sie versammelt hatten. »Ich versuche nur, mein Volk zu beschützen. Wie können wir sicher sein, dass die Kinder, die Ihr mitnehmt, wirklich magische Fähigkeiten haben? Dafür haben wir nur das Wort Eurer Gemahlin Gabria.«

»Und das der Hunnuli. Wollt Ihr sie und meine Gattin hinterlistige Lügner nennen?«, fragte Athlone mit kalter Stimme.

Fiergans rotes Gesicht wurde etwas blasser. Eine bejahende Antwort auf eine solche Frage konnte zu einem Ehrenduell führen, und Fiergan wollte einem Krieger wie Athlone nicht mit einem Schwert in der Hand gegenüberstehen. »Vielleicht nicht«, sagte er scharf. »Aber wir …«

Bevor er fortfahren konnte, hob Lord Koshyn die Hand und unterbrach ihn. »Lord Fiergan bringt einen gewichtigen Punkt zur Sprache«, sagte er in beschwichtigendem Tonfall. »Es gab da einige Kinder, die keinerlei Anzeichen für magische Fähigkeiten zeigten, aber Gabria hat dennoch gesagt, sie besäßen diese Macht und müssten lernen, sie zu beherrschen. Ich schlage vor, wir entwickeln eine Art Probe oder finden einen anderen Weg, um zu jedermanns Zufriedenheit zu beweisen, dass eine bestimmte Person zaubern kann.«

»Aber selbst wenn jemand diese Probe besteht, warum sollte es dann erforderlich sein, dass er seinen Klan verlässt und zu den Khulinin geht?«, fragte Lord Dormar vom Klan Ferganan.

Athlone nickte verständnisvoll. »Wir hoffen, dass es irgendwann nicht mehr nötig sein wird. Aber es gibt noch zu wenige Zauberer in den Klanen. Im Augenblick sind Gabria, Sayyed, Tam und ich die Einzigen mit ausreichend Lehrerfahrung. Ihr müsst bedenken, dass dieser Aufenthalt nur vorübergehend ist. Wir lehren diese jungen Zauberer, wie sie aus ihrer Gabe das Beste machen, und hoffen, dass sie in ihre Klane zurückgehen und dort den anderen helfen, wann immer es ihnen möglich ist.«

Lord Sha Tajan nickte. Er war der jüngste Bruder und Erbe von Athlones altem Freund Sha Umar und half den Zauberern, wo immer er konnte. »Zwei meiner Leute sind zu uns zurückgekommen, und ich weiß nicht, was wir ohne sie machen würden.«

»Aber warum müssen sie alle unterrichtet werden? Was ist, wenn sie ihre Familien nicht verlassen wollen, um dieses Zauberwerk zu lernen?« Fiergan spuckte die letzten Worte wie ein faules Stück Knorpel aus.

»Wenn eine Person ihre Gabe ablehnt und sich allen Vorschlägen widersetzt, sie richtig zu gebrauchen, dann können wir sie natürlich nicht zwingen. Aber es ist besser und sicherer, einen Zauberer auszubilden und auf diese Weise seine Macht unter Kontrolle zu halten. Magie kann im falschen Moment auch unabsichtlich benutzt werden.« Athlone lächelte schwach und rieb unwillkürlich über die Narbe an seiner Schulter. Damals hatte Gabria ihn unbeabsichtigt beinahe mit einem magischen Blitz getötet. »Sobald jemand mit seinen Fähigkeiten umzugehen gelernt hat, kann er sich auch freiwillig dazu entscheiden, sie nicht einzusetzen.«

Fiergan schnaubte. »Zauberei ist wie jede andere Häresie gegen die Götter. Einmal ein Häretiker, immer ein Häretiker.«

»Ich glaube, das Gesetz, das die Zauberei als Häresie bezeichnet, ist vor dreiundzwanzig Jahren abgeschafft worden«, sagte Koshyn scharf.

Fiergan ließ sich brummend auf seinen Stuhl fallen.

Nun stand Lord Ryne vom Klan Bahedin auf und ergriff das Wort. »Es ist zu heiß für vernünftige Diskussionen. Wir wollen dieses Gespräch bis morgen unterbrechen und es dann mit kühlerem Sinn fortsetzen.«

»Einverstanden«, warf Lord Koshyn ein, und auch er erhob sich. »Aber bevor wir auseinander gehen, möchte ich mitteilen, dass einige von uns heute in die Berge reiten und diesen Hügel in der Schlucht untersuchen. Wenn jemand mit uns kommen will, sollte er eine Schaufel mitbringen.«

Sofort ließ die Spannung im Zelt nach. Die Nachricht über den rätselhaften Hügel hatte sich während der Nacht durch alle Lager verbreitet, und jedermann wunderte sich über seine seltsame Lage und fragte sich, was der Hügel enthalten mochte. Sobald Lord Ryne die Versammlung offiziell aufgelöst hatte, eilten die Expeditionsteilnehmer in ihre Lager und holten Pferde und Werkzeug.

*

Während ihre Väter der großen Gesellschaft von Klanmännern bei den Vorbereitungen halfen, riefen Savaron und Rafnir ihre Hunnuli herbei und suchten nach Kelene, um in Erfahrung zu bringen, ob sie auch mitziehen wollte. Sie fanden sie knietief im kalten, schlickigen Isin stehen; ihr Wallach Ishtak war bei ihr. Sein rechtes Vorderknie war über Nacht angeschwollen; daher hatte sie ihn zum Fluss geführt und hoffte, das kalte Wasser werde ihm seine Verletzung erträglicher machen.

Der Wallach war zu müde und zerschunden, um seiner gewöhnlichen üblen Laune zu frönen, trotzdem legte er die Ohren an, als die beiden Männer auf ihren Hunnuli ins Wasser ritten.

»Wir wollen uns deinen Hügel in der Schlucht ansehen. Willst du mitkommen?«, fragte Savaron seine Schwester.

Kelene antwortete nicht sofort. Sie sah auf zu ihrem großen Bruder und seinem Freund, die so stolz auf ihren mächtigen schwarzen Pferden saßen, und sie dachte, wie prächtig die beiden doch aussahen – so groß und stark und selbstsicher. Rafnir konnte sie sein gutes Aussehen verzeihen. Die Götter hatten ihm die besten Eigenschaften seiner Eltern mitgegeben – den schlanken, athletischen Körper seines Vaters, die ausdrucksstarken Augen und die innere Stärke seiner Mutter –, ohne ihm dabei die Last aufzubürden, all das mit seinen Geschwistern teilen zu müssen.

Aber es war nicht gerecht, dass ihr Bruder diese braunen Augen mit den goldenen Sprenkeln hatte, die im Sonnenlicht wie Bernstein schimmerten, während ihre eigenen Augen beinahe schwarz waren. Oder dass sein Haar dicht und lockig war, ihr eigenes hingegen glatt, grob und schwarz. Ihr Vater hatte ihr einmal gesagt, sie sehe wie ihr Großvater Savaric aus, doch sie wünschte sich, sie hätte mehr vom Aussehen ihres Bruders mitbekommen ... oder von sonst jemandem, statt sich mit dieser dunklen, mageren Erscheinung, die sie verabscheute, zufrieden geben zu müssen.

In diesem Augenblick liebte und hasste sie ihren Bruder zugleich. Sie wünschte, er würde fortgehen und seinen Freund mit sich nehmen. »Das ist nicht mein Hügel. Fragt Moreg. Er ist derjenige, der über ihn gestolpert ist.«

Savaron machte ihre schnippische Erwiderung nichts aus. Er war das unruhige Temperament seiner Schwester gewohnt, auch wenn er es nie verstanden hatte. »Wie du willst.«

Rafnir winkte ihr schelmisch zu und klopfte hinter sich auf den

Rücken seines Hunnuli. »Bis du sicher, dass du es dir nicht noch anders überlegst? Du kannst mit mir reiten.«

»Dein Hunnuli hat schon genug damit zu tun, dich und deine Überheblichkeit zu tragen«, gab Kelene zurück.

Rafnir lachte. Er winkte zum Abschied und ritt mit Savaron zurück zu der Gruppe von Männern, die bereits zu den östlichen Bergen aufgebrochen waren.

Kelene sah ihnen wehmütig nach. Es wäre interessant gewesen, mit den Männern hinauszureiten und einen eingehenderen Blick auf diesen seltsamen Hügel zu werfen. Obwohl sie es Savaron und Rafnir gegenüber niemals eingestanden hätte, war sie nicht sicher, ob es ihr heute überhaupt möglich gewesen wäre, bis zur Schlucht zu kommen. Noch nie hatte sie sich so zerschlagen und müde wie an diesem Nachmittag gefühlt. Das Rennen, der harte Sturz und die bittere Enttäuschung hatten sie stärker mitgenommen, als sie es für möglich gehalten hätte. Ihr Bein schmerzte von den Zehen bis zum Knie, in ihrem Kopf pochte es, und die Muskeln am Oberschenkel fühlten sich wie Gelee an. Ishtak war mit seinem geschwollenen Knie und den schmerzenden Muskeln in keiner besseren Verfassung.

Natürlich hätte sie auf einem Hunnuli reiten können. Keines hatte in den letzten Jahren versucht, sie zur Freundin zu gewinnen. Zwar wussten sie auf ihre Weise, dass Kelene ihr Entgegenkommen nicht schätzen würde, aber keines hätte sich ihr verweigert. Sie fühlte sich jedoch sehr unwohl in der Nähe von großen Pferden.. Sie waren dazu gezüchtet, die Gefährten und Reittiere von Zauberern zu sein, und Kelene glaubte, dass es ein stillschweigendes Eingeständnis ihrer Gabe bedeuten würde, wenn sie eines ritte – ein Eingeständnis, das sie vermeiden wollte.

Ohne Vorwarnung riss Ishtak den Kopf von ihr los und watete ans Ufer. Offensichtlich hatte er genug vom Fluss und suchte nach Schatten und Gras. Kelene widersetzte sich ihm nicht. Im kalten Wasser schmerzte ihr Bein noch stärker, und der Gedanke, sich zu setzen, gefiel ihr. Sie klammerte sich an die Zügel des Wallachs und humpelte so schnell wie möglich durch das Wasser.

Die Vorstellung, sich hinzusetzen, erinnerte sie plötzlich daran, dass Gabria sie gebeten hatte, ihr an diesem Nachmittag mit den Ziehkindern zu helfen. Kelene hatte aus Schuldgefühlen zugestimmt, weil sie vor zwei Tagen ihre versprochene Hilfe vergessen hatte. Natürlich brauchte ihre Mutter eigentlich keine Hilfe. Es gab nur sieben Kinder, nein, acht einschließlich des Reidhar-Jungen, im Alter von acht bis vierzehn Jahren. Sie benahmen sich recht gut, und alle waren aus freien Stücken zu Gabria gekommen, um den Gebrauch ihrer Gabe zu erlernen; also machten sie keine Schwierigkeiten. Der einzige Grund, warum Gabria ihre Tochter dabeihaben wollte, lag darin, dass sie hoffte, Kelene würde ihren Belehrungen und Geschichten zuhören und vielleicht etwas von der Begeisterungsfähigkeit der Kinder annehmen.

Kelene wusste, dass dies ein vergeblicher Wunsch war. Doch Gabria würde den Kindern die Geschichte von Valorian, dem Kriegshelden der Klane erzählen, und dafür nahm sie es gerne auf sich, einige Zeit mit der Gruppe zu verbringen. Kelene wurde nie müde, der Geschichte des Mannes zu lauschen, der sein Volk vor beinahe fünfhundert Jahren in die Ebene von Ramtharin geführt hatte.

Das Mädchen und das Pferd erreichten das Ufer. Die steile Böschung war für jemanden mit gesunden Beinen keine Schwierigkeit. Für Kelene hingegen stellte sie durchaus eine Herausforderung dar, die sie aber bewältigen konnte. Doch als Ishtak nach vorn sprang, zerrte er ihr dabei die Zügel aus den Händen. Der plötzliche Ruck führte dazu, dass sich ihr Gewicht auf den zerschmetterten Knöchel verlagerte. Der Schmerz schoss in ihr hoch wie ein feuriger Blitz, und Fuß und Knöchel, die sie nicht mehr halten konnten, knickten unter ihr weg. Kelene stieß einen Schrei aus und fiel mit dem Gesicht voran auf das schlammige Ufer. Ishtak trottete mit erhobenem Schweif und aufgerichteten Ohren weiter und schleifte die Zügel hinter sich her.

»Zu Sorh mit diesem Pferd!«, rief Kelene wütend und wischte sich den Schlamm aus dem Gesicht. Unter Schmerzen kämpfte sie sich wieder auf die Beine und sah, wie ihr Grauer auf die Wiesen hinten im Tal zusteuerte.

Sie erkannte, dass sie ihn nicht mehr einholen konnte. Er würde Zügel und Halfter so lange tragen müssen, bis ihn jemand zur Strecke brachte.

Kelene ließ sich am Rand der Böschung nieder und rieb sich den pochenden Knöchel. Sie konnte seinen Anblick kaum noch ertragen.

Das geschwollene Gelenk, das verkürzte Schienbein und der entstellte Fuß machten sie krank. Es war so ungerecht. Warum hatte sie diesen Unfall gehabt? Sie hatte nur versucht, ihrem Vater zu helfen. Und warum war es gerade dann geschehen, als kurz zuvor ihr Freund, der Heiler Piers Arganosta, im Schlaf gestorben war? Der unglückliche Zufall hatte es gewollt, dass Piers′ Lehrling fort und kein Heiler verfügbar gewesen war, um ihre Knochen zu richten.

Ihre Eltern und der Pferdeheiler hatten ihr Bestes getan, aber das Gewicht des Hengstes, der auf ihren Knöchel gefallen war, hatte diesen so zerschmettert, dass es ihre einfachen Fähigkeiten, einen Knochen zu schienen, überstieg. Sie hatten ihr immer wieder gesagt, sie solle sich glücklich schätzen, dass sie überhaupt noch gehen konnte. Vielleicht war dem so, aber trotzdem spürte sie ein Gefühl des Unmuts, das in ihr wie Übelkeit aufstieg, wenn sie ihren Fuß betrachtete, normal zu gehen versuchte oder sich den bedauernden Blicken der anderen Klanfrauen ausgesetzt sah.

Ein Geräusch hinter ihr riss sie aus ihren Gedanken. Sie drehte sich um und sah einen Adler in einem abgestorbenen Baum. Der Vogel stieß einen durchdringenden Schrei aus und erhob sich in die Luft. Mit ausgestreckten braunen und weißen Schwingen segelte er über die Wiese und machte sich die abendlichen Luftströmungen zunutze.

Kelene warf den Kopf zurück und beobachtete ihn wehmütig. So frei zu sein, dachte sie, leicht und schnell und anmutig wie ein Adler … Es musste schön sein, auf den Luftströmungen zu gleiten und überall hinfliegen zu können, wohin man wollte, und die Sonnenglut auf den ausgebreiteten Schwingen zu spüren. Sie fragte sich, wie wohl die Ebene von hoch oben aussah. Wie würde es sein, die Erde hinter sich zu lassen und zwischen den Wolken umherzusegeln?

Sie lächelte über ihre Phantasien. Falls es den Göttern jemals in ihren unsterblichen Sinn kam, ihr einen Wunsch zu erfüllen, würde sie gern fliegen können. Sie hatte schon immer davon geträumt, so schnell wie möglich im Wind zu segeln oder sich wie ein Falke auf der Jagd über das hohe Steppengras zu erheben. Nur ein einziges Mal, das war alles, was sie wollte – sich nur einen einzigen Moment lang so frei und leicht wie ein Vogel fühlen.

Einen Herzschlag lang dachte sie über ihre Gabe nach. Könnte die Magie ihr bei der Erfüllung ihres Traums helfen? Doch genauso schnell verwarf sie diese Idee wieder. Sie lachte; es klang halb spöttisch, halb belustigt. Natürlich nicht. Magie war zu gefährlich, zu unbekannt und geriet zu leicht außer Kontrolle.

Vor langer Zeit, im goldenen Zeitalter der Magie, was das anders gewesen. Die Zauberer der Klane hatten sich in Moy Tura, der Stadt der Zauberer getroffen, um dort zu studieren und sich auszutauschen. Sie hatten gewusst, wie man die Möglichkeiten der Magie vollkommen ausschöpft. Einige der mächtigeren Zauberer hatten gelernt, die Gestalt zu wandeln, Kranke zu heilen und die Gorthlinge aus dem Reich der Toten zu beschwören, damit sie ihnen zu Diensten waren. Doch nun waren die meisten der alten Zaubersprüche verloren oder vergessen, und die wenigen Magier in den Klanen versuchten, die Magie aus einem einzigen alten Zauberbuch sowie durch endlose Versuche zu erlernen. Nein, Magie konnte ihr bei der Erreichung ihrer Ziele eindeutig nicht helfen. Sie war zu schwer zu handhaben.

Unter Schmerzen kam sie wieder auf die Beine und humpelte zurück zum Khulinin-Lager. Sie sah, dass sich ihre Mutter, Tam und die Zöglinge bereits unter einem Baum niedergelassen hatten, doch sie gesellte sich erst zu ihnen, nachdem sie die verschlammten Kleider gewechselt und sich Gesicht und Haare gewaschen hatte. Dann ging sie mit einem Becher kalter Ziegenmilch in der Hand zu der Gruppe.

Ihre Mutter hockte auf einem Lederstuhl, und ihre geliebte Hunnuli-Stute Nara sowie Naras Fohlen Demira standen dicht hinter ihr. Die Kinder saßen in einem Halbkreis um sie herum, lauschten ihr und sahen gebannt zu, wie die Zauberin die Geschichte Valorians mit Worten, Magie und Gebärden erzählte. Sie benutzte Staub vom Boden und Rauch aus einem kleinen Kochfeuer und formte damit kleine Bilder von Valorian und seinem schwarzen Pferd Hunnul in der Luft. Dicht unter der Haut ihres linken Handgelenks glühte ein Diamantsplitter rot vor Macht und Erregung.

»Valorian nahm Hunnuls weiche Schnauze in die Hände, schloss die Augen und begann mit dem Zauberspruch«, sagte Gabria gerade. Sie bewegte die Bilder, damit sie zu den Worten passten.

Kelene freute sich. Sie war rechtzeitig für ihre Lieblingsstelle gekommen, in der Valorian seinem Hengst beibrachte, mit ihm zu reden. Gabria sah auf und lächelte ihre Tochter an, während sich diese zu der Gruppe gesellte; sie lächelte schwach zurück. Sie setzte sich neben Tam, streckte die Hand aus und streichelte die weiße Katze, die in Tams Schoß lag.

Die Geschichte fesselte Kelene bald so sehr, dass sie nicht bemerkte, wie Naras Fohlen Demira sich hinter sie stellte. Während das Mädchen gebannt zuhörte, senkte Demira die Nase, bis sie nur noch eine Hand breit von Kelenes Rücken entfernt war. Das kleine Pferd seufzte zufrieden, legte sich ins Gras und schlief ein.

*

Hufschläge hallten von den hohen Felswänden wider, während die lange Reihe von Klanmännern hintereinander durch die enge Schlucht ritten. Die Sonne stand bereits so tief, dass die Schlucht in kühlem Schatten lag, der nach der Hitze im Tal eine willkommene Erleichterung war, aber niemand schien geneigt, darüber oder über die Schönheit der Farbschattierungen von Rot bis Braun in dem weichen Gestein um sie herum eine Bemerkung zu machen. Sie schauten zu eifrig nach vorn oder musterten nervös die hohen, sich über ihnen auftürmenden Felsmauern.

Bald führte sie der Dangari-Reiter hinaus in das breitere Ende des Tals, in dem die Sonne die östlichen Felsen beschien und eine leichte Brise Schilf und Gras bewegte. Der Hügel erhob sich einsam in der Mitte, der Hang war durch den Unfall vom vergangenen Tag zertrampelt und eingedellt. Rechts davon hatten sich Geier über dem Kadaver des Pferds versammelt, und ein kleines Rudel wilder Hunde verließ sein Mahl und floh in die Berge. Der Geruch der Verwesung erfüllte die Luft.

Die Klanleute bildeten einen Kreis um den Hügel und hielten an. Schweigend betrachteten sie ihn: den länglichen Umriss, die mit Unkraut bewachsenen Hänge und den Kamm, der ihre Köpfe überragte.

»Nun?«, sagte Lord Athlone zu einem Priester in einer roten Robe. »Was haltet Ihr davon?«

Der Mann, ein weißhaariger, feueräugiger alter Jehanan, stieg ab, ohne eine Antwort zu geben, und erkletterte den Kamm des Hügels. Er schritt ihn in westlicher Richtung der Länge nach ab, bohrte und stocherte um das Loch herum, das Moregs Pferd getreten hatte, zerrte einige Büschel Gras heraus und betrachtete das, was darunter lag. Schließlich richtete er sich wieder auf.

»Von wem ist das?«, fragten einige laut.

»Warum liegt er hier draußen an diesem götterverlassenen Ort?«, rief einer der Männer.

»Können wir ihn öffnen?«, wollten andere wissen.

Ordan, der Priester, hob die Hand und gebot ihnen zu schweigen. Er war der älteste Mann aller Klane und wurde wegen seiner Weisheit und seines Dienstes für Sorh, den Totengott, allgemein geachtet. Die Männer waren sofort still. »Ich kann all diese Fragen nicht gleichzeitig beantworten«, sagte er schnippisch. »Dieser Grabhügel scheint sehr alt zu sein. Das ist alles, was ich ohne weitere Untersuchungen sagen kann.«

»Wird Lord Sorh wütend sein, wenn wir ihn öffnen?«, fragte Koshyn.

»Der Gott der Toten wird uns nicht zürnen, wenn die richtigen Gebete gesprochen und die Toten nicht gestört werden«, erklärte Ordan ihm.

»Also soll es geschehen!«, sagte Lord Athlone. Nun stiegen alle ab und machten sich an die Arbeit. Die Pferde wurden weggeführt und am anderen Ende der Schlucht angebunden. Diejenigen Männer, die Spaten mitgebracht hatten, begannen an beiden Enden des Hügels zu graben. Andere Männer entfernten Gras und Unkraut von den Hängen und dem Kamm und hielten nach allem Möglichen Ausschau: nach Markierungen, Zeichen, Plaketten – nach irgendetwas, das ihnen verraten würde, wer in diesem Grabhügel beigesetzt war.

Der jahrhundertealten Klantradition zufolge wurden Grabhügel von dieser Größe nur aus besonderem Anlass errichtet. Manchmal, wie im Fall des abgeschlachteten Corin-Klans, wurde ein solcher Hügel errichtet, um eine große Anzahl von Leichnamen aufzunehmen, manchmal waren sie auch das Grab eines einzelnen, hoch geachteten Priesters. Üblicherweise jedoch beherbergten die großen Grabhügel einen toten Häuptling und alle Besitztümer, die er benötigte, um seine Ehre und Würde auch im Reich der Toten zu behalten. Es war bekannt, dass Klanlords mit ihren Pferden, Hunden, Waffen, Kleidern, Haushaltsgütern, Goldwerten und anderen persönlichen Dingen beerdigt wurden. Falls in diesem einsamen Hügel ein Häuptling lag, könnten sich in der inneren Kammer viele verschiedene Gegenstände befinden, und vielleicht ergab sich hier die einmalige Gelegenheit, etwas über die Vergangenheit der Klane in Erfahrung zu bringen.

Die Klanmänner arbeiteten mit einer Kraft, die von Erregung und Neugier angefacht wurde, fieberhaft an der Öffnung des Hügels. Rafnir, der sich von seinem Sturz im Rennen noch nicht ganz erholt hatte, half dabei, Unkraut und Grasbüschel auszureißen. Er grinste seinen Vater an, als Sayyed die Schaufel absetzte und sich den Schweiß von der Stirn wischte.

»Mit Magie kämen wir schneller voran«, gab Rafnir zu bedenken.

Sayyed stützte sich auf seine Schaufel und erwiderte: »Ja, aber wir wissen nicht, was sich da unten befindet. Wir könnten es mit einem falschen Zauberspruch beschädigen.«

»Und ich vermute«, fügte Rafnir noch immer grinsend hinzu, »die anderen würden sich dagegen wehren, wenn man ihnen den ganzen Spaß an dieser harten Arbeit nehmen würde.«

»Du lernst allmählich«, meinte Sayyed und grub weiter.

Schon bald waren die Hänge bis auf den Lehm abgetragen und das Dach der Grabkammer freigelegt.

»Seht Euch das an«, sagte Ordan zu Lord Athlone. Er deutete auf die hölzernen Balken, die noch immer lehmverschmiert waren. »Das ist älter, als ich dachte. Vielleicht zweihundert Jahre. Wer immer das gebaut hat, hat die innere Kammer nicht mit Steinen gedeckt, wie wir es heute tun. Das hier ist nur eine Holzdecke. Es ist ein Wunder, dass das Pferd nicht in die Grabkammer gestürzt ist.«

Der Häuptling der Khulinin kauerte sich nieder, um ein besseres Bild zu bekommen. Er erkannte sofort, was Ordan meinte. Die dicken, rechteckigen Balken hatten früher ein leicht geneigtes Dach aus hölzernen Planken gehalten, doch die Zeit und die feuchte Erde hatten dazu geführt, dass die Planken verrottet waren, und die Deckschicht aus Lehm hatte sich unmittelbar auf die Stützbalken gelegt. Die Balken selbst waren weich und bröckelig. Der Lehm schien das Einzige zu sein, was sie noch zusammenhielt. »Wir sollten die meisten Männer vom oberen Teil abziehen«, schlug er vor.

In diesem Augenblick zog ein Ruf vom einen Ende des Hügels die ganze Aufmerksamkeit auf sich, und Athlone und Ordan eilten hinunter, um zu begutachten, was man gefunden hatte.

Sayyed, Rafnir, Koshyn und einige andere Männer standen um ein großes Loch, das sie in den Hang an der Ostseite gegraben hatten. »Ich glaube, wir haben den Eingang gefunden«, rief Sayyed.

Die Männer ließen alles stehen und liegen und versammelten sich um den Eingang, während der Lehm sorgfältig entfernt wurde. Als die Arbeiter damit fertig waren, traten sie zurück und sahen sich an, was sie entdeckt hatten.

Drei Steinstufen führten hinab zu einer Tür, hinter der die Grabkammer lag. Der Eingang bestand aus Stein; zwei gemeißelte Säulen erhoben sich seitlich einer schmalen Steintür. Es gab keine Klinke, keine Griffe, keine Fingerlöcher an der Tür und keinerlei Hinweise darauf, wer hinter ihr begraben lag. Die Steintür war vollkommen glatt.

»Das ist seltsam«, bemerkte Ordan. Der alte Priester beugte sich vor, bis sein schütterer weißer Bart nur noch eine Hand breit von einer der lehmverkrusteten Säulen entfernt war. »Gebt mir einen Dolch«, sagte er zu niemand Besonderem und streckte die Hand aus. Lord Athlone gehorchte ihm und übergab ihm sein poliertes Messer.

Rasch und vorsichtig kratzte Ordan den Lehm ab, der auf dem Stein klebte. Nach wenigen Augenblicken hatte er einige Runenzeichen freigelegt, die sowohl in beide Säulen als auch in zwei kleine, fein beschriebene Marmortafeln rechts und links neben dem Türrahmen eingemeißelt waren. »Bemerkenswert«, murmelte er.

»Was? Was ist das?«, lärmten die Männer um ihn herum.

Der alte Priester beachtete sie nicht. Mit seinen scharfen blauen Augen studierte er die Schriftzeichen. Auf seine Bitte gesellten sich einige andere Priester zu ihm und untersuchten ebenfalls die Ritzungen, doch schließlich schüttelten sie alle enttäuscht den Kopf.

Ordan deutete mit dem Finger auf die Zeichen. »Das … hier und hier«, sagte er zu den versammelten Klanleuten, »… ist so alt, dass wir es nicht lesen können. Ich glaube, sie sind den Klanen zuzuordnen. Sie sehen aus wie einige alte Runen, die man früher für die Götter benutzt hat. Aber wir haben verlernt, sie zu lesen.«

Lord Athlone reckte den Hals, damit er den Priestern über die Schultern sehen konnte. Beim Anblick des Türrahmens fühlte er sich blitzartig an etwas erinnert. »Ich weiß, was das für Tafeln sind«, rief er aus.

Ordan machte Platz, so dass der Häuptling vortreten und die kleinen Platten genauer in Augenschein nehmen konnte.

Athlone wies auf die marmornen Tafeln. »Das sind magische Wächter. Diese Tür wurde mit Magie versiegelt.«

»Häresie«, murmelte einer der Priester verhalten.

Trotz seines langen Lebens als heiliger Mann war Ordan einer der wenigen Klanpriester, die für Magie offen waren. Anders als die meisten seiner Widersacher war er bereit, die Gabe der Zauberei nicht als böse Verirrung, sondern als ein Geschenk der Götter anzusehen. Daher zuckte er nicht vor der Tür zurück, wie es zwei der anderen Priester taten, und kreuzte auch nicht die Finger als Zeichen gegen das Böse. Stattdessen legte er die Fingerspitzen auf den beinahe unsichtbaren Türspalt und schien sogar begeistert zu sein. »Ist es möglich, das Siegel zu brechen?«, fragte er Athlone.

Der Zauberer-Häuptling betrachtete die Tafel eingehend. »Vielleicht. Sie sind durch das Alter schwächer geworden. Aber sollten wir das tun? Ich habe noch nie von einer Grabkammer gehört, die mit magischen Wächtern versiegelt worden ist.«

»Ich auch nicht. Aber das Grab scheint vor dem Untergang der Zauberer angelegt worden zu sein. Wir wissen so wenig über diese Zeit. Vielleicht war es üblich, einige der Grabkammern mit Magie zu versiegeln.«

Athlone berührte den kalten, feuchten Stein mit dem Finger. »Wenn Ihr einverstanden seid, will ich versuchen, sie zu öffnen.«

Ordans dünne Lippen verzogen sich zu einem seltenen Lächeln. »Meine Neugier hat mich übermannt. Erbrecht die Siegel, Magier.«

Rasch traten die Männer einige Schritte zurück, damit Lord Athlone mehr Platz hatte. Der Häuptling streckte beide Arme aus und legte die Fingerspitzen auf die Tafeln. Er schloss die Augen und richtete seine ganze Aufmerksamkeit auf die Magie um ihn herum. Er wusste, dass ihre Macht die ganze natürliche Welt durchdrang. Magie steckte in den Felsen, der Erde, den lebenden Pflanzen und in den Seelen jener, die mit der Gabe geboren waren, ihre Kraft zu benutzen. Während er die Magie aus der Erde unter seinen Füßen zog, spürte er sie so natürlich und beruhigend durch ihn strömen wie sein eigenes Blut.

Er wünschte, er hätte einen Diamantsplitter wie Gabria, der ihm dabei helfen könnte, den Spruch noch eindringlicher zu machen, doch diese Splitter waren Zeichen einer vergangenen Zeit, und nur einer von ihnen war seit der Zerstörung von Moy Tura entdeckt worden. Athlone musste sich auf seine eigene Stärke verlassen. Er stellte sich genau vor, was er tun wollte, trieb den Zauber durch die Fingerspitzen und schickte einen mächtigen, zerschmetternden Blitz in die Tafeln. Doch die Wächter waren stärker, als er erwartet hatte. Sie waren zwar alt, ausgelaugt und verwittert, doch offenbar hatte sie ein Meisterzauberer eingesetzt, und ihre Magie war noch immer mächtig. Athlone musste einen zweiten, noch stärkeren Blitz in sie schicken, bis der Marmor endlich brach und die Tafeln zu Staub zerfielen.

Der Häuptling lehnte sich gegen den Türrahmen und atmete schwer. »Ist alles in Ordnung mit dir?«, fragte Koshyn neben ihm.

»Ja.« Er richtete sich wieder auf. »Aber wenn sie nicht so alt und verwittert gewesen wären, hätte ich sie niemals durchbrechen können. Irgendjemand wollte ganz sicher sein, dass dieser Leichnam nicht gestört wird.«

»Dann sollten wir nachsehen, wer da drinnen liegt«, sagte jemand eifrig, und die anderen Männer stimmten ihm lauthals zu.

Athlone trat erschöpft zur Seite, und Savaron drückte mit der Schulter gegen die Tür. Gemeinsam stemmten sich Savaron und Koshyn gegen den Eingang, bis der Stein ächzte und knirschte und am rechten Rand ein schwarzer Riss erschien.

*

Unter dem Baum im Khulinin-Lager sprang Gabria plötzlich auf die Beine und stieß einen grässlichen Schrei aus.

»Mutter!«, rief Kelene entsetzt und hinkte auf sie zu, während die Zauberin das Gesicht in den Händen verbarg. Die Kinder drängten sich um sie und lärmten vor Angst und Verwirrung. Die weiße Katze huschte wie ein Blitz davon, und Demira wieherte nervös. Mit weißem Gesicht versuchte Tam die Kinder zu beruhigen, während sich Kelene und Nara dicht vor Gabria stellten.

»Was ist geschehen?«, rief Tam über den Aufruhr.

Gabria schwitzte, fühlte sich schwindlig und zitterte heftig. Sie packte Kelenes Arm mit der einen Hand und Naras Bein mit der anderen und konnte vor Aufregung nicht sprechen.

»Keine Ahnung!«, antwortete Kelene. Sie starrte das ergriffene Gesicht ihrer Mutter an und spürte das Herz in der Brust zucken. Kelene war sich bewusst, dass sie in den letzten Jahren ihre Liebe zu Gabria oft verleugnet hatte, doch hinter der Fassade, die sie der Welt zeigte, war diese Liebe immer gleich stark geblieben. Jetzt war sie entsetzt von den Schmerzen, die sie in Gabrias Augen sah. »Mutter, bitte! Was ist los?«, rief sie.

Gabria konnte nur den Kopf schütteln. Sie rang nach Luft und packte Kelenes Arm noch fester.

Bedrückt sah Kelene Tam an, doch diese war noch mit den verängstigten Kindern beschäftigt. Das Mädchen versuchte, seine zitternden Beine unter Kontrolle zu bringen. Es gab nur einen einzigen Weg, um eine Antwort zu bekommen. Wenn Kelene andere Menschen berührte, konnte sie deren Empfindungen spüren. Sie wusste nicht, warum das so war, und sie hatte nie jemandem davon erzählt. Es war eigentlich etwas, das sie als schmerzhaft und unangenehm betrachtete. Doch diesmal war die Angst um ihre Mutter stärker als ihr Widerwille, und sie legte auch die andere Hand auf die ihrer Mutter. Sie öffnete ihren Geist für Gabrias Gefühle und richtete die ganze Aufmerksamkeit auf die Berührung mit der Haut der Zauberin. Sofort spürte sie etwas.

»Sie ist nicht krank. Sie ist erschrocken«, rief Kelene Tam zu.

»Wovor ist sie erschrocken? Gabria, ist es wie gestern? Oder wie vorgestern?«, wollte Tam wissen.

Kelene war überrascht. »Wovon redest du?«

»Vor zwei Tagen hatte deine Mutter eine Vision und gestern während des Rennens ein seltsames Erlebnis. War es wieder dasselbe, Gabria?«

Schließlich nickte die Zauberin. »Bloß schlimmer. Viel schlimmer.

Einen Augenblick lang habe ich einen unglaublich starken Hass gespürt … so bösartig … O Allmutter, was ist das?«, jammerte sie.

»Ich weiß es nicht, aber du solltest dich besser hinlegen. Wenn Sayyed und Athlone zurückkehren, werden wir ihnen davon berichten«, beharrte Tam. »Du wirst es nicht wieder einen oder zwei Tage für dich behalten, so wie du es mit dieser Vision getan hast.«

Gabria atmete tief durch, damit ihre Stimme fester wurde, und ließ Kelene und Nara los. »Ja, ich werde es ihnen sagen. Aber … ich will mich nicht hinlegen. Das Gefühl verschwindet allmählich.« Sie lächelte die Kinder beruhigend an. »Warum machen wir nicht mit der Geschichte weiter? Sie wird uns alle erst einmal ablenken.«

Kelene und Tam sahen sie misstrauisch an, doch Gabria hatte sich wieder gefangen. Obwohl ihr Gesicht noch blass war und ihre Hände zitterten, nahm sie die Geschichte von Valorian an der Stelle wieder auf, wo sie sie unterbrochen hatte. Die Kinder setzten sich erleichtert. Tam schüttelte den Kopf und machte sich auf die Suche nach ihrer Katze.

Nur Kelene konnte sich nicht entspannen. Noch nie hatte sie eine solche Angst wie die ihrer Mutter gespürt; ihre Tiefe hatte sie völlig erschüttert. Wenn es sie schon so stark mitgenommen hatte, wie schlimm musste es dann erst für Gabria gewesen sein? Sie hoffte, man würde den Grund für diese seltsamen Anfälle herausfinden, sobald ihr Vater zurückgekehrt war. Ihre Mutter verdiente keine solche Angst.

*

Die Männer drückten heftiger, und die Tür öffnete sich allmählich in der Breite einer Schulter.

»Hört auf«, befahl Ordan. »Bevor wir die Tür ganz öffnen, soll erst etwas frische Luft hineinströmen.«

Alle versuchten in das Innere zu spähen, doch jenseits des kleinen Lichtfleckens hinter dem Eingang war nichts zu erkennen. Die Finsternis war undurchdringlich.

Vielleicht war es die Stille des Grabes und die Nähe des Todes, welche die Männer zum Schweigen brachte; sie hatten den Blick auf die dunkle Öffnung geheftet. Lange bewegte sich niemand. Dann hob Ordan langsam die Arme zum Himmel und sang ein Gebet zu Sorh. Die übrigen Priester fielen ein, bis die ganze Schlucht von ihren Stimmen widerhallte.

Als die letzte Silbe verweht war, regten sich die Männer und unterhielten sich murmelnd miteinander. Sie fühlten sich nun besser, da Lord Sorh besänftigt war.

»Öffnet jetzt die Tür«, gebot Ordan.

Savaron und Koshyn gehorchten, und die Steintür schwang ganz auf. Einige Fackeln wurden herumgereicht, dann betrat Ordan die Grabkammer. Die anderen Priester und einige Häuptlinge folgten ihm zögernd, bis der enge Raum voll war. Im flackernden Licht der Fackeln sahen sie sich überrascht um.

Die Kammer war nach der älteren Klantradition errichtet; sie besaß Steinwände, einen Lehmboden und eine flache Balkendecke. Die Wände waren schmutzig und feuchtfleckig, und ein schwerer Geruch nach Moder und Verwesung durchdrang die Luft. Diejenigen, die gehofft hatten, einen großen Schatz zu finden, wurden enttäuscht, denn der Raum war beinahe leer. Nur ein einzelner Steinsarkophag stand auf einem Katafalk in der Mitte der Kammer, und ein erbärmlich kleiner Haufen an persönlichen Gegenständen lag daneben. Es gab keine Waffen, keine Salzbeutel oder Teller für Nahrung, keinen Schmuck, der eines Häuptlings würdig gewesen wäre – nichts, was verraten hätte, wer in diesem Sarg lag. Die Klanmänner schauten in jedem Schatten und jeder dunklen Ecke nach und fanden doch nur Staub.

»Was ist da drinnen?«, rief ein Mann von draußen. Dort warteten noch einige darauf, dass sie an die Reihe kamen.

»Nicht viel«, erwiderte Lord Terod. Enttäuscht gingen er und einige weitere Männer nach draußen, um Platz für die anderen zu machen. Hintereinander drängten sich die Männer hinein und nahmen das Ergebnis ihrer Arbeit in Augenschein. Einige interessierten sich für die Kammer selbst, andere waren enttäuscht, dass es sonst nichts zu sehen gab.

»Wer immer diesen Mann begraben hat, scheint ihn nicht besonders gemocht zu haben«, bemerkte Savaron.

Ordan unterbrach die Begutachtung des Sarkophags. »Warum sagst du das?«, fragte er mit deutlicher Neugier in der Stimme.

Der Khulinin-Krieger nahm einen kleinen Kamm aus dem Haufen Habseligkeiten. »Hier liegt so wenig herum. Ein hoch geachteter Häuptling oder Priester wird immer zusammen mit seinem Eigentum bestattet. Es sieht so aus, als hätte man diesem Mann nur widerwillig ein paar Dinge mitgegeben.«

»Eine bedenkenswerte Beobachtung, junger Mann. Sage mir, was du sonst noch bemerkst.«

»Die Wände waren bemalt«, mischte sich Rafnir ein. Er hielt seine Fackel nahe an eine Wand. »Das meiste ist abgeblättert, aber man kann noch Farbspuren hinter dem Staub und Moder erkennen. Ich glaube, es ist Rot.«

»Was schließt Ihr aus alldem?«, fragte Athlone Ordan.

»Herzlich wenig. So etwas habe ich noch nie gesehen. Die rote Farbe an der Wand zeigt an, dass es sich hier möglicherweise um einen Priester Sorhs handelte, aber es gibt keine Gegenstände, die diese Vermutung bestätigen könnten, keinen Stab, keine Gebetsrollen, keine Räuchertöpfe. Euer Sohn hat Recht: Dieser Mann war sehr schlecht angesehen.« Er warf einen Blick auf die Wände und fuhr fort: »Ich möchte wissen, warum er hier in dieser kahlen, von allen Göttern verlassenen Schlucht beigesetzt wurde. Warum ist sein Grab unbezeichnet und vergessen? Warum hat man seinen Namen so sorgsam verschwiegen?«

»Wir könnten den Sarkophag öffnen«, schlug Rafnir vor. »Vielleicht steht ein Name auf dem inneren Sarg, oder wir finden einige Schriftstücke, die uns weiterhelfen.«

Ordan nickte. »Mach es. Aber vorsichtig. Ich will nicht, dass der Leichnam in seiner Ruhe gestört wird.«

Savaron, Rafnir und zwei andere traten vor, hoben die schwere Platte von der Steinkammer und setzten sie sanft auf dem Boden neben der Erhebung ab.

»Gute Götter!«, rief Athlone. »Warum haben sie denn *das* getan?«

In dem Sarkophag lag ein großer, hölzerner Sarg. Sein Deckel war mit schweren Eisennägeln verschlossen und an beiden Enden mit dicken Bronzeketten versehen. In die obere Hälfte des Holzdeckels war ein Strang aus zehn Runen eingeritzt, welche denen auf dem Türrahmen ähnelten.

Einer der jungen Männer versuchte, die Kette an einem Ende des

Sargs zu lösen. Zu seiner Verärgerung war die Bronzekette ebenfalls angenagelt. Er versuchte, die Glieder aufzubrechen.

»Nein, halt«, befahl Ordan. Aber es war zu spät. Der Mann hatte eine solche Kraft aufgewandt, dass der Sarg nun auf ihn zurutschte und gegen den Stein prallte. Der hölzerne Deckel, der verrottet und durch Alter und Feuchtigkeit nachgiebig geworden war, splitterte am einen Ende.

»Es ist nicht nötig, den Sarg zu öffnen«, sagte Ordan harsch. »Wir lassen ihn am besten in Ruhe.«

Der junge Mann sah schuldbewusst drein. »Warum? Wollt Ihr nicht wissen, wer da drin liegt?«

Der alte Priester schüttelte den Kopf. »Nein. Jeder, der in seinem Grab mit Magie gebunden und dessen Sarg zugenagelt ist, sollte am besten ungestört bleiben.«

»Dem stimme ich zu«, sagte Athlone und starrte die zugekettete Kiste an.

Die Männer warfen einander rasche Blicke zu und erkannten, dass sie alle unbehaglich dreinschauten.

»Ich will, dass dieser Hügel wieder verschlossen und versiegelt wird. Begrabt den Toten aufs Neue. Hier gibt es für uns nichts zu holen«, sagte Ordan.

Savaron schaute nach draußen. »Das wird Stunden dauern, und es ist schon beinahe dunkel. Kann das nicht bis morgen warten?«

Ordan nickte zustimmend und verließ schweigend die Grabkammer. Die übrigen Männer eilten ihm nach an die frische Luft. Die Wiesen lagen bereits in Dunkelheit; einige Sterne funkelten am Abendhimmel. Während die Männer ihre Pferde holten und aufsaßen, schlossen Savaron und Rafnir die Steintür.

»Morgen früh schicken wir ein paar Männer her, um den Hügel wieder zu verschließen«, sagte Athlone zu den anderen Häuptlingen. Sie stimmten ihm schweigend zu. Der Hügel lag schwarz unter der heraneilenden Nacht, eingehüllt in Schatten und Geheimnis. Etliche Klanmänner murmelten Gebete, um die Angst zu ersticken, die in ihnen aufkeimte. Sie ritten eilig davon, ohne zurückzublicken, und überließen das geöffnete Grab der Gnade der Nacht.

*

Die Schlucht fiel in Todesstille. Nichts regte sich. Kein lebendes Wesen setzte den Fuß in sie. Die Nacht rückte langsam zu den tiefen, kalten Stunden vor Tagesanbruch vor.

Innerhalb des Hügels erfüllte eine Dunkelheit so schwarz und dick wie Tinte die Grabkammer, wie es seit über zweihundert Jahren gewesen war. Doch nun war etwas anders. Die Siegel, welche Leben, Licht und Luft ausgeschlossen hatten, waren zerbrochen; die schwere Steinplatte des Sarkophags lag auf dem Boden, der hölzerne Sarg selbst, der so sorgfältig gezimmert und vernagelt worden war, wies einen Riss auf. Zum ersten Mal, seit der Sarg versiegelt worden war, drang frische Luft in das Innere.

Außerhalb des Grabes erhob sich ein abnehmender Mond über die Berge und warf sein Licht in die Schlucht. Ein fingerdicker Strahl fiel durch ein kleines Loch in der Decke des Hügels in die Finsternis der Grabkammer. Als der Mond höher stieg, bewegte sich der blasse Lichtstrahl weiter, bis er auf dem Sarg unmittelbar unter dem Loch ruhte.

Etwas regte sich. Ein schwach glimmender Rauchfetzen kräuselte sich aus dem Riss im Sarg. Er hing beinahe zögerlich zwischen Stein und Holz, bevor er sich weiter erhob. Dünner, rötlicher Rauch folgte. Die glimmernde Luft wand und schlängelte sich um den Mondstrahl und stieg langsam zur Decke auf. Der Dunst ergoss sich nun schneller, als ob die frische Luft und das Licht ihn ermutigten. Bald füllte er die ganze Kammer mit einem phosphoreszierenden Leuchten aus.

Der Lichtstrahl verblasste und verschwand, als der Mond nach Westen sank, doch der Dunst glomm weiter aus eigener blutiger Strahlkraft. Er wand sich nicht mehr, sondern hing nun reglos und still in der Kammer.

Ein weiterer Fortsatz roten Dunsts kroch aus dem Spalt im Sarg. Er war dunkler und dicker und ergoss sich über den Rand des Sarkophags wie ein dichter Nebelstrom. Still bildete sich in dem dunklen Dunst ein Umriss. So groß wie ein Mann und so flüchtig wie Rauch, schwebte er neben der Erhebung und zog den Rest seiner Substanz aus dem Sarg. Dann bewegte er sich langsam zum Eingang der Grabkammer. Bei der Tür hielt die rötliche Gestalt inne und streckte einen Teil von ihr durch den Stein. Als nichts geschah, entquoll der Gestalt ein seltsamer Laut, der harschem Gelächter glich. Eifrig stürzte der Schemen durch die Steintür in die dunkle Nacht und war so schnell verschwunden, wie er sich geformt hatte.

Der in der Kammer verbliebene Dunst legte sich allmählich. Bei Tagesanbruch war er verschwunden und hatte nur einen kaum sichtbaren Überzug aus rotem Staub in der Kammer hinterlassen. Der Sarg ruhte noch immer in einer Steinumfriedung, so still und rätselhaft wie der Tod selbst.

Drei

Am späten Morgen waren die Klanmänner in die Schlucht zurückgekehrt. Eine kleine Gruppe von zehn Leuten, die sich aus Dangari, Khulinin und Jehanan zusammensetzte, ritt mit viel Getöse in die enge Schlucht ein; die Männer hatten Spaten dabei und den Auftrag erhalten, den Hügel wieder zu verschließen. Es waren keine Häuptlinge, Priester oder Älteste bei ihnen, da sich der Rat erneut traf und über den schwierigen Gegenstand der Magie sowie ihrer Ausbildung verhandelte. Die jungen Männer waren freiwillig gekommen, weil auch sie den Hügel sehen und die Gelegenheit wahrnehmen wollten, eine schweißtreibende, dreckige Arbeit in eine fröhliche Zusammenkunft zu verwandeln. Sie schaufelten Lehm auf die Hänge und den Kamm des Hügels, wobei sie redeten und lachten und sich auf das Essen und den gekühlten Wein freuten, den sie in ihren Satteltaschen mitgebracht hatten.

Vier der Männer begaben sich zum Eingang. Der Priester Ordan hatte sie eindringlich gebeten, den Deckel des Sarkophags wieder an seinen Platz zu legen, bevor sie die Tür zuschaufelten. Sie drückten die Steinplatte auf und betraten die dunkle Kammer.

»Bei Kraths Blut!«, rief der Khulinin aus. »Was ist das für ein Gestank?« Ein fauliger Geruch, dick und erstickend wie Rauch, erfüllte den Raum.

»Das war gestern noch nicht«, sagte der junge Dangari-Reiter. »Vielleicht verwest der alte Knabe an der frischen Luft.«

»Er muss schon längst zu Staub zerfallen sein. Wir sollten rasch den Deckel auflegen und dann von hier verschwinden«, entgegnete ein dritter Mann.

In völligem Einverständnis gingen die vier Klanmänner um den Sarkophag herum. Sie bemerkten nicht die kleinen Staubwolken, die ihre Füße dabei aufwirbelten. Sie hoben den Deckel auf, legten ihn über die Steinkiste und wollten ihn gerade absetzen, als der Dangari den Halt verlor. Der schwere Stein glitt ihm aus den Fingern und geriet aus dem Gleichgewicht. Alle vier Männer rissen die Hände fort, während der Deckel auf den Sarkophag niedersauste. Es ertönte ein lautes Krachen; der Deckel zerbrach in zwei Teile und fiel in einer Staubwolke in die steinerne Truhe.

Verärgert starrten die Männer zuerst den Deckel und dann ihr Gegenüber an. Es war eine Sache, eine Grabkammer zu öffnen und hineinzuschauen; es war eine völlig andere Sache, den Inhalt zu beschädigen.

Der Khulinin, ein junger Krieger namens Ritan, warf verärgert die Hände empor. »Und was sollen wir jetzt tun? Es Ordan sagen?«

»Bei unserem Schwertgürtel, keinesfalls!«, sagte der vierte Mann. Er war ein hagerer Jehanan, der bei seinem Häuptling bereits in Ungnade gefallen war und unter keinen Umständen einen weiteren Würdenträger gegen sich aufbringen wollte, besonders keinen Priester. »Wir lassen es einfach so. Wir sollten schließlich nur den Hügel zuschütten. Niemand wird es je bemerken.«

»Aber der Sarkophag braucht einen neuen Deckel«, sagte der Dangari besorgt.

»Warum? Der Leichnam bleibt so oder so an Ort und Stelle«, erwiderte Torel, der Jehanan.

Einer der Männer stieß ein nervöses Lachen aus. »Du hast Recht. Was die Priester nicht wissen, tut uns nicht weh. Wir sollten bloß von hier verschwinden.«

Der Dangari nickte widerstrebend. Sie legten den geborstenen Deckel so genau wie möglich auf den Sarg und gingen dann hinaus. Torel war der Letzte. Er zögerte kurz, während die anderen durch die Tür schritten. Als er sicher war, dass niemand zusah, ergriff er ein kleines Jadekästchen, einen mit Silber verzierten Kamm und eine schmale, mit Granaten geschmückte Phiole aus den Grabbeigaben auf dem Katafalk und steckte sie in den Beutel, der an seinem Gürtel herabhing.

Seine Augen glitzerten vor Freude; er ging hinaus und half den anderen, die Tür der Grabkammer zu verschließen. Sofort schaufelten die vier Männer Erde auf die Steinstufen und den Türsturz, bevor noch jemand den Wunsch äußern konnte, das Innere der Kammer zu sehen. Sie waren so eifrig damit beschäftigt, dass sie den rötlichen Staub nicht bemerkten, der sich ihnen auf Hosen, Stiefel und Hände legte.

Es war eine glückliche Gruppe, die spät am Nachmittag zur Versammlung zurückritt. Sie lachten, prahlten, ließen die Weinschläuche kreisen und ritten in den Ratshain ein, als die Häuptlingsversammlung für diesen Tag gerade zu Ende ging.

Torel sah, wie sein Häuptling das Zelt verließ, und lenkte sein Pferd zur Seite, bevor Lord Sha Tajan ihn sehen konnte. Er eilte am Lager des Murjik-Klans vorbei und über den Markt, bis er zu der bemalten Bude des Pra Descher Kaufmanns kam. Er wartete, bis kein Kunde mehr zu sehen war, schlüpfte in das Zelt, nahm das Jadekästchen, den Kamm und die Phiole heraus und legte sie vor dem Händler auf die Theke.

Der Pra Descher beugte sich mit unbeweglichem Gesicht vor und untersuchte sorgfältig die Stücke. Er nahm das Jadekästchen in die Hand, wischte mit einem Stofftuch den Staub ab und hielt es gegen das Licht. Es war bloß ein einfaches Kästchen mit einem eingepassten Deckel und Gebrauchsspuren, doch es bestand aus undurchsichtiger, dunkelgrüner Ramtharin-Jade und hatte den zusätzlichen Vorteil, sehr alt zu sein.

Für eine solche Antiquität gab es in den Fünf Königreichen einen großen Markt. Und auch den Kamm und die Phiole konnte man dort gut verkaufen.

»Was habt Ihr Euch als Bezahlung vorgestellt?«, fragte der Händler beiläufig.

Torel versuchte, ein ausdrucksloses Gesicht zu machen. »Diese Sachen haben dem Vater meiner Frau gehört. Sie sind sehr alt und wertvoll.« Er zuckte traurig die Achseln. »Aber es gibt Dinge, die wir dringender brauchen.«

Der Kaufmann betrachtete eingehend das Gesicht, die staubige Kleidung und die dreckigen Hände des Jehanan. Er glaubte nicht einen Augenblick lang an die dürftige Geschichte des Klanmannes. Der Pra Descher kannte die Neuigkeiten der Klane und hatte eine deutliche Vorstellung davon, woher die Sachen stammten. Doch es war nicht wichtig. Wichtig war nur, dass diese drei Gegenstände zu ihm und zu niemand sonst gebracht worden waren.

»Ach, tatsächlich?«, meinte der Händler. »Vielleicht habe ich einige der Dinge, die Ihr braucht.«

Torels Miene hellte sich auf. Die Feilscherei begann und endete recht schnell in gegenseitiger Zufriedenheit. Als der Jehanan mit seinen Tauschgütern gegangen war, wickelte der Kaufmann die Neuerwerbungen rasch ein und stellte sie fort. Es war sinnlos, sie während dieser Versammlung auszustellen und damit unerwünschte Aufmerksamkeit auf sich zu ziehen.

Er hob das Tuch auf, mit dem er das Jadekästchen abgewischt hatte, und wollte es gerade zur Seite legen, als er etwas Seltsames bemerkte. Der Staub auf dem Tuch hatte eine einzigartige rötliche Färbung – beinahe wie getrocknetes Blut. Auch an seinen Händen klebte Staub. Er betrachtete den Stoff einen Augenblick lang, dann wandte er sich davon ab, als Tam hereinkam, um nach seinen Pferden zu sehen. Er warf das Tuch unter die Theke und begrüßte sie wie eine alte Freundin.

*

Torels Gefährten ließen es sich so gut gehen, dass sie seine Abwesenheit gar nicht bemerkt hatten. Sie lachten und plauderten noch immer, während ihre Pferde in den Fluss stapften und ihren Durst stillten.

Am anderen Ufer traten die Lords Athlone und Koshyn aus dem Ratszelt. Sie fühlten sich durch die langen Verhandlungen und Streitgespräche an diesem heißen Nachmittag ausgelaugt. Da entdeckten sie die Gruppe der jungen Männer, und Koshyn begrüßte den zu seinem Klan gehörenden Reiter. Der Dangari löste sich aus der Gruppe und trottete herüber. Obwohl er sofort salutierte, schien er dem Blick seines Häuptlings auszuweichen.

»Ist alles erledigt, Knabe?«, fragte Koshyn.

»Ja, mein Lord. Wir sind schon vor einer Weile fertig geworden.«

»Gute Arbeit.«

»Vielen Dank, mein Lord«, sagte er hastig und ritt fort, bevor Koshyn noch etwas fragen konnte.

Athlone sah ihm nach. »Ist er dir nicht auch etwas nervös erschienen?«

»Wie ein Hund, den man mit der Schnauze im Kochtopf erwischt hat«, sagte Koshyn. Er zwinkerte belustigt. »Was haben sie deiner Ansicht nach getan?«

»Ziemlich viel getrunken, wie es aussieht«, meinte Athlone.

»Stimmt. Aber das hat diesem Knaben nicht so zugesetzt. Ich hoffe nur, sie haben ihre Arbeit beendet, bevor sie mit dem Trinken angefangen haben.«

»Wir könnten jemanden losschicken, der es überprüft.«

Lord Koshyn nickte. »Gute Idee.«

Beide Häuptlinge nahmen ihre Waffen von dem Haufen, der neben dem Eingang lag, und gingen gemächlich auf die Lager zu. Athlone streckte die Arme aus und seufzte: »Bei allen Göttern, bin ich müde. Ich hatte schon befürchtet, Fiergan würde gar nicht mehr aufhören, seine Vorwürfe gegen Gabria vorzubringen.«

Koshyn lachte. »Dieser Mann könnte sogar einen Gorthling in Grund und Boden reden. Ich vermute, morgen kommt er uns mit etwas ähnlich Verdrehtem. Da wir gerade von Gabria reden«, fügte Koshyn hinzu, »wie geht es ihr? Ich habe gehört, sie hatte in letzter Zeit ein paar seltsame Erlebnisse.«

»Ein paar sehr seltsame. Um die Wahrheit zu sagen: Ich mache mir Sorgen. Gestern Abend haben wir lange darüber geredet und sind zu keinem Ergebnis gekommen. Sie glaubt, ihr Bruder habe vor drei Tagen versucht, sie in einer Vision zu warnen, und sie ist der Meinung, dass die merkwürdigen Gefühle von Angst und Schrecken, die sie seitdem hatte, irgendwie damit in Zusammenhang stehen. Wir wissen bloß nicht, wie.«

Koshyn pfiff leise. »Ich wusste nicht, dass sie wieder eine Vision hatte.«

»Wieder vom Massaker an den Corin«, erklärte Athlone düster. Sie erreichten den Rand des Hains und blieben im letzten Schattenpfuhl stehen.

Koshyn dachte über diese Neuigkeit nach. »Ich kann nicht glauben, dass es wirklich ihr Bruder war. Geister verlassen nicht das Reich der Toten. Vielleicht hatte sie die Vorahnung einer unbekannten Gefahr, die im Gewand von etwas Bekanntem dahergekommen ist.«

Der Häuptling der Khulinin zuckte bekümmert die Achseln.

»Das wissen nur die Götter, und sie scheinen im Moment nicht sehr mitteilsam zu sein.«

»Hast du mit Ordan darüber geredet?«

»Ordan ist der Magie gegenüber nachsichtig, aber er macht sich nicht die Mühe, sie zu verstehen. Ich glaube nicht, dass er eine große Hilfe ist«, meinte Athlone knapp.

Koshyn verstand das Widerstreben seines Freundes. Nach so vielen Jahren des Kampfes gegen Vorurteile und Hass besonders unter der Priesterschaft war es für die Zauberer schwer zu glauben, dass einige der Klanpriester zumindest versuchten, sich mit ihnen abzufinden. »Vielleicht unterschätzt du ihn, Athlone. Sprich mit ihm. Möglicherweise kann er dir zu einem neuen Verständnis von Gabrias Vision verhelfen.«

»Ich werde darüber nachdenken«, meinte Athlone zögernd. Er klopfte seinem Freund auf den Rücken und grinste plötzlich. »Wie wäre es mit einem Plätzchen im Schatten und einem kühlen Trunk?«

Koshyns blaue Augen glänzten vor Freude. »Genau das, was ich auch gerade gedacht habe.«

Die beiden Häuptlinge gingen zum Khulinin-Lager und machten es sich unter der Markise von Athlones großem Zelt bequem.

Der späte Nachmittag reifte langsam zum Abend heran und brachte ein paar vereinzelte Gewitter sowie eine belebende Kühle mit, welche die Klane von ihrer Schläfrigkeit befreite. Als sich Fliegen und Herden zur Ruhe niederließen, wurden die Klane wach und erwarteten gespannt die Zerstreuungen der Nacht.

Nach dem Abendessen schwärmten Frauen, Männer und Kinder aller Altersstufen in den Ratshain, um dort dem Sängerwettstreit der Meister und Schüler aller elf Klane beizuwohnen. Das war immer eine lange, aufregende Nacht, die den Klanleuten Gelegenheit gab, viele der in den Klanen weitergegebenen Geschichten zu hören. Einige davon waren alte, beliebte Erzählungen über die Klangottheiten, andere waren jünger und berichteten von Gabria und ihrem Kampf mit dem Gorthling. Zum Entzücken der Zuhörer trug der Barde der Khulinin Gabrias Geschichte von Valorian vor. Als er damit fertig war, erhob er sich unter donnerndem Beifall und verneigte sich vor Gabria, die zwischen den Häuptlingen saß.

Alle Barden hatten ihre Musikinstrumente mitgebracht, und sobald die erzählerischen und dichterischen Wettbewerbe vorüber waren, begann das Singen und Musizieren. Der Raum vor den Musikanten war mit Tänzern jeden Alters gefüllt, die sich an den wirbelnden Melodien der Pfeifen und den langsameren, pulsierenden Schlägen der Trommeln erfreuten. Das Tanzen und Musizieren dauerte bis tief in die Nacht, lange nachdem die Preise vergeben und die Kinder ins Bett geschickt worden waren. Als auch der letzte Barde der Erschöpfung nachgab, ergoss sich bereits das Licht der Morgendämmerung über die östlichen Berge.

Der fünfte Tag der Zusammenkunft hatte begonnen. Der Morgen ging still vorüber, da viele Klanleute länger als gewöhnlich schliefen. Als am Mittag erneut der Rat zusammentrat, erstickte die Hitze alle Regungen. In den Lagern rührte sich nichts; die Leute dösten in den Zelten oder badeten in den seichten Stellen des Flusses.

Sobald die Ratsversammlung vorbei war, eilte Sayyed zurück zu seinem Zelt. Er klemmte sich die Hängematte unter den Arm und ging zu einer Stelle am äußersten Ende des Khulinin-Lagers, wo zwei Bäume gerade so weit auseinander standen, dass man wunderbar eine Hängematte zwischen ihnen spannen konnte. Hängematten waren bei den turischen Stämmen beliebt, doch sie waren bei den Klanleuten fast noch begehrter geworden, nachdem Tam eine für Sayyed gewebt hatte. Er liebte es, ihre Bequemlichkeit bei jeder Gelegenheit zur Schau zu stellen.

Nun hatte er diese Gelegenheit und wollte sie voll ausnutzen. Tam half dem Pra Descher Kaufmann bei seinen Pferden, Rafnir war mit einem Freund losgezogen, und Sayyed hatte soeben seine Verpflichtungen als Ratgeber und Herdwache Lord Athlones während der langen und ermüdenden Ratsversammlung erfüllt. Nun hatte er sich ein Nickerchen verdient.

Er band die Stricke um die beiden kleinen Pappeln und streckte sich dankbar auf der schaukelnden Matte aus. Die Bäume spendeten ihm mit ihrem gesprenkelten Grün Schatten; eine leichte Brise kühlte den Schweiß auf seiner Stirn.

Er hatte kaum die Augen geschlossen, als ihm etwas Kleines mit einem dumpfen Laut mitten auf die Brust fiel: Tams Katze. Mit zufriedenem Schnurren rollte sie sich auf seinem Hemd zusammen.

Sie hatte die Augen halb geschlossen und die Pfoten anmutig unter den Körper gestreckt.

Sayyed kraulte sie hinter den Ohren und ließ sie liegen. Sie war ein seltsames Tier, dachte er, keineswegs so gehorsam oder gefallsüchtig wie ein Hund. Sie ging ihre eigenen Wege, so erhaben wie eine Priesterin, und schenkte ihre Zuneigung nur jenen wenigen, die es ihrer Ansicht nach wert waren. Offenbar gehörte er dazu. Er musste eingestehen, dass er nichts dagegen einzuwenden hatte. Es lag etwas sehr Ansprechendes in ihrem weichen, weißen Fell, dem unerschütterlichen Blick und diesem seltsamen, gedämpften Schnurren, das aus ihrer Kehle kam. Der Laut war friedvoll, zufrieden, wie das sanfte Summen von Insekten, und wirkte auf ihn wie die Hitze. Nach wenigen Augenblicken war er eingeschlafen.

»Vater!«

Sayyed hörte die Stimme seines Sohnes aus der Ferne und entschloss sich, sie zu überhören. Die Umarmung des Schlafes war zu angenehm.

»Vater! Wach auf!«

Nun war die Stimme näher und drängender. Sayyed hoffte, Rafnir würde erkennen, dass er schlief, und fortgehen.

»Vater, bitte! Ich brauche Hilfe!«

Die Verzweiflung in diesen Worten zerschnitt die Fesseln des Schlummers und machte Sayyed hellwach. Er setzte sich in der Hängematte auf, noch mit der Katze auf der Brust, und sah, wie Rafnir von der Wiese aus auf ihn zukam. Sein Sohn versuchte jemanden über der Schulter zu tragen.

»Es ist Ritan!«, rief der junge Mann. Die Sorge um den Freund war ihm deutlich anzumerken. »Er ist plötzlich zusammengebrochen, und ich konnte ihn nicht mehr aufwecken. Ich brauche Hilfe, er muss zum Heiler.«

Sayyed setzte die Katze auf die Hängematte, schwang sich auf die Beine und lief seinem Sohn entgegen. Sie trugen Ritan zurück zum Lager und auf einem ausgetretenen Pfad in das Zelt des Heilers.

Gehlyn, der Klanheiler der Khulinin, hielt gerade bei geöffneter Zeltklappe ein Nickerchen in seiner Behausung. Sie brachten den jungen Mann hinein und legten ihn auf eine leere Pritsche. Der Heiler war sofort hellwach. Seine Erscheinung war nicht sonderlich aufregend; er war mittelgroß, von durchschnittlicher Statur, hatte spärliches braunes Haar und eine Vorliebe für matte Farben. Doch was ihm an seiner Erscheinung fehlte, machte er mit ärztlichem Geschick wieder wett. Er war von Piers Arganosta, dem besten Heiler der Klane, ausgewählt und unterrichtet worden, und seine Fähigkeiten, Ausdauer und Sorgfalt waren durch diese Ausbildung zu einer seltenen Vollkommenheit gelangt.

Er stand von seiner Pritsche auf, hielt sich nicht damit auf, Schuhe oder Hemd anzuziehen, und sah sich seinen Patienten an. »Sagt mir, was geschehen ist«, bedrängte er die beiden Männer, während er sanft Ritans Hals nach dem Puls abfühlte.

Rafnir antwortete rasch: »Wir waren draußen auf der Wiese und haben nach einem Pferd gesehen, als er plötzlich umgefallen ist.«

Gehlyn runzelte die Stirn. »Hat er sich vorher krank gefühlt? Hat er vor Schmerzen geschrien? Oder über etwas geklagt?«

»Also, nein … hat er nicht … ich …«

Sayyed erkannte, dass sein Sohn unter Schock stand. Ritan war einer von Rafnirs besten Freunden, und es musste schlimm gewesen sein, ihn aus keinem ersichtlichen Grund zusammenbrechen zu sehen. Er packte Rafnir am Arm und drückte ihn beruhigend. »Denk nach. Was hat er heute gemacht?«

Die Hand auf seinem Arm war genau das, was Rafnir gebraucht hatte, um sein Entsetzen zu überwinden. »Er hat den ganzen Tag über nicht viel getan. Er war von gestern noch müde. Erinnere dich, Vater, er war mit den Männern gegangen, die den Grabhügel wieder zugeschüttet haben. Sie waren beinahe den ganzen Nachmittag fort. Und dann hat er die ganze Nacht hindurch getanzt.«

»Die ganze Nacht, was?«, brummte der Heiler. »Und dann ist er in dieser Hitze über die Wiese gelaufen? Könnte Erschöpfung oder Hitzeschlag sein. Sein Körper ist sehr heiß.« Er hob Ritans Augenlider an, sah dem Krieger in Mund und Rachen und betastete die Drüsen unter dem Kiefer. »Hmm. Das gefällt mir nicht.«

»Was?«, wollte Rafnir wissen.

»In seinem Mund sind kleine Furunkel und hier und da Schwellungen.« Er deutete auf Stellen unter Ritans Kiefer. Mit gespitzten Lippen ließ er sich auf die Hacken nieder. »Ihr lasst ihn besser hier, damit ich ihn beobachten kann.«

Die Besorgnis auf Rafnirs Gesicht wurde größer. »Wird er wieder gesund?«

»Ich weiß es nicht. Mir ist nicht klar, was ihm fehlt.«

Sayyed stand auf und zog seinen Sohn mit sich. »Vielen Dank, Gehlyn. Wir sagen es seiner Familie.«

Der Heiler winkte ihnen zu, ohne eine Antwort zu geben. Er runzelte besorgt die Stirn und rieb Ritans gerötete Haut mit einem feuchten Tuch ab. Sayyed und Rafnir eilten fort.

Zwei Tage lag Ritan in Gehlyns Zelt. Während dieser Zeit versuchte der Heiler verzweifelt, die Symptome zu lindern und herauszufinden, was dem jungen Mann fehlte. Ritans Fieber stieg allmählich immer höher, bis er rasend um sich schlug und klagende Laute ausstieß. Die Schwellungen am Hals wurden größer, und weitere erschienen in den Armbeugen und der Leistengegend und wurden zu harten, ekelhaften Knoten. Er schlug vor Schmerz um sich, wenn man sie berührte. Die Furunkel verbreiteten sich von Kopf bis Fuß über seinen Körper; es waren rötlich gelbe Pusteln, die aufplatzten und eine stinkende Flüssigkeit absonderten. Die einzige Gnade, die Rafnir bemerkte, als er seinen Freund besuchte, bestand darin, dass Ritan das Bewusstsein nicht mehr wiedererlangte.

Am dritten Tag ging Gehlyn zum Ratszelt und bat um Einlass, weil er mit Lord Athlone reden wollte. Der Heiler wurde willkommen geheißen. Die lautstarken Unterhaltungen im Zelt brachen plötzlich ab, als er sich vor dem Lord der Khulinin verbeugte und traurig sagte: »Ritan ist tot, mein Lord.«

Sayyed neigte das Haupt nicht nur zum Zeichen des Schmerzes über den Verlust eines ausgezeichneten jungen Kriegers, sondern auch vor dem Kummer, den sein Sohn nun fühlen musste. Dann riss er den Kopf wieder hoch und bekam eine Gänsehaut, als er Gehlyn sagen hörte: »Ich habe mit einigen anderen Heilern gesprochen, und wir haben herausgefunden, dass es drei weitere Männer mit den gleichen Symptomen gibt.«

Die Aufmerksamkeit im Zelt verschärfte sich zu angespannter Besorgnis.

»Wer?«, wollte Lord Hendric wissen.

»Ein Jehanan ist seit zwei Tagen krank; er hat Fieber und Furunkel am ganzen Oberkörper.«

»Und zwei aus dem Dangari-Klan«, fügte Koshyn hinzu. Der Häuptling stand auf; sein Gesicht war erheblich bleicher geworden. »Seit der letzten Nacht liegen sie mit Fieber im Bett. Einer von ihnen ist bewusstlos.«

Shahr über allem, flehte Sayyed stumm. Rafnir war bei Ritan während dessen Krankheit gewesen und hatte ihn mehrmals besucht, bevor der Krieger starb. Könnte sich sein einziges Kind mit dieser seltsamen Krankheit angesteckt haben? Er bemerkte nicht, wie er die Finger zur Faust ballte.

»Habt Ihr eine Vorstellung, was Euren Mann getötet hat?«, fragte Lord Dormar vom Klan Ferganan in die unbehagliche Stille hinein.

Gehlyn schüttelte den Kopf und lief nun auf und ab. »Es ist zweifelsfrei eine Krankheit, kein Hitzefieber und keine körperliche Verletzung, wie ich zuerst glaubte. Unglücklicherweise hat niemand von uns je etwas Ähnliches gesehen. All unsere Heilmittel haben nicht einmal die Symptome gelindert.«

Ein gedämpftes Murmeln rollte durch die Menschenmenge und wurde lauter, als man die Tragweite von Gehlyns Worten begriff.

»Ist es ansteckend?«, fragte Sayyed stellvertretend für alle.

Gehlyn warf die Hände hoch. »Ich weiß es nicht. Ich habe herausgefunden, dass diese vier Männer die Grabkammer betreten haben, bevor der Hügel wieder zugeschüttet wurde. Vielleicht hat das etwas zu bedeuten. Niemand sonst ist bisher erkrankt.«

Die Klanleute sahen einander besorgt an; sie alle hatten denselben Gedanken. Die meisten von ihnen hatten dabei geholfen, die Grabkammer freizuschaufeln und waren in das Innere getreten. Falls diese seltsame Krankheit aus einer Quelle innerhalb des Hügels kam, konnte sich beinahe jeder von ihnen angesteckt haben.

Lord Ryne schlug mit der Faust gegen einen Schild, um die Aufmerksamkeit der Männer zu erlangen. »Ich schlage vor, wir machen Schluss für heute, und jeder Häuptling geht zu seinem Klan zurück. Untersucht Eure Leute. Wenn jemand krank ist, berichtet es den Heilern. Wenn die Götter es wollen, werden die drei anderen Männer wieder gesund, und alles ist überstanden.«

Die Häuptlinge erklärten sich rasch mit diesem Vorschlag einverstanden. In kleinen Gruppen eilten sie aus dem Ratshain und gingen dann auf getrennten Wegen in die elf Lager.

An jenem Abend hatte Ritans Familie ihm ein rasches Begräbnis bereitet, und Gehlyn erfuhr, dass außer den drei kranken Männern niemand an mehr als den gewöhnlichen Schmerzen oder Erkältungen litt. Er und alle anderen Heiler beteten darum, dass die Schwierigkeiten kein größeres Ausmaß annehmen würden.

Zwei weitere Tage wurde die Versammlung wie gewöhnlich fortgeführt, während die Heiler, Priester und Häuptlinge ängstlich abwarteten. Am Mittag des dritten Tages starben die beiden Dangari. Und am Nachmittag folgte ihnen Torel, der hagere Jehanan, ins Reich der Toten. Alle drei Männer waren so elend und unausweichlich gestorben wie der junge Khulinin, und bei keinem von ihnen hatten Medizin, Umschläge oder Salben etwas bewirkt.

Auf Gehlyns hartnäckigen Rat hin hatten sich die Familien der Verstorbenen mit einem Scheiterhaufen statt eines Grabes einverstanden erklärt. Der Heiler hoffte, die Flammen würden bei der Vernichtung des Bösen helfen, das die Männer befallen hatte.

In jener Nacht versammelten sich die Häuptlinge und Klanleute der Dangari und Jehanan zusammen mit Athlone und Gabria auf der Wiese um einen großen Scheiterhaufen, auf dem die drei Toten mit ihren persönlichen Habseligkeiten lagen. Verwandte brachten Beutel voller Salz, Brotlaibe und kleine Geschenke herbei, die ebenfalls in das Reich der Toten geschickt werden sollten, und die Lords Sha Tajan und Koshyn legten Waffen neben den Leichnamen nieder. Ordan und der Priester Sorhs aus dem Dangari-Klan sprachen die Totengebete.

Gabria schloss die Augen, als Ordan eine Fackel nahm und das mit Öl durchtränkte Holz anzündete. Sie wollte nicht sehen, wie die Flammen aufsprangen, und nicht hören, wie das gefräßige Feuer unter plötzlichem Knacken das aufgeschichtete Holz verzehrte. Sie hatte es schon zu oft gesehen. Zu viele Menschen, die ihr lieb und teuer gewesen waren, hatten bereits das Reich Sorhs betreten und in ihrem Herzen nur Erinnerungen und Schmerz hinterlassen.

Sie spürte Athlones Arm um ihre Hüfte und schmiegte sich in seine schützende Wärme. Wenigstens verspürte sie nicht mehr diese scheußlichen Gefühle der Angst. Vielleicht hatte die Vorahnung des Todes dieser vier jungen Männer die seltsamen Visionen verursacht. Vielleicht war das alles jetzt vorbei, und es konnte wieder der Alltag einkehren.

Mit einem leisen Seufzer wandte Gabria den Kopf von den Flammen ab, öffnete die Augen und blickte an Athlones Schulter vorbei in die Dunkelheit. Ihr Seufzen wurde zu einem verängstigten Keuchen.

Athlone packte sie fester. »Was ist los?«, flüsterte er eindringlich.

»Ich habe geglaubt, ich … hätte etwas gesehen. Da draußen in der Dunkelheit.«

Die Herdwache, die bei ihnen stand, warf einen Blick auf Gabrias Gesicht und fuhr mit der Hand an den Schwertgriff.

Athlone drehte sich ebenfalls um, doch er sah lediglich einige Lagerfeuer und die undeutlichen, fernen Umrisse der Zelte, die vom Licht des untergehenden Halbmonds nur schwach erleuchtet wurden. »Was?«, fragte er.

Gabria blinzelte angestrengt in die Nacht, doch was immer sie gesehen hatte, war verschwunden. »Es war da!«, beharrte sie ängstlich. »Die Gestalt eines Mannes, der in den Schatten stand.« Sie zitterte. »Sie leuchtete in einem schrecklichen roten Licht, Athlone. Wie eine Totenlampe in den Sümpfen des Goldrine.«

In überwältigendem Schrecken erkannte Gabria plötzlich, dass die Vision ihres Bruders, die Gefühle des Grauens und dieser Anblick eines halb nur erahnten Lichts miteinander in Beziehung standen. Die Angst und Spannung, die seit dem Tag der ersten Vision in ihr brodelten, brachen nun aus. Sie barg den Kopf an Athlones Schulter. Ihre Tränen nässten ihm Hemd und Lederweste; ihre heftigen Schluchzer schüttelten seinen ganzen Körper durch. Er hielt sie fest in den Armen und verfluchte stumm das, was sie in diesen Zustand versetzt hatte.

»Es ist noch nicht vorbei«, stieß sie keuchend hervor. »Etwas Furchtbares ist da draußen.«

Etwas von ihrer Angst tastete sich mit eisigen Klauen in Athlones Hirn. Gabria hatte in der Vergangenheit zu oft Recht gehabt, als dass er ihre Warnungen als närrische Einbildungen hätte verwerfen dürfen. Wenn sie darauf bestand, dass dort draußen in der Nacht etwas Böses lauerte, dann war es so. Aber bei allen Göttern, was war es? Und was sollten sie dagegen unternehmen?

Er warf der Wache neben ihm einen raschen Blick zu und sah in Augen und Mund des Mannes dieselbe Spannung. »Wir sollten nach Hause gehen«, sagte Athlone scharf. Er nickte Lord Koshyn zu, richtete sich auf, verließ die Klanleute und ging auf die Dunkelheit zu. Er hatte noch den Arm um Gabria gelegt und führte sie schweigend von dem Scheiterhaufen weg; die Wache ging dicht an ihrer anderen Seite.

Die Herdwache zog ihr Schwert, als sie aus dem Licht traten. Das Geräusch raschelnden Leders und das Klappern der Rüstung erregten Gabrias Aufmerksamkeit. Sie wischte sich mit dem Ärmel ihres blauen Hemds übers Gesicht, sog tief die warme Nachtluft ein und legte dem Soldaten die Hand auf den Arm. »Das brauchst du nicht. Was immer sich in der Nacht versteckt, man kann es nicht mit einem Schwert besiegen.«

Sowohl die Herdwache als auch Athlone fröstelten angesichts des kalten, hohlen Tonfalls ihrer Stimme. Sie warfen sich über ihren Kopf einen besorgten Blick zu und gingen schneller durch die Dunkelheit auf die Feuer und Zelte des Khulinin-Lagers zu.

Nichts belästigte sie auf dem Rückweg, und Gabria bemerkte die seltsame Gestalt in dieser Nacht kein zweites Mal. Doch sie wusste, dass sie da war und außer Sichtweite auf etwas wartete, das Gabria nicht verstand. Bei der Rückkehr in ihr Zelt war es ihr endlich gelungen, ihre Angst zu verbergen. Sie lächelte über Corens Mätzchen, da er noch nicht zu Bett geschickt werden wollte; sie redete mit Lymira über deren Verlobten, half Athlone bei der Fütterung der Hunde und richtete ihr Heim für die Nacht her.

Nur Kelene, die vor einer kleinen Lampe saß und Ishtaks Halfter flickte, bemerkte das seltsame Glitzern in den Augen ihrer Mutter und die Linien der Anspannung um ihren Mund. Gabria war noch lange wach, sie stand vor der offenen Zeltklappe und starrte hinaus in die Dunkelheit, während Kelene schon zu Bett ging. Kelene zögerte, dann schloss sie ihre Mutter in die Arme.

Einen Augenblick lang klammerte sich Gabria mit der Kraft der Verzweiflung an sie. Durch diese Berührung spürte Kelene die Gefühle ihrer Mutter so deutlich wie ihre eigenen. Gabrias innerer Aufruhr ängstigte sie. Sie wollte fragen, was los war, doch etwas im Gesichtsausdruck ihrer Mutter sagte ihr, dass sie heute Nacht keine Antwort erhalten würde. Vielleicht fühlte sich Gabria am nächsten Morgen besser, wenn die Sonne schien und die dunklen Schatten der Nacht verschwunden waren.

Kelene schlüpfte mit einem Seufzer zwischen die Laken und beobachtete ihre Mutter noch lange, wie sie reglos vor der offenen Zeltklappe stand.

*

»Lord Athlone!« Gehlyns Schrei von draußen riss alle im Zelt aus dem Schlaf. Kelene richtete sich auf und fragte sich, ob sie nur ein paar Minuten geschlafen hatte. Ihre Mutter stand noch neben dem Eingang, und die Lampe auf der Kleidertruhe brannte noch. Dann bemerkte Kelene, wie draußen der Morgen dämmerte, und sie spürte die Kälte des frühen Tages.

»Gabria!«, brüllte Gehlyn. »Ist Lord Athlone wach?«

»Bin ich«, rief der Häuptling schlaftrunken. Er stand auf und reckte sich, während Gabria und die Herdwache vom Eingang zurücktraten, damit der Heiler hereinkommen konnte. Die drei Kinder erhoben sich ebenfalls und sahen neugierig zu, wie Gehlyn und Savaron ins Zelt stürzten. Ein Blick in ihre Gesichter verriet, dass es schlechte Neuigkeiten gab.

»Die anderen sechs Männer, die mitgeholfen haben, den Hügel zuzuschaufeln, sind ebenfalls erkrankt«, sagte der Heiler sofort. »Alle hat es während der letzten Nacht erwischt.«

Gabrias Gesicht wurde totenbleich. Als ob sie sich für eine Schlacht rüste, band sie schweigend ihr Haar im Nacken zusammen und holte ihre kleinen Vorräte an Kräutern, Arzneien und Bandagen.

»Das ist noch nicht das Schlimmste, Vater«, sagte Savaron. »Ich habe gehört, dass auch einer der Kaufleute aus Pra Desch hohes Fieber bekommen hat.«

»O Götter«, seufzte Athlone. Er zog die Stiefel und ein sauberes Hemd an, während er seine Gedanken zu zügeln versuchte. »Savaron, bitte die Häuptlinge, ins Versammlungszelt zu kommen. Gehlyn, nehmt jemanden mit Euch. Kümmert Euch um die Kaufleute und den ganzen Markt.«

»Soll ich ihnen sagen, was los ist?«, fragte der Heiler.

Athlone unterdrückte einen Fluch. Wenn die Händler erfuhren, dass eine tödliche Krankheit in den Klans aufgetreten war, gerieten sie womöglich in Panik und flohen. Im besten Falle würden sie die

Versammlung ohne Markt zurücklassen, im schlimmsten Fall die Krankheit auch an anderen Orten verbreiten. War es aber gerechtfertigt, sie *nicht* zu warnen? Sie würden es bald selbst herausfinden und möglicherweise den Klans schwere Vorwürfe machen.

»Ja, sagt es ihnen. Aber versichert ihnen, dass es keinen Grund zur Panik gibt. Und versucht herauszufinden, ob sie wissen, um welche Krankheit es sich handelt. Vielleicht hatten sie schon Erfahrung damit, oder sie haben sie selbst eingeschleppt, ohne es zu wissen.« Mit raschen Bewegungen legte er seinen Gürtel um und hängte sich die goldene Häuptlingskette um den Hals.

Gehlyn nickte. Er glaubte nicht, dass die ausländischen Kaufleute etwas mit der Krankheit zu tun hatten, doch er verstand, warum man sie fragen sollte. »Ja, mein Lord.«

»Vielen Dank«, sagte Athlone. »Berichtet mir so schnell wie möglich.« Beide Männer salutierten und eilten hinaus.

»Gibt es etwas, das wir tun können, Vater?«, fragte Lymira.

Lord Athlone sah Gabria an; er betrachtete ihre blutlosen Lippen, die Linie ihres vorgereckten Kiefers und die hastigen Bewegungen, mit denen sie ihre Vorräte zusammensuchte. »Helft eurer Mutter«, befahl er und eilte mit aufgebauschtem Mantel hinaus in den Morgen.

Diesen Tag des Sommers, der wie so viele andere zuvor heraufdämmerte, würden die elf Klane niemals vergessen. Bisher hatte das Wort ›Seuche‹ immer einen undeutlichen Schrecken bezeichnet, der sich anderswo ereignete. Seuchen suchten Städte wie Pra Desch und die dicht bevölkerten Gegenden der turischen Stämme oder der Fünf Königreiche heim. Kein einziges Mal in der langen Geschichte der Klane hatte eine verheerende Krankheit die ganze Bevölkerung betroffen. In jedem Klan gab es Grippe, Gelbfieber oder den roten Ausschlag, den Piers Arganosta Masern genannt hatte. Aber die halb-nomadischen Klane lebten weit voneinander entfernt und waren meist unterwegs. Eine Epidemie hatte sie noch nie heimgesucht – bis zu dieser Versammlung.

An jenem Tag erfuhren die Klane unter einem heißen, trockenen, klaren Himmel zum ersten Mal die schreckliche Macht einer Seuche.

Am Morgen schien die Lage noch nicht außer Kontrolle geraten zu sein. Die sechs erkrankten Männer – zwei Jehanan, ein Dangari und drei Khulinin – waren in ein Reservezelt gebracht worden, das man in einiger Entfernung von den Lagern aufgeschlagen hatte. Die Heiler hofften, die Ausbreitung der Krankheit durch diese Quarantäne verhindern zu können. Bald gesellte sich der Pra Descher Kaufmann, der die gestohlenen Grabbeigaben angekauft hatte, sowie sein junger Gehilfe zu ihnen.

Die Nachricht von den neuen Opfern fegte wie ein Sturm durch die Lager und den Markt, und die Häuptlinge verbrachten den ganzen Morgen damit, allen einschließlich den Händlern zu versichern, dass es keinen Grund gebe, gleich das Schlimmste anzunehmen.

Am Montag waren die Lords noch immer im Ratszelt versammelt. Einige Mädchen brachten Krüge mit gekühltem Wasser und Wein sowie Platten mit Speisen für die erschöpften Häuptlinge.

Lord Morbiar vom Wylfling-Klan war der Erste, der nach dem Wasser griff. Er packte einen der Krüge und trank sehr hastig. »Bei den Feuern von Gormoth, ist das heiß hier drin«, beschwerte er sich. Er stand in der Mitte des Zelts; sein Gesicht war zorngerötet, und Schweiß rann ihm von der Stirn. Plötzlich taumelte und stolperte er, dann brach er bewusstlos zusammen.

Niemand im Zelt bewegte sich. Entsetzt starrten ihn alle an und erkannten zum ersten Mal und in aller Deutlichkeit, dass die Krankheit über die zehn jungen Männer hinausgeschritten war und das Herz der Klane bedrohte.

In diesem verzweifelten Moment stürzte der Heiler aus dem Ferganan-Klan ins Zelt und rief atemlos: »Lords, ich habe zwei Frauen mit dem Fieber. Was soll ich mit ihnen machen?«

Bevor jemand etwas sagen konnte, befahl Lord Athlone: »Bringt sie her.«

Die übrigen Häuptlinge sahen ihn an, als habe er den Verstand verloren. »Warum?«, wollte Lord Fiergan wissen.

»Diese Seuche breitet sich aus«, antwortete Athlone so ruhig wie möglich. Bei dem Wort ›Seuche‹ zuckten die anderen Männer zusammen, denn es war das erste Mal, dass jemand es laut ausgesprochen hatte. »Wir müssen sie rasch begrenzen und die Opfer von den Gesunden trennen. Das einzige Zelt, das groß genug für elf Leute ist, ist dieses hier, und es wird vermutlich noch weitere Erkrankungen geben. Säubert das Zelt, macht ein Krankenlager daraus, und haltet alle außer den Heilern von hier fern.«

»Ich glaube, wir sollten jetzt gehen«, sagte Lord Terod mit lauter, aufgeregter Stimme. »In meinem Klan gibt es noch keine Kranken. Ich werde packen und von hier fortziehen.«

Zwei oder drei weitere Häuptlinge murmelten ihre Zustimmung.

»Das wäre unklug«, bemerkte Athlone knapp. »Was ist, wenn Euer Klan bereits infiziert ist? Wie könntet Ihr Euch auf der Wanderschaft um die Kranken kümmern? Ist Euer Heiler in der Lage, allein mit ihnen fertig zu werden? Was ist, wenn ihr einer Karawane oder einer Gruppe Turic begegnet und so die Krankheit an andere Völker weitergebt?«

»Ihr behauptet, mein Klan sei bereits erkrankt!«

»Wie wollt Ihr wissen, dass er es nicht ist? Seht Euch Morbiar an. Habt Ihr heute Morgen bereits gewusst, dass er krank ist?«, betonte Athlone.

Terod sah sich wild um, als suche er nach Unterstützung, doch die übrigen Häuptlinge sahen ihn nur stumm an. »Nein!«, rief er. »Ich sehe keinen Grund, hier zu bleiben und den Tod zu riskieren!«

Athlone ging zu ihm hinüber; sein Gesichtsausdruck war so hart wie Granit. »Ich sehe viele Gründe! Wir dürfen uns nicht aufteilen. Nicht jetzt. Wir müssen das gemeinsam durchstehen. Wir müssen unsere Kräfte und Gebete vereinen, und unsere Heiler müssen sich zusammenschließen, um ein Heilmittel zu finden. Wenn ihr fortzieht, wohin wollt ihr gehen? Wir sind von vielen Meilen Einsamkeit umgeben! Selbst wenn es uns in der Zwischenzeit gelingt, ein Gegenmittel zu finden, wird Euer Klan in der Einöde sterben!«

Von seinem Platz in Athlones Nähe sah Sayyed, wie sich im Gesicht des jungen Terod der Widerstreit der Gefühle spiegelte: Angst vor der Seuche, wenn er hier blieb, Furcht davor, dass sie seinen Klan draußen auf der einsamen Ebene heimsuchen könnte, und ein Hoffnungsschimmer beim Gedanken an ein mögliches Heilmittel. Sayyed begriff, wie sich der Lord fühlte. Die Angst um Rafnir quälte ihn, seit Ritan gestorben war. Er wollte seine Familie vor dieser tödlichen Pest in Sicherheit bringen, doch er wusste, dass Lord Athlone Recht hatte. Ihre einzige Hoffnung bestand darin, zusammenzubleiben und nach einem Mittel gegen diese Krankheit zu suchen.

Die anderen Männer schienen dies zu begreifen. Sie regten sich und nickten einander zu. Die Starre des Schocks fiel von ihnen ab, als sie erkannten, dass sie in einen Krieg ziehen mussten. Terod wich vor Athlone zurück und stapfte zum Zelteingang.

»Der Amnok-Klan wird bleiben«, sagte er harsch. »Aber ich stelle Wachen um mein Lager auf. Niemand betritt es ohne meine Erlaubnis.« Er drehte sich auf dem Absatz um und verließ das Zelt.

»Das ist keine schlechte Idee«, meinte Koshyn und ging auf den gestürzten Morbiar zu, um ihm zu helfen. »Wir sollten die anderen Aktivitäten verschieben und unsere Bewegungsfreiheit einschränken, bis wir wissen, wie weit sich die Krankheit schon ausgebreitet hat.«

Dieser Vorschlag wurde sofort angenommen, und nach einer Stunde wirkte die große, geschäftige Versammlung wie eine belagerte Zeltstadt. Aus dem Ratszelt waren alle Teppiche und Kissen sowie jeglicher Schmuck eines Versammlungsplatzes entfernt worden, um Platz für die Kranken zu machen. Die Rennbahnen, die Untiefen, bei denen sich die Frauen zum Waschen und Plaudern trafen, und die Wiesen, auf denen die Kinder so gern spielten, waren allesamt verlassen. Bewaffnete Männer bewachten die Lager und patrouillierten auf dem leeren Markt. Nur die Ausreiter, welche die Herden auf den weit verstreuten Weiden im Tal bewachten, durften das Lagergebiet verlassen. Die Frauen und Kinder blieben in der Nähe ihrer Zelte. Die Priester Surgarts und Sorhs und die Priesterinnen Amaras versammelten sich auf der heiligen Insel des Tir Samod und beteten zu ihren Gottheiten um Hilfe. An diesem und den nächsten Tagen brannten ihre Feuer ohne Unterbrechung in den Tempeln des Steinkreises, und ihre Bittgesänge hörten nicht auf.

Bei Einbruch der Nacht waren acht weitere Leute ins Ratszelt gebracht worden.

Sayyed half gerade einigen anderen Männern, Wasser in ein großes Fass zu schöpfen, als er eine leise, weibliche Stimme seinen Namen rufen hörte. Er zögerte und spähte in das düstere Zwielicht. Die unvertraute Stimme ertönte auf Art der Hunnuli unmittelbar in seinem Kopf.

Dann hörte er einen jaulenden Lärm. *Sayyed!* Er sah einen weißen Blitz, und ein kleines Geschöpf huschte aus dem Gras auf seine Stiefel zu. *Komm! Komm!*, rief die Stimme in seinen Gedanken. *Sie braucht dich.*

Entsetzt erkannte er Tams Katze. Er ließ seinen Eimer fallen und rannte hinter der schemenhaften Gestalt her. Rafnir!, schrie es in seinem Herzen. Bitte nicht sein Sohn! Er erreichte das Lager der Khulinin, hastete an den Wachen vorbei und eilte in sein eigenes Zelt.

Bei seiner Ankunft kauerten die Hunde vor dem Eingang. Selbst die Ziegen waren still und standen mit weit aufgerissenen Augen beieinander. Sayyed war so aufgeregt, dass er weder ihnen noch den beiden Hunnuli neben dem Zelt Beachtung schenkte. Tams schwarzes Pferd stand völlig reglos da und hielt den Kopf vor Kummer gesenkt. Afer, Sayyeds Hengst, drängte ihn mit seinem Wiehern dazu, weiterzulaufen.

Sayyed stürzte hinter der Katze in das Innere des Zelts, erwartete dort seinen Sohn liegen zu sehen – und blieb wie angewurzelt stehen. Seine Seele befiel eine betäubende Verzweiflung. Die ganze Zeit über hatte er sich Sorgen um Rafnir gemacht, aber er hatte sich niemals vorgestellt, seine Frau könnte erkrankt sein.

Doch da lag sie auf der Pritsche, mit Tränen in den Augen und das Gesicht scharlachrot vor Hitze. Als sie Sayyed sah, versuchte sie vergeblich, sich aufzurichten und ihn von ihr fern zu halten. »Nein, nein, mein Geliebter«, flüsterte sie heiser, als er neben ihr niederkniete. »Komm mir nicht zu nahe.«

Er beachtete ihre Bitte nicht und drückte sie sanft auf das Bett zurück. Mit einem Tuch wischte er ihr den Schweiß aus dem Gesicht. Die kleine weiße Katze kauerte sich neben Tams Kopf; ihre goldenen Augen waren riesig. Sie schnurrte heftig, als wolle sie ihre Herrin beruhigen.

»Vielleicht ist es etwas anderes«, sagte Sayyed verzweifelt. »Eine Erkältung, schlechtes Essen oder ein Insektenstich. Spinnenbisse machen dich doch immer krank.«

»Es war keine Spinne; das weißt du genau«, entgegnete sie mit einem Aufblitzen ihres alten Schwungs.

Sayyed wusste es. Er erkannte die Zeichen der Krankheit auf ihrer brennenden Haut und in den Schwellungen unter dem Kiefer. »Dann weißt du, was ich tun werde«, sagte er mit brechender Stimme.

Ihr Kinn zitterte. »Was du tun musst.«

Nie zuvor in seinem Leben hatte Sayyed etwas so Schwieriges vollbringen müssen wie Tams leichte Gestalt hochzuheben und sie auf seinen Armen aus dem Zelt zu tragen. Sie hielt sich an ihm fest, während er langsam den Pfad hinabging und die beiden Hunnuli ihnen dicht folgten. Weder Sayyed noch Tam fanden die Worte, die sie sagen wollten. Die Khulinin-Wächter am Rand des Lagers warfen einen Blick auf seine Last und traten traurig aus dem Weg. Durch den dunklen Nebel, der seinen Verstand einhüllte, sah Sayyed sie nicht einmal. Beinahe blind trug er seine Frau zum Ratszelt und in dessen nur schwach erhelltes Innere. Drei Reihen von Pritschen hatte man für die Kranken aufgestellt, und in der Feuerstelle mitten im Zelt loderten die Flammen. Die vier diensthabenden Heiler hatten mit ihren Patienten so viel zu tun, dass sie gar nicht bemerkten, wie Sayyed hereinkam.

Mit zitternden Händen legte er Tam auf eine Pritsche unmittelbar an der Zeltwand. Er wusste, dass ihm nur noch ein kurzer Augenblick verblieb, um etwas zu ihr zu sagen, bevor einer der Heiler ihn bemerken und zum Verlassen des Zelts zwingen würde, doch wie konnte er dreiundzwanzig Jahre Freundschaft und Liebe in ein paar dürre Worte kleiden? Diese Frau hatte ihm das Leben gerettet, ihn geliebt, ihm einen Sohn geboren und eine Welt voller Lachen und Freude geschenkt. Wie konnte er sie hier zum Sterben zurücklassen? Tränen schimmerten in seinen Augen, und er griff nach ihrer Hand.

Etwas Weiches strich an seinem Arm vorbei. Die weiße Katze war ihm aus dem Lager gefolgt und kuschelte sich nun in das Laken neben Tams Schulter. Jenseits der Zeltwand wieherten ihr die beiden Hunnuli zu.

Tam versuchte zu lächeln. »Ich bin hier nicht allein. Geh, mein Gemahl. Kümmere dich um unseren Sohn. Und vergiss unsere Liebe nicht«, flüsterte sie.

Sayyed ließ den Kopf hängen. »Ich komme zurück, sobald ich kann.« Er strich ihr mit dem Finger über die Wange, kämpfte sich dann auf die Beine und floh aus dem Zelt.

Vier

Kelene erwachte mitten in der Nacht; es war ihr unangenehm warm. Als sie die Augen aufschlug, sah sie in einem verschwommenen Glimmen, wie ihre Mutter über dem *Buch des Matrah* gebeugt saß und versuchte, die Seiten des alten Zauberwerkes im Licht einer einzelnen Kerze zu lesen. Kelene blinzelte und fragte sich, warum ihr so heiß war. Ihr Laken war mit Schweiß durchtränkt, und etwas Schweres lag gegen ihre linke Seite gepresst.

Plötzlich setzte sie sich mit klopfendem Herzen auf. Coren war am vergangenen Abend in die Laken neben ihr geschlüpft und dort eingeschlafen. Einmal hatte er sich beinahe auf sie gerollt. Im schwachen Schein der Kerze sah er seltsam rot aus. Kelene legte die Hand auf seine feuchte Stirn. Es war das erste Mal, dass sie ihren einfühlenden Griff bei einem kranken Menschen anwendete. Das Ergebnis entsetzte sie. Sie spürte die Symptome von Corens Krankheit genauso deutlich wie seine Angst und Verwirrung.

»Mutter!«, rief sie.

Ihre Stimme weckte jedermann im Zelt. Gabria sprang auf und kniete sich neben Kelene. Coren war halb wach und atmete hastig. »Mir tut der Hals weh, Mama«, murmelte er.

Kelene machte sich von ihm los und streckte ihn sanft auf der Pritsche aus. »Seine Temperatur steigt«, sagte sie zu ihrer Mutter und versuchte dabei, wegen Coren alle Angst aus ihrer Stimme zu verbannen. »Sein Hals schwillt an, und er verliert das Bewusstsein. Du musst etwas tun!«

Gabria nahm ein Tuch und wischte über Corens Gesicht. Ihre Hände zitterten. »Ich habe das *Buch des Matrah* von vorn bis hinten durchgelesen und nicht einen einzigen Heilspruch gefunden«, sagte sie leise. »Ich weiß nicht, was ich tun soll.«

»Wir müssen doch irgendetwas versuchen«, beharrte Kelene.

»Vielleicht sollten wir ihn in feuchte Laken wickeln, um seine Temperatur zu senken.«

Athlone und Lymira knieten sich neben Coren. In ihren Mienen spiegelte sich tiefe Besorgnis. »Vielleicht sollten wir ein wenig von unserer Kraft auf Coren übertragen, damit sein Körper die Krankheit besser bekämpfen kann«, schlug Athlone vor.

Gabria dachte darüber nach. Zauberer benutzten eine Mischung aus geistigen und körperlichen Kräften, um die Macht der Magie zu bändigen. Sie vereinigten oft ihre Kräfte, um schwierige Zaubersprüche auszuführen, doch Gabria hatte noch nie versucht, ihre Energie einer viel kleineren, schwächeren Person zu geben, die ihre eigenen Kräfte nicht unter Kontrolle hatte. Sie wusste nicht, was sie zu erwarten hatte. Sie konnte nur hoffen, dass die Verbindung von zusätzlicher Kraft und niedrigerer Körpertemperatur Coren die Hilfe zu geben vermochte, die er im Kampf gegen die Krankheit benötigte.

Schließlich nickte sie, richtete dabei aber den Blick unverwandt auf das Gesicht ihres Sohnes. »Es ist einen Versuch wert.«

Kelene und Lymira rissen zwei Laken von den Pritschen und schossen aus dem Zelt in Richtung Fluss. Nach wenigen Minuten waren sie mit den feuchten Tüchern zurück und wickelten sie um ihren kleinen Bruder. Er jammerte und fiel in einen rastlosen Schlaf.

Ganz behutsam legte Gabria die Finger auf Corens Kopf und schickte etwas von ihrer beachtlichen Kraft durch die Fingerspitzen in den Körper des Jungen. Athlone und Lymira sahen zu und warteten ab, während Kelene ihre Hände gegen Corens Arm gepresst hielt und sich mit geschlossenen Augen auf etwas konzentrierte, was nur sie zu hören schien.

Zuerst schien der Zauber zu wirken. Corens Atmung wurde langsamer, und das feurige Rot auf seinen Wangen verblasste. Kelene öffnete die Augen, sah Gabria an und lächelte. Doch dann verschwand ihr Lächeln. »Sein Herz schlägt schneller«, flüsterte sie.

Gabria beugte sich dichter über Coren und sah, dass es stimmte. Corens Puls klopfte an seinem Hals; der kleine Junge rang nun nach Luft.

»Hör auf, Mutter!«, rief Kelene sofort. »Halt! Er erträgt es nicht!«

Gabria riss die Finger weg und sah ihren Sohn entsetzt an. Sein

Puls verlangsamte sich wieder, doch das tödliche Rot kroch erneut über sein Gesicht. Als sie ihn abermals berührte, war seine Haut brennend heiß.

»Es tut mir Leid«, sagte Kelene; sie war den Tränen nahe. »Sein Körper verträgt die zusätzliche Kraft nicht. Sein Herz muss zu stark arbeiten.«

Lymira sah ihre ältere Schwester erstaunt an. »Woher wusstest du das?«, fragte sie ruhig, doch Kelene sah nur ihre gequälten Eltern an und schüttelte den Kopf.

Bittere Stille erfüllte das Zelt des Häuptlings. Die Familienmitglieder sahen einander mit einer Mischung aus Angst und Entsetzen an. Keiner wusste angesichts dieser Enttäuschung etwas zu sagen. Sie begriffen, was sie als Nächstes unternehmen mussten, wie sehr sie es auch verhindern wollten, aber niemand wagte den ersten Schritt zu tun.

Gabrias Gedanken waren wie gelähmt. »Ich bringe ihn nicht dorthin«, flüsterte sie schließlich.

»Wir müssen es tun«, sagte Athlone. Die harte Wahrheit schwang bebend in seiner Stimme mit.

Gabria zitterte, als wolle sie seine Worte abschütteln. »Nein!«

»Gabria, uns bleibt keine Wahl. Wir haben es versucht, aber wir können dieses Fieber nicht aufhalten. Jetzt müssen wir verhindern, dass sich die Seuche noch weiter ausbreitet.«

»Das hat sie doch schon getan!«, zischte sie, während sie Corens Hand ergriff.

Der Häuptling blinzelte und nickte seinen Töchtern zu. »Wollt ihr, dass sie immer weiter um sich greift?«

Gabria sagte nichts, während sie mit ihren Ängsten rang. Sie wusste, dass Athlone Recht hatte, aber sie wusste auch, dass bisher noch niemand diese Krankheit überlebt hatte. Alle Instinkte in ihr wehrten sich dagegen, ihren kleinen Jungen in das Ratszelt zu bringen und damit aufzugeben.

Sie hob das Kinn. »Dann mache ich es selbst«, sagte sie gelassen, »und ich werde bei ihm bleiben.«

Lymira keuchte entsetzt auf. Kelene sah ihren Vater flehentlich an und hoffte, er möge Gabria aufhalten. Doch er schaute nur von Corens fiebrigem Gesicht zu Gabrias entschlossener Miene.

Sie sagte mit sanfter und schicksalsergebener Stimme: »Es ist zwei Tage her, seit ihr das Krankenlager eingerichtet habt. Über vierzig Seuchenopfer liegen dort, und es werden täglich mehr. Die Heiler sind überfordert. Sie brauchen Hilfe. Wenn ich gehe, kann ich Coren und Tam die Aufmerksamkeit schenken, die sie brauchen, und den Heilern beistehen.«

»Aber du wirst vorerst nicht zurückkehren können«, erinnerte Athlone sie.

»Mutter, du darfst nicht gehen!«, rief Lymira mit tränenerstickter Stimme, und ihre Augen wirkten im dämmerigen Licht riesig.

Gabria strich ihr über die Wange. »Es wird alles gut werden. Betet nur zu Amara, dass sie über Coren wacht.« Sie nahm den Jungen in die Arme und stand mit einem Ausdruck grimmiger Entschlossenheit auf. Der Häuptling nahm ihren goldenen Mantel vom Zeltpfahl, legte ihn ihr um die Schultern und zog die Zeltklappe beiseite.

Gabria schenkte ihren Töchtern ein liebevolles und aufmunterndes Lächeln und ging neben Athlone hinaus in die Dunkelheit. Nara und Eurus verließen ihren angestammten Platz neben dem Zelt und begleiteten sie. Schweigend schritten Athlone und Gabria auf menschenleeren Pfaden hinunter zum Ratshain. Die Nacht war schwül und warm, und Blitze zuckten über den nördlichen Horizont. Coren regte sich nicht; er hielt die Augen geschlossen und hatte die Finger in Gabrias zerknittertem Hemd vergraben.

Am Rand des Lagers blieb Athlone stehen, um einige Worte mit den Wachen zu wechseln. Gabria wartete still und genoss diese letzten Augenblicke allein mit ihrem Sohn. Sie betrachtete gerade Corens Gesicht, als plötzlich die beiden Hunnuli ohne Vorwarnung wütend wieherten.

Gabria riss den Kopf hoch. Dicht hinter ihnen, in den undurchdringlichen Schatten der Nacht, schwebte eine Gestalt. Sie war so groß wie ein Mann, so unfassbar wie Rauch und leuchtete in unheimlichem roten Licht, das ihr Ekel einflößte. Sie beugte sich schützend über ihren Sohn und verzerrte den Mund in großer Wut. »Nein! Bleib weg von mir!«, kreischte sie. »Mein Kind bekommst du nicht!«

Gleichzeitig zogen Athlone und die Wachen die Schwerter und stürzten auf die Gestalt zu. Die Hunnuli drängten nach vorn. Aber

Gabria war schneller. Sie verlagerte Corens Gewicht auf den einen Arm, hob den anderen und schickte zwischen den beiden Pferden hindurch einen versengenden Blitz aus blauer Energie auf das Phantom. Auf dem Weg zu seinem Ziel erleuchtete der Blitz das Gras. Er traf die Gestalt genau in der Mitte, fuhr jedoch durch sie hindurch und verpuffte harmlos im Boden hinter ihr.

Die unheimliche Gestalt stieß so etwas wie ein harsches Lachen aus und verschwand; sie hinterließ nur einen schrecklichen Gestank von verwesendem Aas. Die Männer hielten neben Gabria an.

»Gute Götter!«, rief einer der Wachen. »Was war denn das für ein Ding?«

Gabria gab keine Antwort. So etwas hatte sie noch nie gesehen. »Habt ihr diese Gestalt erkannt?«, fragte sie die beiden Hunnuli.

Beide Pferde waren sehr erregt und verstört. *Nein,* schnaubte Nara. *Etwas dergleichen haben Hunnuli noch nie gesehen.*

Es hat nach Verwesung gerochen, fügte Eurus hinzu. Der Ekel in seinen Gedanken war deutlich zu spüren.

Was immer diese Gestalt gewesen sein mochte, sie war böse. Das wusste Gabria ohne die geringste Spur eines Zweifels. Sie hatte eine mächtige Gegenwart in diesem kurzen Moment der Sichtbarkeit und eine beinahe greifbare Aura des Hasses und der Besessenheit gespürt, die sie schwindlig machten. Sie drückte Coren noch enger gegen ihre Brust. Dieses Geschöpf wollte etwas, dessen war sie sich sicher – etwas, das in Zusammenhang mit dieser Versammlung und den Klanleuten stand. Es war kein Zufall, dass die Gestalt und die Seuche zur gleichen Zeit auftraten.

Sie warf einen Blick auf Athlone, der sein Schwert zurück in die schafslederne Scheide steckte, und sie sah den Ausdruck von Wut und Nachdenklichkeit auf seinem Gesicht. Er war offenbar zu einer ähnlichen Einsicht gekommen, denn er sagte: »Ich muss mit Ordan reden.«

Er packte sie am Arm, und sie gingen vorsichtig durch das offene Gelände hinunter zum Hain beim Fluss. Das große Zelt war durch Lampen und Fackeln erhellt. Sie sahen undeutliche Schatten, die sich hinter der Leinwand bewegten, und den schwarzen Umriss von Tams Hunnuli, das geduldig vor dem Zelt stand.

Selbst zu dieser späten Stunde befanden sich Leute in dem Wäldchen. Einige brachten Vorräte oder weitere Kranke, andere warteten auf Neuigkeiten von ihren Lieben. Wehklagen, Schmerzensschreie und Jammern durchbrachen die nächtliche Stille.

Am offenen Zelteingang hielt Athlone seine Frau an und nahm ihr Gesicht zwischen die Hände. Er sah in ihre dunkelgrünen Augen und erkannte die Liebe und den Mut, die er in ihrem Blick immer fand. »Ich werde tun, was ich kann«, sagte er nur.

Sie schmiegte sich in seine Hände. »Ich auch.«

Er küsste sie und Coren und schlich dann fort, bevor ihn der Mut verließ.

Gabria sah ihm nicht nach. Sie hatte Angst, sie würde hinter ihm herlaufen, wenn sie es tat. Stattdessen zwang sie sich dazu, das heiße, laute, stinkende Zelt zu betreten. Jetzt wäre sie beinahe doch geflohen.

Zu vieles hatte sich zum Schlechten gewendet, seit das Zelt zum Krankenlager gemacht worden war. Siebenundvierzig Leute jeden Alters lagen nun in langen Reihen auf den Pritschen. Die Klanheiler arbeiteten ununterbrochen in mehreren Schichten, aber es waren zu wenige; sie konnten den schwer erkrankten Menschen kaum helfen. Im Zelt herrschte ein Durcheinander aus fortgeworfenen Tüchern, Verbänden, schmutzigen Laken, alten Umschlägen und Kübeln mit unbeschreiblichem Inhalt. Der schwere Gestank von Blut, Erbrochenem, Fackelqualm und brennendem Räucherwerk stach Gabria erstickend in der Nase. Einige Kranke weinten, viele waren bewusstlos, und nach den stillen, bedeckten Gestalten am einen Ende des Zelts zu urteilen, waren einige bereits gestorben. Schlimmer noch: Gabria sah zwei Heiler – einen Jehanan und einen Wylfling – unter den Kranken.

Sie suchte nach einem Platz für Coren, als Gehlyn an den Pritschen vorbei auf sie zueilte. »Gabria, bitte. Gebt mir Euren Sohn und geht. Ich werde für ihn tun, was ich kann.«

Sie betrachtete eingehend das Gesicht des Heilers und war tief betroffen von dem, was sie sah. »Ihr könnt Euch kaum um Euch selbst kümmern, Gehlyn. Habt ihr in der letzten Zeit gegessen oder geschlafen?«

Er schnitt eine Grimasse. »Ich bin nicht hungrig.«

»Und es geht Euch auch nicht gut!«

»Gut genug, um mich um die Kranken zu kümmern«, sagte er gezwungen, obwohl er so aussah, als könne er kaum mehr stehen.

»So geht es mir auch«, gab Gabria milde zurück. »Ich werde meinen Sohn nicht allein lassen.«

»Aber Gabria …«

Sie schüttelte den Kopf. »Die Opfer kommen schneller herein, als die Heiler sich um sie kümmern können. Ihr braucht Hilfe.« Bevor er darauf etwas zu erwidern vermochte, fand sie eine freie Stelle in Tams Reihe, nicht weit von ihr entfernt, und legte Coren auf ein Laken. Ein entsetztes Keuchen entschlüpfte ihr beim Anblick ihrer Freundin. Die giftigen Beulen hatten sich über Tams Körper ausgebreitet. Während Gabria reglos vor ihr stand, würgte die Frau und erbrach Blut über Brust und Hals. Die weiße Katze miaute mitleidig.

Gehlyn nahm ein Stück Tuch und wischte das Blut ab. Gabria riss ihm den Fetzen aus den Fingern. Sie kniete sich neben Tam, schluckte ihre Tränen herunter und rieb Blut und Erbrochenes ab.

Tam öffnete kurz die Augen, und ein geisterhaftes Lächeln umspielte ihre Lippen. Dann seufzte sie und verlor das Bewusstsein.

Gabria sah gequält auf. »Habt ihr irgendetwas gefunden, das diesen Leuten hilft?«

Gehlyn neigte den Kopf; sein grauer Blick verlor sich beinahe in den Schatten um seine Augen. »Wir haben alles versucht«, seufzte er. »Jedes Pulver, jeden Breiumschlag und Einlauf, alle möglichen Kräuter oder Mixturen, die wir finden konnten. Wir haben die Kaufleute befragt und ihre fremden Arzneien durchstöbert. Alles vergebens. Weder unsere Erfahrung noch unsere Überlieferungen sind uns eine Hilfe. Das Einzige, was den Kranken eine gewisse Linderung verschafft hat, ist eine Pflanze aus dem Norden namens Brustwurz. Ein Kaufmann aus Pra Desch hatte sie. Er sagte, sie werde in seiner Stadt zur Abwehr der Pest benutzt. Wir haben versucht, einen starken Tee aus Pappelknospen und Brustwurz aufzubrühen, und er scheint das Fieber für eine kurze Weile zu senken, aber uns gehen bald die Vorräte aus.«

»Zeigt mir dieses Kraut«, sagte Gabria gebieterisch.

Der Heiler zögerte und suchte nach einem Weg, sie zum Gehen zu veranlassen, doch dann entschied er mit einem müden Schulterzucken, dass es bereits zu spät war. Die Heiler brauchten dringend

Hilfe, und außerdem war es sehr schwer, in einem Streitgespräch mit Gabria zu obsiegen. Er bahnte sich einen Weg durch die Abfallhaufen, persönlichen Habseligkeiten und Pritschenreihen und führte Gabria zur Feuerstelle in der Mitte des Zelts. Ein kleiner Kessel hing brodelnd über einem Kohlenbett, das ein müder junger Gehilfe in Gang hielt.

Gehlyn hob eine traurig kleine Hand voll getrockneter Blätter und winziger weißer Blüten auf. »Das ist alles, was wir noch haben.«

Ohne eine Erwiderung nahm Gabria sie ihm aus der Hand und verließ das Zelt. Gehlyn folgte ihr neugierig. Er beobachtete sie, wie sie einige Hände voll Gras rupfte und auf einen Haufen neben dem Eingang legte.

Als sie genug gesammelt hatte, kniete sich Gabria vor den Haufen. Sie legte die Brustwurz daneben und betrachtete die kleinen weißen Blüten, die dicken Stängel und die Blätter. Die Blüten verströmten einen schwachen, honigähnlichen Duft, und die Stängel hatten einen süßen, kräftigen Geruch, der Gabria an Anis erinnerte.

Sobald sie sicher war, die Pflanze gut genug zu kennen, schloss sie die Augen und zog die Kräfte der Magie in ihrer Umgebung zusammen. Ihre Worte bildeten einen Zauberspruch, der die Magie ihr untertan machte; ihre Willensstärke setzte den Zauber in Gang. Sie hielt die Hand über den Grashaufen, und bevor Gehlyn fragen konnte, was sie da machte, verwandelte sie das Gras in einen Haufen Brustwurz.

»Es ist nicht viel«, sagte sie entschuldigend, als sie die Strünke dem Heiler in die Hand drückte, »aber ich habe diesen Zauber noch nie bei einer unbekannten Pflanze versucht. Ich werde mehr davon herstellen, wenn sie wirken.«

Er starrte auf die Früchte ihrer Arbeit, und ein müdes Lächeln erwärmte sein Gesicht. »Dazu also habt Ihr das Gras benötigt«, bemerkte er.

Gabria berührte die Stängel in seiner Hand. »Zauberer können nichts bloß aus Luft erschaffen.« Sie seufzte enttäuscht. »Es gibt so vieles, was wir nicht können.«

»Nun, vielen Dank für die Kräuter«, sagte er erfreut. »Ich vermute, Ihr könnt Eure Magie nicht einsetzen, um diese Leute zu heilen?«

Sie biss sich auf die Lippe. »Ich denke über nichts anderes nach.

Aber ich wüsste nicht, wie ich das schaffen könnte. Wir haben all die alten Fähigkeiten verloren.«

»Hatten die Zauberer in Moy Tura Aufzeichnungen über ihre Heilmagie?«

Bei der Erwähnung Moy Turas regte sich etwas in Gabrias Erinnerung. In einem Buch, das sie in der Zitadelle von Krath gelesen hatte, war eine alte Heilergilde erwähnt worden. Die Existenz einer Gilde könnte erklären, warum es im *Buch des Matrah* keine Heilsprüche gab und auch keine mündlichen Traditionen überlebt hatten. »Woher wisst Ihr das?«, fragte sie.

Gehlyn schmunzelte. »Piers hat es mir gesagt, als er mir den Heilstein gab.«

Ach ja, der rote Heilstein – eine unschätzbare Verbindung zu der alten Kunst. Er war nur erschaffen worden, um die Auswirkungen von Schadenszaubern fortzunehmen. Piers Arganosta hatte ihn jahrelang in seinem Besitz gehabt, bevor er ihn seinem Lehrling übergab. Gabrias Gesicht nahm einen nachdenklichen Ausdruck an.

Sie wollte gerade etwas erwidern, als eine Stimme in der Nacht ihren Namen rief. Sayyed eilte auf sie zu. Gehlyn befahl ihm zurückzuweichen, doch Gabria legte dem Heiler eine Hand auf den Ärmel und schüttelte den Kopf. »Ich will mit ihm reden«, sagte sie sanft, aber bestimmt.

Der Heiler nickte kurz und lief mit den Pflanzen zurück ins Zelt.

»Gabria!«, rief Sayyed. »Ich habe dich herauskommen sehen. Ich weiß, dass sie noch lebt. Geht es ihr besser? Darf ich sie sehen?«

Gabria versuchte, die richtigen Worte zu finden, doch ihre Miene sagte ihm bereits alles, was er wissen musste. Sein schönes Gesicht schien vor ihren Augen zu altern.

»Zwei Tage lang habe ich gehofft«, murmelte er. Plötzlich trat er vor und packte sie am Arm. »Bitte! Lass mich zu ihr! Es ist mir egal, ob ich krank werde. Ich muss Tam sehen!«

»Aber mir ist es nicht egal!«, zischte Gabria. Nun packte sie ihn und schüttelte ihn. »Sie würde es nicht wollen, dass du sie in diesem Zustand siehst oder dich ansteckst. Wenn du dieses Zelt betrittst, stehst du unter Quarantäne. Wer wird sich dann um Rafnir kümmern? Und um Tams Tiere?« Sie versuchte alles, um ihn umzustimmen, doch sie hätte auch gegen eine Wand reden können.

Er befreite sich aus ihrem Griff und lief ins Zelt, bevor sie ihn daran hindern konnte. Als sie ihn endlich eingeholt hatte, kauerte er bereits neben Tams Pritsche, wischte ihr vorsichtig mit der einen Hand über das Gesicht und kraulte ihre weiße Katze mit der anderen. Traurig ließ Gabria ihn allein. Sayyed hatte eine Entscheidung getroffen. Er konnte genauso unerbittlich sein wie sie selbst.

Den Rest dieser unendlich langen Nacht verbrachte sie mit der Pflege ihres Sohnes und befahl den Gehilfen, das Durcheinander im Zelt zu entfernen. Auch gab sie jedem Opfer, das noch schlucken konnte, einen Becher warmen Tee. Vier weitere Leute, unter denen sich auch Lord Morbiar befand, starben in den kühlen Stunden vor Anbruch der Morgendämmerung. Fünfzehn neue Opfer wurden von ihren entsetzten Angehörigen beim Zelteingang zurückgelassen.

Bei Sonnenaufgang entschieden die Heiler, dass sie mehr Zelte für die Kranken und weitere Hilfe brauchten. Sie schickten eine Botschaft aus, in der sie um ein Treffen mit den Klan-Häuptlingen baten, dann trugen sie verbittert die Toten auf die Wiese, in welcher der letzte Scheiterhaufen einen schwarzen, schwelenden Kreis hinterlassen hatte. Dort nahmen die trauernden Familien Abschied von ihren Angehörigen, und ein zweiter Scheiterhaufen wurde errichtet. Gabria hatte das schreckliche Gefühl, dass es nicht der letzte war.

Die Klane kämpften an jenem Tag hart darum, nicht der Panik und Angst zu unterliegen, die sich noch schneller als die Seuche in den Lagern ausbreitete. Kein Klan war von der Krankheit verschont geblieben; kein Alter, Rang oder Geschlecht war dagegen gefeit.

Das Schlimmste war, dass niemand sagen konnte, wo diese Epidemie ihren Ursprung hatte. Sie war wie ein Blitz aus heiterem Himmel eingeschlagen, der trockenes Zunderholz entzündet und einen Feuersturm entfesselt. Der Priester Ordan, Lord Athlone und Gabria hatten ihre eigene ungewisse Meinung davon, was diese tödliche Pestilenz hervorgebracht hatte. Doch der großen Mehrheit der Klanleute blieb nur ihr Aberglaube und ihre Einbildungen. Mutmaßungen schossen ins Kraut, und trotz der patrouillierenden Wachen und erweiterten Ausgehverbote verbreiteten sich Gerüchte und Unruhe wie Heuschrecken durch die Lager, während die Leute jemanden zu finden versuchten, dem sie die Schuld an alldem geben konnten.

Einige glaubten, die Öffnung des versiegelten Grabhügels habe Sorhs Zorn auf die Klane herabgezogen; andere glaubten, die Flüsse seien vergiftet; wieder andere beschuldigten die ausländischen Händler. Besonders im Reidhar-Klan und unter den Priestern gab es einige, welche die Magie verantwortlich machten, doch auch sie konnten sich nicht auf eine gemeinsame Linie einigen. Mehrere Priester behaupteten, die Götter bestraften die Klane, weil diese Häresie und Magie nicht bei der erstbesten Gelegenheit ausgerottet hatten, während die Reidhar der Ansicht waren, dass die Magie selbst, eine böse und verdorbene Macht, außer Kontrolle geraten war und nun alles vernichtete, was ihr im Weg stand.

Welche Mutmaßungen das Volk Valorians auch anstellte, es tat alles, um sich gegen diesen lautlosen Mörder zu verteidigen. Man trank bittere Aufgüsse aus Lorbeer und Weinessig, um das Abwehrsystem zu stärken. Auf den Rat ausländischer Kaufleute, die größere Erfahrung mit Seuchen hatten, hängten die Klanleute Bündel aus Gartenraute und Fieberkraut in ihre Zelte, verbrannten Weihrauch und trugen Bernsteinamulette zum Schutz gegen die Krankheit. Alles umsonst. An allen Ecken und Enden erkrankten die Leute aus keinem ersichtlichen Grund.

Für die Klane geriet die Welt um sie herum aus den Fugen. Die Leute wussten nicht mehr, auf wen oder was sie vertrauen und an wen sie sich um Hilfe wenden sollten. Nichts schien mehr sicher zu sein. Familien wurden durch die Krankheit auseinander gerissen. In den Klanen brachen Kämpfe aus nichtigem Grund aus, und es wurde immer schwieriger, die öffentliche Ordnung aufrechtzuerhalten. Eine Gruppe turischer Kaufleute war mit Gewalt in die Versammlung zurückgeschleppt worden, nachdem sie versucht hatte, sich fortzustehlen.

Die Häuptlinge taten ihr Bestes, um ihre Leute zu beruhigen und so etwas wie Ordnung zu schaffen, doch ihre Verantwortung wuchs ihnen allmählich über den Kopf. Der Tod Lord Morbiars hatte sie schwer getroffen und an ihre eigene Verwundbarkeit erinnert.

Die Häuptlinge verbrachten den größten Teil des Tages damit, den eigenen Klan zu überwachen; daher war es bereits später Nachmittag, als die Heiler endlich Gelegenheit hatten, mit ihnen zu reden. Auf offenem Gelände im Abstand von etwa fünfzehn Schritten standen sich Gehlyn und seine Gefährten Lord Athlone und sieben anderen Häuptlingen gegenüber. Lord Terod war nirgendwo zu sehen, und Lord Dormar lag bereits im Fieberdelirium im Zelt.

»Wir brauchen mehr Zelte, mehr Laken, Kleider, Eimer und Wasser. Außerdem brauchen wir mehr Nahrung«, sagte Gehlyn zu ihnen.

Athlone wandte sich an die anderen Häuptlinge, die schwach nickten. Sowohl die Heiler als auch die Häuptlinge waren durch Schlafmangel und Überarbeitung erschöpft. Besonders Lord Koshyn sah trotz der Sonnenbräune verhärmt aus. »Einverstanden«, entgegnete Athlone.

Gehlyn fuhr grimmig fort: »Es wäre ratsam, wenn man einige Gruppen zum Holzfällen losschicken würde; ferner sollte in der Wiese eine große Grube ausgehoben werden.«

Die Bedeutung dieser Worte ging jedem der Häuptlinge sofort auf. Sie wurden unruhig. »Ist das wirklich nötig?«, wollte Lord Fiergan wissen. Er hatte wütend die Augenbrauen zusammengekniffen.

Gehlyn zuckte vor unterdrückter Wut. »Die Toten müssen verbrannt werden. Wollt Ihr alles noch schlimmer machen, indem Ihr sie verwesen lasst? Sollen wir unsere Kameraden dadurch verunglimpfen, indem wir sie in den Fluss werfen? Wollt *Ihr* als Hundefutter oder Aas für die Geier enden?«

Fiergan schaute noch zorniger drein. »Schon gut, schon gut. Wir werden noch ein paar Holzfäller finden. Ist das alles?«

»Ja«, seufzte Gehlyn. »Fürs Erste.«

Die Heiler nickten zum Dank und gingen zurück zum Zelt. Die Häuptlinge machten sich mit grimmigem Blick daran, die dringend benötigten Vorräte zu beschaffen.

Lord Athlone redete gerade mit Koshyn, als er bemerkte, wie Gabria aus dem Zelt kam. Er war erleichtert, sie zu sehen, und hob die Hand zum Gruß. Sie winkte ihm zu – und wurde plötzlich stocksteif. Athlone sah, wie sie den Kopf zu Tams Hunnuli herumriss. Er lenkte seine Aufmerksamkeit gerade noch rechtzeitig auf den Hengst und sah, wie das Pferd am ganzen Leib erzitterte. Im selben Augenblick wurden Athlone und alle anderen Zauberer in der Nähe von einem Gedankenschrei heimgesucht, der sie in die Knie zwang.

Der schwarze Hengst bäumte sich auf, trampelte mit den Hufen gegen die Zeltleinwand und warf den Kopf so weit zurück, dass die verblüfften Zuschauer bereits glaubten, er würde nach hinten kippen. Ein langer, herzzerreißender Schrei drang aus seiner Kehle. Der schreckliche Laut hallte durch die Lager und ließ jedermann vor Entsetzen innehalten.

Jeden außer den Hunnuli. Sie galoppierten aus allen Richtungen in den Hain, bis sich jedes der insgesamt dreiunddreißig Hunnuli bei Tams Hengst eingefunden hatte. Er bäumte sich erneut auf, und diesmal wieherten ihm die anderen Pferde eine Botschaft zu, die so kläglich wie ein Totenlied klang. Im selben Augenblick, in dem seine Hufe wieder den Boden berührten, drehte er sich um und galoppierte in Richtung Westen davon. Wie versteinert sahen ihm die Klanleute nach, bis er irgendwo in den Bergen verschwand.

Allmählich kam wieder Bewegung in die Leute, während sie zu verstehen versuchten, was soeben geschehen war.

»Bei allem, was heilig ist«, platzte es aus Fiergan hervor. »Was war denn das?«

Athlone kauerte zitternd auf dem Boden. Mit Koshyns Hilfe kam er wieder auf die Beine und reckte und streckte sich unter der zerschmetternden Last der Trauer. »Eine Zauberin ist gestorben«, erklärte er den anderen. »Tam, die Frau meines Freundes Sayyed. Das war ihr Hunnuli.« Er schloss die Augen und wünschte sich mehr als alles andere, er könnte die Quarantäne durchbrechen und zu seiner Frau gehen.

Gabria kniete neben dem Zelteingang und bedeckte das Gesicht mit den Händen. »Nara!«, rief sie verzweifelt. Sie spürte die Hunnuli-Stute in ihrer Nähe, streckte die Hand aus und packte das Pferd am Knie. Gabria benutzte Naras Vorderlauf als Stütze und richtete sich auf. Sie vergrub das Gesicht in der dicken, schwarzen Mähne der Stute. »Was ist geschehen? Wo ist er hingelaufen?«, schluchzte sie.

Er ist fort, sagte Nara zu ihr.

»Fort! Wohin?«

Die Gedanken der Stute waren beinahe mehr, als Gabria ertragen konnte. *Er und Tam waren eins. Ohne sie kann er nicht wieder eins mit sich selbst sein. Er wird dorthin gehen, wo er sich mit ihr vereinigen kann.*

Gabria klammerte sich an ihr Pferd und weinte über den doppelten Verlust ihrer lieben Freundin und des Hunnuli, das Naras Zweitgeborenes gewesen war. Gabria blieb nichts anderes übrig, als das Pferd schließlich loszulassen und ins Zelt zurückzustolpern. Sie bahnte sich einen Weg zu Tams Pritsche, auf der Sayyed saß und den starren Körper seiner Frau anstarrte. Trotz der Verwüstungen, welche die Seuche bei ihr angerichtet hatte, war ihre Miene friedlich, doch der kraftvolle Ausdruck und das lebendige Licht ihrer Augen waren erloschen.

Sayyed regte sich nicht, als sich Gabria neben ihn setzte. Er sagte nichts, als sie sich gegen seine Schulter lehnte. Die Tränen rannen ihm noch immer übers Gesicht. Sein ganzer Körper war stocksteif. Alle Freude, jedes Gefühl, jede Wärme war aus seinem Gesicht verschwunden. Er saß nur da und bemerkte nichts um ihn herum: weder Gabria noch die Aktivitäten im Zelt, die draußen versammelten Hunnuli oder die weiße Katze, die sich traurig gegen seine Knie schmiegte. Er schaute bloß auf Tams weißes Gesicht, als könne er nicht glauben, was er da sah.

Sein Anblick brach Gabria das Herz. Da er keine Anstalten machte, Tams Gesicht zu bedecken, legte Gabria sanft ein Laken über den Körper der Frau und ließ Sayyed allein. Ihr war kalt, und sie litt Schmerzen. Sie setzte sich neben ihren Sohn und fragte sich, wie lange Coren noch um sein Leben kämpfen konnte.

Der Rest des Nachmittags ging still vorüber. Die Klanleute, die das Verschwinden von Tams Hunnuli in Schrecken versetzt hatte, waren stumm und nachdenklich geworden. Seit der Zeit, als sich Gabria mit Nara angefreundet hatte, war weder ein Zauberer noch ein Hunnuli gestorben, und niemand, nicht einmal die Zauberer, hatten erkannt, wie dauerhaft die Freundschaft zwischen Pferd und Reiter sein konnte. Die Leute fragten sich, was geschehen würde, wenn ein weiterer Zauberer starb. Waren Tam und ihr Pferd einzigartig gewesen, oder würden auch andere Hunnuli die Klane verlassen, um sich mit ihren Reitern im Reich der Toten zu vereinen?

Niemand hatte Lust, die Hunnuli selbst danach zu fragen. Die Pferde blieben vor dem Ratszelt und hielten mit dem in Kummer versunkenen Sayyed Totenwache. Still und reglos warteten sie, während der lange, bedrückende Tag seinem Ende zuging.

Es war schon spät am Abend, als sich Sayyed endlich regte. Von draußen drang die geliebte Stimme seines Hunnuli Afer stumm in seine Gedanken. *Rafnir ist hier, Sayyed. Er will hereinkommen.*

Ein Stich des Entsetzens riss ihn aus seiner Lähmung. »Nein!«, keuchte er. »Er soll draußen bleiben.« Unter Mühen stand er auf. Seine Knie waren steif wie altes Holz. Er nahm Tam in die Arme. Ihr Körper war leichter als beim letzten Mal, als er sie getragen hatte, doch das Gewicht seines Kummers war beinahe mehr, als er ertragen konnte. Blind gegen alle Anwesenden stolperte er nach draußen und trat der Hunnuli-Herde entgegen, die auf ihn wartete. Ihre großen, leuchtenden Augen glitzerten voller blasser Sterne im tiefen Zwielicht; ihre Umrisse waren wie Ebenholzschatten.

Hinter ihnen sah er Rafnir auf und ab gehen. Trauer, Wut und Enttäuschung umwölkten sein hageres Gesicht. Der junge Mann blieb stehen, als er seinen Vater und den eingewickelten Körper in dessen Armen sah. Lord Athlone, Kelene, Lymira und Savaron kamen herbei und stellten sich neben Rafnir. Gabria trat aus dem Zelt hervor und gesellte sich zu den Hunnuli.

Schweigend kam Afer auf Sayyed zu. Der Krieger legte den Leichnam seiner Frau auf den breiten Rücken des Hengstes, und gemeinsam gingen sie zu der Wiese, wo auch die anderen Verstorbenen auf den Scheiterhaufen verbrannt worden waren. Nara, Demira, Eurus, die restlichen schwarzen Pferde, die sechs Khulinin und eine kleine weiße Katze folgten ihnen.

Die Totenfeuer des Tages waren zu glühender Asche heruntergebrannt, die gelblich und orangefarben in der Dämmerung leuchtete. Ein Priester Sorhs stand Wache; zwei weitere Leichname waren am Nachmittag gebracht worden. Er erhob keine Einwände, als Sayyed und Gabria mehr Holz auf die Glut schichteten. In wenigen Minuten loderte das Feuer in hohen, tanzenden Flammen, die zu den Sternen aufsprangen.

Während der Priester die Totengebete sang und die Hunnuli zuschauten, trug Sayyed Tams Leichnam zu dem Scheiterhaufen. Er achtete nicht auf den Rauch, der ihm in den Augen brannte, und auf die Hitze, die ihm Hände und Ärmel versengte. Er hörte nicht einmal das hungrige Brüllen der Flammen. Er sah nichts anderes als Tams langen, braunen Haarzopf, der aus dem Laken hervorlugte, als er seine Frau in das Feuer drückte. Mit leerem Blick sah er zu, wie das braune Haar und die hellen Bänder in orangefarbene Flammen ausbrachen. Gabria musste ihn zurückziehen, damit seine Kleider nicht Feuer fingen.

Der Priester, die Trauernden und die Hunnuli sahen dem Feuer bis tief in die Nacht zu. Sie hatten ihre Aufmerksamkeit so sehr auf den Scheiterhaufen gerichtet, dass sie nicht bemerkten, wie Sayyed Afer bestieg und in der Nacht verschwand.

*

Die Sonne stand bereits hoch am Himmel, als Rafnir seinen Vater auf Afer bei einem Bergkamm mehrere Meilen vom Tir Samod entfernt fand. Der Krieger starrte über die schroffen Steilufer des Goldrine nach Süden. Sein Gesicht war hoffnungslos leer; er steckte in den schmutzigen und angesengten Kleidern, die er schon seit vier Tagen trug.

Rafnirs Hunnuli stellte sich still neben Afer, der den Kopf zum Gruß wandte. Der junge Mann saß schweigend auf seinem Pferd und wartete darauf, dass sein Vater ihn bemerkte.

Schließlich regte sich Sayyed. »Ich wäre beinahe gegangen«, sagte er, während er den Blick noch immer nach Süden gerichtet hielt. »Ich wollte zurück in die Wüste gehen.«

Rafnir verlagerte sein Gewicht auf dem Pferderücken. Er war nicht überrascht. In Sayyeds Herz war noch viel von den turischen Stämmen übrig geblieben. »Ich hoffe, du wirst es nicht tun«, murmelte er.

Unter Mühen schüttelte der Krieger den Kopf. »Auch wenn sie fort ist, gibt es hier noch vieles für mich zu tun.« Beinahe hätte seine Stimme versagt, doch dann fuhr er fort: »Es scheint aber alles so sinnlos zu sein. Ich will nicht glauben, dass sie tot ist.«

Dazu konnte Rafnir nicht viel sagen. Er vermochte es ebenfalls nicht zu glauben. Der Tod seiner Mutter war eine zu gewaltige Tatsache, die er nicht so rasch nachvollziehen konnte. Er schluckte schwer und sagte: »Gabria hat mich gebeten, dich zu finden. Sie braucht deine Hilfe.«

Sayyed neigte den Kopf und wendete Afer in Richtung der Versammlung. Er fragte nicht, was Gabria von ihm wollte. Es kümmerte ihn nicht. Das einzig Wichtige war, dass sie ihn benötigte.

Der Ratshain befand sich in Aufruhr, als Sayyed und Rafnir zurückkehrten. Sieben neue Zelte, geliehen von verschiedenen Klanen, waren unter den Bäumen in der Nähe des Ratszelts errichtet worden. Eine erstaunlich große Anzahl von Leuten bewegte sich zwischen ihnen hin und her.

»Bei der letzten Zählung hatten wir achtzig Kranke«, erklärte Rafnir. »Die Heiler haben es aufgegeben, allein damit fertig werden zu wollen. Sie haben entschieden, dass jeder, der es wagt, sich um die Kranken kümmern darf – so lange sie selbst ebenfalls in Quarantäne bleiben.«

Sayyed nahm diese Neuigkeit mit einem schwachen Nicken auf. Dann richtete er seine Aufmerksamkeit auf zwei weit voneinander entfernte Menschengruppen, die sich auf der Landzunge zwischen den Flüssen nahe dem Ufer der heiligen Insel versammelt hatten. Aus dem fernen Lärm und den wütenden Gesten wurde deutlich, dass man höchst unterschiedlicher Meinung war.

Die beiden Hunnuli fielen in einen Trab, der sie durch die Furt und das Ufer hinauf in den Hain brachte. Sayyed sah Gabria, Gehlyn und andere Heiler in einer Gruppe abseits beieinander stehen, während die Lords Athlone und Koshyn am Zusammenfluss schon beinahe im Wasser standen. Athlone hatte Ordan dazu gedrängt, den Tempel für ein kurzes Gespräch zu verlassen, und er redete gerade erregt mit dem Priester, während mehrere Klan-Häuptlinge, eine Gruppe von Markthändlern und eine Hand voll anderer Leute um sie herum lautstark stritten.

»Lord Athlone, die Lage ist unerträglich!«, brüllte ein Kaufmann aus dem Süden. »Wir werden nicht gegen unseren Willen hier bleiben.«

Lord Ferganan schalt Gabria und die Heiler über den Zwischenraum hinweg, die sie voneinander trennte. »Warum unternehmt ihr nicht mehr, um ein Heilmittel zu finden? All eure Pulver und Tees können nicht einmal Fieber senken.«

»Uns gehen die Vorräte an Frischfleisch aus. Wenn wir nicht bald Jäger aussenden, müssen wir Tiere aus unseren Herden schlachten«, sagte ein anderer Häuptling.

Und Lord Terod sagte mit rauer Stimme jedem, der es hören wollte: »Ich glaube, wir sollten diesen Ort verlassen. Hier haben uns die Götter mit einem Fluch belegt. Wir sollten zu unseren eigenen Ländereien zurückgehen, wo die Seuche uns nicht mehr erreichen kann.«

Inmitten dieses ganzen Aufruhrs schenkte Athlone den Händlern und seinen Häuptlingsgefährten keine Aufmerksamkeit und sprach weiter eindringlich mit Ordan. Mit den Händen machte er dabei kurze, knappe Gesten.

Sayyed beobachtete das alles wie aus großer Ferne. Es interessierte ihn nicht, was da gesagt wurde, denn es kostete ihn seine ganze Aufmerksamkeit und Stärke, den schrecklichen Schmerz in seinem Herzen zu bezwingen. Er saß in der Nähe der Heilergruppe auf Afer und wartete darauf, dass Gabria auf ihn zukam.

Vielleicht hätte er den ganzen Tag dagesessen, wenn sich nicht ein irres Heulen über den ganzen Lärm gelegt hätte. Sayyed richtete sich auf und ballte die Hände zu Fäusten, und ein wütendes Knurren drang von seinen Lippen.

Ein Priester in roter Robe schritt durch den Hain auf den Fluss zu und trug Tams Katze am Halsfell vor sich her. Er hielt das sich windende Tier hoch in die Luft und rief über die Stimmen der Leute: »Hier ist der Grund unserer Heimsuchung! Es ist dieses fremdartige Ungeziefer. Seht es euch an. Es ist weiß – die Farbe der Zauberei, die Farbe des Bösen. Ich sage: ertränkt es! Opfert diese Kreatur und besänftigt so die Götter!«

Bevor er wusste, was er tat, hob Sayyed die Hand und schoss einen blauen Energieblitz ab, der vor den Füßen des Priesters in den Boden schlug. Der Mann blieb so abrupt stehen, als wäre er gegen einen Baum gelaufen. Der gesamte Ratshain war nun von Schweigen erfüllt.

»Setz diese Katze ab!«, bellte Sayyed. »Sie ist bloß ein Schoßtier. Sie ist nicht böser als ein Hund oder ein Pferd, und wenn du ihr auch nur ein Haar krümmst, verbrenne ich dich an Ort und Stelle!«

»Blasphemie!«, kreischte der erzürnte Priester.

»Setz es ab, Serit«, befahl Ordan mit einer Stimme, die keinen Widerspruch duldete. »Die Katze ist nicht der Grund für unsere missliche Lage.«

Widerstrebend senkte der jüngere Priester den Arm. Mit rotem

Gesicht und schäumend vor Wut warf er die Katze fort und sah zu, wie sie durch einen Wald menschlicher Beine huschte, an Sayyeds Stiefeln hochsprang und in seinem Schoß landete. Dort buckelte sie mit angelegten Ohren und fauchte den Priester an.

»Und du, Sayyed, musst dich bei diesen Leuten entschuldigen«, sagte Ordan wütend. »Ich weiß, dass du bestürzt bist, aber es verstößt gegen das Klanrecht, die trymianische Kraft im Ratshain zu benutzen.«

Eine Entschuldigung war das Letzte, woran Sayyed dachte. Er kochte vor Wut, und jede Regung war besser als der Kummer, der sein Herz erfüllte. Unglücklicherweise hatte Ordan Recht. Sayyed wusste, dass er seine Wut nicht mit Magie besänftigen konnte. Er stieg ab, hielt die Katze fest gepackt und verneigte sich vor Ordan. »Vergebt mir«, sagte er und bezwang seinen Ärger. »Diese Katze ist mir sehr ans Herz gewachsen.«

Ordans Augenbrauen hoben sich wieder. »Das ist keine Entschuldigung für das Brechen des Gesetzes«, sagte er etwas weniger zornig.

»Bestraf ihn!«, rief Serit. Der Priester stapfte auf Ordan zu. Er war ein Murjik, kurzbeinig, untersetzt und mit plattem Gesicht. Seine Abscheu vor der Magie tat er bei jeder Gelegenheit kund. »Wenn es nicht dieses Tier ist, was ist dann der Grund für die Seuche, die uns alle tötet? Ich sage, es ist der schamlose Gebrauch der Magie, der unsere Götter erzürnt hat.« Athlone gab einen warnenden Laut von sich, den Serit aber überhörte. »Erfülle das Gesetz, Ordan! Vielleicht wird der Tod dieses häretischen Heiden den Zorn der Götter besänftigen.«

Sayyed biss die Zähne zusammen und murmelte: »Es hat schon zu viele Tote gegeben, Priester. Deine Götter müssten eigentlich inzwischen hoch erfreut sein!« Er spürte eine warnende Hand an seinem Ärmel und bemerkte Gabria an seiner Seite. Besorgnis lag auf ihrem rußigen, müden Gesicht.

»Magie hat nichts damit zu tun«, meinte Lord Koshyn.

Fiergan schnaubte verächtlich. »Woher wisst Ihr das? Wie können wir sicher sein, dass die Zauberei die Götter nicht erzürnt hat?«

»Warum sollte Sorh dreiundzwanzig Jahre warten, um die Rückkehr der Zauberei in die Klane zu bestrafen?«, wollte Koshyn gereizt wissen.

Der Häuptling der Reidhar sah ihn wild an. »Warum nicht? Wer kann schon sagen, was die Unsterblichen tun?«

»Eure Priester«, rief Sayyed. »Studieren sie denn nicht die Sterne und die Vorzeichen? Beten und singen sie nicht Tag und Nacht? Warum haben sie denn keine Antwort?«

»Manchmal gibt es keine Antwort«, entgegnete Ordan schwerfällig.

Nun brach der Aufruhr wieder an allen Stellen gleichzeitig aus. Serit schrie Ordan an, und Lord Koshyn stritt sich hitzig mit Fiergan. Gehlyn wandte ein: »Es ist nur eine Krankheit, wie die Pocken oder das Schlaffieber. Brauchen wir denn eine andere Erklärung?«

»Ich bin trotzdem der Meinung, wir sollten unsere Klane von hier fortführen«, beharrte Terod.

Die Stimmen wurden immer lauter, bis schließlich ein durchdringendes Pfeifen den Lärm zerschnitt. Alle Augen wandten sich erstaunt zu Gabria. Ihr Gemahl lächelte dankbar.

»Vielen Dank«, sagte sie in die Stille hinein. »Ordan, mein Mann hat Euch von meiner Vision und der seltsamen Erscheinung erzählt, die ich gesehen habe. Könnt Ihr damit etwas anfangen?«

Ordan machte eine besorgte Miene. »Ich habe auch von anderen Berichte über diese glimmende Gestalt erhalten. Sie wird anscheinend stärker und immer deutlicher sichtbar. Aber unsere Überlieferungen enthalten keinerlei Hinweise.«

»Wovon redet ihr?«, wollte Fiergan wissen.

Lord Athlone antwortete: »Es geht um eine unirdische männliche Gestalt, die in der Nacht umhergeht und ein unheimliches Leuchten verbreitet. Einige von uns haben sie gesehen.«

»Könnte das der Grund für die Seuche sein?«, fragte Koshyn den Priester.

»Möglicherweise. Es ist schon erstaunlich, dass sie gerade jetzt auftaucht«, meinte Ordan.

Gehlyn warf die Hände hoch. »Ein Gespenst, vergiftetes Wasser, Magie, Flüche! Das Ergebnis ist dasselbe. Die Leute sterben! Wir müssen einen Weg finden, diese Krankheit zu heilen!«

»Es gibt da eine Möglichkeit«, sagte Gabria. Sie sah nacheinander Ordan, Sayyed und Gehlyn an, bevor sie fortfuhr: »Die Stadt der Zauberer: Moy Tura.«

»Von allen hohlköpfigen Ideen, die ich bisher gehört habe, ist das die verrückteste«, höhnte Fiergan. »Wie sollten uns denn diese verfluchten alten Ruinen helfen?«

Aber Gehlyn begriff. »Die Heiler«, keuchte er.

Gabria nickte. »Vor dem Untergang der Magie und dem Massaker an den Zauberern war die Heilkunst weiter fortgeschritten als heute. Vielleicht kannten die Heiler von Moy Tura Seuchen wie unsere; vielleicht hatten sie einen Weg gefunden, sie zu bekämpfen, und haben eine Beschreibung dieser Heilmittel in ihren Aufzeichnungen hinterlassen. Wenn wir sie finden könnten …«

»Und wenn Pferde Flügel hätten, könnten sie fliegen!«, unterbrach Fiergan sie verächtlich. »Seid Ihr sicher, dass Ihr nicht fiebert, Gabria? Eure Worte klingen wie das irre Gestammel eines Wahnsinnigen.«

»Ich habe nicht bemerkt, dass Ihr bisher überhaupt einen Vorschlag gemacht hättet, fiebrig oder nicht«, gab die Zauberin zurück. »Es ist nur eine Möglichkeit, bestenfalls eine schwache. Aber was haben wir zu verlieren? Wir schicken eine kleine Gruppe Zauberer los – ihre Hunnuli sind die einzigen Pferde, die rechtzeitig dorthin gelangen können –, und sie durchsuchen die Ruinen.«

»Was ist mit dem Korg, dem Steinlöwen, der die Stadt bewacht?«, fragte Rafnir.

»Dieser Gefahr müssen sie sich stellen«, gestand Gabria ein.

»Was ist, wenn sie ebenfalls krank werden?«, wollte Gehlyn wissen.

»Auch das ist eine Gefahr, vor der sie sich in Acht nehmen müssen.«

Fiergan war noch nicht überzeugt. »Das klingt in meinen Ohren wie schiere Dummheit.«

Gabria wandte sich ihm zu. In ihren Augen sprühten Feuer. »Ja, aber sollten wir angesichts der Gefahr für unser Volk nicht jede Möglichkeit ergreifen, egal wie dumm sie zu sein scheint?«

Sayyed war während dieser Aussprache stumm geblieben und hatte nur die Katze in seinen Armen angestarrt. Jetzt wusste er, warum Gabria ihn hergerufen hatte. Dieser Plan war ihr nicht erst soeben in den Sinn gekommen. Sie hatte schon einige Zeit darüber nachgedacht. Das war so klar wie der fragende Blick, den sie ihm nun schenkte – so klar wie die dunklen Trauerflecken, die ihre juwelgrünen Augen umflorten. Er wusste, dass sie ihn nicht offen fragen wollte, aber er war der älteste und erfahrenste Zauberer nach Athlone und ihr selbst, und er war schon einmal in Moy Tura gewesen.

Die Wut flackerte wieder in ihm auf, scharf und beißend. Etwas, das er weder fühlen noch sehen konnte, hatte seine Frau getötet, irgendein unsichtbarer Feind, den er weder mit Magie verbrennen noch mit dem Schwert zerhacken konnte. Wenn es eine Möglichkeit gab, diesen grausamen Mörder zu bekämpfen – und sei sie auch noch so närrisch und riskant –, dann würde er sie für Tam ergreifen und für jene Leute, die er liebte und die mit dem Tode rangen.

Er drückte die weiße Katze eng an sich und sagte zu allen: »Ich gehe.«

Ordan verzog das zerfurchte Gesicht zu einem Lächeln. »Damit bist du von deinem Verbrechen, im Ratshain Magie benutzt zu haben, freigesprochen, Zauberer. Die Reise nach Moy Tura ist Strafe genug.«

Fünf

Kelene war verblüfft von der Nachricht ihres Vaters, dass sie mit Sayyeds Gruppe nach Moy Tura gehen sollte.

Ihre erste Antwort lautete: »Nein!« Angst war nicht der Grund dafür – eher schlichte Gewohnheit. Sobald ihr Vater etwas von ihr wollte, sagte sie automatisch Nein.

Der andere Beweggrund war einfach Verwirrung.

»Warum?«, wollte sie wissen. »Warum muss *ich* gehen? Was kann ich schon erreichen?«

Lord Athlone hatte keine richtige Antwort darauf, weil er selbst nicht sicher war, warum Gabria darauf bestand, dass Kelene mitgehen sollte. »Weil wir es so wollen«, sagte er nur.

»Das ist doch lächerlich!« Kelene humpelte durchs Zelt und warf aufgeregt die frisch gewaschene Wäsche umher. Sie und Lymira hatten die Aufgabe übernommen, sich um das Zelt zu kümmern und die Mahlzeiten zuzubereiten, doch Kelene war so außer sich, dass sie keinen Gedanken an die soeben beendete Wäsche verschwendete. Sie wandte sich wieder an ihren Vater. Ihre dunklen Augen waren so hart und durchdringend wie die ihres Großvaters Savaric, wenn er schlecht gelaunt gewesen war. »Du weißt, Vater, dass ich auf Ishtak nicht so weit reiten kann, und ich habe kein Hunnuli. Ich bin besser hier aufgehoben, wo ich euch helfen kann, anstatt durch die Ebene zu humpeln und hinter schimmeligen alten Aufzeichnungen herzujagen, die möglicherweise gar nicht existieren. Wenn du unbedingt jemanden fortschicken musst, dann nimm Savaron oder Lymira.«

Athlone verschränkte die Arme vor der Brust. Sein Gesicht hatte einen unversöhnlichen Ausdruck angenommen. »Savaron wird mitgehen. Lymira ist zu jung. Wir werden dir ein Reittier besorgen. Und jetzt wirst du deine Sachen packen und dich im Ratshain einfinden, bevor die Sonne noch eine Hand breit höher gestiegen ist.«

Eigentlich hatte Kelene weiter streiten wollen, doch etwas im Tonfall ihres Vaters veranlasste sie dazu, nicht länger umherzulaufen. Sie sah ihn an. Es war erschreckend, wie sehr die letzten Tage dem mächtigen Häuptling zugesetzt hatten. Sein sonnengebräuntes Gesicht war nun grau und wurde von tiefen Linien des Kummers und der Sorge durchfurcht. Die müden Augen lagen tief in den Höhlen.

Zum ersten Mal war Kelene gezwungen, sich der Tatsache zu stellen, dass ihre starken, liebevollen Eltern nicht unverwundbar waren. Sie konnten genauso leicht ein Opfer dieser scheußlichen Krankheit werden wie Coren. Was war, wenn sie erkrankten und es keine Hilfe für sie gab? Kelene ertrug den Gedanken nicht, ihre Eltern zu verlieren. Was war, wenn ihre Mutter Recht hatte und die Antwort tatsächlich in Moy Tura lag?

Kelenes sturer Widerstand bröckelte. Sie straffte die Schultern auf eine Weise, die typisch für sie war. »In Ordnung! Wenn ihr glaubt, es hat einen Sinn, mich loszuschicken, dann gehe ich«, verkündete sie.

Athlone machte eine kleine, spöttische Verbeugung. »Vielen Dank.« Er drehte sich auf dem Absatz um und verließ das Zelt ohne ein weiteres Wort.

Kelene sah ihm nach. Sie schwankte zwischen Groll, Zorn, Liebe und Angst. Dann ergriff sie ihre Satteltasche und stopfte gedankenlos Kleidung hinein. Der dünne Lieblingsschleier ihrer Schwester, die Lederhandschuhe ihres Vaters und Corins zerrissene Hose fanden ihren Weg in die Tasche, bevor Kelene bemerkte, was sie da tat. Gereizt packte sie alles wieder aus, biss sich nachdenklich auf die Lippen und begann von neuem.

Sie wollte gerade Corens Hose zur Seite werfen, als ihr eine Idee kam. Warum nicht?, dachte sie. Was ihre Mutter gekonnt hatte, konnte sie auch. Sie wühlte in einem Bündel alter Kleidung herum – Stücke, die ihren früheren Trägern nicht mehr passten, die aber zu schade waren, um weggeworfen zu werden – und fand ein paar von Savarons Zughosen, die er ausgesondert hatte, als er in sein eigenes Zelt gezogen war. Sie bestanden aus ungebleichter schwerer Baumwolle und waren robust genug für eine lange Reise, aber nicht zu schwer für die Sommerhitze.

Kelene zog sie an und passte sie mit Hilfe ihres kleinen Dolchs ihren kürzeren Beinen an. Sie zog den Gürtel eng um ihre schmale Hüfte und nickte. Die Hose war ausgebeult, aber es würde gehen. Ein hellrotes Hemd, das vorn geschnürt wurde, und ihre weichen Lederstiefel vervollständigten ihre Garderobe.

Danach packte sie sorgfältiger, nahm nur ein dickes Bettlaken mit, ein paar saubere Hemden, den geschlitzten Rock, den ihre Mutter für sie genäht hatte, und einige notwendige Reiseutensilien. Zum Schluss packte sie den ledernen Medizinbeutel ein, den der Heiler Piers ihr vor vielen Jahren gegeben hatte. Üblicherweise brauchte sie ihn nur für ihre Pferde, doch auf einer Reise wie dieser konnte der Beutel auch noch von anderem Nutzen sein.

Kurz bevor sie das Zelt verließ, steckte Kelene ihre Haare im Nacken zu einem zweckmäßigen Knoten zusammen. Dann nahm sie ihren goldenen Umhang und die Taschen. Ein Blick zurück war etwas für Schwächlinge, entschied sie auf dem Weg nach draußen. Dennoch blieb sie beim Eingang stehen und schaute auf ihr verlassenes Zuhause. So viele beängstigende Gedanken tummelten sich in ihrem Kopf – was mochte sie hier vorfinden, wenn sie zurückkehrte – *falls* sie zurückkehrte –, dass sie am liebsten zurückgelaufen wäre und den Zelteingang gegen das drohende Unheil versperrt hätte.

Doch leider war das sinnlos, sagte sie sich und schüttelte reuevoll den Kopf. Sie würden Savaron herschicken, damit er sie herauszerrte. Sie schulterte ihr Gepäck und humpelte langsam neben dem glitzernden Fluss den Pfad zum Ratshain entlang.

Als sie den Rand des Wäldchens erreicht hatte, warteten dort schon einige Klanleute und der Rest der Reisegruppe auf sie. Savaron war da und Sayyed, den Kelene erwartet hatte, sowie drei weitere Zauberer, die sie von deren Lehrzeit bei ihrer Mutter her kannte. Sie alle begrüßten Kelene, und sie wollte gerade die Grüße erwidern, als sie auch Rafnir sah. Er saß auf seinem Pferd, hatte Gepäck bei sich und war offenbar zur Abreise bereit. Ihr Mut verließ sie. Sie sollte gemeinsam mit ihrem Erzrivalen auf diese lange, gefährliche Reise gehen? Mit diesem nichtsnutzigen, peitschentragenden Gauner, dem es ein boshaftes Vergnügen bereitete, sie bei jeder sich bietenden Gelegenheit zu beleidigen?

Über ihre Kleidung grinste er bereits, wenn auch müde. »Willst du mit mir reiten?«, rief er ihr zu.

»Lieber würde ich zu Fuß gehen«, giftete Kelene ihn an und fragte sich, ob sie es sich doch noch anders überlegen sollte. Sie war nutzlos auf dieser Reise – ein Krüppel, der nicht zaubern konnte. Was hatte sich ihre Mutter bloß dabei gedacht?

Als ob sie die Gedanken ihrer Tochter gelesen hätte, tauchte Gabria plötzlich hinter Kelene auf und sagte ruhig: »Ich will dich nicht umarmen, weil ich unrein bin, aber ich möchte dir sagen, ich bin stolz auf deine Teilnahme an dieser Reise.«

»Es bleibt mir wohl keine andere Wahl«, erwiderte Kelene gereizt. Sie drehte sich um und sah ihre Mutter an.

Gabria nickte traurig. »Doch. Du hast in deinem Leben noch nie etwas getan, mit dem du nicht einverstanden warst.«

»Aber warum willst du, dass ich mitgehe? Wenn du mich von der Seuche fern halten willst, hat das keinen Sinn. Savaron, Sayyed und ich waren schon in der Nähe von Kranken.«

»Nein, ich versuche nicht, dich in Sicherheit zu bringen. Wenn das mein Wunsch wäre, würde ich dich nicht zu einer zweihundert Meilen entfernten Ruinenstadt schicken, die von einem verrückten Steinlöwen bewacht wird.« Gabria hob die Hand, als wolle sie ihre Tochter berühren. »Du hast einen schwierigen Punkt in deinem Leben erreicht, Kelene, an dem du dir einen Platz in den Klanen schaffen musst. Es geht um mehr als nur um Pferderennen. Ich hoffe, diese Reise wird dir bei der Entscheidung über deine Zukunft helfen.«

Kelene gab einen Laut von sich, der entfernt an ein Lachen erinnerte; man konnte es auch für ein ungläubiges Schnauben halten. Gabria schenkte ihr ein schwaches Lächeln. »Du wirst es eines Tages verstehen. Sieh es einfach so, dass ich dich zum Schutz deines Bruders mitschicke. Er kann nicht einmal Wasser kochen, geschweige denn sich selbst ernähren.« Gabria hielt inne und zog ein eingewickeltes Bündel hervor. »Ich habe dir etwas Brustwurz mitgebracht. Ich will, dass du es für alle Fälle mitnimmst. Und noch etwas.« Sie nahm zwei Broschen aus der Börse an ihrem Gürtel und hielt sie gegen die Sonne. Zwei blendende, funkelnde Lichter blitzten in ihrer Hand auf. »Das eine ist der Gefallene Stern, den dein Großvater von Lord Medb erhielt, und das andere ist der Wächter, den wir nach Medbs Tod gefunden haben. Erinnerst du dich?«

Kelene nickte. Die kostbaren Schmuckstücke waren ein Teil der

Geschichten, mit denen sie aufgewachsen war. Sie waren mit einem Zauber versehen, der es dem Träger des Wächters ermöglichte, durch die Gemmen hindurch den Träger des Gefallenen Sterns zu sehen. Erstaunen durchströmte sie warm, als Gabria den Wächter in das Bündel Brustwurz steckte und dieses Kelene in die Hand drückte.

»Mach dir keine Sorgen«, sagte Gabria leichthin. »Du brauchst keine Magie, damit es funktioniert. Konzentriere dich nur auf den Mittelpunkt, und die Gemme wird dir zeigen, was der Stern sieht.« Sie befestigte die zweite Brosche an ihrer Kleidung und tippte auf die leuchtende Oberfläche. »Wir werden nicht miteinander reden können, aber solange das Licht des Sterns hell scheint, weiß ich, dass du lebst. Und wenn du uns sehen willst, brauchst du nur in deinen Wächter zu schauen.«

Kelene heftete die Brosche an ihr Hemd und versuchte verzweifelt, die Tränen zurückzuhalten. »Vielen Dank, Mutter«, sagte sie. Verstohlen wischte sie sich übers Gesicht. »Aber ich habe immer noch kein Pferd.«

Gabria kicherte. »Darüber habe ich mir auch Gedanken gemacht. Du könntest auf Savarons Hunnuli mitreiten, aber es wäre schwer für das arme Tier, über eine so weite Strecke das doppelte Gewicht zu tragen.«

»Also?«, bohrte Kelene.

»Wir haben eine Freiwillige gefunden.«

»Wen?« Es gab nur wenige junge Hunnuli in den Klanen, die noch nicht Freundschaft mit einem Zauberer geschlossen hatten, und die anderen würden freiwillig ihre Reiter nicht einmal für kurze Zeit verlassen.

»Demira«, antwortete ihre Mutter.

»Demira! Sie ist doch erst zwei Jahre alt!«

Aber ich bin stark für eine Zweijährige, ertönte eine helle, eindeutig weibliche Stimme in Kelenes Kopf. *Und vergiss nicht, dass der Zweitgeborene meiner Mutter bis nach Pra Desch gelaufen ist, als er noch ein Baby war.* Das schwarze Füllen tauchte hinter Kelene auf und schüttelte den Kopf zum Gruß. Seine Mähne kräuselte sich wie ebenholzfarbenes Wasser.

Die junge Frau sah unmittelbar in die großen, strahlenden Augen des Hunnuli. »Willst du mich den ganzen Weg bis nach Moy Tura tragen?«

Ja.

»Ich kann dir nicht mehr versprechen als gute Pflege und Freundschaft. Ich bin keine Zauberin.«

Ein wissendes Leuchten, beinahe wie ein Funken Humor, regte sich in Demiras Augen. *Ich weiß.*

»Geh mit Amara, meine Tochter«, sagte Gabria zu Kelene, dann trat sie zurück, so dass Athlone und Lymira sich ebenfalls von ihr verabschieden konnten. Schweigend half der Häuptling, die Satteldecke auf Demiras Rücken zu legen. Hunnuli wehrten sich üblicherweise dagegen, Zaumzeug oder einen Sattel zu tragen, doch auf langen Reisen erklärten sie sich mit einem Laken oder einer Decke zu ihrer eigenen Bequemlichkeit und der ihres Reiters einverstanden. Demira hatte jedoch noch nie zuvor etwas Derartiges getragen und schnaubte, als ihr Athlone den Riemen um den Bauch zurrte. Kelenes Gepäck und zwei weitere Satteltaschen mit Proviant kamen noch hinzu.

Kelene streichelte Demiras Hals. »Bist du dir sicher?«

Nur weiter so, lautete die beißende Antwort des Fohlens.

Kelene schaute auf den breiten Rücken des Hunnuli und lächelte. Obwohl Demira erst zwei Jahre alt war, befand sich ihr Widerrist bereits auf einer Höhe mit Kelenes Augen. Das Pferd war ein wenig größer als Ishtak, und das konnte zum Problem werden. Als Athlone ihr Hilfe beim Aufsitzen anbot, lehnte sie diese ab. »Ich muss lernen, es allein zu tun«, sagte sie.

Sie packte die Mähne des Füllens mit der einen Hand und die Satteldecke mit der anderen, dann stieß sie sich mit ihrem gesunden Fuß ab und wuchtete sich mit den Armen hoch, bis sie den verkrüppelten Fuß über den Rücken des Hunnuli schwingen konnte. Es war nicht elegant, aber es ging. Sie setzte sich auf Demiras Rücken.

Entspann dich, sagte das Füllen zu ihr. *Du bist ja steif wie ein Zeltpfahl.*

»Ich finde es nur komisch, keine Zügel in der Hand zu haben«, sagte Kelene unglücklich. Damit ihre Hände etwas zu tun hatten, rieb sie Demiras Hals und bemerkte daher nicht den zufriedenen Blick, den ihre Eltern austauschten.

Danach gab es eine rasche Verabschiedung, und Kelene ritt hinüber zu den anderen, die soeben den Rest der Vorräte unter sich aufgeteilt hatten. Sayyed saß mit verschwommenem, in die Ferne gerichteten Blick auf Afer und wartete geduldig auf die Abreise. Die weiße Katze hockte auf dem Laken vor ihm. Sobald sich Kelene zu der Gruppe gesellt hatte, erhob Sayyed die Faust und salutierte vor Lord Athlone.

»Gute Reise, Klanleute«, erwiderte Athlone und gab den Gruß zurück.

Weitere Segensrufe und Glückwünsche ertönten, als die kleine Gruppe nach Norden aus dem Hain fortritt. Niemand sprach das schreckliche Gefühl im Herzen aus, dass dies möglicherweise das letzte Beisammensein gewesen war.

Gabria sah ihren Kindern nach – sie waren wie zwei Pfeile, die sie und Athlone geglättet und geformt und schließlich abgeschossen hatten. Würde ihr Flug gerade oder unsicher und vom Wind des Schicksals abgelenkt sein? Wo würden diese beiden wertvollen Pfeile landen? Still weinte sie ein paar Tränen, durch deren Schleier sie die schwarzen Hunnuli beobachtete, bis sie nur noch Punkte vor den fernen, goldenen Bergen waren. Dann holte sie tief Luft und versuchte ihre Angst in sich zu begraben. Es gab viele Schwierigkeiten, die ihre Aufmerksamkeit erforderten; sie wollte ihre Kraft nicht damit verschwenden, sich über etwas aufzuregen, worauf sie keinen Einfluss hatte.

Gabria wollte gerade zu ihrem jüngsten Kind zurückkehren, als etwas sie innehalten ließ. Sie blieb stehen, hielt den Kopf hoch und versuchte das seltsame Gefühl zu finden, das ihren Geist verwirrte.

Athlone bemerkte ihren absonderlichen Gesichtsausdruck und kam ihr so nahe, wie er es wagen durfte. Als Häuptling hatte er entschieden, sich von denjenigen fern zu halten, die sich um die Kranken kümmerten, damit er den anderen Häuptlingen helfen und die Ordnung in seinem eigenen Klan aufrechterhalten konnte. Aber das bedeutete nicht, dass ihm der Abstand gefiel, den er zu seiner Frau und seinem Sohn wahren musste. In diesem Augenblick sehnte er sich verzweifelt danach, Gabria in die Arme zu nehmen. »Was ist los?«, rief er ihr zu.

»Etwas hat sich verändert«, antwortete Gabria mit Verwirrung in der Stimme.

»Was willst du damit sagen?«

Sie hob die Schultern ein wenig. »Ich bin mir nicht sicher. Es ist, als ob irgendein Gefühl mich verlassen hätte.«

»Das ist merkwürdig. Bist du sicher, dass es nicht nur das Gefühl ist, jemanden losgeschickt zu haben, der etwas Nützliches tun soll?«

»Das ist auch dabei, aber da ist noch etwas anderes … wie das Nachlassen einer Spannung oder einer Angst, an die ich mich schon gewöhnt hatte.«

Athlone schenkte ihr ein erschöpftes Lächeln. »Vielleicht ist das ein gutes Zeichen.«

Die Zauberin warf einen letzten Blick nach Norden. Die Reisenden waren bereits verschwunden. »Ich hoffe es«, sagte sie laut. Doch selbst in fünfzehn Schritt Entfernung hörte Athlone den Zweifel in ihrer Stimme.

*

Sobald sie die Versammlung verlassen hatten, fanden die sieben Hunnuli den kaum erkennbaren Pfad nach Norden und fielen in einen leichten Galopp. Meile für Meile rannten die Pferde durch den heißen Sommernachmittag, so unermüdlich wie der unablässige Wind, der mit dem von ihnen aufgewirbelten Staub spielte. Bald ließen sie das Tal des Tir Samod hinter sich und kamen zu dem weiten, sanft gewellten Grasland, das sich ohne Unterbrechung bis zum Horizont erstreckte. Links von ihnen floss der Isin in einem silbernen Band aus seichten Stromschnellen, dunkelgrünen Teichen und Schlammbänken, auf denen Otter und Bisamratten spielten. Über ihnen wölbte sich ein blauer Himmel.

Viele Leute, welche die Pfade und Karawanenstraßen bereisten, die sich durch die Hochebene zogen, empfanden das Grasland von Ramtharin als unerträglich öde und leer. Die Ebene war heiß im Sommer, kalt im Winter und oft gefährlich; daher zog sie nicht viele Siedler an. Doch die nomadischen Klanleute, die schon seit fünfhundert Jahren in diesem Land lebten, konnten sich nicht vorstellen, anderswo zu leben. Das Land war zu ihren Knochen geworden, die Flüsse und Bäche zu ihrem Blut und die großen, windumspielten Weiten zu ihrer Seele. Das Volk von Valorian war so hart und ausdauernd wie die von ihm geliebte Ebene; dieses Reich von Wind und Gras war ein untrennbarer Teil von ihnen geworden. Sie hatten Dürren, Überschwemmungen, Stürme, Kriege und Rebellionen überlebt, die sich bis in die fernsten Winkel der Ebene ausgebreitet hatten, und eine Gesellschaft errichtet, deren Stärke auf Familienbande und Traditionen beruhte.

Als Kelene neben dem Isin herritt, fragte sie sich, ob diese Stärken ausreichten, um die Klanleute aus dem gegenwärtigen Unglück herauszuführen. Würden die Bande des Bluts und der Gebräuche die Klane angesichts einer derart verheerenden Seuche lange genug zusammenhalten, bis Hilfe gefunden war?

Sie hatte nie viel über die Vergangenheit oder die Zukunft der Klane nachgedacht. Ihr Volk war einfach nur da gewesen und hatte das Rückgrat ihres Lebens gebildet. Doch jetzt stand es der möglichen Auslöschung gegenüber. Die Vorstellung, dass alle elf Klane aus der Ebene von Ramtharin verschwinden könnten, ängstigte sie mehr, als sie für möglich gehalten hätte. Das durfte nicht geschehen! Einige Leute mussten gerettet werden, damit sie Blut, Tradition und Geschichte bewahren konnten, die bis hinter Moy Tura, Valorian und das tarnische Reich in eine Zeit zurückreichten, als sich die ersten Klanleute mit einem Pferd angefreundet hatten und nach Osten gezogen waren. Diese uralte Gesellschaft war es wert, erhalten zu werden.

Plötzlich kicherte Kelene in sich hinein. Es schien lange her zu sein, dass ihre Gedanken sich nur um Pferde, Rennen und ihren Fuß gedreht hatten. Dieser Nachmittag war voller Veränderungen. Sie hatte zum ersten Mal ihre Eltern und ihren Klan verlassen und ritt zusammen mit Zauberern auf einer wichtigen Mission. Das genügte, um jedem Verstand unvertraute Gedanken einzugeben.

Es war auch etwas ganz anderes, auf einem Pferd zu sitzen, das einen nicht in ein dorniges Gebüsch abwarf oder völlig durchzuschütteln versuchte. Sie hatte noch nie ein Pferd geritten, das einen so sanften Schritt hatte oder dessen Rücken so bequem war. Im Gegensatz zu Ishtak schien Demira mühelos über den Boden zu gleiten – wie eine schwarze Wolke, die vor dem Wind dahintrieb.

Das Füllen schien ihre Gedanken zu erkennen, denn es fragte mit einer Spur Wehmut: *Würde dir ein Rennen gefallen?*

Kelene schleuderte ihre dunklen Gedanken in den Wind. »Ja!«

Dann halt dich fest.

Demira hastete in vollem Galopp über die baumlose Ebene. Sie streckte den Hals vor und fing den Wind mit geblähten Nüstern ein. Sie machte immer längere Schritte, bis die Beine nur noch verschwommen zu erkennen und ihre Schatten die einzigen waren, die noch mithalten konnten.

Die Geschwindigkeit des Hunnuli nahm Kelene den Atem. Demiras Mähne peitschte ihr ins Gesicht, und der Wind brannte ihr in den Augen, doch sie achtete nicht darauf. So etwas hatte sie noch nie erlebt. Diese unglaubliche, atemberaubende, rasende Schnelligkeit! Ishtak war schnell, doch Demira war ein Pfeil. Auf dem Rücken des Füllens empfand die junge Frau Freiheit, Anmut und Schnelligkeit wie ein Adler unter der Sonne. Kelene breitete die Arme aus, warf den Kopf zurück und lachte wie seit Jahren nicht mehr.

Weit hinter ihnen beobachtete Sayyed das Mädchen und das Hunnuli und machte keine Anstalten, sie zurückzurufen. Er wusste, dass das Füllen zu verständig war, um verloren zu gehen. Obwohl ihm nicht ganz klar war, warum Gabria darauf bestanden hatte, dass Kelene sie begleitete, ahnte er den Grund, als sie und Demira schließlich keuchend, schwitzend und rundum zufrieden zurückkamen. Als das Füllen langsamer wurde und sich neben Afer setzte, warf Sayyed der jungen Frau auf dem Rücken des Hunnuli einen raschen Blick zu. Sie hatte noch nie so schön ausgesehen. Wind und Erregung hatten ihre Wangen zu einem glühenden Rosa verfärbt. Lose Haarsträhnen schwebten wie eine Aura um ihr Gesicht, und ihre Augen schimmerten wie Sonnenlicht durch dunkles Glas. Angesichts ihres Entzückens verlor sich sein Schmerz ein wenig, und er lächelte ihr zu; er war so erfreut über sie, als wäre er ihr eigener Vater.

»Ich hätte nie geglaubt, dass es so großartig ist«, sagte sie und kraulte dabei Demiras Hals.

Sayyed stimmte ihr zu. »Ich denke oft, dass der Ritt auf einem Hunnuli dem Gefühl des Fliegens so nahe wie möglich kommt.«

Kelene zuckte bei seinen Worten zusammen und sah ihn überrascht an. Ihr Gesicht nahm einen nachdenklichen Ausdruck an, und sie verstummte, als wäre sie tief in Gedanken versunken.

Hinter ihr starrte sie Rafnir von seinem Hunnuli aus ebenfalls an. Es war ihm bisher nie aufgegangen, wie schön Kelene sein konnte. Er hatte sie immer geärgert, sich mit ihr gemessen oder sie einfach nicht beachtet, weil sie niemals das geringste Interesse an etwas außer ihren Pferden gezeigt hatte. Jetzt sah er sie aus einem anderen Blickwinkel, und ihre nachdenkliche Miene erstaunte ihn. Was hatte ihre Aufmerksamkeit so sehr gefangen genommen? Er fragte sich allmählich, ob dieses Mädchen nicht doch noch weitere Fähigkeiten besaß, als bloß Rennen zu gewinnen. Mit neu entfachter Neugier behielt Rafnir sie für den Rest des Nachmittags im Auge.

Die kleine Gruppe hielt bei Sonnenuntergang kurz an, damit sie zu Abend essen und sich die Hunnuli ausruhen konnten. Während die anderen Früchte, Brot und Dörrfleisch auspackten, trug Sayyed seinen Gebetsteppich zum Flussufer und sprach seine Abendgebete. Als der westliche Himmel erst zu Gold, dann zu Rot und schließlich zu Purpur wurde und sich die tiefe, sternenklare Nacht über ihm wölbte, blieb der Krieger noch immer auf den Knien. Er drückte den Kopf gegen den Boden, und sein Herz war voller Tränen, die er noch nicht um Tam geweint hatte. Die weiße Katze hockte neben ihm wie ein geisterhafter Wächter.

Kelene sah ihm eine Weile zu, dann wandte sie sich mit traurigem Herzen ab. Sayyeds Kummer war eine persönliche Angelegenheit; sie wollte ihn nicht mit nutzlosen Worten oder unerwünschtem Mitleid belästigen. Sie setzte sich neben Demira und verzehrte ihr karges Mahl. In ihrer Nähe grasten die anderen Hunnuli, und die Klanleute unterhielten sich, aßen und streckten die steifen Glieder.

Rafnir und Savaron saßen beisammen und hatten die Köpfe über eine zerrissene Tasche gebeugt, die sie zu flicken versuchten.

Niela, eine Jehanan-Frau in den frühen Dreißigern, bürstete den getrockneten Schweiß vom Fell ihres Hunnuli. Niela hatte schon immer gewusst, dass sie die Gabe der Zauberei besaß, aber sie hatte erst gelernt, ihre Macht zu gebrauchen, als ihr Mann gestorben war und sie allein und mit der Freiheit zurückgelassen hatte, ihren eigenen Weg zu finden. Kelene hatte Niela seit dem Tag vor acht Jahren gemocht, an dem sie in das Winterlager der Khulinin geritten war und nach Gabria gesucht hatte. Niela, die ein kräftiges Kinn hatte und anspruchslos war, hatte sich das störrische rote Haar mit einem

Lederriemen im Nacken zusammengebunden und trug einen alten Schlitzrock und ein braunes Hemd.

Morad war anders. Er war ein junger, übertrieben selbstsicherer Geldring, der sich kopfüber in die Magie gestürzt hatte und sich regelmäßig mit Zaubersprüchen in Bedrängnis brachte, die er nicht kontrollieren konnte. Seine Gestalt erinnerte Kelene an einen Bullen. Der stämmige Geldring war durch seine Ausbildung zum Krieger muskulös und kühn geworden und stellte einen gefährlichen Gegner dar, wenn man ihn reizte.

Sein jüngerer Bruder Tomian war ruhiger und vorsichtiger mit der Kraft, die er gerade erst zu verstehen begann. Auch wenn er kleiner als sein Bruder und nicht so geübt mit der Waffe war, hatte er einen ausgezeichneten Blick für Einzelheiten und war ein großartiger Fährtenleser und Jäger.

Beide Brüder standen noch unter Gabrias Aufsicht, wollten aber in einem oder zwei Jahren zu ihrem Klan zurückkehren. Wie Rafnir und Savaron waren sie ebenfalls freiwillig mit Sayyed gegangen. Kelene vermutete, dass Niela als Anstandsdame für sie selbst dabei war.

Kelene beendete ihr Mahl und wischte sich die Krümel aus dem Schoß. Dabei bemerkte sie, dass der Wächterstein an ihrem Hemd mit zahllosen Sternenpunkten besetzt war. Neugierig nahm sie ihn ab und hielt ihn in der Hand. Der Wächter prickelte unter ihrem Griff in einem schwachen magischen Puls. Die Gemme war rund, an den Seiten geschliffen, damit ihre Schönheit noch besser zur Geltung kam, und flach an der Oberfläche. Sie war in eine Mantelbrosche aus fein gesponnenem Gold eingelassen.

Ihre Mutter hatte gesagt, sie müsse sich nur konzentrieren, um in das Herz des Schmuckstücks blicken zu können, also richtete Kelene ihre ganze Aufmerksamkeit auf das schillernde Innere. Für eine Weile geschah nichts. Der Stein blieb kalt und leblos in ihrer Hand. Kelene versuchte noch eifriger, jegliche Ablenkung auszuschalten, und nun hörte sie es plötzlich – das tiefe, schwache Schluchzen eines Verzweifelten. Der Laut schien aus dem Juwel zu dringen, denn er war sehr leise und fern, doch der daraus sprechende Kummer fuhr Kelene mitten ins Herz.

Allmählich formte sich im Mittelpunkt des Steins ein Bild. Es schwankte ein wenig aufgrund der Bewegungen, die ihre Mutter machte, doch nun war es bis in alle Einzelheiten klar. Zunächst war es winzig, aber dann wuchs es, bis Kelene das schwach erleuchtete Innere des Ratszelts erkennen konnte. Da waren die Bettenreihen mit den Kranken, das Feuer in der Mitte und die geschäftigen Heiler. Dann ging der Blick nach unten, als Gabria sich offensichtlich bückte, und Kelene sah das Gesicht ihres kleinen Bruders zum ersten Mal, seit Gabria ihn aus ihrem Zelt herausgetragen und in das Zelt gebracht hatte.

Ein Schluchzer entfuhr ihr, und der Wächter fiel ihr vor die Füße. Sie schlang die Arme um die Knie und weinte.

»Kelene! Was ist los?«, fragte jemand besorgt.

Sie sah auf und stellte überrascht fest, dass sich Rafnir neben ihr niederbeugte. Savaron und die anderen standen um sie herum.

»Coren ist tot«, sagte sie durch ihre Tränen hindurch zu Savaron. Ihr älterer Bruder wurde blass und stand gekrümmt in der herannahenden Dunkelheit, als hätte ihn jemand geschlagen. Niela und Rafnir knieten sich neben Kelene.

»Das tut mir Leid«, sagte Rafnir so leise, dass Kelene ihn kaum hören konnte.

Sein Mitgefühl und seine unerwartete Besorgnis trafen bei ihr einen wunden Punkt. »Deine Mutter ist tot«, klagte sie, »und ich habe gar nichts dazu gesagt. Nicht einmal ›Das tut mir Leid‹ oder ›Sie wird mir sehr fehlen‹ oder ›Möge Sorh sie gut behandeln‹ oder sonst etwas. Ich habe Tam geliebt! Ich habe Coren geliebt! Warum mussten sie sterben?«

Kelene hielt inne; ihre Stimme erstarb. Sie drehte den Kopf und lauschte einem schwachen Laut, den sie kaum zu hören vermochte. Nun ertönte der Laut erneut; er klang tief und grausam in der Dunkelheit. Jemand lachte.

Neben Kelene strafften sich Rafnir und Niela und starrten in die Nacht. Sayyed verließ seinen Gebetsteppich und gesellte sich zu ihnen.

»Was ist das?«, wollte Morad wissen. »Wer ist da draußen?«

Das Lachen ertönte abermals, diesmal war es viel näher. Es war so rau und hämisch, dass es Kelene eine Gänsehaut verursachte. Alle rückten enger zusammen, und die Männer zogen ihre Schwerter.

»Wer bist du?«, rief Sayyed. Er erhielt keine Antwort. Das Lachen veränderte sich bloß von tiefem Spott zu grausamem Triumph.

Erschüttert spähten die Klanleute in die Finsternis und versuchten den Eindringling ausfindig zu machen, doch nichts war zu sehen. Sie hörten nur ein körperloses Lachen, das die nächtliche Stille durchschnitt. Die Hunnuli schnaubten wütend und versammelten sich um ihre Reiter. Selbst sie sahen und rochen keinen Fremden jenseits des Kreises der Klanleute.

Der Laut hob sich zu einem letzten Kreischen und erstarb dann langsam, als entferne sich sein Verursacher. Als die Nacht wieder still war, sahen sich die sieben Leute verwirrt und verängstigt an.

»Was in Sorhs Namen war *das*?«, keuchte Tomian.

»Steigt auf«, sagte Sayyed. »Wir reiten weiter.«

Niemand brauchte eine zweite Aufforderung. Hastig packten sie ihre Satteltaschen und sprangen auf die Pferde. Die Hunnuli rannten in die Dunkelheit hinein. Bald hatten sie ihren Rastplatz und die Quelle des schrecklichen Lauts weit hinter sich gelassen. Das hofften sie zumindest.

Die Gruppe ritt bis spät in die Nacht und folgte dem steinigen Pfad neben dem Fluss. Sie zündeten keine Fackeln an, sondern vertrauten dem sicheren Tritt und klaren Blick der Hunnuli. Obwohl die Reiter müde waren, waren sie zu nervös, um zu dösen oder auch nur einen Augenblick in ihrer Aufmerksamkeit nachzulassen. Jedermann war in Gedanken bei dem seltsamen, grausamen Gelächter.

Schließlich hielten sie kurz vor Anbruch der Morgendämmerung an und errichteten ein Lager in einer kleinen Senke zwischen zwei Bergen. Sie entzündeten kein Feuer, sondern legten sich sofort zum Schlafen nieder, während die Hunnuli sie schützend umstanden. Doch trotz der Müdigkeit und der späten Stunde schlief niemand gut. Die Leute warfen sich im Wirrwarr ihrer Gefühle und Sorgen in ihren Schlafsäcken herum. Als sie endlich schliefen, wurde ihre Ruhe von lebhaften Träumen und beängstigenden Bildern gestört.

Kelene war in einen unruhigen Schlummer gefallen, als das erste Licht den Horizont vergoldete. Sie hatte kaum die Augen geschlossen, als ein Traum sie überfiel und zurück zu der Versammlung führte. Sie sah das Zelt ihrer Familie in der Nachmittagssonne; die Hunde schliefen vor dem Eingang, und das goldene Banner ihres Vaters hing über der Markise. Alles sah so friedvoll und alltäglich aus. Sie stieß einen Freudenruf aus und schoss durch die offene Klappe in das Innere. Was sie nun sah, verwandelte ihre Freude in Grauen.

Ihre ganze Familie war da, auch Savaron. Sie lagen oder saßen in verschiedenen Stadien der Verwesung im Zelt. Ihr Vater war nur noch ein Skelett, ausgebreitet auf der Pritsche, ihre Mutter – ein von Würmern zerfressener Leichnam – saß auf ihrem Lieblingsstuhl. Aber am schlimmsten sah ihr kleiner Bruder aus. Während sie ihn ansah und das Entsetzen ihr den Atem nahm, erhob sich der von der Seuche entstellte Körper des Jungen und streckte ihr als Willkommensgruß die Hand entgegen. Dann lachte er; es war dasselbe grausame, spöttische Lachen, das sie in der Dunkelheit am Fluss gehört hatten.

Kelene wachte von ihren eigenen Schreien auf und bemerkte, dass jemand sie schüttelte. Zitternd und um Luft ringend packte sie die Person neben ihr und richtete sich mühsam auf.

»Alles in Ordnung«, beruhigte Rafnir sie. »Auch du hattest einen Albtraum. Er ist jetzt vorbei.«

Zunächst wunderte sich Kelene nicht, dass Rafnir bei ihr war. Für sie war nur wichtig, dass es sich um jemanden handelte, der stark, tröstend und wirklich war. Sie klammerte sich an seinen Arm, bis sie ihre Angst unter Kontrolle hatte.

Geht es dir gut, Kelene?, hörte sie Demira besorgt in ihrem Kopf fragen. Das Füllen stand neben ihr und hatte die Schnauze zu Kelenes Kopf herabgesenkt.

Die junge Frau rieb sich die Augen. »Wenigstens bin ich jetzt wach.« Sie zitterte und sah Rafnir dankbar an. Sie war angenehm überrascht, dass er fürsorglicher und freundlicher war, als sie es bei ihm für möglich gehalten hätte. »Hattest du auch einen Traum?«, fragte sie und ließ seinen Ärmel los.

Die Erinnerung machte aus seinem Mund eine dünne Linie. Er lehnte sich zurück. »Ich habe gesehen, wie meine Mutter aus dem Scheiterhaufen hervorgekommen ist.«

»Ich habe von einem Mann geträumt«, sagte Niela von ihrem Schlafplatz aus. »Wenigstens glaube ich, dass es ein Mann war. Er glühte in einem scheußlichen roten Licht. Es war entsetzlich!«

Auch die anderen drei Männer waren nun wach. Im blassen Licht der Dämmerung rieben sie sich die müden Augen.

»Gute Götter«, murmelte Savaron und strich sich mit der Hand durch das zerzauste Haar. »Wenn wir noch viele solcher Nächte haben, werden wir zu müde sein, um Moy Tura überhaupt zu erreichen.«

Sayyed ächzte und kam schwankend auf die Beine. Er hatte keine Albträume gehabt, denn er hatte nicht geschlafen. Sein Körper klagte schmerzlich über den langen Ritt des vergangenen Tages und die Rast auf dem feuchten Boden, und er hatte dumpfe und hartnäckige Kopfschmerzen. Er sah seine kleine Gruppe an und sagte nur: »Weiter geht´s.«

Wortlos suchten sie ihre Ausrüstung zusammen und machten sich wieder auf den Weg nach Norden. Der Tag war warm und trocken und der Himmel blau und von Wattewölkchen durchsetzt. Die Ebene, die in der Mittsommerhitze bereits golden wurde, breitete sich Meile für Meile in alle Richtungen aus.

Am Nachmittag erreichten die Reisenden das fruchtbare Hochland, das in das Himachal-Gebirge führte, eine schmale, zerklüftete Gipfelreihe, die sich nach Norden und Süden erstreckte. Am südlichen Ende des Himachal lag der Dangari-Treld, das Winterlager von Lord Koshyns Leuten.

Die Dangari waren sesshafter als die meisten anderen Klane. Einige ihrer Leute blieben das ganze Jahr im Treld; sie bauten Getreide an und kümmerten sich um die wertvollen Zuchthengste und Stuten. Obwohl die Dangari sie herzlich willkommen geheißen hätten, ritten die Magier weiter, denn sie wollten die Seuche nicht noch weiter verbreiten und beabsichtigten, bei Tageslicht so weit wie möglich zu kommen. Sie galoppierten am Vorgebirge vorbei und folgten dem Isin nordwärts entlang der Flanken des Himachal-Gebirges.

Während der langen und ermüdenden Stunden des Reitens hatte Kelene genug Zeit zum Nachdenken. Um sich von Angst und Gedanken an Seuchen und Tod abzulenken, dachte sie an Geschwindigkeit, an die Hunnuli und an Sayyeds Worte vom vergangenen Tag. Wie unglaublich das alles war, dachte sie immer wieder.

Als sich die Berge zur Linken erhoben und die heiße Sonne sich den kühlenden Gipfeln näherte, berührte Kelene das weiße Blitzzeichen an Demiras Schulter. »Hast du jemals über das Fliegen nachgedacht?«, fragte sie das Füllen und versuchte dabei so beiläufig wie möglich zu klingen.

Demira geriet einige Schritte lang aus dem Takt und sprang dann hinter einer Lerche her, die vor ihnen über die Weise schwirrte. *Fliegen? Ich fliege, wenn ich laufe.*

»Nein, ich meine richtiges Fliegen. Wie ein Vogel.«

Demira stellte interessiert die Ohren auf. *Nein, darüber habe ich noch nie nachgedacht. Hunnuli haben keine Flügel.*

»Valorian hat seinem Pferd durch Magie zum Fliegen verholfen, als sie versuchten, die Kaverne in Gormoth zu überspringen«, sagte Kelene.

Das ist wahr. Das Füllen schwieg für eine Weile und sah der Lerche nach. *Ich glaube, es würde mir gefallen.* Und um seine Begeisterung zu zeigen, sprang es neckisch in die Luft und fiel dann in einen lebhaften Galopp.

Kelene breitete die Arme aus, umarmte den Wind und lachte vor Freude. Für kurze Zeit gelang es ihr, über der großartigen Schnelligkeit Demiras alle Ängste und Sorgen zu vergessen.

Als das Füllen müde wurde und zu den übrigen Reisenden zurücktrottete, blickte Kelene zum Himmel. Wenn es ihr bloß gelänge …

Sechs

In dieser Nacht stand kein Mond am Himmel; die Dunkelheit war so undurchdringlich wie am Boden einer leeren Grube. Sterne funkelten in leuchtenden Schwaden und Mustern am Himmel, doch in dem kleinen, lichtlosen Lager am Isin bedrängte die Finsternis die Klanleute wie bedrückender Nebel. Nichts jenseits des Lagers war zu erkennen. Sogar die Hunnuli, die in einem schützenden Kreis um ihre Reiter standen, waren nur an den schwachen Blitzzeichen auf ihren Schultern und an den gelegentlichen Widerspiegelungen des Sternenlichts in ihren Augen zu erkennen.

Die Reisenden hatten sich in ihren Schlafsäcken eng aneinander geschmiegt und versuchten zu schlafen, doch obwohl sie todmüde waren, konnten sie nicht die Augen schließen. Jeder spürte das kalte Entsetzen, das sich mit feuchtem Griff in den Eingeweiden festgekrallt hatte. Niemand wusste, was dieses Gefühl der Spannung verursachte. Vielleicht hatten sie bloß Angst, einzuschlafen und wieder ihren Albträumen gegenüberzutreten. Vielleicht fürchteten sie dieses scheußliche Lachen. Irgendetwas hielt die Klanleute wach. Sie warfen sich in ihren Schlafsäcken herum und lauschten, aber sie hörten nichts außer dem Tosen des Wassers.

Schließlich wurde die Anspannung gelöst – nicht durch Lachen oder Träume, sondern durch ein rötliches Glimmen, das in der Nacht erschien. Die Hunnuli sahen es als Erste auf einem Hügelkamm oberhalb des Lagers, und sie wieherten eine Warnung an ihre Reiter. Die Leute stolperten auf die Beine. Entsetzt sahen sie zu, wie das rote Glimmen stärker wurde; sein schillerndes Licht brannte in einer kränklichen Färbung, die den Glanz der Sterne verschluckte. Rasch nahm das Leuchten Gestalt an; ihre Umrisse waren vor dem schwarzen Himmel deutlich zu sehen.

Die Gestalt schien ein Mann zu sein, der eine Robe und eine Kapuze trug, welche seinen Kopf verdeckte. Die Erscheinung trug keine Waffen oder sonstigen sichtbaren Gegenstände, und sie machte keine Anstalten, die Reisenden anzugreifen. Sie erhob sich nur über dem Lager, groß und ätherisch, und beobachtete die Leute mit kalter Boshaftigkeit.

»Ist das die Gestalt, die Gabria gesehen hat?«, fragte Niela mit zitternder Stimme.

»Ja«, knurrte Savaron.

Langsam hob das Phantom den Kopf und lachte mit derselben gnadenlosen Stimme, welche die Reisenden bereits in der vorigen Nacht entsetzt hatte. Der unmenschliche Klang erfüllte alle mit Schrecken.

Plötzlich stieß Morad einen Fluch aus und streckte die Hand aus. Ein hellblauer Blitz, den Kelene als die trymianische Kraft erkannte, schoss aus seiner Handfläche und flog auf die Gestalt über ihnen zu. Die Erscheinung bewegte sich nicht, als der Blitz sie durchfuhr; sie lachte nur in bösem Entzücken auf. Dann drehte sie sich um und ging auf der anderen Seite des Hügels den Hang hinab, bis sie außer Sichtweite war. Nun war der Kamm wieder so leer und dunkel wie zuvor.

Niemand bewegte sich.

»Was ist das für ein Ding?«, fragte Kelene krächzend und sprach damit aus, was in allen Köpfen spukte.

»Ich weiß es nicht, aber es scheint sehr widerstandsfähig gegen Magie zu sein«, entgegnete Sayyed. »Das ist nicht gerade ermutigend.«

Was für eine Untertreibung, dachte Kelene. Die Reisenden starrten weiterhin in die Dunkelheit, bis ihnen die Augen schmerzten.

»Was sollen wir tun?«, fragte Niela mit vor Aufregung brechender Stimme.

Sayyed steckte sein Schwert in die Scheide zurück. »Wir sollten versuchen zu schlafen. Savaron hatte Recht. Wenn wir uns nicht bald ausruhen, werden wir zu erschöpft sein, um Moy Tura zu erreichen, und zu müde, um unsere Magie richtig einzusetzen.«

»Sollten wir nicht einen Schutzschild errichten?«, fragte Morad.

»Ich glaube nicht«, entgegnete Sayyed. »Ein Schild raubt uns zu viel Kraft und Konzentration, und wir brauchen unsere Ruhe. Die

Hunnuli sollten in der Lage sein, uns rechtzeitig zu warnen, wenn diese Gestalt wieder erscheinen sollte.« Er wandte sich an Afer, der noch immer neben ihm stand. »Bist du derselben Meinung?«

Der Hengst wedelte mit dem Schweif; es war ein Zeichen für seine Aufregung. *Ja. Jetzt, da wir seinen Geruch kennen, sind wir auf der Hut.*

»Wisst ihr, was das für ein Ding ist?«, fragte Sayyed ihn.

Es ist tot. Afers schickte seine kurze Antwort auf einem breiten Gedankenstrahl an alle Zauberer.

Sayyeds Kiefer klappte herunter. »Es ist … was?«

Es stinkt nach Tod, fügte Demira mit einem Schnauben hinzu.

»Aber es sieht menschlich aus«, wandte Niela ein. »Wenn es eine menschliche Seele wäre, hätten die Vorboten sie ins Reich der Toten geführt.«

Das wissen wir. Auch wir verstehen es nicht. Wir wissen nur, dass sein Geruch der des Todes ist und dass es eine große Gefahr darstellt.

»Könnt ihr es noch riechen?«, fragte Kelene.

Ja. Aber es ist nicht in der Nähe, sagte Afer zu ihnen. *Ruht euch aus; wir halten Wache.*

Widerstrebend nahmen die Klanleute seinen Rat an und krochen zurück in ihre Schlafsäcke. Aber sobald sie eingeschlafen waren, kamen die Albträume. Sie speisten sich aus den tiefsten Ängsten jedes Einzelnen und waren lebhafte Visionen von Tod, Verlust und Unglück. Diesmal war Niela nicht die Einzige, die von einem Mann in leuchtend roter Robe träumte. In allen Albträumen tauchte eine große, hagere Gestalt auf, die das Entsetzen der Schlafenden mit der kalten Aufmerksamkeit eines Jägers beobachtete.

Als die Sonnenstrahlen schließlich den östlichen Horizont berührten, krochen die sieben Reisenden angeschlagen und mit schwerem Kopf von den Überbleibseln der nächtlichen Träume aus ihren Schlafsäcken hervor.

Savaron rieb sich die Schläfen, schleppte sich ans Flussufer und steckte den Kopf ins kalte Wasser. »Ich fühle mich miserabel«, keuchte er mit tropfendem Haar.

»Eine solche Nacht will ich nie wieder erleben«, murmelte Niela grimmig in ihren Schlafsack, während sie diesen aufrollte.

Sogar die weiße Katze sah verstimmt aus, bis Sayyed sie aufhob und in seinen Armen wiegte. Beinahe verzweifelt rieb er ihre Ohren und glitt mit den Fingern durch ihr Fell. Er hatte zum ersten Mal seit mehreren Tagen geschlafen und wünschte heftig, er hätte es nicht getan. Sein ganzer Schlaf war mit Träumen von Tam erfüllt gewesen, bis die Leere, die ihr Tod in seiner Seele hinterlassen hatte, zu einer betäubenden Qual geworden war. Er hatte nur wenig Erholung gefunden; die Müdigkeit hielt ihn wie mit Ketten gefesselt, bis er sich kaum noch bewegen und nicht mehr klar denken konnte.

Das ist wohl kaum ein guter Zustand für den Anführer einer wichtigen Mission, dachte er und fragte sich, ob außer Kummer und Müdigkeit noch etwas anderes an seiner Lage schuld war. Nie zuvor hatte er jemanden verloren, der ihm so wichtig wie seine Frau gewesen war, doch er hatte sich selbst immer als starken, beherrschten Mann gesehen, der sein gottgegebenes Schicksal mit dem Anschein von Stärke zu ertragen vermochte. Im Augenblick aber fühlte er sich wie jemand, der am Rand des Abgrunds der Verzweiflung steht.

Seltsamerweise war das Einzige, was ihn aufrechthielt, diese kleine Katze, die seine Frau so sehr geliebt hatte. Die Wärme des Tiers vertrieb die Kälte, die in sein Herz zu kriechen drohte; ihr Schnurren besänftigte ihn, und ihre Verbindung zu Tam schien ihm Trost in seiner Verzweiflung und Einsamkeit zu sein. Er fragte sich, ob es ihm ohne diese Katze möglich wäre, weiterzumachen.

Diese Schwäche sieht mir gar nicht ähnlich, dachte Sayyed. Vielleicht lastete noch etwas auf ihm – etwas wie dieser rote Geist. Sayyed glaubte, dass das Gespenst irgendwie die Träume aller heimsuchte, und wenn es der Grund für die Albträume war, warum tat es das? Was war das für ein Wesen, das ihnen folgte, und warum war es hier? Darauf hatte er noch keine Antwort, sondern nur die Hoffnung, dass es sie in Ruhe lassen würde, damit sie ihre Reise in Frieden fortsetzen konnten. Allerdings bezweifelte er, dass seine Hoffnungen in Erfüllung gingen.

Die Katze miaute und unterbrach seine Gedanken. *Ich bin hungrig.*

Er setzte sie sanft ab und zwang sich zur Bewegung. Er benötigte seine ganze Willenskraft, um die Katze zu füttern, selbst etwas Nahrung herunterzuwürgen und seine Sachen zusammenzupacken. Er war so sehr damit beschäftigt, dass er seine Morgengebete vergaß und

Afer neben sich nicht bemerkte. Auch entgingen ihm die besorgten Blicke, die seine Gefährten miteinander austauschten. Als sie aufsaßen und das Lager verließen, ritt Rafnir neben seinem Vater.

Langsam kletterte die Sonne hoch in den wolkenlosen Himmel. Die Hitze nahm zu, und die Hunnuli waren gezwungen, ihren Schritt zu verlangsamen und oft anzuhalten, um ein wenig Wasser zu trinken. Sie liefen weiter nach Norden den Isin entlang bis kurz vor Mittag, als der Fluss eine Kurve nach Westen in das Himachal-Gebirge und zum Engpass am Grimmfelsen hinein beschrieb. Aus Achtung und ein wenig Neugier legte die Gruppe auf dem Kamm eines Hügels eine Pause ein und blickte stromaufwärts zu den Felsen am Eingang des Engpasses.

Hoch auf einem Felsvorsprung im Süden erhob sich die alte Festung Ab-Chakan. Sie war vor Valorians Zeiten errichtet worden, als das Reich von Tarn über die Ebene von Ramtharin herrschte. Ab-Chakan war eine gewaltige Festung aus schwarzen Türmen und massiven Mauern. Obwohl sie seit fünfhundert Jahren verlassen war, befand sich ein großer Teil noch in gutem Zustand.

Vor vierundzwanzig Jahren hatten die Klane der Khulinin, Dangari, Jehanan und Bahedin in diesen Steinmauern Zuflucht vor dem heranrückenden Heer des Zauberers Lord Medb gesucht. Seit damals hatte sich wenig in diesem Tal verändert. Die alte Festung war immer noch verlassen und voller Schatten und nur von Vögeln und Eidechsen bewohnt. Zu ihren Füßen befanden sich auf der Wiese des breiten Tals zwei Grabhügel: einer für die Toten der Klane, die in der Schlacht um Ab-Chakan gefallen waren, und einer für Lord Savaric, Athlones Vater.

Wortlos sah Kelene auf das Grab ihres Großvaters herunter, der im Augenblick seines Sieges von Mörderhand gestorben war, und sie fragte sich, wie er ausgesehen hatte. Sie kannte die Geschichten ihres Vaters und ihrer Mutter über einen Mann mit dunklen Locken, der seine Familie, seine Falken und seine Freiheit geliebt hatte; Geschichten über einen Mann, der die einzige Überlebende eines abgeschlachteten Klans aufgenommen hatte und der einzige Klan-Häuptling gewesen war, der Lord Medb getrotzt hatte.

Aber wer war der Mann hinter den Geschichten? Wie war er leibhaftig gewesen? Hatte ihm die Gabe der Zauberei ebenfalls im Blut gelegen? Sie fragte sich, was er damit angefangen hätte, wenn ihm seine Fähigkeit bekannt gewesen wäre. Ihr Blick senkte sich auf den glitzernden Wächter an ihrer Bluse, und sie erinnerte sich daran, dass sein Gegenstück, der Gefallene Stern, Savaric gehört hatte. Er hatte es nicht verschmäht, diese magische Kraft zu seinem Vorteil zu nutzen. Ihre Finger stahlen sich zu der glatten Oberfläche. Wenn Savaric um seine magischen Kräfte gewusst hätte, hätte er sie sicherlich nicht brach liegen lassen.

»Sorh gebe ihm Frieden«, flüsterte sie, als die Gruppe weiterritt. Sobald sie wieder auf dem Weg waren, nahm Kelene die Brosche von ihrem Hemd und hielt sie in der Hand. Es war schon zu lange her, dass sie den Zauber des Steins benutzt hatte und mit ihrer Mutter in Kontakt getreten war.

Sie starrte in die Mitte der Gemme, und bald erschien ein Bild. Diesmal war es heller, denn es herrschte Tageslicht. Sie sah das Gesicht des Heilers vom Ferganan-Klan, der mit ihrer Mutter sprach. Seine Stimme und die ihrer Mutter waren deutlich aus dem Stein zu hören und wurden verstärkt durch den Zauber des Wächters.

Kelene hörte eine Weile zu, bevor sie die Brosche wieder an ihren Platz steckte. Sie legte die Hände in den Schoß und starrte mit steinernem Blick in den dunstigen Nachmittag.

»Geht es ihnen gut?«, fragte Savaron, der nun neben ihr ritt.

Seine Stimme riss sie aus ihren Tagträumen. Sie drehte sich zu ihm um.

»Im Augenblick ja«, antwortete Kelene, aber sie klang verzweifelt. »Es wird schlimmer, Savaron. Mutter ist noch im Ratshain und hilft den Heilern. Aber inzwischen muss es Hunderte Kranke dort geben. Die Heiler sind außer sich. Gehlyn ist gestern gestorben.« Sie warf die Hände in einer Geste der Hilflosigkeit hoch. »Jetzt sind Lord Koshyn und Wertain Rejanir krank. Und sie haben vier weitere Zauberer verloren.«

Savaron zuckte zusammen. »Sind ihre Hunnuli auch weggelaufen, wie das von Tam?«

»Ja, einige, glaube ich. Mutter konnte es kaum ertragen, mit dem Heiler, der bei ihr war, darüber zu sprechen.« Kelene verstummte, holte tief Luft und fuhr dann fort: »Aber das ist noch nicht das Schlimmste. Lymira ist ebenfalls krank.«

»Seit wann?«

Kelene sah in die Ferne. »Seit letzter Nacht.«

»Gute Götter«, sagte Savaron entsetzt. »Selbst wenn wir in Moy Tura etwas finden, sind wir niemals rechtzeitig zurück, um sie zu retten.«

Kelenes Antwort war ein Flüstern der Verzweiflung. »Ich weiß.«

Nun sagte keiner von beiden mehr etwas, doch sie ritten für den Rest des Nachmittags Seite an Seite und gewannen Trost aus der Gegenwart des anderen.

Die Hunnuli galoppierten weiter nordwärts an den kiefernbewachsenen Berghängen entlang, an denen kleine Bäche zu Tal stürzten und hohe Felsen eine Scheidewand zum zerklüfteten Inneren des Gebirges bildeten. Bei Sonnenuntergang erhob sich ein Wind aus Nordwest, und Sturmwolken türmten sich am Horizont auf.

Inzwischen befanden sich die Reisenden nahe dem nördlichen Ende des Himachal-Gebirges. Sie waren nicht weit entfernt vom Geldring-Treld und der berüchtigten Zitadelle von Krath, doch in unausgesprochener Einigkeit mieden die Klanleute beide Orte und schlugen ein Behelfslager in einem Wäldchen aus hohen Kiefern auf. Der Geldring-Treld lag zu weit abseits von ihrem Weg, und selbst eine weitere Nacht mit Gespenstern und Albträumen war besser, als in der Festung der Göttin Krath Zuflucht zu suchen. Zu viele Leute hatten dies versucht und waren nicht mehr herausgekommen.

Während die Hunnuli das saftige Gras abweideten, nahm Sayyed seinen Gebetsteppich, um seine Abendgabe darzubringen, und die anderen aßen rasch zu Abend. Danach sah Kelene zu, wie Savaron, Rafnir und Tomian einige überzählige Laken auf dem Boden ausbreiteten. Jeder Mann legte die Finger auf ein Tuch, zog die Magie um ihn herum zusammen und benutzte einen Spruch aus dem *Buch des Matrah*. Der Spruch war einfach: Er vergrößerte die Laken, machte sie wasserdicht und verwandelte sie schließlich in drei kleine Reisezelte. Kelene musste eingestehen, dass der Zauber gut ausgeführt und das Ergebnis sehr willkommen war.

Doch dieser vertraute Umgang mit der Zauberei bedrückte Kelene nur noch mehr. Sie schüttelte den Kopf. Es lag so viel Macht in der Welt um sie herum – in den Steinen, den Bäumen, der Erde, dem Gras, dem Wasser; alles trug Spuren der gewaltigen Kräfte, welche die Welt der Sterblichen erschaffen hatten. Diese Überbleibsel uralter Kraft waren bei den Menschen als Magie bekannt, und für jene wenigen Zauberer, welche diese Kräfte nach ihrem Willen formen konnten, stellten sie eine unerschöpfliche Energiequelle dar.

Aber endlose Macht hatte auch ihre Nachteile. Magie war für jene gefährlich, die weder die Stärke noch die Entschlossenheit besaßen, sie zu beherrschen. Wenn ein Zauberer nicht genau wusste, was er tat, oder die Kontrolle über seinen Zauber verlor, konnte die entfesselte Kraft alles zerstören, was sich ihr in den Weg stellte. Der Gebrauch der Magie forderte auch von dem Zauberer ihren Tribut und laugte ihn sowohl geistig als auch körperlich aus. Diejenigen, die Magie anwendeten, benutzten sie vorsichtig und lernten rasch, wie weit sie gehen konnten, bevor ihre Erschöpfung zu einer Gefahr für die Zaubersprüche wurde.

Das war es, was Kelene bedrückte. In ihren Fingerspitzen lag alle Macht der Götter – Macht, die Familie zu heilen und die Klane zu retten –, doch menschliche Zauberer waren zu schwach und ungeübt, um die Möglichkeiten der Magie voll auszuschöpfen. Man konnte nicht einfach mit den Fingern schnippen und die Seuche wegwünschen oder ein Wort sprechen und sich damit unmittelbar nach Moy Tura versetzen. Sie konnten nur in den Grenzen ihrer geringen Kenntnisse, Fähigkeiten und moralischen Kraft etwas bewirken.

Kelene trat missmutig nach einem Grasbüschel und humpelte von den Kiefern hinüber zu einer breiten Wiese, auf der die müden Hunnuli sich ausruhten. Gereizt zog sie ihren goldenen Mantel enger um die Schultern, lehnte sich gegen einen Baumstamm und beobachtete die schwarzen Pferde im Zwielicht.

Demira war auch hier; sie wirkte gegen die größeren, mächtigeren Leiber der ausgewachsenen Hunnuli zierlich und klein. Sie war nicht so groß wie die meisten Zweijährigen, vielleicht weil sie das letzte Fohlen einer alternden Stute gewesen war, doch sie war wohlgeformt, anmutig und nicht weniger stark als andere in ihrem Alter. Und sie war so schnell …

»Du bist weit weg mit deinen Gedanken«, sagte jemand in ihrer Nähe. »Worüber denkst du gerade nach?«

Kelene riss den Kopf herum und sah, dass Rafnir neben ihr stand. Er hatte die Arme vor der Brust gekreuzt und sah neugierig aus. Sie bemerkte überrascht, dass er sich irgendwie verändert hatte. Seine übliche selbstbewusste Lässigkeit war fort. Stattdessen erschien er nun verletzlich. Sein Lächeln war zögerlich, der Blick ausgesprochen freundlich.

»Schnelligkeit«, antwortete sie mürrisch. »Sie reicht nicht aus. Bis wir in Moy Tura und wieder zurück sind, wird keiner mehr leben.«

»Wenn es jemand von uns schafft zurückzukehren, wird es bestimmt noch Überlebende geben«, sagte er; es klang eher hoffnungsvoll als gewiss.

»Aber nicht Gehlyn oder Lord Koshyn oder Lymira!«

Rafnir erbleichte. »Lymira ist erkrankt?«

»Sie wird ebenfalls sterben – so wie Tam und Coren.« Kelene schlug mit der Faust gegen den Baumstamm. Ihre Hilflosigkeit drohte sie innerlich zu verzehren. »Wozu ist diese ganze Magie gut, wenn wir die Leute nicht retten können? Warum helfen uns die Götter nicht?«

Als Demira die Stimme ihrer Reiterin hörte, hob sie den Kopf und hörte ihr zu. Schweigend kam sie herbei und stellte sich neben Kelene.

Rafnir verschränkte die Arme und brummte: »Gerade du redest über Magie. Dabei willst du sie nicht einmal benutzen! Du besitzt eine Gabe, die du für so viel Gutes einsetzen könntest, aber du verschwendest sie! Du willst es nicht einmal versuchen.«

Das saß. Kelene wandte sich ihm zu; ihr Gesicht war vor Wut und Scham gerötet. »Ich habe versucht, Magie zu benutzen! Ich kann sie einfach nicht unter Kontrolle halten«, schnitt sie ihm das Wort ab, ohne sofort zu bemerken, was sie da sagte.

Rafnir stürzte sich auf ihre Worte. »Wann hast du je versucht, Magie zu benutzen?« Er kam ihr näher, damit er sie im schwindenden Licht besser erkennen konnte, und war überrascht, als er Tränen an ihren Wangen herabrinnen sah. Ihre Augen waren große, dunkle Teiche und der Mund so hart wie Stein.

Mit ruhiger Stimme erwiderte sie: »Vor etwa fünf Sommern.«

Er betrachtete sie und versuchte sich zu erinnern, was geschehen war, als sie dreizehn waren, doch dann fiel sein Blick auf ihren verkrüppelten Fuß.

»Stimmt«, antwortete sie, bevor er fragen konnte. »Ich wollte Vater dabei helfen, diesen wilden Hengst zu zähmen, den er gefangen hatte. Ich war der Meinung, ich könne es, aber er erlaubte es nicht.«

Bei der Erinnerung an dieses Pferd schüttelte Rafnir den Kopf. »Und du hast es trotzdem getan.«

Sie nickte. Sie konnte nicht glauben, dass sie diese Geschichte ausgerechnet Rafnir erzählte! Sie hatte noch nie jemandem die Wahrheit darüber gesagt. Ohne zu bemerken, was sie tat, vergrub sie die Hand in Demiras Mähne und empfand Trost und Unterstützung in dieser Berührung. »Ich dachte, wenn ich einen Zauberspruch benutze, um das Pferd zu beruhigen, könnte ich es schneller zureiten und damit Vater beeindrucken. Aber es ist mir nicht gelungen. Ich habe die Kontrolle über den Zauber verloren, als ich auf dem Rücken des Pferdes saß, und es ist in Panik geraten. Es hat sich aufgebäumt und ist auf mich gefallen, bloß weil ich mit dieser unbedeutenden Magie nicht umgehen konnte.«

»Und seitdem fürchtest du dich davor, es noch einmal zu versuchen«, folgerte er.

Sie wischte sich mit dem Ärmel übers Gesicht. »Was soll's! Du weißt genauso gut wie ich, dass die Gabe in einigen Leuten stärker ausgeprägt ist, in anderen schwächer. Savaron und Coren haben in meiner Familie die größten Fähigkeiten. Sollen sie doch etwas daraus machen!«

»Coren ist tot«, erinnerte sie Rafnir leise.

»Ja«, sagte Kelene in die Dunkelheit hinein. Die Kiefern schwankten im aufkommenden Wind, und im Norden flackerten Blitze am Himmel.

»Ich habe einmal gehört, wie Coren zu Vater sagte, er glaube, *du* hättest die größere Gabe.«

»Das hat Coren gesagt?«, fragte Kelene verwirrt. »Warum?«

»Keine Ahnung. Kinder sind manchmal sehr scharfsinnig.« Er streckte die Hand aus und kraulte Demiras Schulter. »Weißt du, du könntest es noch einmal versuchen. Deine Niederlage bedeutet nicht, dass deine Gabe wertlos ist.«

Die junge Frau schüttelte den Kopf. »Beim nächsten Mal könnte ich mich damit umbringen – oder jemand anderen verletzen.«

»Nicht, wenn du langsam anfängst. Als du diesen Zauber an dem Hengst ausprobiert hast, warst du zu jung und unerfahren.«

»Und jetzt bin ich zu alt und unerfahren.«

Verärgert kratzte er sich am Kinn. »Wenn du dich entschließen könntest, nur ein wenig von deiner Sturheit in die Magie zu leiten, wärst du unbesiegbar.«

»Ha!«

»Versuch es. Denk an etwas, das du unbedingt tun willst, und arbeite dich zum Ziel vor.«

Das Mädchen zögerte und überlegte, ob es klug war, Rafnir ihren Traum zu enthüllen. Würde er lachen oder das tiefe Verlangen in ihren Worten erkennen? »Ich würde gern Demira zum Fliegen bringen«, sagte sie schließlich.

»Dabei helfe ich dir«, antwortete er sofort.

Seine rasche und ernsthafte Erwiderung verwirrte sie. »Glaubst du nicht, dass das lächerlich ist?«

»Wenn es funktioniert, kommt sie schneller voran. Vielleicht könnte sie auf diese Weise ein paar Leben retten.«

»Aber was ist, wenn ich es nicht schaffe?«, fragte Kelene.

»Das weißt du erst, wenn du es versuchst.«

Einen Augenblick lang dachte Kelene schweigend nach, dann hob sie das Kinn. »Wirst du nie wieder eine Peitsche ziehen?«

Rafnir lachte. Das war das erste Mal, dass sie etwas über ihren Unfall beim Induran-Rennen gesagt hatte. Es schien nicht erst fünfzehn Tage, sondern schon ein ganzes Jahr zurückzuliegen. »Keine Peitsche.« Er wollte noch etwas hinzufügen, als plötzlich alle sieben Hunnuli argwöhnisch den Kopf hoben.

Etwas naht, sagte Demira zu Kelene.

»Das Gespenst?«

Nein. Es ist menschlich. Aber kein Klanmitglied.

Gemeinsam verließen die anderen sechs Hunnuli die Weide und eilten zu ihren Reitern. Kelene und Rafnir folgten ihnen rasch, und die ganze Gruppe versammelte sich in der Lichtung bei den Zelten. Inzwischen war die Nacht vollständig hereingebrochen und wurde nur von den fernen Blitzen erhellt. Der Himmel war wolkenverhangen, und der Wind raunte durch die Kiefern. Donner grollte in der Ferne.

»Wo sind unsere Besucher?«, fragte Sayyed leise sein Hunnuli.

»Hier, Klanmann!«, ertönte eine Stimme aus der Finsternis.

Die Reisenden drängten sich enger zusammen und suchten mit den Augen die Nacht nach dem Ursprung der Stimme ab. Sie sahen nichts außer den Umrissen der Bäume, bis sich nur zehn Schritte von ihnen entfernt eine Gestalt vorsichtig von einer der Kiefern löste. Nun traten weitere Umrisse aus den Schatten, und die Klanleute erkannten, dass sie umzingelt waren. Die Hunnuli schnaubten drohend. Savaron sagte sofort einen Zauberspruch und erschuf eine Lichtkugel hoch über ihren Häuptern, welche die ganze Lichtung erhellte.

Niemand versuchte sich zu bewegen, denn sie alle erkannten die schwarz gekleideten Gestalten, die nun von dem silbernen Licht beleuchtet wurden. Es waren Männer mit Peitschen statt Schwertern an den Gürteln – die Eidbrecher, die Männer des Krath-Kults, die ihre dunkle Göttin in Geheimnis und Blut verehrten. Die Klanleute wussten, dass sie schon längst tot wären, wenn die Kultanhänger sie hätten töten wollen – ermordet in völliger Stille und ohne jede Gnade.

»Welchem Umstand verdanken wir die Ehre eines Besuchs der Männer mit den Peitschen?«, rief Sayyed durch den Wind. Die weiße Katze hockte zu seinen Füßen und knurrte.

Die Fremden machten keine Anstalten, näher zu kommen. Sie beobachteten die Klanleute lediglich unter ihren schwarzen Kapuzen; ihre Gesichter lagen in vollkommenem Dunkel.

»Wir sind gekommen, um die Wahrheit zu suchen«, sagte der erste Mann.

Die Klanleute erzitterten unter seiner trockenen, harten Stimme. »Welche Wahrheit?«, wollte Sayyed wissen.

»Wir haben viele seltsame und böse Visionen gehabt. Stimmt es, dass unter den Klanen Valorians eine Seuche ausgebrochen ist?«

»Ja«, antwortete Sayyed matt. »Wir werden von einer Krankheit heimgesucht, gegen die es kein Heilmittel zu geben scheint. Viele sind schon gestorben, und es werden noch mehr sterben.« Es hatte keinen Sinn, die Wahrheit zu verheimlichen. Die Männer, die dem Kult der Krath verschrieben waren, hatten allen Eiden, Treuepflichten und Verwandtschaftsbanden abgeschworen. Sie lebten nur noch für ihre blutdürstige Göttin. Was mit den Klanen geschah, bedeutete ihnen nichts mehr.

Aber der Sprecher überraschte ihn, indem er fragte: »Geht es Lord Athlone gut?«

Kelene trat einen Schritt vor. »Bis heute Nachmittag ja, Hoherpriester Seth.« Ihre Gefährten murmelten überrascht. Alle Eidbrecher sahen in ihren einfachen, schwarzen Roben und Kapuzen gleich aus, und seit vielen Jahren hatte niemand mehr den Hohenpriester von Angesicht zu Angesicht gesehen.

»Woher weißt du das?«, flüsterte Savaron.

»Ich habe geraten«, zischelte Kelene zurück.

Mit beinahe überheblicher Geste schlug der Eidbrecher seine Kapuze zurück und enthüllte das Gesicht eines alten Mannes. Doch trotz der Jahre und des harten Lebens als Kultanhänger lag noch eine unglaubliche Stärke in seinen dunklen, hageren Zügen – eine Kraft wie die einer Eiche, welche die Zeit gekrümmt und verhärtet hat. Obwohl niemand der anwesenden Klanleute Lord Savaric gekannt hatte, waren sie doch sicher, dass sie seinem Bruder Seth gegenüberstanden.

»Wer bist du?« Der Priester sprach mit ausdrucksloser Stimme. Seine Augen wurden von der Adlernase und dem stahlgrauen Bart eingerahmt.

»Ich bin Kelene, die Tochter von Gabria und Lord Athlone. Enkelin von Savaric, Eurem Bruder. Ich besitze den Wächter, durch den ich sehen kann, wie es meinen Eltern geht.«

Seth antwortete nicht sofort. Er starrte auf Kelene herunter und betrachtete sie eingehend von Kopf bis Fuß. Es hieß, die Anhänger Kraths konnten bis in die Herzen der Menschen schauen und die darin verborgenen tiefsten Ängste und Übel erkennen. Sie spähten alle Geheimnisse aus und zerrten vergrabenen Hass hervor. Daher wagten es nur wenige, einem Eidbrecher in die Augen zu sehen, weil sie fürchteten, damit ihre Seele zu öffnen.

Doch Kelene war es gewohnt, Autoritäten zu trotzen. Das dunkle Gesicht ihres Großonkels verursachte ihr eine Gänsehaut, doch sie reckte den Hals vor und setzte die ausdruckslose, gleichgültige Miene auf, die ihre Mutter immer so ärgerte.

Zu ihrer Überraschung gab Seth ein kurzes, trockenes Kichern von sich. »Du bist wirklich Gabrias Kind und hast Savarics Blut in dir.« Dann wandte er seinen durchdringenden Blick von ihr ab und sah Sayyed an. »Sag mir, warum ihr hier seid.«

Sayyed schaute ebenfalls nicht weg. »Wir sind nach Moy Tura unterwegs.«

Seth reagierte darauf nur mit einem knappen Nicken. »Die Aufzeichnungen der Heiler. Das wäre eine Möglichkeit.«

»Gibt es etwas in Eurer Bibliothek, das uns helfen könnte?«, fragte Savaron.

»Nein«, antwortete der Priester mit einer Stimme wie aus Granit.

Savaron kräuselte die Lippen. »Hättet Ihr uns geholfen, wenn es da etwas gäbe?«

»Ich sage euch nur eines: Hütet euch vor dem Geist, der euch folgt. Er raubt euch die Lebenskraft, während ihr schlaft. Besonders deine.« Er deutete auf Sayyed. »Deine Seele ist gefährlich schwach. Wenn er es kann, wird der Geist dich töten, um sich deine Kraft anzueignen.«

»Wieso will er uns die Lebenskraft rauben? Was ist das für ein Geist?«, wollte Rafnir wissen.

»Wir haben keine Ahnung, wer er ist. Irgendwie ist er aus dem Reich der Toten entkommen und will hier bleiben, bis er die Welt mit seiner Bosheit vergiftet hat. Dieser Geist muss rasch zu Lord Sorh zurückgeschickt werden, bevor er einen Weg findet, auf immer in unserer Welt zu bleiben.«

Rafnir warf die Arme hoch und drückte damit die Verzweiflung aus, die sie alle empfanden. »Wie können wir das tun?«, fragte er zornig.

»Sucht in Moy Tura nach der Antwort«, erwiderte Seth. Dann nickte der Hohepriester seinen Männern beinahe unmerklich zu, glitt zurück in die Dunkelheit und war verschwunden. Die Klanleute starrten erstaunt die Stellen an, wo die anderen Kultanhänger gestanden hatten; auch sie waren lautlos fortgegangen. Über ihnen zischte ein Blitz, durchschnitt die Dunkelheit und erleuchtete die ganze Gegend. Das Wäldchen war leer.

Nielas Hunnuli schnaubte und legte die Ohren an. »Das sehe ich auch so!«, sagte Niela. »Diese Männer verursachen mir eine Gänsehaut.«

Rafnir legte die Hand auf die Schulter seines Vaters. »Warum stellen wir heute Nacht nicht einfach eine Wache auf? Vielleicht kommt uns dann der Geist nicht nahe.«

»Er folgt uns immer noch?«, wollte Tomian wissen.

Ja, sagte Afer zu allen. Er hielt die Schnauze in den Wind. *Er wartet in nicht allzu großer Entfernung auf uns. Wir würden eine Wache begrüßen. Wir sind heute sehr müde.*

»Dann stellen wir zwei Wachen auf«, befahl Sayyed. »Tomian, du und ich halten die erste Wache. Dann folgen Savaron und Kelene und danach Rafnir und Morad. Niela, du bist morgen Nacht an der Reihe.«

Rafnir schüttelte den Kopf. »Vater, du wirst heute Nacht schlafen. Ich übernehme die erste Wache.«

Sayyed wollte etwas entgegnen, doch er wusste, dass sein Sohn Recht hatte. Er war so müde, dass er nicht mehr klar denken konnte; er hatte kaum mehr die Kraft, aufrecht zu stehen. Er wäre eine nutzlose Wache, wenn er nicht einmal die Augen aufzuhalten vermochte. Er nickte zustimmend, nahm die weiße Katze auf und machte sich auf den Weg zum nächsten Zelt. Er kroch hinein und war schon eingeschlafen, bevor die Katze Zeit hatte, sich neben seinem Arm auszustrecken.

Draußen löschte Savaron seine Lichtkugel, während sich auch die anderen auf die Nacht vorbereiteten. Kelene und Niela bezogen zusammen das eine Zelt, Savaron und Morad das andere. Tomian blieb bei Rafnir, um mit ihm in der schwarzen, sturmdurchtosten Nacht Wache zu halten.

Sobald die anderen sich hingelegt hatten, ging Rafnir zum Zelt seines Vaters. Rasch sprach er einen Zauber, hob die Hände zu einem kleinen Bogen und legte eine undurchlässige Kuppel aus roter Energie um das kleine Zelt. Die Kuppel war ein Schutzschild, durch den nur die Luft eindringen konnte; er würde so lange bestehen, wie einer der Zauberer die Magie aufrechterhielt.

»Glaubst du, das wird den Geist von ihm fern halten?«, fragte Tomian zweifelnd.

Rafnir betrachtete den roten Schild. »Ich hoffe es! Priester Seth hat gesagt, Vater sei in größter Gefahr. Ich muss wenigstens versuchen, ihm zu helfen.«

Der junge Geldring nickte zustimmend. Während Rafnir den Schutzschild an seinem Platz hielt, machte Tomian einen kleinen Unterschlupf nahe bei den Zelten zurecht. Die beiden Männer setzten sich unter das Dach, als die ersten Tropfen den kommenden Regen ankündigten.

Ein gewaltiger Blitz zuckte über den Himmel, und der Regen fiel in vom Wind gepeitschten Schleiern. Die Hunnuli drängten sich zusammen und hielten die Köpfe dem niederprasselnden Regen abgewandt.

Von ihrem Unterstand aus spähte Rafnir so angestrengt in die Dunkelheit, dass es ihm Kopfschmerzen bereitete. Den magischen Schild aufrecht zu erhalten kostete mehr Energie, als er sich vorgestellt hatte. Er wurde sehr müde. Seine Lider waren wie schwere Gewichte, sein Körper fühlte sich bleiern an. Er schüttelte den Kopf, um den Schlaf zu vertreiben, doch es half nichts. Langsam sackte er gegen die Wand des Unterstands.

Tomian döste bereits neben ihm; sein Gesicht war schlaff vor Erschöpfung. Der Wind ließ ein wenig nach, und der Regen wurde zu einem gleichmäßigen Trommeln auf Blättern und Zelten.

Rafnir fielen die Augen zu. Während er in den Schlaf trieb, schwankte der magische Schild um Sayyeds Zelt. Der Zauber wurde schwächer, die Magie zerstreute sich. Als Rafnir fest eingeschlafen war, hatte sich der Schild bereits aufgelöst. Sayyeds Zelt lag ungeschützt in der Nacht.

Sieben

»Sayyed.«

Er hörte Tams sanft lockende Stimme aus der Dunkelheit, und sein Herz hüpfte vor Freude. Er wusste, dass ihr Tod ein schrecklicher Irrtum gewesen war. Jetzt war sie irgendwo in der Nähe und rief nach ihm. Er war noch schwach und benommen, doch es gelang ihm, sich auf die Beine zu kämpfen und umzusehen. Das Zelt, das Lager und seine Gefährten waren verschwunden und hatten ihn in einem feuchten, alles einhüllenden Nebel allein zurückgelassen. Er war nicht sicher, wo er sich befand, denn sogar die Bäume und der Himmel wurden von dem schrecklichen Nebelschleier verdeckt. Die Stille war vollkommen.

»Sayyed«, rief die Stimme wieder; nun war sie näher gekommen.

Er drehte sich auf dem Absatz um und hielt wie rasend nach Tam Ausschau. »Ich bin hier!«, brüllte er. Sie musste irgendwo da draußen sein!

Er wandte sich wieder um, und da war sie. Sie trat aus dem Nebel, so lebendig und schön wie immer. Ihr Gesicht erglühte vor Liebe; helle Bänder schimmerten in ihrem dunklen Haar. Sie lächelte ihn mit diesen herzerwärmenden Grübchen in den Wangen und mit freudigen Augen an und streckte ihm die Hände entgegen.

»Mein Gemahl«, murmelte sie und hieß ihn willkommen.

Er machte einen weiteren Schritt, dann noch einen, bis er nur noch zwei Schritte von ihr entfernt stand.

Sayyed!

Diesmal rief ihn eine andere Stimme. Sie klang irgendwie vertraut – leicht und weiblich und seltsam gebieterisch.

Er hatte keine Ahnung, woher sie kam, und wollte es gar nicht herausfinden. Tam war wieder bei ihm – so nahe, dass er nur die Hand auszustrecken brauchte, wenn er sie berühren wollte. Er wollte gerade ihre Hand ergreifen, als ihm ein plötzlicher Schmerz durch den Arm fuhr.

Verblüfft starrte er seinen nackten Unterarm an. Fünf lange Kratzer furchten die Haut, und Blut quoll aus der Wunde. Er riss den Kopf hoch und wollte gerade Tam fragen, was ihn verletzt hatte, doch sie war verschwunden. An ihrer Stelle stand ein Mann in einer langen roten Robe. Mit dunklen Augen stierte er Sayyed an. In diesem Blick lag ein so großer Hass, dass der Krieger rückwärts taumelte. Eine schreckliche, kalte Einsamkeit traf ihn. »Tam!«, brüllte er. Aller Kummer seines Herzens schwang in diesem Wort mit.

Sayyed!, rief die seltsame Stimme erneut.

Der Krieger beachtete sie nicht. Tam war wieder fort; er musste sie finden. Er taumelte in den Nebel hinein.

Die Stimme blieb hartnäckig hinter ihm, bis er ihr schließlich widerwillig antwortete: »Was? Was willst du?«

Plötzlich schossen wieder Schmerzen durch seinen Arm. Er senkte den Blick und sah fünf weitere Striemen, welche die anderen kreuzten. »Hör auf damit!«, rief er in den Nebel.

Dann wach auf, rief die Stimme zurück. *Sie brauchen deine Hilfe.*

Sayyed schüttelte den Kopf und versuchte, einen klaren Gedanken zu fassen. Wem gehörte diese Stimme? Wer brauchte Hilfe? Er sah, wie der Nebel zur Finsternis wurde, und fand sich am Boden eines tiefen Schachts wieder. Irgendwo über ihm drängte ihn die Stimme herzukommen. Ihre Beharrlichkeit war wie eine Rettungsleine in der dunklen Leere. Er benötigte seine gesamte Willenskraft, um eine Antwort zu geben, und zwang sich, durch die zähe Dunkelheit aufzusteigen.

Beeil dich, Sayyed. Bitte wach auf, forderte eine andere, männliche Stimme in seinem Kopf. Er wusste, dass es Afers Stimme war. In den Gedanken des Hengsts lag echte Verzweiflung, und seine Bitte verlieh Sayyed die Stärke, die er zur Wiedererlangung des Bewusstseins brauchte. Er schlug die Augen auf und starrte in zwei verschwommene, goldene Monde.

Etwas hinter den Monden brummte, und die weibliche Stimme in seinem Kopf rief deutlich: *Wir hätten dich beinahe verloren!*

Vor Sayyeds Regenschutz zuckte ein Blitz und erhellte das Innere des kleinen Zelts. Sayyeds Blick war wieder so klar, dass er Tams

Katze neben seinem zerkratzten Arm kauern sah. Ihr Fell war aufgerichtet, und sie hatte die Ohren eng an den Schädel gelegt. »Du«, murmelte er.

Ja, und jetzt steh auf!, jaulte sie.

Endlich wurde seinem vernebelten Hirn klar, wie sehr sie ihn bedrängte. Irgendetwas ging vor sich; seine Hilfe wurde gebraucht. Er richtete sich auf Händen und Knien auf. Eine Welle aus Benommenheit und Übelkeit hätte ihn beinahe wieder zu Boden gestreckt. Er musste mehrmals tief durchatmen, bevor er den nächsten Muskel rühren konnte.

Zur gleichen Zeit drangen Geräusche zu seinem umnachteten Verstand vor. Er hörte, wie sich seine Gefährten etwas zuriefen, während die Hunnuli wütend wieherten. Dann vernahm Sayyed etwas anderes in all diesem Aufruhr: das grausame Lachen des Gespensts.

Sayyed stürzte durch die Zeltklappe und kam irgendwie auf die Beine. Das Bild, das sich ihm bot, zeigte vollkommenes Chaos. Die dunkle, feuchte Lichtung schien von wilden Tieren erfüllt zu sein, die gegen die fünf Klanleute und die Hunnuli kämpften.

Sayyed keuchte verwirrt, sammelte seine Gedanken und erschuf vorsichtig einen Lichtball über den Kämpfenden. Der Ball war rot, damit er die Menschen nicht blendete, und er tauchte den Kampf in einen seltsamen, blutfarbenen Glanz. Sayyed sah Afer in geringer Entfernung von sich; er trat nach einem wilden Hengst aus. Kelene und Niela kämpften gemeinsam mit ihren Hunnuli gegen fünf Wölfe. Rafnir versuchte verzweifelt, die Frauen zu erreichen, doch einige große Hirsche nagelten ihn gegen einen Baumstamm. Savaron und Morad versuchten, aus ihrem Zelt zu kommen, während ein Bär die Leinwand in dem Versuch zerriss, zu ihnen durchzudringen.

Sayyed hatte kaum Zeit, das Chaos vor ihm zu erfassen, als auch schon etwas hinter ihm knurrte. Er wirbelte herum und stand vor einem kauernden wilden Hund. Es handelte sich um einen Rüden, wie ihn die Klane oft zur Höhlenlöwenjagd benutzten. Er knurrte erneut und sprang auf Sayyeds Brust zu.

Obwohl der Krieger müde war, handelte er sofort. Er zog sein Schwert in einem weiten Bogen und schlitzte dem springenden Hund den Hals auf. Der Kopf des Hundes fiel zur Seite. Die Kraft des Schlags fällte das Tier, aber zu Sayyeds Entsetzen sprang es ihn abermals an. Der Kopf hing noch immer in einem verrückten Winkel vom Hals. Erneut schlug Sayyed auf den Hals des Hundes ein. Diesmal wurde der Kopf vollständig abgetrennt und fiel zusammen mit dem Körper zu Boden. Sayyed starrte verblüfft auf den Kopf, der noch immer knurrende Laute von sich gab und nach seinen Stiefeln schnappte. Er musterte das Tier genauer. Es war etwas Außergewöhnliches an ihm, das er im Eifer des Gefechts nicht bemerkt hatte. Das Fell war rau und voller Löcher. Als sich Sayyed dichter darüber beugte, drang ihm der schwere Gestank der Verwesung in die Nase. Das Tier war schon lange tot.

Entsetzt sah er die anderen wilden Tiere an. Einige hatten scheußliche Verletzungen oder Wunden, als ob sie angegriffen worden seien, einige waren nur noch Haut und Knochen, und keines der Tiere bewegte sich mit der üblichen Anmut und Vorsicht lebender Kreaturen. Jedes einzelne von ihnen war bereits tot.

Sayyed dachte nicht weiter über diese schreckliche Wahrheit nach, sondern hob die Hand und schickte eine Faust voll Magie in den Bär, der Savaron und Morad angriff. Obwohl Sayyed schwach und der Blitz nicht so kraftvoll wie sonst war, reichte er aus, um den toten Bären in Stücke zu reißen. Im selben Augenblick gelang es Niela, einen magischen Schutzschild um sich und Kelene zu legen. Die Wölfe zogen sich knurrend zurück und wurden unter den Hufen der zornigen Hunnuli zerstampft.

Als Nächstes half Sayyed seinem Sohn, doch als er die Hand zurückzog, sah er etwas, das sein Blut zu Eis gefrieren ließ. Der junge Tomian lag am Rand des Lagers auf dem Rücken. Über ihm kauerte ein gewaltiger Höhlenlöwe – der größte, den Sayyed je gesehen hatte. Seine Mähne war matt und verdreckt. Das Fell verrottete am Körper. Die Augen waren von Ameisen heimgesuchte Höhlen, und eines seiner Ohren fehlte. Aber Zähne und Klauen waren noch schrecklich fest, und vom Kiefer tropfte frisches Blut.

Der Löwe hob den verwesenden Kopf und starrte Sayyed an. Der Krieger stolperte auf Tomian zu. Als er gerade die Faust hob, um einen weiteren magischen Blitz abzuschießen, erschien die rötliche Gestalt des Geists neben der großen Katze. Mit einer Handbewegung hielt sie alle Bewegungen der wilden Tiere an. Langsam wandte sich der Geist an Sayyed; zum ersten Mal war sein Gesicht unbedeckt.

Der Krieger blieb so abrupt stehen, dass er beinahe hingefallen wäre. Vor ihm stand der Mann aus seinem Traum. Er erkannte jede Einzelheit: die Robe, die Hakennase, das lange, dunkle Haar und der beinahe wahnsinnige Ausdruck des Hasses auf dem Gesicht.

»Du wirst mir nicht noch einmal entkommen, Zauberer«, zischte die Erscheinung. »Ich weiß, wohin du gehst und was du suchst. Du wirst keinen Erfolg haben. Ich werde das beenden, was ich vor zweihundert Jahren begonnen habe.« Damit verschwand er in der Nacht.

Ungläubig versammelten sich die fünf jungen Leute um Sayyed. Kelene und Niela waren unversehrt, aber der Bär hatte Savaron eine Fleischwunde an der Schulter beigebracht, und Rafnirs Arm war durch das Geweih eines Hirschs verletzt worden. Mit weißem Gesicht kniete Morad neben seinem Bruder. Niemand musste erst fragen, ob Tomian tot war, denn seine Kehle war zerrissen und blutüberströmt. Im Schatten eines nahen Gebüschs lag Tomians Hunnuli. Sein Fell war von Fängen und Klauen zerrissen, und der Kopf stand in einem unnatürlichen Winkel zum Körper ab.

Rafnir war der Erste, der die Sprache wiederfand. »Wir sind eingeschlafen. Ich weiß nicht, wieso, aber wir sind eingeschlafen.« Seine Worte klangen rau vor Unglauben. Morad sah auf zu ihm. Tränen rannen ihm übers Gesicht. Rafnir zwang sich weiterzusprechen. »Zuerst bemerkte ich den Löwen, der Tomians Hunnuli angegriffen hat. Tomian hat versucht, es zu retten, aber die Katze war zu schnell. Dann kamen all die anderen Tiere. Gute Götter, was war das?«, fragte er flehentlich.

»Die Eidbrecher haben gesagt, der Geist werde versuchen, uns zu töten. Es scheint, als habe er einen Weg gefunden«, meinte Kelene. Sie hatte die Arme eng um den Leib geschlungen.

Savaron trat wütend gegen den toten Löwen. »Aber wie hat dieses Gespenst die Tiere bewegt? Und warum hat es Tomian genommen?«

Die anderen verstummten und starrten auf die Überreste ihres Lagers und die Kadaver der Tiere, die wie Trophäen einer grotesken Jagd herumlagen.

»Der Geist wird zurückkommen«, flüsterte Niela und verdrehte dabei den Saum ihres Hemds zu einem Knoten.

»Zweifellos«, erwiderte Sayyed und fuhr sich mit der Hand übers Gesicht. Er war so müde, dass er kaum etwas klar sehen konnte, und zu schwach, um noch länger das Schwert zu halten. Aber die Verzweiflung, die seit Tagen an ihm genagt hatte, war fort. Tief im Innern seiner Seele keimte die Saat der Entschlossenheit. Tam war tot. Das begriff er jetzt mit jeder Faser seines Herzens. Die Träume konnten ihn nicht mehr täuschen. Er hatte das Gesicht seines Feindes gesehen, und obwohl er nicht wusste, wer dieser Feind war, gelobte er im Stillen seinem Gott, dass er alles in seiner Macht Stehende tun würde, um dieses Wesen zu zerstören. »Wir brechen sofort auf«, sagte er unvermittelt.

Die Schärfe in seiner Stimme bewirkte, dass ihm alle Blicke zuflogen.

»Aber was ist mit Tomian?«, wollte Morad wütend wissen.

»Und Savarons Schulter muss verarztet werden, damit sie sich nicht entzündet«, betonte Kelene.

Sayyed hielt die Hand hoch, sog tief die feuchte Nachtluft ein und versuchte, das Zittern in seinen Beinen zu unterdrücken. »Ich weiß«, versicherte er ihnen. »Tomian ist ehrenvoll gestorben, und wir werden ihn zusammen mit seinem Hunnuli begraben. Kelene, du kümmerst dich um deinen Bruder und um Rafnir. Und dann brechen wir auf. Wir werden nachts reisen und uns bei Tag ausruhen. Tagsüber hat uns der Geist bisher noch nicht angegriffen. Vielleicht ist er dann schwächer.«

Savaron setzte sich auf einen umgestürzten Baumstamm. »Ist er am Tag wirklich schwächer? Oder sehen wir ihn wegen des Sonnenlichts nicht?«

»Das werden wir bald herausfinden«, murmelte Sayyed. Er legte den Kopf in den Nacken und schaute hoch zu dem roten Strahlenball, der noch immer über der Lichtung hing. Das Gewitter war mitsamt Regen und Wind nach Süden abgezogen. Außer dem Donner, der am Horizont rumpelte, war es in dem Kiefernforst ruhig. Er spürte, wie Rafnirs Hände gegen seine Schultern drückten, damit er sich neben Savaron auf den Baumstamm setzte.

»Bleib hier«, befahl Rafnir. »Ich kümmere mich mit Niela und Morad um Tomian.«

Der Krieger entschloss sich, nichts dagegen einzuwenden. Mit der

Zeit würde seine Kraft zurückkehren. In der Zwischenzeit konnten sich die Jüngeren um die Dinge kümmern, die zu erledigen waren. Afer kam herbei und stellte sich hinter ihn. Sayyed lehnte sich gegen die starken Beine des Hunnuli. Der Kopf des Schwarzen wölbte sich schützend über ihn. Er wollte gerade die Augen schließen, als Tams Katze durch das nasse Gras auf ihn zulief und ihm in den Schoß sprang.

Sayyed spürte ihr weiches Fell unter den Fingerspitzen. »Vielen Dank«, flüsterte er. »Ich war noch nicht bereit zu sterben.«

Natürlich nicht, miaute sie und rollte sich auf seinen Knien zusammen. *Tam hat mir befohlen, auf dich aufzupassen.*

Er kicherte leise und schloss die Lider.

Während sich Sayyed ausruhte, machten sich die anderen an die Arbeit. Morad übernahm die traurige Aufgabe, Tomian für die Beisetzung vorzubereiten. Sie schleppten den toten Löwen fort, reinigten Tomians Körper so gut wie möglich und wickelten ihn in seinen Mantel. Morad wählte eine breite Stelle zwischen vier Kiefern. Er und Niela benutzten ihre Magie dazu, genug Erde für ein tiefes Grab auszuheben. Während sie zugange waren, verband sich Nielas Stimme mit dem Rascheln der Blätter und dem fernen Donner zu einem uralten Totenlied. Ihre Worte zitterten in der Dunkelheit vor machtvollem Kummer und erfüllten das Wäldchen mit einer Traurigkeit, die so alt wie die Klane selbst war.

Kelene saß ebenfalls auf dem Baumstamm. Sie nähte Savarons verletzte Schulter und hielt kurz dabei inne. Sie lauschte den alten Worten und spürte, wie das Lied in ihrem Blut zitterte. Sie würde Tomian vermissen, und es tat ihr für Morad Leid. Auch Savaron hätte den Tod finden können, oder Sayyed … oder Rafnir. Bei diesem Gedanken bildete sich ein dicker Kloß in ihrem Hals, und sie schloss die Finger fest um Savarons Schulter.

»Ist mit dir alles in Ordnung?«, fragte ihr Bruder leise.

Sie wachte aus ihrem Tagtraum auf und zuckte zusammen. Die Nadel fuhr Savaron ins Fleisch. Der unerwartete Schmerz bewirkte, dass ihr Bruder beinahe hochgesprungen wäre. Mit einem Stöhnen drehte er den Kopf und starrte sie an.

»Sitz still! Ich kann keine sich windende Schlange nähen!«, brummte sie.

Er biss die Zähne zusammen und richtete sich auf, damit sie die beiden schartigen Klauenspuren auf seinem Rücken weiter behandeln konnte.

»Verflucht!«, sagte Kelene gereizt. »In diesem roten Glimmern kann ich nicht arbeiten. Rafnir, gibt mir richtiges Licht.«

Rafnir hielt einen Lumpen gegen seinen verletzten Arm gedrückt und sagte gleichmütig: »Mach es doch selbst.« Savaron und Kelene sahen ihn derart erstaunt an, dass er hinzufügte: »Du bist schließlich eine Zauberin. Du kennst den Spruch. Also wende ihn an.«

Die junge Frau runzelte die Stirn. Er forderte sie heraus, das war ihr klar, und wenn sie ihre Selbstachtung nicht verlieren wollte, gab es keine andere Möglichkeit, als den Zauberspruch tatsächlich zu versuchen. Sie hob das Kinn, schloss die Augen, richtete ihre ganze Aufmerksamkeit auf die unsichtbare Macht der Magie in ihrer Umgebung und wiederholte den Spruch, den ihre Mutter ihr so viele Male beizubringen versucht hatte. Sie spürte, wie die Magie einer tröstenden Hitze gleich in sie strömte. Durch die geschlossenen Augenlider sah sie einen matten Lichtschimmer. Als sie die Augen öffnete, war er da: ein weißlicher Ball in der Größe ihrer Faust, der knapp über ihrem Kopf schwebte. Das Licht war schwach und flackerte, aber es war da!

Rafnir winkte ihr zu, und Savaron nickte anerkennend.

»Die Wunde an deiner Schulter ist scheußlich«, bemerkte Kelene, als sei nichts geschehen. Sie machte sich erneut an die Arbeit und bemerkte nicht das Grinsen, das Rafnir und Savaron tauschten. »Bärentatzen sind sogar dann dreckig, wenn sie einem lebenden Bären gehören. Ich habe die Wunde gesäubert, aber ich mache dir einen Umschlag, sobald wir Zeit dazu haben.« Sie trieb die kleine Knochennadel noch einmal durch seine Haut und zog das Pferdehaar sanft zu einem Knoten zusammen. Savarons Hunnuli hatte das Haar aus seinem Schweif gespendet. Die Nadel und ein Salbtöpfchen waren Bestandteil von Kelenes Medizinbeutel. Nun war sie froh, dass sie ihn mitgenommen hatte.

Savaron nickte kurz. Er hatte die Zähne so fest zusammengebissen, dass er keine Antwort geben konnte. Als Kelene fertig war, rieb sie die Salbe auf die Wunde und verband die Schulter ihres Bruders mit Streifen aus einem von Tomians Hemden. »Halte die Wunde ruhig«, warnte sie ihn. »Ich will dich nicht gleich wieder zusammennähen.«

Blass und frierend, aber erleichtert, drehte er sich wieder zu ihr um. »Wo hast du das gelernt?«

Sie lächelte; in ihren schwarzen Augen glitzerte es belustigt. »Ich habe Piers oft zugesehen. Er hat mir eine Menge beigebracht. Und«, kicherte sie, als sie ihm beim Anziehen des Hemds half, »ich habe an meinen Pferden geübt.«

Savaron erwiderte ihr Grinsen. »Dann hatten sie Glück, denn du bist sehr schnell und sanft.«

Kelene erfüllte sein Lob mit Genugtuung. Sie lächelte noch, als er Platz für Rafnir machte.

»Du solltest öfter lächeln«, sagte der junge Zauberer und hielt ihr seinen verletzten Arm zur Begutachtung entgegen.

Ihr Lächeln verblasste, und sie senkte den Blick auf die zerrissene Haut an seinem Arm. Eine seltsame Nervosität beschlich sie, eine Verlegenheit, die sie verwirrte und ärgerte. Ihre Hände schwebten in der Luft; sie zögerte, Rafnir zu berühren. Es machte ihr nichts aus, ihren Bruder anzufassen, denn die Gefühle, die sie in ihm spürte, waren ihr vertraut. Die Nähe, die sie als Bruder und Schwester teilten, war etwas, das sie immer gern hingenommen hatte – auch wenn sie geglaubt hatte, sie könne dieses Gefühl beiseite schieben.

Doch bei Rafnir war es anders. Er war wirklich ein Fremder. Kelene wusste nicht, was er dachte oder fühlte. Es beängstigte sie, als sie plötzlich erkannte, dass sie sehr viel darum gab, zu wissen was er fühlte. Sie wollte glauben, dass er ihr zum Freund wurde, doch was war, wenn sie ihn berührte und dabei nur Abneigung, Bestürzung oder Abscheu spürte?

Er sah sie fragend an. Sein Gesicht wirkte durch den Schmutz und einen zweitägigen Bart unsauber. Er hatte die Augenbrauen leicht hochgezogen.

Zu Kelenes Verärgerung spürte sie, wie sie rot wurde. »Verbrannte Hände«, murmelte sie zu sich selbst. Vermutlich war es ihre magische Gabe, die ihr bei der Berührung die Gefühle der anderen verriet, aber sie hatte diese seltsame Fähigkeit nie eingehend genug benutzt und wusste daher nicht, worum es sich dabei wirklich handelte und wie sie diese Gabe kontrollieren konnte. Zum Glück erstreckte sich ihr Gespür nicht auf die Gedanken der anderen – die Gefühle waren manchmal schon mehr, als Kelene ertragen konnte! Sie war froh, dass Sayyeds rotes Licht die Röte auf ihren Wangen verschleierte.

Um ihre Nervosität zu überspielen, riss sie ein weiteres Stück aus Tomians Hemd und wischte mit etwas klarem Wasser den Schmutz von Rafnirs Oberarm. Als sie die Verletzung im Licht ihrer kleinen Kugel betrachtete, erkannte sie sofort, dass die Risse nur oberflächlich waren. Die Armmuskulatur war nicht beschädigt und der Knochen heil.

Sie zwang sich dazu, ihre Gedanken auf das magische Licht zu richten, beugte sich vor, ergriff die Wundränder mit Daumen und Zeigefinger und schob die Haut zusammen. Rafnir zuckte – ob vor Schmerz oder aus einem anderen Grund, wusste sie nicht, denn in diesem Augenblick bedrängten sie seine Gefühle mit ganzer Kraft. Sie versuchte sich dagegen zu wehren, doch seine Gefühle waren so stark, dass sie ihre geistige Verteidigung wie ein Pfeilregen durchbrachen. Sie bestanden aus einem Schwarm von Verwirrung, Nervosität, Überraschung, Vergnügen und Angst. Er war genauso aufgewühlt wie sie selbst!

Beruhige dich! Es ist alles in Ordnung!, sagte sie sich immer wieder, bis endlich ihre Finger nicht mehr zitterten. Zu ihrer Überraschung schien er einiges von ihrer eigenen wiederkehrenden Ruhe anzunehmen. Die gewaltige Kraft seiner Empfindungen wich einer größeren, festeren Ruhe. Ganz sanft nähte sie seine Wunden und weigerte sich, ihm dabei ins Gesicht zu sehen oder sich ihre eigenen Gefühle einzugestehen.

Als sie fertig war, wickelte sie ihm einen Stoffstreifen um den Arm und packte geschäftig ihre Salbe, die kostbaren Nadeln und die Stoffreste weg. Sie sah überall hin, nur nicht zu Rafnir.

Lange bewegte sich der junge Zauberer nicht. »Ich glaube, Coren hatte Recht«, sagte er langsam. »Du hast größere Fähigkeiten, als dir bewusst ist.« Er stand auf. »Vielen Dank«, sagte er und eilte fort, um beim Ausheben von Tomians Grab zu helfen.

Kelene sah ihm nach. Sie wusste nicht, ob sie überrascht oder erfreut sein sollte. Nachdenklich hob sie ihren Medizinbeutel auf und ging zu den Hunnuli, die sie auf mögliche Verletzungen untersuchte.

Kurze Zeit später waren Ausrüstung und Zelte gepackt und die Leichname von Tomian und seinem geliebten Pferd ins Grab gelegt. Die Zauberer gaben ihm seine Waffen mit und häuften dann die Erde über ihm zu einem Hügel auf, während die Hunnuli mit leuchtenden Augen zusahen und Niela die Totengebete sang. Es war schon spät, als sie endlich fertig waren. Die Nacht war still und schwarz; dicke Wolken zogen über den Himmel. Ein Wind, der noch mehr Regen versprach, fuhr durch die Wipfel der Kiefern.

Unter der Führung von Sayyed ritt die kleine Gruppe aus dem Wäldchen und hielt sich auf dem letzten Stück des Weges nach Nordosten, weg von den Bergen. Wenn alles gut ging und die müden Hunnuli ihre Geschwindigkeit beibehalten konnten, würden sie nach Sayyeds Schätzung die Hochebene von Moy Tura erst am Abend des nächsten Tages erreichen, selbst wenn sie keine Pause mehr einlegten. Er hoffte, dass die Ruinen ihnen Schutz vor dem Geist bieten würden. Falls nicht, blieb ihnen in Moy Tura kaum genug Zeit für ihre Suche. Der todbringende Geist *und* der Korg, der grausame Wächter der Stadt, waren mehr, als die kleine Gruppe ertragen konnte. Sayyed hatte bereits einen seiner Gefährten verloren; er durfte keinen weiteren dem Feind überlassen.

Die Hunnuli liefen mit gleichmäßigem Schritt und hatten bald die bewaldeten Hänge des Himachal hinter sich gelassen. Das sanft gewellte Grasland öffnete sich vor ihnen in gewaltiger, schwarzer Leere. Nur ein gelegentlicher Blitz durchbrach die mächtige Dunkelheit, welche die Reisenden umgab. Zum Glück war der Boden halbwegs eben, so dass die Hunnuli keine Schwierigkeiten hatten, den Weg zu finden.

Erneut setzten Regenschauer ein, die mit ärgerlicher Regelmäßigkeit kamen und gingen. Die Klanleute und die Pferde waren bald durchnässt; sie fühlten sich elend und waren völlig erschöpft. Die Reiter fielen manchmal in einen leichten Schlaf, doch die schlimmen Träume suchten sie sofort wieder heim, und die Angst ritt neben ihnen, wenn sie erwachten. Alle behielten den Weg hinter ihnen ängstlich im Auge, doch sie bemerkten kein Anzeichen für das Gespenst in der dichten Dunkelheit.

Die Morgendämmerung setzte langsam und widerwillig ein. Die Sturmwolken hingen zäh über den Klanleuten und verbargen Amaras Sonne hinter einem niedrigen, drohenden Dach. Die Zauberer betrachteten den Himmel und spürten, dass ihr Mut genauso tief sank wie die Wolken. Auch den Hunnuli ging es nicht gut. Die Pferde waren drei Tage lang mit großer Geschwindigkeit gelaufen und hatten wenig Schlaf und Nahrung erhalten. Selbst ihre eiserne Ausdauer ließ allmählich nach.

Dann frischte der Wind von Osten her auf und wurde zu einem starken Sturm. Es schien nur Minuten zu dauern, bis er die Wolken zu Fetzen zerriss und den Himmel dem strahlenden Morgenlicht öffnete. Unter der wärmenden Sonne erwachte die Steppe zum Leben. Bienen schüttelten die Nässe ab und brummten im hohen Gras. Vögel segelten im Wind, und die kleinen Wildantilopen kamen zum Grasen aus ihren Unterschlüpfen.

Sayyed hielt Ausschau nach einem Rastplatz. Er sollte windgeschützt und nicht einsehbar sein, doch die Steppe war nahezu baumlos; sie wellte sich sanft und war nach allen Richtungen weit offen. Nirgendwo schien es einen wirklichen Schutz zu geben. Schließlich entschied er sich für eine kleine Senke zwischen drei Hügeln und führte seine Leute dorthin. Dankbar hielten die Hunnuli an. Die Reiter seufzten und fielen auf dem Rücken ihrer Pferde zusammen. Niemand bewegte sich mehr.

Sayyed wollte gerade absteigen, als er die Vögel sah. Es waren zwei – große, dünne, kahlköpfige Totenvögel, die in großen Kreisen über der Gruppe schwebten. Beunruhigt sah sich Sayyed um, aber er bemerkte nichts, was Aasfresser anziehen konnte. Auch den anderen Klanleuten fiel nichts auf. Sie saßen noch immer auf ihren Hunnuli und waren zu müde, um sich zu bewegen.

Geht es dir gut?, fragte Afer neugierig.

»Ja, aber sieh dir nur die Vögel an! Wonach suchen diese hässlichen Dinger bloß?«

Afer hob die Schnauze. *Welche Vögel?*

Sayyed streckte den Finger in den Himmel. »Die da. Siehst du sie nicht?«, fragte er ungläubig.

Nein.

Sayyed kniff die Augen zusammen. Er sah die Vögel deutlich, aber die Hunnuli bemerkten sie offenbar genauso wenig wie die übrigen Klanleute. Seine Gefährten wirkten plötzlich ziemlich merkwürdig. Sie waren steif und glasäugig und hockten reglos auf den Pferden. Kelene hatte ihren Dolch gezogen und starrte ihr Bein an; Niela schien zu schlafen, und die drei jungen Männer starrten zum Horizont, als ob dort eine feindliche Truppe auftauchte. Was war bloß los? Sayyed blickte wieder in den Himmel.

Die Vögel waren noch da. Nun waren drei weitere hinzugekommen, dann erschienen noch fünf. Der Himmel füllte sich mit den schwarzen stillen Vögeln, die in Spiralen niedersegelten und immer näher kamen. Sayyed duckte sich, als einer der Vögel so nah an seiner Schulter vorbeischoss, dass er den Gestank faulenden Fleisches roch, der in den Federn steckte. Er rutschte von Afer herunter und presste den Rücken gegen die Flanke des großen Hengsts.

Was ist los?, schnaubte Afer. Beunruhigt warf er den Kopf herum.

»Vögel«, zischte Sayyed. »Überall.« Er sah auf. Die Aasfresser kreisten noch immer über ihm. »Sie warten darauf, dass wir sterben.« Seine Stimme wurde lauter, und er tastete nach dem Schwertknauf.

Plötzlich ertönte hinter ihm ein entsetzlicher Kriegsruf. Sayyed wirbelte herum und sah, wie Savaron und Rafnir von den Pferden stürzten und mit gezogenen Schwertern auf ihn zurannten.

Die beiden jungen Krieger waren so schnell wie der Blitz. Ihre mörderischen Klingen zielten auf Sayyed. Ihm blieb keine Zeit mehr für Gegenwehr. Savarons Schwert hätte ihm den Kopf abgeschlagen, wenn sich Afer ihm nicht in den Weg geworfen hätte. Savaron stieß gegen den Körper des Hunnuli und fiel auf den Rücken. Gleichzeitig sprang die weiße Katze von der Schulter des Hunnuli auf Rafnirs Kopf und saß darauf wie eine kratzende, zuckende Kappe. Der junge Mann verlor das Gleichgewicht. Die Katze sprang leichtfüßig von seinem Kopf herunter und landete im Gras, als Rafnir sich seitwärts drehte, wild nach Sayyed ausschlug, stolperte und hinfiel. Nur Sayyeds rasche Reaktion verhinderte, dass ihm die Klinge in den Schenkel drang.

Sofort trompeteten die Hunnuli eine wilde Warnung. Ihr Klang schien den Morgen zu zerschmettern. Sayyeds Blick wurde erst verschwommen und dann wieder schmerzhaft klar. Die Vögel waren verschwunden, seine Gruppe hockte in einer sonnigen Senke beisammen, und sein Sohn sah entsetzt und mit bleichem Gesicht zu ihm auf.

»Vater! Ich habe geglaubt, du wärst ein turischer Reiter! Ich wollte dich töten«, keuchte Rafnir.

Auch Savaron war verblüfft. »Das haben wir beide geglaubt. Ich habe eine Maske, einen schwarzen Burnus und eine Tulwar-Klinge gesehen.«

»Und ich habe Totenvögel gesehen.« Sayyed beugte sich vor und zog seinen Sohn auf die Beine. »Afer sei Dank, dass ich nicht zu Aas für die echten Vögel geworden bin.«

»Aber warum haben wir diese seltsamen Dinge gesehen?«, rief Kelene. »Sie waren so wirklich. Ich habe geglaubt, eine Viper krieche an meinem Bein hoch. Ich wollte sie gerade abstechen, als das Hunnuli wieherte.«

»Ich glaube, unser alter Freund ist hier und versucht etwas Neues, um uns umzubringen«, sagte Sayyed und rammte das Schwert in die Scheide.

»Aber es ist Tag«, betonte Kelene besorgt. »Der Geist hat uns noch nie bei Tag angegriffen.«

Es ertönte ein gedämpfter, erstickter Schrei. Alle wandten sich nach Niela um. »Seht«, rief sie und deutete auf den Kamm des nächsten Hügels.

Diesmal konnte selbst das Licht der Sonne die leuchtenden Umrisse des Geistes nicht verbergen. Er stand mit hämischer Miene und trotz des Windes regloser Robe über ihnen. Er hob den Kopf und heulte vor Freude.

»Er wird stärker«, bemerkte Sayyed besorgt.

»Ich glaube, ich habe keine Lust, darauf zu warten, was er uns als Nächstes antut«, sagte Savaron und sprang auf den Rücken seines Hengstes. Rafnir und Sayyed folgten seinem Beispiel. Trotz ihrer Müdigkeit eilten die Hunnuli sogleich von dem Hügel und dem glühenden Geist fort.

»Warum greift er uns nicht direkt an?«, fragte Rafnir seinen Vater, als sie in nördlicher Richtung ritten.

Sayyed schaute zurück. Sie schienen das Gespenst weit hinter sich gelassen zu haben, doch durfte er seinen Augen noch trauen? »Ich vermute, es ist noch nicht stark genug. Vielleicht wird es mit jedem Leben, das es nimmt, mächtiger. Und warum sollte es sich diese Mühe machen?«, brummte er. »Es hat uns ja bereits besiegt.«

Die Unterhaltung erstarb, und die kleine Gruppe ritt schweigend weiter, voller böser Vorahnungen und Angst. Sie ritten schnell über die sonnenbeschienene Steppe, hatten den Wind im Rücken und den Geist auf den Fersen. Das seltsame Gespenst versuchte nicht noch einmal, ihnen mit Visionen aufzulauern. Es schien damit zufrieden zu sein, ihnen nur zu folgen und den rechten Augenblick abzuwarten.

Am Mittag war die kühle Feuchtigkeit des Morgens verschwunden und hatte einer trockenen, knisternden Hitze Platz gemacht. Der Wind blies jede Regennässe fort. Er fegte über das Gras und wirbelte den Staub zu beißenden Wolken auf.

Plötzlich durchbrach Niela das lange Schweigen. »Warum greift uns der Geist nicht noch einmal an?«, rief sie.

Die anderen zuckten beim Klang ihrer Stimme zusammen. »Möglicherweise wartet er darauf, dass wir wieder anhalten. Dann sind wir ein besseres Ziel.«

»Irgendwann müssen wir anhalten. Die Hunnuli können nicht weiterlaufen, ohne irgendwann einmal zu trinken«, sagte Kelene besorgt. Sie hielt die Hand gegen Demiras schweißnassen Hals gepresst; offenbar wurde das kleine Füllen allmählich müde.

Rafnir dachte an den magischen Schild, mit dem er seinen Vater in der vergangenen Nacht geschützt hatte. Er hatte versagt, weil Rafnir eingeschlafen war. Vielleicht aber war ein Schild trotzdem eine gute Idee. »Was ist, wenn wir ein Wasserloch finden und einen Schutzschild um uns legen, während sich die Pferde ausruhen? Wir sechs sollten den Zauber lange genug aufrechterhalten können«, schlug er vor.

»Dieser Geist hat nicht auf meinen magischen Blitz reagiert«, brummte Morad. »Wieso sollte er vor einem Schild Halt machen?«

»Aber wir müssen doch irgendetwas versuchen!«, gab Rafnir zurück.

Sayyed rieb sich die müden Augen. Die Hitze und Schläfrigkeit machte alle reizbar, und sie hatten kaum noch Wasser in den Schläuchen. Kelene hatte Recht; sie mussten anhalten und wenigstens die Pferde tränken. »Kannst du ein Wasserloch finden, Afer?«

Der große Hengst warf zur Antwort den Kopf zurück und stürmte los; die anderen folgten dicht hinter ihm. Sie galoppierten am Hang eines breiten Hügels entlang, über eine weitere, baumlose Erhebung und hinunter in ein flaches Tal. Ein trockenes Flussbett zog sich über den Talboden; der Kies war noch nass vom nächtlichen Regen. Einige spärliche Weiden und Pappeln säumten die Ufer.

Im Schatten eines Felsvorsprungs fanden die Hunnuli unter einer ausladenden Weide in einem seichten, schlammigen Loch Wasser, das ihnen kaum bis zu den Fesseln reichte. Sie stürzten sich freudig hinein, senkten den Kopf und tranken das warme Wasser.

Rafnir spann sofort einen Spruch, der die Reisenden, die Pferde und das Wasserloch mit einer roten, schimmernden Kuppel aus Magie umgab, die für alles außer der Luft undurchdringlich war. Ob sie ein Schutz gegen die seltsame Fähigkeit des Geistes war, ihre Gedanken zu verändern, wusste niemand. Auch hatten sie keine Ahnung, wie lange sie die Kuppel aufrechterhalten konnten. Magische Schutzschilde waren selten für lange Zeit beständig, weil sie viel Kraft verschlangen. Niemand in dieser kleinen Gruppe konnte einen Schild lange halten. Sie waren allesamt müde und spürten die Anstrengungen des beschwerlichen Ritts.

Einer nach dem anderen stiegen sie ab, streckten sich und holten aus ihrem Gepäck etwas zu essen hervor. Die Hunnuli tranken lange; dann fraßen sie das dünne Gras am Ufer ab.

Die Reisenden hatten kaum zu essen begonnen, als Kelene Rafnir am Ärmel zupfte und mit dem Kopf in Richtung des Weges deutete. Er folgte ihrem angstvollen Blick und sah, wie der Geist langsam auf sie zukam. Die Klanleute erstarrten. Die Gestalt ging mit gleichmäßigen, langen Schritten durch das Gras und schaute drohend auf die Kuppel vor sich.

Beunruhigt erkannte Sayyed, dass die Gestalt nicht mehr durchscheinend war. Sie hatte Substanz und Tiefe und war deutlich sichtbar. Unter dem glühenden Umriss war eine Robe zu erkennen, die von demselben dunklen Rot war wie bei den Priestern des Sorh. Die Füße steckten in gewebten Sandalen, die Hände waren lang und geschmeidig, und in den Tiefen der dunkelblauen Augen brannte ein Verlangen, das Sayyed eine Gänsehaut verursachte. Dieses Gefühl lag so deutlich auf dem Gesicht des Gespensts, dass seine Züge zu einer Maske der Wut und des Abscheus verzerrt waren.

Die Gestalt ging die letzten zwei Schritte auf den magischen Schild zu und blieb stehen. Grimmig schweifte ihr Blick über die

Kuppel und starrte dann einen Zauberer nach dem anderen an. Alle Augen waren auf den Geist gerichtet; niemand wagte sich zu bewegen. Sehr langsam trat der Geist vor und bahnte sich einen Weg durch den magischen Wall. Der Schild schwankte und wurde unter dem Angriff schwächer.

»Ich kann ihn nicht halten!«, rief Rafnir. Sayyed, Savaron, Niela und Morad kamen ihm zu Hilfe. Sie fassten sich bei den Händen, vereinigten ihre Kräfte und verstärkten die Kuppel.

Kelene zögerte, denn sie hatte noch nie versucht, einen Schild zu errichten oder aufrechtzuerhalten. Doch als sie Rafnirs Hand ergriff und sich in den Kreis einfügte, erkannte sie, dass es einfacher war, als sie gedacht hatte. Von Hand zu Hand ergoss sich die Magie durch ihren Körper; sie zischte durch ihr Blut, brauste ihr in den Ohren und machte ihren Geist wunderbar lebendig. Sie wusste, was sie zu tun hatte, und warf ihren ganzen Willen in die Vereinigung mit den anderen Zauberern.

Plötzlich erhielt der Schild eine blendend helle, scharlachrote Färbung, und der Geist, dessen Gestalt von dieser anbrandenden Kraft überschwemmt wurde, stolperte zurück. Er schrie vor Zorn und warf sich gegen die rote Barriere, wurde aber durch die ungeheure Energie sofort zurückgezwungen. Schließlich spie er einen Fluch aus und trat zurück. Sein leuchtender Umriss glühte vor Wut. »Zauberer!« Er zischte dieses Wort wie eine Verwünschung. »Gemeinsam seid ihr stark, aber ihr könnt mir nicht mehr lange widerstehen. Ich werde meine Rache bekommen.«

»Wer bist du?«, wollte Sayyed wissen.

Das Gespenst gab ein scharfes, bitteres Lachen von sich. »Eure Vernichtung«, schwor es wild, schnippte mit dem Finger und verschwand.

Die Klanleute starrten auf die Stelle, wo der Geist gestanden hatte, und erwarteten beinahe, dass er zurückkehrte und erneut den Schild zu durchbrechen versuchte. Als aber nichts geschah, atmeten sie freier. Einer nach dem anderen zog sich aus der Gemeinschaft zurück, bis schließlich nur noch Rafnir den Schild hielt.

»Zumindest wissen wir jetzt, dass er nicht völlig unempfindlich gegen Magie ist«, meinte Rafnir, während er sich auf dem Felsvorsprung niederließ.

»Ja«, stimmte Savaron ihm zu. »Aber wir haben viel Kraft gebraucht, um dieses Ding von uns fern zu halten. Wie sollen wir es bloß loswerden?«

»Eins nach dem anderen«, meinte Sayyed, während er neben Afers Hufen ins Gras sank. »Wir wissen, dass wir ihn uns für eine Weile vom Leib halten können, also sollten wir uns jetzt ausruhen. Wir müssen Moy Tura bei Anbruch der Nacht erreichen.«

Murad lief zwischen den Wänden des Schilds auf und ab. »Was bringt uns das schon? Was ist, wenn er uns in die Stadt folgt?«

»Ich hoffe, er wird es nicht wagen, in das Reich der Zauberer einzudringen.«

»In das Reich der Zauberer! Beim Barte meiner Mutter! Dieser Ort ist doch nur ein verlassener Steinhaufen«, giftete Morad.

»Hast du einen besseren Vorschlag?«, fragte Sayyed ihn milde. Darauf murmelte Morad nur etwas Unverständliches und hing schweigend seinen Gedanken nach.

Die anderen verschwendeten keine Zeit und folgten Sayyeds Rat, sich auszuruhen. Savaron aß etwas und übernahm dann den Schutzschild von Rafnir, damit dieser ebenfalls ein wenig zu sich nehmen konnte. Tams Katze saß zwischen Afers Hufen und säuberte mit großer Sorgfalt ihren Pelz. Die Hunnuli tranken und grasten, während Niela ihnen das verschwitzte Fell abbürstete, und Kelene sah nach Rafnirs und Savarons Wunden. Murad saß auf dem Felsvorsprung und blickte mürrisch in die Berge.

Er war es, der das erste böse Vorzeichen im Wind bemerkte. Er versteifte sich und schnupperte besorgt. Der magische Schild war für Gerüche nicht undurchdringlich. Als eine weitere Brise die Kuppel umspielte, erhob sich Morad wie ein aufgescheuchter Hund. »Riecht ihr den Rauch?«, fragte er.

Acht

»Rauch?«, rief Sayyed und setzte sich rasch auf. Die Klanleute waren allzu vertraut mit den Gefahren eines Steppenbrands. Verängstigt sprangen sie auf die Beine. Savaron löste den Schild auf, und die Hunnuli hoben die Schnauze und sogen prüfend die Luft ein.

Er hat Recht, bestätigte Afer. *Im Osten ist Rauch. Er riecht nicht nach Holz oder Dung, sondern nach Gras.*

»Du glaubst doch nicht, dass der Geist etwas damit zu tun hat?«, fragte Kelene.

Niela erbleichte und fügte hinzu: »Was ist, wenn es sich dabei um eine weitere Täuschung handelt?«

Sayyed schüttelte den Kopf. »Die Träume und Illusionen des Geistes haben die Hunnuli nie berührt, und Afer bestätigt, dass es sich um Rauch handelt. Ich glaube, er ist real.« Er ergriff seine Satteltasche. »Steigt auf«, befahl er.

Kurze Zeit später ritt die kleine Gruppe aus dem Tal und einen Berghang hinauf. Der Wind war nun stärker und voller Staub und brüchiger, scharfer Grasstücke. Er verfing sich in ihren Mänteln, zerrte an Sayyeds Burnus und ließ die Pferdeschweife flattern. Die Reiter hielten auf dem Kamm an und spähten nach Osten.

Angesichts dessen, was sie sahen, holten die Frauen tief Luft. Auf Sayyeds Stirn brach der Schweiß aus. Der gesamte östliche Horizont war rot und gelb erleuchtet und verschmiert von aufsteigendem Schwarz. Als er die Augen gegen den beißenden Wind abschirmte, bemerkte Sayyed, dass seine Kleidung mit kleinen schwarzen Flecken gesprenkelt war. Asche lag in der Luft.

»Nach Norden!«; rief Sayyed. »Wir weichen dem Feuer aus und versuchen, die Hochebene zu erreichen.«

Beflügelt durch die Rast und die wachsende Angst galoppierten die sechs Hunnuli nach Norden. Sie wussten genauso gut wie ihre

Reiter, dass sie beinahe allem entkommen konnten – nur nicht einem Feuersturm. Der Wind peitschte ihre Schweife, wirbelte Staub und trockenes Gras auf und brachte den beißenden Geruch von Rauch mit. Die Hunnuli rannten, bis ihre Beine nur noch undeutlich zu erkennen waren und die Hufe über die trockene Erde donnerten.

Weit vor sich sahen die Reisenden, wie sich das Land veränderte. Das ebene Grasland wurde welliger und rauer. Kleine Erhebungen türmten sich zu Hügeln mit abgeflachtem Kamm und zu zerklüfteten Bergen und Graten auf. Sayyed wusste, dass etwa drei oder vier Meilen hinter den ersten Bergen eine große Hochebene lag, zu der ein Pfad steil bergan nach Moy Tura führte. Wenn sie diese Hochebene erreichen konnten, waren sie in Sicherheit. Wenn nicht, sah es schlecht für sie aus.

Sayyed biss die Zähne gegen den andrängenden Staub zusammen, versteifte sich über Afers auf und nieder gehendem Hals und wagte einen Blick nach Osten. Die Feuerwand bewegte sich unglaublich schnell. Sie hatte schon die halbe Strecke zwischen ihrem Rastplatz und den verzweifelt rennenden Hunnuli hinter sich gebracht. Der Rauch wurde dichter und machte das Atmen schwierig.

Aufgescheuchte Tiere kreuzten nun ihren Weg. Antilopen und Rehe rannten an ihnen vorbei, ohne einen Blick auf sie zu werfen; ein wilder Hund, Kaninchen und Füchse schossen Seite an Seite durch das hohe Gras. Vögel flohen ängstlich vor der sich verdichtenden Dunkelheit.

Sayyed schaute nach vorn und sah die erste Erhebung rechts von ihm. Die Hochebene war nicht fern, doch der Krieger hatte ein schlimmes Gefühl in der Magengegend; er befürchtete, dass sie es nicht schaffen würden. Über den donnernden Hufen der Hunnuli hörte er bereits das grimmige Tosen des Feuers. »Könnt ihr nicht noch schneller laufen?«, rief er Afer zu.

Die Antwort des Hengsts war kurz und voller Bedauern. *Nein.*

Sayyed verstand. In den letzten vier Tagen hatten die Hunnuli eine unglaublich lange Strecke hinter sich gebracht und waren todmüde. Afer fiel es schon schwer, in der heißen, rauchgeschwängerten Luft zu atmen, und sein normalerweise müheloser Lauf wurde angestrengt. Wenn Afer Schwierigkeiten hatte, war es bei den anderen genauso, besonders bei der kleineren Demira. Sayyed blickte über die Schulter und sah, dass sie weit hinter die übrigen Pferde zurückgefallen war. Er warf noch einen raschen Blick auf das rasende Feuer und traf eine Entscheidung. Sie konnten vor den Flammen nicht fliehen, und es war sinnlos, die Pferde bei diesem Versuch zu erschöpfen. Sie mussten anhalten und sich behaupten.

»Bleibt stehen!«, bellte Sayyed. Er zügelte Afer auf dem Kamm eines niedrigen Hügels, wo ein verwitterter Vorsprung ein natürliches Dach bildete. Sobald sich die übrigen Hunnuli um ihn versammelt hatten, sagte der Krieger hastig zu seinen Gefährten: »Bleibt dicht zusammen. Ich bilde einen luftdichten Schild um uns und brauche eure Hilfe, damit wir ihn aufrechterhalten können.«

»Hält er einem solchen Feuer stand?«, schrie Savaron durch das lauter werdende Tosen der Flammen.

»Ich weiß es nicht«, rief Sayyed zurück.

Sie sahen das nahende Feuer besorgt an. Von ihrer Position auf dem niedrigen Hügel aus war die hohe Feuerwand, die sich ihnen entgegenwälzte, gut zu sehen. Große Steppengrasbüschel brachen in Flammen aus und fügten der gewaltigen Wolke, die in der Luft hing und die Sonne verdeckte, immer mehr Rauch hinzu. Der Lärm war ohrenbetäubend und hörte sich an wie ein endloser, rollender Donner.

Sayyed zögerte nicht länger. Er hatte den Zauberspruch vor vielen Jahren von Gabria gelernt und erinnerte sich deutlich an die Worte. Er stellte sich genau vor, was er tun wollte – eine luftdichte, undurchdringliche magische Kuppel erschaffen –, sammelte genug Kraft dafür und begann mit dem Spruch. Gabria hatte ihn benutzt, um ein Feuer einzudämmen; Sayyed hoffte, dass der Zauber auch Feuer fern halten konnte.

Auf seinen Befehl erhoben sich fünf rote Säulen aus dem steinigen Boden um Pferde und Reiter. Die Säulen wuchsen, bis sie den Kopf des größten Mannes erreicht hatten, dann bogen sie sich nach innen und vereinigten sich. Ein durchsichtiger roter Vorhang fiel von jeder Säule, verband sich mit den anderen und bildete eine Kuppel um die Reisenden. Das Tosen des Feuers brach sofort ab.

Die Klanleute sahen zu, wie die Flammen auf sie zurasten. Die in der Kuppel eingeschlossene Luft war heiß und von Rauch durchsetzt, doch sie war auf alle Fälle besser als die erstickende Atmosphäre draußen. Sayyed spürte, wie ihm der Schweiß an Gesicht und Schultern herabrann. Seine Glieder zitterten. Er verschloss seinen Geist vor allem außer der Kuppel. Afer regte sich unter ihm; das schwarze Fell war nass vor Schweiß. Doch der Hengst blieb so ruhig wie möglich, als wolle er den Zauberer nicht ablenken. Die Hunnuli konnten selbst nicht zaubern, aber sie vermochten den Reitern ihre Stärke zu geben, wenn es notwendig war. Afer schenkte nun Sayyed ein wenig von seiner Kraft; sie pulsierte durch das geistige Band, das in vielen Jahren gegenseitiger Freundschaft und Verehrung geknüpft worden war. Afers Macht, die von dem weißen Blitz an seiner Flanke gespeist wurde, ergoss sich in seinen Reiter und unterstützte Sayyeds bereits erschlaffenden Zauber.

Einen Augenblick später spürte Sayyed, wie zuerst Rafnir seine Kraft dem Zauber hinzufügte, dann halfen Kelene, Savaron, Morad und Niela ihnen ebenfalls. Die Kuppel flammte nun in einem tiefen Rubinrot. Der Wind blies brennendes Gras um sie und peitschte die Flammen bis hoch über die Köpfe der Reiter. Rauch umwirbelte sie und verdeckte beinahe das gespenstische Leuchten des Feuers außerhalb der roten Wände.

Das gewaltige Flammenmeer hatte sie fast erreicht, als Morad entsetzt aufschrie. Bei seinem plötzlichen Schrei fuhren alle zusammen, sahen erschrocken auf und erkannten den Geist vor der Kuppel; der Feuersturm war unmittelbar hinter ihnen. In diesem kritischen Moment ließ ihre Konzentration nach, und der Zauber schwankte. Unglaubliche Hitze und tosender Lärm brachen durch die dünner werdenden Mauern. Die Klanleute schwankten auf ihren Pferden.

»Gefällt euch mein Feuer?«, rief der Geist. »Ich habe dazu nur einen Funken und eine Handbewegung gebraucht. Wie schade, dass es für euch nicht genauso einfach ist, zu überleben.« Er lachte in Vorfreude.

Aber er freute sich zu früh. Mit letzter Kraft warf Sayyed all seine Wut in den Zauber. Die Wände wurden wieder dichter; es reichte gerade, damit auch die anderen sich erholen und ihm zu Hilfe kommen konnten. Während das schreckliche Feuer sie einschloss, erstarb der Lärm. Die jungen Leute schlossen die Augen vor dem grellen Licht und dem Anblick des Geistes, der in den Flammen wartete. Sie richteten all ihre Kraft auf den Schutzschild gegen die Feuersbrunst.

Die Sekunden schlichen so langsam vorüber, dass die sechs Reiter schon glaubten, diese Qual habe kein Ende. Doch in Wirklichkeit war der Feuersturm genauso schnell vorüber, wie er gekommen war. Angefacht durch die starken Winde, donnerte er wie eine wild gewordene Rinderherde über die magische Kuppel hinweg und raste weiter nach Nordwesten. Das Glühen der Flammen erstarb, und die Klanleute öffneten die Augen. Außerhalb der Kuppel war der Rauch noch dicht. Einige kleine Brandherde waren in den Gräsern und Büschen übrig geblieben, und die schwarze Erde schwelte. Der Geist war nirgendwo mehr zu sehen.

Die Zauberer warteten, bis die Luft in der Kuppel völlig verbraucht war, bevor sie den lebensrettenden Schild aufgaben. Der heiße Wind traf sie in dem Augenblick, als die Kuppel verschwand. Er war noch voller Staub und Asche und trug den beißenden Geruch verbrannten Grases mit sich, doch er blies allmählich den Rauch fort.

Die Hunnuli traten rasch von dem unversehrten Felsvorsprung auf den verkohlten, heißen Boden. Verbranntes Gras knirschte unter ihren Hufen.

»Jetzt weiß ich, wie sich ein Brotlaib fühlt«, sagte Rafnir in die Stille hinein.

Die Reiter brachen in Lachen aus, das durch die Freude über ihr Entkommen noch verstärkt wurde. Die unausgesprochene Spannung löste sich, als sie erkannten, dass sie vor dem Feuer in Sicherheit waren und sich nur einige Meilen entfernt von dem Weg befanden, der zu der Hochebene und ihrem Ziel führte. Das Feuer wütete noch im Norden und Osten, doch es stellte weder für die Hochebene noch für sie selbst eine Gefahr dar, solange sie hinter ihm blieben.

»Sieht jemand den Geist?«, fragte Sayyed seine Gruppe.

Schweigen setzte ein, während die anderen aufmerksam die Umgebung betrachteten. »Ich glaube, er ist fort«, antwortete Savaron für die anderen. »Wie in Sorhs Namen kann er mit uns Schritt halten?«

Die Reisenden verfielen in Schweigen. Sie hatten keine Erklärung für die verblüffenden Fähigkeiten des Geistes und befürchteten, sein nächster Überraschungsangriff könnte erfolgreicher sein,

Die gehobene Stimmung machte der Angst Platz. Sie hatten noch einige Meilen bis Moy Tura vor sich und hatten keine Gewähr dafür, dass ihnen der Geist nicht in die Stadt folgen würde.

Die Gruppe eilte voran und sah bald die Hochfläche, die sich wie eine Festung über die Ebene erhob. Sie erreichten den Weg nach oben, und die müden Hunnuli trotteten dankbar von dem ausgebrannten Pfad auf die mit Steinen gepflasterte Straße, die sich an der Flanke des großen Tafelbergs hochwand.

Die alte Straße war ein Überbleibsel aus den goldenen Tagen, als die Klanzauberer im abgeschiedenen Glanz von Moy Tura auf der Krone des Hochlands lebten. In jenen Tagen, die schon seit fast dreihundert Jahren vergangen waren, hatten die Menschen die Zauberer verehrt, und ein ständiger Strom von Besuchern und Bittstellern hatte einen Pfad zu den Stadttoren ausgetreten. Doch etwas war geschehen, was das Vertrauen der Klane in ihre Zauberer erschüttert hatte. In der kurzen Zeitspanne einer Generation hatten sie sich ganz gegen die Magie gewandt. Unglücklicherweise kannte kein lebendes Klanmitglied das ganze Ausmaß der Tragödie, denn als die Klane Moy Tura verrieten, zerstörten sie alles, was mit Magie in Zusammenhang stand, und verloren daher für immer einen wichtigen Teil ihres Erbes und ihrer Tradition. Nur wenige Dinge erinnerten die später Geborenen an ihre Vergangenheit. Die alte Straße war eines davon.

Trotz ihres Alters befand sich die Straße in einem passablen Zustand. Die Pflastersteine waren noch nicht zerbrochen und nur teilweise von Gras und Unkraut überwuchert, das durch die Fugen wuchs. Sie kamen gut voran, und die Pferde hatten den Aufstieg zur Hochebene bereits am frühen Abend hinter sich gebracht.

Die jüngeren Leute schauten sich neugierig um und waren enttäuscht, dass es nicht viel zu sehen gab. Die hohe, kahle Ebene erstreckte sich, so weit das Auge reichte. Nichts unterbrach die leere Weite. Es gab nur die Himmelskuppel, die untergehende Sonne und das goldene Gras.

»Wo ist es?«, fragte Morad gereizt. Sein plattes Gesicht war vor Verwirrung wie versteinert. Er hatte erwartet, die Ruinen der Stadt vor sich wie einen gewaltigen Trümmerhaufen aufragen zu sehen.

»Vor uns, nicht weit entfernt«, antwortete Sayyed müde. Wenigstens hoffte er, dass es nicht mehr weit war. Er war so erschöpft, dass er nicht mehr wusste, ob er seiner Erinnerung trauen konnte.

Dem Rest der Gruppe schien es nicht besser zu gehen. Sie waren alle schwarz vor Ruß und stanken nach Rauch. Kelene streichelte benommen ihr ermattetes Füllen, während Niela mit hängenden Schultern und halb geschlossenen Augen auf ihrem Pferd saß. Die drei jungen Männer wirkten wachsamer, doch Morad verlor langsam die Geduld, und Savaron und Rafnir machten ein grimmiges Gesicht.

Sie wollten gerade weiterreiten, als sie auf dem Weg hinter sich Hufgetrappel hörten. Sayyed versteifte sich; die anderen schauten nervös zurück. Sie erwarteten nicht, dass ihnen jemand gefolgt war; wer also sollte gerade jetzt auf diesem besonderen Weg reiten?

Das Hufgetrappel kam näher.

Der Wind hatte sich zu einer stetigen leichten Brise gelegt und blies ihnen entgegen, so dass die Hunnuli nicht riechen konnten, was da herankam. Und sie vermochten die Straße nur bis zu dem Punkt zu überblicken, wo sie von der Hochebene hinunterführte. Es gab nichts anderes als das stetige Geklapper der Hufe auf der Straße.

Kelene spürte, wie sich ihr die Nackenhaare aufstellten. Es konnte niemand hinter ihnen auf der Straße sein. Nicht hier. Sie befand sich am hinteren Ende der Gruppe und hatte den besten Blick über die Straße. Sie richtete sich noch höher auf und reckte den Hals.

Sie war die Erste, die den Reiter entdeckte, als er die Hochebene erreichte. Als sie ihn erkannte, sank ihr das Herz. Es war der Geist. Aber es war sein Reittier, das ihr den Atem nahm und sie mit Schrecken erfüllte.

Die glühende Gestalt saß auf einem Hunnuli – oder auf dem, was einst ein Hunnuli gewesen war. Die linke Seite des Pferdekopfes war wie von einem schlimmen Sturz zerschmettert. Der Hals war hinter den Ohren gebrochen, so dass der Kopf in einem unnatürlichen Winkel zum Körper stand. Das früher einmal schimmernde Fell war verschmutzt, und Fetzen verwesender Haut hingen von ihm herab. Das Hunnuli war offensichtlich tot, doch aufgrund der unheimlichen Macht des Geistes stürmte der Kadaver geradewegs auf die Reisenden zu.

Kelene starrte das Pferd mit aufgerissenen Augen an, bis sie hinter sich ein unterdrücktes Keuchen hörte.

»Das ist Tams Hunnuli«, rief Sayyed voller Wut und Trauer.

»*So* folgt er uns!«, brüllte Morad. »Auf einem Hunnuli!« Zornig hob er die Hand und wollte das Tier mit seinem Blitz fällen.

Kelene sah, wie Sayyed zusammenzuckte, als wolle er den Geldring aufhalten, doch der Krieger ballte die Fäuste und sah wortlos zu, wie Morad die trymianische Kraft auf das tote Hunnuli losließ.

Der Blitz schoss an Kelene und Demira vorbei; seine blaue Energie knisterte in der Abendluft. Er traf das Pferd an der Brust und versank harmlos in der verwesenden Haut. Irgendwie war Kelene nicht überrascht. Hunnuli waren unempfindlich gegen Magie, und anscheinend hielt ihr Schutz auch nach dem Tod noch an.

Der Geist hob den Kopf und stieß einen spöttischen Schrei aus. Er trieb sein Reittier zum Galopp an und stürzte auf Kelene und Demira zu.

Bevor Kelene reagieren konnte, wirbelte Demira herum und schoss davon. Die übrigen Hunnuli starrten entsetzt auf ihren toten Gefährten und flohen dann mit ihr. Sie galoppierten über das flache Hochland, so schnell es ihre müden Beine zuließen, während hinter ihnen das hohle Hufgeklapper des toten Hunnuli durch den anbrechenden Abend hallte.

Kelene beugte sich tief über Demiras Hals und vergrub die Finger in der Mähne des Füllens. Sie benötigte keine Gedankenübertragung, um zu erkennen, dass das kleine Hunnuli ausgelaugt war. Sie spürte es in jedem Schwung von Demiras Beinen, im Blick ihrer schönen dunklen Augen, und sah es an den roten Nüstern, welche die Luft kaum mehr schnell genug einsaugen konnten. Demiras Fell war schweißdurchtränkt, und Schaum stand ihr vor dem Maul.

Kelene war zum Heulen zumute. Obwohl das Fohlen immer weiter zurückfiel, kämpfte es unter Anspannung aller Muskeln und Sehnen darum, bei den anderen zu bleiben.

Das Mädchen warf einen verstohlenen Blick über die Schulter und sah, wie der Geist näher kam. Seine bedrohliche Gestalt war weit nach vorn gebeugt; er streckte die Hand nach ihr aus. Sie verspürte das drängende Bedürfnis zu schreien. Sie hatte keine klare Vorstellung davon, was geschehen würde, wenn der Geist sie berührte, aber sie wollte es auf keinen Fall herausfinden. Sie drückte sich noch dichter an Demiras Hals, kniff die Augen zusammen und spürte, wie Wut in ihr hochstieg.

Kelene war dieses scheußlichen Wesens überdrüssig. Sie hasste seine Macht über ihre Gedanken und das Entsetzen, das seine Gegenwart ausströmte. Sie tobte innerlich gegen seine gnadenlose Verfolgung, die das Hunnuli, das sie liebte und verehrte, über den Rand der Erschöpfung hinaus trieb. Sie wollte von ihm wegkommen. Aber wie? Sie konnte ihm nicht einfach den Rücken zudrehen und hoffen, er würde verschwinden, und ihre unbeholfene, ungeübte Magie vermochte sie gegen ihn nicht einzusetzen. Irgendwie musste sie Demira dabei helfen, noch schneller zu laufen.

Das Mädchen sah, dass der Geist nur noch wenige Schritte hinter ihr war. Jetzt wäre die richtige Zeit, fliegen zu lernen, dachte Kelene und versuchte, ihre aufsteigende Panik zu bekämpfen. Verzweifelt suchte sie nach einer Idee, die ihr helfen könnte, aber sie dachte nun an nichts anderes mehr als ans Fliegen. Wenn Demira fliegen könnte, wäre ein Entkommen möglich; dessen war sich Kelene sicher. Irgendetwas musste sie tun.

Sie dachte weiter angestrengt nach. Diesmal erinnerte sie sich an die Geschichte von Valorians Flucht aus dem Abgrund in Gormoth. Obwohl er unerfahren in der Anwendung seiner neuen Kraft gewesen war, hatte Valorian einen magischen Spruch geschaffen, der es dem Wind ermöglichte, sein Pferd in die Luft zu heben. Vielleicht gelang ihr dasselbe. Vielleicht konnte sie Demira aus der Reichweite des Geistes heben und es dem jungen Pferd so etwas leichter machen.

Die Schwierigkeit bestand darin, dass sie noch nie einen so komplizierten Zauberspruch benutzt hatte. Gute Götter, sie hatte in den letzten fünf Jahren überhaupt keinen Zauber ausgeübt – bis letzte Nacht. Was war, wenn wieder etwas schief ging? Was war, wenn sie Demira verletzte oder sie beide tötete? Kalte Angst machte sich in ihren Eingeweiden breit, aber sie durfte nicht zulassen, dass dieses Gefühl sie aufhielt. Der Geist war schon beinahe neben ihr. Sie konnte den Gestank des toten Pferdes riechen und hörte das kehlige Kichern des Gespensts.

»Du bist mein, du klumpfüßiges Imitat einer Zauberin«, zischte er ihr entgegen.

Kelene biss vor Wut die Zähne zusammen und duckte sich unter ihm weg, bis sie beinahe ganz auf Demiras rechter Seite hing. »Pass auf deine Hufe auf«, warnte sie das Füllen. »Ich will etwas ausprobieren.«

Beeil dich!, antwortete Demira. Diese dringende Bitte hatte einen Unterton des Vertrauens, der Kelene den letzten Schub an Zuversicht gab, welchen sie noch benötigt hatte. Mit ihrem ganzen Willen zog sie die Magie aus der Erde und zwang sie unter ihre Kontrolle. Sie stellte sich eine bewegliche Plattform aus Wind vor, die groß und stark genug war, das Gewicht eines Pferdes auszuhalten, und doch geschwind genug, sie beide von dem Geist wegzutragen. Mit ihrer Magie fing sie die Abendbrise ein, band sie durch den Zauberspruch und formte den Wind nach ihren Zwecken. Weil sie diesen Spruch selbst geschaffen hatte, benötigte sie keine formelle Beschwörung, sondern setzte ihn mit ihren eigenen Worten in Gang, indem sie genau beschrieb, was sie erreichen wollte.

Sie hatte die Worte kaum ausgesprochen, als Demira stolperte. Wenn Kelene nicht die Geschicklichkeit und Stärke einer Induran-Reiterin gehabt hätte, wäre sie abgeworfen worden. So wurde sie nur noch weiter nach rechts geschleudert, und ihre Konzentration auf den magischen Spruch ließ nach.

Stärke den Spruch!, forderte Demira sie verzweifelt auf. *Ich falle hindurch.*

Kelene klammerte sich mit beiden Händen an die Mähne des Füllens und kämpfte darum, das Bein wieder über den Rücken des Hunnuli zu bekommen. Dabei schloss sie die Augen und zwang ihre ganze Willenskraft in den Zauberspruch. Sie spürte, wie die Magie sie durchpulste; es war eine wilde, ursprüngliche Kraft, die ihr Blut zum Singen brachte. Grimmig sandte Kelene sie nach unten, damit sie Demiras Körper trug.

Beinahe sofort hörte das kleine Hunnuli zu galoppieren auf. Gleichzeitig spürte Kelene ein seltsames, erhebendes Gefühl in der Magengegend.

»Kelene!«, hörte sie Rafnir rufen, doch sie beachtete weder seine Stimme noch den stärker werdenden Wind, der an ihr zerrte. Sie vernahm nichts anderes als das wütende Heulen des Geistes. Rasch schlug sie die Augen auf und sah den Boden etwa acht Fuß unter ihr. Demira flog!

Zitternd vor Erleichterung und Freude kletterte Kelene wieder auf Demiras Rücken. Das Füllen war froh, dass seine Beine nicht mehr das ganze Gewicht tragen mussten, und nickte dankbar. Obwohl Kelenes Wind es trug, bewegte es die Beine nun doch wieder instinktiv wie im Trab. Die Hufe traten den Wind, und Demira eilte vorwärts und glitt wie ein Falke über den Boden. Der Geist fiel auf seinem toten Reittier zurück.

Schneller als es sich Kelene vorstellen konnte, hatten sie die anderen eingeholt. Morad und Niela beobachteten sie mit offenem Mund. Rafnir sah grinsend auf und schwenkte die Faust zum Gruß.

Sie hob die Hand, winkte zurück und machte dann eine warnende Geste. Der Geist hatte vor Wut über den Verlust seines Opfers die Geschwindigkeit erhöht und näherte sich nun den anderen Hunnuli. Die fünf schwarzen Pferde legten all ihre Kraft in dieses verzweifelte Rennen, aber sie waren müde und hungrig und wurden immer langsamer. Das tote Hunnuli holte auf.

Kelene sah die Gefahr, in der sie alle schwebten, nur allzu deutlich. Sie wollte helfen, aber sie konnte kaum Demira weiter tragen. Sie hatte nicht erwartet, dass sie so viel Kraft brauchte, um den Zauber aufrechtzuerhalten. Das Mädchen wusste, dass die einzige Hoffnung darin bestand, dass ihre Freunde die Ruinen vor dem Geist erreichten. Vielleicht war es einfacher für sie, wenn sie wussten, in welche Richtung sie sich wenden mussten …

Sie befahl dem Wind, Demira hoch über die rasenden Pferde zu tragen, und suchte den dunkler werdenden Horizont ab. Ein wenig rechts von ihr erhob sich etwas Großes und Dunkles aus der Hochebene. Es war im Zwielicht schwer zu erkennen, doch die unregelmäßigen Umrisse konnten auf diesem flachen Plateau nur eines bedeuten.

»Moy Tura!«, rief sie Sayyed zu. Mit einer Handbewegung schickte er sie an die Spitze, und sie führte die rasende Jagd auf die alten Ruinen zu. Allmählich kamen die Pferde Moy Tura näher. Bald sahen alle die hohen, zerfallenen Mauern, die eingestürzten Brustwehren und die leeren Türme.

»Da liegt eure Stadt der Zauberer!«, rief der Geist plötzlich. Er war dicht hinter Morad. Seine harsche Stimme sorgte dafür, dass sich der Geldring duckte. »Ihre Mauern sind zerschmettert! Ihre verfaulten und bösen Türme sind in den Staub gestürzt. Ihre Häretiker liegen in ihrem eigenen Blut. Das ist das Schicksal aller Magier, welche das Ansehen der allmächtigen Götter beschmutzen! Ihr könnt zwar fliehen, ihr Lästerer, aber ihr werdet trotzdem untergehen!«

Kelene verschloss die Ohren vor den grausamen Worten des Geists und führte ihre Kameraden auf den einzigen Eingang zu, den sie in der hohen Stadtmauer erkennen konnte. Sie sah zwei zerfallene Türme zu beiden Seiten eines großen, runden Torbogens, und erhaschte einen Blick auf die Tore, die früher einmal darin gehangen hatten, nun aber zerbrochen im Staub lagen. Einen Augenblick später waren sie und Demira hindurch und befanden sich in den schattigen Straßen der Stadt. Sie senkte Demira bis auf den Boden ab, bevor sie dankbar ihren Zauber auflöste. Rafnir, Niela und Savaron donnerten hinter ihr herein.

Kurz hinter dem Tor drängten sich die vier eng zusammen und warteten auf Sayyed und Morad. Sie wussten, dass sie sich nirgendwo in den Ruinen verstecken konnten, falls ihnen der Geist in die Stadt folgte; daher bereiteten sie sich auf einen Kampf vor.

Draußen verlangsamte Sayyed Afer, als Morad und der Geist beinahe auf gleicher Höhe waren. Das Reittier des Gespensts stieß gegen Morads Hunnuli, und der junge Mann hing am Hals seines Hengsts und kämpfte um sein Leben.

Mit einem Aufschrei griff der Geist nach Morad. Seine langen, zupackenden Finger hatten das Hemd des jungen Zauberers schon fast erreicht, als Sayyed wütend rief: »Priester!«

Seine scharfe Stimme lenkte die Aufmerksamkeit der Erscheinung von Morad ab. Afer versuchte zu vergessen, dass das tote Hunnuli dreiundzwanzig Jahre lang sein Freund und Gefährte gewesen war. Er brach seitwärts aus und rammte das andere Pferd. Der tote Hengst taumelte und verhalf Morads Pferd so zu der Gelegenheit, durch das Tor zu schießen und sich zu den anderen zu gesellen.

Der Geist knurrte eine Verwünschung und wandte sich Sayyed zu. »Lästerer«, fluchte er. »Du glaubst, du kannst mir entkommen, aber ich habe mein ganzes Leben damit verbracht, solche wie dich zu jagen.« Er trieb das tote Pferd auf Afer zu.

Der große Schwarze machte einen beherzten Sprung durch das zerstörte Tor und bremste innerhalb der Stadtmauern ab. Afer kam zum Stillstand, und er und Sayyed blickten die Erscheinung auf der anderen Seite des Torbogens an. Die weiße Katze, die sich an den Taschen hinter Sayyed festkrallte, streckte den Kopf an seiner Hüfte vorbei und spuckte den toten Priester an.

Der Krieger hob die Hand. »Keinen Schritt weiter, Priester«, befahl er. »Du gehörst nicht hierher.«

Der Geist zögerte und starrte mit leuchtenden Augen das Tor an. Zweifel zuckte über sein wutentbranntes Gesicht; es war, als habe er diese Tore schon einmal gesehen. Doch sofort ging der Zweifel in Wut und Überheblichkeit unter, und er lachte laut. »Du ebenfalls nicht, Zauberer. Ihr seid so gut wie tot.« Er trieb sein Pferd vorwärts.

Die Klanleute wurden starr und waren bereit, Sayyed zu Hilfe zu kommen. Er bewegte sich nicht. Er war zu müde und konnte nicht länger fortlaufen; außerdem war er zu wütend, um es zu versuchen. Wenn der Geist Moy Tura betreten und gegen die Zauberer kämpfen wollte, musste er zunächst an Sayyed vorbei. Er sah gelassen zu, wie das groteske Pferd immer näher kam. Der phosphoreszierende Umriss des Gespensts glimmte abscheulich in der schwärzer werdenden Dunkelheit; der Gestank des Todes erfüllte die Luft. Sayyed spürte, wie seine Eingeweide zuckten, als der Geist nur noch zwei Pferdelängen von dem Tor entfernt war. Seine Kriegerinstinkte bewirkten, dass seine Hand unwillkürlich an den Schwertgriff fuhr. Obwohl er bezweifelte, dass die Klinge etwas gegen die furchtbare Erscheinung ausrichten konnte, war das gewohnte Gefühl des Ledergriffs in der Hand beruhigend. Er wollte das Schwert gerade ziehen, als das tote Hunnuli anhielt.

Es stand beinahe Nase an Nase mit Afer, doch es schien nicht näher kommen zu können. Der Geist schrie wütend auf und sprang von dem Hunnuli herab. Das tote Pferd brach zu einem Fleischhaufen zusammen. Zu Fuß rannte der Geist auf Sayyed zu, wurde aber von einer unsichtbaren Kraft aufgehalten.

Sayyed hob die Hand zum festen Dach des Tordurchgangs und sprach schweigend ein Dankgebet zu Amara und den Erbauern von Moy Tura. Einige alte Wächter der Stadt schienen noch auf dem Posten zu sein.

Das Gespenst kreischte vor Wut und versuchte immer wieder, sich gewaltsam einen Zugang zur Stadt zu verschaffen, doch jedes Mal wurde es zurückgeworfen. Die alten Wächter waren noch so mächtig wie jene, die sein Grab bewacht hatten; es konnte sie nicht überwinden.

Schließlich trat der Geist zurück und blinzelte Sayyed unheilvoll an. »Aha. Nicht alle Magie wurde zerstört. Macht nichts. Ihr sitzt in der Falle.« Seine Miene drückte nun spöttische Verachtung aus. »Ich habe dich beobachtet, Zauberer. Ich weiß, dass du hier nach Hilfe für dein sterbendes Volk suchst. Aber in dieser Totenstadt wirst du sie nicht finden. Bald wirst du wieder abreisen müssen ... und ich warte auf dich.« Er machte auf dem Absatz kehrt und schritt in die Nacht hinein.

Die Klanleute regten sich nicht, bis das rote Leuchten der gespenstischen Robe in der Dunkelheit verschwunden war. Dann erst ließ Sayyed das Schwert los. Diese kleine Bewegung war wie ein Signal, das die Spannung auflöste. Die jüngeren Leute versammelten sich um Afer und den Krieger und redeten aufgeregt durcheinander, bis ihr Anführer die Hand hob. Zum ersten Mal seit Tagen schenkte er ihnen ein erschöpftes Lächeln. »Wir sollten einen Platz zum Ausruhen suchen«, schlug er vor.

Nur zu gerne willigten sie ein und wandten sich gerade der Stadt zu, als in der Ferne eine tiefe Stimme röhrte – die Stimme eines Jagdlöwen.

»Der Korg«, flüsterte Niela.

Rafnir sah in die rußigen Gesichter seiner Gefährten und auf die matten, schweißnassen Hunnuli. »Ich glaube, wir sind gerade vom Regen in die Traufe geraten«, sagte er.

Neun

In jener Nacht zogen die Klanleute nicht weiter. Sie fanden Unterschlupf im Erdgeschoss eines verfallenen Turms neben der alten Stadtmauer und machten es sich so bequem wie möglich. Sie entzündeten kein Feuer und sprachen nur im Flüsterton, denn sie wollten die Aufmerksamkeit des Wächterlöwen von Moy Tura nicht auf sich lenken.

Sayyed war der Einzige in der Gruppe und nur einer von drei noch lebenden Leuten in den Klanen, der den Korg gesehen hatte. Dennoch war es nicht nötig, seinen Kameraden die Gefahr zu erklären und sie zur Vorsicht zu mahnen. Sie alle hatten die Legenden über den Korg und die Geschichten über Gabrias Reise durch Moy Tura vor mehr als zwanzig Jahren gehört. Sie wussten, dass der gewaltige Steinlöwe die Ruinen gegen alle Eindringlinge verteidigte und so erbarmungslos tötete wie ein echter Löwe.

Angesichts des Geists vor den Mauern und des Korgs, der irgendwo in den Ruinen umherschlich, fühlten sich die Reisenden wie Kaninchen vor dem Fuchs und der Schlange. Dennoch waren sie dankbar für den Unterschlupf und die erholsame Rast. Jedes Hunnuli samt Reiter übernahm einen Teil der Wache, während die anderen schliefen. Zum ersten Mal seit drei Nächten war es ihnen möglich, tief und fest zu schlafen, ohne dass das Grauen ihre Träume heimsuchte.

Das Tageslicht fiel bereits durch die geborstenen Deckenbalken, als Sayyed langsam erwachte und spürte, wie eine warme, raue Zunge über seine Wange leckte. Er spürte ein leichtes Gewicht auf der Brust, und kleine Tatzen strichen über seinen Hals.

Steh auf, beharrte die weiße Katze aufdringlich. *Du bist wach, und ich bin hungrig.*

Er schlug ein Auge auf und sah, wie sie ihn mit ihren goldenen

Pupillen eindringlich anstarrte. »Hattest du je einen Namen?«, flüsterte er mehr zu sich selbst als zu der Katze. Tam war immer der Meinung gewesen, ein Tier solle sich selbst einen Namen geben, aber es war ihr nicht genug Zeit geblieben, den Namen ihrer Katze zu erfahren, und Sayyed hatte bisher keinen Gedanken daran verschwendet.

Die Katze hielt den Kopf schräg und miaute. *Ein Name? Noch nicht. Ich bin ›Die mit dem Mond wandelt‹. Ich bin Tams Freundin. Ich bin Sayyeds Freundin.* Afer hielt ihr die Nüstern entgegen und berührte sie sanft. Sie drehte sich nach dem großen Pferd um und rollte sich auf Sayyeds Kopf. *Ich bin auch Afers Freundin*, schnurrte sie neckisch.

Sayyed nahm die Katze von seinem Kopf und richtete sich auf. »Möchtest du einen Namen haben? Du hast dir einen verdient.«

Wie ein Wiesel entschlüpfte sie seinem Griff und setzte sich auf den Boden. Ihre edlen Augen blinzelten kein einziges Mal. *Ich werde darüber nachdenken.*

»Gut. In der Zwischenzeit machen wir uns an die Arbeit.« Der Krieger kämpfte sich auf die Beine und weckte die anderen. Savaron war bereits draußen und hielt Ausschau nach unwillkommenen Eindringlingen. Der Rest der Gruppe streckte sich, gähnte und erhob sich allmählich. So still wie möglich aßen sie ein wenig Brot, Käse und Trockenfrüchte, dann machten sie sich fertig für die Suche nach den Aufzeichnungen der Heiler.

Als sie bereit zum Aufbruch waren, zeichnete Sayyed mit einem Holzstäbchen etwas in den Staub. »Das ist lediglich eine ungefähre Skizze der Straßenzüge, denn als ich das letzte Mal hier war, wollte ich nur schnell wieder hinauskommen. Soweit ich mich erinnere, ist die Stadt wie eine zwölfseitige geometrische Figur angelegt und hat vier Tore: eines hier im Süden und drei weitere im Westen, Norden und Osten.« Er deutete mit dem Stäbchen auf die betreffenden Stellen und zog Linien von den Toren zum Mittelpunkt der Karte. »Diese breiten Straßen führen geradewegs von den Eingängen ins Zentrum der Stadt. Wir wissen, dass dieses Gebiet das Herz der Stadt gewesen sein muss, denn dort standen die Halle der Zauberer und ein großer Tempel. Das ist ein guter Ort, um mit der Suche zu beginnen.«

»Wonach suchen wir denn genau?«, fragte Niela.

»Nach allem, was mit dem Heilwesen in Zusammenhang steht. Wir halten Ausschau nach Orten, an denen die Heiler ihre Aufzeichnungen aufbewahrt haben könnten – nach Bibliotheken, Heilhäusern, Geschäften, in denen Kräuter verkauft wurden, oder sogar nach Begräbnisstätten. Benutzt eure Augen und eure Phantasie. Lasst nichts unbeachtet, was eure Aufmerksamkeit erregt.« Sayyed fuhr sich mit den Fingern über das bärtige Kinn und sah einem nach dem anderen in die Augen. »Wir beginnen im Zentrum und arbeiten uns nach außen vor. Ich brauche euch nicht zu sagen, dass der Korg gefährlich ist. Seid auf der Hut. Falls wir getrennt werden sollten, treffen wir uns wieder hier«, sagte er zum Schluss.

Die anderen nickten. Ihre Mienen spiegelten Nervosität, Besorgnis und Erregung wider. Sie banden Stofffetzen um die Hufe der Pferde, damit ihr Tritt auf den Steinstraßen gedämpft war, und entfernten alle Metallgegenstände von ihrem Körper, die klappern oder klirren konnten. Als sie fertig waren, ritten sie hintereinander aus dem Turmzimmer hinaus.

Die Sonne stand schon hoch, als sie sich bei dem Tor versammelten. Das Licht schimmerte auf den Steinen und erfüllte die Ruinen mit strahlender Hitze. Über ihnen wölbte sich ein wolkenloser Himmel, und es herrschte völlige Windstille. Außer dem toten Hunnuli, das noch vor dem Tor lag, gab es keinerlei Anzeichen für den Geist und auch keines für den Korg. In der Stadt war es unheimlich ruhig.

Die Hunnuli verließen den Schatten der Stadtmauer und traten hinaus auf die breite, mit Trümmern übersäte Straße, die ins Zentrum der Stadt führte. Diesmal ritt die weiße Katze nicht mit Sayyed, sondern lief mit hoch gerecktem Schwanz vor den Pferden her.

Lange Zeit war es eine sehr schweigsame Gruppe, die da durch die Ruinen ritt; die Klanleute sahen sich ehrfürchtig und neugierig um. Sie starrten die Überreste dessen an, was einmal die schönste Stadt der Ebene von Ramtharin gewesen war.

Moy Tura war vor über dreihundert Jahren von den Klanzauberern erbaut worden und der vollendete Ausdruck ihrer Fähigkeiten und Liebe zum Schönen gewesen. In ihren Mauern hatten die besten der Klanzauberer gelebt: die Lehrer und Schüler, die Heiler, die

Gestaltwandler, Handwerker und der allgewaltige Rat der Zwölf. Sie hatten ihre Stadt so sehr geliebt, dass sie sich ganz in ihre abgeschiedene Schönheit zurückgezogen hatten. Sie erkannten das Misstrauen, den Neid und Hass ihrer eigenen Klane erst, als es zu spät war.

Durch Hinterlist und Verrat hatte ein Klanheer die Verteidigungsanlagen durchbrochen und Moy Tura im Sturm erobert. Das Heer hatte beinahe alle Einwohner getötet, die Stadt geplündert und die Gebäude geschleift, damit sie nie wieder benutzt werden konnten. Danach waren sie zum Sommertreffen gezogen und hatten alle bekannten Zauberer in den Klanen ermordet.

Was als die Säuberung bekannt geworden war, stellte sich schließlich als furchtbar erfolgreich heraus. Nur wenige Zauberer waren durch die Flucht aus der Ebene von Ramtharin oder durch Untertauchen dem Tode entronnen. Magie wurde verschmäht und verachtet, Zauberei war nun bei Todesstrafe verboten. Moy Tura, das einst so strahlende Juwel der Ebene, zerfiel zu Staub und verblasste zur Legende. Zweihundert Jahre lang hatte sie verlassen dagelegen, gehüllt in Geheimnis und nur von einem einsamen Steinlöwen bewacht.

Gabria war mit ihren Gefährten vor Jahren einmal hier gewesen – auf der Suche nach Lord Branth. Sayyed erinnerte sich gut an diese Reise. Auf dieser Expedition war er Tam begegnet, hatte Afer gefunden und gelernt, mit seiner Kraft umzugehen. Moy Tura war nur ein kurzer und erschreckender Teil einer langen Reise gewesen, doch die Erinnerungen an diesen Ort hatten sich unauslöschlich in sein Hirn gebrannt.

Er hatte geglaubt, die Leere und Verlassenheit werde ihm nichts mehr ausmachen, doch die alten Ruinen berührten ihn stärker als an jenem Morgen vor so langer Zeit. Er betrachtete genauso eingehend wie seine jungen Gefährten die Schutthaufen, die mit Staub und Schlinggewächsen bedeckt waren, die vom Unkraut überwucherten Straßen, die dachlosen Türme und die leeren Fensterhöhlen. Er sah zerbrochene, mit Flechten überzogene Statuen, geborstene Springbrunnen und Gärten, die völlig zugewachsen und mit Geröll übersät waren. Die Stadt wirkte so kahl und verloren im Licht der Morgensonne, dass ihm das Herz wehtat, und er verfluchte die schreckliche Verschwendung von Leben, Talent und Weisheit.

Hinter ihm studierten die übrigen Zauberer die Ruinen mit gemischten Gefühlen. Morad sah nur Steinhaufen und Orte, an denen sich Feinde verstecken konnten. Niela war bereit, bei der ersten Gelegenheit wegzulaufen. Dieser Ort behagte ihr nicht, und obwohl sie es nicht eingestanden hätte, verspürte sie große Angst. Savaron und Rafnir waren neugierig, aber sie waren so beschäftigt damit, nach Feinden Ausschau zu halten, dass sie keine Gelegenheit hatten, einen Blick in die engen Gassen und die zerstörten Gebäude in ihrer unmittelbaren Umgebung zu werfen.

Nur Kelene bemühte ihre Phantasie und versuchte sich die Stadt vorzustellen, wie sie einst gewesen war – unzerstört, sauber, belebt, knisternd vor der magischen Energie unzähliger Zauberer. Es muss sehr schön gewesen sein, dachte sie, bevor die grauen und weißen Granithäuser abgerissen wurden und Staub sie bedeckte, bevor die Blumen und Gärten zertreten wurden und die Straßen vor Blut troffen.

Trauer und ungeweinte Tränen schnürten Kelenes Kehle zu. Die Bilder in ihrem Kopf waren äußerst lebendig. Sie starrte auf die Zerstörung und erwartete beinahe, ein Gesicht in einem der dunklen Hauseingänge zu sehen oder Schritte in einer der Straßen zu hören. Aber außer einer Eidechse, die rasch in einen Spalt huschte, und den Fliegen, die den Hunnuli folgten, gab es hier kein Leben. Die Verlassenheit suchte sie wie ein bohrender Kopfschmerz heim.

Ihre Augen füllten sich mit Tränen. Die Tiefe ihrer Gefühle war beunruhigend, denn bis zu dieser Reise hatte sie nie viel für die Geschichte ihres Volks empfunden, besonders nicht für die Zauberer. Nun beweinte sie die ermordeten Magier und ihre Familien beinahe so sehr wie ihren toten Bruder. Sie mochten vielleicht blind und gedankenlos gegenüber ihren Klanen gewesen sein, doch ein solches Schicksal hatten sie nicht verdient.

Kelene schüttelte den Kopf. Das ist lächerlich, schalt sie sich. Warum sollte ich um Leute weinen, deren Knochen schon zu Staub zerfallen sind, wenn meine eigene Familie zweihundert Meilen von hier entfernt im Sterben liegt? Sie schloss die Finger um die Gemme an ihrem Hemd und stellte fest, dass sie wegen der Dringlichkeit, Moy Tura zu erreichen, seit zwei Tagen keinen Kontakt mehr zu ihrer Mutter hergestellt hatte. Inzwischen konnte alles Mögliche geschehen sein. Sie nahm sich vor, es heute Abend zu tun, wenn sie sich in der Ruhe und Geborgenheit ihres Unterschlupfs auf den Stein konzentrieren konnte.

Die kleine Gruppe ritt tiefer in die gewaltige Ruinenlandschaft hinein. Niemand sagte ein Wort, denn es war besser, schweigend und schnell zu reiten und die Suche so bald wie möglich zu beginnen. Die Stille und Verlassenheit war bedrückend. Klanleute waren an geschäftige Lager und offenes Gelände gewöhnt; diese tote Stadt war für sie beinahe unerträglich.

Sie waren erleichtert, als die Hunnuli zu einer hohen Steinmauer mit vier gewölbten Eingängen kamen, die zum geräumigen Innenhof eines großen Tempels führten. Der Tempel, einst ein großartiges, von vielen Säulen getragenes Gebäude, war nur noch ein Haufen alter Steine.

»Ich erkenne diesen Ort wieder«, murmelte Sayyed. »Hier hätten wir damals Branth beinahe gefangen. Die Halle der Zauberer liegt dahinter.«

Die Hunnuli bahnten sich einen Weg um Schutthaufen herum, liefen an einer Steinmauer vorbei und kamen zu einem weiten, sonnigen Platz, auf dem vier Straßen zusammenliefen.

Vor zweihundert Jahren war dieser Ort möglicherweise ein Markt- und Versammlungsplatz für die ganze Stadt gewesen. Er war in seiner ganzen Ausdehnung geschickt mit Granitplatten gepflastert, die all den Jahren, den Stiefeln, den Karrenrädern und Pferdehufen getrotzt hatten, nur um schließlich mit Blut befleckt und dem Unbill von Wind und Wetter ausgesetzt zu werden. Die Steine waren durchlöchert, gesprungen und abgenutzt, doch sie waren stumme Zeugen der Liebe und Kunst der Handwerker, die sie verlegt hatten.

»Seht – da drüben«, sagte Rafnir leise und deutete auf den Mittelpunkt des Platzes. Die anderen folgten seinem Blick und sahen einen schwarzen Obelisken, der von einer goldenen Sonne im Strahlenkranz bekrönt wurde. Das Sonnenbild war ihnen vertraut, denn es wurde von den Klanen seit Generationen zur Verehrung der Muttergottheit Amaras benutzt. Die Klanleute versammelten sich um die Säule und starrten das Sonnenbild an, das etwa zwanzig Fuß über ihren Köpfen thronte. Trotz seines Überzugs aus Ruß und Vogelkot war es noch schön. Sein Gold schimmerte im hellen Sonnenlicht, und alle Strahlen waren gerade und unbeschädigt.

»Ich frage mich, warum die Krieger die Säule nicht umgeworfen haben«, meinte Rafnir. Er deutete auf die Überreste der Gebäude, die den Platz umgaben. »Ansonsten haben sie hier nichts verschont.«

Savaron riss den Blick von der goldenen Sonne los und blickte umher. »Vielleicht wollten sie die Göttin nicht verärgern«, sagte er und fügte dann mit tiefer Bitterkeit hinzu: »Doch warum sie das kümmern sollte, wenn sie schon ihre Stadt zerstört und in ihrem eigenen Klanblut gebadet haben, weiß ich nicht!«

Kelene sah ihren Bruder bewundernd an. Sie fühlte es auch: Kummer, Wut und Verlust. Sie fragte sich, ob der Grund dafür, dass Savaron und sie das Unglück dieses Orts so deutlich spürten, ihre Eltern waren – nicht nur, weil Gabria und Athlone bis hierher durchgekommen waren und den Klanen ihren eigenen Eindruck von Moy Tura vermittelt hatten, sondern weil der Häuptling und die Corin-Frau die ersten Klanleute seit der Säuberung gewesen waren, denen man die Ausübung von Zauberei gestattet hatte. Gabria und Athlone hätten so leicht Opfer desselben Hasses werden können, der diese Stadt zerstört hatte. Diese Erkenntnis verursachte Kelene eine Gänsehaut.

»Da ist die Halle der Zauberer«, sagte Sayyed und unterbrach damit ihre Gedanken.

Am nördlichen Ende des Platzes befand sich eine breite Treppenflucht, die zu einem Skelett hinaufführte, das einmal ein großes Gebäude gewesen war. Den Betrachtern erschien es so, als habe dieses Bauwerk am schlimmsten unter der Raserei der Sieger gelitten. Nicht nur waren die Außenwände bis zu den Grundmauern abgerissen, sondern die zerbrochenen Säulen und Schutthaufen im Innern wiesen zusätzlich deutliche Brandspuren und Hitzerisse wie von einem großen Feuer auf.

»Da ist nicht viel übrig geblieben«, sagte Morad verbittert. »Woher weißt du, was für ein Gebäude das war?«

»Das ergibt sich aus der Höhe«, antwortete Savaron, bevor Sayyed etwas dazu sagen konnte. »Sieh dir nur die Treppe an. Angeblich war die Halle der Zauberer das größte Gebäude der Stadt. Der Rat der Zwölf hatte seine Räumlichkeiten ganz oben, so dass sie das gesamte Gebiet überblicken konnten. Die Zauberer kamen hierher, um zu lernen und ihre Gefolgschaft zu unterrichten. Matrah schrieb sein Buch in einem dieser untergegangenen Räume.«

Morad zog eine Grimasse. »Das weiß ich alles. Erzähl mir etwas, das ich nicht weiß. Zum Beispiel, wo die Aufzeichnungen der Heiler sind.«

»Und wo ist der Korg?«, fügte Niela hinzu. Sie musste sich räuspern, damit ihre Stimme nicht brach.

Sayyed glitt von Afer herunter und klopfte dem Schwarzen auf den Hals. »Zwei ausgezeichnete Fragen. Mal sehen, ob wir wenigstens die Antwort auf die erste finden.« Er betrachtete die Gebäude um den Platz und fuhr dann fort: »Wir teilen uns in zwei Gruppen auf und fangen mit der Halle der Zauberer an. Rafnir, Kelene und Savaron, ihr arbeitet auch an der Ostseite vor. Niela und Morad kommen mit mir zur Westseite.«

Die Gefährten stiegen rasch ab, teilten sich in die beiden Gruppen auf und eilten der Halle der Zauberer entgegen; die Hunnuli und die Katze folgten ihnen. Auf der Treppe der großen Halle erkannten sie, dass es sinnlos war, diese Ruine zu durchsuchen. Alles oberhalb der Grundmauern war zerstört. Also gingen sie zu den auf beiden Seiten angrenzenden Gebäuden.

Sayyed und seine Gefährten verschwanden in den Überresten von etwas, das ein Schlafsaal oder eine Kaserne gewesen sein könnte. Kelene und die beiden Krieger hingegen fanden sich in einem Bauwerk wieder, das aus vielen großen Räumen bestand. Das Dach war eingestürzt und lag auf dem Boden des zweiten Obergeschosses, und die meisten Wände waren bröckelig. Glücklicherweise trugen einige Stützbalken noch die Decke, so dass die drei genug Platz für ihre Suche hatten.

Vorsichtig bahnten sie sich einen Weg in das dunkle Innere. Der erste Raum wurde nur von Sonnenstrahlen erhellt, die durch Risse in der Decke fielen.

Trotzdem erkannten die Klanleute deutlich, dass hier alles planmäßig zerstört worden war. Der Boden war ein wüstes Durcheinander aus zerbrochenen Möbeln, zerschlagenem Glas, Geschirr und Werkzeug, und alles war mit einer zweihundert Jahre alten Schicht aus Staub, Spinnweben und vom Wind hereingewehtem Unrat bedeckt.

»Das muss das Haus der Handwerker gewesen sein«, mutmaßte Rafnir. »Werkzeuge zur Holzbearbeitung«, sagte er und hielt einige alte Meißel hoch, deren hölzerne Griffe verrottet waren.

»Du könntest Recht haben«, rief Kelene aus einem anderen Raum. »Hier sind Steinmeißel und Marmorblöcke.«

In den nächsten Stunden durchsuchten sie Raum für Raum, Haus für Haus an dem großen Platz, doch sie fanden nichts. Am frühen Nachmittag betraten sie etwas, das wie eine riesige Apotheke aussah, wo sie fast eine Stunde lang Regale, Kästen und zerbrochene Phiolen untersuchten. Nach einer Weile ging Rafnir nach draußen in einen verwilderten Garten und inspizierte einige Nebengebäude. Kelene und Savaron machten in den Räumen weiter, die dem Platz zugewandt waren.

Kelenes verkrüppelter Fuß schmerzte, als sie sich schließlich auf einen umgestürzten Balken setzte. Sie strich sich das Haar aus dem Gesicht.

»Jetzt ist es verschmiert«, sagte Rafnir von der Tür aus. Er kam in den Raum und trug etwas Kleines unter dem Arm. Mit einem Lächeln wischte er ihr den Schmutz von der Stirn und setzte sich neben sie.

Savaron befand sich dicht hinter ihm. Er grinste in sich hinein und verschwand in einem anderen Teil des Gebäudes.

Kelene spürte ihr Herz höher schlagen. Wenn ihr jemand kurz nach dem Induran-Rennen gesagt hätte, dass sie einmal neben Rafnir sitzen wollte, hätte sie ihm ins Gesicht gespuckt. Doch nun, nach all dem, was seit dem folgenschweren Rennen geschehen war, wollte sie nicht nur hier sitzen, sondern sie fühlte sich bei ihm in einer plötzlichen Gefühlsaufwallung sicher, angeregt, gewärmt und unbeschwert. Diese Reaktion hatte sie nicht erwartet. Kelene saß dicht neben ihm und war so atemlos und verwirrt, dass sie nicht wusste, was sie sagen sollte. Sie betete darum, dass er ihren Fuß nicht erwähnte. Sein Mitgefühl brauchte sie nicht.

Glücklicherweise schwieg er darüber. Stattdessen legte er den Kopf schief und sah sie an. »Wie hast du gestern diesen Zauberspruch geformt?«

Kelene war so verwirrt von seiner Frage, dass sie sich im Augenblick an nichts mehr erinnern konnte. »Was für einen Zauberspruch?«

»Valorians Spruch, mit dem man den Wind zu einer Plattform machen kann. Das war großartig.«

Sie errötete bei seinem Kompliment und betrachtete eingehend die Steine neben ihren Füßen. »Es war Verzweiflung.«

Er lachte; es war ein tiefer, angenehmer Laut. »Nun, jedenfalls hat es funktioniert. Demira ist wie der Wind geflogen.«

»Nein«, widersprach Kelene und hob den Kopf. Die wiederkehrende Erinnerung an den vergangenen Tag zerstreute ihre Verwirrung. »Sie ist nicht geflogen. Nicht, wie ich will, dass sie fliegt. Sie ist nur von Luft und Magie getragen worden. Länger hätte ich es nicht aufrechterhalten können. Der Spruch hat zu viel Kraft gekostet. Wenn Demira wirklich fliegen soll, dann muss sie das aus eigener Kraft tun.«

Rafnir grinste breit. Sein Blick bohrte sich in ihre Augen. Mit wohlüberlegter Beiläufigkeit wickelte er den Gegenstand, den er unter seinem Arm getragen hatte, aus und überreichte ihr ein flaches Stück verwitterten Marmor. »Das habe ich dir mitgebracht. Es stammt aus einem Fries über einer Tür im Garten.«

Der Marmor war kalt in Kelenes Händen. Der obere Teil war glatt unter ihrem Griff, doch der untere Teil fühlte sich rau und uneben an. Das Mädchen drehte den Stein um und betrachtete das zarte Relief. Es stellte eine phantasievolle Szene dar und war sehr fein und kunstvoll gearbeitet. Es war so vollkommen, dass es Kelene die Tränen in die Augen trieb.

»Ein geflügeltes Pferd«, keuchte sie. Sie spielte mit den Fingern über die erhabene Figur, fuhr die ausgestreckten Beine und die breiten Schwingen nach, die sich elegant aus den mächtigen Schultern erhoben.

Mit leuchtenden Augen wandte sie sich an Rafnir. Er spürte, wie ein Zittern ihn durchlief. »Ich, äh, habe es herausgebrochen. Ich glaube nicht, dass der Eigentümer etwas dagegen hat«, brachte er hervor.

»Das ist es«, meinte Kelene und klopfte mit dem Finger auf das Relief. »Das ist es, was wir tun müssen.« Sie verfiel in Schweigen, während ihre Phantasie sich von der Erde befreite und in den Wolken umhertrieb. »Ein geflügeltes Pferd«, sang sie sich selbst vor. Die Worte hallten in ihrem Kopf. Sie drückte das alte Steinrelief gegen ihre Brust. Nun hatte sie das Bild; das Ergebnis stand ihr klar vor Augen. Irgendwie mussten sie einen ausführbaren Spruch ersinnen, der zum gewünschten Ziel führte, ohne Demira zu verletzen.

War das möglich? Kelene steckte das Marmorstück unter ihr Hemd. Sie hoffte es. Bei allen Göttern, wie sie es hoffte!

»Vielen Dank«, sagte sie zu Rafnir, als sie Nielas Ruf irgendwo von draußen hörte.

»Kelene! Rafnir!«, rief Niela aufgeregt. »Savaron! Wo seid ihr?«

Kelene sprang beunruhigt auf. »Sie sollte nicht so laut rufen.« Bevor sie zur nächsten Tür humpeln konnte, hatte Rafnir sie bereits überholt und stürmte vor ihr aus dem Zimmer.

Als sie gerade das Gebäude verließen, wurde die Stille plötzlich von einem gewaltigen Brüllen zerschnitten, das über den Platz hallte. Kelene hörte, wie alle sechs Hunnuli gereizt wieherten, während Niela vor Angst aufschrie.

Kelene hörte, wie Rafnir brüllte: »Niela! Lauf!« Kelene hastete zur Tür. Unter dem plötzlichen Druck ihres Gewichts gab der schwache Knöchel nach, und sie taumelte gegen die Wand. Sie wäre gestürzt, wenn Savaron nicht hinter ihr gewesen wäre und sie am Arm gepackt hätte.

»Was ist los?«, rief er und lehnte Kelene gegen den Türrahmen. Sie sahen beide gerade noch rechtzeitig hinaus. Der Korg sprang über den Platz auf Nielas rennende Gestalt zu. Kelenes Finger schlossen sich um das Holz des Rahmens, und ihre Stimme erhob sich zu einem Schrei. »Nein!«

Der Korg war etwa anderthalbmal so groß wie ein Hunnuli und bestand aus grauem Stein. Seine Gestalt glich jener der Höhlenlöwen mit den gewaltigen Mähnen, welche durch die Dunkelhornberge streiften. Lange, mächtige Beine trugen seinen massiven Körper mit unglaublicher Geschwindigkeit hinter der fliehenden Klanfrau her. Kelene erstarrte, als sie beobachtete, wie Niela verzweifelt versuchte, Schutz im nächstgelegenen Gebäude zu finden. Sayyed und Morad rannten von ihrer Seite des Platzes aus hinter ihr her, und Rafnir näherte sich aus der entgegengesetzten Richtung, doch Kelene erkannte, dass sie kaum die Möglichkeit hatten, die Jehanan-Frau zu erreichen. Der Korg holte zu rasch auf.

Nur Nielas Hunnuli war schneller als der Steinlöwe. Wie ein schwarzer Blitz galoppierte die Stute über das Pflaster und wollte ihre Reiterin verteidigen. Der Korg war nur noch einen Sprung von Niela entfernt, als das Hunnuli zwischen die beiden preschte und sich vor dem großen Löwen aufbäumte. Der Korg hielt nicht an. Er überragte das wütende Pferd; seine runden Augen erglühten in einem unheimlichen goldenen Licht. Er hatte die Steinzähne gebleckt. Mit einem Schlag seiner großen Vorderpranke hatte er die schwarze Stute zu Boden gestreckt.

Niela taumelte vor Entsetzen. Sie schlug sich mit den Händen gegen den Kopf und stieß einen langen, durchdringenden Schrei aus.

Die verbliebenen Hunnuli wieherten erneut; in ihren hohen Stimmen schwangen Zorn und Trauer mit.

»Bleib hier«, knurrte Savaron Kelene zu. Er sprang auf seinen Hengst und galoppierte auf die anderen Männer zu. Aus verschiedenen Richtungen erhoben die vier Männer die Hand und schossen ein Sperrfeuer aus tödlich blauer trymianischer Kraft auf den Korg ab. Der Löwe brüllte vor Wut. Er wurde durch die mächtige Energie einige Schritte zurückgeworfen, aber die Blitze prallten harmlos an seinem Körper ab. Bevor die Männer ein zweites Mal feuern konnten, sprang der Korg bereits wieder nach vorn.

Kelene schrie erneut, als das schreckliche Untier ihre Freundin unter seinen Steinklauen zerschmetterte. Durch ihre Tränen sah sie, wie der Löwe auf Niela herumtrampelte und sie dann wie einen blutigen Fetzen auf einen Schutthaufen schleuderte.

Mit wutgerötetem Gesicht humpelte Kelene aus der Tür und suchte nach Demira, weil sie trotz des Befehls ihres Bruders an dem Kampf gegen den Korg teilnehmen wollte. Sie hatte gerade erst einen Fuß aus der Tür gesetzt, als der Korg sich umwandte und schnell wie ein Blitz auf Sayyed zuschoss. Der Krieger sprang auf Afers Rücken.

»Verstreut euch! Alle!«, bellte Sayyed. Kelene trat zurück in das schattige Gebäude.

Auch die jungen Männer gehorchten. Morad und Rafnir sprangen auf ihre Hunnuli und flohen in zwei verschiedenen Richtungen von dem Platz. Savaron verschwand hinter einem geborstenen Bogengang. Sayyed warf einen letzten Blick auf seine Gefährten und feuerte dann einen weiteren magischen Blitz ab, als sich der Korg ihm näherte. Mit dem Korg auf den Fersen galoppierte Afer die nach Norden führende Straße entlang und verschwand in den Ruinen.

Nun senkte sich Stille auf den Platz, der mit Ausnahme der Leichname von Niela und ihrem Hunnuli leer war. Kelene spähte aus dem dunklen Türeingang hinaus und sah, dass sich Demira in der Nähe befand. Sie hatte sich in einen engen Durchlass zwischen den Mauern zweier verfallener Gebäude gezwängt. Das kleine Hunnuli zitterte deutlich. Dankbar trat das Mädchen aus der Tür und gesellte sich zu dem Pferd in seinem Versteck. Lange Zeit standen sie aneinander gepresst da, während Kelenes Tränen Demiras staubiges Fell benetzten.

Als das Schweigen und die Einsamkeit des Platzes zu viel für sie wurden, schlüpften Kelene und das Füllen aus ihrer Zuflucht und gingen vorsichtig auf Niela zu. Es bestand kein Zweifel daran, dass die Frau und ihre Stute tot waren. Ihre zerschmetterten, zerrissenen Körper waren bereits mit Fliegenschwärmen bedeckt.

Kelene schluckte schwer und sah sich auf dem Platz um. Niemand konnte ihr bei dem helfen, was sie unbedingt tun wollte, doch sie würde Niela nicht den Aasfressern überlassen. Während Demira Wache hielt, zog Kelene den Körper der Frau nahe an das Pferd heran und streckte beide aus. Die Zeit reichte nicht aus, um einen Scheiterhaufen aufzuschichten oder ein richtiges Grab auszuheben, daher benutzte Kelene einen Schwebezauber, mit dem sie Steinbrocken herbeischaffte und über den Leichnamen aufschichtete, bis diese vollkommen bedeckt waren.

Die Magie funktionierte so gut, dass sie mit ihrer Aufgabe fertig war, bevor die Sonne am Himmel ein größeres Stück weitergewandert war. Alle Zaubersprüche und Unterrichtsstunden ihrer Mutter mussten schließlich doch in Kelene Früchte getragen haben, dachte sie, als sie den letzten Stein auf den Grabhügel legte. Sie wurde vertrauter mit ihrem Talent und dem Gefühl der Magie, die sie durchströmte. Niela wäre stolz auf sie gewesen.

In plötzlicher Wut trat Kelene einen kleinen Stein quer über den

Platz. Sie hob die Faust gen Himmel. »Was wollt ihr uns beweisen?«, schrie sie die Götter im Firmament an. »Erst die Seuche, dann der Geist und jetzt der Korg. Könnt ihr uns nicht ein wenig helfen?« Es kam keine Antwort aus dem blauen Himmel. Kelene hatte auch keine Antwort von den Göttern erwartet, die so geheimnisvoll und fern waren.

Demira warf nervös den Kopf herum. *Kelene, ich glaube, es ist keine gute Idee herumzuschreien.*

Die junge Frau biss die Zähne zusammen und versuchte, die Wut in ihr zu besänftigen. Das Füllen hatte Recht – Lärm konnte Schwierigkeiten bringen. Stattdessen bückte sich Kelene, hob eine Ranke wilden Wein auf und legte sie um den obersten Stein des Grabhügels.

Sie spürte den Druck einer sanften Schnauze und schlang die Arme um Demiras Hals. Der süße, vertraute Pferdegeruch drang ihr in die Nase; die schwarzen Haare kitzelten sie an der Wange. Doch das besänftigendste Gefühl war für sie das des Vertrauens und Trosts, das sie immer in Gegenwart des Hunnuli empfand. Verschwunden war ihr alter Widerwille, eines dieser schwarzen Pferde zu reiten. Nun fühlte sie nur Stolz und Ehre, als sie sich auf den Rücken des Füllens schwang. Sie war sich nicht sicher, was Demira bei dieser neuen Freundschaft empfand, doch Kelene hatte den Eindruck, dass ihr Wallach Ishtak sich einen neuen Meister suchen musste.

Das Füllen trottete vorsichtig über den Platz auf die Straße nach Süden zu. Seine umwickelten Hufe machten ein dumpfes Geräusch auf dem Pflaster. Es hatte die Nüstern gebläht, damit es auch den schwächsten Geruch wahrnehmen konnte. Sie hatten schon beinahe den ummauerten Tempel erreicht, als sie hinter sich ein Jaulen hörten. Sie warfen einen Blick zurück und sahen, wie die weiße Katze durch den Schutt auf sie zukam.

Wartet auf mich!, rief sie. Mit einem mächtigen Sprung hüpfte sie auf einen Steinhaufen und von dort aus in Kelenes Schoß.

Kelene drückte die Katze an sich. »Du zitterst ja«, sagte sie. »Geht es dir gut? Wo ist Sayyed?«

Die Katze miaute: *Ich bin unverletzt. Habe Angst! Das war große Katze! Habe Sayyed nicht gesehen, seit der Löwe ihn fortgejagt hat.*

»Weißt du, der Korg ist keine richtige Katze«, erklärte Kelene ihr in vorsichtigem Flüsterton. Sie war für die Gesellschaft des kleinen Tiers dankbar. Mit ihm zu sprechen half ihr, sich von ihrer eigenen Angst abzulenken. »Meine Mutter hat gesagt, der Korg sei früher einmal ein mächtiger Zauberer gewesen, ein Gestaltwandler, der sein Äußeres veränderte, um den Kriegern zu entkommen, die diese Stadt zerstört haben. Sie glaubt, er wurde von Einsamkeit und Kummer überwältigt und kann sich nun nicht mehr in einen Menschen zurückverwandeln.«

Tams Katze kuschelte sich in Kelenes Schoß. *Ha! Das erklärt es. Er jagt wie ein Mensch, nicht wie eine Katze.*

»Was willst du damit sagen?«

Er pirscht sich nicht an. Er jagt nicht. Er hat Niela gesehen und mit den Klauen getötet. Katzen töten mit Klauen und Zähnen.

Kelene streichelte nervös die Katze. »Ist der Korg in der Nähe?«, fragte sie Demira.

Ich rieche ihn nicht, antwortete das Füllen.

Dafür war Kelene dankbar. Aber obwohl der Korg so weit entfernt war, dass das Pferd seine Witterung nicht aufnehmen konnte, war er doch in Hörweite. Wütendes Brüllen hallte durch die zerstörte Stadt; manchmal kam es von weither, manchmal war es beunruhigend nahe. Demira lief zu dem Turm neben dem Stadttor, wo sie die anderen Mitglieder der Gruppe zu finden hoffte.

Sie hatten gerade eine Kreuzung überquert, als sie eine Stimme rufen hörten: »Kelene!« Ihr blieb das Herz stehen, doch dann hüpfte es vor Freude und Erleichterung.

Es war Rafnir; er war staubbedeckt und bleich. Er war so froh, sie zu sehen, dass er sein Hunnuli Tibor heftig zum Trab antrieb. Der Hengst schnaubte unter dem starken Druck gegen seine Rippen, doch er tat seine Pflicht. Als er sah, dass Kelene und Demira in Sicherheit waren, leuchteten seine Augen warm.

»Den Göttern sei Dank, du lebst!«, rief Rafnir hastig aus. »Der Korg hat Tibor und mich durch die ganze Stadt gejagt, bis wir ihn endlich abschütteln konnten. Ich hatte keine Ahnung, wo du steckst.«

»Was ist mit deinem Vater?«, wollte Kelene wissen.

»Ich weiß es nicht. Seit wir von dem Platz fortgeritten sind, habe ich niemanden mehr gesehen.« Zutiefst besorgt warf er einen Blick auf die Ruinenlandschaft.

Beruhigende Worte kamen Kelene in den Sinn, aber sie verwarf sie. Die drei Magier und ihre Hunnuli waren zwar stark und klug, aber der Korg war gewitzt, mächtig und unberechenbar. Zu vieles konnte schief gehen.

Gemeinsam ritten der Mann und die Frau schweigend zurück zum Südtor. Die Angst um ihre Gefährten lastete schwer auf ihnen.

Zehn

Ein zitternder Morad war der Einzige, der im schattigen Turmzimmer wartete, als Kelene und Rafnir am späten Nachmittag bei dem südlichen Tor eintrafen. Der junge Geldring war so froh, sie zu sehen, dass er sie zunächst beide umarmte und dann erst nach den anderen fragte. »Ist Niela wirklich tot?«

Kelene nickte. Mit bebendem Kinn erzählte sie den Männern, wie sie den Steinhügel über den Leichnamen aufgetürmt hatte.

Morad krallte bedrückt die Hände ineinander und setzte sich kummervoll auf den Boden neben sein Hunnuli. »Warum musste sie bloß rufen? Sie sollte nur dich suchen und nicht ihre Anwesenheit in der ganzen Stadt herausschreien.«

»Sie hatte Angst«, erwiderte Kelene traurig. »Vermutlich hat sie an nichts anderes gedacht.«

Die drei Klanleute verfielen in Schweigen und hingen ihren eigenen Gedanken nach, während sie auf Savarons und Sayyeds Rückkehr warteten. Kelene erinnerte sich daran, dass sie den Wächter benutzen wollte. Also setzte sie sich mit dem Rücken gegen die kalte Steinmauer und löste die Brosche von ihrem Hemd. Morad und Rafnir schauten ihr zu, während sie in die leuchtenden Tiefen sah. Als sie fertig war, befestigte Kelene die Brosche wieder wortlos an ihrem Platz.

»Sag es uns endlich«, platzte Rafnir heraus.

Das schlanke Mädchen seufzte; es war so leise wie ein Flüstern. »Es gibt nicht viel zu berichten. Ich glaube, meine Mutter hat unter einem Baum im Ratshain eine Pause gemacht. Der Hain war voller Zelte. Es ist eine Katastrophe! Am Rand verbrennen sie eine Art Weihrauch. Da war so viel gelber Rauch, dass ich nicht viele Einzelheiten erkennen konnte.« Ihre Stimme schwankte, und sie musste sich räuspern, bevor sie weiterreden konnte. »Was ich gesehen habe, war schrecklich. Neben dem Ratszelt lag ein großer Leichenhaufen.«

»Hast du Lord Athlone oder Lymira gesehen?«, fragte Rafnir.

»Nein. Einige der Priesterinnen helfen aus, und ich habe Lord Fergan bemerkt, aber von meinem Vater war nichts zu sehen.«

»Uns läuft die Zeit davon«, sagte Morad düster. »Wir könnten noch tagelang in diesen verfluchten Ruinen herumstochern, während uns der Korg nacheinander abschlachtet, und wir würden trotzdem nichts finden, was die Seuche aufhält.« Er sprang auf die Beine und lief zwischen einigen umgestürzten Balken hin und her. »Wozu soll das alles gut sein? Die Klane werden tot sein, bevor wir zurückkommen!«

»Keineswegs«, ertönte Sayyeds Stimme vom Eingang her. Der Krieger betrat den Raum mit der Ausstrahlung eines Mannes, der ein tödliches Duell ausfechten will. Seine dunkle Haut war gerötet und schweißnass vor Anstrengung, und tiefe Falten durchzogen sein Gesicht, doch die dunklen Augen blitzten vor finsterer Entschlossenheit.

Die drei jungen Leute versammelten sich um ihn, packten ihn am Arm und grinsten vor Erleichterung. Kelene drückte ihn heftig. Dann erschien zu ihrer großen Erleichterung Savaron in der Tür. Auch er war unversehrt. Rasch nahm sie ihn in den Arm.

»Bei Surgarts Schwert, ich hatte nicht mehr geglaubt, dass ich diesem Biest entkommen würde«, meinte Savaron. »Es ist nicht nur groß, sondern auch schlau.«

Ein leises Lächeln umspielte Kelenes Lippen. »Aber es jagt nicht wie eine Katze.« Die Männer sahen sie verständnislos an, bis sie hinzufügte: »Das hat Tams Katze gesagt. Ich habe ihr die Legende über den Korg erzählt, dass er in Wirklichkeit ein Zauberer ist, und sie hat gesagt, das sei der Grund, warum er nicht wie eine Katze jagt. Er jagt wie ein Mensch.«

Rafnir kratzte sich am Kinn. »Ich frage mich, ob das stimmt.«

Sein Vater klopfte ihm auf die Schulter. »Das werden wir morgen herausfinden. Wir stellen ihm eine Falle.«

Die anderen schreckten zusammen und sahen ihn fragend an. Savaron verstand als Erster, was Sayyed damit ausdrücken wollte. »Du willst ihn *fangen*?«, platzte es aus ihm heraus. Er war gleichzeitig entsetzt und verblüfft.

»Es ist unsere einzige Hoffnung«, erklärte Sayyed. »Morad hat Recht; wir haben einen ganzen Tag vergeudet und Niela verloren. Ich sehe keinen Sinn darin, diese blinde Suche weiterzuführen, während unser Volk stirbt.«

»Was hast du denn mit dem Korg vor?«, fragte Morad.

»Wir müssen herausfinden, ob die Legende stimmt. Falls der Korg ein Gestaltwandler ist, können wir ihn vielleicht dazu bringen, sich zurückzuverwandeln und uns bei der Suche nach den Aufzeichnungen zu helfen.«

Die vier Magier waren entsetzt und rissen ängstlich die Augen auf. »Wie?«, rief Kelene.

Sayyed sackte ein wenig in sich zusammen und lehnte sich gegen die Wand. »Das weiß ich noch nicht. Ich hoffe, es wird sich irgendwie ergeben. Irgendwelche Vorschläge?«

Sie debattierten leise bis tief in die Nacht und sprachen über alle denkbaren Möglichkeiten, so weit hergeholt sie auch sein mochten. Lange nachdem die Sterne hervorgekommen waren, entschieden sie sich endlich für einen Plan. Sayyed sagte zu ihnen: »Wir stellen wie in der letzten Nacht Wachen auf, damit alle ein wenig Schlaf bekommen. Morgen werdet ihr eure ganze Kraft brauchen.«

Nach einem raschen Mahl legten sie sich hin; Rafnir übernahm die erste Wache. Die Männer waren rasch eingeschlafen, aber Kelene fand so leicht keine Ruhe. Ihre Gedanken bewegten sich im Kreis: der in gelben Rauch gehüllte Ratshain, der Ausdruck von Nielas Gesicht, als ihr Hunnuli starb, die wilden, goldenen Augen des Korg … Und über allem hing ein bohrendes Gefühl der Dringlichkeit. Selbst wenn sie morgen die Aufzeichnungen fanden, dauerte der Ritt zurück zum Tir Samod drei oder vier Tage. Und was war, wenn der Geist vor den Stadttoren darauf wartete, dass sie aus dem Schutz der Stadtwächter hervortraten? Wie konnten sie ihm noch einmal entkommen?

Kelene wälzte sich hin und her, bis ihre Ruhelosigkeit sie schließlich aus ihrem Bett trieb. Ohne lange nachzudenken, ging sie nach draußen und fand Rafnir auf einem Schutthaufen am Fuß des alten Turms sitzend vor. Das Hunnuli stand dicht neben ihm; sie waren nicht mehr als zwei schwarze Schatten auf der Steinmauer.

Rafnir lächelte; seine Zähne leuchteten hell in der Dunkelheit. Er rückte zur Seite, damit sich Kelene neben ihn setzen konnte. Sie war sich ihres schwachen Fußgelenks nur zu deutlich bewusst, suchte sich vorsichtig einen Weg über die Steine und ließ sich neben Rafnir nieder.

Eine Weile saßen sie in gemeinsamem Schweigen da; jeder war froh über die Gegenwart des anderen. Die Ruinen erstreckten sich vor ihnen als schwarze, schweigende Masse aus dichten Schatten, um die flüsternd der Wind strich. Im Westen sank die Sichel des neuen Mondes aus einem mit unzähligen Sternen übersäten Himmel.

Kelene sog tief die warme Nachtluft ein. Sie wollte gerade wieder ausatmen, als sie etwas am Rand ihres Blickfelds sah, das sie aufkeuchen ließ. Sie packte Rafnirs Arm.

»Ich weiß«, sagte er. »Ich habe es auch schon gesehen.«

Hinter den Portalen des zerfallenen Tors, hinter dem verwesenden Kadaver des toten Pferdes erhob sich ein rötlich glimmender Umriss neben den Überresten der Löwenstatue, die früher einmal den Eingang bewacht hatte. Die Gestalt bewegte sich nicht; sie wartete mit bösartiger Geduld auf ihre Beute, von der sie wusste, dass sie bald herauskommen musste.

»Dieses Ding verursacht mir eine Gänsehaut«, gab Rafnir zu.

Kelene zitterte. »Was will es? Warum versucht es uns zu töten?«

»Es ist nicht sehr gesprächig gewesen«, sagte er ungerührt. »Aber es hat auf alle Fälle eine Abneigung gegen Magie.« Sein Blick schweifte von dem Gespenst zu dem Kadaver des ehemaligen Hunnuli seiner Mutter. »Ich habe nachgedacht«, sagte er und bemühte sich, die Trauer aus seiner Stimme zu verbannen. »Die Suche nach den Aufzeichnungen der Heiler ist nur ein Teil unseres Problems. Wir müssen sie auch noch zur Versammlung bringen. Wir wissen, dass wir nicht schneller als der Geist sein können, und bisher ist es uns nicht gelungen, ihn wirksam zu bekämpfen. Anscheinend ist Demira unsere einzige Hoffnung. Wenn sie Flügel hätte, könnte sie den Geist vielleicht hinter sich lassen.«

Kelene sah hinunter auf Tams Hunnuli. Sie erinnerte sich an das irrsinnige Rennen über die Hochebene am vergangenen Tag und an Morads missglückten Versuch, das Pferd des Geists zu vernichten. »Ja, das stimmt«, murmelte sie. »Aber wir haben ein Problem. Hunnuli sind unempfänglich für Magie. Wie sollen wir einen Zauber bei Demira anwenden, wenn Magie bei ihr nichts erreichen kann?«

»Genau darüber habe ich nachgedacht«, antwortete Rafnir. »Man hat uns immer gesagt, Hunnuli seien unempfänglich für Magie, aber niemand hat diese Annahme bisher überprüft.«

Kelene sah ihn an, als habe er den Verstand verloren. »Natürlich ist es überprüft worden! Mutter und Nara haben es bewiesen, als sie noch vor unserer Geburt mit dem Gorthling gekämpft haben!«

»Sie haben bewiesen, dass ein Hunnuli vor zerstörerischer Magie geschützt ist, aber was ist mit anderen Arten von Zaubersprüchen? Vielleicht sind sie für gute Zauber empfänglicher.«

»Das ist verrückt«, höhnte Kelene, aber vielleicht war es das nicht. Es stimmte, dass bisher niemand die gesamte Abwehrkraft eines Hunnuli auf die Probe gestellt hatte. Was war, wenn es wirklich Ansatzpunkte gab? Bisher ungeahnte Möglichkeiten schwärmten wie Glühwürmchen durch Kelenes Kopf. »Wie können wir das herausfinden?«, fragte sie nach dem nächsten Atemzug.

Rafnir drückte ihre Finger. »Warum fragen wir nicht die Hunnuli?«

Das war eine so vernünftige Idee, dass Kelene von dem Steinhaufen herunterstolperte und Rafnir mit sich zerrte. Sie gingen zu einer geschützten Ecke in der Mauer, wo sich die fünf Hunnuli ausruhten. Keines der Pferde schlief; sie hielten wegen des Korg Wache, und die Nähe des Geists machte sie unruhig. Sie hießen Kelene und Rafnir durch sanftes Schnauben in ihrer Mitte willkommen. Tams Katze, die nur ein verschwommener heller Fleck war, miaute von ihrem warmen Sitz auf Afers Rücken aus die beiden Menschen schläfrig an.

Rafnir streichelte Tibor, seinen Hengst, und kam dann sofort zur Sache. »Wir haben uns gefragt, ob jemand von euch weiß, wie stark eure Widerstandskraft gegen Magie wirklich ist«, sagte er allen fünf Hunnuli.

»Seid ihr gegen jede Art von Magie gefeit?«, fügte Kelene hinzu. »Oder nur gegen zerstörerische Magie?«

Die Hunnuli hoben die Köpfe; diese Fragen überraschten sie. Sie sahen einander an, aber niemand hatte sofort eine Antwort bereit.

Schließlich sagte Tibor: *Auf jeden Fall sind wir gegen jeglichen schädlichen Zauber geschützt, aber auch gegen guten Zauber? Ich weiß es nicht.* Er wandte sich an Afer. *Was meinst du?*

Zuerst gab Afer keine Antwort. Er war eines der ältesten Hunnuli in den Klanen und eines der wenigen, die vor der Rückkehr der Zauberei frei durch das Dunkelhorn-Gebirge geprescht waren. Die jüngeren Hunnuli achteten seine Weisheit, doch selbst er schien von dieser Frage überrascht zu sein. Lange stand er da und schaute mit seinen feuchten Augen nachdenklich drein. Schließlich schüttelte er die Mähne. *Vor vielen Jahren habe ich mir ein Bein gebrochen und wäre getötet worden, wenn Sayyed nicht um mein Leben gekämpft hätte. Damals hatte uns der Hengstkönig gesagt, den Hunnuli helfe keine Magie. Aber nach all den Jahren, die ich mit Zauberern verbracht habe, glaube ich, dass der Hengstkönig Unrecht hatte.*

Der alte Hengst sah Kelene und Rafnir direkt an. *Ich bin mir nicht sicher, aber ich glaube, ein Reiter, zu dem das Hunnuli volles Vertrauen hat, könnte seinen Schutzschild mit Magie durchbrechen, solange der Zauber nicht schädlich ist.* Er verstummte, reckte den Hals und deutete mit den Nüstern auf Rafnirs Brust. *Warum wollt ihr das wissen?*

Kelene und Rafnir wechselten einen raschen Blick.. »Wir möchten Demira etwas geben«, sagte Kelene nervös. Bis zu dieser Unterredung war ihr nicht der Gedanke gekommen, dass die Hunnuli mit ihrem Plan nicht einverstanden sein könnten.

Was zum Beispiel?, fragte Savarons Hengst.

Nach kurzem Zögern holte das Mädchen ihre Marmorplatte hervor. »Das«, sagte sie und deutete mit dem Finger auf das Relief. »Das wollen wir mit ihr anstellen.«

Die Hunnuli konnten in der Dunkelheit so gut sehen, dass sie kein zusätzliches Licht benötigten, um die Gestalt des geflügelten Pferdes zu erkennen. Die schwarzen Pferde drängten sich in ungläubigem Schweigen aneinander. Sogar die weiße Katze unterbrach ihr Nickerchen und spähte über Afers Schulter.

Demira war die Erste, die eine Antwort gab. *Flügel? Ich könnte Flügel haben?*, fragte sie erfreut.

Aber Tibor schnaubte ungläubig und trat nach dem Füllen. *Das ist lächerlich. Insekten und Vögel fliegen. Warum sollte ein Hunnuli fliegen?*

Und welches Gesetz gebietet uns, am Boden zu bleiben?, gab Demira zurück.

Afer schnaubte sie beide an. *Warum wollt ihr das tun?*, fragte er die Menschen.

Kelene legte so deutlich wie möglich dar, warum sie und Rafnir diesen Versuch wagen wollten. Als sie geendet hatte, sah sie von einem Pferd zum anderen und wartete auf ihre Antwort.

Würdest du das wirklich tun wollen?, fragte Afer Demira.

Ja!, antwortete das Füllen unnachgiebig.

Das ist ein verblüffender Plan, meinte Afer. Er stieß sanft gegen Demiras Schulter. *Nun, ich sehe keinen Grund, warum du es nicht versuchen solltest.* Der große Hengst wandte seine Aufmerksamkeit wieder Kelene und Rafnir zu. *Aber was wollt ihr als Flügel benutzen?*

Kelenes Finger verkrallten sich in Rafnirs Ärmel. Sie musste erst ihre Erregung bekämpfen, bevor sie antworten konnte. »Das wissen wir noch nicht. Da wir nicht lebendes Fleisch erschaffen oder etwas so Kompliziertes wie einen Flügel herstellen können, sind wir uns nicht sicher, was wir benutzen sollen. Habt ihr einen Vorschlag?«

Sei doch nicht dumm, miaute die Katze von Afers Rücken herunter. *Du fragst Pferde nach Flügeln? Wenn du Flügel haben willst, dann frag einen Vogel.*

»Welchen Vogel?«, gab Rafnir trocken zurück.

Die weiße Katze stand auf und zuckte mit dem Schwanz. *Du willst einen Vogel haben? Ich finde einen Vogel für dich.* Leichtfüßig sprang sie auf den Boden.

Kelene wurde nachdenklich. »Ein Vogel könnte nützlich sein«, murmelte sie.

Dann gehe ich auf die Jagd, schnurrte die Katze. *Willst du einen großen oder einen kleinen Vogel?*

»Alles, was du findest, kann uns helfen«, sagte Rafnir zu ihr. Seine Gedankengänge schlossen sich denen von Kelene an. Ein Vogel könnte der Schlüssel zum Gelingen ihres Plans sein.

Die Katze zuckte in Vorfreude mit dem Schwanz, miaute einen Abschiedsgruß und schlüpfe zwischen die Ruinen. Ihr Aufbruch schien das Zeichen zum Ende des Gesprächs zu sein, denn die Hunnuli gingen an ihre Plätze zurück und entspannten sich wieder. Die beiden Zauberer waren zufrieden mit dem, was die Pferde ihnen gesagt hatten, und kehrten auf ihren Posten bei dem Turm zurück.

»Ich frage mich, warum noch nie jemand die Hunnuli über ihre Unverwundbarkeit befragt hat«, sagte Rafnir.

Kelene gab ein sanftes Kichern von sich und erwiderte: »Ich vermute, daran hat noch niemand gedacht. Vergiss nicht, dass die Hunnuli mehr als zweihundert Jahre lang keine Reiter hatten.«

Rafnir nickte kurz und setzte sich etwas näher an das Mädchen heran. Sie steckten die Köpfe zusammen und flüsterten bis tief in die Nacht über Magie, Flügel und Fliegen. Sie verbrachten zuerst Rafnirs, dann Kelenes und schließlich auch noch Savarons Wache zusammen. Der Mond war schon lange untergegangen, als sie schließlich gähnend Morad weckten, damit er seine Wache antrat. Sie wünschten sich gegenseitig eine ruhige Nacht und gingen zufrieden zu Bett.

*

Als Kelene erwachte, waren die Männer schon auf und frühstückten. Sie öffnete ein Auge, erkannte, dass es schon Morgen war und sie lange geschlafen hatte, und schlug dann auch das andere Auge auf – und blickte in das grinsende Gesicht ihres Bruders.

»Danke, dass ihr beiden meine Wache in der letzten Nacht übernommen habt«, sagte er mit einem spöttischen Unterton in der Stimme.

Sein Grinsen wurde breiter. Kelene fragte sich, wie viel er von dem wusste, was sie und Rafnir vorhatten. Ihre Pläne mit Demira waren zwar kein Geheimnis, aber sie hoffte, dass nichts davon nach außen drang, bis der Erfolg oder Misserfolg feststand. Sie wollte keinen Spott auf sich ziehen oder jemandem falsche Hoffnungen machen. Es war besser, alle zu überraschen. Sie kletterte aus ihrem Schlafsack hervor und zuckte die Achseln. »Es hat uns nichts ausgemacht. Wir konnten nicht schlafen.«

»Fein«, meinte Savaron und schaute grinsend zu Rafnir. »Ihr könnt gern heute Nacht wieder meine Wache haben.«

»Vielleicht nehmen wir dein Angebot sogar an. Deine Schwester ist im Mondlicht hübscher als du«, gab Rafnir zurück.

Als Savaron schallend lachte, wurde Kelenes Gesicht feuerrot. Sie drehte den Männern den Rücken zu, um ihre Verlegenheit zu verbergen. Hübsch im Mondlicht! So eine unverschämte Bemerkung! Sie legte die Hände an die heißen Wangen. Zog Rafnir sie nur auf, oder meinte er wirklich, was er sagte? Sie hatten in der vergangenen Nacht eine so angenehme Zeit miteinander verbracht. Sie hoffte, er hänselte sie nicht bloß, weil er ihrem Bruder etwas Spaß bereiten wollte. Kelene mochte Rafnir mehr, als sie erwartet hatte, aber ihre Gefühle für ihn waren noch zu frisch. Sie hatte keine Ahnung, was er ihr gegenüber empfand und wie sie damit umgehen sollte, dass sie ihn immer mehr ins Herz schloss. Die Zeit wird es zeigen, sagte sie sich standhaft. Sie packte ihre Sachen fort, flocht ihr Haar und frühstückte in nachdenklichem Schweigen.

Die Gruppe war bereit zum Aufbruch, und Sayyed rief aus einem Spalt in der Mauer, den sie als Tür benutzten: »Steigt auf!« Er sah sich in dem dunklen Raum um und runzelte die Stirn. »Hat jemand Tams Katze gesehen?«

»Sie ist letzte Nacht auf Jagd gegangen«, antwortete Kelene wahrheitsgemäß. Mehr sagte sie jedoch nicht.

Der Krieger wirkte besorgt, doch es blieb ihm nichts anderes übrig, als die Achseln zu zucken. »Ich vermute, es ist alles in Ordnung mit ihr.« Dann meinte er zu seinen vier Gefährten: »Ihr wisst, was zu tun ist. Seid umsichtig. Versucht heute nicht, eure Künste zu zeigen. Wir brauchen den Löwen, aber keine weiteren Grabhügel mehr. Kelene«, fuhr er mit schleppender Stimme fort, »es tut mir Leid, dass ich dir das antun muss, aber du und Demira seid der Köder. Dein Hunnuli ist kleiner und daher schneller auf diesen schuttübersäten Straßen als unsere Tiere. Kannst du das tun?«

Kelenes Blick glitt unwillkürlich zu Rafnirs Gesicht. Sie zuckte zusammen, als sie sah, dass er sehr blass geworden war. Sie nickte kurz, weil sie ihrer Stimme nicht vertraute, und schaute hinunter auf ihre Stiefel.

Sie gingen ihren Plan noch einmal durch, traten dann schweigend nach draußen und bestiegen ihre Hunnuli.

Demira begrüßte Kelene mit einem warmen Nasenstupser gegen die Wange. Ihr Atem strömte der jungen Frau ins Gesicht. *Du hast Angst,* sagte das Füllen besorgt in ihrem Kopf.

»Wir werden der Köder für den Korg sein«, erwiderte Kelene schlicht und zog sich auf den breiten Rücken des Füllens.

Sobald sie fertig waren, machten sich die Klanleute auf die Suche und durchstreiften die Ruinen so umsichtig wie möglich. Bald hatten sie ein Gebäude erreicht, das Sayyed am vergangenen Tag im nördlichen Teil der Stadt entdeckt hatte und das nicht weit entfernt vom großen Platz in der Mitte lag.

Die Überreste des Gebäudes waren vollkommen rund, aus Stein erbaut und hatten einen Durchmesser von etwa zwanzig Schritten. Früher hatte es einmal zwei massive, aus Holz erbaute Stockwerke über dem mächtigen Steinfundament gegeben, das die Wände und Decke des Erdgeschosses bildete. Die oberen Stockwerke waren beim Angriff auf die Stadt niedergebrannt und dem Verfall preisgegeben, aber die Steinwände des unteren Stockwerks waren noch so dick und fest wie an dem Tag, als sie errichtet worden waren.

Die Klanleute stiegen ab und gingen durch einen tiefen Eingang, der groß genug für einen Wagen war, in das Innere. Die massive Decke erhob sich etwa fünfzehn Fuß über ihren Köpfen und war noch unbeschädigt. Der Raum darunter lag in feuchtem Zwielicht. Die Überreste von etwas, das ein gewaltiger Mühlstein gewesen sein konnte, lag in mehrere Teile zerbrochen in der Mitte des runden Raums. Ein zweiter großer Eingang befand sich unmittelbar gegenüber dem ersten; die verrotteten Überreste einer hölzernen Tür hingen schräg in den Angeln.

»Das muss entweder ein altes Lagerhaus oder eine Mühle gewesen sein«, vermutete Sayyed. Er untersuchte die schweren Steinwände wie ein Kommandant, der einen Angriff plant. »Sie sollten stark genug sein. Seid ihr bereit?« Er drehte sich zu Kelene um.

Ihr Gesicht hatte einen leeren, fernen Ausdruck angenommen, den sie alle gut kannten. Sie wollte ihrem Vorsatz nicht untreu werden, daher versuchte sie nicht, eine andere Miene aufzusetzen oder jemanden anzusehen. Sie neigte knapp den Kopf und verließ wortlos das düstere Innere.

Es war ihre Aufgabe, den Löwen zu finden und ihn in dieses Gebäude zu locken, wo die Männer ihn gefangen setzen würden. Der Plan war recht einfach, doch die Beute war gefährlich und unberechenbar. Kelene gefiel die Vorstellung nicht, dass die Bestie sie und

Demira durch die trügerischen Ruinen jagen würde. Sie musste mehrmals tief durchatmen, bevor sie sich auf den Rücken des Füllens ziehen konnte.

Die anderen Hunnuli wieherten ihnen zu, als Demira auf die Straße trat und in Richtung des zentralen Platzes ging. Glücklicherweise befand sich das Lagerhaus nicht weit entfernt von der Hauptstraße und war daher leicht zu erreichen. Sayyed hatte vorgeschlagen, dass sie sich zu dem Platz begab, wo der Korg sie finden konnte, statt in dem Gewirr der zerfallenen Gebäude, versperrten Gassen und mit Schutt übersäten Straßen nach ihm zu suchen. So bestand nicht die Gefahr, dass sie sich verirrte.

Als Demira in der Nähe der zerstörten Halle der Zauberer auf den Platz trat, drehte sich Kelene der Magen um. Der offene, von der Sonne erhellte Platz sah genauso aus wie gestern: schmutzig, verlassen, öde und leer. Kelene sah hinüber zu Nielas Grabhügel und war erleichtert, als sie bemerkte, dass er unberührt war.

Demira schritt langsam auf den Obelisken in der Mitte des Platzes zu. Das Füllen hatte den Kopf hoch gereckt, und die Nüstern waren weit gebläht. Die Ohren zuckten bei jedem Geräusch.

Pferd und Reiterin warteten bei dem Obelisken lange unter der heißen Sonne und in vollkommener Stille. Dann lachte Kelene plötzlich laut los. Das unerwartete, leicht hysterische Geräusch überraschte Demira so sehr, dass sie seitwärts tänzelte, mit dem Rumpf gegen den Obelisken schlug und vor Angst und Verwirrung aufjaulte. Eine Schar Krähen flatterte aus einem Gebäude in der Nähe auf und beschwerte sich mit heiserem Krächzen über die Gegenwart der Eindringlinge.

»Diese Vögel werden seine Aufmerksamkeit erregt haben«, sagte Kelene nervös.

Du hättest mich warnen sollen, beschwerte sich Demira, während sie von der Steinsäule zurücktrat.

Kelene entschuldigte sich. »Verzeih mir. Das Lachen ist einfach so gekommen. Da warten wir also auf einen Steinlöwen, damit er uns jagt, und er kommt nicht! Wir sollten ihn herbeilocken. Je eher er kommt, desto besser. Ich glaube, lange halte ich das nicht mehr aus. Riechst du ihn irgendwo?«

Nein, aber warum redest du so laut?

Statt einer Antwort grölte Kelene eine schräge Version ihrer Lieblingsballade:

»Gib mir ein Rätsel, mein Lieb,
von einer Butterblum′ mit einem Schwert,
von einem Pferd aus schwärzestem Ebenholz
und dem Sturz eines Lords ohne Wert.
Von zurückgehaltenem Kummer und angefachter Wut,
vom wiedergebornen Scharlachrot
und der Liebe des goldenen Gürtels
für ein Mädchen in der Verbannung Not.«

»Geh umher«, befahl sie Demira. »Mach Lärm.« Während sie die nächste Strophe anstimmte, schritt das Füllen im Kreis um den Platz; die Hufe klapperten zu Kelenes Singen.

Sie hatten gerade die siebte Runde beendet, als Demira plötzlich die Ohren aufstellte. Kelene spürte, wie ihr die Nackenhaare zu Berge standen. Auf ihrer Haut prickelte es, die Hände wurden kalt, und sie spürte, dass sie beobachtet wurden.

Das Füllen deutete mit dem Kopf in Richtung der Halle der Zauberer. Kelene spähte hinüber zu der Masse aus Schutt, Mauerwerk und Stein. »Siehst du ihn?« Sie vergrub die Finger in der Mähne des Hunnuli.

Nein, aber ich rieche ihn. Dort drüben, hinter der zerfallenen Mauer mit den Torbögen.

»Beim Blute der Götter! Er ist zu nahe an unserer Straße. Wenn wir jetzt losreiten, wird er uns den Weg abschneiden.«

Was wirst du nun machen?

»An ihm vorbeireiten. Wir müssen erreichen, dass er uns jagt, und dann in einem Kreis zurücklaufen.«

Demira ging mit zuckendem Schweif und so steifen Beinen los, dass sie beinahe auf den Hufspitzen stolzierte. Beide suchten mit großen Augen die graue Wand nach einem Anzeichen für den Korg ab.

Als der Löwe angriff, geschah es so schnell, dass er sie doch fast überrascht hätte. Im einen Augenblick lag die alte Mauer einsam im Sonnenschein, im nächsten sprang eine gewaltige Bestie darüber. Sie hatte die blitzenden Zähne gebleckt, und die gelben Augen brannten vor Wut. Ein gewaltiges Brüllen erschütterte die Gebäude.

»Lauf! Lauf!«, kreischte Kelene.

Das Hunnuli jaulte, wirbelte auf den Hinterhufen herum und entkam den zerschmetternden Tatzen des Korg. Der Löwe brüllte wieder und setzte ihnen nach.

Kelene warf einen Blick zurück und sah seine gewaltige Masse so dicht hinter sich, dass sie das Zittern seiner gewaltigen Klauen spüren konnte. Wie rasend hob sie die Hand und feuerte einen Blitz aus trymianischer Kraft auf die Brust des Korg. Obwohl Kelenes Verzweiflung den blauen Blitz noch verstärkte, war er wegen ihrer mangelnden Erfahrung doch zu schwach. Er stachelte den alten Löwen nur zu noch größerer Wut an.

»Lauf!«, rief Kelene Demira erneut zu. Sie schmiegte sich eng an Demiras Hals und klammerte sich mit aller Kraft daran, als das Pferd im Kreis über den offenen Platz preschte. Schnell wie ein Blitz schoss Demira an dem Obelisken vorbei und eilte auf die nordwärts führende Straße zu, die zu dem Lagerhaus führte. Hinter ihnen ertönten das gewaltige Donnern der Steintatzen auf der gepflasterten Straße und ein Grollen wie von einer hereinbrechenden Lawine.

Kelene hatte die Augen wegen des schneidenden Winds und der flatternden Mähne des Füllens beinahe geschlossen. Sie weigerte sich, einen weiteren Blick über die Schulter zu werfen, und erwartete jeden Augenblick, dass die schweren Tatzen auf ihren Rücken niederfielen oder Demiras Hinterläufe unter ihr wegzogen. Ihr blieb nichts anderes übrig, als sich festzuhalten, während Demira über Schutthaufen hinwegsetzte und wie rasend zwei Schritte von dem Korg entfernt vorangaloppierte.

Dann sahen sie die Seitenstraße, an der sich das Lagerhaus befand, in dem die Männer warteten. Demira hastete so schnell um die Ecke, dass ihre Hufe über die ausgetretenen Steinplatten glitten. Kelene verlagerte ihr Gewicht, um das Füllen im Gleichgewicht zu halten, und sie schossen wie ein Pfeil in die enge Gasse. Der Korg brüllte noch einmal auf. Die Ruinen erzitterten. Er folgte knapp hinter Demiras fliegendem Schweif.

Kelene hob den Kopf ein wenig und sah das Lagerhaus mit dem klaffenden schwarzen Torbogen vor sich, der in die Sicherheit führte. Es gab keine Anzeichen für eine menschliche Gegenwart in der Nähe des verfallenen Gebäudes, doch Kelene wusste, dass ihre Gefährten auf dem Posten waren. Demira streckte den Hals vor und flog beinahe über den unebenen Boden.

Sie waren nur noch zwei Schritte von dem Torbogen entfernt, als Kelene spürte, wie Demiras Hinterläufe auf dem glatten Stein ausrutschten. Schon verlor das Füllen das Gleichgewicht und stürzte zu Boden.

Kelene blieb gerade noch genug Zeit, um das Bein über Demiras Rücken zu werfen, bevor das Pferd mit der Flanke auf den steinigen Boden schlug, doch sie konnte es nicht mehr verhindern, dass sie auf das Pflaster geworfen wurde. Brüllender Schmerz explodierte in ihrem Kopf und stach ihr in Schulter und Arm. Der Schock schüttelte sie durch. Sie sah die gewaltige Gestalt, die auf sie zukam, nicht; sie hörte sie eher. Entsetzt versuchte sie aufzustehen, doch unter einer Welle von Schmerz und Übelkeit brach sie sofort wieder zusammen.

Sie und Demira lagen reglos da. Sie keuchten und hatten die Augen aufgerissen. Der Korg stand über ihnen. Kelene erstickte einen Schrei, als ihr das kalte Gewicht seiner Pranke auf die Hüfte fiel. Sie streckte die Faust aus, die einzige Waffe, die sie hatte, und trommelte gegen die gewaltige Tatze. »Runter von mir!«, kreischte sie.

Zu ihrem Erstaunen senkte der alte Löwe den Kopf und starrte sie aus seinen gelben Augen an. Ein tiefes, knirschendes Geräusch kam aus seinem Mund. Es war kein Brüllen, sondern ein Wort, das sich aus einer Steinkehle hervorquälte, die nicht an Sprache gewöhnt war. »Kelyra?« Die mitschwingende Überraschung und Hoffnung waren unüberhörbar.

Kelene war von dieser Stimme so verblüfft, dass sie die Finger ausstreckte. Was sie als Nächstes tat, geschah nicht aus Berechnung; sie reagierte lediglich instinktiv auf die Erkenntnisfähigkeit, die sie in der Stimme des Korg bemerkte. Sie öffnete ihren Geist und tastete mit ihrer Gabe des Empfindens nach ihm.

Einen Herzschlag später erzitterte Kelenes Hand, die noch auf dem Korg lag, unter einem Strom sehr menschlicher Gefühle, die mit atemberaubender Macht in ihren Geist eindrangen: Kummer, unaussprechliche Einsamkeit, Trauer, Verwirrung und über allem anderen Erstaunen und ein Flackern des Wiedererkennens. In ihrem Kopf drehte sich alles unter dem Angriff dieser seltsamen Empfindungen.

Sie war gerade genug bei sich, um Rafnir rufen zu hören: »Kelene!« Sie sah, wie ein mächtiger Blitz aus blauer Energie in die Brust des Korg eindrang.

Nein!, widersprach Kelene. *Verletzt ihn nicht. Er begreift es nicht.* Dann ging ihre Welt in einem schwindelerregenden Wirbel unter.

Wie von fern spürte sie, dass der Korg seine schwere Tatze von ihr wegnahm, und sie hörte ein gewaltiges Brüllen. Undeutlich sah sie, wie der Löwe durch die offene Tür in das Lagerhaus lief. Lauter Lärm erhob sich, als ein roter Schild aus Magie in der Tür aufflammte und den Korg im Innern des Gebäudes gefangen setzte. Danach wurde alles undeutlich. Kelene musste für einige Momente bewusstlos geworden sein, denn das Nächste, was sie mitbekam, war ihr laut gerufener Name.

Kelene ächzte, regte sich, öffnete die Augen und sah, dass Rafnir über ihr kauerte. »Ich würde ja lächeln, aber das tut weh«, flüsterte sie und war plötzlich sehr froh, dass er da war.

Sein Grinsen war so voller Erleichterung, dass sie doch lächeln musste und sofort vor Schmerz aufstöhnte. Die linke Hälfte ihres Gesichts brannte höllisch. Kelene blinzelte und entschied sich, die nächsten Augenblicke lieber still liegen zu bleiben. Ihr Kopf war in Rafnirs Schoß gebettet, und ihr Körper lag ausgestreckt auf dem Boden. Wenn sie sich nicht bewegte, war es durchaus erträglich. Vorsichtig spannte sie einige Muskeln an und stellte fest, dass nichts gebrochen war. Sie hatte nur Prellungen und Quetschungen davongetragen.

»Demira?«, fragte sie.

Ich habe mir das Fell ruiniert, brummte das Füllen neben ihr. Ihre geistige Stimme war mit roten Blitzen von Schmerz und Verärgerung durchsetzt, doch sie klang stark. *Ich habe ein paar unangenehme Kratzer an der Schulter, von denen wohl Narben zurückbleiben werden, und ich habe mir den hinteren Knöchel verstaucht!*

»Den Göttern sei Dank, ihr seid beide wohlauf!«, rief Rafnir aus. »Ich hatte schon geglaubt, die Vorboten würden euch holen kommen, als der Korg nach euch schlug.«

Als ob der Löwe seinen Namen gehört hätte, stieß er ein schreckliches, wütendes Brüllen aus, unter dem die dicken Steinwände erbebten. Rafnir riss den Kopf herum und starrte auf den Türdurchgang rechts von ihm, wo Sayyed den magischen Schild vor der Öffnung aufrechterhielt.

»Er mag zwar gegen die trymianische Kraft unempfindlich sein, aber bisher ist er noch nicht durch die Schilde gebrochen«, bemerkte Sayyed.

Wortlos richtete Kelene sich auf. Ihr war zunächst schwindlig vor Benommenheit, doch dann wurde das Gefühl in ihrem Kopf zu einem pochenden Schmerz, der ihr wenigstens erlaubte, vorsichtig aufzustehen. Rafnir bot ihr den Arm an und stützte sie, während sie auf die Tür zuhumpelte und durch den leuchtend roten Schild hineinspähte. Auf der anderen Seite sah sie undeutlich Savaron, der den Schild vor der gegenüberliegenden Tür schützte.

»Savaron und Morad sind drüben«, erklärte Rafnir, als er ihren fragenden Blick bemerkte. »Morad füllt den Durchgang mit Steinblöcken aus, damit wir nicht die ganze Zeit über zwei Schilde aufrechterhalten müssen.«

»Da ist der Korg«, sagte Sayyed und deutete auf den dunkelsten Schatten im linken Teil des Raums, wo eine schwarze Gestalt wütend in engen Kreisen auf und ab lief.

Kelene und der Korg sahen sich gleichzeitig an. Sofort verstummte das Gebrüll. Der alte Löwe lief auf sie zu, bis er den magischen Schild erreichte, der den Eingang versperrte. Die Bestie unternahm keinen Versuch, den Schild auf die Probe zu stellen, sondern sah Kelene nur mit hellgoldenen Augen an.

Sie bewegte sich nicht und sah auch nicht weg, sondern streckte die Hand wie zum Friedensgruß aus. Sayyed und Rafnir beobachteten erstaunt diese seltsame Begegnung.

»Sayyed«, sagte Kelene, ohne die Augen vom grimmigen Gesicht des Korg abzuwenden. »Ich glaube, ich weiß, wie ich zu ihm durchdringen kann.«

Elf

»Nein!« Rafnirs Weigerung duldete keinen Widerspruch. »Das wirst du nicht tun!«

»Wer hat dich denn nach deiner Erlaubnis gefragt?«, giftete Kelene zurück. »Wir müssen zu dem Korg durchdringen, damit er uns etwas über die Heiler erzählt. Kennst du einen besseren Weg?«

»Viele sogar. Wege, die dich nicht in die Nähe dieser Bestie bringen!«, brüllte er.

»Zum Beispiel?«, fragte sie herausfordernd.

In der Dämmerung des warmen Abends verschränkte Sayyed die Arme vor der Brust und beobachtete den Streit zwischen seinem Sohn und Kelene. Die Klanleute hatten ihr Lager in einem verfallenen Gebäude nahe des Lagerhauses aufgeschlagen; so war es für sie einfacher, über den Schild zu wachen, der den Korg einsperrte.

Aber seit Kelene ihren unglaublichen Plan mit dem Korg erläutert hatte, war Rafnir wie ein Rehbock, der seinen Harem verteidigt. Sayyed musste sich ein Lächeln verkneifen. Rafnir hatte es vielleicht noch nicht begriffen, aber es war so deutlich wie seine Adlernase zu erkennen, dass er sich in Gabrias Tochter verliebt hatte. Dieser Umstand überraschte und erfreute seinen Vater. Sayyed hatte schon immer viel für Kelene übrig gehabt, und in den letzten sechs Tagen war sie deutlich reifer geworden. Er war sich aber nicht sicher, was Kelene für Rafnir empfand. Er konnte nur hoffen, dass sein Sohn sie nicht mit seiner übertriebenen Fürsorglichkeit verschreckte. Kelene war eine stolze und halsstarrige Frau, die sein eifersüchtiges Verhalten nicht einfach hinnehmen würde. Sie war sehr geduldig mit ihm gewesen. Bis jetzt.

»Nenne mir einen Weg, mit dem Korg in Kontakt zu treten, der nicht über mich führt!« Sie stand kaum einen Fuß von Rafnir entfernt und schrie ihn aus vollem Halse an. Ihr dunkles Haar schwang in der Aufregung wie der Schweif einer Stute, und in ihren Augen zuckten Blitze. »Ich bin genauso ein Teil der Gruppe wie du. Ich habe die gleichen Verpflichtungen und bin den gleichen Gefahren ausgesetzt, und wenn ich einen Plan habe, wie wir die Sache beschleunigen können, musst du ihn hinnehmen!«

»Aber eine Gedankenverschmelzung mit dem Korg? Du redest von einem Steinlöwen, der vielleicht ein verrückter Zauberer ist, vielleicht aber auch nicht«, gab Rafnir genauso laut und entschlossen wie sie zurück. »Du könntest dich genauso gut unter seine Pranke stellen und ihn bitten, dich zu zermalmen. Er wird dich niemals an sich herankommen lassen.«

Kelenes Wut wich allmählich. In ruhigerem Tonfall sagte sie: »Doch, das wird er. Er glaubt, ich sei jemand, den er kennt. Er hat mich vor dem Lagerhaus nicht getötet, und ich glaube, er will mit mir reden.« Sie verstummte, und ihre Wut kühlte bei dem Gedanken an die Gefühle des Korg vollständig ab. »Er ist … *war* ein Mann. Ich habe seine Einsamkeit gespürt, Rafnir. Ich glaube, sein Kummer hat seinen Verstand an die Vergangenheit gefesselt. Wenn ich in seinen Geist eindringen und ihn in die Gegenwart führen kann, wäre das jedes Risiko wert, oder?«

Rafnir schnaubte. »Und was ist, wenn er begreift, dass du nicht diese Person bist, die er einmal gekannt hat, und sich dann gegen dich wendet? Du wirst ungeschützt vor ihm stehen. Du hast nicht einmal Demira bei dir, die dich schnell wegtragen könnte. Willst du etwa, dass wir dich neben Niela beisetzen?«

»Dieses Risiko müssen wir eingehen. Willst du wirklich den Korg tagelang eingesperrt halten, bis du dir einen besseren Plan ausgedacht hast?«, entgegnete sie ruhig.

Rafnir hatte vergessen, dass Sayyed und Morad ihnen zuschauten. Er fuhr Kelene sanft mit der Hand über die Wange. Die linkte Seite ihres Gesichts wurde allmählich schwarz und blau von dem Sturz. Er zuckte zusammen, als er daran dachte, dass er sie beinahe verloren hätte. »Ich will nur, dass dir nichts passiert.«

Zunächst war Kelene sprachlos. Sie öffnete den Mund, schloss ihn wieder und ballte die Hände zu Fäusten. Sie wusste nicht, ob sie von seiner Sorge begeistert oder über seine selbstgefällige und anmaßende Annahme, ihre Sicherheit sei ausschließlich seine Sache, verärgert sein sollte.

Sayyed benutzte diesen Augenblick, um sich in das Gespräch einzumischen. »Rafnir, mir gefällt dieser Plan genauso wenig wie dir.« Er hob die Hand, um einem Wutausbruch Kelenes zuvorzukommen. »Aber sie hat Recht. Wir können nicht warten, bis der Korg von sich aus zu uns kommt. Kelene, wenn du dich morgen früh gut genug fühlst, solltest du mit dem Löwen sprechen.«

Kelene trat einen Schritt von Rafnir zurück und verneigte sich vor seinem Vater. Sie war froh, dass wenigstens einer ihren Plan billigte. Auch Rafnir verneigte sich vor Sayyed und stapfte ohne ein weiteres Wort davon.

Inzwischen war es völlig dunkel geworden. Kelene nahm ihren Schlafsack aus dem Gepäck und legte sich in eine Ecke des Unterschlupfs, von der aus sie die Sterne durch die Überreste des Daches sehen konnte. Sie war müde und wund. Ihre ganze linke Seite schmerzte bei jeder Bewegung. Morad und Sayyed kamen herein und schliefen bald darauf ein, doch Kelene konnte wieder einmal keine Ruhe finden, wie viele Sterne sie auch zählte. Ihre Gedanken drehten sich um Rafnir und den Ausdruck der Verletztheit auf seinem Gesicht, als er gegangen war, und um den Korg und den Schmerz, der noch in seinem Steinkörper wütete.

Sie war so in ihre Gedanken vertieft, dass sie nicht bemerkte, wie Tams Katze durch ein Loch in der zerfallenen Mauer sprang und auf ihr Bett zutrottete. Kelene wäre beinahe aufgesprungen, als sie plötzlich von einer sanften Pfote an der Wange berührt wurde.

Ich habe einen gefunden, miaute die Katze.

Kelene sank auf ihr Bett zurück. »Du hast *was* gefunden?«, fragte sie in einer Mischung aus Lachen und Flüstern.

Die Katze setzte sich; sie war offenbar sehr zufrieden mit sich. *Einen Vogel*, schnurrte sie. *Er ist tot, also kannst du dir seine Flügel anschauen.*

Die junge Frau sprang auf. Plötzlich hatte sie ihre Sorgen und Schmerzen vergessen. »Wo?«

Zur Antwort trottete die Katze leise an Morad und Sayyed vorbei und stahl sich aus dem Gebäude. Kelene schlüpfte in ihre Stiefel und folgte dem Tier hinaus in die dunkle Ruinenlandschaft. Der zunehmende Mond tauchte Hügel, Schutthaufen und zerfallene Mauern in ein fahles Licht und ballte die Schatten zu undurchdringlicher Finsternis zusammen. Nachts war die alte Stadt unnatürlich still, was Kelene bisher nicht bemerkt hatte. Es gab keine Insekten, keine Eulen, keine wilden Hunde. Nur das gedämpfte Poltern des Korg, der in seinem Gefängnis auf und ab lief, war zu hören, und das klagende Wispern des Windes, der durch die tote Stadt wehte.

Kelene warf einen Blick auf das Lagerhaus und sah, wie Savaron den Schild aufrechterhielt. Sie huschte hinter der Katze her in eine Seitenstraße, bevor ihr Bruder sie bemerkte. Sie liefen durch eine schmale Gasse und an den Grundmauern einiger Gebäude vorbei und bogen soeben in eine breite Straße ein, als Rafnir in der Dunkelheit plötzlich Kelenes Namen rief.

Überrascht blieb Kelene stehen und sah ihn im Mondlicht auf einer umgestürzten Säule sitzen. Er kam nicht dazu, mehr zu sagen; schon war sie auf ihn zugelaufen, hielt abwehrend die Hände hoch und sagte: »Waffenstillstand?«

Angesichts ihrer veränderten Einstellung kniff Rafnir die Augen zusammen. »Was ist der Grund dafür?«, wollte er wissen.

Sie lächelte ihn an. »Tams Katze hat einen Vogel gefunden.«

Mehr brauchte er nicht zu hören. Zum Zeichen des Friedens klatschte er auf ihre Handfläche, und sie eilten Seite an Seite hinter der Katze her, die nur als Schemen sichtbar war.

Sie waren erst einige Minuten gegangen, als sie sahen, wie die Katze durch einen Spalt in einer hohen Mauer schlüpfte. Weiter hinten gab es ein viel größeres Loch, wo ein Teil der Mauer eingebrochen war. Die beiden konnten bequem hindurchklettern. Sie befanden sich nun in einem Garten zwischen mehreren Gebäuden. Aus der Größe der Fundamente und der Schutthaufen war zu ersehen, dass das Gebäude zur Linken sehr groß gewesen sein musste. Das zweite Gebäude rechts von ihnen war etwas kleiner und in geringfügig besserem Zustand. Es war offenbar von den plündernden Klanleuten übergangen worden. Nur Zeit und Verwahrlosung hatten dafür gesorgt, dass das Dach und zwei Mauern eingestürzt waren, und sie hatten die helle Farbe abgewaschen, die früher einmal die säulenbestandene Vorderseite geschmückt hatte.

Im Mondlicht sahen Rafnir und Kelene, wie die weiße Katze quer durch den Innenhof trottete. Sie hielt neben den Überresten einer alten Arkade im Schatten eines kleineren Gebäudes an. Erst als sie der Katze zur Arkade folgten, erkannten sie das Sonnenzeichen auf den Bögen und am Säulengang des zerstörten Bauwerks. Dieses kleinere Gebäude war ein Tempel der Muttergottheit Amara.

Kelene neigte den Kopf und flüsterte: »Segne uns in dieser Nacht, o Mutter. Gewähre uns die Weisheit, deinen Willen zu erkennen, und die Stärke, nach deinen Wünschen zu handeln.«

Die Katze wartete neben einer Säule auf sie. Im Schatten vor dem Tier lag ein großer Vogel auf dem Rücken; er hatte die breiten Flügel teilweise ausgestreckt, die Augen waren gebrochen.

Keuchend sog Rafnir den Atem ein, während er mit dem Finger ehrerbietig über die samtigen schwarzen Federn fuhr. »Ein Adler. Bei Amaras Gnade, es ist ein Schwarzkopfadler aus dem Himachal-Gebirge!« Die Klanleute verehrten die großen Adler, die heiligen Vögel Amaras, und es war ihnen streng verboten, eines dieser Tiere zu verletzen.

»Was ist mit ihm geschehen?«, flüsterte Kelene.

Die Katze sah den Adler gleichmütig an. *Er ist durch Sturm und Feuer verletzt worden. Ich habe gewartet, bis er verendet ist.* Sie wurde sofort durch ein Kraulen hinter dem Ohr belohnt.

»Vielen Dank, du wunderbare Katze«, sagte Kelene vollkommen aufrichtig. »Du bist die Herrin der Jagd.«

Die weiße Katze schmiegte sich gegen Kelenes Hand. Ihre goldenen Augen glühten. *Natürlich,* schnurrte sie.

»Die Flügel sind in vollkommenem Zustand«, bemerkte Rafnir. »Wir könnten sie für unseren Zauber benutzen, wenn wir sie vergrößern. Aber dürfen wir es wagen, sie aus dem Körper eines Adlers zu entfernen?« Schließlich war der Vogel ein Geliebter Amaras. Es schien Rafnir nicht richtig zu sein, den Körper zu verstümmeln und damit möglicherweise die Göttin zu erzürnen.

Mit sanftem Griff faltete Kelene die mächtigen Flügel zusammen und wiegte den Vogel in ihren Armen. Er war noch warm und geschmeidig. »Ich glaube, es ist ein Geschenk«, sagte sie sanft. »Das hier ist ihre Stadt und ihr Tempel. Wenn dieser Vogel nicht für uns vorgesehen wäre, hätten wir ihn nicht gefunden. Außerdem – gäbe es bessere Flügel für ein Hunnuli?«

Darauf konnte Rafnir nichts erwidern. Die Göttin Amara hatte den Hunnuli die Gaben der Schnelligkeit, Ausdauer und Stärke verliehen. Konnte sie nicht auch einem einzigen kleinen Füllen die Gabe des Fliegens gewähren?

Es gab nur einen Weg, um das herauszufinden. Rafnirs und Kelenes Blick trafen sich; sie dachten dasselbe.

»Heute Nacht«, murmelte Kelene. »Wenn wir zu lange warten, verwesen die Flügel.« Rafnir stimmte ihr zu.

Kelene wandte sich an Tams Katze. »Wärst du so freundlich, Demira und Rafnirs Hunnuli Tibor herzubringen? Wir möchten den Zauber auf dem Boden von Amaras Tempel wirken.«

»Bist du dafür nicht zu müde?«, fragte Rafnir Kelene, als die Katze den Rückweg antrat und bald mit der Dunkelheit verschmolzen war.

Kelene verkniff sich eine schnippische Antwort. Auch wenn sie sich noch über Rafnirs beschützendes Verhalten ärgerte, bedeutete das nicht, dass er keine vernünftigen Fragen mehr stellen konnte. Falls sie wirklich zu müde zum Zaubern war, bestand die Gefahr, dass der Spruch versagte.

»Ich bin müde«, gab sie zu, »aber ich werde den leichteren Teil übernehmen. Ich werde Demira beim Entspannen helfen, und du versuchst, die Flügel anzubringen.«

Einen Augenblick lang sahen die beiden nur die eleganten, stromlinienförmigen Flügel an. Sie waren lang und breit und hatten die eingekerbten Schwungfedern eines Gleiters. Am Rücken waren sie schwarz und wurden an den Spitzen zu einem zarten Grau. Die inneren Federn hingegen waren von kräftigem Weiß, das im Mondlicht wie Milch schimmerte.

»Sie sind wunderschön«, sagte Rafnir mit gedämpfter, beinahe ehrfürchtiger Stimme. Er hob den Blick, sah Kelene an und brachte das letzte Bedenken an, das ihm einfiel: »Sollten wir das einem Hunnuli wirklich antun? Ich fühle mich, als würden wir damit eine Legende verändern.«

Kelene berührte den schwarzen Kopf des Adlers und schloss dessen Lider, bevor sie antwortete. Sie verstand, was er damit sagen wollte, denn sie hatte denselben Gedanken gehabt. Doch nun hatte sich eine Gewissheit in ihr gebildet, die das Zittern ihrer Finger unterdrückte und ihre Stimme festigte. »Wir verändern keine Legende, wir machen Geschichte. Wir machen bereits Geschichte, seit wir in der Schlucht die falsche Abzweigung genommen und den Grabhügel gefunden haben. Die Seuche, der Geist, der Korg, Moy Tura und nun Demira sind Teil dieser Geschichte geworden. Wer außer den Göttern kann schon sagen, dass es nicht genauso sein soll?«

Rafnirs einzige Antwort bestand in einem zustimmenden Nicken. Er nahm ihr den Adler aus den Händen, legte ihn auf den Boden und streckte die Schwingen zur vollen Spannweite aus. Kelene zog ihren Dolch und kniete sich neben den toten Vogel. Ihre Hand zitterte nicht, als sie die Finger auf die rechte Schulter des Vogels legte. Sie nickte zufrieden. So genau wie in der Dunkelheit möglich, durchschnitt sie die Haut des Adlers und löste den Flügel von der Schulter des Vogels. Sie legte die Schwinge beiseite und entfernte dann den Flügel auf der anderen Seite.

Sobald beide Flügel abgenommen waren, trugen Kelene und Rafnir die Überreste des Adlers über die geborstene Treppe in den zerfallenen Tempel Amaras und legten sie auf einem kleinen Steinhaufen ab, dann traten sie zurück.

Kelene hob die Arme zum Himmel und rief: »Großer Vogel, Geliebter Amaras, du hast uns ein unschätzbares Geschenk gemacht. Wir werden in unseren Herzen und in unseren Gebeten immer an deine Großzügigkeit denken. Möge dein Geist zu Amara fliegen und deine Stärke und Anmut für immer in diesen Flügeln weiterleben.«

Als die letzten Worte von der Nacht aufgesogen waren, hob Rafnir die Hände. Auf den Innenflächen erschien eine blassgelbe magische Kugel, die auf dem Kadaver des Vogels landete und in Flammen ausbrach. Nach wenigen Augenblicken war der Vogel verzehrt und sein Geist in Ehren ins Reich der Toten geschickt.

Das Hufgetrappel von zwei Pferden hallte durch die Dunkelheit. Demira und Tibor liefen in den mondhellen Hof; die weiße Katze ritt auf dem Rücken des Füllens. Kelene sah ihr Hunnuli. Sie rannte die Stufen des Tempels hinunter und warf dem Füllen die Arme um den Hals. Sie zögerte, etwas zu sagen, denn plötzlich hatte sie Angst vor dem, was sie tun wollte. Trotz ihrer tapferen Worte über das Schreiben von Geschichte wusste sie, dass so vieles schief gehen konnte. Sie würde es nicht ertragen können, wenn sie dieses Pferd verletzte oder gar tötete.

»Wir haben Flügel für dich. Willst du es noch immer versuchen?«, fragte sie zögernd.

Demiras Erregung trieb Kelene beinahe einen Schritt zurück. *Flügel? Für mich? Wo?* Sie stieß ein hohes, freudiges Wiehern aus.

Langsam hob Kelene einen Adlerflügel hoch und hielt ihn Demira zur Begutachtung vor. Das Füllen schnüffelte kurz und sackte daraufhin in sich zusammen. *Er ist so klein. Wie soll ein derart kleiner Flügel mich tragen?*

Ihre Enttäuschung war so offenkundig, dass sogar Rafnir ihre Bestürzung bemerkte, obwohl er die Frage nicht hören konnte.

»Diese Schwingen werden dir gut dienen, wenn wir mit ihnen fertig sind«, versprach er ihr. Darauf sagte Demira nachdrücklich zu beiden: *Also los!*

Von diesem Augenblick an gab es kein Zurück mehr. Kelene hielt nun alles Nötige für den Zauber in der Hand. Nun lag es an ihr und Rafnir, die Magie, die Schwingen und das Hunnuli zu einem einzigartigen Ganzen zusammenzufügen. Grimmig verbannte sie Angst und Selbstzweifel in den tiefsten, dunkelsten Teil ihres Selbst. Wenn sie nur den Schatten eines Zweifels während ihrer Verbindung mit Demira empfand, entspannte sich das Füllen nicht, und ihre angeborenen Abwehrmechanismen würden der Magie widerstehen, die Rafnir anwenden musste.

Inzwischen erklärte Rafnir Tibor, was sie vorhatten. Der mächtige Hengst schnaubte. *Ich glaube immer noch, dass es närrisch ist. Hunnuli gehören auf den Boden!*

Demira warf den Kopf herum. *Wenn du deinem Reiter nicht hilfst, dann hau ab! Ich bin sicher, wir kommen auch ohne dich zurecht!*

Rafnir war entsetzt über ihre Unverfrorenheit, doch Tibor stieß nur ein wieherndes Lachen aus. *Es ist dein Körper, Kleines. Wenn du unbedingt fliegen willst, werde ich versuchen, dir zu helfen. Aber bedenke, dass es schwierig sein wird, das alles rückgängig zu machen, wenn es einmal gelungen ist. Bist du sicher, dass es das ist, was du willst?*

Ja, erwiderte Demira sofort.

Da dies nun geklärt war, machten sich Kelene und Rafnir an die Arbeit und überlegten sich die Zaubersprüche, die sie benötigten. Sie entschieden sich dazu, erst die Schwingen an Demiras Schulter anzubringen und sie dann allmählich zu vergrößern, bis sie zum

Umfang des Füllens passten. Sie forderten Demira auf, sich niederzulegen und die Beine unterzuschlagen. Kelene saß neben ihr und hatte den Kopf gegen Demiras Brust gelehnt.

In dieser Stellung öffnete Kelene ihren Geist für die wartende Magie. Die wundersame Kraft ergoss sich in sie und erfüllte Geist, Körper und Seele mit seiner belebenden Kraft. Wenn sie in der Vergangenheit ihre Fähigkeit, die Gefühle anderer Menschen zu spüren, benutzt hatte, war dies nicht mit Hilfe der Magie geschehen. Doch diesmal versuchte sie es. Es war wie das plötzliche Öffnen einer Tür zu einem hellen und von Leben erfüllten Zimmer. Im einen Moment kauerte sie neben ihrem Hunnuli, und im nächsten spürte sie Demiras Lebendigkeit und Gefühle in jeder Faser.

Gemeinsam lagen sie reglos da, vereinigt durch Berührung, Gedanken und die Macht der Magie. In dieser sanften Gemeinsamkeit wurde ein Band zwischen Magier und Hunnuli geknüpft, das sie in den kommenden Jahren schützen und tragen sollte.

Kelene wurde mit Demiras Vertrauen und Liebe überhäuft. Sie beruhigte das Hunnuli und versetzte es in Schlaf. Jeder Muskel, Knochen und Nerv des schwarzen Pferdes entspannte sich vollkommen. Atmung und Herzschlag verlangsamten sich, und der Geist des Tieres trieb in eine Ruhe, in der es keinen Schmerz fühlen würde.

Die Gegenwart ihrer Reiterin lullte Demira ein. Ihre Abwehr gegen Magie wurde zu einem bloßen Widerspruch, als Rafnir ihr das Messer an die Schulter legte, einen kleinen Schlitz in die Haut schnitt und vorsichtig das Ende des Schwingenknochens durch den Muskel führte und an der Schulter befestigte. Nach und nach verband der Zauberer Knochen mit Knochen, Muskel mit Muskel und Blut mit Blut; er benutzte Magie, um die Verbindung zu besiegeln und die einzelnen Teile aneinander anzupassen. Tibor stand dicht hinter ihm und hatte die Nüstern gegen Rafnirs Rücken gelegt. Durch ihr geistiges Band fügte der Hengst seine wilde Stärke der von Rafnir hinzu und erhöhte so die Wirksamkeit des Zaubers.

Zu Rafnirs Überraschung ging alles sehr leicht. Die Wunde war schon fast verheilt, als er mit dem Spruch zu Ende war. Diese Wohltat kam wohl von Kelenes Gegenwart in Demiras Geist. Er vermutete, dass die Gabe der jungen Frau dem Körper des Füllens dabei half, schneller als gewöhnlich zu heilen.

Sobald die eine Schwinge befestigt war, brachten sie die zweite an. Diese Operation ging schneller, da Rafnir nun ein wenig Übung hatte. Als er fertig war, setzte er sich auf die Hacken und rieb sich mit der Hand über die Stirn. Er war sehr müde, schweißdurchtränkt und steif, doch als er die beiden Flügel betrachtete, die anmutig an den Schultern des Pferdes lagen, brach die Freude aus ihm hervor. Er sah hinüber zu Kelene und wünschte sich, er könnte seinen Triumph mit ihr teilen, doch außer einem Lächeln blieb ihm nichts übrig. Sie war fest eingeschlafen und so ruhig und gelassen wie ihr Hunnuli.

Ihr Götter, dachte er, sie ist so schön.

Bevor er zu sehr abgelenkt wurde, machte er sich an den nächsten Schritt des Zaubers. Er musste die Flügel vergrößern, damit sie zu dem Pferd passten. Die Schwierigkeit bestand darin, dass er nicht genau wusste, wie groß die Adlerflügel sein mussten, damit sie das Hunnuli durch die Luft tragen konnten.

Aus Jahren der Übung und Jagd mit den Falken des Khulinin-Klans wusste er, dass die Vogelschwingen perfekt an die jeweiligen Körper angepasst waren. Wenn er Demiras Flügel zu lang oder groß machte, waren sie zu schwer und funktionierten nicht. Wenn er sie zu leicht und klein machte, würden sie unter Demiras Gewicht brechen oder ihr nicht genug Auftrieb verschaffen.

Schließlich entschloss er sich, dieselben Proportionen wie bei einem Vogel zu nehmen, und entschied sich für eine Flügellänge, die der Höhe von Demiras Widerrist entsprach – etwas über fünf Fuß –, was einer Gesamtspannweite von etwa zwölf Fuß entsprach. Rafnir hoffte, die Schwingen würden nicht zu schwerfällig sein.

Noch einmal bediente er sich Tibors gewaltiger Stärke, die er der seinen hinzufügte, während er die magische Energie in Demiras schlafende Gestalt lenkte. Langsam wuchsen die Flügel; Knochen, Federn und Muskeln streckten sich.

Als die Flügel ihre volle Länge erreicht hatten, waren Rafnir und Tibor erschöpft. Der junge Magier faltete die Schwingen sorgfältig an den Flanken des Füllens zusammen und beendete seinen Zauberspruch. Er spürte, wie das Blut des Pferdes die Flügelmuskulatur unter seiner Hand erwärmte, und war zufrieden. Er hatte für Demira und Kelene getan, was er konnte. Das Ergebnis war beachtlich, aber auf die Frage, ob Demira nun wirklich fliegen konnte, würde es erst später eine Antwort geben. Erst benötigte das Füllen seinen Heilschlaf.

Rafnir seufzte. Er war zu müde, um aufzustehen. Er sank auf den kühlen Boden nieder und streckte sich vor Tibors Vorderhufen aus. Er war bereits eingeschlafen, bevor ihm der Hengst eine gute Nacht wünschen konnte.

*

Als Kelene am nächsten Tag erwachte, sah sie, dass die Sonne fast im Zenit stand. Sie setzte sich auf, streckte sich mit einem Gähnen und grinste in die Sonne. Bei Amara, fühlte sie sich gut! So wunderbar hatte sie seit Tagen nicht mehr geschlafen. Ihr Gesicht war etwas steif und geschwollen, und die Schulter schmerzte, doch das nahm sie kaum wahr. Sie sah sich neugierig um und fragte sich, wo alle waren. Dann kam die Erinnerung zurück, und sie sprang auf die Beine.

»Demira!«, rief sie.

Sie konnte nicht warten, erklärte ihr eine tiefe Stimme. *Sie ist vor einiger Zeit davongelaufen, um zu üben.*

Kelene wirbelte herum und sah Tibor reglos im Schatten der zerfallenen Arkade stehen. »Um zu üben?«, wiederholte sie überrascht.

Natürlich. Ihr habt ihr Flügel gegeben, nicht aber die Kenntnis, mit ihnen umzugehen.

Kelene machte große Augen. »Willst du damit sagen, dass es funktioniert hat?«

Ja, schnaubte Tibor. *Rafnir hat eine ähnliche Beziehung zu Tieren wie seine Mutter. Deine und seine Gabe zusammen waren sehr erfolgreich. Aber* – Tibor stieß sanft die Schnauze gegen Kelenes Brust – *versuch diese Verrücktheit nicht bei mir! Ich bin völlig zufrieden, wenn ich die Hufe auf dem Boden behalten kann.*

Sie lachte glücklich; sein drohender Tonfall beunruhigte sie nicht im Mindesten. »Niemals«, versprach sie ihm.

Der große Hengst warf den Kopf herum. *Es würde wahrscheinlich sowieso nicht gehen. Bei Demira habt ihr Glück gehabt. Sie ist klein für ein Hunnuli. Das ist von Vorteil, da sie zwar so stark, aber nicht so schwer wie ein normales Hunnuli ist. Ich bezweifle, dass es Flügel gibt, die mich vom Boden heben würden.*

»Vielen Dank für deine Hilfe in der vergangenen Nacht«, sagte Kelene und kraulte Tibor hinter den Ohren, um ihn zu besänftigen.

Tibor drückte sich gegen ihre Finger und erwiderte: *Gern geschehen. Rafnir hat mir gesagt, ich soll dich darauf hinweisen, dass du jetzt an der Reihe bist, den Korg zu bewachen. Alle anderen haben ihre Wache schon hinter sich.*

Das Mädchen nickte. Obwohl sie lieber losgelaufen wäre und Demira gesucht hätte, wusste sie, dass es ihre Pflicht war, die Männer abzulösen. Auf dem Weg aus dem Innenhof fragte sie den Hengst: »Weiß jemand, was wir letzte Nacht getan haben?«

Nur die Hunnuli.

»Gut. Bitte sagt es den Männern noch nicht. Demira soll es ihnen zeigen, wenn sie so weit ist. Ansonsten würden sie mir bestimmt nicht glauben.«

Tibors kurzes Wiehern klang wie ein Lachen. *Vermutlich hast du Recht.*

Das Pferd und das Mädchen gingen zusammen zurück durch die Ruinenlandschaft zu dem alten Lagerhaus und trafen Rafnir und Savaron an, die vor dem Unterschlupf, in dem die Gruppe ihr Lager aufgeschlagen hatte, gerade etwas Brot und Käse aßen. Rafnir saß auf einem Stein; er hatte vor Müdigkeit Ringe unter den Augen. Er hatte sich die Stoppeln vom Kinn rasiert, aber sein Gesicht sah trotzdem noch immer zerknittert aus.

Savaron beäugte seine Schwester in Tibors Gesellschaft und schenkte Rafnir ein Grinsen. »Ihr beide müsst letzte Nacht sehr beschäftigt gewesen sein.«

Kelene blinzelte Rafnir zu und sagte mit unschuldiger Stimme: »Ja … sehr.«

Savaron kicherte. »Morad und ich erwarten, dass ihr beide heute Nacht bei dem Korg Wache haltet.«

Die Erwähnung des Korg erinnerte Kelene und Rafnir gleichzeitig an das, was Sayyed am vergangenen Tag gesagt hatte.

»Das kann ich dir nicht erlauben«, meinte Rafnir rasch, bevor Kelene etwas sagen konnte.

»Aha, du kannst es nicht erlauben. Und wer hat dir die Befehlsgewalt über mich gegeben?«, brüllte sie ihn an. »Es ist meine eigene Entscheidung, mit wem ich rede.«

»Was ist, wenn er zu verrückt ist, um dich zu verstehen?«

»Das glaube ich nicht! Ich habe seine Gefühle gespürt. Er ist verwirrt, aber nicht wahnsinnig.«

Die beiden starrten einander an und sahen nicht, wie Sayyed aus dem Unterschlupf stolperte.

»Das reicht«, sagte er heiser während der kleinen Streitpause. Die beiden jungen Leute schauten den älteren Krieger bedrückt an; plötzlich war die Meinungsverschiedenheit vergessen. Sayyed konnte kaum aufrecht stehen; sein Gesicht war eingefallen und die Haut vom Fieber gerötet. Seine Katze strich ihm mit einem mitleidigen Miauen um die Füße.

»Vater!«, schrie Rafnir. Er sprang vor und fing Sayyed auf, bevor dieser zu Boden fallen konnte. Savaron, Kelene und Rafnir trugen den Krieger nach drinnen und legten ihn auf sein Bett.

»Das ist die Seuche, nicht wahr?«, fragte Rafnir mit bebender Stimme.

Kelene nickte, während sie vorsichtig Sayyeds Hals befühlte. Die Schwellungen waren da; sie spürte sie hart und heiß unter den Fingern. »Es ist nur eine Frage der Zeit«, meinte sie traurig. »Wenn die Krankheit ihren üblichen Verlauf nimmt, wird er in zwei bis vier Tagen sterben.« Mit verhärteter Miene sagte sie zu Rafnir: »Willst du dir wirklich noch die Zeit nehmen, den Korg zu zähmen, oder soll ich mit ihm reden?«

Rafnir antwortete nicht sofort. Unentschlossenheit zerrte an ihm. Was sollte er tun: das Leben seines Vaters aufs Spiel setzen oder das der Frau, die er liebte? Er wusste es jetzt: Er liebte Kelene. Er hätte nie geglaubt, dass er einmal einen Menschen so sehr lieben konnte. Durfte er zulassen, dass sie ein solches Risiko einging? Doch sein Vater litt nun an derselben Krankheit, die auch seine Mutter umgebracht hatte. Seine einzige Hoffnung war ein alter Zauberer in Gestalt eines Steinlöwen. Das machte ihm die bittere Wahrheit deutlich, dass ihnen die Zeit davonlief.

Rafnir seufzte kurz und schaute in Kelenes Augen. Sie waren hell und fest, voller Entschlossenheit und machten ihm endlich klar, dass nicht er diese Entscheidung zu treffen hatte.

Kelene hatte sich in den letzten Tagen so verändert. Rafnir hatte vergessen, dass sie nicht mehr Savarons kleine, selbstmitleidige Schwester mit dem verkrüppelten Fuß war. Sie war nun eine stolze, mutige Frau, die bereit war, ihr Leben für ihr Volk aufs Spiel zu setzen. Um Amaras Willen, deshalb liebte er sie doch! Er durfte ihr nicht das Recht verweigern, ihre eigene Entscheidung zu treffen.

»Beim lebendigen Gott und den Göttern der Klane«, betete er, »beschützt sie.« Dann legte er seine Hand in die von Kelene und sagte: »Wenn du willst, gehe ich mit dir.«

Sayyeds Hand senkte sich auf sie nieder und versetzte beiden einen liebevollen Klaps. »Seid vorsichtig«, sagte er krächzend. »Redet erst mit ihm und schätzt seine Stimmung ab, bevor ihr den Käfig betretet.«

Kelene drückte zustimmend die Finger des Kriegers. Sie holte das Päckchen mit Brustwurz hervor, das Gabria ihr gegeben hatte, und kochte aus dem Kraut einen heißen Tee für Sayyed. Nachdem sie ihm beim Trinken geholfen hatte, deckte sie ihn mit seinem leichten Mantel zu. Sie ließ ihn schlafen – die Katze hockte neben ihm – und folgte Rafnir und Savaron schweigend nach draußen und zum Eingang des Lagerhauses.

Morad stand Wache und hielt den Schild aufrecht. Er sah sie fragend an. Auf ihren Wink trat er zusammen mit den beiden anderen Männern neben den Torbogen und außer Sichtweite des Korg.

Kelene stand nur einen Schritt entfernt von dem leuchtenden Schild. Sie musste den Korg nicht rufen; er stand bereits genau dort, wo er auch gestern gestanden hatte. Seine juwelengleichen Augen leuchteten golden im Zwielicht des Lagerhauses; die Mähne fiel ihm über die aufgestellten Ohren. Er war so groß, dass sie hochschauen musste, um sein Gesicht zu erkennen. Weder knurrte er, noch zeigte er seine Zähne. Er sah sie nur an, als warte er auf etwas.

Aus seiner Kehle rang sich ein tiefer, mahlender Laut, der entfernt wie eine Frage klang. »Was hast du gesagt?«, wollte Kelene wissen und beugte sich vor.

Der Korg knurrte erneut. Diesmal hörte Kelene die Worte deutlicher. »Kelyra, wo bist du gewesen?« Der Schmerz, der in dieser Frage lag, war so offenkundig, dass es ihr das Herz zerriss.

»Weit weg«, antwortete Kelene. »Aber jetzt bin ich zurückgekehrt. Willst du mit mir reden?«

»Ja.«

Sie betrachtete ihn eingehend von den gewaltigen Pranken bis zu dem geschwungenen Mund, der die gefährlichen Zahnreihen verbarg. Er war eine gefährliche Bestie, aber das erschütterte nicht ihren Glauben, dass er ihr nichts antun würde. »Wenn ich diesen Schild entferne, welche Garantie habe ich, dass du mich nicht angreifen und keinen Fluchtversuch machen wirst?« Mit einer heftigen Handbewegung unterdrückte sie Rafnirs Protest.

Der Korg legte sich langsam auf den Bauch, kreuzte die Pranken vor der Brust und streckte die Hinterbeine seitwärts aus. Kelene hatte Tams Katze oft in dieser Haltung gesehen und wusste, dass sie Entspannung bedeutete. Der Korg versuchte ihr zu verdeutlichen, dass er keine plötzlichen Bewegungen machen würde. »Ich gebe dir vor Amara, Sorh, Krath und Surgart mein Wort«, sagte der alte Löwe.

Das reichte Kelene. Wenn der Korg bei den Göttern schwören konnte, begriff er auch die Folgen, die der Zorn der Götter nach sich zog, wenn er seinen Eid brach.

Die Namen der Gottheiten schienen auch Rafnirs Widerstreben zu mildern, denn er sah Savaron an und nickte Morad kurz zu. Alle drei Männer kamen dem Durchgang näher, als der Geldring den Schild auflöste.

Kelene trat in das kühle Innere. Stehend war sie kaum in der Lage, dem liegenden Korg ins Gesicht zu sehen. Sie entschied sich trotzdem, seine entspannte Haltung nachzuahmen, und setzte sich im Türdurchgang mit gekreuzten Beinen auf den Boden. Von hier konnte Rafnir sie wegzerren, falls es Schwierigkeiten geben sollte. Sie streckte die Hände zum Friedensgruß aus.

Der Korg neigte den Kopf, damit er sie sehen konnte. »Es ist so lange her, Kelyra … ich habe dich vermisst«, sagte er mit seiner rauen Stimme.

»Ich dich auch«, antwortete Kelene. Sie schluckte, um die Nervosität in der Magengegend zu vertreiben. Sie legte die Hand vorsichtig auf die Pfote des Löwen. Sie fühlte sich hart, aber erstaunlich warm an. »Was ist mit dir geschehen?« Vorsichtig streckte sie ihre Fühler in seine Gedanken aus, wie sie es bei Demira getan hatte.

Aber der Korg war kein Hunnuli, das menschlichen Kontakt gewohnt war. Er hatte den Geist eines Zauberers, der bestens ausgebildet und äußerst mächtig war. Als er ihre Berührung spürte, ergriff er die Kontrolle über ihren Geist und zerrte ihre hilflosen Gedanken in seine eigenen lebendigen Erinnerungen hinein.

Tausende von Bildern blitzten in ihr auf, die bis in die Zeit vor seiner Gefangennahme und Nielas Tod führten; sie sah Jahre der Einsamkeit und Verzweiflung. Sie erkannte ihre Eltern und Sayyed, die so jung aussahen; sie traten dem Korg in einem ummauerten Garten entgegen; sie beobachtete, wie ein zerlumpter Ausgestoßener in den Ruinen herumstöberte und entsetzt mit einem alten Buch unter dem Arm floh. Die kurzen Anblicke flackerten vorüber und flossen zu einem endlosen Kreislauf der Jahreszeiten und unaussprechlicher Einsamkeit zusammen. Die Bilder waren so farbig und bitter und flogen so schnell vorbei, dass Kelene sie kaum verstand. Irgendwann spürte sie, dass die Wahrnehmung des Korg sich in die eines Mannes verwandelte. Bald darauf verlangsamten sich die Visionen und kamen zum Stillstand, als Moy Tura noch unzerstört und voller Menschen war.

»Ah, da bist du ja«, hörte sie ihn sagen, und das Bild wurde ganz scharf. Sie sah mit den Augen des Korg, wie sie selbst auf ihn zukam.

Zwölf

So gleich und doch so anders. Kelene fand die Ähnlichkeit unheimlich. Sie beobachtete, wie die Frau näher kam. Sie war groß, schlank und dunkelhaarig und hatte dieselben eng beieinander stehenden Augenbrauen und dasselbe Grübchen am Kinn. Doch diese Frau hatte einen fließenden, anmutigen Gang. Ihre Augen waren nicht schwarz, sondern von einem hellen Braun, und sie begrüßte den Korg mit dem glücklichen Lächeln einer Frau, die ihren Liebhaber begrüßt.

Kelene spürte das Aufbranden der Liebe im Korg wie einen heißen Rausch. Es war eine neue, wunderbare, unglaubliche Empfindung, die dieser Mann nie verspürt hatte, bevor diese Frau in sein Leben getreten war. Auch Kelene hatte so etwas noch nie gefühlt. Die schmerzhafte und zugleich freudige Heftigkeit erschütterte ihre Seele.

»Kelyra«, murmelte er.

Von diesem Punkt lief seine Erinnerung nach vorn. Kelene sah sich plötzlich in einem Halbkreis aus elf anderen Männern und Frauen auf hochlehnigen Stühlen sitzen. Sie wusste aus der Erinnerung des Korg, dass dies das Audienzzimmer des Rates der Zwölf in der Halle der Zauberer war. Der Rat war das Haupt der Klanzauberer und der Herrscher über Moy Tura.

Ein Mann stand vor ihnen, nach seinem goldenen Stab und der prächtigen Kleidung musste es ein Häuptling sein. Sein wütendes Gesicht und seine heftigen Einwände erinnerten Kelene an Lord Fiergan. Der Mann hatte die brennende Leidenschaft eines Eiferers und hielt seine Gewalttätigkeit nur mühsam unter Kontrolle. Lord Gordak vom Reidhar-Klan. Der Name kam Kelene in den Sinn. Sie wusste, dass der Korg diesen Mann weder mochte noch ihm vertraute.

»Der Tribut, den Ihr verlangt, ist vollkommen unerträglich!«, ereiferte sich der Häuptling. »Die Klane werden Euch Häretikerpack nicht länger unterstützen.«

»Häretiker!«, rief eine Zauberin wütend. »Wie könnt Ihr es wagen!«

Gordak schnitt ihr das Wort ab. »Nein, Zauberin, wie könnt *Ihr* es wagen! Ihr nehmt uns die Kinder unter dem fadenscheinigen Vorwand der magischen Begabung weg. Ihr verlangt, dass wir Euch ernähren und kleiden und aus unserer harten Arbeit einen Tribut zahlen. Wenn wir mit Euch zu reden versuchen, behandelt Ihr uns wie Hunde. Und was erhalten wir als Gegenleistung? Jammernde Mütter, leere Mägen und die Verachtung derjenigen, die geschworen haben, den Klanen zu dienen.« Lord Gordak lief nun auf und ab und fuchtelte wütend mit den Armen umher.

Was Kelene aber am stärksten verblüffte, waren die leeren, beinahe gelangweilten Mienen der meisten Ratsmitglieder. Sie schienen Lord Gordaks Sorgen keinerlei Aufmerksamkeit zu schenken – Sorgen, die Kelene durchaus nachvollziehen konnte. Nur die Zauberin wirkte gereizt, und ein anderer Magier sah den Häuptling beunruhigt an. Doch den Rest kümmerte das alles offenbar nicht.

Seltsamerweise schien Lord Gordak zu bemerken, dass man ihm nicht zuhörte. Er fuhr trotzdem fort und belästigte sie mit einer langen Liste kleinerer Beschwerden gegen den Rat und andere Zauberer. Ihm ist es ebenfalls gleichgültig, dachte Kelene. Er hat bereits einen Plan; dieses Gerede ist nicht mehr als ein Vorspiel.

Plötzlich brach die Vision ab. *Du hast Recht*, sagte die Stimme des Korg in ihrem Kopf. Kelene fuhr beunruhigt zusammen. Sie hatte nicht erwartet, dass er ihre Gedanken lesen konnte.

Hab keine Angst. Ich weiß inzwischen, dass du nicht meine Kelyra bist. Ich hätte es schon früher erkennen sollen, aber ich war geblendet von der Hoffnung und von Erinnerungen, die ich vergessen geglaubt hatte.

Seine geistige Stimme donnerte in ihrem Kopf. Ihre Gegenwart war sehr stark, aber Kelene spürte einen Hauch unglaublichen Alters und andauernder Traurigkeit. *Warum hast du mir das alles gezeigt?*, entgegnete sie sowohl aus Respekt als auch aus Neugier.

Seine Antwort kam zögernd. *Du hast keinen Splitter im Handge-*

lenk, aber ich weiß, dass du eine Zauberin bist. Die ganzen Jahre habe ich geglaubt, die Zauberer seien ausgestorben. Du bist der erste Mensch, der nach dem Fall der Stadt mit mir gesprochen hat.

Warum hast du dir denn nicht die Zeit genommen, mit Niela zu reden? Sie war ebenfalls eine Zauberin!, flammte es anklagend in Kelenes Gedanken auf.

War sie deine Freundin? Mein Irrtum tut mir sehr Leid. Reue färbte seine Gedanken. *Ich habe das Hunnuli nicht rechtzeitig erkannt. Ich habe nur Eindringlinge in meiner Heimstatt gesehen und so gehandelt, wie ich es seit zweihundert Jahren getan habe. Die Zeit in diesem Gefängnis hat mich zum Nachdenken und Erinnern gezwungen, und ich habe in dir das Blut Valorians erkannt.*

Kelene hielt ihren Groll gegen Nielas Ermordung im Zaum und erlaubte sich nur ein schwaches Triumphgefühl. Wenigstens redete der Korg mit ihr. Er war nicht so verrückt, wie Rafnir befürchtet hatte, und seine Erinnerungen waren ungetrübt. Sie durfte es nicht zulassen, dass Wut oder ein unangebrachtes Gefühl der Rache die Beziehung zu ihm zerstörten. Der alte Zauberer in diesem Steinlöwen war der Einzige, der ihnen bei der Suche nach den Aufzeichnungen der Heiler helfen konnte.

Ich verstehe, sagte sie zu dem Korg. *Aber warum hast du mir diese Visionen von Moy Tura gezeigt?*

Ich will, dass du weißt, wer ich war und warum ich zu dem wurde, was ich nun bin. Außerdem hilft es mir, mich zu erinnern. Es ist lange her, seit ich zum letzten Mal an Kelyra oder Gordak gedacht habe.

Kelene lächelte schwach und fragte: *Hatte Lord Gordak einen Plan?*

Möge seine Seele in Gormoth verrotten, ja!, antwortete der Korg mit grimmiger Feindseligkeit.

Hatte er Recht, den Rat als Häretiker zu bezeichnen?, wollte Kelene wissen. Die letzten Tage Moy Turas waren ein Thema, das von Priestern und Klanleuten heiß diskutiert wurde. Jedermann hatte seine eigene Vorstellung von den Gründen und Taten aller damals Beteiligten. Doch nun kannte Kelene einen Augenzeugen, und ihre Begeisterung stieg mit jeder Minute.

Einige waren es. Das war einer der Gründe, warum sich dein Volk gegen uns richtete. Der Rat der Zwölf sollte eigentlich aus den begabtes-

ten und reinsten Zauberern der Klane bestehen. Unglücklicherweise war das nicht immer der Fall. Einige von uns haben in der Priesterschaft großen Groll und Hass hervorgerufen, als sie versuchten, ihre Autorität und Macht sich selbst anzueignen.

Kelene war entsetzt. Magier stahlen die heiligen Rechte der von den Göttern Auserwählten? Kein Wunder, dass die Priester die erbittertsten Gegner ihrer Eltern gewesen waren. Die Gründe für diese Spaltung mochten während der Jahrhunderte verloren gegangen sein, aber der Hass auf die Magie war hartnäckig weitergegeben worden.

Der Korg fuhr fort: *Es waren die Priester und Lord Gordak, die Hass und Vorurteile gegen uns schürten. Und es war unsere eigene Narrheit, die all das noch verstärkte. Ich erinnere mich lebhaft an einen Mann, einen Priester Sorhs. Er schwor, jeden lebenden Magier zu vernichten und uns aus der Ebene zu tilgen, denn wir seien Dreck. Dreck! Eine ziemliche Beleidigung aus dem Mund eines Mannes, der Kinder opferte und hilflose Gefangene schlachtete.*

Kelene unterdrückte ein Zittern. *Hat er Moy Tura verraten?*

Nicht persönlich. Er plante mit Lord Gordak, den Rat der Zwölf zu stürzen, und half bei den Angriffsvorbereitungen mit. Aber er ist selbst uns, die wir blind gegen vieles waren, aufgefallen. Er wurde so gefährlich, dass wir uns selbst um ihn gekümmert haben. Unglücklicherweise haben wir uns damit nur selbst geschadet. Nach seinem Verschwinden wurde er zu einem Märtyrer für die Sache Lord Gordaks gemacht.

Was ist mit der Stadt geschehen? Wie konnten die Klane eure Verteidigung durchbrechen?

Die Erinnerung des Korg kehrte sofort wieder zum Ratssaal zurück und richtete sich auf den Zauberer mit der besorgten Miene. *Dieser Mann. Cirys, einer von uns! Er hat Moy Tura zu Grabe getragen.*

Kelene prallte vor der Heftigkeit seiner Antwort zurück. Sie spürte, wie die unglaublich starke Erinnerung großen Zorn in ihm hervorrief. Sie betrachtete das Bild des eher durchschnittlichen Mannes mit sandfarbenem Haar, der in einen gelben Mantel gehüllt war. Sie erkannte, dass er ebenfalls ein Reidhar war. Aus Lord Gordaks Klan.

Die Erinnerungsbilder setzten wieder ein, klar und im Bewusstsein der kommenden Ereignisse. Es war Sommer. Die Hochebene war noch grün vom Frühlingsregen; die Hunnuliherden grasten auf den hoch gelegenen Weiden, und die Klanleute zogen zu ihrem Sommertreffen in Richtung Tir Samod – alle außer den Einwohnern Moy Turas. Einige waren zwar aufgebrochen, doch die meisten blieben zu Hause.

Niemand war überrascht, als der Geldring-Klan auf seinem Weg nach Süden bei der Stadt Halt machte. Die Klane lagerten im Sommer oft in der Nähe Moy Turas. Bald gesellte sich der Amnok-Klan zu ihnen, doch immer noch machte sich niemand Gedanken darüber. Nicht einmal die ungewöhnlich große Anzahl von Bewaffneten in den Lagern rief Besorgnis hervor. Als aber der Reidhar-Klan erschien und ebenfalls an der südlichen Straße lagerte, die in die Stadt führte, schreckte der Rat auf.

Ich hatte viele Jahre Zeit, über diesen Sommer nachzudenken, sagte der Korg zu Kelene. *Trotzdem kann ich immer noch nicht glauben, wie blind und anmaßend wir waren. Wir hatten drei große, schwer bewaffnete Werode zur Hand, aber wir haben nichts unternommen. Wir haben nicht einmal zusätzliche Wachen aufgestellt oder unsere Bewohner bewaffnet. Wir nahmen einfach an, die Krieger würden es niemals wagen, Zauberer ihres eigenen Volkes anzugreifen.*

Aber sie haben es getan, dachte Kelene.

Bei den Göttern, ja. Sie haben es wirklich getan. Der Korg schwieg lange, bevor er fortfuhr: *Ich weiß nicht alles, was in jener Nacht geschehen ist oder warum Cirys überhaupt Lord Gordak vertraut hat. Vielleicht wollte er irgendetwas wieder gutmachen. Das wissen nur die Götter! Tief in der Nacht hat er einige der Wächter am Südtor außer Gefecht gesetzt und Lord Gordak in die Stadt gelassen. Ich habe später gesehen, wie Cirys gefesselt und geknebelt vor Gordaks Füße geschleift wurde. Gordak rühmte sich für das, was geschehen war, und beschimpfte ihn als Verräter. Zur Belohnung schnitt man Cirys die Kehle durch. Danach ergossen sich die Krieger aller drei Klane in die Stadt und töteten jeden Zauberer, den sie finden konnten. Niemand hatte uns gewarnt; wir hatten keine Aussicht, gerettet zu werden.*

Kelene rutschte traurig hin und her. *Wie bist du entkommen?*

Erneut sah sie Kelyra; diesmal lehnte sie im Mondlicht verträumt gegen den Rahmen eines offenen Schlafzimmerfensters. Kelene beobachtete, wie die Frau sich gerade mit einer Warnung auf den Lippen umdrehen wollte, sich dann aber an die Seite griff, wo ein Pfeil unter ihrer linken Brust hervorstach. Ihr Todesschmerz schickte Trauer und Wut durch den Korg. Er sprang vom Bett hoch und fing sie auf, als sie zu Boden fiel. Durch die Augen des Korg sah Kelene das Blut an seinen Händen und das tote Gesicht seiner Geliebten.

Ein Krieger sprang mit einem Bogen in der einen Hand und einer Keule in der anderen durch das Fenster. Leise wie ein Meuchelmörder schwang er die schwere Keule gegen den Kopf des Korg. Die Waffe hätte ihm das Haupt zerschmettert, wenn der Korg nicht sofort zur Seite gesprungen und ihr ausgewichen wäre. Die Keule erwischte ihn dennoch und schlug ihn bewusstlos. Blut spritzte auf die Waffe. Der Krieger rannte hinaus, weil er glaubte, er habe sowohl die Frau als auch den Mann getötet.

Das Bild verblasste. Der Korg wurde sehr still; Kelene konnte seine Gedanken nicht mehr empfangen. Sie ließ ihn in Ruhe, bis er freiwillig fortfuhr.

Als ich erwachte, war ich verrückt vor Schmerz und Angst. Der Raum war hell erleuchtet, doch das Licht kam von einem Feuer jenseits des Platzes. Sie brannten die Halle der Zauberer ab. Irgendwie kam ich wieder auf die Beine … Der Korg öffnete abermals seine Erinnerungen. Kelene schwindelte unter dem scharfen Anprall seiner Schmerzen, Benommenheit und Verwirrung. Sie erkannte, dass der Schlag gegen den Kopf dem Mann die Orientierung genommen hatte. Auch seine Erinnerungen waren an dieser Stelle diffus und ungenau.

Der alte Zauberer ächzte auf und sagte: *Ich schaffte es bis zum Fenster und schaute hinaus.*

Kelene keuchte stumm auf. Was sie nun sah, war schlimmer als alles, was sie sich zwischen den Ruinen vorgestellt hatte. Die großartige Halle der Zauberer wurde ein Raub der Flammen, die den Platz in ein unheimliches Licht tauchten und die scheußlichen Leichenberge erhellten, die um das brennende Gebäude aufgetürmt waren. Es waren Hunderte von Toten – Männer, Frauen und Kinder aller Altersgruppen –, die auf den blutigen Haufen lagen. Dieses Bild erinnerte Kelene allzu sehr an die Leichname der Seuchenopfer und die Scheiterhaufen. Ihr blieb nichts anderes übrig, als stark zu sein und weiterhin die Bilder, die sich vor ihr ausbreiteten, anzusehen.

Dutzende von Kriegern zerrten weitere Leichen aus der Stadt herbei und warfen sie nachlässig in das gewaltige Feuer. Einige erbarmenswerte Menschen wurden noch lebend auf den Platz getrieben. Kelene sah, wie Lord Gordak persönlich das Schwert zog und sie alle enthauptete.

Der Korg verließ das Fenster. Er musste sich verstecken. Sie würden ihn finden und töten. Er musste sich verstecken. Dieser Gedanke wurde zu einem Kehrvers in seinem Kopf.

Sie gingen auf die Suche, sagte er zu Kelene. *Ich sah sie mit ihren Schwertern in der Hand und den blutbefleckten Kleidern. Ich stolperte aus dem Zimmer und betrat meine Werkstatt. Ich wusste nicht, was ich tun oder wohin ich fliehen sollte. Ich erinnerte mich kaum daran, wer ich war oder was mit mir geschah. Ich wusste nur, dass ich mich verstecken musste. Krieger drangen in mein Haus ein. Ich hörte, wie sie Kelyras Leichnam fanden und ihn aus dem Fenster warfen, während ich in den Garten rannte. Auch dort waren Männer – hinter den Mauern. Ich konnte nicht weitergehen, ohne gesehen zu werden, also tat ich das Einzige, was mir in diesem Moment einfiel – das Einzige, von dem ich noch wusste, wie ich es machen konnte. Ich wechselte die Gestalt.* Er zeigte Kelene ein Bild aus seinem Garten, der von einer niedrigen Steinmauer eingefasst und voller Blumen war. Dann senkte er den Blick, und sie sah, dass sich die nackten Füße des Mannes in steinerne Löwenpranken verwandelt hatten. Die Pranken bewegten sich nicht; eine war in einer Geste des Trotzes erhoben. Der Zauberer war zu einer Statue in seinem eigenen Garten geworden.

Ich musste dort stehen bleiben und lauschen, dachte er traurig, *während sie den Rest meiner Leute ermordeten. Sie töteten jeden in Moy Tura, selbst jene, die nicht zaubern konnten. Dann plünderten und brandschatzten sie, bis außer den nackten Steinen nichts mehr übrig geblieben war.* Der Löwe zitterte mit Geist und Körper. *Ich sah zu, wie die Krieger gingen, aber ich rührte mich nicht. Viele Jahre nicht. Ich vermute, ich stand unter Schock; mein Verstand wollte nicht begreifen, was geschehen war. Als ich schließlich wieder zu mir kam, war ich allein und verängstigt. Es gab nichts mehr außer den Ruinen. Ich wollte fortgehen, aber dann dachte ich, wenn ich in dieser Gestalt hier bliebe, wäre ich sicher. Ich wusste, dass Lord Gordak mit Moy Tura nicht aufhören würde. Er würde jeden Zauberer töten, den er in der Ebene fand.*

Das wäre ihm auch fast gelungen, sagte Kelene zu ihm. *Aber einige wenige sind entkommen.*

Der Korg überraschte sie mit einem schwachen, trockenen Kichern. *Das habe ich erkannt, als ihr mich in diesem Lagerhaus eingesperrt habt. Es war geradezu eine Offenbarung.*

Sie spürte die Anstrengung, mit der er seine Gefühle wieder unter Kontrolle zu bringen versuchte. Die Trauer und das Elend, die ihn bedrängten, wichen von ihr zurück, und sein Körper zitterte kaum noch. Schließlich stand der Löwe auf und streckte sich. Er schüttelte das große Haupt, durchtrennte das geistige Band, und Kelene stolperte zurück in sich selbst. Sie blinzelte überrascht.

»Wir reden später weiter, Kleines.« Seine raue Stimme klang müde. »Ich muss mich von meinen Gedanken ausruhen.«

Die Klanfrau erhob sich steif und humpelte aus der Tür. Rafnir fing sie draußen auf, als der schwache Knöchel unter ihrem Gewicht nachgab. Morad zischte rasch einen Befehl, und der Schild baute sich wieder auf.

Mit der Unterstützung von Rafnir sank Kelene auf ein Stück Mauerwerk. Sie stieß einen tiefen Seufzer aus.

»Was ist geschehen?«, platzte Rafnir heraus und kniete sich neben sie. »Du bist fast den ganzen Morgen bei ihm gewesen.«

»Er kann seinen Geist wie ein Hunnuli benutzen«, sagte Kelene mit so leiser Stimme, dass er sie kaum verstand. »Er hat mir seine Erinnerungen an die Stadt und das Morden gezeigt.« Die Bilder des Blutbads waren in ihr noch so lebendig, dass sie erzitterte. Rafnir nahm sie in den Arm. Es dauerte etwas, bis sie fortfuhr. »Er ist vor Schmerz, Kummer, Angst und Einsamkeit beinahe verrückt geworden«, versuchte sie zu erklären. »Aber jetzt weiß er, dass er nicht allein ist. Ich glaube, er wird uns helfen.«

»Hast du ihn nach den Heilern gefragt?«, wollte Rafnir wissen.

»Dazu hatte ich keine Gelegenheit. Ich werde es bei unserem nächsten Gespräch versuchen.«

Morad sagte mit einer Stimme, die hart wie Stein war: »Wenn er so freundlich ist, warum hat er dann Niela angegriffen?«

Kelene runzelte die Stirn. »Aus Gewohnheit, nehme ich an. Er hat sich und die Stadt seit zweihundert Jahren verteidigt und geglaubt, alle Zauberer seien tot. Er hat so wenige Menschen in Moy Tura gesehen und die Hunnuli völlig vergessen. Selbst die Reise meiner Mutter hierher war zu kurz, um ihn aus seinem Albtraum zu reißen.« Sie verlagerte ihr Gewicht und lehnte sich enger gegen Rafnir. »Ich glaube, das ist der Grund, warum er mir seine Vergangenheit gezeigt hat. Ich sollte begreifen, warum er Niela getötet hat, und er wollte sich an damals erinnern.«

»Und jetzt?«, fragte Savaron.

»Ich bin müde«, gab Kelene zu. Sie stand mühsam auf, lehnte aber Rafnirs Hilfe mit einer Handbewegung ab. »Es geht mir gut. Ich will Demira suchen.« Nach einem letzten Blick auf den Korg, der noch immer vor dem versperrten Torbogen lag, humpelte sie fort und machte sich auf die Suche nach ihrem Hunnuli.

Sie ist im Hof, rief Tibor ihr zu.

Kelene nickte dankbar und spürte, wie sich Kopfschmerzen in ihren Schläfen aufbauten. Bei Amaras Krone, war sie erschöpft – müde bis in die Knochen und Muskeln! Sie konnte kaum die Augen offen halten, während sie durch die Ruinen auf den alten Hof zuging, wo sie den Adler gefunden hatten.

Die Bilder aus der Erinnerung des Korg lasteten schwer auf ihr; sie waren wie ein böser Traum, der nicht verblassen wollte. Die Einzelheiten daraus verliehen der alten Stadt ein neues Maß von Wirklichkeit. Nun konnte sie sich besser vorstellen, wie es hier einmal ausgesehen hatte und wie das Leben der Leute gewesen war. Moy Tura war eine großartige Vision gewesen: ein von den Klanen abgesonderter Ort, an dem die Zauberer lernen und lehren konnten. Kelene und die heutigen Zauberer könnten viel von dieser Stadt lernen.

Schwerfällig vor Müdigkeit und unter dem Gewicht ihrer Gedanken, humpelte Kelene in den sonnendurchtränkten Innenhof und blieb unvermittelt stehen. Sie sperrte den Mund auf und stieß einen Freudenschrei aus, als sie Demira im Sonnenlicht stehen sah. Sie hatte versucht, sich das Füllen mit Flügeln vorzustellen, aber die Wirklichkeit war noch viel atemberaubender als die Phantasie. Demira war schon immer ein wunderbares Pferd gewesen: groß, muskulös und anmutig. Die neuen Flügel vergrößerten ihre Schönheit noch.

Die Schwingen waren gewaltiger, als Kelene erwartet hatte. Die Schwungfedern waren fast so lang wie ihr Arm, doch passten sie sich den Proportionen des Pferdes in vollkommener Weise an und falteten sich sauber an den Flanken zusammen. Die schwarzen Federn leuchteten im Mittagslicht und schmiegten sich an das dunkle Fell wie ein Schatten auf glänzendes Ebenholz.

Erst als Kelene näher kam, bemerkte sie Demiras traurige Kopfhaltung und den Schweiß, der Brust und Hals des Füllens überzog. Demira hob die Schnauze; in ihren tiefen Augen lag Niedergeschlagenheit. *Es wird nicht gehen! Ich kann nicht fliegen*, ächzte sie in Kelenes Gedanken. *Sie fühlen sich so seltsam an. Ich weiß nicht, was ich mit ihnen machen soll.* Sie hob die störenden Federn und zog sie dann angewidert an die Flanken.

Die junge Frau verbarg ihr Entsetzen hinter einem ermutigenden Lächeln und presste die Wangen gegen den Hals des Füllens. »Sie sind noch zu neu, Demira«, versuchte sie zu erklären. »Du bist noch nicht an sie gewöhnt.« Sie fuhr mit der Hand an einem der mächtigen, langen Flügel bis zur samtig weichen Spitze entlang. »Sie sind so wunderschön.«

Sie sind vielleicht schön, aber ich kriege sie nicht dazu, mich zu tragen!, beklagte sich Demira.

Etwas in dem Wort ›tragen‹ brachte Kelene auf einen Gedanken. »Wie hast du es versucht?«, fragte sie.

Das Hunnuli trat einige Schritte zurück, bis es weit genug von seiner Reiterin und den Schutthaufen entfernt war. Dann streckte es die langen, breiten Schwingen aus und schlug mit ihnen so fest wie möglich. Damit entfachte sie eine Brise, die Staub und Blätter in alle Richtungen trieb, aber sie hob die Vorderhufe höchstens einen oder zwei Fuß vom Boden. Langsam sank sie zurück. Sie war erschöpft und enttäuscht.

Kelene sah sie eingehend an, bevor sie fragte: »Hast du schon einmal eine Gans beim Starten beobachtet?«

Ich habe Gänse auf dem Fluss gesehen.

»Erinnerst du dich, wie sie vom Wasser aufsteigen?«

Das Füllen stellte die Ohren auf und hob den Kopf ein wenig. *Sie müssen Anlauf nehmen.*

»Genau, und wo immer es möglich ist, laufen sie gegen den Wind, was ihnen zusätzlichen Auftrieb gibt. Mit deiner Schnelligkeit am Boden müsstest du eigentlich eine Geschwindigkeit erreichen, die dein Gewicht überwindet.«

Demira schüttelte sich und faltete sorgfältig die Schwingen. *Das werde ich versuchen*, sagte sie mit neuer Hoffnung zu Kelene.

»Ruh dich erst aus«, schlug Kelene vor. »Das brauchen wir beide.« Sie fanden eine schattige Stelle neben der Mauer, und während Demira sich entspannte, rieb Kelene die müden Beine und Flügelmuskeln des Füllens.

*

Kelene verließ den Hof des Tempels am Nachmittag. Sie und Demira hatten lange genug geschlummert, um wieder zu Kräften zu kommen. Demira ging los und wollte unbedingt die neue Möglichkeit des Starts ausprobieren. Kelene war durstig und verspürte einen Heißhunger. Ihre letzte Mahlzeit lag lange zurück. Sie ging zum Unterschlupf und streckte dabei immer wieder Arme und Beine aus, bis sie sich endlich etwas kräftiger fühlte.

Sayyed lag noch auf seinem Bett, als sie in den dunklen Raum trat. Obwohl er zu schlafen schien, zuckte er zusammen, als sie sich neben ihn kniete. Rafnir saß in der Nähe; seine Miene zeigte Anspannung und Sorge.

Kelene nahm ein Tuch aus einer Schüssel mit kaltem Wasser und wischte den Schweiß von Sayyeds gerötetem Gesicht. Der Mann erzitterte unter der Berührung und warf sich im Bett hin und her; das hohe Fieber hatte ein Delirium erzeugt. Ohne nachzudenken, legte ihm Kelene die Hand auf und summte dabei so leise, dass Rafnir es kaum hören konnte. Sayyed schlug eine Sekunde lang die Augen auf, und ein schwaches Lächeln huschte über sein Gesicht. Dann sank er in einen ruhigeren, erholsameren Schlaf zurück.

»Wie machst du das?«, fragte Rafnir erstaunt.

Kelene sah überrascht auf. »Ich habe lediglich versucht, ihn ein wenig zu beruhigen.«

Der junge Klanmann kam herüber und stellte sich neben sie. Er ergriff ihre Hand und hielt sie mit der Innenfläche nach oben. »Lange, zarte Finger, eine feste Innenfläche und viel Platz zwischen Daumen und Zeigefinger.« Er sah ihr ins Gesicht. »Du hast die Hände einer Heilerin.«

Kelene schnaubte verächtlich. Die Leute hatten immer nur auf ihren Fuß gestarrt und ihren Händen nie Beachtung geschenkt. »Eine Heilerin«, sagte sie leichthin. »Werde nicht lächerlich. Piers war ein Heiler. Gehlyn war ein Heiler. Ich habe weder Übung darin noch Neigung dazu.«

»Keine Neigung dazu?«, gab er zurück. Seine braunen Augen glühten. »Sieh doch, wie gut du Savaron und mich behandelt hast.« Er hielt den Arm hoch und zeigte ihr, wie gut die Wunde heilte. »Sieh dir an, was du soeben für meinen Vater getan hast. Du hast die Gabe, durch Berührung die Gefühle der Menschen zu besänftigen. Stell dir vor, wie unschätzbar wertvoll das für einen Heiler wäre.«

Kelene erwiderte nichts darauf. Sie war so überrascht von seinen Beobachtungen, dass sie nicht wusste, was sie sagen sollte. Sie hatte nie daran gedacht, eine Heilerin zu werden – außerdem war dieser Beruf grundsätzlich den Klanmännern vorbehalten. Eine Ausnahme gab es nur für Hebammen; die anderen Frauen wurden nicht gerade ermutigt, eine medizinische Ausbildung zu machen.

Nachdenklich verschränkte sie die Arme. Rafnir hatte Recht, was ihre Neigungen anbetraf, auch wenn sie vorhin etwas anderes behauptet hatte. Vor allen anderen hatte der Heiler Piers das bemerkt. Warum sonst hätte er mit einem kleinen Mädchen wie zu seinesgleichen geredet und ihr erlaubt, ihm überallhin zu folgen? Wenn er nicht so früh gestorben wäre, hätte er sie vielleicht noch zu ganz anderen Dingen ermutigt. Aber Piers war fort. Auch der Khulinin-Heiler Gehlyn war tot, und nur die Götter wussten, wie viele weitere Heiler der Seuche erlegen waren. Die Klane brauchten neue Leute, die die Heilkunst ausübten. Warum nicht eine Zauberin?

Kelene sah hinunter auf den sterbenden Freund ihrer Eltern und spürte neue Hoffnung in sich aufkeimen. Je länger sie über Rafnirs Bemerkung nachdachte, desto deutlich wurde ihr, dass er Recht hatte. Sie sprang auf die Beine. Wenn sie eine Heilerin werden wollte, dann mussten sie und ihre Gefährten eine Waffe gegen die Seuche finden, und der Einzige, der wusste, wo diese Waffe zu finden war, lag in dem alten Lagerhaus.

»Ich will noch einmal mit dem Korg reden«, erklärte sie.

Bevor sie einen klaren Gedanken fassen konnte, trugen ihre Füße sie bereits zur Tür des Lagerhauses. Ihr Bruder warf ihr einen fragenden Blick zu, als sie vor dem Schild stehen blieb.

Drinnen regte sich der Korg und erwachte. Er hob den Kopf, sah sie im hellen Licht stehen und kniff die Augen zu. »Kelyra?«, brummte er in schlaftrunkener Verwirrung.

Die Klanfrau streckte das Kinn hervor. »Nein! Ich bin Kelene, die Tochter von Gabria und Lord Athlone vom Klan der Khulinin.« Sie sagte es fest und mit stolzer Stimme – nicht nur zur Belehrung des Löwen, sondern auch zur Bekräftigung ihrer eigenen Entschlossenheit. Sie deutete auf ihren Bruder und fügte hinzu: »Das ist Savaron, mein Bruder. Unsere Eltern haben den Fluch des Gorthlings gegen Valorians Erben gebrochen.«

Der alte Löwe sah von einem zum anderen, und in seinen goldenen Augen leuchtete es. »Erzähl mir von ihnen«, befahl er mit tiefer Stimme.

»Das werde ich gern tun, wenn wir mehr Zeit haben. Aber zuerst muss ich mit dir reden«, gab Kelene zurück. »Meine Mutter, mein Vater und Sayyed, der im Augenblick krank in unserem Unterschlupf liegt, haben vor dreiundzwanzig Jahren einen Gorthling besiegt. Seitdem haben sie sich darum bemüht, aus Matrahs Buch und ihren eigenen Eingebungen die Zauberei zu erlernen. Sie haben andere Leute mit dieser Gabe um sich versammelt und versucht, alte Vorurteile abzubauen. Das hat lange gedauert. Zu viel Wissen aus Moy Tura ist verloren gegangen.« Sie verstummte und deutete auf das Gebäude, in dem Sayyed lag. »Jetzt sucht uns ein Unglück heim, das wir nicht aufhalten können. Wir suchen verzweifelt nach Hilfe.«

Der Korg regte sich und sagte: »Ihr habt euch also auf den weiten Weg gemacht, um mich zu suchen. Warum?«

»Die Klane werden von einer tödlichen Seuche bedroht. Seit wir diesen alten Grabhügel geöffnet haben ...«

Weiter kam sie nicht. Ohne Vorwarnung sprang der Korg auf die Pfoten. »Grabhügel! Seuche!«, schrie er mit einer Stimme, unter der das Lagerhaus erbebte. »Was für ein Grabhügel?«

Seine plötzliche Wildheit entsetzte Kelene so sehr, dass sie bloß mit weit aufgerissenen Augen in der Tür stand.

»Rede!«, bellte er. »Wessen Grabhügel habt ihr geschändet?« Er drückte sich gegen den Schild und starrte sie unter seiner Steinmähne wütend an.

»Ich habe nicht ... ich meine ... wir ... es war ein alter Grabhügel in einer einsamen Schlucht«, stammelte Kelene und wurde blass. Sie trat zurück und stieß gegen ihren Bruder. Sie hörte Rafnir, Morad und die vier Hunnuli hinter ihr herbeieilen, aber sie konnte den Blick nicht von dem Gesicht des Korg abwenden. Er hatte die Zähne gebleckt, die wie Steindolche aussahen; sein schwerer Schweif peitsche bösartig durch die Luft.

»In einer einsamen Schlucht«, wiederholte er mit scheußlichem Brummen. »In den Bergen beim Tir Samod? Ein großer ovaler Grabhügel, der von Wächtern geschützt war und keine Inschriften hatte?« Er sprach mit solcher Heftigkeit, dass Kelene und Savaron lediglich nickten. Ein weiteres Brüllen erschütterte die alten Dachbalken. »Ihr Narren! Ihr habt den Untoten freigelassen. Wir hatten ihn für immer in diesem Hügel eingeschlossen. Habt ihr die Warnungen nicht gelesen? Habt ihr die Wächter nicht gespürt? Dieses Grab durfte nicht berührt werden!«

»Das wussten wir nicht«, versuchte Rafnir zu sagen, wurde aber vom Knurren des Korg unterbrochen.

»Wo ist er? Wo ist der Mann, den ihr freigelassen habt? Ist er bei der Versammlung?«

»Nein«, antwortete Kelene zögerlich. Savaron kam ihr zu Hilfe. »Gestern war er noch vor dem südlichen Tor.«

Er hatte die Worte gerade ausgesprochen, als der Korg einen Satz nach vorn machte und sich gegen Savarons Schild warf. Die magische Energie flackerte unter dem Anprall und verblasste zu einem matten Rosa. Der Korg sprang noch einmal gegen den Schild. Bevor jemand Savaron beistehen und seine Magie verstärken konnte, platzte das Energiefeld. Die Macht der Explosion warf Savaron und Kelene zu Boden.

Mit einem donnernden Brüllen entkam der gewaltige Korg aus dem Lagerhaus und rannte die Gasse in Richtung Hauptstraße hinunter. Die Klanleute hörten, wie er rief: »Bitorn!«

Verblüfft sahen sie ihm nach, bis er zwischen den zerfallenen Mauern verschwunden war, dann hasteten sie zu ihren Pferden. Rafnir half Kelene auf Tibors Rücken, und sie hielt sich an der Hüfte des jungen Zauberers fest, während der große Hengst vorwärts sprang. Die anderen Hunnuli folgten dicht hinter ihnen; nur Afer blieb zurück und bewachte Sayyed.

Die Hunnuli galoppierten die südwärts führende Straße entlang; ihre Hufe erzeugten ein donnerndes Stakkato auf den Pflastersteinen. Der Korg vor ihnen war deutlich zu hören; er brüllte wie ein wild gewordener Stier.

»Was in aller Götter Namen machte er da?«, rief Kelene. Sie reckte sich über Rafnirs Schulter und blickte die gerade Straße hinunter zum Stadttor. In der Ferne erkannte sie die eingestürzten Türme der Stadtmauer. »Da ist er!«, brüllte sie Rafnir zu. Sie sah, wie der Löwe das Tor erreichte und sich hindurch stürzte.

Sofort erhob sich ein rötliches Licht vor den Mauern. Die Hunnuli rannten schneller.

Das rote Licht leuchtete noch, als die Pferde zu dem hohen, überwölbten Eingang kamen und noch innerhalb des Tores anhielten. Alle spähten hinaus und beobachteten den Steinlöwen, der auf den Hinterbeinen saß und die Vorderpfote zum Schlag erhoben hatte. Er hatte die Ohren flach an den Kopf gelegt. »Fort mit dir, du Bluttrinker!«, knurrte der Korg den Geist an.

Der Geist hatte an Größe gewonnen. Er stand Auge in Auge mit dem Löwen und leuchtete wie eine Feuersäule. »Häretiker!«, kreischte er. »Du kannst deine menschliche Gestalt nicht unter dieser Verkleidung verbergen. Deine verderbte Bosheit sickert durch den schimmeligen, flechtenzerfressenen Stein. Warum bist du noch hier? War der Tod nicht gut genug für dich? Zeig dich! Enthülle mir dein Gesicht, bevor ich dich in die Tiefen von Gormoth schicke!«

Der Korg lachte. Es war ein verächtliches Grollen, das von den Wänden widerhallte. »Warum nicht? Dieses Gehäuse hat mir gut gedient. Aber ich habe erkannt, dass ich es nicht mehr benötige.« Er sprach eine Reihe scharfer, unvertrauter Worte aus. Es gab einen lauten Knall, und zum Erstaunen der Zuschauer brach der Löwe auseinander. Feine Risse und Linien liefen von der Schnauze bis zu den Pfoten über den Körper; Steinbrocken fielen aus der Mähne. Mit großem Lärm zerfiel der Löwe zu einem Schutthaufen. An seiner Stelle stand nun ein Mann, der nur einen lockeren Umhang um die Hüfte trug.

Kelene keuchte auf. Nach dem gewaltigen, mörderischen Steinlöwen war dieser dünne, grauhaarige Mann eine Überraschung. Trotz seiner Größe musste er den Kopf in den Nacken legen, um die riesige Erscheinung anzusehen. Er war sehr blass, und seine weiße Haut wirkte im blitzenden roten Licht des Geists so zerbrechlich.

Der tote Priester kicherte freudig und erhob sich über den alten Mann, als wolle er ihn in sein rotes Glühen aufsaugen.

Der Zauberer lächelte nur verächtlich, dann hob er die Hand. Rubinrotes Licht ergoss sich aus dem Splitter in seinem Handgelenk. Es war ein Zaubersplitter gleich dem von Gabria. Ein Energieblitz flog aus seiner Hand und warf den Geist einige Schritte zurück.

Die Klanleute sahen noch genauer hin. Keiner ihrer Angriffe hatte eine Auswirkung auf das Gespenst gehabt.

»Bleib, wo du bist, Bitorn«, sagte der Korg. »Deine Macht kann mir nichts anhaben. Jetzt kennst du mich und siehst, dass einer aus dem Rat noch lebt!« Ohne das tiefe Grummeln des Löwen klang seine Stimme ganz anders – deutlicher und sanfter.

Der untote Priester lachte zischend. »Das wird dir nichts bringen, alter Mann. Sieben Männer aus dem Rat waren nötig, um mich in meinem Grab einzusperren, und alle anderen sind tot. Es gibt keine Zauberer mehr, die mich unterjochen könnten! Jene, die gegenwärtig leben, sind schwach und ungeübt. Ich werde sie bald auslöschen, und dann ist meine Rache vollendet.«

»Rache! Was für eine verblüffende Entschuldigung für einen bösen und verdrehten Verstand. Verschone uns mit deiner Rache, Bitorn. Du hast jedes einzelne Urteil und jede Bestrafung verdient, die dir wegen deiner mörderischen Grausamkeit und deiner hasserfüllten Taten auferlegt wurden. Es gab keinen blutrünstigeren oder gnadenloseren Verbrecher in der Ebene als dich!«

»Verbrecher!«, schrie der Priester. »Nur der Rat hat mich einen Verbrecher genannt. Die Häuptlinge nannten mich einen Verbündeten, für die Klane war ich der Retter. Die Götter selbst hatten mich dazu bestimmt, die Ebene von jener Perversion zu reinigen, die man Zauberei nennt! Du und dein schäbiger kleiner Kult habt das Unvermeidliche bloß hinausgezögert. Ich werde jeden Zauberer in den Klanen vernichten!«

»Indem du die gesamte Bevölkerung auslöschst?«, rief Kelene. Wütend warf sie ein Bein über Tibor, sprang zu Boden und humpelte ein paar Schritte vor. Sie umrundete das tote Hunnuli, das noch immer im Staub lag, und bemerkte dabei nicht, dass sie aus dem Schutz der Wächter heraustrat.

Der Geist wandte ihr die leuchtenden Augen zu, doch Kelene war zu wütend, um Angst zu verspüren. »Du hast diese Seuche hervorgerufen, nicht wahr? Du hast unserem ganzen Volk diese bösartige Krankheit geschickt, nur um ein paar Zauberer zu töten?«

Ein Lächeln breitete sich langsam auf dem Gesicht des Priesters aus, als er sah, wo sie stand. »Ja, mein Kind, das habe ich getan. Aus mehr Gründen, als du dir vorstellen kannst.«

»Oh, ich kann mir eine ganze Menge davon vorstellen«, spie Kelene dem Geist entgegen. »Aber du wirst keinen Erfolg haben. Die Zauberer haben fünfhundert Jahre überlebt, seit Valorian den Wolfsohrenpass überquert hat. Wir werden dich bis zum letzten Funken Magie in unseren Adern bekämpfen, um unser Blutrecht zu schützen! Zauberei war ein Geschenk der Götter, nicht ein Fluch. Es spricht von Eifersucht und geistiger Enge, dass bösartige Narren wie du uns davon abhalten, unsere Bestimmung in den Klanen zu erfüllen. Geh zurück in dein Grab, Priester. Du hast im Leben versagt, und du wirst auch jetzt wieder versagen.«

Bitorn streckte einen Finger nach ihr aus, und Kelenes Kleider gingen in Flammen auf. Schmerz und Entsetzen verbrannten sie, während sie wie rasend versuchte, das Feuer auf Armen und Beinen auszuschlagen. Ein Schrei entfuhr ihrer Kehle. Sie spürte, wie Rafnir sie packte, und hörte ihn etwas rufen, doch der Verbrennungsschmerz war so stark, dass sie den jungen Zauberer nicht verstand.

Genauso rasch sprach der Korg einen Befehl; Schmerz und Feuer verschwanden. Kelene krümmte sich und starrte verständnislos auf ihre unberührte Kleidung. Auf ihrer Haut war nicht das geringste Anzeichen von Rauch oder Brandspuren. Es war nur eine weitere Vision gewesen, die er ihr geschickt hatte.

Zitternd richtete sie sich auf. Rafnir war neben ihr. Er stützte ihren bebenden Körper. Sie hob den Kopf und wollte dem Korg danken. Er wandte sich lange genug von dem Geist ab, um sie anzusehen. In diesem Bruchteil einer Sekunde sprang der tote Priester den Zauberer an.

»Hinter dir!«, schrie Kelene.

Der Korg wirbelte zurück. Zu spät. Die Hand des Priesters lag bereits auf seiner Schulter. Der alte Mann schrie vor Schmerz auf, als das rot schimmernde Licht ihn umfloss.

Beinahe gleichzeitig hoben Rafnir und Kelene die Hand und feuerten einen Zwillingsblitz aus knisternder Energie auf den Geist ab. Savaron und Morad rannten zu ihren Gefährten. Sie brachten ihre eigenen Kräfte in den Angriff ein und richteten ein Sperrfeuer aus vier Quellen gegen den glühenden Geist.

Das Gespenst heulte vor Wut auf. Es versuchte, sein Opfer festzuhalten, doch die geballte Kraft der vier Zauberer zwang es zurück. Seine Hand rutschte von der Schulter des Korg.

Der alte Mann taumelte einen Schritt zurück und fiel auf die Knie. Kelene duckte sich unter das anhaltende Sperrfeuer der Männer und zog den Korg zurück in die Sicherheit des Stadttors. Die drei Klanmänner stellten das Sperrfeuer ein.

Bitorn knurrte eine Verwünschung und sprang ihnen nach, doch die Männer zogen sich rasch hinter die Wächter zurück. Der Geist schlug wütend mit der Faust gegen die unsichtbare Schranke, die ihm den Eintritt in die Stadt verwehrte.

Schließlich trat er zurück. Sein versteinertes Gesicht war von Zorn durchfurcht. Er richtete die Feuer speienden Augen auf Kelene. »Du hast Mut, Mädchen. Wenn ich dich zu fassen bekomme, wird dein Tod sehr interessant sein. Und du«, rief er dem Korg zu, »du bist ein schlapper alter Mann. Du kannst dich hinter deinen Mauern verstecken, aber trotzdem wirst du zusammen mit diesen Leuten sterben. Meine Krankheit hat schon in ihrer Mitte zugeschlagen. Sie müssen ein Heilmittel suchen, aber ich verspreche dir, dass sie die Klane niemals erreichen werden, selbst wenn sie in Moy Tura falsche Hoffnung finden sollten. Ihr könnt mich nicht aufhalten! Du, Ratsmann, kannst in deiner untergegangenen Stadt bleiben und einen scheußlich schmerzhaften Tod sterben, oder du kommst heraus und stirbst irgendwo hier draußen einen schnelleren Tod nach meiner Wahl.« Er lachte höhnisch; sein Gesicht strahlte vor Triumph. »Mir ist es egal.«

Mit einem roten Lichtblitz verschwand der Geist und hinterließ einen ekelhaften Geruch und eine kleine Staubwolke, die sich langsam legte.

Dreizehn

Schweigen lag über dem südlichen Tor. Die vier Klanleute sahen sich an, dann richteten sie den Blick auf den Mann, der sich erschöpft gegen die Wand des Tors lehnte. Er wandte ihnen den Rücken zu und ließ Kopf und Schultern hängen. Schließlich stieß er sich von der Mauer ab, zerrte das Tuch um seine Lenden fester und wandte sich langsam Kelene, Rafnir, Savaron und Morad zu. Sie sagten nichts; auf ihren jungen Gesichtern spiegelten sich Vorsicht, Neugier und Misstrauen wider.

»Woher kennst du ihn?«, fragte Savaron unvermittelt.

Der Korg zuckte unter dem harschen Ton in der Stimme des Kriegers zusammen. »Sein Name war Bitorn«, antwortete er matt. »Er war ein Priester Sorhs.«

»Das haben wir uns schon gedacht«, meinte Rafnir. »Was hat er dir bedeutet?«

»Er war ein erbitterter Feind, von dem ich geglaubt hatte, er sei schon lange fort.«

Kelene legte nachdenklich den Kopf zur Seite. »War er der Priester, der vom Rat bestraft wurde?«

Der Korg nickte, und einen Moment lang glaubte Kelene, der Mann würde gleich weinen. Die Furchen auf seiner Stirn vertieften sich, und er kniff die Lippen zusammen.

Er sah hoch zu den zerfallenen Türmen und schaute die Schutthaufen und verrotteten Tore an, als sähe er sie nun zum ersten Mal in aller Deutlichkeit. Seine Augen, die früher in goldenem Licht geschimmert hatten, waren nun von gewöhnlichem matten Gelb-Braun.

Was immer er früher gewesen war und getan hatte, jetzt war er nur noch ein müder alter Mann voller Trauer und Reue. Nach Jahren der Einsamkeit und Leere war er in eine neue, verwirrende Existenz geworfen worden, die von alten Erinnerungen bitter und durch neue, unbekannte Bedrohungen gefährlich gemacht wurde.

Kelene nahm den Korg am Arm und führte ihn zurück in die Stadt. Savaron bot ihm Hilfe zum Ersteigen eines der Hunnuli an, doch der Korg schüttelte den Kopf. »Es ist lange her, seit ich ein Hunnuli geritten habe. Ich glaube, ich gehe besser zu Fuß.« Rafnir und Kelene gingen neben dem Zauberer, und die kleine Gruppe machte sich auf den Rückweg in die Stadt.

»Wie habt ihr das gemacht?«, fragte Morad nach längerem Schweigen. »Wie habt ihr seine Seele in dieses Grab gebannt?«

Der Korg ließ sich mit der Antwort so viel Zeit, dass die vier Klanleute schon glaubten, er wolle nichts darüber sagen. Er hatte die tief in den Höhlen liegenden Augen auf die Ruinenlandschaft gerichtet; sein bohrender Blick duldete keine Ablenkung.

Während sie auf die Antwort warteten, warfen ihm die vier jungen Leute nachdenkliche Blicke zu, beobachteten sein Gesicht und wunderten sich über sein Erscheinungsbild. Er war nicht ganz so alt, wie sie zuerst geglaubt hatten. Zwar war seine Haut blass und gefurcht, doch die Gesichtsmuskeln waren noch fest und das Haar eher blond als grau. Kelene fragte sich, ob sich sein Äußeres in den zweihundert Jahren als steinerner Löwe verändert hatte. War er so vor Kelyra erschienen?

Als sie gerade zu dem Schluss gekommen waren, dass er nicht antworten würde, schüttelte der alte Zauberer den Kopf. »Wir haben Bitorn gegen sich selbst benutzt. Das war die Ironie unseres Plans.« Mit langen Fingern deutete er in den blauen Himmel. »Magie ist nicht die einzige alte Kraft in der Welt der Sterblichen. Die Götter haben an vielen Orten Spuren ihrer Göttlichkeit hinterlassen, welche die Menschen noch nicht begreifen. Bitorn war ein brillanter Mann mit einem unersättlichen Verlangen nach Wissen und war besessen von der Vorstellung, dem Tod zu entgehen.«

»Wieso ist er dann ein Priester Sorhs geworden?«, fragte Savaron überrascht.

»Aus zwei Gründen, glaube ich. Wenn er Lord Sorh demütig diente, würde ihn der Gott des Todes vielleicht mit Wohlwollen betrachten und ihm ein längeres Leben ermöglichen. Dann konnte er alles lernen, was es über den Tod zu wissen gibt, und ihm ganz entgehen.«

»Unsterblichkeit?«, rief Kelene aus. »Hatte er Erfolg?«

»Teilweise. Er entdeckte, dass die Seele jedes Sterblichen eine Spur der alten göttlichen Kraft besitzt. Wenn ein Mensch stirbt, versickert diese Kraft, die Körper und Seele miteinander verbindet, und deshalb kann die Seele ihrer sterblichen Hülle entkommen. Indem Bitorn lernte, wie er diese Energie rauben und in sich aufsaugen kann, machte er seine Seele nahezu unverwundbar.« Der Korg ballte die Fäuste. »Er hat Dutzende Leute getötet, bevor wir bemerkten, was er da tat.«

»Die Eidbrecher haben uns gesagt, dass er uns die Lebenskraft stiehlt. Ist es das, was du meinst?«, fragte Rafnir.

»Ja«, sagte der Korg. »Sein Geist wurde so stark, dass wir ihn nicht mehr umbringen konnten. Die Macht in seiner Seele hat seinen Körper vor tödlichen Verletzungen bewahrt. Wir konnten ihn lediglich in einem Grabhügel einsperren und hoffen, dass er irgendwann schwächer wird und stirbt.«

»Aber wir waren schneller«, brummte Savaron.

»Leider.« Der Korg ging mit grimmigem Gesicht neben den Hunnuli her. »Sein Körper muss gestorben sein, kurz bevor ihr ihn gefunden habt, aber in seiner Seele war noch genug Energie übrig, um den Vorboten Sorhs zu entgehen und schließlich aus dem geöffneten Grab zu entkommen. Ist sein Körper noch unversehrt?«

»Das wissen wir nicht«, entgegnete Rafnir. »Wir haben den Sarg nicht geöffnet.«

»Wenn der Sarg unbeschädigt ist, könnte es möglich sein, dass sein Körper noch vollständig ist«, sinnierte der alte Zauberer.

»Und was dann?«, platzte es aus Kelene hervor.

Der Korg seufzte. »Das ist der Grund, warum er so dringend Lebenskraft braucht. Wenn er genug Stärke zusammenbekommt, kann er seinen Körper verjüngen und noch einmal leben.«

»Ist das so schlimm? Vielleicht ist es einfacher, ihn zu töten, wenn er wieder in einem sterblichen Körper steckt«, sagte Morad und klopfte auf seinen Schwertgriff.

»Du begreifst es nicht. Bitorn hatte Recht. Sieben von uns waren nötig, um ihn in diesem Hügel einzusperren. Seine Seele ist so mächtig, dass er den verborgenen Mittelpunkt unserer Gedanken beeinflussen, seine Kraft toten Körpern verleihen und sie wiederbeleben sowie allem widerstehen kann außer den mächtigsten Zaubersprüchen. Als Geist ist er verwundbarer, weil es ihn viel Kraft kostet, im Reich der Lebenden zu bleiben. Sobald er mit seinem Körper wieder vereint ist, wird ihn die Stärke seiner Seele vor der Sterblichkeit bewahren. Er wird praktisch unzerstörbar sein.«

»Das begreife ich nicht«, beschwerte sich Savaron. »Diese Lebenskraft und die Magie scheinen einander sehr ähnlich zu sein. Wo liegt der Unterschied? Und warum benutzt Bitorn diese andere Kraft, wenn er doch so gegen jede Magie ist?«

»Einige Zauberer haben sich mit mir dasselbe gefragt«, erwiderte der alte Korg. »Wir hatten nie die Gelegenheit, Bitorns Arbeit zu verstehen, weil er all seine Papiere und Aufzeichnungen vor seiner Verhaftung vernichtet hat. Aber wir haben gelernt, dass Magie eine viel ältere Kraft ist, die der Schöpfung selbst entspringt. Sie ist unglaublich schwierig zu verstehen und kann nur von Menschen ausgeübt werden, in denen das Blut Valorians fließt. Aber die Lebenskraft ist nicht so alt. Sie scheint von Lord Sorh auszugehen. Es ist Amara, die den Lebensatem in unseren Körper haucht, aber es ist Lord Sorh, der die Seele im Tod für sich beansprucht.«

»Also könnte jedermann diese Macht benutzen?«, fragte Rafnir.

»Jedermann mit dem entsprechenden Wissen und Wollen. Diese Energie ist nicht leicht zu beherrschen.«

»Meint Bitorn es ernst, wenn er sagt, er will alle Zauberer vernichten?«, fragte Kelene mit ruhiger Stimme.

»Vollkommen ernst«, betonte der Korg. »Selbst bevor wir ihn wegen Mordes vor Gericht stellten, war Bitorns Geist schon von der Macht ergriffen, die er bereits in sich aufgenommen hatte. Er war völlig von dem besessen, was er seine ›heilige Pflicht‹ nannte.«

Sie hatten ihren Unterschlupf erreicht, und die Hunnuli blieben bei Afer stehen.

Rafnir warf einen Blick in das dunkle Innere, in dem sein Vater lag, und sagte verdrießlich: »Bitorn hat einen guten Anfang gemacht.« Er dachte an seine Mutter, so schlank und lebendig, an seinen Freund Ritan, an den lachenden Coren und an viele andere, die er nie wiedersehen würde. Mit eiskalter Stimme fügte er hinzu: »Wie können wir den Geist vernichten?«

»Das weiß ich nicht. Aus dem, was ihr mir erzählt habt, schließe ich, dass nicht genügend Zauberer übrig geblieben sind, um ihn aufzuhalten.«

»Bald wird es überhaupt keine mehr geben«, sagte Kelene scharf, »wenn wir nicht die Aufzeichnungen der Heiler finden.«

Der Korg hob die Augenbrauen. »Was für Aufzeichnungen?«

»Wegen ihnen sind wir hergekommen. Wir suchen nach Berichten, die die Heiler möglicherweise hinterlassen haben und die uns beim Kampf gegen die Seuche helfen können.«

»Ist es so schlimm?«

Statt einer Antwort zog Rafnir den Korg in das Zimmer und deutete auf Sayyed. »Sieh es dir selbst an.«

Kelene lief an ihnen vorbei und kniete sich neben den Krieger. Sie hob seinen Kopf und flößte ihm ein wenig Brustwurztee aus einem Becher ein. »Es beginnt mit hohem Fieber und schmerzhaften Schwellungen am Hals.« Sie berührte sanft die Erhebungen unter Sayyeds Kiefer. Trotz des federleichten Drucks jammerte er auf, und die weiße Katze knurrte drohend. »Die Krankheit verläuft schon nach wenigen Tagen tödlich«, fügte sie hinzu, »und wir haben kein Gegenmittel.«

Der Korg sah Sayyed entsetzt an und begriff zum ersten Mal das ganze Ausmaß des Unglücks, das diese Klanleute in seine Stadt getrieben hatte. Er fuhr sich mit der Hand über das Kinn. »Ich weiß nicht, ob ihr in dieser Stadt das finden werdet, was ihr sucht. Ich erinnere mich nicht, dass uns jemals etwas Ähnliches wie diese Seuche heimgesucht hat. Damals gab es in Pra Desch eine Seuche. Vielleicht hat Bitorn einen Weg gefunden, sie zu speichern und mitzunehmen. Es könnte auch eine Krankheit sein, die seiner eigenen Verderbtheit entspringt.«

»Aber wir können doch danach suchen, oder?«, brauste Rafnir auf. Er war mit seiner Geduld am Ende. »Bitorn muss glauben, dass es hier etwas gibt, was uns helfen kann. Warum hätte er sonst die Klan-Versammlung verlassen und wäre ein paar Zauberern bis nach Moy Tura gefolgt? Hatten die Heiler irgendwelche Bücher oder Manuskripte oder sonst etwas, in denen sie ihren Heilzauber aufgeschrieben haben?«

»Ich weiß es nicht.« Der Zauberer versuchte nachzudenken, aber Rafnirs Ausbruch hatte ihn durcheinander gebracht.

»Du weißt eine ganze Menge nicht, alter Mann! Denk nach! Ich habe meine Mutter und meinen halben Klan durch diese Krankheit verloren. Ich will nicht noch mehr Menschen sterben sehen!« Mit finsterem Blick ging Rafnir nach draußen, damit seine Wut und seine erhobene Stimme Sayyed nicht störten. Die Männer folgten ihm und ließen den Krieger in der friedvolleren Gesellschaft seiner Katze zurück.

Kelene untersuchte Sayyed ein weiteres Mal. Sie seufzte vor Mitleid angesichts dieses schönen, kraftvollen Mannes, der hilflos und schweißdurchtränkt im Delirium lag, während der unsichtbare Feind seinen Körper verwüstete. Ihr Herz schmerzte bei dem Gedanken, dass sein lebendiger Humor und sein bezauberndes Lächeln für immer verloren waren.

Still verließ sie ihn, durchsuchte das Gepäck und fand ein paar von Tomians Kleidungsstücken, die sie mitgenommen hatten. Der junge Geldring war größer als der Korg gewesen, doch das braune Hemd, die leichte Hose und die geschmeidigen Lederstiefel würden bei dem Korg ihren Zweck vorerst erfüllen.

Sie ging nach draußen und sah, wie die Männer mürrisch die Ruinen betrachteten. Sie sprachen kaum miteinander. Sie gab die Kleidung dem Korg, der sie mit einem matten Lächeln entgegennahm. Kelene wartete, bis er sie angezogen hatte. Wie sie befürchtet hatte, waren die Stiefel zu groß und die Hose zu weit. Sie wollte gerade vorschlagen, mit Dolch, Nadel und Faden Abhilfe zu schaffen, als der Zauberer die Kleider mit einem einfachen Spruch in seine Größe änderte.

»Das musste ich lange nicht mehr tun«, sagte er zu Kelene. Er warf den Männern einen entschuldigenden Blick zu. »Es tut mir Leid, dass ich keine große Hilfe für euch bin. Ich war kein Heiler, und sie haben ihre Geheimnisse außerhalb ihrer Gilde niemandem mitgeteilt.«

Kelene hatte die Arme vor der Brust verschränkt und sah ihn fest an. »Wir haben gewusst, dass unsere Aussichten nicht groß sind. Hast du einen Vorschlag? Gibt es einen Ort, an dem wir nachsehen könnten?«

Er dachte über diese Frage nach und schlug schließlich vor: »Vielleicht in ihrer Halle.«

»In welcher Halle?«, mischte sich Rafnir sofort ein.

Der Korg sah das Lagerhaus an und blickte dann die Straße hinunter. »Es ist so lange her, dass ich mich nicht mehr genau erinnere, wie die einzelnen Gebäude ausgesehen haben. Die Halle der Heiler war ein großes, zweistöckiges Gebäude nicht weit von hier … mit einem Garten, soweit ich mich erinnere.«

»Neben dem Tempel Amaras?«, fragte Kelene aufgeregt. Als der Korg nickte, lächelte sie. »Wir wissen, wo das ist.«

Rafnirs Miene hellte sich auf. Er und Kelene führten die anderen durch die Gassen und Straßen bis zu dem Hof, wo sie den Adler gefunden hatten.

Kelene sah sich rasch um und war erleichtert darüber, dass Demira nicht in der Nähe war. Vielleicht suchte sie nach Gras oder übte mit ihren neuen Flügeln. Kelene blinzelte Rafnir zu; sie war froh, dass sie in diesem besonderen Augenblick nicht das neue Erscheinungsbild ihres Pferdes erklären musste.

Der Korg betrachtete neugierig die zerborstenen Säulen und die Haufen aus verwitterten und zerbröckelten Backsteinen zwischen den Grundmauern des Gebäudes. »Das muss es sein«, murmelte er wie zu sich selbst.

Eine weitere Ermutigung benötigten die Klanleute nicht. Sie schwärmten aus und durchsuchten jede Ecke, jedes Loch und jeden Winkel in der zerstörten Halle der Heiler. Sie brachen die Überreste der Mauern ab, zerrten Schutthaufen beiseite und gruben sich durch viele Schichten aus gepresster Asche und Staub.

Unglücklicherweise war nicht viel übrig geblieben, was man untersuchen konnte. Die Angreifer waren bei der Plünderung und Zerstörung sehr gründlich vorgegangen, und die Zeit hatte den Rest besorgt. Als die Sonne bereits den Horizont berührte, hatten die Klanleute die ganzen Fundamente durchsucht und nichts gefunden. Sie waren niedergeschlagen und enttäuscht, doch schließlich gebot Savaron ihnen Einhalt.

»Bist du sicher, dass dies ihre einzige Halle war?«, fragte er den Korg. »Gab es vielleicht noch einen anderen Ort, an dem die Heiler ihre Aufzeichnungen aufbewahrt haben?«

Der Zauberer schüttelte den Kopf. »Nicht dass ich wüsste.«

Morad gab ein verärgertes Grunzen von sich und warf die Hände hoch. »Und was sollen wir jetzt tun? Nach Hause gehen?«

»Das können wir nicht«, polterte Rafnir. »Wir müssen weitersuchen.«

»Wonach? Nach noch mehr Steinen? Nach noch mehr Eidechsen? Nach noch einer Sackgasse? Begreif es doch endlich, Rafnir, diese ganze Reise war Zeitverschwendung. Außer alten Steinen gibt es hier nichts.« Morad hob einen auf und warf ihn mit aller Kraft in das Zwielicht. »Bei Anbruch der Morgendämmerung gehe ich zurück zum Geldring-Treld.«

»Allein? An dem Geist vorbei?«, rief Kelene.

»Ich nehme das Nordtor und suche mir meinen Weg. Dieser stinkende Priester wird ganz damit beschäftigt sein, nach *ihm* Ausschau zu halten.« Er zeigte mit dem Finger auf den Korg.

»Du wirst nicht allein gehen«, bemerkte Rafnir mit einer Stimme, die sowohl ruhig als auch bezwingend war. »Du wirst die Seuche mitnehmen. Wenn du nicht irgendwo einsam in der Ebene stirbst, schaffst du es vielleicht bis zum Treld und verbreitest dort die Krankheit.«

Morad errötete. Er war wütend über sich selbst, weil er Angst gezeigt hatte, und wütend auf Rafnir, weil dieser ihn mit einleuchtenden Gründen zurechtgewiesen hatte. Er wollte gerade etwas erwidern, als ein Ausruf von Savaric alle erschreckte.

»Gute Götter!«, platzte er heraus. »Was war das?«

Die anderen wirbelten herum und sahen, wie er in den westlichen Himmel starrte. Moy Tura war flach; daher konnte man dort, wo die Mauern niedergerissen waren, sehr weit sehen. Doch als Savarons Gefährten seinem Blick folgten, bemerkten sie nichts Außergewöhnliches.

»Habt ihr das gesehen?«, fragte Savaron aufgeregt. »Da hinten bei diesem Turm. Das war entweder der größte Adler, der mir je untergekommen ist, oder …« Er runzelte die Stirn und verstummte. Schließlich fragte er den Korg: »Es gibt doch in dieser Gegend keine anderen Bestien, oder?«

Der alte Mann wirkte besorgt. »Natürlich nicht. Ich werde doch wohl meine Heimat kennen.«

»Ein Adler? Heißt das, dass es geflogen ist?«, fragte Kelene mit beherrschter und unschuldig klingender Stimme. Sie vermied es, jemanden anzuschauen, damit niemand das plötzliche Leuchten in ihren Augen sah. Demira! Das musste Demira gewesen sein!

Ihr Bruder blinzelte. »Ich glaube schon. Ich habe es nur kurz gegen die untergehende Sonne gesehen. Es war gewaltig!«

Darüber schüttelte Morad angewidert den Kopf. »Wunderbar. Steinlöwen, tote Priester, Riesenadler. Und was kommt als Nächstes? Ich hole mir etwas zu essen. Da weiß ich wenigstens, wo ich etwas finden kann!« Er stapfte aus dem Hof; sein Rücken war vor Wut gekrümmt.

Savaron warf einen letzten Blick zum westlichen Himmel; dann zuckte er die Achseln und folgte Morad in einigem Abstand. Der Korg lief hinter ihm her. Kelene zögerte. Sie wollte im Hof auf Demiras Rückkehr warten und herausfinden, ob das Füllen nun wirklich fliegen konnte, aber der Gedanke an Sayyeds bedenklichen Zustand trieb sie zurück in den Unterschlupf. Vielleicht brauchte der Krieger sie in der Nacht; sie wollte ihn nicht allein lassen, nur um ihre Neugier zu befriedigen. Vielleicht fand Tibor etwas für sie heraus.

In dieser Nacht wisperte ein kalter Wind um die schmutzigen Mauern. Kelene und Rafnir saßen abwechselnd bei Sayyed und machten es ihm so bequem wie möglich, während das Fieber stieg und die kleinen Beulen an Armen und Hals allmählich aufbrachen. Die weiße Katze wich nicht von seiner Seite. Sie lag neben Sayyeds Kopf und schnurrte heftig, als wolle sie ihn zum Kampf gegen dieses Ding ermutigen, das langsam seinen Körper verbrannte.

Savaron und Morad hielten Wache. Diesmal beschränkten sie sich darauf, den Unterschlupf im Auge zu behalten. Der Korg hatte das Angebot eines Lakens angenommen und schlief draußen bei den Hunnuli. Obwohl ihn sehr nach menschlicher Gesellschaft verlangte, war ihm in der Gegenwart so vieler Leute unwohl zumute.

Niemand schlief gut. Die Dunkelheit schien nicht enden zu wollen; sie verhüllte die Welt und bot keine Ablenkung von der einfachen, schrecklichen Tatsache, dass ihnen die Zeit davonlief und sie einer Lösung ihrer Probleme nicht näher waren als vor zwei Tagen.

Ein blassrosa Licht färbte den östlichen Himmel, als Kelene nach draußen trat und den schmerzenden Rücken streckte.

»Eine schlechte Nacht«, bemerkte Savaron von seinem Sitz auf einer Mauer. Er kletterte steif herunter und stellte sich neben Kelene. »Geht es ihm besser?«

Sie musste heftig blinzeln, um die Tränen zurückzuhalten. »Nein. Ich habe alles versucht, um das Fieber zu senken, aber es wird immer schlimmer. Wenn er nicht bald ein Gegenmittel bekommt, wird er die nächste Nacht wohl kaum überleben.«

Der junge Krieger schlug mit der Hand gegen den Griff seines Schwerts. »Es muss doch etwas geben, das wir noch nicht versucht haben. Ich will einfach nicht glauben, dass wir den ganzen Weg umsonst gemacht haben.«

»Wir wussten, dass es nicht mehr als eine Hoffnung war«, seufzte Kelene.

»Das ist mir klar, aber ich habe wenigstens auf etwas Glück oder einen Fingerzeig der Götter gehofft.« Er zog eine Grimasse; beinahe alle Hoffnung war inzwischen von ihm gewichen. »Vielleicht hatten die Priester Recht. Vielleicht haben sich die Götter schließlich doch von uns abgewendet.«

Eine lange, dünne Hand legte sich auf Kelenes Arm. Sie drehte sich um und sah den Korg. Zum ersten Mal seit zweihundert Jahren trug der Zauberer einen blond-grauen Stoppelbart, der ihm ein müdes, etwas schmuddeliges Aussehen verlieh. Der Schlafmangel hatte seine Augen gerötet, und die Furchen um Mund und Nase schienen tiefer geworden zu sein. »Die Götter lassen ihre Kinder nicht im Stich«, sagte er mit einer Stimme, die vor Erregung zitterte. »Glaubt das niemals.«

Morad hatte dem Gespräch aus einiger Entfernung zugehört und kam nun herüber. »Was sollen wir denn sonst glauben? Unsere Gebete wurden nicht erhört. Wir haben keine Hoffnung mehr. Niemand hilft uns.«

»Vielleicht haben sie auf der Versammlung eine Antwort gefunden«, sagte der Korg sanft. »Vielleicht ist die Seuche abgeebbt, weil der Geist nicht mehr in ihrer Mitte ist.«

Savaron ergriff sofort diesen Strohhalm und wandte sich an seine Schwester. »Kelene, hast du in der letzten Zeit den Wächter benutzt?«

Sie schloss zögerlich die Finger um die Brosche. »Nicht mehr seit einem oder zwei Tagen«, sagte sie, »aber ich glaube nicht …«

»Versuch es«, unterbrach Morad sie. »Sieh nach, was dort los ist.«

Sie löste die Brosche und nahm sie in die Hand. Kelene glaubte nicht, dass die Krankheit verschwunden war oder die Heiler ein Gegenmittel gefunden hatten. Beim letzten Blick in den Wächter hatte sie keine Anzeichen dafür festgestellt. Ihre Eltern waren noch gesund gewesen. Sie wollte nicht erfahren, ob sich ihr Zustand inzwischen verändert hatte.

Der Korg spürte ihr Widerstreben, denn er schloss seine schlanken Hände um ihre und schenkte ihr ein blasses Lächeln. »Die Stärke, alles zu ertragen, kommt von innen«, flüsterte er.

Kelene neigte den Kopf, verdrängte alles andere aus ihren Gedanken und richtete ihre ganze Aufmerksamkeit auf den Mittelpunkt des Steins. Langsam entwickelten sich die Bilder; sie drangen zögerlich durch einen nebligen Vorhang aus Licht, als ob sie durch Kelenes Widerwillen verlangsamt würden.

Als schließlich das winzige Bild scharf wurde, erkannte Kelene den Grund für die Verzögerung: Ihre Mutter hatte sich nach Osten gerichtet. Das goldene Licht der aufgehenden Sonne erfüllte den Stern an ihrem Hemd.

Kelene seufzte auf. Wenigstens bedeutete das, dass es Gabria gut ging. Sie war auf den Beinen und befand sich an der frischen Luft. Kelene begriff, dass ihre Mutter gerade zu Amara betete, denn sie sah ihre Hände in bittender Haltung ausgestreckt. Bevor sie sich tiefer in den Stein versenken und die Worte hören konnte, änderte sich das Bild, und ihre Mutter betrat ein Zelt.

Kelene spürte, wie ihr Mund trocken wurde. Es war das Zelt ihrer Familie; sie erkannte den roten und weißen Wandbehang und das Kleiderregal, das ihr Vater gezimmert hatte. Was machte Gabria im Lager der Khulinin? Warum war sie nicht bei den Heilern im Ratshain?

Das kleine Bild war jetzt schwer zu erkennen, denn im Zelt war es dunkel, und ihre Mutter ging darin herum. Kelene sah einen Topf mit heißem Wasser und eine Hand voll getrockneter Blumen. Gabria schien etwas kochen zu wollen. Kelene beobachtete sie verwundert dabei.

Gabria begab sich in den hinteren Teil des Zelts, in dem der Schlafvorhang hing. Sie zog ihn zur Seite und kniete neben jemandem nieder, der auf der Pritsche lag.

Einige hundert Meilen entfernt sah Kelene das Bild der ausgestreckten Gestalt in den Tiefen der Gemme. Sie gab einen erstickten Schrei von sich und ließ den Wächter fallen. Dann hob sie den leeren Blick zu Savaron. »Es ist Vater.«

Ihrem Bruder wurden die Knie weich. Er sackte zurück auf seinen steinernen Sitz. »Tot?«, brachte er mühsam hervor.

Das Mädchen spürte, wie ihr Körper taub vor Verzweiflung wurde. »Nein. Ich glaube, es ist gerade erst passiert. Er ist vom Fieber geschüttelt, aber es waren noch keine Beulen zu sehen.«

»Das hat keine Bedeutung. Er wird tot sein, bevor wir zurück sind.« Savaron stützte den Kopf in die Hände.

Der Korg sah von einem zum anderen. Ihr Kummer bedrückte ihn. »Euer Vater? Ist das Lord Athlone?« Als Kelene nickte, bückte er sich, hob den Wächter auf und drückte ihn ihr in die kalten Finger. »Ich war fast die ganze Nacht wach und habe versucht, mir Moy Tura so vorzustellen, wie es einmal war«, fuhr er zögernd mit rauer Stimme fort. »Die gestrigen Gespräche mit euch haben Dinge in mir wachgerufen, an die ich seit vielen Jahren nicht mehr gedacht habe. In der vergangenen Nacht habe ich mich an etwas erinnert, das vielleicht genauso unwichtig wie die Halle der Heiler ist, aber schließlich bleibt uns nicht mehr viel übrig.«

»Worum geht es?«, fragte Rafnir vom Eingang des Unterschlupfs her. Er lehnte sich gegen die Türöffnung, hatte die Arme vor der Brust verschränkt und einen wachsamen Blick aufgesetzt.

»Die Tunnel«, erwiderte der alte Zauberer. Als die anderen ihn verständnislos ansahen, erklärte er: »Wir haben eine Reihe von Tunneln gegraben, die von der Halle der Zauberer zu den vier oder fünf wichtigsten Gebäuden der Stadt führen. Ich weiß, dass es einen zur Halle der Heiler gab. Mir ist der Gedanke gekommen, dass sich vielleicht einige ihrer wichtigsten Werke in den Lagerräumen unterhalb der Haupthalle befinden könnten.«

»Tunnel«, wiederholte Morad. Seine Stimme troff vor Unglauben. »Unter der Stadt. Davon haben wir noch nie gehört.«

»Nur wenige Leute außerhalb von Moy Tura wussten um ihre Existenz. Wenn sie Lord Gordak bekannt waren, wird er sie ebenfalls zerstört haben. Aber die Türen waren durch Magie verstärkt und versiegelten sich von selbst, wenn sie verschlossen wurden. Vielleicht hat Gordak sie übersehen, als er die Stadt geschleift hat.«

»Ich habe keine Anzeichen für einen Eingang zum Keller der Halle gesehen, sei er versiegelt oder nicht«, erklärte Savaron.

Der Korg rieb sich nachdenklich die Hände. »Ich auch nicht; ansonsten hätte ich mich schon früher daran erinnert. Er muss zerstört worden sein, als die Wände niedergerissen wurden.«

Kelene heftete ihre Brosche vorsichtig an das Hemd, während sie den Männern zuhörte. Leise Hoffnung keimte in ihr auf und verdrängte ein wenig die Verzweiflung, die sie befallen hatte, als sie ihren Vater krank und hilflos auf dem Bett liegen gesehen hatte. Es war ihr egal, ob das nur Wunschdenken war, solange es noch einen winzigen Hoffnungsschimmer gab. »Gibt es noch ein anderes Gebäude mit einem Zugang in der Nähe der Halle der Heiler?«, fragte sie.

Der alte Zauberer zögerte. Dann erhellte sich sein Gesicht ein wenig. »Das nächstgelegene war der Tempel des Ealgoden. Dieses Gebäude steht noch zum Teil.« Er zog eine Grimasse. »Die Klankrieger haben es nicht gewagt, einen heiligen Ort abzureißen.«

Savaron, Morad und Kelene tauschten rasche Blicke aus und verständigten sich wortlos darauf, es zu versuchen. Nur Rafnir zögerte. Er wusste nicht, ob er bei seinem Vater bleiben oder mit auf die Suche nach dem Tempel gehen sollte.

Afer, der Hengst, verstand sein Schwanken. *Geh*, beruhigte ihn das Hunnuli. *Ich werde dich benachrichtigen, wenn er Hilfe braucht.*

Sie wollten gerade aufbrechen, als die weiße Katze aus dem Unterschlupf hervorkam und gereizt fauchte. *Afer hat mir gesagt, ich soll mit euch gehen. Er meint, ich kann nach Rissen und kleinen Löchern Ausschau halten, die ihr Menschen vielleicht übersehr.*

Der Korg beobachtete sie belustigt, als sie losging, ohne auf die anderen zu warten. Sie hielt den Schwanz hoch in die Luft gereckt, und ihre Schnurrhaare zuckten. »Für ein so kleines Wesen hält sie sich tapfer wie eine Löwin«, bemerkte er lächelnd. »Von wem hat sie gelernt, so zu reden?«

»Von meiner Mutter«, sagte Rafnir knapp und bedeutete dem Korg mit einer Handbewegung, die Führung zu übernehmen.

Sie folgten dem alten Mann und gingen an dem Platz vorbei zur südwärts führenden Straße. Einige Minuten später betraten sie durch einen Bogengang in einer hohen Mauer den geräumigen Innenhof des gewaltigen Tempels, den sie schon früher bemerkt hatten. Der Korg hatte Recht gehabt: Der Tempel hatte kaum unter den plündernden Klankriegern gelitten. Wenigstens war er nicht niedergebrannt und dem Erdboden gleichgemacht worden wie die Halle der Zauberer.

Aber Zeit, Vernachlässigung und Wetter hatten dennoch einen beklagenswert großen Schaden angerichtet. Das Dach war eingestürzt, die meisten Wände waren zusammengefallen, und die Fassade aus Marmorsäulen und Friesen wies Risse und Brüche auf. Schutt lag auf den Pflastersteinen des Innenhofs. Gras und Unkraut wuchs zwischen den zerbrochenen Steinplatten, und eine kleine wilde Zeder kämpfte im ehemaligen Garten ums Überleben. Nicht einmal die Morgensonne konnte den schäbigen, verlassenen Eindruck vertreiben, den der Tempel in seiner verblassten Großartigkeit verströmte.

Die jungen Klanleute sahen entsetzt die gewaltige Ruine an und fragten sich, wo sie mit ihrer Suche beginnen sollten.

Der Korg durchquerte langsam den Hof und ging die breite Steintreppe hoch, welche die gesamte Vorderseite des Tempels einnahm. Er hob die Arme zu dem verfallenen Gebäude.

»Er hieß ›Tempel des Ealgoden‹ nach dem heiligen Gipfel im Reich der Unsterblichen. Wir wollten an diesem Ort alle Götter unter einem Dach verehren.« Dann rief er laut: »Den mächtigen Surgart mit dem Schwert des Krieges; Lord Sorh, den Richter und Vollstrecker; die dunkle, launenhafte Krath und die Mutter des Alls, Amara! Wenn die Halle der Zauberer das Hirn von Moy Tura war, dann war das hier das Herz! Tretet mit mir ein, und sucht nach den Antworten auf eure Gebete.«

Auf der anderen Seite des Hofes schnäuzte sich Morad heftig. »Dieser alte Mann hat mehr verloren als nur ein paar Pfund Steine«, zischte er. »Er steht wohl kurz davor, den Verstand zu verlieren.«

Kelene sah den Geldring eindringlich an. Vielleicht war der Korg ein wenig theatralisch, doch mit seinem Verstand stimmte alles. Und wenn es ihm gelang, einen Tunnel zur Halle der Zauberer zu finden, war es ihr egal, ob er danach von der Stadtmauer aus seine Gebete sang. Sie ließ Morad einfach stehen und eilte hinter dem Zauberer her. Rafnir und Savaron folgten ihr. Schließlich bildete

Morad die Nachhut, wobei er murmelnd ein Selbstgespräch führte. Sie kletterten die ausgetretenen und löchrigen Stufen hoch und sahen gerade noch, wie der Korg und Tams Katze sich einen Weg durch die zerschmetterten Haupttüren bahnten.

Die Türen waren zwei riesige bronzene Flügel, die bedenklich an den Überresten der Vorderwand und des Rahmens hingen. Die Klanleute drückten sich an ihnen vorbei und waren sorgsam bemüht, das brüchige Gleichgewicht der Türen nicht zu stören. Drinnen war es beinahe unmöglich, etwas deutlich zu erkennen. Alles lag unter der großen, schweren Decke begraben. Das blaue Himmelszelt war das einzige Dach, welches der Tempel bis in alle Ewigkeit haben würde.

»Wo war der Eingang zu den Tunneln?«, fragte Rafnir zweifelnd und stocherte in einem Steinhaufen herum.

Der Korg streckte die Hand aus. »Links. Die Tür öffnete sich in ein Vorzimmer neben dem Mittelgang.« Er führte die anderen zu einem Durcheinander aus Mauerwerk, Dachsparren und Staub, das einige teilweise eingestürzte Wände verdeckte.

»Dort etwa?«, seufzte Rafnir, als er das Chaos sah. »Wir brauchen einen ganzen Tag, um da durchzukommen.«

Er hatte nicht ganz Recht. Sie benötigten nur einen halben Tag. Unter Anleitung des Korg benutzten sie Magie, um die Steine zur Seite zu schaffen und vorsichtig die Überreste dessen auszugraben, was früher einmal die Kammern und Vorzimmer einiger Priester gewesen war. Es war eine schwierige Arbeit, denn sie wollten die verbliebenen Mauern nicht beschädigen oder noch mehr Schutt anhäufen.

Als sie fertig waren, war es bereits nach Mittag, und sie waren müde von all der Magie, die sie unter Kontrolle halten mussten. Die Zimmer waren noch mit Unrat und Schutt übersät, aber nun konnte man sich innerhalb der Mauern bewegen.

»Das ist die Stelle«, sagte der Korg zu seinen Gefährten. Er deutete auf eine kleine Kammer. Tams Katze war als Erste in dem verwüsteten Raum. Die Klanleute drängten sich hinter ihr durch den Eingang und sahen sich um.

Rafnir lehnte sich mit verschränkten Armen gegen den Türpfosten des Zimmers, auf das der Korg gezeigt hatte. Ihm war heiß. Er schwitzte, hatte schlimme Kopfschmerzen und sah überhaupt nichts, was wie eine weitere Tür oder ein sonstiger Ausgang aus diesem Zimmer gewirkt hätte. Es hatte einen Durchmesser von kaum zehn Schritten, war fensterlos und ohne jeden Dekor. Alle Möbel und anderen Ausstattungsgegenstände waren schon lange verrottet. Hier gab es nichts als schmutzigen Stein und den schweren Geruch von Verwesung und Schimmel.

Er sah zu, wie die weiße Katze leichtfüßig durch den Raum streifte, hier und da mit der Tatze herumstocherte und wählerisch die Steine beschnupperte. Sie hatte die Ohren aufgestellt und schnüffelte eifrig umher, doch nichts schien sie sonderlich aufzuregen. Nach einigen Minuten setzte sie sich vor die Rückwand und leckte sich die Pfoten.

Rafnir gab ein angewidertes Knurren von sich, das wegen seiner wachsenden Enttäuschung und der Sorge um seinen Vater ziemlich harsch ausfiel. »Wieder eine Sackgasse. Wo ist denn dein Eingang, alter Mann?«

Der Korg nahm keinen Anstoß an Rafnirs Worten. Die Gefühle der Angst und Enttäuschung waren ihm sehr vertraut. Er drängte sich an Rafnirs großer Gestalt vorbei und hockte sich neben die Katze. »Ich glaube, sie sitzt darauf«, erwiderte er milde. »Ich habe euch gesagt, dass die Türen versiegelt sind.«

Die Katze miaute. *Ich kann die Tür nicht sehen. Ich kann nur riechen, was unter dem Boden ist.*

Sie trat beiseite. Der Korg hob einen Holzscheit auf und kratzte damit die Schmutzschicht vom Boden ab. Ein achteckiger Stein, nicht größer als die Hand eines Mannes, kam unter dem Dreck hervor. Der Stein, eine polierte Fliese aus schwarzem Marmor, hatte eine kleine Vertiefung in der Mitte. Der Korg legte den Daumen in diese Vertiefung, sprach ein seltsames Wort und drückte zu.

Die vier jungen Leute beobachteten erstaunt, wie der Stein unter seiner Hand nachgab. Ein großer Teil des Bodens und der Wand löste sich und glitt außer Sichtweite. Der Korg zuckte unter dem rauen, mahlenden Geräusch zusammen, das eine Folge des Verfalls und des zähen Schmutzes war. Eine schmale Treppe kam zum Vorschein, die in eine schwarze Grube führte. Ein starker Geruch nach feuchtem Stein erfüllte die Luft, und klamme Kälte kroch aus der

Schwärze herauf. Nichts war zu hören; es gab keinerlei Anzeichen von Leben. Nichts war zu sehen außer den ersten drei Stufen und der Finsternis, die ins Unbekannte führte.

Schweigen verdichtete sich um die Klanleute. Mit grimmiger Miene starrten sie in den schwarzen Schacht. Niemand wollte den ersten Schritt wagen, nicht einmal der Korg.

Kelene wurde beim Anblick dieses bodenlosen Abgrunds übel. Sie erinnerte sich an die Geschichte Valorians und fragte sich, ob er auch eine so große Angst verspürt hatte, als er auf der lichtlosen Schwelle von Gormoth gestanden hatte. »Nun, wenigstens gibt es da unten keine Gorthlinge«, sagte sie mit erzwungener Leichtigkeit.

Die Männer zuckten zusammen. Dann grinste Rafnir, und Savaron kicherte. Morad entspannte sich so weit, dass er die Achseln zucken konnte. Er machte den ersten Schritt auf der Treppe.

»Wie wäre es mit etwas Licht?«, schlug der Geldring vor.

Die Zauberer entsprachen seinem Wunsch sofort und gossen ihre Magie in kleine, treibende Lichtkugeln, die sie mit nach unten nehmen konnten. Hintereinander folgten die Männer und Kelene Morad die Treppe hinunter in die Schwärze.

Rafnir ging als Letzter und sah die weiße Katze an, welche die Gruppe mit starrem Blick beobachtete. »Kommst du mit?«, lud er sie ein. Sie richtete den Schwanz auf und tappte wie eine Priesterin vor ihm die Treppe hinunter.

Rafnir warf einen letzten Blick auf die vom Sonnenlicht erhellten Ruinen, holte tief Luft und tauchte dann in die Tiefen von Moy Tura ein.

Vierzehn

Der enge Schacht führte ohne Kurve oder Abzweigung in das Felsbett unter dem Tempel. Die Wände standen so dicht beieinander, dass die Gruppe im Gänsemarsch vorrücken musste. Glücklicherweise waren die Stufen ziemlich breit, und in Hüfthöhe an der rechten Seite befand sich ein Steingeländer. Der Abstieg war recht angenehm; allerdings wurde die Luft immer kälter und fuhr der Gruppe unter die Haut. Auch die Dunkelheit, die sich an den Rändern ihrer kleinen Lichter zusammenballte, bedrückte sie sehr.

Die Klanleute waren erst zehn Stufen hinuntergestiegen, als plötzlich ein schwaches Licht über ihnen aufleuchtete. Morad zuckte so zusammen, dass er beinahe auf der Treppe gestolpert wäre.

Der Korg legte dem Geldring die Hand auf die Schulter. »Kein Grund zur Sorge«, sagte er traurig. »In der Decke war eine Lichterkette angebracht, die immer dann aufleuchtete, wenn sich ein Zauberer näherte. Ich bin überrascht, dass sie noch funktioniert.«

Es lag etwas Tröstliches in dem Licht und der Vorstellung, dass damals andere Zauberer hier ein und aus gegangen waren. Die schwache Beleuchtung konnte sich nicht mit den Lichtkugeln messen, welche die Reisenden erschaffen hatten, doch ihre Gegenwart machte den Tunnel weniger beängstigend. Die Männer, die Frau und die Katze setzten ihren Abstieg unter der Lichterkette fort.

Einige Minuten später erreichten sie den Boden und drängten sich eng zusammen. Im Licht der magischen Kugeln sahen sie, dass sie an einer Abzweigung mehrerer Tunnel standen. Die Gänge waren wie die Treppe glattwandig und offensichtlich von Menschen gemacht, doch hier waren sie so breit, dass zwei Leute nebeneinander hergehen konnten. Einer der Tunnel verlief weiter geradeaus, die anderen führten nach rechts und links fort.

»Wohin?«, dröhnte Savarons Stimme durch die Stille.

Kelene erschrak und stieß mit Rafnir zusammen. Sie fühlte seine starke Hand an der ihren und ergriff sie, um die Angst zu besänftigen, die sich in ihre Gedanken gekrallt hatte. Er schloss die Finger um ihre Hand und offenbarte ihr unter der Berührung seine Gefühle. Sie spürte ein unangenehmes Gemisch aus Anspannung, Sorgen, Angst sowie die warme Freude über ihre Nähe, bevor sie sich zwang, ihren Geist zu versperren. Zur gleichen Zeit wurde sie sich bewusst, dass auch Rafnir sich geistig von ihr entfernte. Der Gefühlsfluss wurde unterbrochen. Kelene war erleichtert. Sie wusste jetzt, dass es möglich war, ihre Gabe bei Rafnir unter Kontrolle zu halten und ihm dadurch seine Privatsphäre zu belassen. Diese Fähigkeit konnte später wichtig werden, falls ihre frische Freundschaft sich weiterentwickeln würde.

Ohne ein Wort betrat der Korg den Tunnel zur Linken und führte seine Gefährten vorsichtig den Schacht entlang. Weil die Tunnel vor so langer Zeit versiegelt worden waren, gab es hier nicht viel Staub oder Unrat, und es hatte sich kaum Feuchtigkeit angesammelt. Andere schwache Lichter leuchteten wie Geisterkerzen an der Decke.

Sie waren noch nicht lange gegangen, als der Korg so unvermittelt stehen blieb, dass Morad und Savaron gegen ihn stießen und ihn dadurch noch ein paar taumelnde Schritte vorantrieben. Sie murmelten eine Entschuldigung, hielten ihn fest und sahen dann, was ihn so entsetzt hatte. Kaum einen Schritt von den Stiefeln des Korg entfernt lag das Skelett eines Menschen. Es befand sich am Fuß einer weiteren Treppe; das Fleisch war schon lange verwest, und die Knochen schimmerten blass durch die Fetzen eines langen gelben Hemds. Ein Pfeil stach aus seinem Rücken hervor.

»Sentran«, murmelte der Korg.

Kelene sah, dass seine Wangen feucht waren. »Du kanntest ihn?«

»Er war ein Freund von mir. Er hat immer dieses scheußliche Gelb getragen.« Er starrte in die Dunkelheit des Treppenaufgangs. »Sentran hat gern spät gearbeitet. Er muss getroffen worden sein und sich bis hierhin geschleppt haben, bevor er starb …« Ihm versagte die Stimme.

Morad beugte sich vor und betastete die Fiederung des Pfeils. »Wenn die Farben sich nicht verändert haben, stammt er von den Geldring.« In dem grünlich-weißen Licht der Kugeln nahm sein

Gesicht eine unheimliche Farbe an. Er ließ den Pfeil los, als habe er sich verbrannt.

Sie ließen Sentrans Leichnam in Frieden ruhen und eilten etwas schneller durch die Tunnel.

Schließlich kam der Korg zu einer Stelle, an der sich der Tunnel weitete und vor einer massiven Tür endete. Sie hatte einen steinernen Sturz und war mit gehämmerten Bronzeplatten belegt. Das seltsame Zeichen einer goldenen Hand mit einem Auge aus rotem Edelstein in der Innenfläche befand sich in der Mitte der Tür.

»Das ist es; ich erkenne das Symbol der Heiler«, sagte der Korg zu der kleinen Gruppe. Dann setzte er einen verwirrten Blick auf. »Aber ich wusste nicht, dass hier eine Tür ist.« Er drückte gegen sie. Nichts geschah.

Savaron und Morad warfen sich gemeinsam mit ihm gegen die Tür, doch sie gab nicht nach. Es war nicht genug Platz für weitere Unterstützung, also gaben sie es auf und suchten nach einem anderen Weg. Entmutigt stellten sie fest, dass es keine sichtbaren Klinken, Angeln oder Schlösser gab.

»Sie ist bestimmt magisch versperrt«, entschied Kelene.

Morad starrte die Tür böse an. »Ich vermute, du weißt nicht, wie man den Zauber brechen kann«, sagte er zu dem alten Mann.

Der Zauberer stieß verärgert die Luft aus. »Wie ich schon sagte, haben die Heiler ihre Geheimnisse sehr gut gehütet.«

»Könnten wir sie mit Magie aufsprengen?«, fragte Rafnir.

»Wahrscheinlich nicht. Die Tür ist geschützt. Es würde so viel Kraft kosten, den Spruch zu brechen, dass der Rückstoß der Magie uns alle in diesem engen Tunnel töten würde.«

Die Männer dachten über andere Möglichkeiten nach. Kelene bemerkte, wie Enttäuschung ihre Gesichter verdüsterte. Es erschien allen ungerecht, dass sie so weit gekommen waren und nun auf der Schwelle ihres Ziels durch dieselben Leute aufgehalten wurden, von denen sie sich Hilfe versprochen hatten.

Doch es erschien Kelene merkwürdig, dass die Heiler sich solche Mühe gemacht hatten, diese Tür in einem öffentlich zugänglichen Tunnel anzubringen. Der Zauber am Eingang im Tempel war nicht sehr schwierig gewesen; vielleicht war es dieser hier ebenfalls nicht.

»Möglicherweise macht ihr euch zu viele Gedanken«, meinte

Kelene. Hier gab es keinen achteckigen Stein mit einer Vertiefung für den Daumen; also versuchte sie das Nächstbeste. Sie legte Handfläche und Finger auf das Symbol und drückte fest gegen die goldene Hand.

Ein leichtes magisches Gefühl kitzelte ihre Haut und bewies Kelene, dass sie auf den richtigen Gedanken gekommen war. Doch die Tür blieb fest verschlossen. Etwas fehlte noch. Warum wandte sie keine Magie an? Das hier war schließlich eine Zauberertür, und sicherlich bedurfte es der Zauberei, um sie zu öffnen. Kelene sog die uralte Kraft in ihrer Umgebung auf und leitete sie durch ihre Hand in das Symbol. »Öffne dich«, befahl sie.

Sofort leuchtete das Juwel in der Handfläche in einem so strahlenden Licht auf, dass es Kelenes Hand scharlachrot durchdrang. Die Macht des Zauberspruchs blitzte durch ihren Arm bis zum Kopf und hinunter zu den Füßen; er prickelte auf der Haut und bewirkte, dass sich alle Haare an Armen und Hals aufrichteten. Sie hatte kaum die Auswirkungen der Magie im Kopf gespürt, als auch schon das Licht erlosch und die Tür einen Spalt breit aufging. Kelene blinzelte angenehm überrascht.

Beeindruckt grinsten die Klanleute sie an. Aber der Korg kratzte sich am Hinterkopf und betrachtete sie nachdenklich. Kelene trat aus dem Weg, als Savaron die schwere Tür ganz aufdrückte. Neben dem Ächzen der Angeln hörte die Gruppe ein seltsames, hohles, rasselndes Geräusch, das alle verschreckte.

»Was war das?«, rief Morad. Mit der Kraft seines Geistes drückte er seine Lichtkugel durch die Tür in die Dunkelheit dahinter. Das grün-weiße Licht fiel auf den Boden und beleuchtete eine Ansammlung verstreuter menschlicher Knochen.

Kelene entfuhr ein Laut, der zwischen einem Keuchen und einem Schrei lag. »Das sind alles kleine Kinder.« Sie humpelte durch die Tür und den Gang dahinter, kniete auf dem kalten Steinboden nieder und untersuchte eine Gruppe von drei kleinen Skeletten, die entlang der Wand lagen. Zwei weitere Gerippe waren durch die Tür zur Seite gedrückt worden. Kelene hob einen Schädel auf, der kaum größer als der Kopf ihres kleinen Bruders war, und wandte sich mit Tränen in den Augen an die Männer, die blass und still in der Tür standen. »Was haben sie hier gemacht?«, flüsterte sie.

Der Korg verschränkte die Arme hinter dem Rücken, um sein Zittern zu verbergen. »Jemand muss sie hier unten versteckt haben. Den meisten Kindern war es nicht erlaubt, sich in den Tunneln aufzuhalten, bis sie die ersten Riten durchlaufen hatten.« Er räusperte sich. »Sie haben bestimmt nicht gewusst, wie man die Tür öffnet.«

»Man dachte wohl, sie seien hier in Sicherheit, und wusste nicht, dass dieser Raum zu ihrem Grab wurde. Arme Kinder. Sie müssen so schreckliche Angst gehabt haben.« Ganz sanft legte Kelene den Schädel neben die anderen und fuhr sich übers Gesicht. Ihr war kalt, und sie fühlte sich elend in diesen Tunneln. Der Anblick der kleinen Knochen bedrückte sie nur noch mehr. Die dunkle, kalte Luft und die Enge machten ihr stärker zu schaffen, als sie es für möglich gehalten hätte, und reizte ihre Erinnerung mit grausamen Bildern aus jener lange vergangenen Nacht. Sie wünschte sich nichts sehnlicher, als hier herauszukommen, bevor sie weitere Überreste der Narrheit und Grausamkeit ihres Volkes entdeckte. Doch sie zwang sich aufzustehen und einen Schritt von den Skeletten zurückzutreten.

Tams Katze strich vorsichtig um die Knochen herum und huschte in den Gang. Kelene und die Männer, die sich dicht hinter ihr hielten, folgten dem kleinen Tier zu mehreren offen stehenden Türen an beiden Seiten der Halle. Die erste Tür zur Rechten führte in einen großen Raum, der mit langen Tischen, Bänken und zwei verschlissenen Teppichen ausgestattet war. Staubige, verblasste Gobelins bedeckten die Wände, und einige Lampen hingen von der Decke.

»Das war möglicherweise ein Unterrichtszimmer oder ein Versammlungsraum«, bemerkte der Korg.

Kelene, Savaron, Morad und Rafnir sahen sich in dem Zimmer um und waren beeindruckt. Die einzigen Räume, welche diese vier Klanleute kannten, befanden sich in den Häuptlingshallen der Winterquartiere. Dieser große, komfortabel ausgestattete Saal begeisterte sie. »Es muss hier einmal sehr viele Heiler gegeben haben«, sagte Rafnir.

Der Korg runzelte die Stirn. »Eigentlich nicht. Die Gilde der Heiler war die kleinste in Moy Tura. Man hatte schon vor langer Zeit begriffen, dass nicht jeder Zauberer heilen kann.« Er richtete den Blick auf Kelene, doch sie war schon wieder in der Halle und setzte ihre Suche fort.

Es gab drei weitere Türen in der Halle; jede bestand aus eisenbeschlagenem Eichenholz, das in einfachen Angeln hing. Hinter den Türen befanden sich viele kleinere Räume; sie hatten keinen weiteren Ausgang. In einem standen ein Werktisch und einige Bänke an den Wänden. Der zweite schien ein Lagerraum voller alltäglicher Dinge zu sein: ausgemusterte Kleidung, Töpfe, irdenes Geschirr, einige leere Vorratsgefäße, ein zerbrochener Stuhl, mehrere von Mäusen angefressene Umhänge und eine hölzerne Kiste voller kleiner Lehmgefäße wie jene, die der Heiler Piers für seine Arzneien benutzt hatte. Einiges war zerbrochen und über den Boden verstreut – vermutlich das Werk der Kinder auf ihrer Suche nach Essbarem.

Kelene erschauerte und begab sich in den letzten Raum. Sie steckte den Kopf durch die Tür und verspürte einen bitteren Stich der Enttäuschung. Diese Kammer war leer – keine Regale, keine Nischen, keine Tür zu anderen Räumen, keine Truhen oder Schränke. Nichts als Staub und schmerzliche Stille.

Bedrückt zog sie sich in die Halle zurück. Auch die Männer hatten offenbar nichts entdeckt, denn niemand sprach aufgeregt oder hatte die anderen herbeigerufen. Sie gingen ebenfalls von Raum zu Raum; ihre Lichtkugeln folgten gehorsam über ihnen.

Kelene richtete ihre Aufmerksamkeit auf den einzigen Ort am Ende der Halle, den sie noch nicht untersucht hatte. Dort entdeckte sie eine Treppe, die zu den oberen Stockwerken führte. Nun wurde deutlich, warum sie diese Treppe bei der Durchsuchung des Erdgeschosses nicht gefunden hatten. Bei der Zerstörung des Gebäudes hatten die Sieger eine Wand über der verborgenen Treppe eingerissen, und die Tür war unter dem Gewicht der herabfallenden Steine zerdrückt worden. Das gesamte Treppenhaus war mit Mauerwerk verschüttet. Die Kinder hatten dort unten in der Falle gesessen und keine Fluchtmöglichkeit gehabt.

Kelene trat mit der Stiefelspitze einen Stein beiseite. Die Halle endete bei der Treppe vor einer nackten Mauer. Weiter gab es nichts.

Sie wollte soeben zurückgehen, als sie Tams Katze neben ihren Beinen bemerkte. Das weiße Fell der kleinen Katze war zerzaust und schmutzig, die Schnurrhaare waren verstaubt, doch das Tier war so aufgewühlt, dass es all das nicht bemerkte. Irgendetwas faszinierte die Katze an der nackten Steinmauer gegenüber der Treppe. Sie schnüffelte an dem Stein und tappte mit den Pfoten dagegen, lief immer wieder vor und zurück und schlug mit dem Schweif durch die Luft.

»Was ist los?«, fragte Kelene.

Die Katze gab einen Laut der Verwirrung von sich. *Der Stein hat keinen Geruch. Er ist genauso kalt und grau wie alle anderen. Bloß kein Geruch.*

Wie seltsam, dachte Kelene und legte die Hand gegen die Mauer. Sie fühlte sich wie die übrigen Wände an – kalt, feucht und dreckig – und doch war etwas an ihr merkwürdig. War sie nicht so dicht? Von anderer Beschaffenheit? Der Unterschied war so winzig, dass sie ihn nicht einmal beschreiben konnte, und ohne die Katze hätte sie ihn sicherlich nicht bemerkt.

Fasziniert untersuchte sie die Mauer von der Decke bis zum Boden, während die Katze ihr um die Beine streifte und die Wand beschnupperte. Selbstverständlich gab es nichts so Auffälliges wie die Umrisse einer Tür, ein Symbol im Stein, eine Angel oder ein Schloss. Das Einzige, was Kelene entdeckte, waren zwei kleine, undeutliche Vertiefungen in Schulterhöhe und vielleicht einen Arm breit voneinander entfernt.

Kelene legte den Daumen in eine der Vertiefungen, sprach das Zauberwort des Korg und drückte. Nichts geschah. Sie versuchte es mit der anderen – mit demselben Ergebnis. Der Stein blieb unbeweglich und rätselhaft. Schließlich legte Kelene je einen Daumen in jede Einkerbung und drückte gleichzeitig zu. Wieder schien keine Veränderung einzutreten.

Dann sah sie zufällig nach unten und beobachtete, wie Tams Katze in die Wand hineinmarschierte und verschwand. Kelene war so erschrocken, dass sie die Hand ausstreckte, um die Katze zu packen. Dabei verlor sie das Gleichgewicht und fiel mit dem Kopf voran durch die Mauer in vollkommene Finsternis.

Sie fiel auf etwas, das sich wie ein Steinboden anfühlte. Der Stein unter ihren Händen war so kalt und schmutzig wie draußen in der Halle, doch sie sah ihn nicht deutlich genug. Ihre Augen waren an das Licht der Kugeln gewöhnt; daher erschien ihr ihre Umgebung als vollkommen schwarz. Sie erstarrte in der Finsternis, als eine kalte Brandung aus Angst über sie hinwegspülte.

Was machst du da?, miaute die Katze in der Nähe.

Kelene unterdrückte einen Aufschrei der Überraschung und nahm die Hände vom Boden. Vorsichtig setzte sie sich. »Was ist das für ein Ort?«, flüsterte sie.

Ein Zimmer. Wie die anderen. Die Katze klang überrascht von Kelenes Reaktion. *Dreh dich um, da ist die Tür.*

Kelene wandte den Kopf. Tatsächlich befand sich unmittelbar hinter ihr eine rechteckige Öffnung. Sie wurde vom schwachen Licht der magischen Kugel beleuchtet, die dicht hinter dem Eingang schwebte. Merkwürdigerweise war es keine richtige Tür, sondern nur ein offener Durchgang, der zur Treppe führte.

Kelene zog ihr Licht rasch in den Raum hinein und machte es heller, bis es das Zimmer von einer Ecke zur anderen erleuchtete. Die Kammer, die sie entdeckt hatte, war nicht sonderlich groß – vielleicht fünfzehn Schritte breit und zwanzig lang –, aber Kelene begriff sofort, dass es sich um einen wichtigen Ort handelte.

Regale vom Boden bis zur Decke, große hölzerne Schränke und feine Gemälde bedeckten alle vier Wände. Wohin Kelene auch schaute, sah sie Flaschen, Phiolen, kleine Kästchen, Mörser und Stößel, Schüsseln, Werkzeuge und viele seltsame Sachen, die sie nicht kannte. Hier musste es etwas geben, das ihnen weiterhalf!

»Kommt her!«, rief sie aufgeregt. »Ich habe einen Vorratsraum gefunden!«

Die Männer liefen dem Klang ihrer Stimme nach, doch Kelene war überrascht, als sie am Ende der Halle anhielten, ziellos umherirrten und verwirrt dreinschauten.

»Wo bist du, Kelene?«, rief Rafnir.

Sie humpelte zur Tür, war nur noch einen oder zwei Schritte von ihr entfernt und sagte: »Ich bin hier!« Rafnir fuhr zusammen wie ein verschrecktes Pferd. Sie streckte den Kopf zur Tür hinaus. Zu ihrer Belustigung sprangen alle vier Männer zurück. »Der Eingang ist genau hier«, teilte sie ihnen mit.

Morad starrte sie an; seine Augen drohten aus den Höhen zu fallen. »Was für ein Eingang? Alles, was ich sehe, ist dein Kopf in einer Steinwand!«

»Ich kann ihn von meiner Seite aus sehen«, beharrte Kelene. »Ihr müsst nur die Daumen in diese kleinen Vertiefungen legen und drücken. Dann könnt ihr einfach hindurchspazieren.«

Doch der Zauber wirkte bei ihnen nicht. Einer nach dem anderen versuchte es, aber niemand konnte den Eingang durchschreiten. Es war der Korg, der es schließlich begriff. »Er ist nur für Heiler vorgesehen«, sagte er bedächtig. »Ich wusste nicht, dass sie ihn benutzt haben.«

Rafnir schlug mit der Hand gegen die Mauer. »Was haben sie benutzt?«, fragte er gereizt.

»Einen Zauber, der nur von Magiern mit einer besonderen Gabe gelöst werden kann. Zum Beispiel mit der Gabe des Heilens. Offenbar hat Kelene diese Gabe; daher hat sich die Tür für sie geöffnet.«

Kelene spürte, wie eine seltsame Erregung ihr das Gesicht wärmte und rötete. Jetzt hatte sie die Bestätigung. Ihre Gabe, Gefühle durch bloße Berührung zu spüren, und ihr Interesse am Heilen waren keine Zufälle, sondern Teil der größeren Gabe, durch Magie zu heilen. »O Amara! Danke«, flüsterte sie. Nun lächelte sie und sagte zu den Männern: »Tams Katze ist hier bei mir. Wie ist sie hindurchgekommen?«

»Sie muss hineingeschlüpft sein, als du den Eintrittszauber gebrochen hast«, erwiderte der Korg.

Plötzlich trat Kelene durch den Stein. »Dann solltet ihr das auch versuchen«, sagte sie barsch. Sie legte die Daumen in die Vertiefungen und wiederholte den alten Zauberspruch. Einer nach dem anderen duckten sich die Männer unter ihren Armen hindurch und betraten den Vorratsraum.

Der Korg gab ein zufriedenes Grunzen von sich, als Kelene dem letzten Mann hinein folgte. »Kein Wunder, dass sie hier eine Tür angebracht haben, die nur für Heiler zu öffnen war. Das war möglicherweise ihre Apotheke«, erklärte der alte Zauberer. »Die Heiler haben alle Arzneien, die in Moy Tura angewendet wurden, selbst hergestellt.«

»Dann könnte sich hier etwas befinden, das uns hilft«, sagte Savaron. Er und die anderen verteilten sich, öffneten Schubläden und stocherten auf den Regalbrettern herum.

»Vielleicht«, meinte der Korg zögerlich. »Aber die meisten dieser Pulver, Kräuter und Öle werden inzwischen wertlos sein.«

»Warum brauchten sie überhaupt Arzneien?«, fragte Kelene aus einer Ecke, in der sie eine Reihe großer Gefäße untersuchte. »Konnten eure Heiler nicht alles mit Magie kurieren?«

Der Korg seufzte und lehnte sich gegen den Tisch. »Natürlich nicht. Der menschliche Körper ist zu kompliziert, als dass man ihn mit hohen Dosen Magie behandeln könnte. Der Heiler kann nur den natürlichen Heilungsprozess des Körpers beeinflussen. Seht euch diese Wandmalereien an.«

Kelene drehte sich um und betrachtete das lebensgroße Bild eines Mannes. Zumindest vermutete sie, dass es ein Mann war. Obwohl das Gemälde verblasst und staubig war, erkannte sie es als eine genaue Wiedergabe der Knochen und wichtigsten Muskeln des Körpers. Das Kinn fiel ihr herunter.

»Die Heiler haben jahrelang Anatomie und Physiologie, ebenso Medizin und Magie studiert.« Er kicherte trocken. »Zuerst muss man wissen, was gebrochen ist; erst dann kann man es wieder richten.«

Eine schreckliche Erinnerung erschien vor Kelenes geistigem Auge: Es war das Bild ihrer Mutter und des Pferdeheilers der Khulinin, die sich hilflos ihren zerschmetterten Knöchel ansahen und versuchten, die gebrochenen Teile wieder an die richtige Stelle zu drücken. Obwohl sie versucht hatten, sanft zu sein, war der Schmerz überwältigend gewesen. Ja, begriff Kelene, es war sehr sinnvoll, genau zu wissen, was man tun musste. Sie nickte stumm und machte sich mit nachdenklicher Miene wieder an die Suche.

Es dauerte nicht lange, bis Rafnir die erste Entdeckung machte. Hinter den geschlossenen Türen eines großen Holzschranks hatte er eine Sammlung von Schriftrollen, die mit Seidenbändern zusammengehalten wurden, und zwei kleine, in Leder gebundene Manuskripte gefunden. Freudestrahlend trug er die brüchigen Schriftstücke zum Arbeitstisch und breitete sie vorsichtig aus. Der Korg und Kelene gesellten sich zu ihm, und die weiße Katze hüpfte auf den Tisch und spielte mit den Bändern.

»Seht euch das an«, sagte Kelene. Sie überflog die gebräunten Seiten eines der kleinen Bücher. »Rezepte! Dieses hier kenne ich. Es ist ein Hustensaft aus der Rinde der Wildkirsche. Und hier ist ein Schließmittel aus etwas, das Ringelblume heißt.«

»Was ist ein Schließmittel?«, fragte Rafnir hinter einer ausgebreiteten Schriftrolle.

»Eine Hautwaschung, die kleine Wunden zusammenzieht und heilt«, erklärte sie. »Und hier ist ein Stärkungsmittel, das sehr interessant aussieht. Ich wünschte, ich wüsste mehr über Kräuter und Arzneien. Das hier muss ich Mutter zeigen.« Sie blätterte weitere Seiten um, doch allmählich umwölkte sich ihr Gesicht. »Hier stehen einige wertvolle Informationen und viele Dinge, die ich nicht verstehe, aber ich sehe nichts, was eine Seuche oder eine Krankheit mit den Auswirkungen beschreibt, die wir gesehen haben.«

Rafnir wandte sich an den Korg. Trotz der Kälte im Raum war das Gesicht des jungen Kriegers mit Schweiß bedeckt. Er musste sich über die Stirn wischen, bevor er fragen konnte: »Hatten die Heiler noch andere Bücher oder Manuskripte?«

Die Antwort des Zauberers war entmutigend. »Ich erinnere mich daran, dass sie eine große Sammlung hatten, die sie in einem Raum im Obergeschoss aufbewahrten. Ich glaube nicht, dass die Klankrieger Anstrengungen zu ihrer Rettung gemacht haben.«

Doch nun stieß Savaron einen Freudenschrei aus. »He! Hatte Piers nicht so einen?« Er hielt einen glatten roten Stein von der Größe eines Adlereis hoch.

Kelene wollte sofort sehen, was er gefunden hatte, und hätte ihn in ihrer Hast beinahe umgeworfen. Er legte ihr den Stein vorsichtig in die Hand, trat zurück und zeigte den Platz, an dem er ihn entdeckt hatte. Kelene schloss die Finger um den wertvollen Stein. In einer breiten, flachen Schublade, die Savaron aus einem Schrank gezogen hatte, lag eine hölzerne Schale, die in sieben Fächer unterteilt war. In jedem lag eine Anzahl polierter Steine verschiedener Größe und Farbe. Kelene zog die Schale aus der Schublade und stellte sie ehrfürchtig auf den Tisch neben die Schriftrollen.

Sie legte den roten Stein zurück an seinen Platz und fragte den Korg: »Weißt du, wozu sie dienen?«

Der Zauberer zog die Brauen noch mehr zusammen, als er die Sammlung untersuchte. »Ich weiß, dass es Heilsteine sind. Die Heiler haben sie benutzt, um besonders schwierige Fälle zu behandeln. Der rote, den du in der Hand gehalten hast, kann alle Spuren von Magie aus einem Körper entfernen. Die Heiler haben einige davon auf Anfrage von den Klanhäuptlingen hergestellt; sie kamen bei Unfällen oder böswilligen Angriffen zum Einsatz. Jedermann konnte sie benutzen, aber ich glaube, die anderen Steine waren den Heilern vorbehalten.«

»Piers hatte einen dieser roten Steine, aber von den anderen hat er mir nie etwas gesagt. Wozu sind sie da?«, fragte Kelene hoffnungsvoll.

»Nun«, antwortete er und deutete auf ein paar grüne Steine, »die hier üben einen Schlafzauber aus. Die gelben sind Topase, mit denen man die Heilung gebrochener Knochen unterstützen kann. Aber diese hier könnten interessant sein.« Er nahm mehrere opake goldene Steine heraus, die mit dunklen, schimmernden Streifen durchsetzt waren. Sie hatten ungefähr die Größe einer Kinderfaust und waren auf Hochglanz poliert. Der Korg hielt einen davon hoch. »Ein Löwenauge.« Er kicherte leise. »Diesen haben die Heiler bei Kelyra nach einer Fehlgeburt eingesetzt. Er bricht das Fieber.«

Kelene reckte das Kinn vor und bohrte den Blick ihrer dunklen Augen in seine gelblich-braunen. »Fieber? Bist du sicher?«

»Natürlich. Er hat ihr das Leben gerettet.«

»Könnte er auch Sayyed helfen?«

Das fröhliche Flackern in seinen Augen erstarb, und er machte ein ernstes Gesicht. »Diese Frage kann ich dir nicht beantworten, Kelene. Das musst du selbst herausfinden.«

Sie nahm ihm den goldenen Stein ab und drehte ihn in der Hand hin und her. Plötzlich hatte sie Angst. Sie hatte Angst vor der gewaltigen Aufgabe, die Heilkunst zu erlernen, und vor der großen Verantwortung, Leben retten zu müssen. »Ich weiß so wenig über die Heilerei«, murmelte sie zu sich selbst. »Kann ich überhaupt etwas erreichen?«

Savaron, Rafnir und Morad beobachteten sie schweigend, doch der alte Zauberer richtete sich auf und stand vor ihr in der Pose des Ratsherrn, der er früher einmal gewesen war. »Du bist mit der seltenen Gabe des Heilens geboren, Kelene. Das ist eine Gabe, die Leidenschaft, Verlangen und Mut erfordert. All das hast du in großem Maße, Klanfrau. Du darfst nicht zulassen, dass dir deine Selbstzweifel im Wege stehen.«

Er blickte sie mit jenen gelblichen Augen an, die so viel gesehen hatten, und sie spürte, wie ihre Angst so weit zurückwich, dass sie sie in die hinterste Ecke ihres Bewusstseins bannen konnte. Ob sie nun ausgebildet war oder nicht, sie hatte die Fähigkeit, eine Heilerin zu sein, und die Gabe, die Heilsteine zu benutzen. Das war die größte Hoffnung, die sie bisher gefunden hatten. Auf diese Weise konnten sie vielleicht die tödliche Seuche des Geists bekämpfen.

Es gab nur einen Weg, herauszufinden, ob die Steine eine Wirkung zu erzielen vermochten. Sie hielt das Löwenauge gegen das Licht. »Wie setzt man ihn ein?«, fragte sie den Korg.

Ein leises, zufriedenes Lächeln legte sich auf sein Gesicht. »Bevor du den ersten Versuch machst, solltest du einen von diesen nehmen.« Er griff in die Schublade, zog ein kleines, in Leder eingeschlagenes Päckchen hervor und legte es auf den Tisch neben Kelene.

Sie löste die Kordel, die das Päckchen zusammenhielt. Überrascht keuchte sie auf, als der Inhalt glitzernd auf die Tischplatte rollte. Savaron, Morad und Rafnir drängten sich um sie und betrachteten die Kristallstücke, die wie Diamanten unter dem weißen Licht der magischen Kugeln leuchteten.

Savaron war der Erste, der sie erkannte. Er streckte die Hand aus und berührte sie. »Magische Splitter! Wieso sind sie hier?« Die anderen regten sich und lächelten einander an. Die Diamantsplitter waren das traditionelle Symbol eines echten Magiers.

»Es war immer ein Heiler anwesend, wenn sie während eines Rituals der Vollendung eingesetzt wurden«, erklärte der Korg. »Aber ich bin überrascht, dass ihr die Splitter kennt, da ihr keine habt.«

»Meine Mutter hat einen erhalten«, sagte Kelene.

»Dann wisst ihr, was ein Splitter bewirkt.«

»Er verstärkt die Fähigkeit, Magie zu beherrschen«, verkündete Rafnir.

»Kannst du sie einsetzen?«, fragte Savaron den Korg.

Der Zauberer deutete mit dem Kopf zur Tür. »Draußen.«

Kelene bemerkte, wie ihre Hände zitterten. Rasch räumte sie die Steine zurück in die Schublade, legte die Manuskripte und Schriftrollen darauf und deckte das Ganze mit einem Tuch ab. Mit der Lade in der Hand ging sie aus der Kammer und die Halle hinunter; die Männer sowie die Katze folgten dicht hinter ihr. Schweigend liefen sie an den Kinderskeletten vorbei und traten durch die Tür in den Tunnel.

Rafnir befand sich am Ende der Gruppe. Er blieb stehen und rieb sich die schmerzende Stirn; dann schloss er die Tür hinter sich. Bei allen Göttern, wie elend er sich fühlte! Schweiß lief ihm an Stirn und Brust herunter, und seine Stärke verebbte. Er musste mehrmals tief durchatmen, bevor er den anderen durch den Schacht zum Ausgang folgen konnte.

Die Sonne traf sie mit ihrem blendenden Licht, als sie von der Treppe in den zerstörten Tempel gelangten. Der Tag war schon weit fortgeschritten, und die Ruinen brüteten in der Hitze.

Der Korg nahm Kelene bei der Hand und führte sie zu den Stufen des Tempels. Dort wandte er das Gesicht der Sonne am westlichen Himmel zu. Er streckte ihren Arm so aus, dass die Handfläche nach oben zeigte. »Normalerweise gibt es ein großes Ritual«, entschuldigte er sich, »aber ich glaube nicht, dass dein Freund Sayyed noch so viel Zeit hat.« Während die Klanleute zuschauten, holte er einen der Splitter aus Kelenes Lade und sprach die Worte des uralten Rituals.

Kelene zitterte nicht mehr so stark. Warmer, stiller Friede drang in ihre Seele. Ihre Anspannung und Angst flackerten noch einmal kurz auf und verschwanden dann, als die Worte des Rituals ihren Geist erfüllten und ihre Bedeutung auch das letzte Widerstreben beiseite schob. Der Zorn aus der Vergangenheit stieg in ihr auf und wurde zusammen mit ihren Zweifeln beiseite gedrängt. Sie hatte den ersten Schritt mit Demira gemacht, als sie wenigstens ihre Macht, Magie auszuüben, anerkannt hatte. Nun stand sie dem Korg gegenüber und nahm das Ausmaß ihrer Kraft mit ganzem Herzen und ganzer Seele an. Sie würde eine Heilerin sein und ihr Bestes geben. Dieses Wissen klang in ihrem Kopf wie eine Litanei der Freude.

Ihr Gesicht leuchtete, als der Korg das letzte Gebet des Rituals beendet hatte und den Diamantsplitter gegen die Sonne hob, damit er das Licht und die Hitze von Amaras Gnade einfing. Der Splitter erglühte zwischen seinen Fingern in reinem, weißem Licht. Dann durchbohrte der Korg Kelenes rechtes Handgelenk und drückte den Splitter unter die Haut. Nicht ein einziger Tropfen Blut wurde dabei vergossen.

Schmerzen schossen durch ihren Arm, und die Hitze des Diamanten brannte ihr unter der Haut. Sofort pulsierte der Splitter rötlich und im Einklang mit ihrem Herzschlag. Kelene starrte ihn gebannt an. Sie spürte, wie ein belebendes Gefühl sich durch den Arm bis zum Kopf verbreitete und sich dann hinunter in jeden Teil ihres Körpers fortpflanzte. Es sang in ihrem Blut und erfüllte sie mit einer unglaublichen Empfindung von Vollständigkeit. Sie hob den Blick zum Korg und lächelte vor Verstehen.

Plötzlich huschte ein großer dunkler Schatten über ihnen hinweg. Der Korg duckte sich, und Morad und Savaron stießen Rufe der Überraschung aus und zogen ihre Schwerter. Auch Rafnirs Hand tastete zum Schwertgriff, aber er war inzwischen so geschwächt, dass er sein Vorhaben aufgab und sich auf eine der Steinstufen setzte. Nur Kelene schaute hoch zum Himmel und grinste in triumphierender Freude.

Ein fröhliches Wiehern hallte in den Tempelruinen wider. *Ich kann fliegen!*, trompetete Demira in den Himmel hinein. Sie beschrieb eine Kurve und segelte wieder über der Gruppe hinweg. Der Wind rauschte durch ihre wundervollen ausgestreckten Schwingen.

Die Männer starrten sie mit großen Augen an und sperrten den Mund auf. »Gute Götter!«, rief Morad. »Seht sie euch an!«

Das Füllen glitt auf Kelene zu, zog die Flügel ein und versuchte neben der Treppe zu landen. Leider hatte es noch nicht gelernt, zwei Flügel, vier Beine und einen schweren Körper in Einklang zu bringen. Sie sank zu schnell, stolperte über ihre Beine und wäre beinahe auf die Nase gefallen.

Demira schlug mit den Flügeln, richtete sich auf und schüttelte den Staub ab. Sie schnaubte Kelene an.

Savarons Blick glitt von dem Füllen zu Kelene und wieder zurück. Dabei fand er die Sprache wieder. »Das ist es also, was du und Rafnir gemacht habt.«

Fünfzehn

Kelene brauchte einige Minuten, um ihrem Bruder, Morad und dem Korg zu erklären, wie Demira verwandelt worden war. Die Männer bewunderten die Flügel des Füllens und fuhren mit der Hand ungläubig über die seidenweichen Federn.

»Habt ihr das gemacht?«, rief der Korg aus. »Bitorn hat vielleicht Unrecht. Du bist erfinderischer, als ich geglaubt habe.«

Auch Savaron war offensichtlich beeindruckt. »Sie ist großartig«, sagte er zu seiner Schwester. »Du und Rafnir seid zusammen unschlagbar.«

Er sah über Demiras Hals hinweg zu seinem Freund. »Warum habe ihr niemandem …«, begann er. Doch er verstummte sofort, als er das Gesicht des Khulinin sah. »Rafnir!«, rief er erschrocken. »Was ist los?«

Savarons Tonfall schreckte Kelene auf. Sie wirbelte herum; das Herz schlug ihr bis zum Hals. Sie sah, dass Rafnir auf der Treppe zusammengesackt war. Sein Gesicht war so rot wie sein Hemd, und trotz der Hitze zitterte er.

Ein Angstschrei entrang sich ihrer Kehle. Sie eilte an seine Seite und war entsetzt, als sie das unglaubliche Feuer in seiner Haut spürte. »Warum hast du nichts gesagt?«, klagte sie und strich ihm die feuchten Haare aus dem Gesicht.

Er versuchte sie anzulächeln, scheiterte aber kläglich. »Ich wollte euch doch helfen. Außerdem … es ist schneller über mich gekommen, als ich erwartet hatte.«

Savaron kniete sich mit sorgenvoller Miene neben ihn. »Ist es die Seuche?« Als sie nickte, keuchte er auf. »Bist du sicher, dass es nicht nur ein Wundfieber von seinem Arm oder ein Hitzefieber ist?«

»Es ist die Seuche«, antwortete Rafnir für Kelene. »Mein Kopf fühlt sich an wie ein Schmiedeofen, und der Hals tut weh.«

»Tragt ihn in den Schatten«, befahl Kelene. »Ich brauche das Löwenauge.«

Aber Rafnirs Finger schlossen sich um Kelenes Handgelenk. »Nein. Kümmere dich zuerst um meinen Vater. Er ist dem Tod näher als ich und braucht deine Kraft zum Überleben.«

»Ich kann dich in diesem Zustand nicht allein lassen«, wandte sie ein, obwohl sie wusste, dass er Recht hatte.

Rafnir richtete sich auf und sah ihr in die Augen. »Du kannst es, und du wirst es. Sayyed braucht dich dringender!«, keuchte er und sackte dann in ihre Arme; er war zu schwach, um aufrecht zu sitzen.

Kelene zögerte. Sie war hin- und hergerissen zwischen ihrer Liebe zu Rafnir und ihrem Pflichtgefühl gegenüber Sayyed. Ihre Liebe zu Rafnir ...

Bei allen Göttern, wie sehr traf sie diese Erkenntnis! Die Möglichkeit, ihn zu verlieren, brachte die Wahrheit ans Licht. Sie liebte ihn mit einer unglaublichen Sehnsucht, die ihr Herz verbrannte. Wie konnte sie ihn jetzt allein lassen, wo sie doch genau wusste, dass sie sein Leiden erleichtern konnte?

Aber als sie in sein besorgtes Gesicht blickte, wusste sie trotz des Aufruhrs in ihrem Innern, was sie zu tun hatte. »Savaron, bring ihn bitte so schnell wie möglich in unser Lager. Ich werde sehen, was ich für Sayyed tun kann.«

Rafnir schloss dankbar die Finger um ihren Arm, bevor er neben ihr zusammensackte. Sie stand zögerlich auf. Trotz ihrer tapferen Worte und des neuen Diamantsplitters, der unter ihrer Haut glühte, war sich Kelene ihrer Fähigkeit, ein Heilmittel gegen die tödliche Seuche zu finden, keineswegs sicher. Sie wusste nicht genau, wie man die Heilsteine einsetzte oder ob sie überhaupt noch wirkten. Einige der Zauber in Moy Tura waren noch wirksam, aber Kelene hatte keine Ahnung, ob dies auch beim Heilzauber der Fall war oder ob sie wenigstens den Verlauf der Krankheit beeinflussen konnte. Ihr blieb nichts anderes übrig, als die Steine zu benutzen und dabei zu hoffen, dass ihre Magie ausreichte.

Mit zusammengebissenen Zähnen nahm Kelene die Lade mit den Steinen und Manuskripten an sich. Mit Hilfe des Korg kletterte sie auf Demiras Rücken und setzte sich zwischen die zusammengefalteten Schwingen. Sie steckte die Beine zwischen die oberen Flügel und hielt sich fest, als Demira auf dem Weg zum Unterschlupf im Lagerhaus in einen Trab fiel.

»Vielen Dank, dass du gekommen bist«, sagte Kelene. Dann fügte sie versonnen hinzu: »Du hast so wunderbar dort oben am Himmel ausgesehen.«

Es ist unglaublich! Die Gedanken des Füllens waren ein Lied der Freude. *Es hat lange gedauert, bis ich es gelernt habe, aber ich habe mich an das erinnert, was du über die Gänse sagtest, und es hat funktioniert! Ich werde stärker und stärker.*

Kelene klopfte dem Füllen auf die Schulter. »Falls wir mit dem Heilstein Erfolg haben, glaubst du, du bist stark genug, um bis zum Tir Samod zurückzufliegen?«

Das Hunnuli antwortete nicht sofort. Seine Hufe klapperten laut über das Pflaster, und es hatte die Ohren angelegt, damit es Kelene besser verstand. Sie waren beinahe bei dem Lagerhaus angekommen, als Demira antwortete: *Ich weiß es nicht. Ich habe erst wenige Flüge über die Hochebene gemacht.* Dann bewegte sie die Federn und wieherte: *Ich würde es aber gern versuchen.*

Ihr Ruf lockte die anderen Hunnuli aus dem Schatten des alten Gebäudes, in dem Sayyed lag. Kelene schickte Tibor sowie Morads und Savarons Hengste los, damit sie den Männern dabei halfen, Rafnir herzubringen. Afer und Demira folgten ihr in den Unterschlupf.

Sie sahen, dass die weiße Katze bereits an ihren Platz neben Sayyed zurückgekehrt war. Sie hatte sich an seinem Hals zusammengerollt und schnurrte ihm beruhigend ins Ohr.

Kelene kniete sich neben Sayyed und setzte die Lade mit den Steinen auf dem Boden ab; erst danach brachte sie es über sich, ihm ins Gesicht zu sehen. Der Anblick seiner ehemals so schönen Züge ließ sie erbleichen. Der Krieger war bewusstlos und lag mit dem Rücken auf seinem zerknitterten Umhang. Obwohl er nicht unter Durchfall und dem verheerenden Erbrechen litt, das so vielen Seuchenopfern zu schaffen machte, war seine heiße Haut so straff und gelb wie altes Pergament; Gesicht und Oberkörper bestanden fast nur noch aus aufgeplatzten Beulen, und der Hals war durch die Schwellungen unter dem Kiefer so dick geworden, dass Sayyed Schwierigkeiten hatte, Atem zu holen.

Kelene packte die Steine sorgfältig aus und nahm das goldene Löwenauge, das angeblich Fieber bekämpfte. Sie entschied, diese Krankheit von mehreren Seiten gleichzeitig anzugreifen: zuerst mit dem Stein, damit Sayyeds Fieber abklang, dann mit Umschlägen für seine Wunden und schließlich mit heißem Tee, der Sayyeds Austrocknung verhindern und ihm Kraft verleihen sollte. Wenn das alles nichts nutzte … dann würde sie jeden Stein und jedes Rezept in ihrer Lade ausprobieren, bis *irgendetwas* Sayyed von seinem Weg ins Grab abbrachte. Danach würde sie Rafnir helfen.

Habt ihr etwas gefunden?, hörte sie Afers tiefe, männliche Stimme in ihrem Kopf fragen. Sie war so voller Sorgen und Trauer, dass Kelene unter ihr erbebte.

O Amara! In all der Eile, mit der sie ein Heilmittel hatte finden müssen, waren ihr die Hunnuli nicht in den Sinn gekommen. Würde Afer wie Tams Pferd mit Sayyed gehen, falls dieser starb? Würde der große, unerschütterliche Boreas ihrem Vater in das Reich der Toten folgen? Und Tibor und Nara und Demira und jedes Hunnuli in den Klanen, das zu einem menschlichen Reiter gehörte? Kelene begriff, dass sie nicht nur ihre Freunde und Familie zu retten versuchte, sondern auch die geliebten Hunnuli.

Dieser Gedanke machte sie nicht nervös, sondern verstärkte noch ihre Entschlossenheit. Mit festem Griff nahm sie ein Tuch und wischte Sayyeds Stirn ab. Da sie nicht wusste, wie man das Löwenauge richtig anwendete, entschied sie sich für Piers' Methode, den Stein dem Kranken auf den Kopf zu legen. Der alte Heiler hatte ihr seinen Heilstein vor vielen Jahren gezeigt, und sie erinnerte sich immer noch an die Ehrfurcht, die sie verspürt hatte, als sie damit einem jungen Mädchen half, das von einem außer Kontrolle geratenen Zauber verletzt worden war.

Kelene legte Sayyed den goldenen Stein auf die Stirn. Sie wollte gerade ihre Hand wegziehen, als ihr ein Gedanke durch den Kopf schoss. Die roten Steine wirkten aus sich selbst heraus, so dass jedermann sie benutzen konnte, doch der Korg hatte ihr gesagt, es sei nur Heilern möglich, die anderen Steine anzuwenden. Vielleicht musste sie in Kontakt mit dem Stein bleiben. Sie hoffte, dass kein ausgesprochener Befehl nötig war, um den Zauber in Gang zu setzen.

Mit klopfendem Herzen legte Kelene die Finger auf den Stein, schloss die Augen und konzentrierte sich. Beinahe sofort spürte sie eine Hitze, die von dem Diamantsplitter in ihrem Handgelenk ausging. Die Kraft floss durch ihre Hand in das Löwenauge. Aber sie bemerkte gleichzeitig, dass die Magie damit noch nicht vollständig war. Irgendetwas fehlte.

Kelene hielt die Magie unter Kontrolle und versuchte sich vorzustellen, was sie noch tun konnte. Es gab offensichtlich einen weiteren Schritt, der für den Zauber notwendig war, aber worin bestand er? Sie rückte dichter an Sayyeds Körper heran und stieß gegen seinen nackten Unterarm, der auf dem Umhang ruhte und ihren Knien im Weg war. Geistesabwesend ergriff sie seine Hand und wollte den Arm fortdrücken. Dabei flackerte der Stein unter ihrer anderen Hand plötzlich auf.

Das war es! Kelene nickte. Der Heiler musste nicht nur in unmittelbarem Kontakt zu dem Stein, sondern auch zu dem Kranken stehen. Sie packte seine Hand fester. Sofort hatte sie das Gefühl, dass ein Kreis geschlossen wurde. Sie, Sayyed und der Stein waren durch die Macht der Magie eins geworden. Sie versuchte seine Gefühle zu erspüren, doch das Fieber hatte in so sehr geschwächt, dass sie nur die gröbsten Empfindungen von Schmerz und Verwirrung wahrnahm – und tief in seinem Innersten den Widerstand gegen den Tod.

Ein Lächeln flog über ihre Lippen. Sayyed hatte noch nicht aufgegeben. Selbst in seinem aussichtslosen Zustand kämpfte er noch um sein Leben. Das würde ihr die Arbeit ein wenig erleichtern.

Kelene richtete ihre Aufmerksamkeit wieder auf das Löwenauge und die Kraft in seinem Kern. Sie war erfreut und erleichtert, als die Art der Magie in ihrem Geist klar wurde. Es war ein starker, gut gebildeter Zauber, der nach all den Jahren noch immer wirkte. Das Beste war, dass dieser Zauber nur durch die Willenskraft des Heilers eingeleitet wurde.

Die Klanfrau öffnete die Augen einen Spalt und sah, wie der Splitter rubinrot unter ihrer Haut glänzte und der goldene Stein wie eine Kohle glimmte, die auf Zunderholz wartete. Sie holte tief Luft, sprach ein stummes Gebet zu Amara und sandte die Macht ihres Willens tief in das Löwenauge hinein.

Der dunkelgoldene Stein reagierte sofort. Er wurde von einer glimmenden Kohle zu einem winzigen strahlenden Stern auf Sayyeds Haupt. Das Licht ergoss sich mit einem goldenen Glanz über sein Gesicht und erhellte den ganzen Raum. Die weiße Katze badete reglos in dem Leuchten; ihr Fell war nun ein gleißendes Gelb und ihre Augen ein feuriges Juwelenpaar.

Kelene schloss die Augen vor dem grellen Stein. Sie saß sehr still da und bewegte die Finger nicht. Obwohl sie nicht sah, wie das goldene Licht in Sayyeds Haut einsank, spürte sie, dass der Zauber in seinen Kopf eindrang und die magische Kraft jeden Winkel seines Schädels ausfüllte. Der Stein arbeitete lange, bevor er seine Wirksamkeit enthüllte. Es geschah in der Tat so langsam, dass Kelene erst nach einigen Minuten das Abklingen von Sayyeds Fieber bemerkte.

Allmählich ließ die tödliche Hitze nach, bis sie kaum stärker war als die gewöhnliche Körpertemperatur. Der Schweiß auf Sayyeds Gesicht trocknete, und seine Haut nahm wieder eine gesündere Färbung an. Schließlich verblasste das Licht in dem goldenen Stein und erlosch. Kelen spürte, wie Sayyed wieder zu Bewusstsein kam, und benutzte ihre Kraft der Berührung, um ihn in einen erholsamen Schlaf zu versetzen. Er war noch immer ein sehr kranker Mann, doch nun war sein Fieber unter Kontrolle, und die körpereigenen Heilkräfte waren in der Lage, den Rest der Krankheit zu bekämpfen.

Ein warmer Blitz der Erleichterung schoss aus dem Geist des Kriegers; dann trieb er in einen Zustand der Zufriedenheit hinein. Die weiße Katze miaute leise, rollte sich zum Schlaf zusammen und legte den Schwanz über die Pfoten.

Vielen Dank, sagte Afer zu Kelene. *Sayyed schläft. Er wird wieder gesund.*

Kelene nahm den Stein zwischen Daumen und Zeigefinger. In dem schwachen Licht des Raums lag das Löwenauge stumpf und dunkel in ihrer Hand und wirkte so gewöhnlich wie ein polierter Kiesel. Als Savaron, Morad und der Korg Rafnir einige Minuten später hereinbrachten, brauchten sie nur ihr strahlendes Gesicht anzusehen, um zu wissen, dass der Zauber gewirkt hatte.

Savaron und Morad legten Rafnir neben seinen Vater auf ein Polster aus Laken. Auf Kelenes Befehl entzündete der Korg ein kleines Feuer, damit sie Wasser für Tee und Umschläge kochen konnte.

Kelene brachte Rafnir das Löwenauge. »Das Fieber deines Vaters ist gesenkt. Ich glaube, er ist jetzt außer Gefahr«, sagte sie zu ihm, denn sie wusste, dass diese gute Nachricht ihn in seinem eigenen Kampf gegen die Krankheit bestärken würde.

Sein blitzendes Lächeln kehrte zurück. Er packte ihre Hand. Ihre Finger schlossen sich fest umeinander.

»Ich liebe dich«, flüsterte er. Die Tiefe und Wahrhaftigkeit seiner Worte wurden durch eine alles einhüllende Aura aus Freude, Leidenschaft und Begehren bestätigt, dass Kelene darunter aufkeuchte. Es war dieselbe unglaubliche Empfindung, die sie in den Erinnerungen des Korg an Kelyra gespürt hatte, aber diesmal war sie an Kelene gerichtet. Sie blinzelte, wurde feuerrot und grinste. Vielleicht sehe ich jetzt wie ein Idiot aus, dachte sie, aber es war ihr egal. Er liebte sie! Und bei allen Göttern, sie würde ihn nicht sterben lassen!

Sie legte ihm den goldenen Stein auf die Stirn, bevor er noch etwas sagen konnte, und benutzte dann ihren Willen, um den Zauber in Gang zu setzen. Sofort glühte der Stein hell auf. Der Kreis zwischen ihm, der Heilerin und dem Kranken war geschlossen. Als die Magie durch Rafnirs Körper flutete, übertrug Kelene ihre Gefühle für Rafnir in seinen Geist. Sie spürte seine Freude darüber wie die lebensspendende Wärme der Sonne.

Da Rafnir nicht so krank wie Sayyed war, ging die Heilung schneller vor sich. Nach kurzer Zeit verblasste das gelbe Licht und zog sich in den Stein zurück. Der Zauber war vollendet.

Rafnir seufzte leise; in seinen dunklen Augen leuchtete der alte Schalk wieder auf. »Nicht schlecht für eine Anfängerin«, sagte er heiser. Er versuchte sich aufzurichten, doch Kelene drückte ihn zurück auf die Laken.

»Versuch es nicht einmal. Du bist noch nicht gesund. Du brauchst Ruhe!« Sie hob das heruntergefallene Löwenauge auf, legte es zu den anderen Steinen und wollte aufstehen.

Rafnir packte ihren Arm, zog sie halb über sich und küsste sie lange und fest mit all der Liebe, die er in seinem Herzen verspürte. Als er sie losließ, sah er erstaunt, dass sie Tränen in den Augen hatte.

»Du gehst weg, nicht wahr?«, fragte er.

Sie nickte. »Ich muss. Aus diesem Grund sind wir hergekommen und haben Demira Flügel verliehen. Wenn ich jetzt nicht gehe, wird *mein* Vater sterben.« Sie nahm vier Splitter aus der Lade und legte sie ihm in die Hand. Dann löste sie den Wächter von ihrem Hemd und befestigte ihn an seinem. »Damit du weißt, wann ich die Versammlung erreicht habe.«

Er hob die Hand und fasste sie am Kinn. »Pass auf dich auf«, sagte er eindringlich. »Wir beide stehen gerade erst am Anfang.« Er wischte ihr die Tränen von der Wange.

Die Männer sahen schweigend zu, wie Kelene die Heilsteine und Schriftrollen in einen Lederbeutel steckte und etwas Proviant mitnahm. Sie sagten nichts, als sie Tee aus Brustwurz und Schwarzwurz aufgoss, die Umschläge machte und ihnen sagte, wie sie sich um Sayyed und Rafnir kümmern mussten.

»Keiner von beiden darf reiten, bis sie stark genug dazu sind«, warnte sie Morad und Savaron. »Wenn sie es zu früh versuchen, könnten sie einen Rückfall erleiden.«

Savaron sah stolz auf seine kleine Schwester herab und erkannte, dass die schwierigen Jahre ihrer Kindheit zu einem Ende gekommen waren. Kelene war schließlich doch noch zu einer selbstsicheren und fähigen Frau gereift, die nun buchstäblich ihre Flügel ausbreitete und davonflog. »Kann Demira dich über eine so weite Strecke tragen?«, fragte er ruhig.

»Ich weiß es nicht. Wenn nicht …« Kelene streichelte das Füllen neben ihr. »Wenn nicht, hat sie immer noch vier Beine.«

»Ich wünschte, du würdest nicht selbst gehen.«

»Es gibt keinen anderen Weg.«

»Ich weiß, aber Bitorn ist noch da draußen, und es ist ein langer Weg bis zur Versammlung.«

Kelene verstand seine Besorgnis und liebte ihn dafür. Es war nun einmal üblich, dass sich große Brüder um ihre Schwestern sorgen. »Wenn wir die Stadt verlassen können, ohne dass uns der Geist sieht, müssten wir einen genügend großen Vorsprung haben«, erwiderte sie. Dann kann ihr ein anderer Gedanke, und sie runzelte die Stirn. »Aber was ist mit euch? Wie werdet ihr herauskommen?«

»Darum kümmere ich mich«, sagte der Korg. Der alte Zauberer lehnte gegen eine Wand am anderen Ende des Raums; sein Gesicht lag in Schatten. »Es sollte mir möglich sein, Bitorn so lange abzulenken, bis ihr alle die Hochebene verlassen habt.«

»Was willst du damit sagen?«, fragte Kelene überrascht. »Kommst du etwa nicht mit zum Tir Samod?«

»Nein.« Seine traurige Antwort erstaunte alle.

Kelene ging zu ihm hinüber, damit sie sein Gesicht deutlicher sehen konnte. »Aber warum nicht?«, wollte sie wissen und erhob die Stimme. »Wir brauchen dich. Wir brauchen deine Kraft. Du könntest uns bei so vielem helfen und uns so vieles beibringen. Wie sollen die Zauberer den Geist ohne dich bekämpfen?«

»Ihr habt bisher ohne mich überlebt. Du wirst zusammen mit deiner Mutter und deinem Vater einen Weg finden, Bitorn zu vernichten.«

»Das ist doch lächerlich!«, rief Kelene. »Du bist so lange allein gewesen. Wie kannst du es ertragen, jetzt wieder einsam zu sein?«

Der Korg schloss die Augen, und sein Körper erbebte unter einem langen Seufzer. Er trat langsam aus dem Schatten heraus; sein Gesicht wirkte abgespannt und müde. Er legte die Hände auf Kelenes Arme. »Du siehst mich nicht so, wie ich wirklich bin. Du bist so stark und entschlossen. Du glaubst, ich sei der brüllende Löwe, den ich allen vorgespielt habe. Du hast Unrecht, Kelene. Ich bin ein sehr alter Mann. Ich bezweifle, dass ich den langen Ritt zum Tir Samod überstehen würde.«

»Du bist nicht alt. Du siehst kaum älter als vierzig Jahre aus«, beharrte sie. Mit großen Augen sah sie den Korg an.

»Ich wirke vielleicht wie einundvierzig; so alt war ich, als Moy Tura unterging. Aber mein körperliches Erscheinungsbild war innerhalb des Steins erstarrt. In Wirklichkeit bin ich zweihundertfünfundsechzig Jahre alt.« Sein Mund verzog sich zu einem trockenen Lächeln. »Und ich spüre jedes Jahr davon. Ohne meine schützende Steinhülle werde ich vermutlich innerhalb weniger Jahre altern und sterben.«

»Warum verwandelst du dich nicht zurück in einen Steinlöwen?«, schlug Savaron vor.

»Nein!«, entfuhr es dem Korg. »Ich will den Rest meines Lebens als Mensch verbringen und endlich sterben, was ich schon vor zweihundert Jahren hätte tun sollen.«

»Aber du musst nicht allein sein«, unterbrach ihn Kelene traurig. »Da draußen gibt es viele Leute, die dich willkommen heißen und die Weisheit verehren werden, die du uns bringst.«

Der Korg schüttelte beinahe verzweifelt den Kopf. »Kelene, ich kann nicht von hier fortgehen. Moy Tura ist meine Heimat. Sie hält mich aufrecht.«

»Du würdest lieber in diesen alten Ruinen bleiben, als mit uns zu den Klanen zurückzukehren?«

Der Korg stellte sich vor sie und sagte ruhig: »Sieh Moy Tura durch meine Augen. Diese Ruinen sind die Fundamente einer wunderbaren Stadt. Ich habe noch meine Macht, und dank dir sind meine Erinnerungen und der richtige Blickwinkel zurückgekehrt. Der Steinlöwe ist tot, aber diese Stadt muss es nicht sein. Vielleicht versuche ich, einen Teil von ihr wieder aufzubauen, solange ich dazu noch Zeit habe.«

Kelene holte tief Luft und unterdrückte ihren Ärger. Sie verstand nicht, warum er sich weigerte fortzugehen, doch der alte Mann hatte in der Nacht, als Moy Tura unterging, seinen Weg gewählt, und er hatte das Recht, nach seiner Wahl zu leben. »Wenn ich kann, werde ich vielleicht zurückkommen«, sagte sie enttäuscht und traurig. »Ich würde das Kräuterzimmer der Heiler gern noch einmal sehen.«

Er verneigte sich dankbar vor ihr. »Ich werde für dich da sein.«

Kelene ging von ihm fort, hob den Lederbeutel mit den Steinen auf und sah die Männer an, die sie beobachteten: ihren großen, hübschen Bruder; Morad, der noch unter Tomians Tod litt; den auf seinen Laken schlafenden Sayyed; den alten Korg; und schließlich Rafnir, der ihr Herz erobert hatte. In diesem Augenblick liebte Kelene sie alle und konnte sich nicht mit dem Gedanken anfreunden, dass sie sie möglicherweise nie wiedersah. Es schnürte ihr die Kehle zusammen, und ungeweinte Tränen glitzerten in ihren Augen.

»Sei vorsichtig«, sagte Savaron. »Ohne dich gibt es kaum noch Hoffnung.«

Sie nickte. »Kommt so bald wie möglich nach. Auch wenn ich die Seuche aufhalten kann, ist da immer noch Bitorn.«

»Wir werden zur Stelle sein«, versprach Morad.

Kelene ergriff ihren Beutel und eilte hinaus, bevor sie es nicht mehr verhindern konnte, dass ihr die Tränen über die Wangen rannen. Demira, Savaron, Morad und der Korg folgten ihr nach draußen.

Der frühe Abendhimmel erstrahlte im warmen, gelblich orangefarbenen Licht des vergehenden Tages, und eine sanfte Brise blies aus dem Westen. Die drei Hunnuli, die vor dem Eingang gewartet hatten, verneigten sich vor Kelene, als sie hinaustrat.

Tibor streckte den Kopf vor. *Sayyed und Rafnir leben,* schnaubte er; sein Atem wärmte ihr das Gesicht. *Wir können dir gar nicht genug danken.*

»Bringt sie wohlbehalten zurück zur Versammlung; das wäre Dank genug«, sagte Kelene zu den Hengsten. Dann drehte sie sich um und wandte sich an ihr Füllen.

Demira rieb die Schnauze an ihrem Arm. *Ich bin bereit.*

Kelene streichelte den Hals des Füllens und wollte gerade aufsitzen, als Savaron ihr den Beutel aus der Hand nahm und sein Knie als Stütze anbot. Sie war dankbar für seine Hilfe und machte es sich auf dem Rücken des Pferdes zwischen den großen schwarzen und grauen Schwingen bequem. »Kannst du vom Platz aus aufsteigen? Hast du dort genug Anlauf?«, fragte sie das Füllen.

Demira meinte entschuldigend: *Meine Flügel sind dazu noch nicht stark genug. Ich brauche eine weite Fläche.*

»Also müssen wir auf die Hochebene hinaus?«

Das wäre sehr hilfreich. Ich bin mehrfach aus dem Nordtor der Stadt geschlüpft, um zu üben. Dort konnte mich der Geist nicht sehen. Es gibt da eine gute Stelle zum Aufsteigen an der westlichen Seite der Hochebene.

»Dann werden wir den Geist suchen und ihn am Südtor ablenken, damit ihr in Ruhe starten könnt«, sagte Savaron zu Kelene. »Wartet auf unser Zeichen.« Er gab ihr den Beutel und legte ihr zum Abschied die Hand aufs Knie. Keiner von ihnen konnte noch etwas sagen, obwohl ihre Herzen übervoll waren.

Kelene zwang sich zu einem Lächeln, fuhr ihrem Bruder durch die Haare – sie wusste, dass er das hasste – und ritt auf Demira in gemächlicher Gangart fort von dem Lagerhaus und auf die alte Straße zu. Sie warf keinen Blick zurück und hörte nur das Geklapper von Hufen, als Savaron, Morad und der Korg nach Süden ritten, um Bitorn zu suchen.

Die junge Frau biss die Zähne zusammen. Sie hob stur das Kinn und richtete ihre Gedanken auf das, was vor ihr lag. Sie musste Demira den Aufstieg in die Lüfte ermöglichen.

Das Füllen fiel in einen Trab, der sie rasch zur Hauptstraße und dem Tor in der nördlichen Stadtmauer brachte. Kelene war nie in diesem Teil Moy Turas gewesen. Sie betrachtete aufmerksam die Gassen, Straßen und Gebäude, die hier in keinem besseren Zustand als in der übrigen Ruinenstadt waren. Gordaks Krieger und die Naturkräfte hatten nichts unberührt gelassen.

Als sie sich der hohen Stadtmauer näherten, wurde Demira langsamer und hielt schließlich im Schatten eines Turmstumpfs an. Das nördliche Tor war in seiner Art und Vollendung dem südlichen gleich; es hatte einen hohen Durchgang in der dicken Mauer und zwei Türme zu jeder Seite. Im Gegensatz zum anderen Eingang hing hier jedoch noch einer der Türflügel im Torbogen.

Da sie den Geist nicht innerhalb der Stadt gesehen hatten, mussten an allen Toren noch einige der alten Wächter funktionieren. Kelene fragte sich, ob er versucht hatte, sich durch die anderen Tore Zugang zur Stadt zu verschaffen.

Demira trat nun vorsichtig auf den Eingang zu. Sie und Kelene spähten durch das Tor. Die alte Straße erstreckte sich vor ihnen wie ein Speer im blau-goldenen Dunst der Abenddämmerung. Nichts war zu sehen außer den beiden Steinlöwen, die neben der Straße Wache hielten. Das Füllen blickte die Statuen mit großen Augen an und zog sich hinter das Tor zurück. Das Pferd und Kelene suchten den südlichen Himmel nach Savarons Zeichen ab.

Sie mussten nicht lange warten. Bevor die Sonne merklich tiefer gesunken war, erhob sich ein blauer Feuerball am fernen Horizont und zerplatzte in einem Regen aus blauen Funken. Demira schoss aus dem Tor hervor und rannte die Straße entlang. Sie fiel auf dem harten, ebenen Untergrund in einen schnellen Galopp. Dann verließ sie die Straße und wandte sich nach Westen auf den nächstgelegenen Rand der Hochfläche zu.

Kelene warf einen Blick zurück auf Moy Tura und war überrascht von dem Bedauern, das sie bei dieser Abreise verspürte. Früher war sie der Meinung gewesen, die alte Stadt sei nichts anderes als eine traurige, nutzlose Ansammlung von Steinen, doch in den Erinnerungen des Korg war sie zum Leben erwacht; außerdem hatte Kelene einige ihrer Schätze aufgespürt und ließ einen guten Freund zurück. Ihre Bemerkung gegenüber dem Korg, sie werde irgendwann zurückkehren, wurde für sie so bindend wie ein Eid. Die alte Stadt hatte für jeden, der ihre Ruinen durchsuchen wollte, noch eine Menge zu bieten.

Sie richtete die Gedanken wieder auf die Gegenwart und schaute nach vorn. Sie sah, dass Demira geradewegs auf die feuerrote Sonne zulief, die sich wie ein Brandherd im Westen niederließ. Das Licht war so hell, dass sie den Rand des Tafelbergs nicht erkennen konnte, aber sie wusste, dass er nicht weit entfernt war.

»Wo ist die Straße auf dieser Seite der Hochebene?«, wollte Kelene wissen und blinzelte in die Sonne.

Nicht weit entfernt. Aber hier ist der beste Ort für mich, antwortete Demira. In ihrer Stimme lag eine Spur Humor, die Kelene wachsam hätte machen müssen, doch in diesem Augenblick fiel das Füllen in einen Galopp.

Kelene lehnte sich unwillkürlich nach vorn und passte ihre Haltung der geänderten Geschwindigkeit an. Der Hals des Pferdes hob und senkte sich im Rhythmus seiner galoppierenden Beine und verdeckte die Sonne vor Kelenes Augen. Plötzlich sah Kelene den Rand der Hochebene kaum zehn Schritte vor ihnen. Hier gab es keine Straße, keinen Abhang und keinen allmählichen Abstieg in die Steppe. Zu Kelenes Entsetzen fiel die Hochebene Hunderte von Fuß in einer steilen Klippe zu den felsigen Ausläufern des Tafelbergs ab.

Die Klanfrau wurde starr vor Panik und riss den Mund auf. »Warte! Du kannst hier nicht weiter laufen!«

Halt dich fest!, warnte Demira.

Kelene sah entsetzt, wie sie dem Rand entgegenrasten. Sie duckte sich und verkrallte sich mit stahlharten Fingern in der Mähne des Füllens. Die Zauberin spürte, wie das Hunnuli alle Kräfte zusammennahm. Die langen Schwingen hoben sich leicht, und die kraftvollen Hinterbeine des Pferdes spannten sich. Sie sah gerade noch rechtzeitig hinunter und erkannte, wie Demira die Vorderläufe hob und mit einem gewaltigen Sprung über den Rand der Hochebene setzte.

Kelenes Magen drehte sich um. Sie warf einen Blick auf den Boden weit, weit unter ihr und schloss fest die Augen. Der Wind zerriss ihren Angstschrei.

Plötzlich spürte sie, wie Demiras Muskeln arbeiteten, und sie hörte ein rauschendes Geräusch und ein dumpfes Schlagen. Vorsichtig öffnete sie ein Auge und sah die langen, schwarzen Schwingen neben ihr ausgebreitet, und die harte, felsige Erde glitt unter ihnen in einem Meer aus Braun und Grün dahin.

Kelene riss die Augen weit auf. Erfreut und noch ein wenig ängstlich lehnte sie sich zur Seite und spähte über den Rand von Demiras Flügeln.

Das Füllen schwankte. *Bitte sitz still!*, bat es. *Ich bin darin noch nicht sehr gut, und du kannst mich aus dem Gleichgewicht bringen.*

Kelene gehorchte rasch und setzte sich in die Mitte von Demiras Rücken. Sie gab sich damit zufrieden, das sanfte Fallen und Steigen der Schwingen zu beobachten. Sie drehten sich und fingen die Luftströmungen ein, und die Federn passten sich jeder böigen Brise an. Das Füllen benutzte seine Flügel, um auf den letzten Aufwinden des Tages zu gleiten. Kelene begriff, dass Demira den anmutigen, kräftesparenden Flug des Adlers nachahmte.

Freude sang in Kelenes Herzen. Sprachlos sah sie zu, wie Demira eine Kurve nach Süden über die Ausläufer der Steppe flog und lange Schatten auf die Welt unter ihr warf. Die alte Straße schlängelte sich wie eine abgestoßene Schlangenhaut über die Südflanke der Hochebene. In weiter Ferne, am Rand des Blickfelds und schon beinahe in der heraneilenden Nacht versunken, erkannte Kelene die dunkle Masse Moy Turas.

Kelene hob die Hand und schleuderte eine Faust voll blendend blauer Energie in den Abendhimmel.

Vor den zerfallenen Mauern von Moy Turas südlichem Tor sah Savaron das blaue Flackern am Horizont und begriff, was es bedeutete. Er stieß ein stummes Dankgebet aus. Ihre Finte hatte funktioniert; Kelene war entkommen. Mit Hilfe von Demiras Flügeln sollten sie und Kelene genug Vorsprung haben. Selbst wenn der Geist bald bemerken sollte, dass sie fort waren, konnte er sie nicht mehr einholen.

Nun mussten Savaron und seine Gefährten den Zwist des Korgs mit Bitorn unterbrechen und für einen überzeugenden Rückzug in die Sicherheit der Mauern sorgen.

»Lass uns durch!«, brüllte der Korg gerade Bitorn an. Auch der alte Zauberer hatte Kelenes Zeichen gesehen und im gleichen Moment einen Energieblitz auf die leuchtende Gestalt des Priesters abgeschossen, damit dieser sich nicht umdrehte und es ebenfalls bemerkte.

Bitorn lachte, als er der versengenden Kraft auswich. »Du bist schwach, alter Mann. Was ist mit dir los? Holt dich etwa die Sterblichkeit ein? Stirb bald, damit ich dir jeden Lebensfunken aussaugen und mir einverleiben kann!«

»Das Vergnügen wirst du nie haben, Bitorn«, erwiderte der Korg grimmig.

Die Erscheinung wuchs und erhob sich über den alten Zauberer. Hinter der rötlichen Gestalt bildete sich ein gewaltiger Halbkreis aus Flammen.

Savaron wich unwillkürlich zurück. Das Feuer erschien so echt, dass er nicht sagen konnte, ob es wirklich oder nur eine Einbildung war. Aber das war gleichgültig. Sie hatten nicht vor, es herauszufinden. Der Khulinin senkte die Hand in einem vorher abgesprochenen Zeichen. Er und Morad trieben ihre Pferde neben den Korg und umgaben sich mit einem magischen Schutzschild.

»Komm schon!«, rief Savaron. »Hier kommen wir nicht raus!« Er beachtete die lauten und vorgeschobenen Entgegnungen des Korg nicht. Beide Männer packten ihn an den Armen und zerrten ihn zurück zum Tor.

Bitorn brach in röhrendes, höhnisches Gelächter aus. Er setzte den sich zurückziehenden Magiern nach, aber obwohl er versuchte, ihren Schild zu durchdringen, konnte er den Zauber nicht brechen.

Die drei Männer und die beiden Hunnuli eilten an dem Kadaver des toten Pferdes vorbei in die Sicherheit des Torbogens. Bitorn befand sich nur zwei Schritte hinter ihnen.

Der Geist hob die Faust. Er wollte gerade die Zauberer verfluchen, als er mitten in der Bewegung innehielt. Die Verwünschungen erstarben ihm auf den Lippen. Sein Umriss hob sich gegen die unheimlichen Flammen ab. Er wandte den Kopf nach Süden. Ein seltsamer Ausdruck huschte über sein Gesicht; dann richtete er die Aufmerksamkeit wieder auf die Männer unter dem dunklen Torbogen. Sein wütender Blick bohrte sich in jeden einzelnen von ihnen, als ob er eine Antwort auf irgendeine unausgesprochene Frage suche. Ohne ein weiteres Wort löste der Geist das Feuer auf. Er trat zurück in die aufziehende Finsternis und war bald aus dem Blickfeld der Männer verschwunden.

Morad stieß einen tiefen Seufzer der Erleichterung aus. Er atmete schwer und war schweißgebadet. »Den Göttern sein Dank, es ist vorbei.«

Savaron kratzte sich am Kinn und machte ein besorgtes Gesicht. »Bitorn ist so schnell abgezogen. Glaubst du, er ahnt etwas?«

»Das werden wir bald wissen«, antwortete der Korg trocken. »Bitorn steckt voller Hass und Stolz. Wenn er unsere Kriegslist durchschaut hat, wird er es uns wissen lassen.«

Sechzehn

Das erste Licht der Sonne Amaras erhellte schwach den östlichen Horizont, als Savaron und die anderen Männer erwachten. Ein langer Schlaf hatte bei Sayyed Wunder gewirkt. Er lag wach, hungrig und voller Fragen auf seinem Bett. Während Morad das Frühstück zubereitete und Rafnir seinem Vater berichtete, was geschehen war, entschloss sich Savaron, zum Südtor zu gehen und nach dem Geist Ausschau zu halten. Bitorns seltsames Verhalten am vorigen Abend beunruhigte den jungen Krieger noch immer. Er wollte sicher sein, dass sich der tote Priester weiterhin außerhalb der Stadtmauer befand.

Der Korg erbot sich, ihn zu begleiten, und so bestiegen die beiden Männer Savarons Hunnuli und ritten zum Südtor. Sie hatten erst den halben Weg durch die Stadt hinter sich gebracht, als sie einen gewaltigen Ruf hörten, unter dem die alten Ruinen erzitterten.

»Zauberer!«, donnerte Bitorns Stimme durch die Luft. »Kommt heraus, ihr Häretiker! Zeigt mir eure feigen Gesichter!«

Savarons Hengst brauchte keine Aufforderung. Er rannte im Galopp die Straße entlang. Savaron und der Korg wurden immer angespannter, während Bitorn weiterschrie. Er brüllte noch immer außerhalb der Mauern, als der Hengst vor dem Tor schlitternd zum Stehen kam.

Der Geist stand neben dem toten Hunnuli. Seine Gestalt leuchtete vor heller Wut; sein Gesicht war aschfahl. »Einer von euch ist verschwunden!«, brüllte er die beiden Zauberer an. »Ich spüre, dass die Frau nicht mehr da ist, und ich habe Spuren vor dem Nordtor gesehen. Wo ist sie?«

»Sie hatte Angst vor der Seuche«, brummte Savaron. »Sie ist geflohen, statt bei uns zu bleiben.«

»Nein, nicht sie. Sie ist stark. Sie würde ihr Leben für euch armselige Wichte geben. Ich glaube, sie kehrt zur Versammlung zurück.« Bitorn bückte sich und legte die Hand auf das tote Hunnuli. Unter seinem Befehl hob der Leichnam den Kopf. Das Pferd lag schon seit einigen Tagen in der Sonne. Fliegen umschwärmten es, und der Gestank des verwesenden Fleischs nahm den beiden Männern den Atem, doch langsam kämpfte es sich auf die Beine. Nun stand es neben dem Geist; der Kopf baumelte von dem langen, eingefallenen Hals.

»Ich verlasse euch jetzt«, zischte der Geist die Männer an. »Es steht euch frei, hier zu bleiben und zu sterben oder ebenfalls zur Versammlung zu gehen und euch dort eurem Schicksal zu ergeben. Wie dem auch sei, ich werde euch finden, wenn ich fertig bin.« Er bestieg das verwesende Hunnuli und wendete es nach Süden. Dann galoppierte er die alte Straße hinunter.

»Nein, warte!«, rief Savaron. Er duckte sich und wollte gerade sein Hunnuli hinter dem Geist hertreiben, als der Korg ihm die Hand auf die Schulter legte und ihn zurückhielt..

»Lass ihn gehen. Du kannst ihn nicht allein bekämpfen.«

»Aber Kelene ...«

»Sie ist schon meilenweit entfernt. Bitorn kann sie jetzt nicht mehr einholen.«

»Warum verlässt er uns dann? Was hat er gemeint, als er gesagt hat: ›Wenn ich fertig bin?‹«, fragte Savaron besorgt.

»Es ist so, wie ich befürchtet habe. Er kehrt zur Versammlung und zu seinem Grab zurück. Er will seinen Körper verjüngen, bevor Kelene einen Weg findet, das große Sterben aufzuhalten.«

»Warum hat er das nicht schon früher getan?«

»Er hatte keine Gelegenheit dazu«, erwiderte der Korg. »Erinnere dich daran, dass Bitorn in der Nähe eines Sterbenden sein muss, wenn er ihm im Augenblick des Todes die Lebenskraft entziehen will. Als eure Gruppe die Versammlung verlassen hat, war er noch nicht dazu gekommen, genug Kraft zu sammeln, um in seinen Körper zurückzukehren. Er war gezwungen, sich zu entscheiden. Sollte er bei der Versammlung und den Sterbenden bleiben und seine Kraft wiedererlangen, dabei aber das Risiko eingehen, dass eure Mission erfolgreich ist, oder sollte er euch folgen und die ganze Gruppe irgendwo in der Steppe vernichten? So wie ich Bitorn kenne, hat ihn die Tatsache, dass ihr alle Zauberer seid, sicherlich beeinflusst. Er wollte dich und deine Freunde töten, sich mit eurer Lebenskraft stärken und dann zur Versammlung zurückkehren, um sein letztes Ziel zu erreichen.« Der Korg verstummte und lächelte bitter. »Aber ihr wart zu stark für ihn. Jetzt hat er erkannt, dass er einen Fehler gemacht hat. Und er wird nun sicherlich keine Zeit mehr verlieren und sofort zu der Versammlung zurückkehren.«

Savaron zuckte die Achseln halb vor Ärger, halb vor Enttäuschung. »Was können wir jetzt noch tun?«, wollte er wissen.

»Pflege deine Freunde, damit sie wieder gesund werden. Dann müsst ihr so schnell wie möglich zum Tir Samod zurückreiten. Kelene braucht eure Hilfe.«

*

Weit südlich des Hochlands, auf dem sich Moy Tura erhob, setzten Kelene und Demira ihren Flug über die Ebene von Ramtharin fort. Sie waren die ganze Nacht hindurch gereist, bis Demira schließlich zu müde geworden war. Nach einer kurzen Rast an der geschützten Seite eines großen Berges waren sie in der Morgendämmerung wieder aufgestiegen.

Von Demiras Rücken aus beobachtete Kelene, wie das Füllen mit den Flügeln schlug, um sich den Aufwinden zu nähern. Das Pferd drehte die langen, schwarzen Federn leicht im Wind, erreichte die warme, aufsteigende Luft und glitt leicht auf ihr dahin. Kelene schaute den Bewegungen des Füllens mit großem Vergnügen zu. Demira hatte inzwischen viel über die Eigenschaften ihrer ungewöhnlichen Flügel und die Luftströmungen gelernt. Nun flog sie mit zunehmender Anmut und größer werdendem Selbstvertrauen.

Kelene entspannte sich auf Demiras Rücken und streichelte den Hals des Füllens. Sie und Rafnir hatten Recht gehabt. Es war besser, über den Boden zu fliegen, als über ihn zu laufen. Fliegen war leichter, und das Land sah von hier oben schöner aus. Kelene hatte sich oft vorzustellen versucht, wie ihre Welt aus der Vogelperspektive aussehen mochte, aber sie war der Wahrheit nicht einmal nahe gekommen. Die Ebene breitete sich unter ihr in einem endlosen Wechsel aus Mustern, Farben und Formen aus. Gewöhnliche Dinge gewannen eine neue Wirklichkeit, wenn man sie aus der Luft betrachtete. Bäume verwandelten sich in grüne Kugeln; ausgewaschene Flussbetten glichen schlangenhaften Pfaden; Wildblumen, Büsche und Gräser wurden zu zarten, wirbelnden und ineinander fließenden Farbtupfern. Am schönsten aber waren die Flecken aus Wolkenschatten, die mit stiller, zierlicher Anmut über das Land huschten.

Kelene war so bezaubert von der Welt unter ihr, dass sie weder das Verstreichen der Zeit noch Demiras zunehmend schwereres Atmen wahrnahm. Sie hatten den Osthang des Himachal erreicht und nach Süden abgedreht, als Demira schließlich um eine Pause bat. Sie stieg in Spiralen ab, landete schwer und stand erschöpft da, während Kelene abstieg.

Es tut mir Leid. Ich kann noch nicht sehr gut fliegen, entschuldigte sich Demira.

Kelene lachte sanft und nahm die Schnauze des Hunnuli in beide Hände. »Dafür brauchst du dich nicht zu entschuldigen! Weißt du, wie weit wir schon gekommen sind? Wir befinden uns bereits hinter Tomians Grabhügel und der Zitadelle der Krath. Wir sind irgendwo in der Nähe des Grimmfelsens und des Isin. Mein wunderbares Pferd, du kannst stolz auf dich sein!«

Demira wieherte. Dankbarkeit und Freude klangen darin an. Nachdem sie aus einem Bach getrunken hatte, ging sie neben Kelene her, bis sich ihre Flügel ausgeruht hatten. Den Rest des Tages reisten sie weiter: entweder in der Luft, solange Demira dazu in der Lage war, ansonsten im Trab oder langsameren Gang über den Boden, wenn sie müde war. Sie hielten nur zum Trinken an. Sie kamen an Ab-Chakan vorbei und folgten dem Lauf des Isin nach Süden auf den Dangari-Treld zu.

Als die Nacht hereinbrach, waren sowohl Demira als auch Kelene erschöpft. Beide hatten noch nie in ihrem Leben eine so anstrengende Reise unternommen und sich derart verausgabt. Sie aßen ein wenig und schliefen am Ufer des Isin.

Vor Tagesanbruch erhoben sie sich und galoppierten im frühen Morgenlicht südwärts, bis die Ebene vollständig im Sonnenschein lag und eine angenehme Brise eingesetzt hatte. Demira drehte sich in den Wind, lief noch schneller, breitete die großen Flügel aus und erhob sich in die Lüfte. Die Anstrengungen des vergangenen Tages hatten sie steif gemacht, doch sie war vom Schlaf erfrischt, und die kühle Luft aus dem Norden half ihr beim Aufstieg.

Kelene war schweigsam und still. Sie hielt das Gesicht in die Sonne und betete. Zwei Tage waren vergangen, seit Athlone erkrankt war. Wenn die Krankheit den üblichen Verlauf wie bei den anderen Seuchenopfern nahm, blieben ihm vielleicht noch ein oder zwei Tage. Kelene wusste, dass sie und Demira noch einen weiteren Reisetag bis zum Tir Samod vor sich hatten. Jegliches Missgeschick oder schlechtes Wetter konnten verhängnisvoll werden. Sie mussten in einem Tag bei der Versammlung sein; sonst wäre es zu spät, den Häuptling der Khulinin zu retten.

Als am späten Nachmittag die heißen Luftströmungen von der Ebene aufstiegen und sich Wolken am Himmel zusammenballten, bemerkte Kelene etwas in der Ferne neben dem Fluss. Sie zeigte es dem Hunnuli, und Demira segelte allmählich niedriger, um es sich genauer anzuschauen.

»O nein!«, keuchte Kelene. Die dunklen Flecken am Boden wurden deutlicher. Fünf Sommerzelte standen zusammengewürfelt im dünnen Schatten einiger Pappeln. Seltsamerweise waren keine Menschen oder Tiere zu sehen. Die Zelte schienen verlassen zu sein.

Kelene zögerte. Nun hatte sie plötzlich die Wahl und fühlte sich hin- und hergerissen. Sollte sie die Zelte unbeachtet lassen und weiter zur Versammlung und ihrem Vater reisen, oder sollte sie anhalten, nach Seuchenopfern suchen und damit wertvolle Zeit verlieren?

Ihr Heilerinstinkt gab bei der Entscheidung den Ausschlag. Sie befahl Demira zu landen. Ganz vorsichtig setzte das Füllen auf, lief einige Schritte und hielt am Rand des kleinen Lagers an. Einige Aasvögel taumelten zwischen den Zelten hervor und ließen sich in den Bäumen nieder. Sie warteten.

Widerstrebend saß Kelene ab; sie hielt ihren Beutel in der Hand. »Ist da jemand?«, rief sie, aber niemand antwortete ihr. In den Zelten blieb es bedrohlich still, während die Leinenwände im Wind flatterten.

Kelene sah sich genau um, bevor sie weiterging. Es gab keine äußeren Anzeichen von Schwierigkeiten – keine Spuren von Plünderern, keine von Pfeilen niedergemähten Leiber oder verbannten Zelte. Es gab nur eine schwarze Feuerstelle, einen leeren Eimer, zwei Karren, einige Sättel auf dem Boden und einen zerrissenen Halfter, der an einem Zeltpfosten hing. Aber es waren weder Menschen noch Tiere zu sehen.

Kelene musste ihre ganze Willenskraft zusammennehmen, um Demira zu verlassen und zum nächstgelegenen Zelt zu gehen. Schwerer Verwesungsgestank umgab sie im gleichen Augenblick, als sie den Eingang erreichte. Sie hielt sich den Saum ihres Hemds vor Mund und Nase, spähte durch die offene Zeltklappe und sah zwei Körper auf den Pritschen liegen. Die Leute waren schon seit Tagen tot und durch die Verwesung und die Zähne der Aasfresser so entstellt, dass Kelene nicht sagen konnte, wie sie einmal ausgesehen haben mochten. Nur ein blauer Umhang an einem Zeltpfosten verriet, dass es sich um Dangari handelte.

Kelene blinzelte und entfernte sich von dem Zelt. Ihre Haut war trotz der Hitze klamm, und ihr war schwindlig. Sie zwang sich dazu, zum nächsten Zelt zu gehen und dann zum übernächsten in der Hoffnung, Überlebende zu finden. Aber sie kam zu spät. Sie zählte zehn Erwachsene und drei Kinder, die tot in den staubigen, heißen Zelten lagen. Beinahe wäre sie über einen Mann gestolpert, der im Dreck zwischen einem der Zelte und dem Fluss lag; er hielt einen leeren Wasserschlauch in der ausgestreckten Hand. Er war erst vor kurzer Zeit gestorben, denn seine Haut war noch so unversehrt, dass Kelene die roten Beulen der Seuche an Armen und Gesicht erkennen konnte.

Als sie mit der Untersuchung des Lagers fertig war, lehnte sie sich gegen Demira und vergrub das Gesicht in der Mähne des Füllens. Sie sog den warmen Pferdegeruch ein und versuchte auf diese Weise, den Gestank des Todes loszuwerden.

»Sie sind alle tot«, murmelte sie gegen Demiras Hals. »Sie müssen versucht haben, von der Versammlung zu fliehen, und haben die Seuche mitgenommen.« Sie hatte weder die Zeit noch die Kraft, den Toten die letzte Ehre zu erweisen. Ihr Klan würde später herkommen und sie begraben. Sie stieg auf Demira, und das Hunnuli galoppierte fort von dem kleinen Lager.

Die Aasvögel warteten, bis Pferd und Reiter außer Sicht waren, dann setzten sie ihr Mahl fort.

Während der folgenden langen Stunden klammerte sich Kelene an Demira und betete um Stärke. Sie wusste aufgrund der Blicke in den Wächter, dass die Dangari-Zelte möglicherweise ein Vorgeschmack auf das waren, was sie bei der Versammlung erwartete. Die Erinnerung an die Leichname neben dem Ratszelt und die Tatsache, dass sich ihre Eltern nicht im Ratshain, sondern im eigenen Zelt befanden, deuteten auf die Unfähigkeit der Klane hin, die unzähligen Opfer zu versorgen.

Der Gedanke an die Toten und Sterbenden führte sie zu einer anderen Überlegung, die sie bisher noch nicht angestellt hatte. Wie viele Kranke und Überlebende gab es? Sie trug die erste wirkliche Hoffnung in ihrem Beutel, aber sie war im Augenblick die Einzige, die den Stein benutzen konnte, und bereits die Vorstellung, Hunderte von Kranken behandeln zu müssen, nahm ihr jeden Mut. Es musste einfach noch mehr Heiler geben, die gleichzeitig die Gabe des Zauberns besaßen. Vielleicht gehörte sogar Gabria zu ihnen.

Kelene rieb über Demiras schweißnassen Hals; damit wollte sie sowohl das Füllen als auch sich selbst trösten. Jetzt zählte nur noch, die Steine heil zur Versammlung zu bringen. Sobald sie dort angekommen war, würde Gabria wissen, was zu tun war. Mit der Hilfe ihrer Mutter konnte Kelene alles erreichen, das war ihr klar.

Wenn bloß Lord Athlone noch lebte! Kelene kannte ihre Eltern gut genug und wusste, dass sie nur füreinander lebten. Falls ihr Vater starb … Kelene wollte sich nicht vorstellen, was das bedeutete.

Der Nachmittag zog sich heiß, staubig und böig dahin. Kelene und Demira reisten immer weiter nach Süden, auf den Tir Samod zu. Sie waren so müde, dass jeder Schritt schwerer war als der vorangegangene und jeder Flug kürzer als der vorige. Als der frühe Abend über die Ebene kroch, war das kleine Füllen erschöpft.

»Wir sind schon fast da«, versicherte Kelene ihm. »Ich sehe bereits die Berge, die das Flusstal begrenzen.«

Demira gab keine Antwort. Sie lief in einem leichten Trab auf den Gipfel eines großen Hügels, der das Tal des Isin und des Geldrine überblickte, und blieb stehen. Ross und Reiterin schauten hinab in das breite, grüne Tal, das sich bis in die blaue Ferne erstreckte.

Kelene sah den Rauch, bevor sie den Versammlungsplatz flussabwärts erkannte. Dunkle Rauchsäulen erhoben sich in dichten, gekräuselten Fäden über die Bäume, bevor sie von dem leichten Wind gebeugt und südwärts getrieben wurden. Der Rauch war zu gelblich für ein Holzfeuer und zu dick, als dass es sich um ein Grasfeuer oder einen Angriff auf die Lager hätte handeln können. Offenbar verbrannten die Priester noch immer Weihrauch, um die Seuche zu vertreiben. Kelene sah das als gutes Zeichen an.

Demira stellte die Ohren auf. Sie hob den Kopf ein wenig und schnaubte, als sammle sie Kraft für die letzte Herausforderung. *Wir haben einen guten Wind im Rücken. Ich glaube, ich kann den Rest des Weges fliegen.*

Die Klanfrau streichelte das Füllen an der Schulter, wo das weiße Blitzzeichen im Licht der sinkenden Sonne golden aufleuchtete. »Deine Eltern werden stolz auf dich sein«, flüsterte sie in Demiras schwarze Ohren.

Das Hunnuli drehte sich um, stellte sich dem Wind entgegen und lief den Hang hinunter. Kelene bezweifelte, dass das sich abmühende Füllen ohne den Wind und das sanfte Gefälle hätte aufsteigen können. Selbst so gelang es ihm kaum, über den Baumwipfeln zu bleiben, als es langsam in das Tal hinabglitt.

Bald sah das Land unter ihnen sehr vertraut aus. Kelene bemerkte verstreute Herden und friedlich grasende Pferde, die anscheinend nichts von der Vernichtung ihrer Herren mitbekamen. Sie sah undeutlich den Pfad des Induran-Rennens, der sich von dem östlichen Gebirge durch das Tal hinunter zum Fluss schlängelte. Dann überflog Demira den alten Grund und Boden des Corin-Klans und erreichte die ersten Lager.

Kelene schlug das Herz bis zum Hals, als sie nach Lebenszeichen Ausschau hielt. Sie sah, wie sich zwischen den vielen Zelten des Murjik-Klans einige Leute bewegten. Ein paar Kochfeuer brannten und – den Göttern sei Dank – sie erkannte sogar den funkelnden Helm einer berittenen Wache. Wenigstens die Murjik hatten die Lage im Griff.

Sie hörte einen Ruf aus dem Lager, Hunde bellten los, aber sie achtete nicht auf den Lärm und beobachtete Demira dabei, wie sie vom Fluss fortflog, auf den Rand des Khulinin-Lagers zuhielt und langsam abstieg. Die Dämmerung hatte sich herabgesenkt, und Kelene sah einige verstreute Fackeln und Kochfeuer im Lager leuchten. Sie warf keinen Blick auf den Ratshain und die Krankenzelte, sondern bemühte sich, das große Häuptlingszelt im Mittelpunkt des Klans ausfindig zu machen. Das Ratszelt und seine Kranken mussten warten, bis sie Gabria und Athlone gefunden hatte.

Sie spähte so angestrengt in die heraufziehende Dunkelheit und suchte nach dem goldenen Banner der elterlichen Behausung, dass sie nicht die Gefahr bemerkte, die zwischen den Zelten hervorkam.

Aber Demira erkannte sie. Sie wieherte wild und schwenkte zur Seite, als ein Speer an ihren Beinen vorbeiflog. Die plötzliche Bewegung brachte das Füllen aus dem Gleichgewicht. Es kämpfte darum, sich zu fangen und die Kontrolle über die schmerzenden Flügel zu behalten. Kelene hielt sich krampfhaft fest und blieb so ruhig wie möglich. Sie wollte Demira nicht noch mehr Schwierigkeiten bereiten.

Aus den Augenwinkeln heraus sah sie unten einen Klankrieger, der dem geflügelten Pferd nachlief. »Nein!«, kreischte sie. »Ich bin es, Kelene! Schieß nicht!«

Sie suchte gerade nach den passenden Worten für einen Schutzzauber, als ein großes, schwarzes Pferd zwischen den dunklen Zelten heranschoss, den Krieger rammte und zu Boden warf. Der Bogen flog ihm aus der Hand. Demira wieherte erneut und erhielt zu Kelenes größtem Vergnügen Antwort von Nara, ihrer Mutter.

Langsam und schmerzhaft ging Demira auf einem freien Platz nicht weit von dem am Boden liegenden Krieger nieder. Sie landete schwer und taumelte vor Erschöpfung. Es bedurfte ihrer letzten Kräfte, stehen zu bleiben. Doch bald hatte sie wieder Gewalt über ihre Beine und faltete die Flügel zusammen. Einen Augenblick lang waren Kelene und Demira ganz still vor Erleichterung und Dankbarkeit über die gelungene Landung. Kelene legte die Arme um den Hals des Pferdes und drückte es heftig.

Nara kam schnaubend und wiehernd herbei. *Was hast du getan, Demira?*, wollte die alte Stute wissen.

»Sie hat für den ganzen Weg von Moy Tura bis hierher nur zwei Tage gebraucht«, sagte Kelene stolz und glitt von Demiras Rücken.

In diesem Moment packte eine Hand Kelene am Arm. Sie wurde herumgewirbelt und stand vor einem graubärtigen, stirnrunzelnden Krieger mit gezogenem Schwert. Die Klanfrau grinste ihn müde an, als er die Augen aufriss.

»Kelene! Bei Surgarts Schwert, ich hatte geglaubt, du seist ein Häscher Kraths oder ein anderer Geist, der uns den Rest geben will«, rief der Krieger. »Was machst du denn hier? Wo sind die anderen? Und …« – er deutete mit einer heftigen Handbewegung auf das Füllen – »… was ist das?«

Kelene war so froh, zurück zu sein und wieder die Stimme eines Lebenden zu hören und ein freundliches, wenn auch entsetztes Gesicht zu sehen, dass sie auch ihn umarmte. »Secen, du erinnerst dich doch bestimmt an Demira, Naras Fohlen. Rafnir und ich haben ihr mit Hilfe der Muttergöttin das Geschenk des Fliegens gemacht, damit wir den Klanen die Rettung bringen können.«

Der Krieger, ein früheres Mitglied von Lord Athlones Herdwache, war an die wunderbaren Ergebnisse der Zauberei gewöhnt, aber bei dem Anblick des geflügelten Pferdes verschlug es ihm den Atem. Er starrte das Tier, das über zweihundert Meilen in zwei Tagen zurückgelegt hatte, ehrfürchtig an. Es dauerte eine Minute, bis Kelenes restliche Worte zu ihm durchgedrungen waren. Als er begriff, was sie gesagt hatte, holte er tief Luft. »Ihr habt in den Ruinen ein Heilmittel gefunden!« Ohne die Einzelheiten abzuwarten, drängte er sie ins Lager.

Kelene winkte Demira zu und folgte Secen. Sie wusste, dass sich Nara um das Füllen kümmern würde.

»Ich habe Wache gehalten und täglich zwei Schichten als Ausreiter übernommen, weil so viele Krieger krank oder tot sind«, erklärte ihr Secen auf dem Weg. »Lord Athlone hat wie ein Sklave geschuftet, um die Klane zusammenzuhalten. Er hat diejenigen beruhigt, die fliehen wollten, für Wasser und Nahrung gesorgt und alle beschäftigt. Ich glaube nicht, dass wir ohne ihn so lange durchgehalten hätten. Aber er hat sich verausgabt und ist vor drei Nächten krank geworden. Ich bete zu allen Göttern, dass du ihm helfen kannst.«

Der Krieger lief inzwischen über den ausgetretenen Pfad. Einige Wachen und ein paar Leute, die draußen vor ihren Herdfeuern hockten, hörten das Klirren seiner Waffen und schauten nach, warum sich Secen so beeilte. Sie erkannten Kelene, und sofort verbreitete sich unter den Khulinin die Nachricht, das die Tochter des Häuptlings aus Moy Tura zurückgekehrt sei.

Kelene hielt ihren Lederbeutel in festem Griff und humpelte so schnell wie möglich hinter Secen her. Am meisten erstaunte sie die Stille, die über dem Lager hing. Zu dieser Abendzeit war es normalerweise sehr laut, wenn die Ausreiter wechselten, die Frauen das Essen kochten, die Familien unter den Markisen speisten und die Kinder vor dem Hereinbrechen der Nacht spielten. Aber an diesem Abend sah Kelene nicht mehr als zwanzig oder dreißig Leute zwischen den Zelten, und diese wenigen waren erschöpft und grimmig. Sie hörte weder Singen noch Musik, kein Gelächter oder lautes Erzählen. Nur das Jammern einer trauernden Frau drang zu ihr.

Rauch und der Geruch des Todes lagen in der Luft. Wohin Kelene auch schaute, bemerkte sie an den Zeltpfosten Amulette und getrocknete Kräuter, welche die Seuche vertreiben sollten. Kurz vor Secen sah sie zwei Männer, die einen eingewickelten Körper aus einem Zelt trugen und die Zeltklappe hinter ihnen mit roten Bändern versahen – das Zeichen dafür, dass eine ganze Familie ausgestorben war. Sie war entsetzt, als sie auf dem Weg zum Häuptlingszelt zehn weiteren Behausungen mit diesen roten Bändern begegnete. Sie wollte sich nicht vorstellen, wie viele rote Zeichen im gesamten Khulinin-Lager hingen.

Die müden Beine taten ihr weh, als Secen sie endlich auf den offenen Platz vor dem Zelt ihrer Eltern führte. Der Krieger blieb stehen und deutete auf das unerleuchtete Zelt, an dem das goldene Banner traurig im schwachen Licht hing.

»Außer Gabria ist es seit zwei Tagen niemandem gelungen, an Eurus vorbeizukommen. Der große Schwarze ist für uns der einzige Beweis, dass unser Lord noch lebt.«

Kelene starrte in die Schatten und sprach ein Dankgebet. Das Hunnuli ihres Vaters stand unter der Markise. Sie hörte Secen sagen: »Meinen Segen hast du, Kleines. Ich kümmere mich um dein Füllen.« Damit stapfte der Krieger fort.

Sie humpelte mit trockenem Mund auf das Zelt zu. Plötzlich stand Eurus neben ihr und bot ihr seine starke Schulter als Stütze an. Kelene war erschrocken von der Veränderung, die mit dem großen Hunnuli vorgegangen war. Sein Fell fühlte sich unter ihren Fingern rau an, und sie spürte seine Knochen. Er sagte nichts zu ihr, während er sie zum Zelt geleitete, doch sie spürte seine Erleichterung und Hoffnung, die sich wie eine Umarmung um sie legte.

Die Zeltklappe stand offen. Sie tätschelte den Hengst und ging hinein. Ihre Augen benötigten einige Zeit, um sich an die Dunkelheit zu gewöhnen. Ihr Vater lebte noch, denn sie hörte sein heiseres, schweres Atmen, aber es gab kein Anzeichen von ihrer Mutter.

Kelene fand eine kleine Lampe auf dem Tisch ihrer Mutter, entzündete sie mit einer Kohle aus der heißen Pfanne und sah sich im Schlafbereich um. Sie schlug die Hand vor den Mund. Lord Athlone lag auf seiner Pritsche; ein dünnes Laken war nachlässig über ihn gebreitet. Obwohl Kelene wusste, was sie erwartete, war der Zustand ihres Vaters ein Schock für sie. Es war bewusstlos, schweißgebadet und beinahe unkenntlich unter den Umschlägen, die um seinen geschwollenen Hals gewickelt waren.

Dann sah sie ihre Mutter. Gabria lag neben ihrem Gemahl; sie hatte die Augen geschlossen und ihm die Hand auf die Brust gelegt. Eurus′ erbärmlicher Zustand hatte Kelene überrascht, doch Gabrias Erscheinungsbild entlockte ihr einen Schrei. Ihre Mutter war bleich und abgezehrt. Das schöne Gesicht war eingefallen. und ihre üblicherweise geschmeidige Gestalt war so dünn wie ein Zeltpfosten. Kelene stolperte vorwärts und befürchtete, dass Gabria ebenfalls erkrankt war.

Ihre Mutter hob den Kopf und blinzelte schläfrig in das unerwartete Licht.

»Kelene!« Ihr Freudenschrei war der schönste Laut, den die junge Klanfrau je gehört hatte. Sie fiel auf die Knie und spürte, wie ihre Mutter sie kräftig umarmte.

»Ich *wusste*, dass du zurückkommst«, rief Gabria freudig. »Ich habe dich im Traum auf einem großen schwarzen Vogel gesehen.«

Lachend und weinend drücke Kelene sich an sie und berichtete ihr von Demira.

Gabria war verblüfft. Sie konnte bei Kelenes Beschreibung des geflügelten Hunnuli nur den Kopf schütteln. »Du hast genug Abenteuer erlebt, um eine ganze Geschichte daraus zu machen«, sagte die Zauberin. Dann schwand das Leuchten aus ihrem Gesicht. Sie fuhr mit dem Finger über Lord Athlones regloses Gesicht. »Aber hast du das gefunden, worauf wir gehofft haben?«

Als Antwort holte Kelene die Lade mit den Steinen und Schriftstücken aus ihrem Beutel und packte sie vor Gabrias weit aufgerissenen Augen aus. Gabria erkannte sofort den roten Heilstein und wurde sehr still, als sie das kleine Bündel glitzernder Splitter sah. Schweigend drehte sie Kelenes Handgelenk um und sah das schwache, rubinrote Glimmen des Kristalls unter der Haut; es war genau wie bei ihr selbst. Mit zitterndem Kinn blickte sie ihrer Tochter in die Augen und fand dort alles, was sie sich je erhofft hatte.

Kelene nahm eines der drei Löwenaugen. »Sie sind mit einem Zauber belegt, der das Fieber bekämpft«, erklärte sie. Sie ergriff die Hand ihres Vaters und legte ihm den Stein sanft auf die Stirn. Unter ihrer Berührung brach hellgoldenes Licht aus dem Stein hervor.

Gabria sah zu und wagte kaum zu atmen. Als das Licht erstarb und das feurige Rot auf Athlones Haut verblasste, wischte sie ihm das Gesicht ab und bedeckte ihn mit einem trockenen, warmen Laken, bevor sie wieder Hoffnung zu fassen wagte.

Kelene legte den Stein zurück in die Lade. »Wir mussten sie an Sayyed und Rafnir ausprobieren«, sagte sie ruhig. »Bei meiner Abreise haben sie noch gelebt. Ich habe Savaron gesagt, er soll ihre Schwellungen mit Umschlägen und die Schwäche und den Flüssigkeitsverlust mit Tee behandeln.«

Gabria nickte kaum merklich; sie war überwältigt von Trauer, Erleichterung und Freude. Sie betrachtete die Steine in ihren Abteilungen, nahm die Manuskripte und warf einen Blick auf die Seiten.

»Am Ende gibt es ein Rezept für ein Aufbaumittel, das sehr wirksam sein könnte. Du solltest es dir ansehen«, sagte Kelene.

Gabria las nachdenklich die Liste der Zutaten. Dann machte sie sich daran, den Trank in einem Topf mit heißem Wasser auf ihrer Kohlenpfanne zu brauen. Das Aroma von Minze und anderen Kräutern erfüllte bald das Zelt wie eine Frühlingsbrise. Sobald die Flüssigkeit fertig war, mischte Gabria Honig und Wein darunter, goss den Sud in drei Becher und reichte Kelene einen davon.

»Das scheint mir eine ausgezeichnete Zusammenstellung zu sein. Versuch es.« Sie schluckte den Trank rasch hinunter und ging dann hinüber zu Athlone, um ihm einen Becher einzuflößen.

Kelene trank ihren Becher bis zur Neige leer. Die herbe Flüssigkeit wärmte ihr den Magen und spendete ihrem ganzen Körper belebende Energie. Die Schmerzen in den Beinen und im Knöchel verschwanden, ihre Stärke kehrte zurück, und ihre Müdigkeit war fort.

Als sie fertig war, hatte ihr Vater bereits frische Umschläge um die Beulen erhalten und schlief. Ihre Mutter zog ein frisches Hemd an und trug weitere Kräuter zusammen. »Sag mir, auf welche Weise der Stein wirkt«, drängte Gabria.

Kelene lächelte. Nun, da es Gabrias Mann besser ging und ihre Tochter nach Hause zurückgekehrt war, fand sie zu ihrem alten Selbst zurück. Die entmutigende Aufgabe, jede kranke Person in den Klanen zu heilen, schien ihr keine Sorgen zu bereiten. Die Hoffnung hatte ihr neue Kraft und Entschlossenheit verliehen, die sie zum Nutzen der anderen einsetzen würde.

Kelene erklärte ihr die Wirkungsweise der Löwenaugen; Gabria hörte ihr angespannt zu. Die ältere Zauberin runzelte nachdenklich die Stirn. »Ich bezweifle, dass ich dir bei den Steinen helfen kann. Ich habe bestimmt nicht deine Gabe. Meine Fähigkeit zu heilen beschränkt sich auf Kräuter und Umschläge.« Sie raffte ihre Bündel zusammen. »Komm. Wir fangen im Ratszelt an.«

Kelene nahm die Lade mit den Steinen und folgte ihrer Mutter nach draußen, wo die Dunkelheit bereits hereingebrochen war. Gabria blieb kurz stehen, um Eurus zu beruhigen und ihm etwas Futter zu geben, dann führte sie Kelene den Pfad hinunter zum Ratshain.

»Vielleicht sollte ich dich warnen«, sagte Gabria über die Schulter. »Diese Seuche hat unser Volk verheert. Wir konnten ihr nicht beikommen, geschweige denn vor ihr fliehen. Es hat uns unsere ganze Stärke und all unsere Vorräte gekostet, bisher zu überleben. Der Ratshain hat sich … verändert.«

»Ein wenig davon habe ich durch den Wächter gesehen.« Kelene hielt inne, bevor sie die Frage stellte, die ihr seit ihrer Ankunft im Lager auf dem Herzen lag. »Ist Lymira gestorben?«

Gabria nickte, ohne sich dabei umzudrehen. »Und Coren und Gehlyn und Wertain Rejanir und Lord Koshyn und …« Ihr versagte die Stimme. Schließlich setzte sie leise hinzu: »Zu viele, um alle aufzuzählen.«

Die beiden Frauen sagten nichts mehr, gingen aber etwas schneller zum Rand des Lagers. Sie bemerkten nicht die verstreuten Khulinin zwischen den Zelten, die sie erkannten und nach ihnen riefen. An der Grenze des Lagers trat ihnen ein schwer bewaffneter Krieger in den Weg und streckte die Hand aus.

»Gabria, wir haben Euch und Lord Athlone lange nicht mehr …« Dann sah er Kelene und riss die Augen auf.

Gabria berührte ihn am Arm. »Lord Athlone ist noch immer krank, aber wir glauben, er wird überleben, wenn man ihn ausruhen lässt.« Das Lächeln, das sich über das Gesicht des Mannes legte, war so strahlend, dass es Gabria mit einem Lächeln erwiderte. »Und jetzt haben wir alle viel Arbeit vor uns. Ich will, dass du die Priesterin Camra aufsuchst. Geh mit ihr durch den Klan und erstelle eine Liste von allen Kranken hier im Lager. Kelene und ich gehen in den Ratshain, aber wir werden so bald wie möglich zurückkommen und die übrigen Seuchenopfer behandeln.«

Mit einem Freudenschrei schoss der Krieger davon, um die Klanpriesterin der Amara zu suchen, und Gabria und Kelene setzten ihren Weg zum Ratshain fort.

Das Wäldchen war trotz der Dunkelheit nicht schwer zu erkennen, denn es war von einer Kette aus Feuern umgeben, die sich in einem großen Halbkreis von einem Flussufer zum anderen erstreckten. Priester in roten und schwarzen Roben hielten die Feuer in Gang und schütteten Weihrauch in die Flammen, damit der gelbe Rauch weiterhin in die Lüfte aufstieg. Die nächtlichen Feuer warfen einen unheimlichen Widerschein auf die vielen Zeltreihen im Hain und auf die wenigen Leute, die sich langsam durch die tanzenden Schatten bewegten.

Kelene konnte ein Erschauern nicht unterdrücken. Was sie sah, erinnerte sie an einen scheußlichen Albtraum aus Valorians Geschichte über Gormoth. Und schlimmer noch als der Anblick war der Gestank. Die Brise war zu einem sanften Hauch abgeflaut. Rauch, Gestank von Krankheit und Tod lagen wie ein schlimmer Nebel über der Gegend.

Gabria betrat das Wäldchen und ging ohne einen Seitenblick auf das große Ratszelt zu, doch Kelene wurde langsamer und sah sich entsetzt um. Der Hain war zu einem Müllhaufen aus beschmutzten Kleidern und dreckigen Laken geworden. Überreste von gefällten Bäumen, mit denen die Feuer in Gang gehalten wurden, bedeckten das zertrampelte Gras. Überall standen wahllos große und kleine Zelte herum. Doch am schlimmsten war der Mitleid erregende Berg von Leichnamen, der neben dem Ratszelt entstanden war. Es war weit schrecklicher, als sie aufgrund der kleinen Bilder des Wächters erwartet hatte. Sie knirschte mit den Zähnen und zwang sich, durch die Verheerungen der Seuche zu schreiten.

Sie sah, wie ihre Mutter im Ratszelt verschwand, und eilte ihr nach. Das Innere des Zelts war genau so, wie Kelene es von dem Juwel in Erinnerung hatte. Es war voller Kranker und Sterbender, und zwischen ihnen liefen die Helfer herum. Nur hatten sie inzwischen andere Gesichter.

Insbesondere einer der Helfer erregte Kelenes Aufmerksamkeit. Sie starrte ihn lange an, bevor sie begriff, dass es Lord Fiergan, der Reidhar-Häuptling war. Auch er hatte sich in den vergangenen Tagen verändert; er hatte Gewicht und seine Überheblichkeit verloren. Gerade beugte er sich über eine Pritsche und half vorsichtig einer Frau, etwas Wasser zu trinken, dann schaute er auf und sah Kelene. Zu seiner Ehre muss gesagt werden, dass er weder aufschreckte noch einen Überraschungsschrei ausstieß. Er bettete den Kopf der Frau nieder, streichelte ihren Arm und trat der jungen Zauberin entgegen.

Gabria sprach mit drei sehr müde aussehenden Heilern. Kelene hielt ihren Lederbeutel fest in der Hand und verneigte sich höflich vor Lord Fiergan.

Er zauderte nicht, sondern kam ohne Umschweife zur Sache. »Hast du in Moy Tura etwas gefunden?«

Kelene deutete auf ihren Beutel. Sie war nicht sicher, was sie von dem stämmigen Häuptling zu erwarten hatte, der alle Zauberei hasste und gegen die Reise nach Moy Tura gewesen war. »Wir haben einige magische Steine gefunden. Sie sind kein Allheilmittel, aber manche können das Fieber senken.«

Fiergan warf einen Blick zurück auf die Frau, die er soeben verlassen hatte, und sah dann wieder Kelene an. Erstaunt nahm sie den Ausdruck von Hoffnung und Erleichterung in seinen dunklen, unter den buschigen Brauen hervorlugenden Augen wahr. »Ich weiß, dass du dich erst um viele andere kümmern musst, aber kommst du bitte auch zu meiner Frau, wenn du Zeit dazu hast?«

Kelene nickte. Sie war zu überrascht, um etwas zu sagen. Lord Fiergan hatte sie um Hilfe *gebeten* - sie, eine Zauberin und überdies eine Khulinin! Sie sah, dass ihre Mutter noch immer mit den Heilern sprach, und traf eine rasche Entscheidung. Sie musste schließlich irgendwo anfangen, und Lord Fiergans Frau war so gut wie jeder andere Kranke. Wenn sie sich erholte, wäre Lord Fiergan vielleicht geneigter, ein wenig von seiner Kraft und seinem Ansehen zur Beendung des Durcheinanders im Ratshain zu verwenden.

»Lasst uns anfangen«, sagte sie und führte Fiergan zurück zur Pritsche seiner Frau. Sie war erst seit einem Tag krank und noch genügend bei Sinnen, dass sie Kelene verstand, als diese die Steine aus ihrem Beutel nahm und ihr erklärte, was nun geschehen würde. Hoffnungsvoll sah sie ihren Mann an, der Kelene bedeutete, sie solle sogleich beginnen.

Als das goldene Licht des Löwenauges wieder in den Stein zurückgesunken war, stand bereits eine große Zuschauermenge um die Pritsche und beobachtete Kelene; im ganzen Zelt war es nun still. Die Zauberin nahm den Stein an sich. »Jetzt soll sie sich ausruhen, Lord Fiergan.«

»Vielen Dank«, sagte der Reidhar-Häuptling in aufrichtiger Dankbarkeit.

»Lord Fiergan«, sagte Gabria, die das Geschehen mit angesehen und Kelenes Beweggründe sofort begriffen hatte. »In Eurem Lager gibt es einen jungen Mann namens Alanar. Lebt er noch?«

Fiergan zögerte und dachte nach. »Ja«, brummte er endlich. »Gestern hat er noch gelebt.«

»Gut. Bringt ihn bitte her.«

Der Häuptling zuckte unter Gabrias Tonfall zusammen. Alanar, ein Zauberer, hatte seinen Klan gegen den Befehl des Häuptlings verlassen und bei Gabria die Kunst der Magie erlernt. Als er zum Reidhar-Treld zurückgekehrt war und versucht hatte, Fiergan zur Vernunft zu bringen, hatte ihn der Häuptling kurzerhand aus dem Klan verbannt. »Warum?«, wollte Fiergan wissen.

»Ich glaube, er könnte wie Kelene die Gabe des Heilens besitzen. Da nur noch sehr wenige Heiler und Zauberer übrig geblieben sind, sind wir auf jede Hilfe angewiesen«, erwiderte Gabria ruhig.

Fiergans Frau ergriff seine Hand, und sein alter Widerwille verflog. Er begriff, dass jetzt nicht der richtige Zeitpunkt war, um seine Feindschaft gegen die Zauberei zu erneuern. »Ich hole ihn«, versprach er und stapfte aus dem Zelt.

Als Fiergan mit Alanar zurückkehrte, lief Kelene bereits mit ihren

Steinen von einem Seuchenopfer zum nächsten. Sie hatte mit zwei kranken Heilern begonnen und sich von ihnen aus durch das Zelt vorgearbeitet. Sobald Alanar da war, drückte sie ihm ein zweites Löwenauge in die Hand.

Der junge Reidhar ergriff mit seinen langen Fingern den Stein wie einen Rettungsanker. Kelene erkannte mit Freude, dass in seinen Augen weder Furcht noch Zögern lagen. Er kniete sich zusammen mit ihr neben ein Ferganan-Mädchen, das kaum den Kinderschuhen entwachsen war. Schweiß hatte das Haar des Mädchens stumpf gemacht, und Eiterbeulen verunstalteten sein schönes Gesicht.

Kelene fuhr ihm sanft über die Haut. »Leg ihr den Stein auf die Stirn«, sagte sie zu Alanar. Er folgte ihren Anweisungen, während sie den Rest des Zaubers erklärte. Zu Kelenes großer Erleichterung flackerte der Stein unter seiner Berührung auf. Sobald das goldene Licht verblasst war und das Mädchen ruhiger wurde, erschien auf Alanars rundem, ernsthaftem Gesicht ein freudiges Grinsen.

Nun machten sie sich eifrig an die Arbeit. Unermüdlich organisierte Gabria Hilfe, kochte Tees und bereitete Arzneien zu. Kelene und Alanar gingen von Zelt zu Zelt und behandelten alle Kranken.

Wie Kelene gehofft hatte, machte sich Lord Fiergan nun selbst an die Arbeit. Er suchte alle noch lebenden Häuptlinge auf und teilte ihnen mit, was gerade geschah. In wenigen Stunden waren alle verfügbaren Zauberer zusammengekommen und halfen mit, und eine alte Frau aus dem Wylfling-Klan überraschte alle damit, dass sie die Gabe des Heilens zeigte. Sie gesellte sich zu Kelene und Alanar und arbeitete gelassen mit dem dritten Löwenauge, als habe sie immer gewusst, dass sie eine Heilerin war.

Bald hatte sich die Kunde vom Eintreffen der Hilfe überall verbreitet. Die Leute verlangten lautstark von den Zauberern, sie sollten zuerst in ihr eigenes Lager kommen. Die Lage wäre außer Kontrolle geraten, wenn Lord Fiergan nicht einige Krieger dazu abkommandiert hätte, die kleine Gruppe der Heiler zu eskortieren. Überdies teilte er die gesunden Klanleute in Gruppen ein, damit man die ernsthaft Erkrankten, die eine schnelle Behandlung brauchten, besser erkannte.

Mitternacht kam und ging, und kaum jemand bemerkte, wie spät es schon war. Es war noch zu viel zu tun, zu viele Kranke mussten geheilt werden, und zu viele Lebende sahen den ersten Hoffnungsschimmer seit Tagen. Die Lager erwachten. Aus allen Ecken und Winkeln kamen die Leute. Einige gaben Neuigkeiten weiter, andere entzündeten Herdfeuer und machten Essen warm, wieder andere holten Wein und Honig für Gabrias Stärkungstrunk. Und viele sahen nur unter dem Ansturm verschiedenster Gefühle zu. Allmählich kehrten die Klane zurück ins Leben.

Siebzehn

Rafnir sah zu den drei Männern auf, die ihn beobachteten, und grinste triumphierend. »Kelene und Demira haben es geschafft«, sagte er und befestigte den Wächter wieder an seinem Hemd. »Sie sind bei der Versammlung angekommen.«

Sayyed klopfte sich auf die Knie. »Das wäre geschafft. Wir gehen. Kelene ist beim Tir Samod, und der Geist verfolgt sie. Wir dürfen nicht länger warten.«

Rafnir öffnete den Mund und wollte etwas entgegnen, dann aber schloss er ihn wieder. Er und Savaron stritten seit zwei Tagen mit Sayyed darum, dass er im Bett bleiben und sich ausruhen sollte. Ihre Beharrlichkeit hatte eine Weile gewirkt, doch jetzt war es vorbei. Obwohl Sayyed noch schwach war, konnte er schon wieder reiten. Nichts vermochte ihn mehr davon abzuhalten, zur Versammlung zurückzukehren. Rafnir warf Savaron einen raschen Blick zu und zuckte die Achseln. Sayyed war bereits aufgestanden; er zog sich an und packte seine Sachen zusammen. Die weiße Katze saß geduldig neben seinem zusammengerollten Schlafsack. Rafnir blieb nichts anderes übrig, als sich für die Reise fertig zu machen.

Während der Korg Nahrung für sie einpackte, sammelten die drei Männer rasch ihre Habseligkeiten ein und frühstückten hastig. Als sie zur Abreise bereit waren, drückte Sayyed dem Korg dankbar die Hand und kletterte langsam auf Afers Rücken.

»Bist du sicher, dass du nicht mit uns kommen willst?«, fragte Rafnir den Zauberer ein letztes Mal.

Der Korg senkte den Kopf. »Ich kann euch nicht viel helfen. Ich werde hier bleiben, falls ihr euch entscheiden solltet zurückzukehren.«

»Zurückzukehren?«, schnaubte Morad. »Ich will diesen Schutthaufen nie wiedersehen!«

Die Männer winkten zum Abschied und ritten rasch durch die Ruinen auf das südliche Tor zu. Die Morgensonne stand an einem makellosen Himmel und beschien ihnen den Rücken, doch die Männer schenkten der Schönheit des Tages keine Beachtung. Sie sahen nur die Straße vor ihnen und den offenen Torbogen, der aus der Stadt herausführte. Die vier Reiter preschten durch das Tor und galoppierten von Moy Tura fort, als seien ihnen alle Bestien Moy Turas auf den Fersen.

*

Kelene, Alanar und Pena, die Wylfling-Frau, hatten kurz nach Sonnenaufgang alle Kranken im Ratshain behandelt. Sie wollten gerade in die Lager wechseln, als sich auf der heiligen Insel zwischen den Flüssen etwas regte. Eine Gruppe von Priestern watete durch die Stromschnellen auf den Hain zu.

Ein erschöpfter und hagerer Priester trat vor Kelene und Gabria und verneigte sich vor ihnen, wobei er sich schwer auf seinen Stab stützte. Die Priester hinter ihm schwiegen, aber die Klanleute beobachteten sie mit überraschtem Gemurmel. Ordan, der Heilige, hatte Zauberern bisher niemals offen Achtung entgegengebracht.

Kelene und Gabria waren verblüfft und erwiderten rasch seine Verneigung.

»Ich werde euch nicht lange aufhalten«, sagte Priester Ordan mit seiner trockenen Stimme. »Es gibt noch viel zu tun, und wir möchten uns daran beteiligen. Aber ich muss dich etwas fragen.« Er wandte sich an Kelene. »Wir haben seltsame Visionen im Rauch gesehen und den Zorn unseres Gottes gespürt. Lord Sorh ist wütend, und wir wissen nicht, warum. Hast du erfahren, was die Ursache für diese Seuche ist?«

Kelene zog eine Augenbraue hoch. Genau wie ihr Vater, dachte Gabria und musste ein Lächeln unterdrücken. »Kennt Ihr den Namen Bitorn?«, fragte Kelene zurück.

Ordan erbleichte merklich. Er riss die Augen auf und versteifte sich. »Dieser Name ist uns bekannt«, sagte er vorsichtig.

»Er lag in dem Grabhügel, den wir geöffnet haben. Er war es, der uns bis nach Moy Tura gefolgt ist, weil er nicht wollte, dass wir die

Hilfe finden, die wir so dringend gebraucht haben. Er wird stärker, Priester Ordan, und ich befürchte, er wird hierher zurückkommen.«

Ordan konnte nicht alle Einzelheiten über Bitorns Gefangenschaft und seine Kräfte als Geist kennen, doch offenbar war ihm die Gefahr bewusst, in der sie schwebten, denn er fragte: »Wie viel Zeit bleibt uns noch?«

»Ein Tag, sieben Tage – ich bin mir nicht sicher. Der Korg sagte, er wolle ihn so lange wie möglich zurückhalten.«

Gabria hätte sich beinahe verschluckt. »Der Korg?«

Kelene lächelte. »Die Legenden hatten Recht, Mutter. Er war ein Gestaltwandler und ist ein sehr trauriger alter Mann. Er und Bitorn waren erbitterte Feinde.«

»Alle Götter im Himmel!«, rief Gabria aus.

Ordan verlor kein weiteres Wort über den Geist. Er sagte nur: »Wir werden später darüber reden.« Dann rollten er und die verbliebenen Priester und Priesterinnen die Ärmel ihrer Roben hoch und machten sich mit den anderen an die Arbeit.

Am späten Nachmittag hatten sich Kelene und ihre beiden Gefährten um die schlimmsten Fälle in den elf Lagern gekümmert. Todmüde legten sie eine Pause ein, aßen und schliefen ein wenig, und bei Anbruch der Nacht besuchten sie wieder die Klane und behandelten die restlichen Kranken. Obwohl einige der Kränksten starben, bevor man ihnen helfen konnte, und einige der Seuche trotz der Magie der Steine erlagen, erwies sich der alte Zauber als sehr wirkungsvoll. Es traten ein paar neue Fälle in den Lagern auf, doch sie waren nicht mehr so häufig wie früher. Langsam, aber sicher wich die Seuche zurück.

Die Aktivitäten in den Klanen spiegelten die neue Hoffnung wider. Überall kümmerten sich die Leute um die angerichteten Verwüstungen und arbeiteten hart, um die Ordnung wiederherzustellen. Eines der größten Probleme, dem sich die Lebenden gegenüber sahen, war die gewaltige Anzahl der Toten.

»Wir haben es aufgegeben, die Toten zu verbrennen und zu beerdigen, als wir keine Leute für diese Arbeiten mehr hatten«, sagte Lord Sha Tajan am Nachmittag zu Kelene, während sie sich um die Kranken im Lager der Jehanan kümmerte. »Nur Sorh weiß, wie viele Leute wirklich gestorben sind. Wir haben sie verbrannt, vergraben, auf der Wiese gestapelt oder in den Zelten gelassen. Einige sind zum Sterben fortgekrochen, und andere haben sich sogar im Fluss ertränkt.«

Kelene erschrak. Sie hatte keine Zeit gehabt, an etwas anderes als an die Kranken zu denken, doch nun begriff sie, dass die Klane noch etwas sehr Wichtiges erledigen mussten. »Die Leichname sollten unverzüglich fortgeschafft werden!«, sagte sie dem Häuptling. »Vor langer Zeit hat mir Piers erklärt, dass verwesende Leichname weitere Krankheiten hervorrufen können.«

Diese Gefahr ängstigte den Häuptling der Jehanan so sehr, dass er keine Zeit verlor und Gruppen zusammenstellte, die jeden Leichnam der Versammlung aufspüren, identifizieren und fortbringen sollten. Die Klanführer gingen von Zelt zu Zelt, schrieben die Namen auf und zählten die Toten. Als die Nacht hereinbrach, waren die meisten Lager gesäubert, und die Wiese, auf der die Scheiterhaufen gelodert hatten, war voller eingewickelter Leichname. Während die meisten Leute zum ersten Mal seit vielen Tagen zu Bett gingen und gut schliefen, machten sich die Priester an die unangenehme Arbeit, die Toten zu identifizieren.

Am folgenden Mittag versammelten sich die überlebenden Klanleute auf der Wiese und erwiesen ihren Toten die letzte Ehre. Die Sonne brannte auf die Wiese und die Köpfe der Trauernden nieder. Sie glitzerte auf den Speeren und polierten Rüstungen der Ehrenwache aus jedem Klan und leuchtete in den farbigen Bannern. Die hellen Strahlen strömten in die gewaltige Grube zu Füßen der Klanleute und erfüllte sie zum allerletzten Mal mit Wärme und Licht.

Die Grube war das Ergebnis der gemeinsamen Anstrengung aller Klane. Sie war mit Hilfe von Magie und Schaufeln, Messern und sogar bloßen Händen ausgehoben worden und stellte die letzte Gabe für alle gestorbenen Väter, Mütter, Söhne und Töchter dar. In der Grube lag all die Asche aus den vorangegangenen Verbrennungen, und darauf ruhten die in ihre Laken oder Umhänge gewickelten Toten wie farbige Holzscheite.

Es blieb nur noch übrig, das Massengrab zu segnen und mit Erde aufzufüllen. Bevor aber die Priester mit ihren Gesängen begannen, kletterte Ordan auf den großen Haufen ausgehobener Erde und streckte die Hände gegen die Menge aus. »Wir haben die Zählung unserer Verluste beendet«, sagte er mit lauter und kummervoller Stimme. »Von unseren Klanhäuptlingen sind die Lords Morbiar, Koshyn, Maixin, Dormar und Gerrand gestorben. Die Heiler und Zauberer, die so hart für unser Volk gearbeitet haben, mussten die Hälfte ihrer Gefährten einbüßen – zehn Heiler und fünfzehn Zauberer.«

Eine traurige, wütende Stille erfüllte die Versammelten, während die schreckliche Liste weiter vorgetragen wurde. Ordan verlas die Anzahl der gestorbenen ausländischen Kaufleute und der Klanangehörigen, die insgeheim geflohen waren und nun vermisst wurden, sowie die Zahl der Mitglieder aus jedem Klan, die der schrecklichen Seuche erlegen waren. Als er zum Ende gekommen war, hallte die Gesamtzahl wie Donner in den Ohren der Zuhörer. Über dreitausend Krieger, Zauberer, Hebammen, Heiler, Mütter, Kinder, Priester, Hirten, Weber, Älteste und Leute aus allen Rängen und Altersschichten waren umgekommen.

Und aus welchem Grund?

Diese Frage bohrte in jedem, der zusah, wie der Priester Ordan die Arme hob und mit den Totengesängen begann. Das tägliche Spiel von Leben und Tod, der andauernde Wettstreit zwischen Amara und Sorh war etwas, das jeder Klanangehörige als üblich ansah. Das Leben in der Ebene war nie einfach, doch die Gefahren waren ihnen vertraut. Kriege, Unwetter, Alter und Krankheiten wurden klaglos hingenommen.

Aber diese Seuche war ein unbekannter, unerhörter Feind, der dreitausend Leute niedergemäht hatte, während die Klane hilflos daneben gestanden und zugesehen hatten.

Dreitausend! Es waren beinahe so viele Tote wie beim Corin-Massaker, dem Krieg gegen Lord Medb und den Verlusten der letzten zwanzig Jahre zusammen! Seit dem Untergang von Moy Tura waren nicht mehr so viele Leute zur gleichen Zeit gestorben, und selbst in diesem schrecklichen Kampf hatte es einen sichtbaren Feind und wirkliche Schwerter gegeben.

Allmählich entflammte in den trauernden Überlebenden eine heiße Wut. Das Sterben hatte dank der Zauberer aufgehört, und das Leben kehrte zu einer gewissen Normalität zurück. Doch der Zorn saß tief, und die Klanleute wollten jemanden für die Verzweiflung, den Verlust und die Schmerzen, die sie erlitten hatten, zur Rechenschaft ziehen.

Lord Athlone verstand diese Regung gut. Er hatte seinen jüngsten Sohn, seine Tochter, zwei sehr enge Freunde und mehr Verwandte und Klanangehörige verloren, als er ertragen konnte. Noch immer geschwächt und gebeugt, erklomm er den Lehmhügel und stellte sich neben den Priester Ordan.

Der weißhaarige Priester verneigte sich ehrfurchtsvoll vor dem Khulinin-Lord. »Unser Streit hat dem Volk großes Unheil bereitet«, sagte Ordan gefasst.

Athlones Gesicht und Hals waren übersät mit heilenden Wunden. Er verbeugte sich ebenfalls und erwiderte: »Dann müssen wir es gemeinsam aus der Welt schaffen.«

Sie standen nebeneinander, der Priester und der Zauberer, und sahen das Volk an. Mit lauter Stimme, offen und ehrlich gaben Athlone und Ordan dem Volk den Feind, den es verantwortlich machen konnte. Sie berichteten den Klanen alles über den versiegelten Grabhügel und dessen untoten Bewohner und wie er befreit und die Seuche seiner Grausamkeit entsprungen war.

Als sie zum Ende kamen, sah Athlone einen großen Schatten über den Viehherden und lächelte. Sie kam zur richtigen Zeit.

Jemand rief etwas, und alle sahen hoch und erblickten das schwarze Hunnuli, das anmutig über die Wiesen segelte. Überraschte Stimmen erhoben sich, und Finger deuteten in die Luft. Niemand hatte Demira seit ihrer Ankunft vor zwei Tagen gesehen. Gerüchte über ihr verändertes Aussehen hatten sich rasch verbreitet, aber nun konnten alle sie zum ersten Mal mit eigenen Augen sehen.

Die Leute starrten gebannt nach oben und rangelten um den besten Aussichtspunkt. Sie beobachteten, wie Demira niederglitt und am Fuß des Lehmhügels eine sanfte Landung vollführte. Erst jetzt bemerkte die Menge Kelene auf dem Rücken des Füllens.

Zwei Tage und Nächte Ruhe hatten bei dem Füllen Wunder gewirkt. Sein Fell glänzte, und die Schwingen leuchteten im Sonnenlicht. Es war sich seiner Wirkung auf die Masse deutlich bewusst, hob stolz den ebenholzschwarzen Hals und streckte die Flügel schwungvoll aus, damit alle sie sehen konnten.

Kelene saß gelassen auf dem Pferd. Sobald sich die Menge ein wenig beruhigt hatte, trieb sie das Hunnuli auf die halbe Höhe des Lehmhügels. Von hier aus führte sie das fort, was ihr Vater begonnen hatte. Sie beschrieb die Reise nach Moy Tura und die Angriffe des Geistes. Sie sprach über den Korg, die Heilsteine und Demiras Flügel. Und schließlich warnte sie vor dem toten Priester, vor seiner Macht und der schrecklichen Gefahr, die er darstellte.

Die Geschichte war lang, aber die Klanleute waren so gefesselt von ihr, dass ihnen weder die Hitze noch die Fliegen oder die lange Zeit etwas ausmachten, die sie zuhörten. Wie Athlone gehofft hatte, verlieh die Gegenwart Demiras Kelenes Geschichte Glaubwürdigkeit. Die Stimme seiner Tochter – eine Stimme, die schon so viele Leute gehört hatten und der sie inzwischen vertrauten – vermittelte die Wahrheit besser, als es jedem anderen möglich gewesen wäre.

»All das wollte ich euch heute erzählen«, endete Kelene, »damit ihr die ganze Geschichte dieses Unglücks kennt, das so viele Menschenleben gefordert hat. Ich glaube, dass der Geist zurückkehren wird, um das zu beenden, was er begonnen hat. Er ist besessen davon, jeden Zauberer in den Klanen zu vernichten; es ist ihm gleichgültig, wer zu diesem Zweck sonst noch sterben muss. Ja, seine Seuche hat die Zauberer getötet, aber sie fiel auch gnadenlos über unser Volk her und hat jeden umgebracht, der mit ihr in Berührung kam. Das ist nicht nur eine Sache der Zauberer, sondern eine Sache, die uns alle angeht.«

Lord Athlone sah die Menge an und erkannte, dass diese Warnung nicht auf taube Ohren gestoßen war. Zufrieden verließen er, Ordan, Kelene und Demira ihre Plätze und begannen mit dem letzten Teil des Begräbnisses.

Nachdenklich schaufelten die Klanleute die Erde zurück in das Grab und formten es zu einem länglichen Hügel. Der Seuchenhügel, wie man ihn später zu nennen pflegte, wurde mit einem Ring aus Speeren bekrönt und mit Wildblumen besät, um die Toten gebührend zu ehren. Dann kehrten die Klanleute zu ihren üblichen Tätigkeiten zurück, aber das, was sie auf der Beerdigung gehört hatten, war ihnen im Sinn geblieben und fachte ihre Wut wie heißer Wind an. In allen elf Klanen redeten die Leute über kaum etwas anderes als über den Geist und seine Rückkehr. Es war nicht mehr die Rede vom Verlassen der Zusammenkunft; jetzt ging es nur noch um Rache.

Als sich die Klane später am Abend auf die Nacht vorbereiteten, gingen Gabria und Kelene langsam durch den Ratshain zurück in Richtung des Khulinin-Lagers. Kelene war so müde, dass ihr verkrüppelter Fuß kaum mehr ihr Gewicht zu tragen vermochte. Sie stützte sich auf den Arm ihrer Mutter. Nie zuvor hatte Kelene so lange so hart gearbeitet und so viel Kraft in die Zauberei gelegt. Die Tage im Kampf um das Leben der Klanleute hatten sich gelohnt, aber sie hatten Kelene völlig erschöpft. Als Gabria schließlich darauf bestanden hatte, dass sie nach Hause gehen und schlafen sollte, musste Kelene ihr nachgeben.

Sie war dankbar für die Hilfe ihrer Mutter und sog die Abendluft in tiefen Zügen ein. Die Feuer und der Weihrauch waren verschwunden, der Gestank im Ratshain hatte sich fast völlig aufgelöst, und eine frische Brise wehte von Westen heran. Die Luft roch wieder nach vertrauten Dingen: nach Lehm, Tieren, trockenem Gras und den Flüssen. Es war eine Mischung, die Kelene wie nie zuvor genoss.

Sie erfreute sich noch immer an der Brise, als sie plötzlich spürte, wie ihre Mutter sich versteifte. Kelene blieb stehen. »Was ist los?«, fragte sie.

Gabria runzelte die Stirn. »Ich weiß es nicht. Ich habe etwas Merkwürdiges gespürt.«

»Wie war es?«

»Ich bin mir nicht sicher. Als du und die anderen nach Moy Tura aufgebrochen seid, war es ähnlich. Ich habe damals eine Erleichterung verspürt, als ob ein großer Schrecken mich verlassen hätte. Aber diesmal … ist das Gefühl des Schreckens zurückgekehrt. Es ist sehr undeutlich, aber«, sagte sie zitternd, »mir ist so kalt.«

»Könnte es die Gegenwart des Geistes sein?«

»Möglicherweise.« Gabria betrachtete die heraneilenden Schatten. »Niemand hat ihn bisher gesichtet, aber das bedeutet nicht, dass er nicht zurückgekehrt ist.«

Kelene seufzte auf. »Ich hoffe, dein Gefühl hat einen anderen Grund.«

»Das kann ich mir vorstellen. Die Klane sind noch nicht in der Lage, gegen ihn zu kämpfen. Vielleicht hat mich die Beerdigung bloß müde gemacht. Es war für mich eine Gelegenheit, Coren und Lymira Lebewohl zu sagen.«

Kelene fasste den Arm ihrer Mutter fester. Der Tag war sowohl für ihre Eltern als auch für sie selbst sehr schmerzlich gewesen. Vielleicht würden sie sich alle morgen, nach einem erholsamen Schlaf, besser fühlen. Dann wollte Kelene mit Demira einige Ausflüge unternehmen und nach dem Geist und Sayyeds Gruppe Ausschau halten. Sie war sich beinahe sicher, dass Gabrias Gefühl des Schreckens mehr war als nur Erschöpfung und Kummer.

*

»Vater!« Kelenes aufgebrachte Stimme hallte über das Ratsgelände und erregte jedermanns Aufmerksamkeit. Lord Athlone und die Männer, die bei ihm waren, beobachteten verwundert Demira und ihre Reiterin, die über dem Wäldchen kreisten und dann irgendwo hinter den Bäumen zur Landung ansetzten.

Lord Athlone konnte noch immer nicht glauben, was seine Tochter erschaffen hatte, und ihre neu gewonnene Reife und Selbstsicherheit waren ihm noch unvertraut. Mit kaum verhohlenem Stolz sah er zu, wie sie vom Pferd sprang und humpelnd in den Hain lief.

»Ich habe sie gefunden«, rief sie eifrig, bevor sie die Priester und Häuptlinge bei ihrem Vater bemerkte. »Sie sind noch etwa einen Tagesritt entfernt!« Erst jetzt bemerkte sie ihre Unhöflichkeit und begrüßte Lord Athlones Gefährten, wie es ihnen zustand.

Es war eine erschöpfte, müde aussehende Gruppe, doch die Veränderungen hier in dem Wäldchen waren ein Spiegelbild der Veränderungen, die über die ganze Versammlung gekommen war. Das Massenbegräbnis war erst einen Tag her, doch in dieser Zeit waren die Zelte und der Abfall entfernt und verbrannt worden, und die verbliebenen Kranken erholten sich in ihren Lagern oder im Ratszelt.

Kelene beendete rasch die Begrüßung der Häuptlinge und wandte sich wieder an ihren Vater. »Sayyed und Rafnir sind fast genesen. Sie haben Moy Tura vor zwei Tagen verlassen.« Sie lächelte und spürte noch die warme Freude darüber, dass sie Rafnir und den anderen begegnet war. Sie und Demira hatten den ganzen Tag über nach dem Geist sowie vermissten Klanleuten und Sayyeds Gruppe Ausschau gehalten. Am späten Nachmittag hatte sie die Männer entdeckt, wie sie am Isin entlanggaloppierten.

»Es gibt aber auch schlechte Neuigkeiten«, fuhr sie fort. »Savaron hat mir gesagt, dass Bitorn die Stadt vor sechs Tagen verlassen hat. Er könnte bereits hier sein.«

Lord Terod erblasste. Der junge Häuptling des Amnok-Klans war noch geschwächt von seinem Kampf gegen die Seuche und wollte nicht schon wieder in Schwierigkeiten geraten. »Wir haben ihn noch nicht gesehen«, erklärte er. »Und wir haben den Kampf gegen seine Seuche gewonnen. Er wird nicht mehr herkommen.«

Kelene schüttelte energisch den Kopf. »Bitorn ist uns den ganzen Weg bis nach Moy Tura gefolgt, nur weil wir Zauberer sind und nach einem Weg gesucht haben, die Seuche aufzuhalten. Sein Hass ist grenzenlos. Er wird zurückkehren, selbst wenn er nur seinen Körper beanspruchen will.« Sie schnippte mit den Fingern. »Sayyed hat einen Vorschlag gemacht, Vater. Nehmt Bitorns Körper aus dem Grab und findet einen Weg, ihn zu vernichten. Einige Leute liegen noch im Sterben; also könnte der Geist ihnen genügend Lebenskraft stehlen, um in seinen Körper zurückzukehren.«

»Den Leichnam aus dem Grab nehmen?«, unterbrach Terod sie. »Was ist, wenn wir damit die Krankheit wieder verbreiten?«

»Diese Gefahr könnte bestehen«, stimmte Athlone ihm zu, »aber diesmal sind wir in der Lage, sie mit den Heilsteinen zu bekämpfen. Bitorn umzubringen rechtfertigt jede Gefahr.«

Lord Fiergan schüttelte angewidert den Kopf – ob über Terod oder die Aussicht, erneut den Grabhügel zu betreten, konnte Kelene nicht sagen. »Ich gehe mit euch«, meinte er. »Ich will das Ende dieser Gorthling-Brut miterleben.«

Kelene wandte den Kopf ab, damit der Reidhar-Häuptling ihr Grinsen nicht sah. Sie konnte sich nicht daran erinnern, dass Lord Fiergan ihrem Vater je freiwillig bei irgendetwas geholfen hätte.

»Ich gehe auch mit«, sagte Ordan. Der ehrwürdige Priester sah zunächst Lord Athlone an und blickte dann über die Bäume hinweg in die Richtung der fernen Wiese, auf welcher der Grabhügel lag. Seine Augen sahen etwas, das niemand sonst wahrnehmen konnte; seine Stimme war leise und zornig. »Es hat einer Seuche bedurft, mir zu zeigen, dass wir einander brauchen. Jetzt müssen wir zusammenarbeiten, um den Geist zu bekämpfen; ansonsten sind wir diejenigen, die vernichtet werden.«

Sogar Lord Fiergan wandte nichts dagegen ein.

Obwohl Lord Athlone gern noch an diesem Nachmittag aufgebrochen wäre, war der Tag schon zu weit fortgeschritten, um eine Reise zu der einsamen Schlucht zu unternehmen. Wenn die Gruppe den Grabhügel erreicht hatte, wäre es bereits Nacht, und niemand wollte sich der Gefahr aussetzen, dem Geist in der Schwärze seiner Grabkammer gegenüberzutreten. Daher hatte Lord Athlone nichts dagegen, bis zum nächsten Tag zu warten. Er war noch nicht ganz von dem schwächenden Fieber genesen und wollte ausgeruht und stark sein, wenn er den Kampf gegen den Mörder seiner Kinder und seines Klans begann.

Kurz nach Mittag war die Gruppe aus Häuptlingen, Priestern und Kriegern schließlich zur Abreise bereit. Athlone, Fiergan und Sha Tajan brachten einige Herdwachen mit, und Ordan erschien mit zwei Gehilfen, einem Weihrauchfass und einem Gefäß voll ungelöschtem Kalk.

Kelene entschloss sich, mit ihnen zu reiten, da sie beim letzten Mal daheim geblieben war. Sie wandten sich von der Versammlung aus unmittelbar nach Osten, stießen auf den schmalen Induran-Pfad und folgten ihm in die Berge, wo sie bald zwischen den hohen Felsmauern des Engpasses hindurchritten.

Demira musste die Flügel dicht an den Leib pressen, um an den engen Stellen hindurchzukommen. Kelene blickte nach vorn und sah, wie der Durchgang in eine Schlucht mündete, in welcher der Grabhügel lag. Unwillkürlich lief ihr ein Schauer über den Rücken. Sie wünschte, Rafnir wäre bei ihr, um ihr mit seinem Witz und seinem festen Mut Gesellschaft zu leisten. Fast erwartete sie, Bitorn neben seinem Grab stehen zu sehen und sie willkommen zu heißen, doch Hügel und Schlucht waren verlassen.

Die Reitergruppe hielt neben dem Hügel an und betrachtete ihn vom Pferd aus; sie fürchteten sich davor abzusteigen. Das Grab sah genauso aus wie an jenem Tag vor so langer Zeit, als die jungen Klanleute hergekommen waren, um den Lehm wieder aufzulegen. Die Erdwälle wirkten harmlos; keine äußeren Anzeichen warnten vor dem tödlichen Inneren.

Widerwillig stiegen die Männer ab und machten sich an die unangenehme Arbeit. Kelene blieb auf ihrem Pferd. Trotz der Sonne war ihr kalt, und ihre Nackenhaare richteten sich auf. Sie sah keinen Grund für ihre Angst, doch plötzlich wünschte sie, sie wäre nicht mitgekommen. Zitternd beobachtete sie, wie Lord Athlone und die anderen den Hügel umrundeten und sich dem Eingang näherten.

»Wollten sie nicht die Tür schließen und wieder zuschaufeln?«, hörte sie Sha Tajan sagen. Seine Stimme war so laut vor Besorgnis, dass Kelene ihn deutlich hörte.

»Das haben sie wenigstens gesagt«, erwiderte Athlone.

Von dort, wo Kelene auf Demira saß, konnte sie weder die Männer noch den Eingang sehen; sie hörte nur, wie die Stimmen gedämpft wurden und ein Hämmern und Knirschen von der Tür herüberdrang. Dann ertönten Fußtritte, ein Krachen – und es wurde still.

Kelene reckte sich auf dem Rücken des Füllens; all ihre Sinne waren angespannt. »Vater?«, rief sie besorgt.

Athlone lief um die Seite des Hügels; die anderen Männer folgten dicht hinter ihm. Unter den heilenden Wunden war sein Gesicht weiß und spiegelte sowohl Angst als auch Wut wider.

»Der Leichnam ist verschwunden!«, rief er Kelene zu. »Der Geist ist schon hier gewesen. Reite zurück zur Versammlung. Warne deine Mutter.«

Bei den letzten Worten drehte sich Demira sofort um und galoppierte aus der Schlucht in den Engpass hinein. Kelene hielt sich an ihrem Rücken fest und überließ es dem Füllen, auf dem steinigen Untergrund seinen Weg zu finden. Weder hörte sie das widerhallende Donnern von Demiras Hufen, noch sah sie die hohen Felswände und den blauen Himmelsstreifen über ihr. Kelene hörte nichts anderes als die warnenden Worte ihres Vaters: »Der Geist ist schon hier gewesen!« Und sie sah nichts anderes als Bitorn, der in hämischer Freude über dem Leichnam ihrer Mutter hockte.

Der Widerhall des Hufgeklappers erstarb, das Licht wurde stärker, und Kelene sah den Ausgang der Schlucht vor sich. Demira rannte den Pfad entlang und den nächsten Hügel empor. Auf der Kuppe breitete sie die Schwingen aus und warf sich in die Luft. Wie eine schwarze Sturmwolke flog sie quer über das Tal auf den Tir Samod zu.

Achtzehn

Die Lager waren bereits deutlich zu erkennen, als Kelene bemerkte, wie am Rand des Khulinin-Lagers Rauchsäulen aufstiegen. Diesmal war es nicht der gelbliche Weihrauch, sondern schwärzere, weiter voneinander entfernte Rauchfahnen von brennenden Zelten. Der Geist war schon da. Die etwas abseits gelegenen Lager hatten die Gefahr bisher nicht bemerkt, denn die Leute im Amnok-Klan unter ihr gingen noch ohne Eile ihren alltäglichen Geschäften nach.

Doch das änderte sich schon im nächsten Augenblick.

Der besondere Hörnerschall, den die Häuptlinge für den Fall der Wiederkunft des Geists vereinbart hatten, legte sich über die Lager und wurde nur eine Sekunde später von einem weiteren wilden Hornsignal der Khulinin-Wachen jenseits des Flusses beantwortet, mit dem sie um Hilfe baten.

Die Versammlung brach in wilde Geschäftigkeit aus. Von ihrem Aussichtspunkt über dem Tal sah Kelene, wie Leute aus allen anderen Lagern auf die Zelte der Khulinin zueilten. Das Sonnenlicht glitzerte auf Waffen aller Art, und ein wütendes Brummen von Hunderten Stimmen stieg in die Luft.

Nun war der Feind gekommen, und Wut und Kummer, die bei den überlebenden Klanmitgliedern geschwärt hatten, erreichten den Siedepunkt.

Kelenes Herz klopfte wild, und der Magen drehte sich ihr um, als Demira zu den Lagern abstieg. Wo waren Gabria und die anderen Zauberer?

Als Erstes sah sie den Geist – oder das, was einmal der Geist gewesen war. Jetzt war er in seinen Körper zurückgekehrt, und die Macht der Lebenskraft, die er den sterbenden Klanleuten gestohlen hatte, hatte seine körperliche Gestalt verjüngt und gesund und stark gemacht. Der Körper war stämmig und muskulös; die dunkelrote Robe wirbelte ihm um die Beine. Er sah aus wie ein gewöhnlicher Mann, der durch das Lager ging.

Aber Kelene hätte Bitorn überall erkannt. Er beugte den Oberkörper in schnellem Gang vor, und sein langes, schwarzes Haar schwang ihm wie die Mähne eines Hengstes um das grausame Gesicht mit dem überheblichen Ausdruck. Nur das rote, schillernde Licht war verschwunden und wurde durch eine flammende Fackel ersetzt, die er in der Hand hielt. Er hielt die Fackel an jedes Zelt, an dem er vorüberkam, und zog eine Spur von Flammen, Rauch und schreienden Leuten hinter sich her. In der anderen Hand hielt er den langen, schwarzen Stab der Sorhpriester, den er gegen die Krieger schwenkte, die ihn aufzuhalten versuchten.

Bisher hatte es noch keinen geordneten Angriff gegen Bitorn gegeben. Kelene sah, dass viele Khulinin-Krieger von den Feuern abgelenkt wurden, und die anderen Klane hatten den Priester noch nicht erreicht. Er bewegte sich auf den Mittelpunkt des Lagers zu, in dem das Häuptlingszelt allein auf einem weiten Platz stand.

Kelene fragte sich, ob Bitorn etwas über ihre Mutter und ihren Vater wusste. Oder war die Wahl des Lagers blindlings erfolgt? Irgendwie bezweifelte sie, dass der Angriff auf das Herz des Khulinin-Lagers reiner Zufall war. Dafür war Bitorn zu zielstrebig, zu besonnen.

Nun bemerkte sie, wie ihre Mutter auf Nara hinter dem großen Zelt hervorritt und auf den Priester zugaloppierte. Sie trafen am Rand der offenen Fläche aufeinander und blieben beide stehen. Der untote Priester sah die Zauberin an. Kelene konnte nicht verstehen, was sie zueinander sagten. Es war indes ohne Bedeutung, denn das Gespräch endete plötzlich in einem Ausbruch blauer Energie. Gabria hatte keine Zeit vertan und sofort ihren Angriff geführt.

Der Priester warf den Kopf zurück und lachte über die Blitze, die an seinem Körper abprallten.

Inzwischen waren viele andere Klanleute eingetroffen; sie sammelten sich in steigender Anzahl um den Mittelpunkt des Lagers und starrten den Priester entsetzt an. Zwei weitere Zauberer, Alanar und ein anderer junger Mann, rannten auf Gabria zu und griffen gemeinsam mit ihr an. Und immer noch tat der Priester nichts anderes, als seine Verachtung herauszulachen.

Bisher hatte Bitorn Kelene noch nicht entdeckt. Sie nutzte die

Tatsache, dass er abgelenkt war, und zog ihren kleinen Dolch. Sie zwang sich zur Ruhe und verwandelte ihren Dolch durch einen Zauber in einen Speer. Aber gerade als sie ihn werfen wollte, ließ Bitorn seinen Stab fallen und wuchs.

Kelenes Kinnlade fiel herunter. Sie hatte gesehen, wie er als Geist seine Größe verändert hatte, aber sie hatte nicht erwartet, dass er dazu auch in der Lage war, wenn er in seinem Körper eingeschlossen war. In kürzerer Zeit, als sie für ihren Verwandlungszauber benötigt hatte, war er zur doppelten Größe angeschwollen. Einige Augenblicke später hatte er seine Größe noch einmal verdoppelt und türmte sich vor Gabria auf. Mit gewaltigen Händen packte er nach ihr.

Kelene stieß einen lauten Fluch aus und warf den Speer in Bitorns Rücken. Für den Riesen war der Holzspeer nichts anderes als ein Pfeil, der von einer schwächlichen Hand geworfen wurde, doch zu Kelenes großer Überraschung durchdrang die Spitze die Haut und blieb stecken.

Er brüllte vor Wut auf, drehte sich um und sah sie. »Du!«, schrie er und schlug mit der großen Hand nach Demira. Das Füllen wich ihm seitwärts aus und segelte unter seinem schwingenden Arm hindurch und außer Reichweite seiner geballten Faust. Wie rasend schoss Demira hinter ihm fort und versteckte sich hinter einer Rauchwolke, die von den brennenden Zelten aufstieg.

Kelene seufzte erleichtert auf und wagte einen Blick nach Osten. Dort sah sie eine Reitergruppe quer durch das Tal herankommen. Lord Athlone war auf dem Weg hierher.

Zwei weitere Zauberer auf ihren Hunnuli waren inzwischen zu Gabria gestoßen, und die kleine Gruppe hatte sich auf den höchsten Punkt des freien Platzes knapp hinter dem Häuptlingszelt zurückgezogen. Bitorn richtete seine Aufmerksamkeit wieder auf sie.

Er schloss die Hand um einen jungen Baum, riss ihn aus dem Boden und pflückte das Blattwerk ab. Der große Schatten des Priesters verdunkelte den Boden, als er seinen neuen Stab über den Kopf hob. Aber anstatt ihn nach Gabria zu schwingen, wirbelte er plötzlich herum und schlug damit nach einem jungen Mann, der auf seinem Hunnuli zwischen den Zelten herritt und die Zauberin erreichen wollte.

Der Baumstamm schleuderte den Zauberer gegen sein Pferd und

schmetterte beide zu Boden. Sie waren sofort tot. »Das war der Erste«, rief er zu Gabria.

Nara schrie ihre Wut heraus; ihr Schrei wurde von allen Hunnuli beantwortet. Jeder Zauberer, den es noch in den Lagern gab, sprang auf sein Pferd und folgte Naras Ruf.

Einige der Khulinin-Krieger, die von Secen angeführt wurden, bildeten eine Linie und feuerten einen Pfeilschwarm auf Bitorn ab. Er wischte die Pfeile wie Mücken beiseite, packte sich dann an den Rücken und zog Kelenes Speer heraus. Das Blut daran war schon getrocknet, und die Wunde heilte bereits.

»Ihr winselnden Sterblichen!«, brüllte der Priester mit einer Stimme, unter der das Lager erzitterte. »Kniet vor mir nieder und dankt mir dafür, dass ich gekommen bin, um euch von dem Fluch der Zauberei zu befreien!«

»Du bist nicht unser Herr!«, rief Secen zurück. »Wir wollen dich nicht hier haben!«

Bitorn machte mehrere bedrohliche Schritte auf die Khulinin-Krieger zu, und die Männer und Klanleute hinter ihnen flüchteten. Bitorn führte seinen Angriff nicht fort. Er lachte verächtlich und sagte: »Rennt fort, wenn ihr könnt. Um euch kümmere ich mich später. Jetzt muss ich erst meinen heiligen Eid gegenüber den Göttern erfüllen.« Er beugte sich zu der zusammengedrängten Gruppe von Zauberern hinunter. Freude lag auf seinem Gesicht. »Ich habe lange gewartet, doch schließlich haben mich die Götter gerufen, damit ich meine Pflicht tun kann.«

Jetzt war es Gabria, die lachte. »Du bist kein Diener der Götter, Bitorn; du bist nichts anderes als eine bösartige, selbstgerechte Bestie, die schon längst tot sein sollte.«

»Gottlose!«, kreischte er. Sein Stab sauste nieder, prallte aber an einer Kuppel aus schimmernder roter Energie ab. Gabria und die Zauberer bei ihr drängten sich unter dem Schild zusammen und hielten ihn mit ihrer gebündelten Kraft aufrecht.

Der Priester brüllte vor Wut auf und versuchte wieder und wieder, die Kuppel mit seinem Stab zu zerstören. Er stampfte auf und trampelte um den Schild herum. Dabei trat er Zelte platt und verstreute die Leute in alle Richtungen, doch die kleine Gruppe unter der Kuppel widerstand all seinen Anstrengungen.

Kelene wusste jedoch, wie viel Kraft es kostete, einen solchen Schild aufrechtzuerhalten. Die Gruppe um ihre Mutter würde nicht mehr lange in der Lage sein, sich zu schützen. Sie wollte gerade Bitorn ablenken, als eine andere Stimme den verwüsteten Ort erfüllte.

»Im Namen Sorhs, des Lords über die Toten, des Befehlshabers über die Vorboten, des Herrschers über Gormoth, des Seelenernters, befehle ich dir aufzuhören.«

Bitorn zögerte aus schierer Überraschung. Die Macht alter Gewohnheiten regte sich in ihm, und langsam senkte er den Stab. »Wer wagt es, vor mir von Lord Sorh zu sprechen?«

»Ich!« Ordan, der Priester, trat aus der Menge. Bitorn musste sich nach ihm umdrehen. Unbemerkt von dem wütenden Riesen schlüpften Athlone und Eurus auf den Platz und gesellten sich zu Gabria.

»Du Narr!«, zischte Bitorn Ordan an. »Wie kann ein alter, vertrottelter Speichellecker mehr über Lord Sorh wissen als ich?«

Ordan sah ihn grimmig an und senkte die Brauen vor Abscheu. »Ich weiß, dass er wütend ist! Du hast sein Vertrauen missbraucht, Priester! Du hast Unschuldige getötet, um deine Gier nach Leben zu befriedigen. Du hast dem Gott mit deiner Überheblichkeit ins Gesicht geschlagen, indem du dich zu sterben geweigert hast. Du musst sterben, Bitorn, bevor der Gott schreckliche Rache an deiner unsterblichen Seele nimmt!« Der alte Priester trat vor den gewaltigen Mann, hob Bitorns Priesterstab vom Boden auf und zerbrach ihn zu Füßen des Mannes.

Auf Bitorns Gesicht lag nicht einmal ein Schatten von Angst oder Zögern. Mit donnerndem Lachen verwarf er Ordans Warnung und schleuderte den alten Priester mit einer verächtlichen Handbewegung zu Boden. »Ich fürchte die Götter nicht. Die einzige Rache ist meine eigene. Das Übel der Zauberei wird ein für alle Mal vernichtet!«

»Nein!«, schrie Lord Fiergan. Der große Häuptling trieb sein Pferd voran und ritt zwischen den gestürzten Priester und Bitorn. »Wir wollen deinen Hass nicht länger ertragen. Wir haben genug davon! Geh zurück in dein Grab und verrotte dort!«

»Liebhaber der Magie!« Bitorn spuckte die Worte aus wie einen Fluch. Er hob die Hände über die Menschenmenge, die sich zwischen den Zelten drängte, und sagte: »Gibt es niemanden mehr unter euch, der das Übel der Magie verachtet? Seid ihr alle in die Grube der Verblendung und Boshaftigkeit gefallen?«

Seiner Frage folgte eine viel sagendes Schweigen. Dann hob plötzlich Fiergan das Schwert und stieß den Kriegsruf der Reidhar aus. Er wurde von über tausend Stimmen aus allen Klanen mit einem gewaltigen Brüllen beantwortet, das durch den Nachmittag gellte und auf dem Wind das Tal hinunterflog. Eine gewaltige Menge von Berittenen und Fußsoldaten griff an und strömte auf den Riesen zu.

Im selben Moment lösten Gabria, Athlone und die acht Zauberer bei ihnen den Schutzschild auf und schossen ein magisches Sperrfeuer auf die Brust des Priesters ab. Demira kam aus dem Rauch hervor, und ihre Reiterin fügte die eigenen Blitze den übrigen hinzu.

Bitorn taumelte unter den gemeinsamen Schlägen, und Fiergan und seine Klankrieger sprangen mit Speeren, Schwertern und Streitäxten hinzu. Sie hieben nach den Kniekehlen des Priesters und nach den Knöcheln, denn sie wollten ihm die Sehnen zerschneiden und ihn zu Fall bringen. Sein Blut benässte den Boden und die Krieger.

Der Schmerz und der Einsatz von Magie machten Bitorn rasend. Er stieß unzusammenhängende Verwünschungen aus und schwang die Keule nach rechts und links in dem Versuch, die ihn umgebenden Krieger zu treffen. Er zerschmetterte drei Khulinin-Krieger unter seinen Füßen und trat nach weiteren, bis die Männer weichen mussten. Bitorn trat einen Schritt zurück und sah sich nach dem nächsten Ziel um.

Er bemerkte Demira, die über ihm kreiste. Bevor Kelene begriff, was geschah, zog Bitorns lebenshungrige Seele die Lebenskraft aus den toten Männern unter seinen Füßen und benutzte sie, um seine Körpergröße noch einmal zu verdoppeln.. Nun war er so groß wie eine Pappel. Seine Hand schoss hervor und packte das Füllen mitten in der Luft.

Kelene kreischte auf, als sie spürte, wie sich die gnadenlosen Finger um sie und das Pferd schlossen. Ein schwerer Druck umgab sie und presste sie gegen Demiras Hals. Das Füllen wieherte vor Angst und versuchte verzweifelt, dem grausamen Griff zu entkommen.

Kelene wusste, dass sie etwas tun musste, denn sonst würde Bitorn sie beide wie eine Fliege zerquetschen, aber bevor sie einen

Zauber wirken konnte, geschah etwas Seltsames. Ohne dass sie es wollte, spürte sie durch ihre Gabe die Gefühle des Priesters. Zuerst waren die Empfindungen nur schwach, doch als das geistige Band stärker wurde, traf sie die volle Kraft seiner Gefühle wie ein Orkan. Wut war das stärkste – eine stürmische, unbeherrschbare Wut, die mit rasender Kraft gegen sie brandete. Darunter lagen Hass und Verachtung wie zwei todbringende Zwillinge, und irgendwo in diesem Malstrom verborgen kreiste ein dünner Faden Angst.

Das Letztere verblüffte Kelene. Was hatte Bitorn von einem Haufen schwacher, kranker und überarbeiteter Zauberer und einer Menschenmenge zu befürchten, deren Mitglieder nur ein Achtel seiner Größe maßen? Sie schickte ihren Geist rasch diesem Faden nach und tiefer hinein in die verworrenen Gefühle des Priesters.

Die Antwort, die sie fand, erstaunte sie wegen der einfachen Wahrheit, die sie barg. Der Korg hatte ihr gesagt, die Lebensenergie sei der Magie ähnlich, aber sie hatte bisher nicht begriffen, dass Bitorn wie ein Zauberer nur so viel Macht hatte, wie seine eigenen Kräfte erlaubten. Da das große Sterben aufgehört hatte, war es dem Geist erst vor kurzer Zeit möglich gewesen, zu seinem Grabhügel zurückzukehren und sich wieder mit seinem Körper zu vereinigen. Diese Verschmelzung hatte ihn viel Kraft gekostet. Er war noch zu schwach, um die großen Mengen von Energie zu beherrschen, die er zum Angriff auf die Zauberer und alle elf Klane benötigte. Aus diesem Grund waren seine Handlungen eher auf Verteidigung als auf Angriff gerichtet. Er war nicht stark genug, um mit einer so großen Anzahl von Menschen fertig zu werden. Vielleicht hatte er nicht erwartet, dass ihn so viele angriffen, oder sein blinder Zorn hatte ihn dazu getrieben, nicht zu warten, bis er stärker war. Was immer seine Gründe waren – Kelene wusste, dass er seine Kraft zu sehr beanspruchte.

Ihr blieben nur wenige Augenblicke, um durch die verworrenen Eindrücke seines Geistes zu dringen, bevor er seinen Griff um Demira änderte und fester zupackte. Doch diese wertvollen Augenblicke reichten ihr aus, um einen Plan zu fassen. Sie musste nur lange genug überleben, um es ihren Eltern zu sagen.

Verzweifelt bildete Kelene einen Zauberspruch, der einen Schutzschild um sie und Demira legte. Auf ihren Befehl zog sich die rote

Energie zu einer hautengen Schale zwischen Ross und Reiter auf der einen Seite und der Hand des Riesen auf der anderen zusammen.

Bitorn fluchte fürchterlich. Er legte beide Hände um seine Beute und wollte sie zwischen den Fingern zerquetschen. Kelene schloss die Augen, biss die Zähne zusammen und klammerte sich mit ganzer Kraft an ihren Zauberspruch. Sie und Demira konnten unter der Schale und dem Gewicht der Riesenhand kaum noch atmen. Kelene rang nach Luft. Ihr wurde schwindlig; sie befürchtete, sie könne ohnmächtig werden und die Gewalt über ihren Zauber verlieren.

Dann nahm Bitorn plötzlich eine Hand fort und schwang erneut seinen Stab. Kelene öffnete die Augen und sah, dass am Boden die von Fiergan und Sha Tajan angeführten Klankrieger den Priester abermals angriffen. Kelene schickte ein Dankgebet für diese Ablenkung zum Himmel.

Bitorn hielt Demira immer noch mit einer Hand fest, aber er war sosehr mit seiner Verteidigung beschäftigt, dass er sich nicht weiter um seine Beute kümmern konnte. Kelene wirkte rasch den nächsten Zauber. In einem Blitz löste sie ihren Schild auf und schickte einen glühend heißen Energiespeer in Bitorns Hand.

Der Priester brüllte vor Schmerz auf. Entsetzt und wütend schleuderte er das geflügelte Pferd zu Boden.

Demira hatte keine Gelegenheit, sich zu fangen. Unter der Macht von Bitorns Wurf überschlug sie sich in der Luft. Ihr schrilles Wiehern und Kelenes Gekreisch verbanden sich zu einem einzigen Entsetzensschrei.

Die junge Zauberin glaubte, dass eine vertraute Stimme ihren Namen rief, doch sie ging in dem taumelnden Sturz unter. Sie sah den Boden näher kommen und rief nach dem einen, den ihr Herz liebte und den sie nie wiedersehen würde. »Rafnir!«

Unglaublicherweise wurde ihre Bitte erfüllt; unter ihr bildete sich ein Kissen aus Luft und fing Demira ab, bevor sie und Kelene aufschlugen. Sie federte auf dem unsichtbaren Kissen ab und betrat den festen Boden nur wenige Schritte von der Gruppe der Zauberer entfernt.

Demira kam auf die Beine. Sie zitterte und war zerzaust, aber unverletzt, und eine Hand streckte sich nach Kelene aus und half ihr, sich aufzurichten. Es dauerte einen Herzschlag, bis sie erkannte, dass es Rafnirs Hand war. Bevor ihr Herz einen weiteren Schlag tun konnte, war sie auf den Beinen und lag in seinen Armen. Auch Savaron war da; er saß auf seinem völlig erschöpften Hunnuli. Sayyed sah abgekämpft, aber lebendig aus; die weiße Katze saß ihm auf der Schulter. Morad war ebenfalls müde und verstaubt. Sie mussten wie turische Banditen geritten sein. Kelene umarmte sie alle und war glücklicher als je zuvor.

»Diesen Zauber habe ich von dir gelernt«, flüsterte ihr Rafnir ins Ohr und zeigte ihr den Diamantsplitter in seinem Handgelenk.

Kelene küsste ihn erfreut. Während sie noch seine Hand hielt, sah sie hinüber zu Bitorn. Der Priester war von Bogenschützen umringt, die ein unbarmherziges Sperrfeuer aus Pfeilen, Lanzen und Speeren auf seinen Unterkörper entfesselt hatten. Kelene hoffte, eine oder zwei Minuten Zeit zu haben, bevor Bitorn seine Aufmerksamkeit wieder den Zauberern zuwandte. »Ich habe eine Idee«, sagte sie zu ihren Eltern und erklärte ihnen, wie sie in Bitorns Verstand eingedrungen war. »Der Korg hat gesagt, die Lebenskraft sei der Magie ähnlich. Solange Menschen sterben, gibt es genug von dieser Kraft für Bitorn. Aber irgendwann wird auch er müde.«

»Davon ist noch nicht viel zu sehen«, bemerkte Rafnir skeptisch.

»Also sollten wir ihn müde machen«, rief Kelene. »Wenn die Lebenskraft der Magie ähnlich ist, können wir vielleicht versuchen, ihm seine Stärke zu entziehen. Möglicherweise gelingt es uns, ihn so zu schwächen, dass die Krieger ihn töten können.«

Gabria und Athlone sahen einander an; ihre Gesichter leuchteten vor Verständnis.

»Secen!«, rief Athlone zu seiner alten Herdwache, die in der Nähe stand. »Sag Priester Ordan, wir brauchen eine Ablenkung, die Bitorns Aufmerksamkeit eine Weile in Anspruch nimmt. Lord Fiergan soll seine Männer zurückziehen.«

Secen gehorchte bereitwillig und bahnte sich einen Weg durch die wogende Menge der Klanleute zum Priester Sorhs. Der alte Mann hörte zu und nickte knapp zu Lord Athlone hinüber. Einen Augenblick später ertönte ein Horn und zeigte den Kriegern an, dass sie sich von Bitorn zurückziehen sollten. Ein großer Kreis öffnete sich um den gewaltigen Mann, und für wenige Augenblicke fiel die versammelte Menschenmasse in Schweigen.

Bitorn stand im Mittelpunkt des Kreises. Er keuchte und blutete aus etlichen Wunden an den Beinen. Mit tiefster Verachtung starrte er die ihn einkreisenden Leute an.

Dann traten am Rand der Menge die Priester Sorhs aus allen Klanen vor. Sie waren in rote Roben gekleidet, hatten grimmige Mienen aufgesetzt und bildeten einen Kreis um den Riesen. Ordan stellte sich vor Bitorn und hob seinen schwarzen Stab gen Himmel. Zuerst sanft, doch dann immer lauter sang der Priester eine Litanei, die seit Jahren niemand mehr gehört hatte.

Kelene hörte, wie Gabria keuchte: »Sie nehmen ihm seine Priesterschaft!«

»Können sie das?«, fragte Kelene erstaunt. Die heilige Berufung eines Priesters wurde von den Göttern verliehen und üblicherweise nicht von Menschen aberkannt.

»Manchmal«, erwiderte ihre Mutter. »In besonderen Fällen.«

Auch Bitorn erkannte den uralten Gesang. Er regte sich nicht mehr und konnte kaum glauben, was er da hörte. »Nein!«, schrie er. »Das werdet ihr mir nicht antun!«

Athlone nickte seiner Familie zu. Nun hatten sich alle Zauberer um sie versammelt. Es waren nur sechzehn übrig, und die Hälfte davon war noch nicht voll ausgebildet. Aber sie alle wussten, wie sie Kraft zusammenziehen konnten, und ihre Entschlossenheit machte den Mangel an Übung wett. Wie ein Mann richteten sie ihre angeborene Gabe auf den Priester und entzogen ihm die Kraft.

Zuerst erkannte Bitorn ihre List nicht; er war zu sehr mit dem Kreis der Priester und ihrem unerbittlichen Gesang beschäftigt. Er hob seinen Stab wie eine Keule und machte einen Schritt auf Ordan zu. Plötzlich taumelte er. Erst jetzt begriff er, was die Zauberer gerade taten. Wütend kämpfte er darum, das Abfließen seiner Kraft zu verhindern, bevor er die Gewalt über sich ganz verlor. Zunächst war er erfolgreich und rückte von der Gruppe der Zauberer ab. Doch er war erst einige Schritte weit gekommen, als er die Hände gegen den Kopf presste und schwankte. Er brüllte seinen Zorn hinaus; sein knochiges Gesicht war rot und hässlich vor wahnwitzigem Hass.

Noch immer zerrten die Zauberer an ihm und entkleideten ihn der Kraft, die er ihren sterbenden Leuten entzogen hatte. Sein gewaltiger Körper schrumpfte allmählich.

Lord Fiergan, Lord Sha Tajan und die anderen Häuptlinge und Krieger bemerkten seine Schwächung. Sie drangen in den Kreis ein und griffen ihn an. Eine Hand voll Khulinin-Männer schoss an die rechte Seite des Priesters. Als er herumwirbelte, um sie abzuwehren, huschte Fiergan durch seinen Schatten. Ein Schwert blitzte hell auf, und Bitorns linkes Knie brach unter seinem Gewicht zusammen.

Der Priester schrie beinahe verzweifelt auf und taumelte fort von dem Reidhar-Häuptling, nur um in die Speerwerfer der Dangari zu laufen. Bogenschützen versammelten sich zu seiner Rechten, weitere schwertschwingende Krieger erschienen hinter ihm, und eine feste Masse aus erzürnten Klanleuten nahm ihm jede Hoffnung auf ein Entkommen.

Bitorn war schon fast zu seiner normalen Größe geschrumpft, als er sich nach dem Priester Ordan umdrehte. Ihre Blicke trafen sich, und die Maske aus Hass und Überheblichkeit fiel von Bitorns Gesicht ab und ließ nur Entsetzen zurück. Er starrte flehentlich Ordans unversöhnliche Miene an, doch der alte Priester Sorhs hob nur die Hand in Richtung seiner Genossen. Der Kreis der Männer rief wie aus einem Munde, und alle deuteten mit ihren Stäben in den Himmel.

»Deine Priesterschaft ist beendet, Bitorn!«, rief Ordan. »Du bist kein Diener Sorhs mehr. Bereite dich darauf vor, deinem Herrn entgegenzutreten.«

Ein Jammern drang von Bitorns Lippen, und aus der Gruppe der Zauberer rief Lord Athlone: »Jetzt!«

Die Klanleute schlugen mit schrecklicher Rachsucht zu. Jene Krieger, die sich in seiner unmittelbaren Nähe befanden, schwärmten über Bitorns Körper und zerhackten, zerschlitzten und zerstachen den Priester zu blutigen Fetzen. Er kreischte noch einmal auf, bevor seine Stimme in einem Röcheln und Winseln erstarb und dann Stille einsetzte. Sein Körper stürzte zu Boden.

Befriedigt zogen sich die Männer von dem Leichnam zurück, doch sie hatten kaum ihre Waffen gesenkt, als ein rotes Leuchten über dem Körper des Priesters einsetzte.

Kelene packte fest Rafnirs Arm, und die Klanleute erstarrten mitten in der Bewegung. Es war so, wie der Korg warnend vorausgesagt hatte. Sie hatten Bitorns Leib vernichtet, aber sie mussten noch seine

Seele in ihre Gewalt bringen. Der Geist schmolz vor ihren Augen zusammen; seine große Gestalt erglühte in einem kranken, roten Licht.

»So leicht werdet ihr mich nicht los«, zischte er.

In diesem Augenblick hoben die Hunnuli die Köpfe und stellten die Ohren auf. *Es kommen Reiter*, wieherte Eurus.

Die Zauberer waren verblüfft. Reiter?

Ein Zittern durchfuhr den Geist, und er schwankte, als werde er von einem heftigen Windstoß verweht.

Die jungen Klanlaute hörten es zuerst: ein gedämpftes Hufklappern aus der Ferne. Das Geräusch wurde lauter und deutlicher, und bald hörten alle es. Köpfe drehten sich herum, Augen suchten, doch der Lärm kam aus keiner bestimmten Richtung und hatte keine erkennbare Quelle.

Ordan sah sie als Erster. Es waren fünf Reiter auf bleichen Pferden, die aus einem Nebelvorhang im blauen Nachmittagshimmel hervorpreschten. »Sie kommen! Sie kommen!«, rief er und warf sich flach auf den Boden.

Der Geist kreischte vor Entsetzen auf.

Jedes Gesicht wandte sich zum Himmel. Obwohl kein lebendes Wesen je ihre Gestalt gesehen hatte, erkannte jeder Einzelne die fünf Reiter. Valorian, der in ihrer Mitte geritten und ins Leben zurückgekehrt war, hatte sie einst beschrieben.

Es waren die Vorboten, die Gesandten Sorhs, welche die Seelen ins Reich der Toten geleiteten.

Die Klanleute erstarrten. Im Lager gab es keine Geräusche mehr außer einem dumpfen Klappern, als Lord Fiergan das Schwert aus den tauben Fingern fiel.

Die Vorboten schimmerten weiß in der Sonne und ritten auf ihren schimmernden Rössern aus dem Himmel herab, bis sie auf der Erde der Sterblichen knapp vor Bitorn anhielten. Sie waren groß und trugen polierte Rüstungen. Glänzende Helme verdeckten ihre Gesichter.

Bitorn erbebte vor den prüfenden Blicken der schweigenden Reiter.

»Wisse«, sagte einer der Vorboten mit tiefer, mächtiger Stimme, »dass die Tage der Feindschaft vorbei sind. Der Fluch des Gorthlings, der auf Valorians Kindern lastete, ist gebrochen.«

»Nein!«, schrie Bitorn in einem letzten Versuch, seinen Willen durchzusetzen. »Sie sind böse. Sie sind ruchlos. Sie dürfen nicht leben!«

Der Vorbote hob den Finger. »Komm. Diesmal entgehst du Lord Sorh nicht.«

»Nein!«, kreischte Bitorn. Er stieg auf und wollte fliehen, doch der weiße Reiter hob die Hand. Ein Blitz aus leuchtender Energie drang aus der Handfläche und packte den Geist. Die Kraft legte sich wie ein Seil um ihn und fesselte sein krankhaft rotes Leuchten mit einem Band aus weißem Licht. Die fünf Reiter umzingelten ihn rasch. Sie trieben ihre Rösser wieder zurück in den Himmel und nahmen die Seele zwischen sich mit.

Die Klanleute sahen ihnen nach, bis das letzte Flackern verschwunden und die Vorboten in den Nebelvorhang eingedrungen waren, der das Reich der Sterblichen vom Reich der Toten trennte. Jetzt erst waren sich die Klanleute sicher, dass die Zeit der Prüfungen vorbei war.

Lord Athlone trat aus der Gruppe der Zauberer, bahnte sich einen Weg über das Schlachtfeld auf der Lichtung und half Ordan auf die Beine. »Das war unglaublich«, sagte Athlone. »Wusstet Ihr, dass die Vorboten kommen würden?«

Ordan verzog den Mund zu einem schwachen Lächeln. »Ich hatte es gehofft, aber ich hätte nie erwartet, sie zu sehen.« Er wollte noch etwas hinzufügen, als Fiergan und Sha Tajan herbeieilten und sich zu ihnen gesellten.

»Was ist geschehen?«, rief Sha Tajan. »Ich dachte, Bitorn sei zu stark, um den Vorboten zu unterliegen.«

»Diesmal blieb ihm keine andere Wahl«, erklärte Ordan ihm. »Als sich die Priester, die Zauberer und die Klanleute gemeinsam gegen ihn gewandt haben, hat er alles verloren.«

Fiergan schüttelte den Kopf; auf seinem großen Gesicht mit dem jähzornigen Ausdruck spiegelten sich viele Fragen wider. »Diese Vorboten waren großartig! Aber warum konnten wir sie sehen?«

»Habt Ihr gehört, was der eine Reiter sagte?«, fragte Ordan gelassen. »Die Tage der Feindschaft sind vorbei.« Er sah die drei Häuptlinge scharf an. »Die Götter haben gesprochen, und alle sollen es hören.«

Langsam drehte sich Lord Fiergan um. Er betrachtete die Leichname, die zerfetzten und brennenden Klanzelte und die blutigen Überreste Bitorns. Er sah, wie Kelene Sayyed und Savaron umarmte und dann in Rafnirs Umarmung zurückkehrte; er sah, wie sich Gabria und die überlebenden Zauberer über die zerschmetterten Körper des Hunnuli und seines Reiters beugten, und schließlich musterte er Lord Athlone von Kopf bis Fuß und schaute all das eingehend an, was er früher an ihm verabscheut hatte.

Bedächtig streckte der Häuptling der Reidhar die Faust gegen Lord Athlone aus, so wie es Häuptlinge taten, die sich gegenseitig grüßten. »Es sieht so aus, als hätten wir eine Menge zu tun«, sagte er zu dem Zauberer-Lord.

Epilog

Am einem kalten, windigen Tag im neunten Monat des Klan-Kalenders kehrte eine Reitergruppe nach Moy Tura zurück. Ihnen flatterte ein goldenes Banner voraus, welches anzeigte, dass sich der Lord der Khulinin in ihrer Mitte befand. Ein schwarzes Hunnuli auf langen, breiten Schwingen schwebte ihnen voraus und landete vor dem Südtor der Stadt.

Der Korg kam heraus und begrüßte das Pferd und seine Reiterin mit einem Freudenschrei. Sie warteten auf die restlichen Reiter, und wenige Minuten später stellte Kelene ihren Eltern den Zauberer vor, der sie einst aus der Stadt gejagt hatte.

Er zwinkerte ihnen zu und verneigte sich tief vor ihnen. »Es ist mir eine Ehre, Euch, Lord Athlone und Gabria, in Moy Tura willkommen heißen zu dürfen.« Er führte seine Besucher durch die Ruinen und zeigte ihnen auch sein Haus, mit dessen Wiederaufbau er begonnen hatte, sowie das wunderbare Grabmal, das er für Niela und ihr Hunnuli errichtet hatte. Stundenlang sprachen sie über Magie, die Stadt und das Leben vor der Säuberung.

Als sie in seinem Garten saßen, Wein tranken und sich in der friedlichen Abenddämmerung entspannten, lächelte der Korg Rafnir und Kelene zu. »Ich brauche euch beiden nicht zu fragen, ob ihr den Verlobungseid abgelegt habt. Es steht euch im Gesicht geschrieben.«

Kelenes Gesicht rötete sich vor Freude. »Während der Rechtgeburt im nächsten Frühling werden wir heiraten.« Sie hielt inne und legte ihre Hand in Rafnirs. »Wenn es möglich wäre, würden wir gern für einige Zeit hierher zurückkehren. Ich möchte die Heilerkammer untersuchen und noch so vieles lernen.«

»Natürlich. Ihr seid herzlich willkommen! Jedermann ist willkommen.«

Die junge Zauberin sah ihren Verlobten an. Er nickte. »Ist das ehrlich gemeint?«, fragte sie den Korg.

Gabria spürte, dass nun etwas Besonderes zur Sprache kommen würde. »Warum fragst du das?«

»Mutter«, sagte Kelene sowohl aufgeregt als auch vorsichtig. »Was hältst du davon, die Stadt wieder aufzubauen?«

Gabria starrte sie wortlos an, und Athlones Mund klappte auf. »Moy Tura wieder aufbauen? Warum?«, wollte der Häuptling wissen.

»Ich glaube, wir haben so viel aus unseren Fehlern gelernt, dass wir es noch einmal versuchen sollten. Wir könnten die Stadtmauern niederreißen, die Gebäude erneuern und hier wieder Zauberer unterrichten. Doch diesmal wird die Stadt offen und für alle zugänglich sein.«

Lord Athlone schüttelte den Kopf über die unerwartete Begeisterung seiner Tochter. »Wusstest du davon, Rafnir?«

Der junge Zauberer nickte und grinste. »Wir reden schon seit Tagen darüber. Ich würde es gern versuchen.«

»Hier wärt ihr für lange Zeit allein«, warnte Gabria sie. »Sechzehn Zauberer machen kaum eine ganze Stadtbevölkerung aus, und außerdem möchten die Überlebenden einige Zeit bei ihren Klanen verbringen.«

Kelenes und Rafnirs Blicke trafen sich. »Das wissen wir«, sagte sie. »Es ist ja auch nur ein Anfang.«

Bei allen Göttern, dachte Gabria, das ist vollkommen richtig. Wenn Kelene unbedingt an diesem großen Neuanfang teilnehmen wollte, sollte sich ihr niemand in den Weg stellen!

Gabria zog ihre Tochter auf die Beine und berührte sanft den Splitter in ihrem Handgelenk. »Bei Amara und ihrem Geschenk an die Auserwählten gebe ich dir meinen Segen, Tochter. Lebt und gedeiht in dieser Stadt, und bringt sie zu neuem Leben.« Dann nahm sie Kelene voller Stolz in die Arme und besiegelte ihre Worte mit einer Umarmung.

Und so begann das, was in der alten Stadt Moy Tura geendet hatte, hier von neuem.

Zweites Buch

Schwingen der Magie

Prolog

Der Meara hob den Kopf, stellte die wohlgeformten Ohren auf und hielt die Nase in den Nachtwind. Er blähte die Nüstern weit und fing die kalten Gerüche ein, die in der Brise trieben. Das Winterlager des Klans lag in der Nähe in einer geschützten Mulde zwischen zwei großen, sanft geschwungenen Hügeln. Der schwere Geruch von Leder, Rauch, Hunden und Menschen stieg in allen Einzelheiten in die empfindliche Nase des Hengstes. Die Menschen schliefen friedlich, nur die Ausreiter wachten über die verstreuten Herden und die große Ansammlung von Zelten, Pferchen und kleinen Gebäuden und die hölzerne Halle des Häuptlings, die zusammen den Treld, das Winterlager, ergaben. Der Ausreiter, der sich nahe der Herde des Meara befand, schien allerdings ebenfalls zu schlafen, denn der Kopf war ihm auf die Brust gesackt, und sein Pferd stand ganz entspannt da.

Der große Hengst schnaubte gereizt; seine Flanken kräuselten sich wie geschmolzene Bronze in einer Spannung, die er nicht begriff. Er war nicht nur wegen seiner Schönheit, seiner Gestalt und Schnelligkeit zum Meara oder Hengstkönig erkoren worden, sondern auch wegen seinem heftigen Verlangen, die Stuten zu beschützen. Ein undeutliches Gespür flüsterte ihm zu, dass etwas nicht stimmte. Er verstand noch nicht, was es war, und das beunruhigte ihn so sehr, dass er von dem Treld fort und auf einen sanften Hügel trottete, von wo aus er die Weiden überblicken konnte.

Auf dem Kamm hob er den Kopf und hielt ihn in den kalten Wind. Der Frühling war nur dem Namen nach angebrochen; die Luft hing noch voller Frost. Am östlichen Horizont kündigte ein schwaches goldenes Band den kommenden Tag an. Windstöße kräuselten die schwere Mähne des Meara.

Er atmete die beißende Kälte tief ein und roch etwas Neues in der

Luft. Es war eine Spur von Sanftheit, ein schwacher Fetzen Wärme, der vorher nicht da gewesen war. Der Wind hatte gedreht, kam nun von Süden und brachte in seinen Wirbeln den würzigen Geruch der turischen Wüste weit hinter dem Altai-Fluss und der Steppe von Ruad el Brashir mit. Der Hengst spürte den bevorstehenden Wetterwechsel so deutlich wie das Prickeln der Kälte in seinen Nüstern.

Aber er erkannte, dass der Wind nicht der Grund für seine Unruhe war. Wind war ein natürlicher Bestandteil seines Daseins, doch das, was sich dort draußen in der Nacht befand, gehörte nicht dazu. Er sog noch einmal die Luft ein und bemerkte diesmal einen anderen Geruch. Er war schwach und kam aus dem Süden des Trelds, doch nun war er eindeutig: Pferde, viele Pferde, allesamt fremd. Ein dumpfer Laut grollte tief in seiner Brust.

Er beugte den Hals wie einen gespannten Bogen und tänzelte zum Rand der Wiese, wo seine Herde bis zu einem weiteren Hügel südlich des Lagers graste. Hier blieb er stehen, denn der Geruch war nun stärker und kam näher. Nun roch er auch andere Dinge: Leder, Metall und den schweren Duft von Menschen. Es waren keine Klanleute. Diese Menschen rochen anders, würzig wie die Wüste.

Nun hörte der Meara sie. Die fremden Pferde fielen plötzlich in einen Galopp, und das Hufgetrappel näherte sich. Im Licht der Morgendämmerung sah der Hengst, wie die Pferde in einer langen Reihe den Hang eines fernen Hügels herabliefen und auf den schlafenden Treld zueilten. Das sanfte Licht schimmerte auf den Klingen vieler Schwerter und auf den polierten Speerspitzen.

Der Meara wirbelte herum und schrie eine Warnung an seine Stuten. Er galoppierte zurück zu seiner Herde, während die fremden Pferde über das gefrorene Gras donnerten. Irgendwo im Lager rief eine Wache. Dann eine zweite. Ein Horn schrillte entsetzlich hoch. Weitere Schreie gellten durch die frostige Morgenluft, und Männer erschienen zwischen den Zelten.

Nun waren alle Pferde auf der Hut, hatten die Köpfe gehoben und beobachteten die Ankunft der unbekannten Reiter. Die Neuankömmlinge stießen laute Rufe aus, als ihre Pferde die ersten Zelte am südlichen Rand des Lagers erreicht hatten. Plötzlich ertönten Schreie, und der Wind roch nach Blut. Die Pferde ängstigten sich. Allein der Meara kümmerte sich nicht darum. Er dachte nur an seine Herde.

Wie ein Wirbelwind fegte er über die Weide, schnaubte die Stuten an und biss nach ihnen, damit sie sich in Bewegung setzten.

Sie brauchten keine weitere Aufforderung. Wiehernd vor Furcht trabten sie vor ihrem König her, fort von dem Blut und der Panik und auf das offene Grasland hinaus. Kein Ausreiter versuchte sie aufzuhalten, denn alle Wachen galoppierten nun wie rasend zurück zum Treld.

Ein weiterer Hörnerschall durchschnitt das lauter werdende Getöse aus Rufen, Schreien und dem Klirren von Waffen. Der Meara zögerte. In ihm regten sich schwache Erinnerungen aus jüngeren Jahren, als er für den Krieg ausgebildet worden war. Der Klang des Häuptlingshorns war für ihn damals ein wichtiges Zeichen gewesen. Er verlangsamte seine Schritte, drehte sich einmal um und schaute zurück. Im heller werdenden Tageslicht sah er, wie der Treld im Chaos unterging. Die Fremden waren überall, ihre Schwerter hoben und senkten sich inmitten der kämpfenden Klanleute. Frauen und Kinder liefen überall herum, und die Leute versuchten verzweifelt, ihr Zuhause zu schützen. Schon schlugen Flammen und Rauch aus der Halle des Häuptlings.

Der Hengst trompetete herausfordernd. Er wartete auf den erneuten Schall des Häuptlingshorns, denn er konnte nicht wissen, dass es zerbrochen in der blutigen Hand des sterbenden Häuptlings lag. Das Warten wurde unerträglich und die Angst um seine Stuten zu groß. Der Hengst wandte sich vom Schlachtfeld ab und galoppierte den fliehenden Pferden nach. Er trieb sie in die Sicherheit der offenen Ebene von Ramtharin.

Eins

Seit drei Tagen blies der Wind aus Süden; er tobte mit den ersten Vorboten des Frühlings über die gefrorene Ebene. Es war ein peitschender, tosender, stürmischer Wind, ein großer, warmer Ozean aus Luft, der die Bäume zauste, das wintertrockene Gras aufwirbelte und in einem unwiderstehlichen Strom über die weiten Hügel stob. Seine Wärme vertrieb den letzten Schnee und erfüllte die Täler mit dem welligen Glanz des Wassers.

In den Wintertrelds der elf Klane Valorians schüttelten die Klanleute Bettzeug und Teppiche aus, lüfteten die Zelte und genossen den Wechsel der Jahreszeit. Die Klanpferde hoben die Schnauzen in den rauschenden Wind und füllten ihre Nüstern mit dem warmen, trockenen Atem der Wüsten tief im Süden. Die Stuten warteten geduldig; sie wussten, dass bald die Zeit der Niederkunft kam, doch die Jungen traten aus und rannten mit dem wilden Wind um die Wette.

In dem strahlend blauen Himmel über der Hochebene von Moy Tura tat ein Pferd mehr, als sich nur gegen den Wind zu stemmen. Eine Hunnuli-Stute, schwarz wie Obsidian, rannte zum Steilhang des Hochlands und warf sich in die Luftströmungen. Einen Moment lang schlug sie die Beine unter und fiel dem felsigen Boden einige hundert Fuß unter ihr entgegen. Ihre Reiterin, eine junge Frau, deren Haar so schwarz wie der Schweif des Hunnuli war, stieß einen scharfen Freudenruf aus. Dann spreizte das Pferd seine Schwingen und erhob sich hoch in die Luft.

Mit leichtem Herzen stiegen Ross und Reiterin schwankend in die Höhe und flogen mit dem Frühlingswind durch das helle, klare Licht der Morgensonne. Sie glitten mehrere Stunden lang auf den Luftströmungen nach Süden, bis die Stute schweißgebadet war und die zerklüfteten Himachal-Berge wie eine Festungsmauer rechts von ihnen aufragten. Im Süden, aus dem der Wind unaufhörlich blies, verschmolz das sanfte Grasland mit dem grau-blauen Horizont.

Die junge Frau, deren Name Kelene war, erkannte, dass es Zeit zur Rückkehr war, doch sie schaute noch eine Weile nach Süden in den Wind. Im Süden lagen der Dangari-Treld und der Isin-Fluss, und dahinter befand sich der Wintertreld des Khulinin-Klans, das Zuhause ihrer Eltern Athlone und Gabria.

Kelene zuckte ein wenig gereizt die Achseln. Noch vor drei oder vier Jahren hätte sie sich niemals vorstellen können, so weit von zu Hause fortzugehen und ihre Eltern sosehr zu vermissen. Als Mädchen hatte sie nichts um die Liebe und Fürsorge ihrer Eltern gegeben; sie war wie ein stures Kind gewesen, das einen bitteren Trank ablehnte. Erst nachdem sie geheiratet und ins zweihundert Meilen entfernte Moy Tura gezogen war, hatte sie erkannt, wie sehr sie die Weisheit und Aufmerksamkeit ihrer Mutter und ihres Vaters entbehrte.

»Es wäre schön«, sagte sie und war sich dabei nicht bewusst, dass sie ihren wehmütigen Gedanken vernehmlich Ausdruck verliehen hatte.

Die Hunnuli-Stute, ein Abkömmling einer alten und verehrten Rasse, legte die Ohren zurück. *Was wäre schön?*, fragte sie durch schweigende Gedankenübertragung, die alle Hunnuli mit ihren Reitern verband.

Kelene schreckte aus ihrem Tagtraum hoch und lachte über ihre eigenen Gedanken. »Meine Eltern wiederzusehen. Es ist schon so lange her. Ich habe gerade darüber nachgedacht, wie schön es wäre, einfach weiter nach Süden zu fliegen und sie mit unserem Besuch zu überraschen.«

Demira, die Stute, schnaubte. *Das wäre in der Tat eine Überraschung. Besonders für Rafnir. Er erwartet, dass du ihm heute Nachmittag bei den Brunnen hilfst.*

Diese Mahnung zauberte ein Kräuseln auf Kelenes sonnengebräuntes Gesicht. Unerwartet schwand die Freude über diesen Morgen, und sie presste zwischen den Zähnen hindurch: »Ich werde der Ruinen langsam ein wenig überdrüssig.«

Als ob diese Worte eine Schleuse geöffnet hätten, brodelten die Enttäuschungen unbezähmbar in ihr hoch und waren wie Galle in ihrer Kehle. Kelene schüttelte heftig den Kopf und versuchte sie zu verleugnen. Worüber sollte sie wütend sein? Sie besaß das wunderbarste Pferd der Welt, eine geflügelte Stute, die sie zu jedem Ort fliegen konnte, den Kelene ihr nannte. Sie hatte einen Mann, der sie anbetete, Eltern, die sie liebten, und die seltene und große Gabe des Heilens, die sie zu einer der am höchsten geachteten Frauen der Klane gemacht hatte. Das Wetter war großartig, der Frühling nahte, und dieser Ausflug war alles, was sie sich je erträumt hatte. Warum also bin ich so unzufrieden?, fragte sich Kelene.

Sie dachte über diese Frage nach, während Demira auf einer nördlichen Windströmung nach Hause flog. Wenn Kelene sich selbst gegenüber ehrlich war, musste sie eingestehen, dass ihre Enttäuschung weder dem Gedanken an ihre Eltern noch der Erinnerung an eine unangenehme Arbeit entsprang. Sie hatte sich schon seit einiger Zeit aufgebaut, Lage für Lage, Stein für Stein, und das störte sie.

Schließlich waren ihr Enttäuschungen und Rückschläge nur allzu gut bekannt. Als Mädchen war sie ein eigensinniger Krüppel gewesen, der Angst vor der eigenen Kraft hatte und zu stur war, um Hilfe anzunehmen. Dann war vor drei Jahren während des jährlichen Sommertreffens der Klane eine Macht der Finsternis freigesetzt worden, und eine tödliche Seuche hatte die Klanleute heimgesucht. Im verzweifelten Versuch zu helfen waren Kelene, ihr Bruder Savaron, dessen Freund Rafnir und einige andere Zauberer gemeinsam mit dem Magier Sayyed zu den verbotenen Ruinen von Moy Tura aufgebrochen, um nach alten Aufzeichnungen der Heiler zu suchen, die möglicherweise die Klane retten konnten.

Im Verlauf dieser gewaltigen Tragödie war Kelene zu einer tüchtigen, fürsorglichen Frau herangewachsen. Sie hatte gelernt, ihre Stärken und Schwächen zu erkennen und ihre Gaben des Einfühlungsvermögens und der Magie voll auszuschöpfen. Mit Rafnirs Hilfe hatte sie Demira Flügel verliehen, Freundschaft mit dem Korg geschlossen – er war ein Zauberer in Gestalt eines Steinlöwen gewesen, der Moy Tura bewacht hatte – und gelernt, die Heilsteine anzuwenden, die ihrem sterbenden Volk die Rettung gebracht hatten.

Als die Toten begraben waren und das Klanleben allmählich in die gewohnten Bahnen zurückkehrte, hatten Kelene und Rafnir ihre Eltern mit nach Moy Tura genommen und ihnen einen verblüffenden Vorschlag unterbreitet: Sie wollte die Stadt neu aufbauen.

Kelene erinnerte sich noch gut an die große Aufregung sowie ihre Hoffnungen und Träume. Es war eine gewaltige Aufgabe, aber ihre Zuversicht und ihre neu entdeckte Reife hatten ihr Kraft verliehen.

Das war vor drei Jahren gewesen.

Demiras sanfte Gedanken unterbrachen ihren Tagtraum. *Meinst du diese Ruine?*

Kelene sah hinunter und erkannte, dass sie schon fast wieder die ausgedehnte Hochebene erreicht hatten, auf der die Überreste von Moy Tura lagen. »Lande noch nicht«, sagte sie.

Gehorsam streckte die Stute die Schwingen aus, erwischte eine aufsteigende Luftströmung und kreiste gemächlich über der Stadt.

Kelene seufzte. Aus der Vogelperspektive war nicht viel zu erkennen. Auch vom Boden sah es nach drei Jahren unermüdlicher Arbeit nicht anderes aus. Moy Tura war ein größeres Problem, als Rafnir und sie es sich vorgestellt hatten.

Früher war Moy Tura das Juwel der Klane und der Mittelpunkt von Weisheit und Gelehrsamkeit gewesen. Zauberer, die vom Heldenkrieger Valorian abstammten und mit der von den Göttern verliehenen Gabe, das Unsichtbare zu formen, geboren waren, hatten die Stadt erbaut.

Aber irgendwann misstrauten die Klane der Macht der Zauberer und ängstigten sich vor ihnen. In einem blutigen, gewalttätigen Sommer wandten sich die Klanleute gegen ihre Zauberer und töteten jeden, den sie finden konnten. Einige flohen und versteckten sich, doch Moy Tura wurde zerstört und Magie bei Todesstrafe verboten. Und so blieb es mehr als zweihundert Jahre lang.

Bis ihre Mutter daherkam, dachte Kelene und grinste plötzlich. Sie war sich noch nicht sicher, wie Gabria es angestellt hatte. Gabria hatte sich unglaublichen Schwierigkeiten gegenüber gesehen, einschließlich des Massakers an ihrem eigenen Klan und der Gegnerschaft eines Klanhäuptlings, der ebenfalls zum Zauberer geworden war. Irgendwie war es ihr gelungen, den Klanen die Zauberei wieder näher zu bringen. Es war ihrer Entschlossenheit, Stärke und Tapferkeit zuzuschreiben, dass Kelene nun hier war.

»Aber wo bin ich jetzt?«, fragte Kelene den Himmel über ihr.

Ich glaube, du bist mit mir über Moy Tura, antwortete Demira anstelle des wolkenlosen Himmels. Als Kelene nicht auf ihren Witz einging, warf die Stute einen raschen Blick zurück. *Du bist sehr nachdenklich heute.*

Kelene schloss die Hände um das lederne Zaumzeug, das Rafnir für sie gemacht hatte. Die Hunnuli duldeten nichts anderes an ihrem Körper. »Dieser Morgen hat mir Spaß gemacht, Demira. Das habe ich gebraucht.«

Aber es hat dir nicht geholfen.

Kelene schnaubte verächtlich. »Moy Tura ist immer noch nicht mehr als ein Schutthaufen. Für jedes Gebäude, das wir säubern oder wieder aufbauen, gibt es hundert, die noch auf uns warten. Wir haben nicht genug Hilfe. Niemand will die Bequemlichkeit der Klane verlassen und in einem kalten, zugigen, verrufenen Steinhaufen wohnen. Seit der Seuche haben wir nicht mehr genug Zauberer für die Klane und erst recht keine, die entbehrlich wären und sich in Moy Tura niederlassen könnten. Die Klan-Häuptlinge wollen uns nicht unterstützen. Und wo in Amaras Namen sind die Brunnen der Stadt? Der Korg hatte gesagt, dass es Zisternen gab, aber er konnte sich nicht erinnern, wo sie lagen. Warum finden wir sie nicht?«

Kelene verfiel in ein verwirrtes Schweigen. Sie hatte sich nicht derart aufregen wollen; es war einfach aus ihr hervorgebrochen, wahrscheinlich ausgelöst durch die erste Ahnung des Frühlings nach der Mühsal des langen Winters.

Eigentlich haben wir schon eine ganze Menge erreicht, erinnerte Demira sie auf ihre kühle, nüchterne Art. *Du hast die Kunst des Heilens erlernt, du bist eine anerkannte Zauberin und die einzige Klanfrau, die sich in der Luft drehen kann.*

Kelene lachte. Sie und Demira hatten bisher einmal versucht, sich in der Luft zu drehen. Es hatte sie vor Angst beinahe um den Verstand gebracht und bei Rafnir einen Wutanfall über diesen Leichtsinn ausgelöst. Sogleich hatte er ein Zaumzeug angefertigt, das Kelene auf Demiras Rücken festhielt, und er verbot ihnen, ohne diesen Schutz zu fliegen. Kelene musste zugeben, dass es eine sehr nützliche Vorrichtung war.

»Wenn du es so siehst, hast du eigentlich Recht«, gab Kelene zu.

Doch Demira kannte alle feinen Unterschiede in Sprache und Verhalten ihrer Reiterin. *Es ist nicht nur die Stadt, die dich stört, oder?*

Du bist erst drei Jahre hier. Du wusstest, dass sie nicht über Nacht wachsen würde.

»Nein«, sagte Kelene bedrückt. »Es ist nicht nur die Stadt.« Sie konnte nicht weitersprechen. Es gab da eine Befürchtung, der sie keinen Ausdruck zu verleihen vermochte, eine Leere in ihr, die Schmerzen und Kälte verursachte und jeden neuen Fehlschlag schwerer erträglich machte. Wozu erbaute man sich ein Heim, wenn keine Kinder da waren, um es mit Leben zu erfüllen? Sie hatte mit Rafnir noch nicht über ihr Unvermögen geredet, Kinder zu bekommen, und er auch nicht mit ihr, aber sie spürte seine Enttäuschung und Sorge so deutlich wie ihre eigene.

Vielleicht empfand sie deshalb ein so starkes Verlangen, Gabria wiederzusehen. Ihre Mutter hatte ein liebendes, mitfühlendes Ohr für ihre Nöte und vielleicht auch einen Vorschlag, den Kelene bisher übersehen hatte. Leider war in Moy Tura noch so viel zu tun, dass sie nicht einmal an eine Reise zum Khulinin-Treld denken konnte.

Die junge Frau seufzte erneut. In drei Monaten würden sich die Klane beim Tir Samod versammeln. Vielleicht war Rafnir dieses Jahr bereit hinzugehen. Sie benötigten etliche Kräuter, Werkzeuge und Nahrungsmittel, die sie auch mit Hilfe von Magie nicht beschaffen konnten, und sie würden die Gelegenheit haben, sich mit anderen Zauberern auszutauschen. Sicherlich gab es einige, die bereit waren, in Moy Tura mitzuhelfen. Und es wäre Kelene dann möglich, mit ihrer Mutter zu reden und jemandem ihre Ängste zu offenbaren. Bis dahin musste sie sich in Geduld üben. Wie Demira betont hatte, wuchsen weder Städte noch Babys über Nacht.

Kelene wollte gerade Demira bitten zu landen, als das Hunnuli den Kopf nach Süden wandte. *Es kommt jemand,* verkündete sie.

Kelenes Stimmung hob sich ein wenig. Es war immer schön, einen Besucher zu begrüßen. »Wer?«, fragte sie.

Zur Antwort drehte die Stute von den Ruinen ab und folgte dem undeutlichen Verlauf der alten Straße, welche die Hochebene zerteilte, nach Süden. Am Rand des Tafelbergs fiel der Pfad ab und wand sich auf die Steppe zu. *Er ist dort, auf dem unteren Teil des Weges. Er kommt schnell heran.*

Nun sah Kelene ihn; es war ein Reiter auf einem schwarzen Pferd, der auf den Fuß des Tafelbergs zugaloppierte. Ihr Herzschlag setzte aus, als sie die Farbe seines Klanmantels erkannte. Jeder Klan hatte seine eigene Farbe, in der die bequemen, vielseitigen Umhänge der Leute gefärbt waren. Dieser Reiter hier, der offensichtlich nach Moy Tura unterwegs war, trug den goldfarbenen Umhang der Khulinin.

Auf Kelenes Bitte landete Demira am oberen Ende des Pfads und wartete darauf, dass der Reiter den Berg erklomm. Kelene versuchte, nicht nervös zu werden, doch sie musste einfach einen Blick über den Rand der Hochebene werfen. Ihre Eltern schickten nur dann einen Boten, wenn es um wichtige Neuigkeiten ging. Sie sann über den Zufall nach, dass am selben Morgen, wo sie sich gewünscht hatte, ihre Eltern zu besuchen, einer ihrer Boten eintraf.

Schließlich kam der Reiter oben an; sein Hunnuli war schweißnass und erschöpft. Er hob die Hand, erwiderte Kelenes Gruß und lächelte sie müde an. Der Hengst erklomm die letzte Steigung, betrat den ebenen Pfad und blieb dankbar neben Demira stehen.

»Kelene! Ich glaube, ich habe einen großen schwarzen Geier über den toten Ruinen kreisen sehen.« Der Reiter verzog das wettergegerbte Gesicht, und unzählige Fältchen zeigten sich um die grünen Augen.

Demira schnaubte empört.

»Veneg«, sprach Kelene den Hunnulihengst an. »Wie wirst du mit ihm fertig?«

Er ist ist nur zu den Leuten grob, die er mag. Alle anderen beachtet er nicht, antwortete Veneg gutmütig.

Die junge Frau lachte. »Gaalney, er kennt dich zu gut.« Sie hielt inne und bemerkte zum ersten Mal seine erschöpfte Blässe, die staubige Kleidung und die beinahe leeren Reisetaschen auf dem Rücken des Hunnuli. Pferd und Reiter waren lange und auf harten Pfaden unterwegs gewesen. »Sind meine …«, setzte sie an.

»Lord Athlone und Gabria geht es gut«, versicherte Gaalney ihr sogleich. »Sie senden dir ihre Grüße. Trotzdem habe ich schlechte Nachrichten, aber sie betreffen Sayyed und Rafnir sowie dich.«

»Dann spar dir deine Worte und teile es uns allen gemeinsam mit.« Sie deutete nach Norden in Richtung der Stadt. »Komm. In Moy Tura gibt es zu essen und zu trinken und einen freundlichen Empfang.«

Seite an Seite trotteten die beiden Hunnuli über die alte Straße auf die Stadt zu. Das geringe Tempo erlaubte es Kelene, den Mann neben ihr genauer zu betrachten. Gaalney war ein entfernter Verwandter ihres Vaters. Er war ein junger Mann, manchmal ruppig, doch immer unerschrocken und mutig, was ihm bei seinen magischen Studien zugute kam. Er hatte struppiges blondes Haar, das viel kürzer geschnitten war, als sie es in Erinnerung hatte, große grüne Augen und einen dünnen Mund, der sich andauernd zu einem Lächeln zu verziehen schien. Außerdem bemerkte sie eine frisch verheilte Wunde am Hals knapp unterhalb des Ohrs.

Sie ritten in Schweigen, bis sie die eingestürzten Mauern der einst so großartigen Stadt der Zauberer erreichten. Kelene warf einen raschen Blick auf Gaalney, weil sie seine Reaktion auf diesen Ort mitbekommen wollte. Sie hatte sich inzwischen an den gewaltigen Eingang gewöhnt, doch Neuankömmlinge waren immer sehr beeindruckt davon. Gaalney bildete keine Ausnahme.

Die Pferde wurden noch langsamer. Gaalney schaute sich die neuen Mauern an und pfiff anerkennend. Kelene lächelte. Sie, Rafnir und der Korg hatten hart gearbeitet, um das alte Tor wieder aufzubauen. Es war nur einer der vier Eingänge von Moy Tura und der Einzige, den sie bisher instand gesetzt hatten. Die meisten Besucher kamen auf der südlichen Straße an dieses Tor, und Rafnir wollte ihnen einen guten ersten Eindruck verschaffen. Das Tor war eine riesige, gewölbte Öffnung zwischen zwei mächtigen Türmen. Beide Türme waren einschließlich der steinernen Ornamente um die Zinnen vollständig wiederhergestellt worden. Auch die Straße war geflickt und mit neuen Steinen gepflastert und der Tordurchgang von jahrhundertealtem Schutt und Schmutz befreit worden. Über dem Bogen hing ein goldenes Banner.

Nach Kelenes Auffassung war das Beste an der ganzen Arbeit die erneute Aufstellung der beiden Steinlöwen, die auch früher schon das Tor bewacht hatten. Die Tiere hockten in ewiger Anspannung zu beiden Seiten der Straße und hatten die Augen aus roten Juwelen auf die Reisenden gerichtet, die sich der Stadt näherten.

Gaalney betrachtete die beiden Löwen und schüttelte den Kopf. »Sie sind großartig.« Die Pferde schritten nebeneinander durch das Tor, und der junge Mann deutete mit der Hand auf das Gewölbe. »Ist das ein Hinweis auf eure Fortschritte?«

Kelene streckte die Hand aus und berührte den kalten, glatten

Stein. Die alten Wächter in den Toren waren unbeschädigt – sie hatten ihr einmal das Leben gerettet –, und sie spürte ihre uralte Kraft als Prickeln in den Fingerspitzen. Kelene zog Kraft aus ihrer Gegenwart – eine Kraft, die schon seit Generationen Bestand hatte. Kelene verbannte ihre Enttäuschungen und Sorgen in den hintersten Winkel ihres Verstands, von wo sie der Wind hervorgezerrt hatte. Nun lächelte sie und ritt auf Demira aus den Schatten der Steine ins Sonnenlicht. Sie zeigte auf die Stadtmauern, die immer noch in Trümmern lagen.

»Nein«, gab sie zu. »Das hier sieht eher wie der Rest der Stadt aus. In den letzten Jahren hatten wir einige Schwierigkeiten. Die Klanleute haben die Kunst, Stein zu bearbeiten, verlernt.«

Sie führte diesen Punkt nicht weiter aus, sondern gab Gaalney Gelegenheit, es selbst zu sehen. Die äußeren Stadtbezirke entlang der Mauer waren noch unberührt. Die zerstörten Gebäude lagen so da, wie die Angreifer sowie Wind und Wetter sie zurückgelassen hatten. In diesem Teil Moy Turas war nur die Hauptstraße freigeräumt und ausgebessert. Der Rest der vom Wind heimgesuchten Ruinen war noch genauso wie nach der Säuberung.

Gaalney war während des Ritts sehr still. Er ließ den Blick über die Verwüstungen gleiten und riss erstaunt die Augen auf. Schließlich fragte er: »Wie könnt ihr hier leben? All das würde mich zu sehr bedrücken.«

Seine Wortwahl verwunderte Kelene, und sie gab freimütig zu: »Auch mich bedrückt es manchmal.«

»Warum bleibt ihr dann hier? Warum geht ihr nicht nach Hause?«, wollte Gaalney wissen. Es war sicherlich eine Frage, die sich eine Menge Leute stellten.

Bevor sie eine vernünftige Antwort geben konnte – wenn es überhaupt eine gab –, nahm Gaalneys Gesicht den Ausdruck reiner Freude an. Sie waren eine der größeren Straßen entlang geritten, die zum Mittelpunkt der Stadt führten, wo früher einmal die wichtigsten Gebäude gestanden hatten. Eines dieser Gebäude erhob sich großartig und leuchtend links von der Straße zwischen den Überresten seiner zerstörten Nachbarn.

Es war ein Tempel, der vor dreihundert Jahren zur Ehre der vier von den Klanen verehrten Gottheiten erbaut worden war. Kurz vor seinem Tod hatte der Korg den Tempel als Geschenk an Kelene und Rafnir wieder aufgebaut. Bevor sein erschöpfter und alter Körper dahingegangen war, hatte er mit letzter Kraft und unter Einsatz seiner magischen Kenntnisse dem großen Tempel seine ursprüngliche Schönheit wiedergegeben. Nun bildete das weiße, in der Sonne leuchtende Marmorbauwerk ein passendes Denkmal für den Korg und seinen Wunsch, seine Stadt zu beschützen und wieder aufzubauen. Als er gestorben war, hatten Kelene und Rafnir ihn am Fuß des großen Altars beerdigt, der das Hauptheiligtum zierte.

»Und ich hatte geglaubt, ihr habt nur das Tor herausgeputzt«, lachte Gaalney; er war offensichtlich beeindruckt.

Die Freude ihres Verwandten bewirkte, dass Kelene zum ersten Mal seit langer Zeit den Tempel mit anderen Augen sah. Sie war so sehr mit der Arbeit an den übrigen Gebäuden beschäftigt, dass sie schon vergessen hatte, wie großartig dieser Kultbau geworden war. Sie nickte und dachte an ihren Freund, den Korg. Auch zwei Jahre nach seinem Tod vermisste sie ihn noch sehr. »Das ist der Tempel der Götter«, erklärte sie. »Der Korg hoffte, sie würden unsere Bemühungen hier in der Stadt segnen, wenn wir ihren heiligen Tempel wieder aufbauen.«

»Haben sie es getan?«

»Mehr oder weniger«, erwiderte Kelene trocken. »Komm mit. Sayyed sollte inzwischen zu Hause sein.«

Gaalney erwiderte nichts darauf, sondern folgte Kelene und Demira die Straße entlang an einer Steinmauer und einigen Schutthaufen vorbei zu dem großen Platz im Herzen der Stadt, der früher der Markt- und Versammlungsplatz für die gesamte Einwohnerschaft gewesen war. Er war vollständig mit Granitplatten gepflastert, und in der Mitte, wo die vier Hauptstraßen der Stadt zusammentrafen, erhob sich ein schlanker, schwarzer Obelisk beinahe zwanzig Fuß in die Luft. Auf seiner Spitze steckte eine goldene Sonne im Strahlenkranz – das Zeichen der Göttin Amara.

Kelene beobachtete den Khulinin-Zauberer, wie er sich in der Stadt seiner Vorfahren umschaute, und sie bemerkte eine feine Veränderung in seinem Gesichtsausdruck. Ehrfurcht wich Verärgerung. Es war ein Wechsel, den sie schon bei vielen Zauberern beobachtet hatte. Es war sehr schwierig, hier nichts zu empfinden. Von der Raserei, der die gesamte Bevölkerung zum Opfer gefallen war, legten die Zerstörungen auf dem Platz stummes Zeugnis ab. Mauerreste und Trümmerhaufen rahmten die weite Fläche ein.

Die große Halle der Zauberer zeugte am deutlichsten von der schrecklichen Wut der Angreifer, denn ihre geschändeten Überreste trugen noch immer unmissverständliche Brandspuren. Der Korg hatte erzählt, dass die Angreifer Hunderte von Leichen in die brennende Halle der Zauberer geworfen hatten – und Kelene hielt das für durchaus glaubwürdig. Zweihundert Jahre hatten in diesem dürren Land nicht ausgereicht, die Aschefetzen, Knochenreste und schwarzen Rußspuren zu entfernen, die immer noch in den Rissen und Spalten zwischen den Steinen der Halle lagen. Sie und Rafnir hatten keinen Versuch unternommen, Teile der alten Grundmauern wieder aufzubauen.

Doch auch wenn dieser Ort der Schauplatz einer Tragödie war, so war er ebenfalls der Mittelpunkt des zurückkehrenden Lebens. Es war noch nicht viel, aber immerhin war es Leben. Kelene wandte sich von der ausgebrannten Halle ab und zeigte Gaalney eine Seitenstraße, in der unmittelbar hinter dem Platz bereits mehrere erneuerte Gebäude standen. An der Straßenecke stand dem Platz zugewandt ein Haus von einiger Erhabenheit, vollständig wiederaufgebaut und in der Sonne gleißend wie eine Perle zwischen Unrat. Es war das Haus, das sich Kelene und Rafnir ausgesucht hatten, als sie nach Moy Tura gezogen waren. Es war weitläufig, offen, luftig und eine bequeme Behausung für Leute, die gewohnt waren, in engen, behelfsmäßigen Zelten zu leben. Es hatte etwas gedauert, bis sich Kelene an die Unterschiede in der Haushaltsführung gewöhnt hatte, doch nun liebte sie dieses Haus und nannte es ihr Heim.

Gaalneys müdes Gesicht leuchtete, als er es sah.

»Weiter unten in der Straße gibt es eine Gasthalle«, sagte Kelene zu ihm. »Du kannst deine Sachen dort lassen und dich frisch machen, wenn du willst, während ich Sayyed suche. Rafnir wird schon auf das Mittagessen warten. Wir treffen uns in unserem Haus. Falls sich Veneg ausruhen möchte, kann er das im Stall neben der Gasthalle tun oder sich zu den anderen Pferden draußen auf den Feldern gesellen.«

Gaalney verzog den Mund zu einem eigenartigen Lächeln. »Eine Gasthalle? Wie viele Leute habt ihr denn für gewöhnlich hier?«

»Nicht genug«, erwiderte Kelene aufrichtig. »Wir haben die Gasthalle für die Leute errichtet, die uns besuchen, aber nicht hier bleiben wollen. Im Augenblick wohnen dort drei Geschichtsschreiber aus den Fünf Königreichen, ein Baumeister aus Pra Desch, der uns sein Handwerk beibringt, zwei Heiler, einige Verbannte, die in ihre Klane zurückzukehren versuchen, und ein Priester aus dem Dangari-Klan. Im Übrigen leben zusammen mit uns achtzehn Leute auf Dauer in der Stadt.«

Als Gaalney die nackten Zahlen hörte, verzog er das Gesicht. Selbst er als Neuankömmling begriff sofort, dass achtzehn Bewohner – egal wie viele Gäste noch dazukommen mochten – nicht einmal annähernd ausreichten, um eine lebensfähige Kolonie zu bilden. Er dankte ihr förmlich für ihre Erläuterungen und lenkte seinen Hengst die Straße hinunter in Richtung der Gasthalle.

Demira trottete quer über den Platz auf die Halle der Zauberer zu. Kelene musste ihr nicht sagen, wo sie Rafnirs Vater zu suchen hatte. Sayyed ging beinahe jede freie Minute an denselben Ort, seit er vor zwei Jahren hier eingetroffen war. Die Stute schritt an den alten Grundmauern vorbei, ging die Hauptstraße entlang und wandte sich dann nach links in die verwüsteten Straßen westlich der Halle.

Vor der Säuberung war diese Gegend eine der besseren der Stadt gewesen. Zwar waren nur wenige Häuser durch das Feuer vernichtet worden, das die Halle zerstört hatte, doch die anderen hatte man einfach geplündert und Wind und Wetter überlassen.

Eines Tages hatte Sayyed aus Neugier in den zerfallenen Gemäuern herumgestöbert. Unter all dem Schutt und Unrat hatte er eine beeindruckende Menge von Überresten aus Moy Turas goldenem Zeitalter entdeckt, von denen die wichtigsten einige wertvolle Hinterlassenschaften und Schriftrollen der Zauberer selbst waren. Seit dieser Zeit beschäftigte er sich mit Ausgrabungen.

Während einige Besucher glaubten, Sayyeds Arbeit sei im Vergleich zu den Aufbauarbeiten und täglichen Hausarbeiten recht überflüssig, empfanden Kelene und Rafnir seine Arbeit als unschätzbar wichtig. Nützliche Dinge, die dabei zutage gefördert wurden, behielt die Kolonie, die magischen Gegenstände wurden zu Gabria geschickt, und die Juwelen und anderen Kostbarkeiten waren leicht bei den Klanleuten einzutauschen, die sich für ihre eigene

Vergangenheit interessierten, oder sie wurden an Händler aus Pra Desch verkauft, die häufig die Hauptwege der Karawanen verließen, um einen Abstecher in die einst verbotene Stadt zu machen. Das Geld, das Sayyed auf diese Weise verdiente, wurde zum Kauf von Nutzvieh und dringend benötigten Vorräten für die winzige Kolonie verwendet.

Obwohl einige der Einwohner von Moy Tura Zauberer waren, konnten sie durch Magie nicht alles beschaffen, was sie brauchten. Lebende Wesen wie Wollschafe oder Arbeitspferde waren unmöglich aus dem Nichts zu zaubern, und für unvertraute Dinge wie Tischlerwerkzeuge oder Steinmetzausrüstungen brauchte man zunächst ein Muster. Außerdem war es unvernünftig, die ganze Zeit über Magie zu gebrauchen. Zwar war das Geschenk der Götter unerschöpflich, nicht aber die Fähigkeit der Sterblichen, es zu gebrauchen. Zauberei war anstrengend und manchmal auch gefährlich, und die Zauberer hatten schon vor langer Zeit gelernt, dass körperliche Arbeit zusammen mit einem wohlüberlegten Einsatz von Magie die sicherste und beste Möglichkeit war, eine Aufgabe zu erledigen.

An diesem Morgen verließ sich Sayyed auf einfache Muskelkraft. Kelene und Demira fanden ihn in dem dachlosen Raum eins ehemals luxuriösen Hauses. Sonnenlicht ergoss sich in die Ruine und tauchte die herabgestürzten Steine und verrottenden Dielen in ein warmes, goldenes Licht. Die junge Frau glitt von ihrem Pferd und steckte den Kopf durch ein großes Loch in der Wand. Sie sah, wie Sayyed vorsichtig einen Steinblock nach dem anderen auf einen Haufen an der gegenüberliegenden Wand stapelte. Sayyed war von der Arbeit erhitzt und hatte sein Hemd ausgezogen. Er trug nur noch seine Hose und Lederstiefel.

Kelene lächelte seinen bronzefarbenen Rücken an. Sayyed war mit vierundvierzig noch immer schlank, aufrecht und kräftig genug, um auf die meisten Frauen anziehend zu wirken. Er war etwas weniger als mittelgroß, trug einen kurzen, sauber gestutzten Bart und hatte durchdringende schwarze Augen.

Früher waren Gesicht und Augen voller Freude und Schalk gewesen, bis die Seuche die Klane heimgesucht und ihm seine geliebte Frau Tam genommen hatte. Er hatte die Erinnerungen und die Trauer über ihren Tod nicht ertragen können und die Khulinin verlassen, um bei seinem Sohn und Kelene in Moy Tura zu wohnen. Er hatte nur Tams Tiere, sein eigenes Hunnuli und eine finstere Entschlossenheit mitgebracht, seinen Kummer in harter Arbeit zu ersticken. In den Ruinen der Stadt hatte er genügend zu tun gefunden.

Ein paar Hunde und eine weiße Katze befanden sich in Sayyeds Nähe und warteten geduldig darauf, dass er ihnen seine Aufmerksamkeit schenkte. Die Hunde begrüßten Kelene mit Schwanzwedeln; die weiße Katze hob die juwelengrünen Augen und miaute leise.

Der Zauberer drehte den Kopf und begrüßte Kelene. Sie waren sehr vertraut miteinander geworden, seit sie ihm vor drei Jahren das Leben gerettet hatte, doch Kelene spürte eine tiefe, schmerzende Einsamkeit in ihrem Schwiegervater, die bisher nichts auszufüllen vermocht hatte.

»Du bist zurück!«, rief er erregt. »Komm und sieh dir an, was ich gefunden habe.«

Kelene behielt ihre Botschaft weiterhin für sich und eilte zu ihm.

»Unter diesem Schutthaufen liegt eine alte Truhe begraben«, erklärte Sayyed. »Soweit ich erkennen kann, ist sie sehr solide und noch beinahe unbeschädigt.« Er lächelte; etwas Weißes blitzte in seinem Gesicht unter dem Staub und dem schwarzen Bart auf. Der Wert seiner Funde interessierte ihn nicht. Er genoss es, Geheimnisse aufzudecken, die Rätsel der Vergangenheit zu lösen und neue Dinge zu entdecken, die nützlich sein könnten. Er hatte keine Vorstellung davon, was sich in der Truhe befinden mochte, und er konnte es nicht erwarten, sie zu öffnen.

Kelene hasste es, ihn zu enttäuschen, aber Gaalneys Erschöpfung und das Dringliche in seinem Verhalten zwangen sie zu sagen: »Es tut mir Leid, aber Gaalney ist hier und hat eine Botschaft meines Vaters für dich und Rafnir.«

Sayyed erhob sich langsam; die Vorfreude schwand aus seinem Gesicht. Ohne eine weitere Frage griff er nach seinem Hemd. Die Hunde sprangen auf die Beine. Er packte die Katze und folgte rasch Kelene und Demira zurück zum Marktplatz; die Hunde blieben dicht hinter ihm.

Als sie das Haus erreicht hatten, trafen sie im rückwärtigen Garten auf Rafnir und Gaalney, der jetzt etwas sauberer aussah. In dieser frühen Jahreszeit blühte noch nichts im Garten, aber an einem solch warmen und windigen Tag wie heute war es angenehm, hier zu sitzen, zu essen und sich zu unterhalten.

Kelene sah mit Freude, dass Rafnir bereits Brot, Käse, eine Schüssel mit Früchten und einen Krug Bier aufgetischt hatte. Gaalney bediente sich mit großem Appetit.

Sofort beendete der junge Mann sein Mahl und sah Kelene erstaunt an. »Du humpelst ja nicht mehr!«, nuschelte er mit vollem Mund.

»Natürlich, ich bin doch nicht …« Kelene verstummte und setzte ein strahlendes Lächeln auf. Sie hatte Gaalney seit drei Jahren nicht mehr gesehen. Woher sollte er wissen, was sie mit ihrem verkrüppelten Fuß gemacht hatte? »Ich habe einen Zauberspruch benutzt, den auch Lord Medb einst angewendet hatte, und damit die Knochen in Gelenk und Fuß gestreckt. Es ist nicht ganz vollkommen, aber ich kann jetzt ohne Schmerzen gehen.«

Gaalneys Überraschung verwandelte sich in Freude. Er forderte sie auf, hin und her zu laufen, damit er ihren anmutigen Gang bewundern konnte. »Warum hat niemand diesen Zauber schon früher benutzt?«, fragte er.

»Niemand hatte die ausreichenden Kenntnisse, mit einem so komplizierten Knochenaufbau zu arbeiten, bis wir hier in der Stadt die Aufzeichnungen der Heiler gefunden haben, und meine Mutter hat es vorher nicht gewagt, an ihrer eigenen Tochter herumzuexperimentieren.« Sie blieb neben Rafnir stehen und umarmte ihn kurz. Er schlang ihr den Arm um die Hüfte und drückte sich beruhigend gegen ihren Rücken. »Rafnir hat mich stark gemacht, so dass ich es versuchen konnte«, fuhr sie fort und fügte scherzhaft hinzu: »Er brauchte jemanden, der die hohen Türme erklettern kann, weil er Höhenangst hat.«

Rafnir kicherte und gab Kelene einen Becher Bier. Die vier machten es sich auf niedrigen Hockern bequem, und während die anderen aßen, teilte ihnen Gaalney seine Botschaft mit.

»Wie viel habt ihr hier aus dem Süden erfahren?«, fragte er zuerst.

»Ziemlich wenig«, erwiderte Rafnir. »Die meisten unserer Besucher sind entweder schon eine Weile hier oder kommen aus den nördlichen Klanen.«

»Dann habt ihr noch nichts von den Gerüchten über den Krieg gegen die Turic gehört?«

Sayyed richtete sich auf; seine dunklen Augen verengten sich. Er war ein Halbblut und von seinem turischen Vater erzogen worden, bis dieser ihn verstoßen hatte, weil sein Sohn die angeborene Gabe der Zauberei zeigte. Obwohl er seit über fünfundzwanzig Jahren beim Klan seiner Mutter lebte, war er in der Tiefe seines Herzens immer noch ein Turic.

»Die Schwierigkeiten haben im letzten Herbst an der Grenze begonnen«, fuhr Gaalney fort. Er beugte sich vor und stützte sich mit den Ellbogen auf den Knien ab. Alle Freude war aus seinem Gesicht gewichen. »Zuerst war es nicht schlimm: ein paar gestohlene Pferde und ausgeraubte Reisende – nichts Außergewöhnliches, und niemand war verletzt worden. Wir glaubten, es seien nur einige Räuberbanden, aber die Überfälle hörten auch im Winter nicht auf, was sehr ungewöhnlich war. Sie wurden sogar immer schlimmer und gefährlicher. Der Wylfling-Treld, der Ferganan-Treld und der Schadedron-Treld sind von einer großen und gut organisierten Bande geplündert worden. Im letzten Monat ist eine Karawane auf der Rückkehr aus dem Norden am Altai in einen Hinterhalt geraten. Alle wurden getötet. Die Plünderer sind sogar bis zu den Weidegebieten der Khulinin im Norden vorgedrungen.«

Kelene wurde unruhig. »Ist das der Grund für deine Verwundung?«

Gaalney berührte unwillkürlich die kaum vernarbte Wunde an seinem Hals. »Ich war in einer Gruppe von Ausreitern, die eine einjährige Herde zu den Wiesen der Blauen Berge geführt haben. Auf dem Weg dorthin wurden wir angegriffen. Ein Pfeil hat mich am Hals getroffen. Veneg hat mich gerettet, aber für die anderen Männer und Pferde konnten wir nichts mehr tun.« In seinen Augen loderte ein dunkles Feuer, als er sagte: »Lord Athlone ist sehr aufgebracht. Er hat um eine dringliche Versammlung des Rates ersucht und den Shar-Ja gebeten, sich mit den Klanhäuptlingen am Ratsfelsen zu treffen, um diese Grenzscharmützel zu beenden, bevor die ganze Sache außer Kontrolle gerät.«

»Sind die anderen Häuptlinge bereits benachrichtigt?«, fragte Rafnir.

»Ich war schon bei den Bahedin, den Amnok und den Geldring. Sie haben ihr Kommen zugesagt. Ihr seid meine letzte Station.«

Rafnir und Sayyed tauschten einen raschen Blick aus. Der Shar-Ja war der Führer der turischen Stämme. Wenn Athlone es für notwendig ansah, sich mit ihm zu treffen, sah es im Süden schlimm aus.

»Hat der Shar-Ja zugestimmt?«, wollte Sayyed wissen. Der gegenwärtige Shar-Ja saß bereits seit neunzehn Jahren auf dem turischen Thron, und in dieser ganzen Zeit hatte es nie ernsthafte Schwierigkeiten zwischen den Klanen und den Turic gegeben. Sayyed fand es ziemlich merkwürdig, dass sich gerade jetzt ein Unheil zusammenbrauen sollte.

»Bei meiner Abreise war noch keine Botschaft von ihm eingetroffen«, erwiderte Gaalney, »aber der Shar-Ja hat immer zu seiner Freundschaft mit den Klanen gestanden. Die Häuptlinge gehen davon aus, dass er kommt. Aus diesem Grund bittet Lord Athlone euch drei, ihn zu der Versammlung zu begleiten. Er benötigt eure Fachkenntnisse und, wie er sagte, ›die Gegenwart von drei weiteren mächtigen Zauberern kann nicht schaden‹.«

Kelene schwieg und sann über die Gefühle nach, die Gaalneys Neuigkeiten in ihr hervorriefen. Vor allem verspürte sie Wut über die Gier und Unverfrorenheit der Turic. Der Friede mit ihnen war schon immer brüchig gewesen, doch er war Generationen alt, und es war eine Dummheit, ihn für Vieh und Plünderungen aufs Spiel zu setzen. Was war der wahre Grund? Die Turic waren ein großes und gedeihendes Volk. Ihr Reich erstreckte sich Hunderte von Meilen vom Absarotan-Gebirge über die ebene Steppe von Ruad el Brashir bis zum Meer von Tannis und vom Altai-Fluss bis zur Kumkara-Wüste tief im Süden. Die Klane besaßen nur wenig, was die Turic nicht hatten. Warum also wollten sich die Stammesleute ihre Nachbarn zum Feind machen? Kamen die Diebe und Mörder aus ein paar verbitterten Stämmen entlang der Grenze, oder bereitete sich die gesamte turische Nation darauf vor, die Ebene von Ramtharin zu überschwemmen?

Kelene richtete den Blick auf Rafnir. Obwohl ihr Ehemann turisches Blut in den Adern hatte und ihr Schwiegervater sogar ein halber Turic war, wusste sie nur sehr wenig über die südlichen Stämme. Die Gefühle, die sich in Rafnirs offenem Gesicht spiegelten, waren jedoch überdeutlich. In der Stadt war noch zu viel zu tun: die Zisternen mussten gefunden werden; die wenigen Zuchtstuten, die sie hatten, würden bald fohlen; die Kräuter- und Gemüsegärten, die Kelene geplant hatte, mussten umgepflügt und bepflanzt werden, und bald sollte eine neue Schmiede in Betrieb genommen werden. Wie konnte man all das für eine Reise zurückstellen, die mindestens mehrere Monate dauern würde?

Kelene spürte seine Enttäuschung, doch tief in ihrem Herzen, in einem kleinen Winkel, der nur ihr allein gehörte, entdeckte sie die Freude darüber, dass sie Gabria wiedersehen würde. Dann schob sie diesen Gedanken wieder fort und fragte Gaalney: »Warum will mein Vater, dass ich mitkomme? Ich spreche kein Turisch wie Sayyed oder Rafnir, und der Rat braucht mich ebenfalls nicht.«

»Dein Ruf als Zauberheilerin hat sich weit über unsere Grenzen verbreitet«, erklärte Gaalney. »Es wird behauptet, der Shar-Ja leide an einer unbekannten Krankheit. Sein Botschafter, der unsere Nachricht entgegengenommen hat, deutete an, der Shar-Ja werde möglicherweise zu dem Treffen erscheinen, wenn auch du daran teilnimmst und ihn untersuchst.«

Kelene riss die dunklen Augen weit auf. »Haben denn die Stämme keine eigenen fähigen Heiler?«

»Dutzende«, sagte Sayyed und stand plötzlich auf. »Aber keinen wie dich.« Er bot ihr seine Hand. »Kommst du mit mir? Du und Rafnir? Kommt und schaut euch das Volk meines Vaters an.«

Sie sah auf zu ihm und erkannte ein helles Flackern der Neugier in seinem Gesicht, das sie schon seit Jahren nicht mehr gesehen hatte. Offenbar hatte auch Rafnir es bemerkt, denn er stand auf und packte seinen Vater am Arm.

Kelene hatte keine Vorahnung von den kommenden Ereignissen, keine Vision eines Unheils, ja nicht einmal ein Prickeln im Daumen, das sie hätte warnen können. Sie verspürte nur die Notwendigkeit, ihre Dienste zur Verfügung zu stellen, und empfand Freude über eine Reise zu den Khulinin. Sie ergriff Sayyeds ausgestreckte Hand und sagte zu Gaalney: »Wir kommen.«

Zwei

Kelene, Rafnir und Sayyed brauchten zwei Tage, um zu packen und ihre dringendsten Pflichten in Moy Tura zu erfüllen. Die Einwohner und einige der Gäste waren ungehalten über ihre Abreise und die Gründe dafür, doch die drei gelobten, so bald wie möglich zurückzukehren, und legten die Führerschaft der kleinen Gruppe in die fähigen Hände Banns, eines Witwers mittleren Alters. Auch er war ein Zauberer und errichtete gerade die neue Schmiede. Äußerst widerwillig überließ Sayyed seine Hunde und Tams Katze der Obhut von Banns hoch erfreutem Sohn.

Im schwachen Licht des kalten Morgens bestiegen die Zauberer und Gaalney ihre Hunnuli und verließen Moy Tura in Richtung des Goldrine, an dem sie Lord Athlone und die Abordnung der Khulinin treffen würden.

Der warme, böige Wind aus dem Süden hatte sich am vergangenen Tag gelegt und einen Wetterwechsel herbeigeführt. Die Luft war feucht und kalt geworden, der Himmel war von einer bleiernen, tief hängenden Wolkenschicht bedeckt. Noch fiel kein Regen, doch die Pferde rochen ihn schon schwer und nahe in der Morgenluft.

Die Reiter hüllten sich eng in ihre goldenen Mäntel, während die Pferde über die Hochebene zur Straße galoppierten, die hinunter in die Ebene führte. Am Rand des Tafelbergs wurden die anderen drei Pferde für den Abstieg auf dem steilen Pfad langsamer, und Demira schoss allein vor. Wie ein großer schwarzer Adler stürzte sie sich über die Klippe und glitt in die Luft. Sie konnte nicht Stunde um Stunde mit der unendlichen Leichtigkeit der anderen Pferde laufen, denn ihre kürzeren Beine und der leichtere Körper sowie die großen Flügel machten ihr ein langes Rennen unmöglich. Doch getragen von den unsichtbaren Händen der Luft, kam sie schneller voran als jedes Landlebewesen.

Lässig schwebte sie im Wind und wartete darauf, dass die anderen den unteren Weg erreichten. Als die drei Hengste schließlich auf dem ebenen Grund in einen Galopp fielen, wandte sich die geflügelte Stute nach Süden und übernahm die Führung, während der Nordwind mit ihrem Schweif spielte.

*

Drei Tage später erreichten sie nach einer ereignislosen, aber regnerischen Reise den Goldrine. Unter einem aufklarenden Himmel ging das Zwielicht in nächtliche Dunkelheit über, und der Vollmond stieg im Osten auf.

Trotz des Mondes liebte Demira keine Nachtflüge. Sobald sie die Feuer des Khulinin-Lagers am südlichen Flussufer und eine bequeme Furt in dessen Nähe entdeckte, gesellte sie sich zu den anderen Pferden am Boden.

Im warmen Wetter schmolz allmählich der Schnee im Dunkelhorn-Gebirge, doch weder das Schmelzwasser noch die ausgiebigen Regenfälle hatten bisher zu Hochwasser geführt. Bei der Furt war der Goldrine seicht; die vier Hunnuli konnten ihn ohne Schwierigkeiten durchqueren. Sie kletterten die südliche Böschung hoch, wandten sich nach links und trabten durch das grasige, sanft gewellte Tal auf die Flussbiegung in Form eines Hufes zu, an der die Khulinin lagerten.

Sie waren noch nicht weit gekommen, als plötzlich alle vier Hunnuli die Ohren aufstellten. Bald sahen auch die Reiter das Flackern der Herdfeuer und die festen Umrisse der kleinen Reisezelte des Klans.

Kelene versteifte sich und beugte sich vor. Selbst aus dieser Entfernung und im Dunkel der Nacht war deutlich zu erkennen, dass sich das Lager in Aufruhr befand. Männer rannten hin und her, dunkle Schatten schossen durch das tanzende Licht der Feuer. Pferde wieherten, und der harte Laut erhobener Stimmen vermischte sich mit den ruhigeren Geräuschen des Flusses und der nächtlichen Insekten.

Kelene hörte das Donnern schwerer Hufe. Zwei weitere Hunnuli galoppierten aus der Dunkelheit auf sie zu. Nara, Gabrias geliebte

Stute, und Eurus, Lord Athlones stolzer Hengst, wieherten einen durchdringenden Ruf, der sowohl ein Willkommensgruß als auch eine dringliche Bitte war. Sie wendeten auf der Stelle und begleiteten die Neuankömmlinge rasch ins Lager. Aufregung, Licht und Lärm umgaben sie, als sie zwischen den Zelten einherritten.

Kelene bemerkte, dass die unerwartete Hast kein verworrenes Durcheinander war, sondern die Leute geordnet und so schnell wie möglich das Lager abschlugen. Um sie herum brachen Zelte zusammen, Packpferde wurden beladen und Vorräte rasch zusammengesucht.

In der Mitte dieses wilden Aufruhrs stand Lord Athlone steif vor Zorn. Er hielt eine Schriftrolle in der einen Hand und einen Stofffetzen in der anderen. Sein dunkles Haar war nun von grauen Fäden durchzogen, und tiefe Falten hatten sich in sein wettergegerbtes Gesicht gegraben. Groß, stark an Körper und Geist, trug er die Würde eines Klanhäuptlings mit Leichtigkeit und bewundernswertem Geschick. Obwohl neunundvierzig Lebensjahre und ein heftiger Kampf mit der Seuche seine Kondition geschwächt und seine Gelenke ein wenig steif gemacht hatten, war seine Befehlsgewalt unvermindert, und seine Augen betrachteten die Welt immer noch in der Art eines wachsamen Falken. Er bemerkte Kelene und ihre Gefährten, und sein Zorn wich Freude, während er auf sie zukam und sie begrüßte.

Sayyed stieg ab und salutierte als älterer Klanmann vor seinem Häuptling. »Sei gegrüßt, Lord Athlone. Wir von Moy Tura sind deinem Ruf gefolgt.«

Ein Lächeln legte sich auf Athlones Gesicht, und seine Augen erwärmten sich. Er gab den Gruß zurück und umarmte seinen Freund, seinen Schwiegersohn und schließlich seine einzige überlebende Tochter. Kelene erwiderte seine Umarmung heftig und ließ ihn erst nach einiger Zeit los.

Wie die meisten Zauberer waren bei Kelene gewisse Fähigkeiten stärker entwickelt als andere. Ihre Heilergabe entsprang nicht nur ihrem natürlichen Verlangen, Schmerzen zu lindern, sondern auch einer einzigartigen Fähigkeit, die Gefühle fremder Menschen zu spüren. Sie konnte zwar keine Gedanken lesen, aber durch Berührung Empfindungen erkennen. In den letzten Jahren hatte sie gelernt, diese Gabe zu beherrschen und nach ihrem Willen einzusetzen.

In der Umarmung ihres Vaters öffnete sie ihren Geist einen Herzschlag lang und spürte Wut über eine erfolgte Ungerechtigkeit. Zu ihrer stummen Erleichterung war da weder persönliche Trauer noch das Entsetzen über einen Verlust. »Was ist geschehen, Vater?«, fragte sie besorgt.

Athlone trat einen Schritt zurück und hielt noch immer die beiden Gegenstände in den Händen. Er hob die Faust mit dem Stofffetzen. Im Feuerschein war deutlich zu sehen, dass es sich um ein Stück aus einem hellblauen Umhang handelte, das mit dunkleren Flecken und Striemen verschmiert war.

»Das ist mir übergeben worden, kurz bevor ihr eingetroffen seid«, sagte er mit dunkel schwelender Wut. »Vor fünf Tagen hat eine große Streitmacht der Turic den Ferganan-Treld angegriffen. Lord Tirek wurde zusammen mit achtundzwanzig Kriegern und Herdwachen getötet, als er versuchte, die flüchtenden Frauen und Kinder zu beschützen. Die Angreifer haben den ganzen Treld verwüstet.«

Kelene, Rafnir, Sayyed und Gaalney waren von den schrecklichen Neuigkeiten entsetzt. Die Hunnuli versammelten sich sich still um sie. Der Ferganan-Treld, das Winterlager des Ferganan-Klans, lag im fruchtbaren Tal des Altai-Flusses nördlich des turischen Reiches. Von allen elf Klanen hatten die Ferganan die beste Beziehung zu ihren turischen Nachbarn. Das lag zum Teil daran, dass der Stamm der Raid, der hier lebte, von Sayyeds Vater geführt wurde, der eine Ferganan geheiratet hatte. Der Umstand, dass die Angreifer so furchtbar über Lord Tireks Leute hergefallen waren, stellte für die stolzen, großzügigen Klanleute einen Verrat schlimmster Art dar. Die Wut auf Lord Athlones Gesicht war ein Spiegelbild des Ausdrucks aller Klan-Häuptlinge, sobald sie diese Neuigkeiten hörten.

In diesem Augenblick eilten Gabria und Savaron durch die fieberhafte Geschäftigkeit zu der kleinen Gruppe neben dem Feuer. Die Zauberin sah besorgt aus, doch sie hieß ihre Freunde überschwänglich willkommen und zog ihre Tochter an sich heran.

Kelene lächelte und war erfreut darüber, wie wenig sich ihre Mutter in den letzten Jahren verändert hatte. Gabria war noch immer geschmeidig und gerade, hatte klare, grüne Augen und die Hände einer jungen Frau. Natürlich hatten sich die Falten tiefer in die Stirn und um den Mund eingegraben, und das geflochtene Haar war eher grau als golden, aber was machte das schon aus, wenn der Geist noch Spannkraft hatte und das Herz überquoll vor Dankbarkeit gegen Amara, die Mutter des Alls und die Quelle aller Gaben?

»Und was ist mit mir?«, tadelte Kelenes Bruder sie.

Savaron, der den goldenen Gürtel eines Wertains trug, umarmte sie ebenfalls. Ihr älterer Bruder war groß, muskulös, dunkelhaarig und in Kelenes Augen sehr hübsch. Er hatte nach der Seuche, während der Wertain Rajanir gestorben war, die Führung der Kriegereinheit, auch Werod genannt, übernommen. Inzwischen war Savaron verheiratet und hatte zwei kleine Jungen und eine Frau, die er sehr verehrte. Kelene wunderte sich, wie sehr er bereits ihrem Vater glich.

Er hielt sie auf Armeslänge von sich. »Mutter hat mir gesagt, dass du deinen Knöchel selbst geheilt hast, aber sie hat mir nicht verraten, wie schön du geworden bist.« Er ließ sie los und kniff seinen Freund Rafnir neckisch in den Arm. »Ihr beide solltet nicht so viel in den Ruinen herumspielen, sondern besser eine Familie gründen.«

Kelene biss sich auf die Unterlippe, um eine Erwiderung zu vermeiden, die sowieso nicht notwendig war. Savaron neckte sie immer, aber er würde sie niemals vorsätzlich verletzen.

Sie war erleichtert, als die Leichtfertigkeit aus Savarons Blick verschwand und er auf das eigentliche Thema zu sprechen kam. »Die Reiter sind bereit, in den Treld zurückzukehren«, beschied er den Häuptling. »Wir brechen auf deinen Befehl hin auf.« Er sprach zögerlich und machte damit deutlich, dass er mit dieser Entscheidung nicht glücklich war.

Lord Athlone nickte kurz und wandte sich dann an Sayyed. »Du hast zwar deinen Platz in meiner Herdwache verlassen; wärst du aber bereit, ihn so lange wieder einzunehmen, wie ich dich brauche? Nach diesem Überfall habe ich beschlossen, Savaron zurückzuschicken und die Wachen des Klans und des Trelds zu verstärken. Ich brauche jedoch einen starken Arm an meiner Seite und einen Übersetzer, dem ich vertrauen kann. Wir hörten heute Morgen, dass der Shar-Ja unsere Einladung zum Treffen am Ratsfelsen in zehn Tagen angenommen hat.«

Sayyeds Augen blitzten. Sein grimmiges Gesicht wurde vom Feuerschein gelb umrahmt. Obwohl er ein halber Turic war, waren die

Ferganan die Verwandten seiner Mutter, und viele von ihnen waren über die Jahre seine Freunde geworden. Er schloss die Hand fester um seinen gekrümmten Tulwar, den er als Preis bei den Mannbarkeitsriten der turischen Stämme gewonnen hatte. Er verneigte sich vor dem Khulinin. »Es ist mir eine Ehre«, sagte er.

Auch Rafnir packte sein Schwert. »Lord Athlone, ich habe nicht die Riten der Herdwache durchlaufen, aber ich bitte um Erlaubnis, Eurer Garde beitreten zu dürfen, während Ihr an der Versammlung teilnehmt.«

Seine Bitte erfreute den Häuptling. »Gewährt«, sagte Athlone mit dem Anflug eines Lächelns. »Morgen Abend beginnt dein Dienst. Wir reiten los und treffen uns mit den Dangari. Lord Bendinor ist gestern an uns vorbeigekommen, aber er wartet auf uns, damit wir zusammen zum Ratsfelsen ziehen können. Ich will vor den Turic dort sein, damit sie uns keine bösen Überraschungen bereiten können.«

Schon war das letzte Zelt zusammengepackt, und die Krieger löschten die Feuer und schütteten Erde über sie. Wenige Augenblicke später preschten Savaron und die halbe Kriegertruppe – insgesamt achtzig Mann – nach Westen zum Khulinin-Treld; die Packtiere folgten ihnen mit den Vorräten. In der Dunkelheit bestiegen die Zauberer ihre Hunnuli und gesellten sich zu dem Rest der Klankrieger. Bei Athlones besonnenem Kommando brach die Khulinin-Abordnung auf und ritt nach Südosten, um sich mit dem Truppenteil der Dangari zu treffen.

Der Dangari-Häuptling, ein mutiger und vernünftiger Krieger mittleren Alters, hatte den Boten mit der Nachricht vom Angriff auf die Ferganan ausgesandt. Er hatte vorgeschlagen, gemeinsam zum Ratsfelsen zu reisen. Athlone hatte bereitwillig zugesagt, denn er ging davon aus, dass kein Turic, wie gierig, bösartig oder gut bewaffnet er auch sein mochte, es wagen würde, einen großen Trupp von Klankriegern anzugreifen, unter denen sich überdies noch einige ausgebildete Zauberer befanden. Lord Bendinors Männer gestatteten es ihm, trotz der Bedenken Savarons seinen Sohn und den halben Werod zurück zum Klan zu schicken. Die Sicherheit der Khulinin war wichtiger als die Demonstration von Stärke auf einem Friedensrat.

Die Khulinin trafen Lord Bendinor vor Tagesanbruch nach einer langen, kalten und feuchten Nacht. Er führte sie in sein Behelfslager, bewirtete sie gut, stellte Lord Athlone, Gabria und Kelene ein Zelt zur Verfügung und wartete geduldig, während sich die Khulinin ausruhten und um ihre Pferde kümmerten.

Bendinor war ein ruhiger Mann – fähig, zielstrebig und bei seinen Leuten sehr beliebt. Es besaß nur wenig von der Liebenswürdigkeit und Ausstrahlung seines Vorgängers Lord Koshyn, aber er und Lord Athlone achteten sich gegenseitig. Obwohl sich zwischen ihnen noch keine Freundschaft entwickelt hatte, arbeiteten sie gut miteinander. Ohne dass sie sich abgestimmt hätten, waren beide Klane kurz nach Mittag zur Abreise bereit. Unter dem goldenen und blauen Banner führten die beiden Häuptlinge ihre Krieger nach Süden auf den Altai-Fluss und das Treffen mit den turischen Stämmen zu.

*

Der Ratsfelsen hatte seinen Namen vor etwa zweihundert Jahren erhalten, als sich die Häuptlinge der Klane des Dunklen Pferdes und die Stammesangehörigen der Turic dort getroffen und den Altai als offizielle Grenze zwischen den beiden Nationen erklärt hatten. Seit jener Zeit wurde er gelegentlich als Treffpunkt von Klan und Stamm benutzt, um kleinere Zwistigkeiten, Handelsunstimmigkeiten und Grenzstreitigkeiten beizulegen.

Auch wenn der Name klar und jedem einleuchtend war, handelte es sich bei diesem Wahrzeichen nicht nur um einen Felsen, sondern auch um eine Insel in der Mitte des Flusses. Neugierige Klanleute fragten sich manchmal, wo dieser gewaltige Felsbrocken hergekommen war, aber niemand wusste es. Er war schon immer da gewesen, so lange man sich erinnern konnte: ein großer, abgerundeter Block, der von Wasser umgeben war. Über die Jahre hatte sich an seinem Fuß eine Kiesbank gebildet. In den vielen Dürren und Fluten war eine Menge Geröll angespült worden, so dass eine längliche Insel entstanden war, die sich wie ein Rock um den massiven Felsen schmiegte. Örtliche Überlieferungen nannten ihn Altaris Thron, nach einer schönen Wasserjungfrau, die der Sage nach die Seele und der Geist des stattlichen Altai war.

Der Namensgeber des Mädchens, der Altai, war ein alter Flusslauf, der tief und ruhig zwischen den sanften Hügeln herfloss. Mit der Zeit hatte er ein breites, fruchtbares Tal geschaffen, in dem Wäldchen, saftige Wiesen und breite Sümpfe wie ein grünes Band die karge Ebene durchzogen.

Während der Vorfrühling das nördliche Grasland noch kaum berührt hatte, hauchte er seinen warmen Atem bereits über das Altaital. Blasses Grün leuchtete entlang der Ufer, und auf den Wiesen spross dichtes Gras. Die feuchten Biegungen, durch die der Fluss früher einmal seinen Lauf genommen hatte, leuchteten im zarten Weiß, Rosa und Blau der frühen Wildblumen, und ein Schimmer von grünen Knospen hatte sich über die verstreuten Haine gelegt.

Kelene sog freudig die Luft ein, als sie den stillen Fluss aus der Luft sah. So weit südlich war sie noch nie gewesen, und die Schönheit und Größe des Altaitals überraschte sie. Sie richtete den Blick weiter nach Süden auf das Land der Turic, das sich bis hinter den Horizont erstreckte. Die Landschaft glich der Ebene nördlich des Flusses, doch in der Ferne wurde das Grün zu Braun und verschwand schließlich ganz in einem goldbraunen Dunst.

Die Zauberin und ihr Hunnuli beendeten ihren Dienst als Späher, und als Kelene ihrem Vater berichtete, dass das Tal und der Ratsfelsen verlassen waren, sagte Lord Athlone befriedigt: »Wir sind die Ersten.«

Er und Lord Bendinor errichteten ihr Lager auf einer kleinen Anhöhe gegenüber der Insel. Sie waren weiter als einen Pfeilflug von der Furt entfernt, aber so nahe, dass sie sowohl die Insel als auch das gegenüberliegende Ufer einsehen konnten. Wachtposten wurden eingeteilt und Ausreiter losgeschickt, die auf die Ankunft weiterer Häuptlinge achten sollten.

Mit Sayyeds und Rafnirs Hilfe und unter den erstaunten Blicken der Dangari zog Lord Athlone die magische Kraft aus der Welt um sich herum zusammen und vergrößerte ein Reisezelt, bis es dem großen Ratszelt glich, das jedes Jahr zu der sommerlichen Klanzusammenkunft benutzt wurde. Willige Hände errichteten den gewaltigen Unterstand auf dem Ratsfelsen und richteten ihn für den Shar-Ja bequem ein.

Zwei Tage nach der Ankunft am Ratsfelsen hießen die Khulinin und Dangari drei weitere Klane willkommen. Lord Jamas brachte eine kleine Gruppe Wylfling in braunen Mänteln mit. Sein Treld im Westen war der zweite, der an den Altai grenzte. Er hatte den größten Teil seines Werod beim Klan gelassen und nur seine Herdwache mitgebracht sowie seinen lodernden Zorn über die Verwüstungen, die sein Klan während des Winters erlitten hatte. Lord Wendern vom Schadedron-Klan erschien bald darauf; in seiner Begleitung befand sich ein junger, zerrüttet aussehender Mann, der kaum dem Knabenalter entwachsen war und wirkte, als sei er in den letzten Tagen um Jahre gealtert. Ein einzelner Ferganan-Krieger stand neben ihm.

Der junge Mann trug einen hellblauen Umhang und hatte keine Waffen. Er verneigte sich vor den Häuptlingen. »Seid gegrüßt, meine Lords«, sagte er zu ihnen. Blutergüsse entstellten sein Gesicht, und sein Arm hing in einer groben Schlinge. Aber die oberflächlichen Schmerzen seiner Wunden waren nichts gegen den Kummer, der auf seinem Gesicht brannte. »Ich bin Peoren, der jüngste Sohn Lord Tireks. Ich bin gekommen, um die Ferganan zu vertreten und das Wergeld zu beanspruchen, das uns zusteht.«

Lord Bendinor sah Peoren und seine einsame Wache zweifelnd an. Der Junge schien kaum sechzehn oder siebzehn Jahre alt zu sein. »Begleitet dich sonst niemand, mein Junge?«

Peoren richtete sich auf. »Mein Vater, ein älterer Bruder und der Wertain wurden getötet. Von der Herdwache sind alle entweder tot oder verwundet außer Dos hier, der versprochen hat, mich zu begleiten. Ich bin der einzige männliche Überlebende meiner Familie und habe die Verpflichtung, an diesem Treffen teilzunehmen, auch wenn ich noch kein Häuptling bin. Der Rest unserer Krieger muss den Klan beschützen und die verwundeten Frauen versorgen.«

Kelene betrachtete Peorens umwickelten Arm und fragte besorgt: »Wo ist euer Heiler? Er hätte sich vor deiner Abreise um deinen Arm kümmern sollen.«

Der junge Mann zuckte zusammen. »Er wurde beim ersten Überraschungsangriff getötet. Wir haben getan, was wir konnten.«

»Bist du sicher, dass du dein Vorhaben wirklich in die Tat umsetzen willst?«, fragte Athlone.

Lord Wendern stellte sich neben Peoren; sein langes Gesicht zeigte deutliche Besorgnis. »Ich habe gesehen, was von dem Treld übrig geblieben ist. Peoren hat ganze Arbeit geleistet, indem er wieder Ordnung im Klan geschaffen und sich um seine Leute gekümmert hat. Ich glaube, er hat sich das Recht verdient, an die Stelle seines Vaters zu treten.«

Der Zauberer-Häuptling stimmte zu, und die anderen Lords wandten nichts dagegen ein. Auch die verbleibenden Häuptlinge waren bei ihrem Eintreffen damit einverstanden. Sie kamen zu zweit und zu dritt und wurden aus Gründen der Sicherheit und Bequemlichkeit von ihren berittenen Garden begleitet. Ein weiterer Zauberer, Kelenes und Rafnirs Freund Morad, traf in der Gefolgschaft von Lord Hendric aus dem Geldring-Klan ein.

Als Letzte erschienen die Amnok und die Murjik, die beiden nördlichen Klane. Die Häuptlinge und ihre Männer kamen tief in der Nacht an und waren müde von der tagelangen, rastlosen Reise; auch sie hatten vor dem vereinbarten Tag zu der Versammlung stoßen wollen. Es blieb ihnen nur ein weiterer Tag bis zur Ankunft des Shar-Ja, und es waren noch viele Vorbereitungen für das Treffen mit den Turic zu treffen.

Die Stammesleute jedoch folgten ihrem eigenen Plan. Am kommenden Morgen, nur wenige Stunden nachdem die Klanhörner Amaras Sonne willkommen geheißen hatten, gellten sie erneut, diesmal zur Warnung. Als der Hörnerschall erstarb, wurde er von tieferen Hörnern erwidert, die jenseits des Flusses und hinter einem langen, niedrigen Hügelkamm ertönten.

Die Klanleute hielten kurz in ihren Tätigkeiten inne und hörten in diesem Augenblick der Stille ein fernes Geräusch: das dumpfe Donnern von Hufen, das Rumpeln von Wagen und das Gemurmel von vielen Stimmen. Über den Hügeln stand nun eine schwankende Staubwolke, die rasch näher kam und sich dabei ausbreitete. Die dumpfen Geräusche wurden zu einem anhaltenden Getöse.

»Zu den Pferden!«, rief Lord Athlone mit einer Stimme, die wie Donner hallte.

Alle Männer packten ihre Waffen und rannten zu ihren Pferden. Die Standartenträger holten die Häuptlingsbanner und nahmen ihren Platz bei den Lords in einer Reihe entlang des nördlichen Flussufers ein. Als endlich die Vorhut der Turic erschien, waren die Klane bereit und standen Reihe um Reihe hinter ihren Häuptlingen. Die hellen Farben ihrer Mäntel leuchteten im Morgenlicht; die Rüstungen und Waffen blitzten wie verstreute Silberstücke. Als die Turic in Sicht kamen, erhoben die Klanleute zum Gruß einen Wald aus Speeren über ihren Köpfen.

In vorderster Reihe der Klantruppen saß Lord Athlone auf seinem gewaltigen Hunnuli Eurus. Neben ihm befanden sich Gabria, Sayyed, Gaalney, Rafnir und Morad als Abordnung der Klanzauberer. Ihre schwarzen Hunnuli bildeten ein undurchdringliches Bollwerk vor dem Pfad zur Furt.

Sayyed saß auf Afer und verspürte einen Stich im Herzen, als er das Volk seines Vaters sah. Er hätte den Turic in sich inzwischen verdrängen sollen, doch das Blut seiner Väter verlangte noch immer sein Recht. Der Anblick der in traditionelle Burnusse und lange, fließende Gewänder und Hosen gekleideten Stammesleute sowie ihrer geschmeidigen Wüstenpferde rief mehr Erinnerungen in ihm wach, als er für möglich gehalten hätte.

Obwohl er die Niedertracht des Angriffs missbilligte, mit dem das Volk seiner Mutter im Ferganan-Treld vernichtet wurde, war er trotzdem angenehm berührt, als die Standarten der fünfzehn Stämme über die Hügelkuppe kamen und sich am gegenüberliegenden Ufer aufreihten. Unter den farbigen Bannern erkannte er den sprungbereiten Löwen auf rotem Grund, das Zeichen des Raid-Stammes. In den sechsundzwanzig Jahren voller Zufriedenheit und Freude in den Klanen hatte Sayyed gelernt, seinem Vater, dem Raid-Ja, zu vergeben, dass er ihn vor so vielen Jahren verstoßen hatte, und er fragte sich, ob noch Angehörige seiner Familie lebten.

»Bei Amaras Krone«, hörte er jemanden ehrfürchtig stöhnen, »wie viele sind das denn?«

Sayyed sah seinen Sohn an und erkannte Neugier und Verwunderung auf seinem Gesicht. Obwohl Rafnir fließend turisch sprach und Sayyeds Verehrung für den turischen Gott aller Zeiten verstand, war er von Kopf bis Fuß ein Klanmann. Er begriff nicht die strengen und dem Gedanken der Ehre unterworfenen Gesetze der Turic.

»Die Turic glauben, es ist notwendig, einem Gegner ihre Stärke zu zeigen, bevor sie in Friedensverhandlungen eintreten«, erklärte Sayyed. »Weil der Shar-Ja bei ihnen ist, haben sie vermutlich sein gesamtes Gefolge mitgebracht, um den ungläubigen Klanleuten zu zeigen, dass sie die Oberhand haben.«

Rafnir hob bei dem Wort ›Ungläubige‹ ruckartig den Kopf, doch seine Erwiderung erstarb ihm auf den Lippen, als er Sayyeds Blick bemerkte. Beide betrachteten wieder den gewaltigen Zug. Sayyeds Bemerkungen über das Gefolge und das Zeichen der Stärke verblassten angesichts der überwältigenden Zahl von Reitern, Karren und Streitwagen, die sich jenseits des Flusses aufstellten.

Die Turic waren schon immer zahlreicher als das Volk Valorians gewesen, doch Sayyed erkannte erst jetzt, wie groß das Missverhältnis seit der Seuche geworden war, die vor einigen Jahren mehr als dreitausend Klanleute getötet hatte. Das machte die Verhandlungen über Frieden und Entschädigung nicht gerade einfacher.

In diesem Augenblick kündete eine Fanfare die Ankunft des Shar-Ja an. Ein riesiger hölzerner Wagen rumpelte über den Berg. Er wurde gezogen von acht gelben Pferden, den sonnengoldenen Reittieren des Wüstenkönigs. Ein Spitzdach krönte den Wagen, und die Seitenfenster waren mit silberner und blauer Seide verhangen. Kunstvolles Schnitzwerk bedeckte das Gefährt von den Rädern bis zum Dach.

Sayyed konnte nicht sagen, ob der Shar-Ja in dem Wagen saß, denn der Führer tat seine Gegenwart nicht kund. Doch sein Fahrzeug flankierten schwer bewaffnete Truppen aus der königlichen Garde, gefolgt von einer Gruppe Adliger und Diener.

Der Wagen knirschte den sanften Hang hinunter bis zu den Reihen der turischen Krieger und hielt beinahe genau gegenüber Lord Athlone an. Eine seltsame, angespannte Stille herrschte im Tal, als sich die Streitkräfte über das Wasser hinweg anstarrten.

Plötzlich ertönte ein Klanhorn rein und süß, und Sayyed trieb Afer durch das fließende Wasser. Das große Hunnuli bahnte sich planschend einen Weg bis zum Rand der Insel, wo es anhielt und einen Willkommensgruß wieherte. Sayyed hob die Hand mit der Innenfläche nach oben zum Friedensgruß. Angesichts seiner Lage verspürte er plötzlich eine gute Laune in sich aufkeimen. Er hatte seinen üblichen Burnus und den Tulwar im Zelt gelassen und trug stattdessen den Klanmantel, ein Hemd, darüber einen Schutz aus Leder und Kettengliedern sowie das von den Klanleuten bevorzugte

Kurzschwert. Die Turic würden ihn lediglich für einen zweisprachigen Klanzauberer halten.

»Seid gegrüßt, Rassidar al Festih, Shar-Ja der Fünfzehn Stämme, Herrscher der Zwei Flüsse, Oberherr über die Kumkara-Wüste und Hoherpriester der Heiligen Regel«, rief Sayyed in perfektem Turisch. Dann begrüßte er in makelloser Stammesetikette die Abgesandten der Fünfzehn Stämme. »Die elf Klane Valorians, die Herren der Ebene von Ramtharin, heißen Euch am Ratsfelsen willkommen. Möge Weisheit in Eurem Volke wohnen und der Friede auf uns scheinen«, schloss er.

Er hatte diese Worte gerade ausgesprochen, als ein geflügelter Schatten über die versammelten Klanleute glitt. Ein erregtes Murmeln erhob sich unter den Turic, als Demira mit Kelene auf einer frischen Frühlingsbrise über sie hinwegsegelte. Voller Anmut und Schönheit kreiste sie über den Reihen der Turic und landete dann sanft auf der Insel neben Afer.

Sayyed grinste die beiden an. Kelene liebte große Auftritte. Die Turic hatten sicherlich bereits von dem geflügelten Hunnuli gehört, aber bisher hatten es nur wenige mit eigenen Augen gesehen. Seine verwandelte Gestalt war eine friedliche Erinnerung an die Macht der Klanzauberer.

Die Menge um den Wagen des Shar-Ja teilte sich und ließ einen einzelnen Reiter durch, der sein Pferd zum Flussufer trieb. Er war ein großer Mann, der mit der Leichtigkeit langer Übung und überwältigender Beherrschung ritt. Als er seinen Burnus beiseite schob, enthüllte er ein Gesicht mittleren Alters – dunkel, grimmig und voll finsterer Entschlossenheit. Er hatte das Haar am Hinterkopf in der Art der Turic zu einem Knoten zusammengebunden, und ein gestutzter Bart rahmte sein Kinn schwarz ein. Die Augen lagen tief in den Höhlen und schienen in Schattenpfühlen versunken zu sein. Es gab kaum ein Anzeichen für Freundlichkeit in seinen scharfen Zügen.

»Ich bin Zukhara, Abgesandter des Shar-Ja und Erster und Hoher Ratgeber am Thron des Shar. Ich entbiete Grüße Seiner Hoheit«, sagte der Mann in geschliffenem Turisch vom anderen Flussufer aus. Er ließ sich nicht dazu herab, sehr laut zu rufen, machte aber auch keine Anstalten, den Fluss zu durchqueren und Sayyed und Kelene in der Mitte zu treffen. Sie hörten seine Worte, doch die Klanhäuptlinge konnten ihn wegen des plätschernden Flusses überhaupt nicht verstehen.

»Leider ist unser Herrscher sehr müde von der anstrengenden Reise. Wir bitten Euch, die Zusammenkunft bis morgen Mittag zu verschieben. Dann werden wir uns beim Ratsfelsen treffen.«

»Wir?«, murmelte Sayyed. »Wer ist dieser Mann?«

Der Sohn des Shar-Ja?, meinte Afer.

»Nein. Der Sha-Yon ist jünger. Und ansehnlicher, wie es heißt. Das hier ist ein neuer Ratgeber. Ich frage mich, woher er kommt.« Sayyed hatte versucht, über turische Politik und Neuigkeiten auf dem Laufenden zu bleiben, bis Tam gestorben und er nach Moy Tura in den Norden gezogen war und jedes Interesse an der Welt seines Vaters verloren hatte. Nun bereute er seine Unkenntnis. Er verbeugte sich über Afers Hals vor dem Turic und erwiderte: »Wir sind bereit, bis morgen zu warten. Möge der Shar-Ja Ruhe und Entspannung finden.« Sobald sie darauf eine Antwort erhalten hatten, lenkten Sayyed und Kelene ihre Hunnuli zurück in die Klanreihen.

»Das überrascht mich nicht«, sagte Lord Athlone, als er die Worte des Abgesandten erfuhr. »Es würde mich im Gegenteil überraschen, wenn die Turic uns nicht noch ein paar Tage schmoren ließen.«

»Aber wir werden warten«, brachte Peoren mühsam hervor. »Ich werde warten – wie lange es auch dauern mag.«

*

Zu jedermanns Verärgerung erwiesen sich Lord Athlones Worte als richtig. Die Turic schlugen ihr Lager auf einer weiten Wiese jenseits des Flusses auf und zwangen die Klanhäuptlinge, vier weitere Tage zu warten, bis sie endlich verkündeten, der Shar-Ja sei bereit, ihre Beschwerden anzuhören. Inzwischen fluchte sogar Lord Terod, der geduldigste und zaghafteste der elf Häuptlinge, über diese Verzögerung.

Diese Zeit gab den Lords aber Gelegenheit, sich ein vollständiges Bild von den Angriffen auf die südlichen Klane zu machen, ihre Vorgehensweise aufeinander abzustimmen und sich über die ersten Angriffsziele zu verständigen. Sie behielten das große Lager auf der anderen Seite des Flusses sorgsam im Auge und stellten sicher, dass ihre eigene Verteidigung stand.

Zu ihrem Vergnügen hatte Kelene entdeckt, dass sie und Gabria die einzigen Frauen im ganzen Lager und unter beinahe zweihundert Männern waren.

Das bedeutete nicht, dass Frauen ausdrücklich von diesem Treffen ausgeschlossen waren. Gabria hatte vor vielen Jahren das Recht erwirkt, dass die Priesterinnen der Amara und die Gemahlinnen der Klanhäuptlinge an wichtigen Klanversammlungen teilnehmen durften, aber das uralte Ritual der Rechtgeburt, das Frauendankfest der Fruchtbarkeit, wurde bald in jedem Klan gefeiert, und die anderen Frauen hatten sich entschieden, für diese heilige Zeremonie in den Trelds zu bleiben.

Kelene und Gabria hatten daher die Rolle als Helferinnen für das ganze Lager übernommen. Sie behandelten kleinere Verletzungen, überwachten die Zubereitung der Mahlzeiten, holten Wasser und Bier für diejenigen, die so beschäftigt waren, dass sie ihre Arbeit nicht unterbrechen konnten, und legten einige kleinere Streitigkeiten zwischen den stolzen und offenen Klanleuten bei. Kelene hatte so viel zu tun, dass sie keine Zeit für ein Schwätzchen mit ihrer Mutter hatte. Sie gab sich damit zufrieden, in Gabrias Nähe zu bleiben und der älteren Zauberin Gesellschaft zu leisten.

Der Tag des Treffens brach kalt und windig an. Der Himmel war bewölkt und die Sonne nicht zu sehen. Kurz nach dem Frühstück bliesen die Hörner zu beiden Seiten des Flusses und verkündeten den Beginn der Versammlung.

Die Insel war so klein, dass nicht alle Männer an dem Treffen teilnehmen konnten. Daher vertraten die zehn Häuptlinge und Peoren sowie jeweils eine Wache die Klane. Rafnir fragte, ob er auf der Versammlung Moy Tura vertreten dürfe, und die Häuptlinge, die darauf bedacht waren, so viele Zauberer wie möglich in ihrer Nähe zu wissen, waren damit einverstanden. Kelene bot sofort an, als Weinschenk zu dienen, denn solche Verhandlungen machten immer sehr durstig. Sie machte keck geltend, dass ihre Anwesenheit wegen der schlechten Gesundheit des Shar-Ja erbeten worden war, und sie wolle selbst sehen, wie es dem Mann gehe. Lord Athlone hatte nichts dagegen einzuwenden, und Rafnir, der seine Frau allzu gut kannte, zuckte nur die Achseln. Gabria blieb mit Gaalney und Morad am Ufer und hielt Wacht.

Im turischen Lager begleitete eine ähnliche Anzahl Männer – Priester, Ratgeber und einige Stammesführer – den Shar-Ja hinunter zum Fluss. Der Monarch saß in einem kleinen Sessel, der zwischen zwei Pferde geschnallt war. Er regte sich nicht und lächelte nicht, als die ganze Gruppe durch ihre Hälfte der Furt ritt.

Die beiden Streitkräfte trafen sich und saßen auf der Insel ab, ohne ein Wort miteinander zu wechseln. Die Klanleute sahen zu, wie der Shar-Ja von einem fürsorglichen jungen Mann aus dem Sessel gehoben und in das große Klanzelt geleitet wurde. Alle anderen folgten ihnen rasch und ließen ihre Waffen am Eingang zurück.

Obwohl die Turic ihren Frauen grundsätzlich nicht die Teilnahme an Ratsversammlungen erlaubten, hatte niemand etwas gegen Kelenes Anwesenheit einzuwenden. Sie wussten, wer sie war: die Heilerin, die Zauberin, die Reiterin des geflügelten Hunnuli. Kelene erkannte, dass ihr Schweigen ein Zeichen der Hochachtung war.

Sie stand stumm neben Rafnir und beobachtete neugierig, wie die Turic dunkel und schweigsam das Zelt betraten. Alle trugen lange Roben in gedämpften Farben und Burnusse, die so weiß waren, dass sie in dem matteren Blau, Braun und Grau der Roben aus sich selbst heraus zu leuchten schienen. Nur der Shar-Ja trug das Fell eines Wüstenlöwen als Zeichen seiner Autorität über der Schulter, doch viele andere hatten Gürtel mit Silberschnallen, goldene Broschen, Armbänder und Ketten aus Gold oder Silber angelegt. Es waren überwiegend ansehnliche Männer mit dunklen Augen, goldener Haut und vollen, ebenmäßigen Zügen. Oft trugen sie das schwarze Haar in verwickelten Knoten und hatten geflochtene Bärte.

Kelene erkannte sofort den Abgesandten, der vor vier Tagen zu ihnen gesprochen hatte. Er überragte den größten Turic im Zelt um Haupteslänge, und seine Augen unter dem Burnus betrachteten alles mit kaltem, gierigem Glanz. Er machte keine Anstalten, dem Shar-Ja zu helfen, sondern wartete mit schlecht verhohlener Ungeduld hinter den anderen, während der junge Mann den Shar-Ja auf einen hölzernen Stuhl setzte, der nur für diesen Zweck bereitgestellt worden war, und es ihm mit Decken und Kissen bequem machte.

Kelene schielte an Lord Wenderns großem Kopf vorbei und wollte den Shar-Ja sehen. Sie runzelte die Stirn, als sie schließlich freien Blick auf den Mann hatte. Die Gerüchte über seine Krankheit entsprachen offenbar der Wahrheit.

Der Shar-Ja war höchstens fünfzig Jahre alt, aber er sah aus wie siebzig. Sein Gesicht war blassgrau, und die Haut hing lose am Körper herab. Seine Hände zitterten, als er den Burnus beiseite zog und einen Kranz aus grauem Haar enthüllte, das von dem kahl werdenden Kopf herunterhing. Bis vor kurzem war er ein mächtiger, starker, athletischer Mann und bekannt für seine entschlossene Regentschaft gewesen. In seiner Gesellschaft, die für ihre strengen Sitten bekannt war, galt er als ehrenwerter Mann.

Kelene fragte sich, was diesen raschen Niedergang bewirkt hatte. Sie warf Sayyed, der neben ihrem Vater stand, einen kurzen Blick zu und sah, dass auch er die Stirn runzelte. Ihm gefiel das Aussehen des Shar-Ja ebenfalls nicht. Kelene wunderte sich darüber, dass sie nicht aufgefordert wurde, sich um den Monarchen zu kümmern. Der turische Bote hatte sie ausdrücklich darum gebeten, zum Treffen zu erscheinen, doch trotz der offensichtlichen schweren Krankheit des Shar-Ja hatte bisher niemand sie um Hilfe gebeten.

Plötzlich bemerkte Kelene, dass es im Zelt sehr still war. Jedermann hatte Platz genommen und wartete darauf, dass der andere den Anfang machte. Ihr Vater sah sie an und nickte kurz. Die Gastfreundschaft der Klane bestimmte, dass Gäste heilig waren und jede Versammlung, ob groß oder klein, mit Essen und Trinken angenehmer gestaltet werden musste. Weil die Klane die Versammlung einberufen hatten, sahen sie die Turic auch auf dieser Insel, die gewissermaßen Niemandsland war, als ihre Gäste an. Im großen Herd war ein Feuer entfacht worden, das die Morgenkälte vertrieb. Teppiche, Stühle und Kissen waren zur allgemeinen Bequemlichkeit herbeigeholt worden, und Essen, Steingutbecher und Weinschläuche standen im Zelt als Erfrischung bereit.

Kelene trat in der wachsamen Stille vor und verneigte sich höflich vor dem Shar-Ja. Sie hielt sich stolz aufrecht, während sie zu dem Tisch mit Essen und Wein hinüberging. Sie hatte das lange schwarze Haar zu dem Zopf der verheirateten Frauen geflochten, der ihr bis zur Hüfte reichte und mit seinen grünen Bändern auf und ab tanzte. Sie kniete sich und ordnete die Becher und Teller; dann goss sie von dem schweren roten Wein ein. Sie hielt erst inne, als ihr der Geruch in die Nase stieg.

Ihre Augen verengten sich, als sie den Wein kostete. Narren, dachte sie wütend. Jemand hatte den Wein hergebracht und nicht nachgeprüft, ob er während der Reise verdorben war.

Sie brachte Lord Athlone den Wein, um eine Bestätigung für ihren Verdacht zu erhalten. Er verzog bei dem bitteren Geschmack keine Miene, sondern sah nur seine Tochter an und neigte den Kopf, als er ihr den Becher zurückgab. Er vertraute darauf, dass sie dieses Problem löste.

Kelene wusste, dass nun alle Blicke auf ihr ruhten. Sowohl die Klanleute als auch die Turic warteten auf eine Erfrischung. Wenn sie den verdorbenen Wein servierte, wäre das eine Beleidigung der Turic und würde die Häuptlinge entehren. Es würde zu lange dauern, zum Lager zurückzulaufen und anderen Wein zu holen; außerdem könnte es den Shar-Ja und seine Ratgeber verwirren. Sie musste Magie einsetzen.

Sie wusste, dass die Turic Zauberei nicht schätzten. Sie hassten sie nicht mit dem glühenden Eifer der früheren Klangenerationen, doch wie alles, was man nicht verstand, wurde Zauberei in der turischen Gesellschaft missbilligt. Da Kelene die bereits argwöhnischen Stammesleute nicht verärgern wollte, musste sie heimlich arbeiten und beten, dass niemand ihren Zauber bemerkte.

Sie setzte eine ausdruckslose Miene auf und sah sich nach einem geeigneten Gefäß um. Glücklicherweise hatte jemand einen großen Krug zu den Weinschläuchen gestellt. Kelene füllte ihn bis zum Rand mit dem sauren Wein. Sie hielt die Hand dicht über die Öffnung des Krugs und dachte an das feinste Getränk, an das sie sich erinnern konnte: an einen kühlen, leichten Honigwein, so süß wie Frühlingsblumen, so golden wie Morgenlicht, mit Honig geerntet von einem Bienenvolk, das sie und Demira am südlichen Hang der Hochebene von Moy Tura entdeckt hatten. Niemand außerhalb von Moy Tura hatte bisher von diesem Wein gekostet, doch wenn es ihr gelang, ihn durch Magie nachzuahmen, wäre ihr Vater sicherlich damit einverstanden.

Kelene richtete ihre ganze Aufmerksamkeit auf dieses Ziel. Sie spürte die Magie um sich herum in der Erde, dem Gras und dem

Stein des Ratsfelsens, und ihr Geist unterwarf diese Magie ihrem Willen und formte sie nach ihren Zwecken um. Leise flüsterte sie ihren Spruch, der genau ausdrückte, was sie haben wollte. Als sie die Hand fortzog, war der rote Wein verschwunden und durch eine kristallgelbe Flüssigkeit ersetzt, die nach Honig und Gewürzen duftete.

Kelene probierte einen Schluck aus dem Becher ihres Vaters. Der Met war nicht so reich an Körper wie das Original, aber er war köstlich genug, um den Klanhäuptlingen und den turischen Adligen serviert werden zu können.

Zuerst bediente sie ihren Vater; damit verschaffte sie den Turic die Gewissheit, dass der Wein und das Essen nicht vergiftet waren; dann kümmerte sie sich zügig um den Shar-Ja, seine Männer, die Häuptlinge und schließlich die Klankrieger. Dass man ihren Met schätzte, wurde bald an dem tiefen Murmeln der Unterhaltungen, in die sich gelegentliches Lachen mischte, und an der entspannteren Atmosphäre deutlich.

Neben Rafnir und Sayyed sprachen noch einige Männer aus dem Wylfling-Klan Turisch, und einige Turic waren der Klansprache mächtig. Bald reichten die beiden Gruppen sich gegenseitig Platten mit getrockneten Früchten und Kuchen und teilten sogar vorsichtige Komplimente aus.

Kelene war zufrieden. Sie verwandelte rasch den ganzen verdorbenen Wein in Met, stellte den Männern gefüllte Krüge in Reichweite und setzte sich wortlos neben Rafnir. Ihr Mann ergriff ihre Hand und zwinkerte ihr zu.

Schließlich hob der Shar-Ja die Hand, und ein Mann nach dem anderen verstummte. Die Klanleute lehnten sich vor und warteten darauf, dass der Shar-Ja die Verhandlungen eröffnete.

Doch stattdessen drehte er den Kopf zu dem jungen Mann neben sich und verzichtete so auf seine Autorität. Der Mann näherte sich dem offenen Bereich zwischen den beiden Gruppen, wo das Rederecht ausgeübt werden durfte. Er war ein gut aussehender Mann Mitte zwanzig mit stark ausgeprägten Wangenknochen und einem dichten, schwarzen Haarschopf, den er zu einem einzelnen Zopf geflochten hatte. Er verneigte sich von den Klanhäuptlingen. »Ich bin Bashan al Rassidar, der Shar-Yon und ältester Sohn meines Vaters.

Im Namen des Shar-Ja Rassidar heiße ich die Lords der Elf Klane willkommen«, begann er. Er sprach mit fester, sicherer Stimme und in guter Klansprache. Nun begrüßte er jeden Häuptling einzeln und bat um Entschuldigung für die Verspätung.

Während Kelene ihm zuhörte, sah sie den Shar-Ja eingehend an, der seinen Sohn mit offensichtlichem Stolz betrachtete. Der Vater bereitete seinen Sohn darauf vor, bald den Thron zu besteigen. Eher früher als später, vermutete Kelene. Auf dem Gesicht des alten Mannes lagen zu viele graue Schatten, und sein Körper wirkte allzu gebrechlich. Wenn sie nur wüsste, was mit ihm nicht stimmte.

Ein ahnendes Zittern lief ihr über den Rücken; es war ein kaltes, prickelndes Gefühl, das ihr die Nackenhaare aufrichtete. Sie verspannte sich, öffnete Augen und Nase weit und war so wachsam wie ein scheues Wild. Sie verspürte etwas Seltsames, ein Gefühl von Kraft in der Luft um sie herum. Üblicherweise erkannte sie Empfindungen nur, wenn sie in körperlichem Kontakt zu einer Person stand, doch sie hatte ihre Gabe so geschärft, dass sie manchmal auch starke Gefühle eines in der Nähe Stehenden empfangen konnte.

Sie richtete ihre ganze Aufmerksamkeit auf das merkwürdige Prickeln. Die Gefühle nahmen Gestalt an wie eine Person, die langsam aus dem Nebel tritt. Es war eine Gier, die Kelene mit ihrer Dringlichkeit und ihrem Hass erschütterte, der so kalt und hart wie ein Gletscher war. Der Brennpunkt dieser Gefühle war nicht klar, nur ihre Stärke. Hitze und Eis tobten unsichtbar im Herzen eines der Männer, was niemandem außer ihr bewusst war.

Langsam hob sie den Blick und bemerkte, dass der Mann namens Zukhara sie verbittert und dunkel anstarrte. Er sah ihr unmittelbar in die Augen und sog jede Einzelheit ihres Gesichts in sich auf. Dann hob er den Becher und prostete ihr zu. Er verzog den dünnen Mund zu einem Lächeln, das gelbliche Zähne enthüllte und wie das Grinsen eines lauernden Wolfs war.

Kelene sah ihn unerschrocken und herausfordernd an.

Lächelnd wandte Zukhara den Blick von ihr ab und entließ sie damit so herablassend, wie ein Herr seinen Sklaven fortschickt. Beinahe gleichzeitig verblassten die mächtigen Gefühle in Kelenes Kopf.

Sie setzte sich und verspürte Kälte und Verwirrung. Die Stärke von Zukharas Geist und seine unerschütterliche Überheblichkeit reichten aus, um einen düsteren Schatten auf ihre Gedanken zu werfen. Keiner der Klanleute schien zu wissen, wer Zukhara war oder woher er kam. Kelene fragte sich ernsthaft, warum er an dieser Versammlung teilnahm. Wen hasste er mit solcher Inbrunst?

Langsam trank sie ihren Wein und beschloss, vorerst ihre Sorgen zu vergessen. Sie würde Zukhara im Auge behalten, doch im Augenblick redete der Shar-Yon auf angenehme Weise vom Frieden, und das Treffen hatte einen Glück verheißenden Anfang gemacht. Es war besser, den Friedensstiftern bei ihren Bemühungen zu helfen, als sich über einen einzelnen Menschen zu ärgern.

Drei

Ein Sturm zieht auf.

»Wie bitte?«, murmelte Kelene irgendwo unter Demiras Bauch. Sie fuhr ein letztes Mal mit der Bürste über die Vorderläufe der Stute und bewegte sich zu den Hinterbeinen, an denen rötlicher Schlamm die ebenholzschwarzen Haare sprenkelte.

Ein Sturm zieht auf, wiederholte Demira geduldig. *Von Norden.*

Kelene glaubte ihr. Der Wettersinn der Hunnuli war so unfehlbar wie ihre Fähigkeit, den Charakter eines Menschen abzuschätzen. Die Zauberin bürstete das Pferd weiter ab und fragte: »Weißt du, welche Art von Unwetter es ist?« Ein Gewitter wäre eine angenehme Abwechslung. Schwere Gewitter verstärkten die Magie, die sich in der natürlichen Umgebung befand, um ein Vielfaches und wurden daher von den Zauberern sehr geschätzt. Die größere Kraft verstärkte die magischen Sprüche und die Ausdauer beim Zaubern. Sie war daher enttäuscht und auch ein wenig besorgt, als Demira antwortete: *Hinter dem Goldrine schneit es bereits. Der Schnee wird in einem oder zwei Tagen hier sein.*

Kelene richtete sich auf und schaute hoch zum grauen Himmelsgewölbe. Über ihr zog eine feste, gestaltlose Wolkendecke dahin und wurde von einem stetigen Wind aus Norden vorwärts getrieben. Die Nachmittagsluft war noch mild, aber Kelene wusste, dass sich das rasch ändern konnte. In dieser Jahreszeit, da Winter und Frühling um die Vorherrschaft über die Ebene kämpften, waren Stürme oft heikel und heimtückisch.

»Das ist genau das, was wir brauchen«, sagte sie gereizt und duckte sich unter die Stute, damit sie an die Innenseite der Hinterbeine herankam.

»Was ist genau das, was wir brauchen?«, fragte eine andere Stimme.

Kelene schaute um Demiras Beine herum und sah ein vertrautes

Stiefelpaar und einen roten Schlitzrock. Das Rot war dasselbe wie das des schon lange ausgelöschten Corin-Klans. »Ein Sturm«, rief sie Gabria entgegen, sprang dann hoch und grinste ihre Mutter über die gefalteten Schwingen der Stute hinweg an. »Demira hat mir gesagt, dass ein Sturm herannaht.«

Gabria ergriff eine Pferdebürste und striegelte Demiras andere Seite. »Nara hat dasselbe gesagt. Wenn er uns erreicht, könnte es Graupel oder gefrierenden Regen geben, was alles nur ein wenig kälter und ungemütlicher machen wird, als es ohnehin schon ist.«

Kelene brummte eine Zustimmung. »Ich verstehe nicht, was mit den Turic los ist. Unter ihnen herrscht eine starke Spannung, die nichts mit uns zu tun hat. Das Treffen dauert schon zwei Tage, und wir haben noch nichts erreicht. Es ist beinahe so, als hätten die Turic Angst vor jemandem und sagten deshalb nicht viel.«

»Vor wem?«

»Ich weiß es nicht«, erwiderte Kelene. »Es ist nicht der Shar-Ja. Er tut einfach gar nichts. Er sitzt nur auf seinem Stuhl und döst die halbe Zeit vor sich hin. Bashan, der Shar-Yon, tut sein Bestes, um ein Abkommen zu erzielen, aber die anderen zögern einen Abschluss mit unwesentlichen Vorschlägen und Einzelheiten hinaus.« Sie hielt inne. Bisher hatte sie ihre Zweifel an Zukhara niemandem mitgeteilt, aber vielleicht konnte ihre Mutter ihr zu neuen Einsichten verhelfen. »Da ist ein Mann … selbst der Shar-Yon behandelt ihn mit größter Vorsicht.«

»Der Ratgeber Zukhara?«, erriet Gabria.

»Weißt du etwas über ihn?«

»Sayyed und Rafnir haben mir von ihm erzählt«, sagte Gabria zögerlich und fügte dann hinzu: »Sayyed hat mir gesagt, dass dieser Mann dich während der Versammlungen anstarrt.«

Darüber zuckte Kelene die Achseln. Sie hatte nicht bemerkt, dass es jemand anderem aufgefallen war. »Er starrt mich an, aber er sagt nichts. Vielleicht ist er nur neugierig – und hat schlechte Manieren.«

Er ist nicht bloß neugierig, warf Demira ein. *An ihm ist etwas Verdorbenes, das mir gar nicht behagt. Er wagt es nicht, sich den Hunnuli zu nähern, wenn wir beim Ratsfelsen auf das Ende der Versammlungen warten. Die anderen Turic haben mit uns gesprochen, und der Shar-Ja hat mir sogar den Hals gestreichelt. Aber dieser Zukhara hält sich von uns fern.*

Kelene legte die Stirn in Falten. »Das ist mir nicht aufgefallen. Warum macht er das bloß?«

Gabria lehnte sich gegen Demiras warme Schwinge und sah ihre Tochter besorgt an. »Hast du die Turic über die Fel Azureth reden gehört?«

Es schien eine einfache Frage zu sein, doch Kelene bemerkte eine deutlich wahrnehmbare Besorgnis in der Stimme ihrer Mutter. Sie schüttelte den Kopf; die Pferdebürste in ihrer Hand hatte sie völlig vergessen.

»Die Azureth sind erst vor kurzem aufgetaucht. Es handelt sich bei ihnen um eine fanatische religiöse Gruppe, die geschworen hat, den Shar-Ja abzuschaffen und zur uralten Lebensweise des Propheten Sargun zurückzukehren.«

»Warum hat der Shar-Ja nichts gegen sie unternommen?«

»Ich glaube, das kann er nicht«, sagte Gabria traurig. »Er ist zu krank. Sein Sohn hat ihm viele Verpflichtungen abgenommen, aber er ist nicht erfahren genug, um mit solchen organisierten Fanatikern fertig zu werden. Die Azureth sind sehr verschlossen. Sogar ihr Anführer, den sie Fel Karak nennen, ist außer ein paar vertrauenswürdigen Mitgliedern niemandem bekannt. Sie haben große Mittel zur Verfügung, sind gut organisiert, schwer bewaffnet und sehr gefährlich.«

Kelene war sowohl fasziniert als auch erschrocken. »Ich habe geglaubt, der Shar-Ja würde von seinem ganzen Volk geachtet. Haben die Stämme etwas unternommen, um diese Rebellen aufzuhalten?«

»Unsere Quellen sagen uns, dass die Stämme zu beschäftigt mit ihrem eigenen Überlebenskampf sind.«

»Unsere Quellen?« Kelene kicherte. »Das klingt so geheimnisvoll.«

Ein schelmisches Leuchten legte sich über Gabrias helles Gesicht. »Es ist erstaunlich, was man von Karawanentreibern, reisenden Barden, Kaufleuten und Händlern alles erfahren kann. Sie reden nur allzu gern, wenn man sie vor der Kälte der Ebene rettet und ihnen ein warmes Essen und ein trockenes Bett anbietet. Wir haben in diesem Winter viel über die Fel Azureth und die Schwierigkeiten der Stämme gelernt.« Sie schüttelte den Kopf, und das freudige Leuchten verschwand aus ihren grünen Augen. »Bei ihnen hat es seit zwei Jahren nicht mehr richtig geregnet. Das Land ist ausgetrocknet, und die Flüsse führen kaum noch Wasser. Der Shar-Ja hat wenig dagegen unternommen. Die Stämme sind inzwischen so verzweifelt, dass manch einem sogar diese Fanatikergruppe segensreich erscheint.«

»Und du und Vater glaubt, dass diese Fel Azureth etwas mit den Angriffen auf unser Volk zu tun haben könnten?«, schloss Kelene scharfsinnig.

Gabria nickte. »Das war einer der Gründe, warum er dieses Treffen einberufen hat. Er wollte den Shar-Ja dazu bewegen, etwas gegen diese Fanatiker zu unternehmen, bevor uns ihre Überfälle in einen Krieg führen.«

»Vielleicht erleben wir auf der heutigen Versammlung eine Überraschung«, sagte Kelene. »Peoren wird über den Angriff auf seinen Klan sprechen. Bisher ist er sehr geduldig gewesen, aber ich glaube, ihm platzt bald der Kragen.«

»Hüte dich vor Zukhara«, sagte Gabria mit mütterlichem Eifer.

Kelenes Augen verengten sich, als ihr ein neuer Gedanke kam. »Hältst du es für möglich, das er in Verbindung mit den Fel Azureth steht?«

»Das weiß niemand. Aber wie Demira betont hat: Es ist etwas Verdorbenes an ihm.«

Auf der anderen Seite des Flusses blies ein Horn klangvoll und rief die Klane und Stämme zur neuen Versammlung. Demira stellte die Ohren auf, als Eurus, Tibor und Afer auf Lord Athlone, Rafnir und Sayyed zupreschten. Das kleine Hunnuli wieherte ungeduldig, während Kelene ihre Kämme und Bürsten einsammelte, sie in den Beutel zurücksteckte und ihn Gabria in die Hand drückte.

Kelene verabschiedete sich von ihrer Mutter und führte Demira durch den Fluss zu den Klanhäuptlingen. Diesmal beobachtete sie den Ratgeber Zukhara, als er zusammen mit der turischen Abordnung eintraf. Wie Gabria gesagt hatte, hielt sich Zukhara zurück, während die anderen Turic die großartigen Hunnuli bewunderten. Er richtete es so ein, dass sich der Shar-Ja und Bashan zwischen ihm und den schwarzen Pferden befanden.

Interessant, dachte Kelene. Hatte er Angst vor ihnen? Oder bedeuteten sie ihm lediglich nichts? Kannte er die Fähigkeit der Hunnuli, den Charakter eines Menschen zu erspüren?

Kelene ließ Zukhara nicht aus den Augen, während sie den Männern in das Ratszelt folgte. Sie bemerkte, dass er dem Shar-Ja und dessen Sohn aus dem Weg ging, als wolle er nicht mit ihnen in Verbindung gebracht werden. Er weigerte sich, Platz zu nehmen, und blieb mit hinter dem Rücken verschränkten Händen und leicht gespreizten Beinen stehen, so als erwarte er eine lange Sitzung. Die anderen Stammesführer verhielten sich ihm gegenüber ehrerbietig, doch es entging Kelene nicht, dass viele ihn mit Vorsicht behandelten oder den Blick ganz von ihm abwendeten.

Die Zauberin schürzte nachdenklich die Lippen, während sie Erfrischungen darreichte. Diesmal war der Wein gut. Es handelte sich um einen leichten, frischen Jahrgang aus den eigenen Beständen der Khulinin, und die Turic genossen ihn sehr.

Nur Zukhara lehnte ihn ab. Als sie zu ihm kam, ergriff er ihr Tablett mit beiden Händen und zwang sie, vor ihm stehen zu bleiben. Er war so groß, dass sie den Kopf heben musste, um ihm in die Augen zu schauen. Als sie ihm einen kecken Blick zuwarf, verzog er die Lippen zu jenem herablassenden Lächeln, das sie so zornig machte.

»Was, keinen Met heute, meine Dame?«, fragte er sanft. »Nicht einmal für mich?« Seine langen Finger schlossen sich plötzlich um ihr rechtes Handgelenk, drehten es herum und brachten so den Diamantsplitter ans Licht, der dicht unter der Haut steckte. Er betrachtete das Juwel und fuhr mit dem Finger seine glänzende Länge entlang.

Bei dem Splitter handelte es sich um einen Diamantstreifen, der in das Handgelenk eines Zauberers eingesetzt wurde, sobald er die Ausbildung beendet hatte. Es war ein mächtiges Sinnbild und für Kelene auch ein sehr persönliches, das niemand ohne ihr Einverständnis enthüllen und betrachten durfte. Die Frechheit des Mannes führte dazu, dass ihr Gesicht flammend rot wurde, doch sie bezwang ihr berühmtes Temperament um der Heiligkeit der Versammlung willen und entwand sich seinem Griff. »Heute nicht, Ratgeber Zukhara«, erwiderte sie mit frostiger Gelassenheit und wandte sich von ihm ab, bevor ihr Vater und ihr Mann sich über die Grobheit des Mannes beschweren konnten. Erst als sie alle Erfrischungen aufgetischt und sich gesetzt hatte, erkannte sie, dass Zukhara in perfekter Klansprache mit ihr geredet hatte.

Sie kochte innerlich immer noch, als sich Peoren vor die Versammlung stellte und den Überraschungsangriff auf seinen Treld beschrieb. Acht Tage Ruhe, Kelenes sanfte Behandlung und sein jugendlicher Elan hatten Wunder auf dem zerschundenen Gesicht des Jungen gewirkt und ihn reifer gemacht. Obwohl er erst sechzehn Jahre alt war, hatte er seine Kindheit auf den blutigen Feldern des Ferganan-Trelds hinter sich gelassen und stand mit der Entschlossenheit und Autorität eines Erwachsenen vor den versammelten Häuptlingen und Stammesleuten. In dem Bewusstsein, dass er auf die Unterstützung der zehn Häuptlinge rechnen konnte, berichtete er leidenschaftlich und in allen Einzelheiten über das Unglück. Sayyed übersetzte für ihn; weder veränderte er ein Wort noch ließ er eines aus.

Zuerst erfolgten kaum Reaktionen des Shar-Ja und seiner Adligen, was die Klanmänner nicht sonderlich überraschte. Allen bisherigen Beschwerden hatten die Turic gleichgültig gegenübergestanden. Aber als Peoren mit dem Bericht über den letzten Widerstand seines Vaters und die Opfer seiner tapferen Herdwache fortfuhr, wurden die Turic nervös und bestürzt. Ihre teilnahmslosen Gesichter verdunkelten sich vor Zorn; sie sahen sich an und flüsterten aufgeregt miteinander.

Kelene hatte ihre Aufmerksamkeit immer noch auf den großen Ratgeber gerichtet. Sie stellte fest, dass Zukhara der Einzige war, der unbeeindruckt blieb. Er wirkte sogar wie jemand, der diese Geschichte schon einmal gehört und jedes Interesse daran verloren hatte.

»Euer Hoheit«, sagte Peoren soeben zu dem Shar-Ja, »meines Wissens haben unsere beiden Völker einander nicht den Krieg erklärt, auch gibt es keine Feindschaft zwischen uns. Mein Vater ist gestorben, ohne zu begreifen, warum seine Nachbarn und jene, die er seine Freunde nannte, sein Volk getötet haben.« Der junge Mann trat einen Schritt vor und zeigte den blutigen Stofffetzen, den er Lord Athlone geschickt hatte. Seine blassgrauen Augen blitzten wie Stahl. »Es gab für Euer Volk keinen Grund, das meine anzugreifen, Hoheit. Aus diesem Grund verlange ich Wergeld – Blutgeld, das für die Toten meines Klans zu zahlen ist. Bei meiner Abreise waren sechsunddreißig Leute tot und einige schwer verwundet. Wenn wir nicht nach unserem Klanrecht einen Ausgleich erhalten, werden wir, die Ferganan, Blutrache üben, bis jeder Turic, der unter den Angreifern war, tot ist.«

Nun schwiegen die Turic. Sie schauten finster und aufmerksam drein, denn sie wussten, dass Peoren es todernst meinte. Blutrache war der Klangesellschaft heilig; Rache war das Recht und die Ehre des Überlebenden.

Kelene hielt den Atem an und wartete auf die Antwort der Turic. Wie sie mit Peorens Forderungen umgingen, würde eine Menge darüber verraten, wer wirklich für die Ausfälle über die Grenze verantwortlich war. Falls die Stammesfürsten die Klane auf den Krieg einstimmen wollten, würden sie die Forderungen des Ferganan als unwesentlich erachten. Aber wenn Gabria Recht hatte und die fanatischen Rebellen die Klane im Süden angriffen, würden die Turic ehrenhaft reagieren und, so hoffte Kelene, etwas unternehmen.

Der Shar-Yon wollte aufstehen, doch sein Vater bedeutete ihm mit einer Handbewegung, er solle sitzen bleiben. Langsam erhob sich der Herrscher und richtete sich zu seiner vollen Größe auf. Ein wenig von seiner alten Kraft und Energie war seinem kranken Körper noch verblieben, und er redete Peoren und die Klanhäuptlinge unmittelbar an.

»Junger Mann, es macht mich zutiefst traurig, dass es zu diesem Unglück gekommen ist«, sagte der Shar-Ja. Obwohl seine Hände unter der Anstrengung, aufrecht zu stehen, zitterten, war sein Blick klar und die Stimme noch immer fest und kräftig.

Während Sayyed übersetzte, schenkten die Klanmänner und Kelene dem Herrscher ihre ungeteilte Aufmerksamkeit, denn dies war das erste Mal, dass der Shar-Ja auf der Versammlung das Wort ergriffen hatte.

»Ich wusste nichts von diesem Unglück«, meinte der Shar-Ja, »und wenn ich mir die Mienen meiner Berater ansehe, glaube ich, dass viele nun ebenfalls zum ersten Mal davon gehört haben. Uns war bekannt, dass eine Bande von Unzufriedenen und Rebellen die Grenze heimsuchen. Es wurden Männer ausgeschickt, welche die

Überfälle beenden sollten. Aber zu meiner Schande muss ich gestehen, dass ich weder der Sache nachgegangen bin noch mich vergewissert habe, dass die Überfälle aufgehört haben. Offensichtlich haben mich meine Truppen im Stich gelassen.« Er verstummte und warf Ratgeber Zukhara einen missbilligenden Blick zu, bevor er sich wieder an die Häuptlinge wandte. »Ihr müsst verstehen, dass die Dürre, die unser Reich heimsucht und schon zwei Jahre anhält, etliche Schwierigkeiten verursacht. Mein Volk verzweifelt allmählich, da wir nun ein weiteres Jahr der Missernten und versiegenden Quellen vor uns haben. Aber es war nie mein Wille, dass unsere Schwierigkeiten auf Euch übergreifen. Meine Lords und Häuptlinge, ich werde Euch das Wergeld aus meinen eigenen Schatztruhen bezahlen. Alle Schäden, die von früheren Überfällen herrühren, müssen die Plünderer oder die nördlichen Stämme, die ihnen Unterschlupf gewährt haben, selbst begleichen.«

Einige turische Adlige sahen entsetzt aus, doch die anderen neigten zustimmend den Kopf. Was immer sie vorher zurückgehalten hatte, war für den Augenblick vergessen, denn die meisten schienen der Meinung zu sein, dass eine Übereinkunft notwendig war.

Als Sayyed die Rede des Shar-Ja übersetzt hatte, lief ein zustimmendes Murmeln und auch ein Gefühl der Erleichterung durch die Reihen der Klanleute. Jetzt wussten sie, dass sie es mit Gesetzlosen zu tun hatten und nicht mit der ganzen turischen Nation. Den turischen Stämmen war wohl klar, dass sie trotz ihrer gewaltigen Übermacht genug Schwierigkeiten im eigenen Land hatten, auch ohne den Zorn der Klane des Dunklen Pferdes und ihrer Zauberer zu erregen.

Peoren warf den Stofffetzen ins Feuer und verneigte sich leicht vor den Turic; er nahm das Angebot des Shar-Ja an. Lord Athlone und Lord Fiergan, der aufbrausende, rothaarige Häuptling des Reidhar-Klans, folgten dem Beispiel des jungen Mannes. Sayyed tat es ihnen gleich, und als Lord Athlone seine Antwort gab, übersetzte er sofort die fließende, rollende Sprache der Klane in die abgehacktere und nüchternere der Turic.

Der Lord der Khulinin dankte dem Shar-Ja förmlich für seine Großzügigkeit und überreichte dem turischen Schreiber eine vollständige Liste der Schäden, geraubten Dinge und verlorenen Leben in den vier Klanen, die von den rebellischen Plünderern heimgesucht worden waren.

»Shar-Ja«, fuhr Athlone höflich fort, »wir sind nicht nur zu diesem Treffen gekommen, um Forderungen zu stellen. Wir schlagen Euch eine Erneuerung des Friedens und einen Vertrag zur Zusammenarbeit unserer beiden Völker vor. Wir wollen Euch und Eurer Nation unsere Unterstützung und auch unsere Freundschaft anbieten. Wir sind nicht reich an Gütern und groß an der Zahl, aber was wir haben, möchten wir gern mit unseren Nachbarn teilen.«

Kelene hob das Kinn. Ihre Sinne richteten sich plötzlich wieder auf ihre unmittelbare Umgebung. Sie spürte erneut das seltsame Prickeln im Rücken und die wilden, heißen und kalten Gefühle eines Mannes mit einem mächtigen Geist. Sofort richtete sie den Blick auf Zukhara. Obwohl er sich weder bewegt noch den Gesichtsausdruck verändert hatte, war sie vollkommen sicher, dass die Wut von ihm ausging wie Hitze von einem Feuer.

»Über was in Sorhs Namen ist er so erzürnt?«, murmelte sie zu sich selbst.

Der große Mann ließ sich indes vor dem Rest der Versammlung seine Wut nicht im Geringsten anmerken. Wie eine Statue stand er etwas abseits der Verhandlungen und sah ihnen nur zu. Außer Kelene ahnte niemand, welcher Vulkan hinter seinen tief liegenden Augen brodelte.

Kelene betrachtete ihn besorgt und fragte sich, ob sie Rafnir und ihren Vater warnen sollte. Aber was sollte sie ihnen sagen? Dass der Ratgeber grob zu ihr und über irgendetwas verärgert war? Das war alles andere als sinnvoll. Nicht jeder Turic war so diplomatisch wie der Shar-Ja oder freute sich über einen Friedensvertrag. Sicherlich waren einige Stammesführer verstimmt über die Entscheidung des Shar-Ja, die nördlichen Stämme für die in den Klanen angerichteten Schäden verantwortlich zu machen. Vielleicht war Zukhara einer von ihnen. Was immer mit ihm los war, er schien es nicht darauf abgesehen zu haben, auf dieser Versammlung Schwierigkeiten zu machen, und daher entschied Kelene zu schweigen – zumindest so lange sie keinen besseren Grund zum Reden hatte. Nun sagte der Shar-Ja wieder etwas zu ihrem Vater. Kelene schob ihre unfruchtbaren Gedanken beiseite und richtete ihre ganze Aufmerksamkeit wieder auf den Herrscher.

»Der bisher gültige Vertrag, der hier am Ratsfelsen abgeschlossen wurde, ist schon dreißig Jahre alt. Er wurde unterzeichnet von Eurem Vater Lord Savaric und dem Lord des ausgelöschten Corin-Klans, Lord Dathlar.« Der Schatten eines Lächelns legte sich auf das Gesicht des alten Mannes. »In diesen dreißig Jahren hat sich vieles verändert, Lord Athlone. Eure Kräfte sind jenseits des Altai akzeptiert worden, und Eure Zauberer wirken Wunder. Vielleicht ist es an der Zeit, dass wir einen neuen Friedensvertrag schließen. Eine Magie wie die Eure ist besser ein Verbündeter als ein Feind.«

Das Zittern in den Händen des Shar-Ja wurde deutlicher, und sein Gesicht nahm eine blutleere Blässe an. Er sank zurück auf seinen Stuhl; seine Kraft war erschöpft.

Kelene sprang auf die Beine. Sein Erscheinungsbild beunruhigte sie sehr, doch bevor sie sich dem Shar-Ja nähern konnte, versperrte ihr Ratgeber Zukhara den Weg zu seinem Stuhl. Er schenkte ihr keinerlei Aufmerksamkeit, sondern gab lediglich den Sänftenträgern ein Zeichen, damit sie sich sofort neben den Herrscher stellten.

»Vergebt mir, wenn ich nicht bis zum Ende hier bleibe«, gelang es dem Shar-Ja zu sagen. »Mein Sohn wird für mich sprechen. Ihr könnt den Vertrag zusammen mit ihm aufsetzen.«

Die Häuptlinge verneigten sich, als der Shar-Ja aus dem Zelt getragen wurde. Kelene wusste nicht, ob sie verärgert sein sollte, als Zukhara mit ihm das Zelt verließ und sie daher nicht hinausschlüpfen und den Herrscher allein sprechen konnte, oder erleichtert darüber, dass der Ratgeber fort war. Ohne seine beeindruckende, unangenehme Gegenwart schien es im Zelt heller zu sein, als ob eine dunkle Wolke sich von der Sonne entfernt hätte.

Vielleicht verspürten das auch die übrigen Abgeordneten, oder vielleicht wollten sie die Versammlung auch nur schnell beenden. Zumindest gestaltete sich die Zusammenkunft sehr ergiebig, bis die Klanhäuptlinge und die turischen Stammesleute bei Anbruch der Abenddämmerung das Treffen beendeten. Beide Seiten besaßen nun eine Abschrift des Rohentwurfs ihres Vertrags, den die Schreiber hastig aufgezeichnet und alle Anwesenden unterschrieben hatten. Die endgültige Fassung sollte am nächsten Tag erstellt und in Kraft gesetzt werden.

Als die Häuptlinge das Zelt verließen, klopfte Lord Fiergan Peoren auf den Rücken. »Gut gemacht, Junge«, sagte er schroff. »Jetzt kann dein Vater in Frieden ruhen.«

»Glaubt Ihr wirklich, dass der Shar-Ja bezahlt?«, fragte Peoren besorgt und zog sein Kurzschwert aus dem Waffengestell neben dem Eingang.

»Der Herrscher steht zu seinem Wort«, versicherte Lord Athlone ihm.

»Falls es ihm erlaubt wird, sein Wort zu halten«, warf Kelene ein.

Lord Terok, der Amnok, hob erstaunt die Brauen. »Was willst du damit sagen? Wer sollte den Shar-Ja davon abhalten, sein Versprechen einzulösen?«, fragte er scharf.

Lord Bendinor, der neben Athlone ging, drehte den Kopf zum turischen Lager am anderen Ufer. »Wenn ich raten sollte, würde ich sagen: dieser Ratgeber Zukhara mit seinem Gesicht wie aus Stein. Er hat bisher nicht viel geredet, aber alle schleichen auf Zehenspitzen herum, wenn er in der Nähe ist. Ihm reicht es zuzusehen.«

Kelene verbarg ein Grinsen. Sie fing an, diesen klugen und verständigen Dangari zu mögen.

Die Klanmänner gingen zu ihren Pferden und stiegen zum Ritt ins Lager auf.

Rafnir sah hoch zum Himmel, der sich zu einem tiefen Grau verdunkelt hatte. »Es geht los«, sagte er und wischte sich einige Spritzer aus dem Gesicht.

Weitere Regentropfen fielen auf die Felsen und sprenkelten das Wasser. Der Nordwind frischte auf und pfiff durch die Bäume; er zerrte an den Zweigen und ließ die Stämme knirschen und ächzen. Er zupfte an den Mänteln der Reiter. Männer und Pferde erzitterten unter der feuchten Kälte. Drüben am Fluss kämpften nur wenige kleine Feuer tapfer gegen den Wind und den aufziehenden Regen. Die Reiter sagten nichts mehr, sondern eilten zurück in den Schutz ihrer Zelte und zu den warmen Mahlzeiten, die sie erwarteten.

*

Die ganze Nacht hindurch fiel der Regen in stetigen Schleiern, die im Wind tanzten und schaukelten. Einige Male zuckten Blitze, und die Zauberer spürten, wie sich ihr Blut regte und die Energie ihnen in den Kopf stieg. Aber das Auge des Sturms zog rasch weiter, und der Wind hörte genauso schnell wieder auf, wie er begonnen hatte, und hinterließ einen stetigen Regen und allmählich sinkende Temperaturen.

Der Donner war verhallt und die Blitze nach Süden abgezogen, als Gabria zwischen ihren Laken hervorkroch und die Glut in ihrer kleinen Kohlenpfanne anfachte.

Kelene lag wach neben Rafnir und sah das sanfte Licht hinter dem Schlafvorhang in dem Zelt, das sie mit ihren Eltern teilten. Sie schlüpfte aus dem Bett und gesellte sich zu Gabria. Die ältere Zauberin holte schweigend einen zweiten glasierten Becher hervor, goss Wasser für zwei in den Kessel und schüttete etwas von ihrem Lieblingstee in eine Kanne.

Sie hockten sich gemeinsam vor die schwache Wärme der Kohlenpfanne, während sich das Zelt unter dem böigen Wind aufblähte und der Regen gegen die wasserdichte Leinwand prasselte. Sie schwiegen, bis das Wasser kochte und Gabria es in die Kanne mit den Teeblättern goss.

Kelene sah erschrocken, dass Gabrias Hände zitterten. »Was ist los?«, flüsterte sie in dem Bewusstsein, dass die beiden Männer hinter den Vorhängen schliefen.

Gabrias Augen wirkten groß in dem ungewissen Licht und waren von Schatten eingerahmt. Bebend stellte sie den Kessel ab und schlang die Arme um sich. Sie nickte dankbar, als Kelene ihren goldenen Mantel hervorholte und ihn ihr um die Schultern legte.

»Irgendetwas ist geschehen«, sagte sie mit sanfter Stimme, in der eine schreckliche Gewissheit mitschwang.

»Was?«

»Ich weiß es nicht. Ich hatte einen Traum, der so dunkel und unheilschwer wie diese Nacht war, aber nichts war deutlich zu sehen.«

Ein Traum, dachte Kelene und verspürte leises Entsetzen. Gabrias zauberische Gabe zeigte sich manchmal in prophetischen Träumen und Visionen.

Leider waren die Träume nicht immer klar, und manchmal verstand man sie erst, wenn es zu spät war. Sie dachte über die Worte ihrer Mutter nach. »Du hast gesagt, dass es schon geschehen ist. Kann man es nicht aufhalten?«, fragte sie.

»Ich fürchte nein. Ich spüre, dass die Vorboten in der Nähe sind«, erwiderte Gabria mit dumpfer Stimme.

Kelenes Herz wurde zu Eis. Die Vorboten waren die Handlanger Lord Sorhs, des Gottes und Herrschers im Reich der Toten. Wenn die Vorboten die Welt der Sterblichen betreten hatten, war jemand gestorben.

Sie und Gabria waren vorgewarnt und daher nicht überrascht, als von fern ein Horn durch die sturmdurchtoste Nacht schallte. Irgendwie hatten sie es schon erwartet.

Es ertönte abermals, beharrlich und wild, bis der Ton von anderen aufgenommen wurde, die ihre Warnungen ebenfalls in die Nacht bliesen.

Gabria stieß einen tiefen Seufzer aus und stand auf. Sie wollte sich dem Kommenden stellen. Es waren die Hörner der Turic gewesen, und ihr tiefes Gefühl für die Welt des Unsichtbaren sagte ihr, dass die Vorboten eingetroffen waren.

Hinter ihr sprangen Athlone und Rafnir von den Pritschen hoch, zogen sich die Stiefel an und griffen nach ihren Schwertern. Es war von Vorteil, in den Kleidern zu schlafen; die beiden Männer rannten bereits auf die Zeltklappe zu, als der Hörnerschall noch nicht verhallt war.

»Wartet«, rief Gabria. Sie und Kelene schlüpften in die Stiefel und gesellten sich zu ihren Männern. Sie warfen sich die Mäntel um und waren bereit. Draußen standen unter einem Baldachin bereits ihre vier Hunnuli. Die Pferde warfen erregt die Köpfe herum und rollten vor Wut mit den Augen. Ihr Atem strömte in die kalte Luft.

Auf der anderen Seite des Flusses hat jemand Magie gebraucht, ertönte Eurus′ tiefe, männliche Stimme in den Gedanken der vier Leute.

»O Götter«, ächzte Athlone.

Die Hunnuli trugen ihre Reiter im Galopp durch die regennasse Dunkelheit zum Fluss. Schon regte es sich im Klan-Lager, doch Lord Athlone weigerte sich zu warten. Er trieb Eurus durch den Altai. Das Wasser spritzte unter den Hufen der Hunnuli auf, als sie durch die Furt zum anderen Ufer trabten. Plötzlich sahen sie sich einer festen, geschlossenen Front turischer Gardisten gegenüber.

Die Soldaten senkten ihre Speere vor den Zauberern und bildeten so eine tödliche Grenze auf der Straße. Ihre Bewegungen waren schnell und zeugten von Wut, genau wie ihre Gesichter. Hinter ihnen befand sich das turische Lager in Aufruhr – Stimmen riefen, und Männer rannten umher. Überall im Regen flackerten Kerzen, und bewaffnete Wachen eilten an den Rand des Lagers, um es zu verteidigen.

»Halt, ihr Ungläubigen«, rief ein Kommandant in deutlicher Klansprache.

Eurus hielt schlitternd an; seine Hufe rutschten über die schlammige Erde. Lord Athlone schnallte vorsichtig sein Schwert ab und streckte es aus, um zu zeigen, dass er in friedlicher Absicht kam. »Ich bin Athlone, der Lord der Khulinin. Ich bin hergekommen, weil ich wissen will, in welchen Schwierigkeiten ihr steckt. Ich möchte euch meine Hilfe anbieten.«

»Ich kenne Euch«, stieß der Offizier hervor. »Ihr seid einer dieser Zauberer, also wisst Ihr schon, welches Unglück uns heimgesucht hat. Verschwindet von hier, bevor ich Eure Pferde töten lasse.«

Kelene spürte, wie Wut in ihr aufstieg. Hunnuli waren unempfindlich gegen Magie, aber nicht gegen gewöhnliche Waffen. Sie empfand die Drohung des Turic als hinterhältig und unverantwortlich. Sie öffnete gerade den Mund, um das zu sagen, als eine weitere Gestalt auf dem Weg hinter den Wachen erschien. Die große Person hielt an, als sie die Klanleute sah, und schüttelte die Faust vor ihnen.

»Ihr!«, bellte der Mann in den Sturm. »Ihr seid verflucht für Eure Taten! Was Ihr in dieser Nacht getan habt, wird unser Volk in den Krieg stürzen!«

Die Zauberer hatten Zukhara in der stürmischen Nacht nicht sofort erkannt, doch nun erhob Athlone die Stimme. »Was immer geschehen ist, Ratgeber, wir haben keinen Anteil daran. Wir sind nur hergekommen, um dem Shar-Ja unsere Hilfe anzubieten.«

»Er will Euch nicht sehen«, antwortete Zukhara wutentbrannt. »Sein Kummer hat ihn zerschmettert. Sein ältester Sohn, der Shar-Yon, ist tot.«

Ein kleiner, aus tiefer Betrübnis geborener Seufzer entschlüpfte Gabria. Sie beugte sich über Naras Hals. Ihr Traum hatte die Wahrheit gezeigt.

In diesem Augenblick galoppierte Sayyed auf Afer vor; der Turic trug keinen Schutz vor dem prasselnden Regen. Er hatte die letzten Worte des Ratgebers gehört und die Hände fest in die Mähne seines Hengstes gekrallt. Wie die meisten Klanmänner hatte er keine Angst, vor seinem Häuptling oder anderen Autoritäten frei zu sprechen. Sofort brüllte er zurück: »Beweist es, Ratgeber! Zeigt uns den Leichnam des Shar-Yon, damit wir sehen, dass Ihr nicht lügt!«

Ein Sturm der Entrüstung brach in der Garde aus, doch Zukhara hob die Hand, um sie zu beruhigen. »Ich gestehe den Khulinin dieses Recht zu. Lord Athlone, Ihr und Eure Wache dürfen herkommen, aber die anderen bleiben hier. Ich verlange Euer Wort, das Ihr Eure Leute zurückhaltet. Keine Waffen, keine Magie, während Ihr in unserem Lager seid.«

Auch wenn die Klanleute es nicht sehen konnten, verzog sich Zukharas Mund zu einem zufriedenen Lächeln, als Lord Athlone sein Versprechen gab. »Ich muss mich um den Shar-Ja kümmern«, rief Zukhara. »Hauptmann, führe die Ungläubigen zum Shar-Yon, und geleite sie dann aus unserem Land.« Er machte auf dem Absatz kehrt und ging fort; sein Mantel flatterte im Wind.

Der Kommandant der Wachen wirkte, als platze er gleich vor Wut, doch die Turic hielten sich zurück, und so gelang es ihm, seine Bedenken gegen die Klanleute zu unterdrücken. Widerwillig teilten sich die Wachen vor den Hunnuli.

Athlone sah Gabria entschuldigend an, bevor er Sayyed knapp zunickte. Die beiden Männer saßen von ihren Hunnuli ab und folgten dem aufgebrachten Kommandanten. Fünf Wachen begleiteten sie zum großen Zelt des Shar-Yon ins Innere des Lagers.

Am Ufer warteten Gabria, Kelene und Rafnir mit wachsender Ungeduld. Der kalte, strömende Regen hatte sie rasch durchnässt, und die turischen Wachen machten keine Anstalten, ihnen Unterschlupf zu gewähren. Die Gardisten starrten sie bloß unheilvoll an und hielten die Speere weiterhin gesenkt. Es dauerte lange, bis Athlone und Sayyed endlich wieder das Ufer hinabstapften und sich zu ihnen gesellten.

Beide Männer waren sprachlos vor Wut und Enttäuschung. Sie verabschiedeten sich knapp von den Turic, bestiegen ihre Hunnuli und ritten hinunter zur Furt. Kelene, Gabria und Rafnir tauschten rasche Blicke aus, aber sie wollten keine Fragen stellen, bis Athlone von sich aus bereit war, zu reden. Sie ritten hinter ihm durch den Fluss.

Sobald sie das andere Ufer erreicht hatten, rannten Gaalney, Morad und einige Häuptlinge auf sie zu. Athlone stieß einen heftigen Fluch aus und sprang von Eurus. Seine glühende Wut zeigte sich in seinen Bewegungen und in seinen Worten. »Der Shar-Yon ist tot«, sagte er den Zuhörern.

»Wie ist das geschehen?«, wollte Rafnir wissen.

Die Antwort kam hart und scharf wie ein Dolch. »Die Turic glauben, wir haben das getan.«

»Das ist lächerlich!«, knurrte Fiergan. »Sie nehmen doch wohl nicht im Ernst an, dass wir so töricht sind. Dieser Junge ist der Beste, den sie haben.«

Rafnir sah seinem Schwiegervater fragend in die Augen. »Sie glauben aus irgendeinem Grund, dass wir es waren. Warum?«

Athlone ballte die Fäuste, als ob er versuche, seinen ohnmächtigen Zorn zu zerschmettern. »O ja, es gibt einen Grund – etwas, das nur sieben von uns können. Zauberei. Der Shar-Yon wurde durch trymianische Kraft getötet.«

Vier

»Schlechte Neuigkeiten kommen zu dritt«, sagten die Klanleute oft. Der zweite Teil davon kam in der Morgendämmerung auf einem eiskalten Wind aus dem Norden. Die Temperaturen, die während der Nacht ständig gefallen waren, sanken noch einmal deutlich, und der Regen hörte allmählich auf und gefror am Boden. Die Sonne ging nur zögerlich auf und hüllte den dunklen Morgen in schwere Wolken und Nebel. Nichts deutete darauf hin, dass das Eis wieder tauen würde.

Die Klanleute fluchten und kämpften gegen den frierenden Graupel; sie verstärkten die Zelte, führten die Pferde in Unterstände, die sie hastig an der dem Wind abgewandten Seite des Lagers errichtet hatten, und sammelten jedes Feuerholz ein, das noch nicht mit einer Eisschicht überzogen war. Eisstürme waren selten auf der nördlichen Ebene, was sie nur umso gefährlicher machte, und die Klanleute hassten sie beinahe mehr als die blendenden Blizzards, die oft über die Steppe tobten.

Im turischen Lager auf der anderen Seite des Flusses schien wilde Geschäftigkeit zu herrschen. Trotz des Wetters wurden Zelte abgebrochen, Wagen beladen und Pferde gesattelt. Eine große Wachkompanie patrouillierte am Ufer, und niemand wollte Lord Athlones immer wieder gestellter Bitte entsprechen, mit dem Shar-Ja oder einem seiner Ratgeber zusammenzukommen.

In der Zwischenzeit versuchten die Häuptlinge das Rätsel um den Tod des jungen Shar-Yon zu ergründen. Athlone hatte berichtet, dass er durch einen Blitz aus trymianischer Kraft, die nur von Zauberern benutzt wurde, beinahe zur Unkenntlichkeit verbrannt sei.

»Aber das ist unmöglich«, sagte Rafnir zum dritten Mal. »Wir waren alle in unseren Zelten. Gaalney und Morad haben Zeugen dafür, Vater hat Wache gestanden, und wir vier haben geschlafen.«

Die anderen Häuptlinge, die sich in Athlones geräumigem Zelt rasch zu einer Versammlung eingefunden hatten, sahen einander verwirrt an. In ihrer Mitte gab es nur sieben bekannte Zauberer. Drei von ihnen wurden durch Zeugen entlastet, und die übrigen vier, die keine Zeugen unter den Klanmitgliedern dafür hatten, dass sie in ihren Zelten gewesen waren, konnte sich niemand als Mörder vorstellen.

»Das lässt zwei Möglichkeiten übrig«, sagte Athlone. »Entweder hat ein weiterer unserer Klanmänner die Gabe der Zauberei, was uns bisher unbekannt geblieben ist, oder einer, den wir kennen, versteckt sich hier in der Nähe.«

Sayyed schaute auf. Sein Blick war in dem schwachen Licht undeutbar. »Es gibt noch eine dritte Möglichkeit, mein Lord.« Er schwieg kurz und hielt die Hände hoch. »Ein weiteres Turic-Halbblut mit einem Elternteil aus den Klanen.«

»Wie könnte ein nicht unterwiesener Turic die trymianische Kraft zum Töten benutzen?«, wollte Lord Terod wissen. Terod, der Häuptling der Amnok, hatte in seinem Klan keine Zauberer und besaß nur wenig praktische Kenntnisse über Magie.

Lord Sha Tajan aus dem Jehanan-Klan jedoch kannte sich mit Zauberei gut aus. »Die trymianische Kraft ist einfach anzuwenden, besonders während eines Gewitters. Man braucht kein großes Geschick, um den schutzlosen Shar-Yon damit zu verbrennen.«

»Es war gewiss nicht viel Geschick im Spiel«, knurrte Athlone. Er erinnerte sich deutlich an den versengten Leichnam. »Bashan wurde von einem ungezähmten Blitz getroffen.«

»Und dann ist da noch die Frage nach dem Motiv«, sagte Bendinor, der Dangari. Wie die meisten aus seinem Klan trug er eine aus Punkten zusammengesetzte Tätowierung auf der Stirn und der linken Wange. Unbewusst rieb er bei seinen Worten über die Zeichnung.

»Wir haben keinen Grund, den fähigsten Sohn umzubringen, den der Shar-Ja hat, denn das schadet nur unserer eigenen Sache. Aber was ist, wenn Sayyed Recht hat? Was ist, wenn es einen Turic mit ausreichenden Fähigkeiten gibt, die trymianische Kraft zu benutzen, und mit einem guten Grund, sie einzusetzen? Warum wurde der Erbe getötet? Warum sollte es so aussehen, als hätten wir es getan? Vielleicht möchte jemand die Thronfolge unterbrechen, weiteren Streit mit den Klanen auslösen oder den Weg für einen neuen Herrscher freimachen.«

»Die Fel Azureth drohen schon beinahe ein Jahr damit«, betonte Athlone. »Vielleicht haben sie einen Weg gefunden.«

»Was sollen wir jetzt tun?«, brummte Rafnir. »Wir befinden uns mitten in einem Eissturm, die Turic wollen abreisen, ohne den Vertrag zu unterzeichnen, der Shar-Ja weigert sich, mit uns zu sprechen, und die turischen Adligen glauben, wir hätten den Thronfolger ermordet.«

»Wenn wir nicht ihr Lager angreifen und uns mit Gewalt einen Weg zum Shar-Ja bahnen wollen, bleibt uns nichts anderes übrig, als mit jemandem zu reden, der großes Ansehen besitzt, und darauf zu hoffen, dass sie einsichtig werden«, schlug Bendinor zögernd vor.

Die zehn Häuptlinge, Sayyed und Peoren verfluchten den Graupelregen, als sie aufsaßen, die Herdwachekrieger zusammenriefen und zur Furt ritten. Der Altai floss schnell und war vom Regen angeschwollen. Die Furt war noch passierbar, doch die Klanleute ritten vorsichtig hindurch und ließen den Strom, der ihnen nun bis zu den Beinen reichte, nicht aus den Augen.

Am Südufer beobachteten die Stammeswachen die Reiter misstrauisch. Sie blockierten in einigen Reihen hintereinander die Straße und legten die Hände auf die Schwertgriffe. Eine Reihe Bogenschützen stand zwischen den Bäumen am Ufer und hielt die Waffen schussbereit. Die Turic warteten schweigend, als die Klanleute am Ufer anhielten.

Diesmal näherten sich die Lords Fiergan und Sha Tajan gemeinsam den Wachen. Der stämmige Reidhar mit dem roten Kopf und der große Jehanan mit dem kühlen Blick wirkten zugleich entschlossen und verbindlich, als sie mit dem Kommandanten der Garde sprachen.

Dieser Offizier war ganz anderes als der streitlustige vom vergangenen Abend, und obwohl er keinen Befehl gab, den Durchgang freizumachen, schickte er einen Mann mit der Botschaft der Häuptlinge los.

Da sie nirgendwohin gehen konnten, blieben die Klanmänner auf ihren unruhigen Pferden sitzen und warteten ungeduldig in dem eiskalten Nieselregen. Sie zogen sich die Kapuzen über den Kopf, aber es half nicht viel. Der Regen durchnässte ihre Mäntel und die darunter liegende Kleidung, troff in die Stiefel und rann ihnen über Hände und Gesicht, bis alle außer den Zauberern durchgefroren waren und sich elend fühlten. Athlone, Sayyed und Rafnir waren etwas trockener wegen der zitternden, glühenden Wärme, die ihre großen Hunnuli abstrahlten.

Schließlich schritt eine einsame Gestalt, der ein zerzauster brauner Hund folgte, den Weg zur Wache entlang. Es war ein Junge von zwölf oder dreizehn Jahren; er war gut gekleidet, hatte feine Gesichtszüge, dichtes schwarzes Haar und zeigte ein unbändiges Grinsen. Er begrüßte fröhlich den Kommandanten der Wache. Der Offizier salutierte zackig vor ihm, beachtete ihn aber nicht weiter.

Ungerührt tätschelte der Junge seinen Hund und sah die unter dem Wetter leidenden Häuptlinge eine Weile an; dann rief er mit freundlicher Stimme: »Hallo!«

Sayyed hob den Kopf und war überrascht, dass der Junge die Klansprache beherrschte. Er warf Athlone einen raschen Blick zu. Dieser nickte kurz, und Sayyed gab die Begrüßung auf Turisch zurück.

»Oh, bitte sprecht in Eurer Sprache«, beharrte der Junge. »Ich versuche sie zu lernen.« Er hatte eine offene und angenehme Miene und schenkte weder dem Wetter noch der Anspannung um ihn herum die geringste Aufmerksamkeit.

Sayyed grinste. »Wie lautet dein Name?«, rief er so laut zurück, dass man ihn auch hinter den Wachen noch hören konnte.

»Tassilio. Seid Ihr ein Häuptling?«

Das Grinsen des Zauberers wurde breiter. »Nein. Das erlauben sie mir nicht.« Von den Männern in seiner Gesellschaft kamen einige Lacher. Sayyed richtete sich auf Afer etwas mehr auf, damit er den Jungen besser sehen konnte. »Diese Männer«, erklärte er und deutete auf die Lords neben ihm, »sind Häuptlinge. Sie warten darauf, den Shar-Ja zu sprechen.«

Sofort verblasste das Leuchten auf dem Gesicht des Jungen. Er neigte den Kopf, als ob er auf etwas neben ihm lausche, und schüttelte ihn dann heftig. »Es ihnen sagen? Natürlich kann ich es ihnen nicht sagen!«, rief er schrill.

Der Gardeoffizier rollte mit den Augen.

»Ich kann sie auch nicht zu ihm führen; das weißt du!«, rief Tassilio heftig in die leere Luft. »Er ist sehr traurig. Er will mit niemandem reden. Warum? Ich weiß nicht, warum! Niemand sagt mir etwas!« Plötzlich machte er auf dem Absatz kehrt und stapfte den Weg zurück, den er gekommen war. Der Hund folgte dicht hinter ihm.

Die Klanleute sahen ihm überrascht nach. Selbst aus der Entfernung war zu erkennen, wie unglücklich der Junge war. Die Turic schenkten ihm keine Aufmerksamkeit.

Als Sayyed den Offizier nach dem Jungen fragte, zuckte der Mann die Achseln und antwortete gleichgültig: »Ein Sohn, den der Shar-Ja mit einer Konkubine hat. Aber er ist eine kleine Sandratte und dazu noch einfältig.«

Die meisten der nördlichen Häuptlinge sahen verständnislos drein, als Sayyed diese Neuigkeit übersetzte; also erklärte er: »Eine Sandratte ist ein anderer Name für einen Bastard.« Er kicherte freudlos. »Die Konkubine war vermutlich nicht seine eigene, aber der Shar-Ja war ehrenhaft genug, das Kind anzunehmen.«

»Wie schade, dass er ein Einfaltspinsel ist«, brummte Fiergan.

Zu jedermanns Erleichterung traf in diesem Augenblick eine kleine Abordnung von Ratgebern ein, die – was niemanden überraschte – von Zukhara angeführt wurde. Zum ersten Mal versuchte der elegante Ratgeber, eine um Entschuldigung bittende Miene aufzusetzen. Er führte seine Gefährten bis zur ersten Reihe der Soldaten und hielt dort an, was wiederum alle zum lauten Rufen zwang.

»Meine Lords«, brüllte er, »wir haben Eure Botschaft erhalten. Unglücklicherweise ist der Shar-Ja nicht in der Lage, Besucher zu empfangen. Der Kummer hat einen großen Tribut von seiner Lebenskraft gefordert und zwingt ihn zur Einsamkeit.«

»Darauf will ich wetten«, murmelte Fiergan.

»Dann können wir vielleicht mit Euch reden, Ratgeber«, rief Sha Tajan zurück. »Der Vertrag, an dem wir alle so hart gearbeitet haben, ist in Gefahr. Wir bitten Euch, uns Zeit zu geben, diese Tragödie durchzustehen. Wir können Euch beweisen, dass keiner unserer Zauberer für die Ermordung des Shar-Yon verantwortlich ist.«

Zukhara antwortete scharf und bestimmt: »Ich fürchte, das ist unmöglich. Der Shar-Ja wird heute Abend zur Beerdigung seines

Sohnes nach Cangora abreisen. Er hat zu mir lediglich gesagt, er werde den Vertrag nicht eher unterzeichnen, bis der Mörder seines Sohnes gefunden und der Gerechtigkeit übergeben ist.«

Die Häuptlinge sackten tiefer in ihre Sättel. Sie waren entmutigt und froren. Nun befanden sie sich in einer Sackgasse, und niemand wusste, wie man wieder aus ihr herauskommen konnte.

»Ratgeber«, versuchte Athlone es noch einmal, »ich versichere Euch, dass die Zauberer in unserem Lager nicht mit …«

»Das sagt Ihr, Lord Athlone«, unterbrach Zukhara mit mühsamer Höflichkeit. »Aber nur im Klanblut liegt die Gabe des Zauberns, und Zauberei hat Bashan getötet. Wenn Ihr mit uns Frieden schließen wollt, *müsst* Ihr den Mörder finden. Das sind die Worte des Shar-Ja.« Er deutete eine Verneigung vor den Klanmännern an, wandte ihnen den Rücken zu und ging an der Spitze seiner Gefährten zurück ins Lager.

Fiergan stieß einen Laut der Empörung irgendwo zwischen einem Grunzen und einem Schnauben aus. »Das war's also.«

Heiße Wut legte sich über das Gesicht des jungen Peoren, und der Ferganan griff nach seinem Schwert. Zitternd vor Zorn trieb er sein Pferd an den Häuptlingen vorbei und hielt dicht vor dem gegnerischen Offizier an. Die Schützen zwischen den Bäumen hoben ihre Bögen, doch Peoren beachtete sie nicht, falls er sie überhaupt sah. Er schleuderte sein Schwert mit der Spitze nach unten in den Boden, wo es aufrecht im Schlamm stecken blieb und eine heftige Bestätigung seiner Wut bildete.

»Die Ferganan haben die Turic Freunde genannt. Wir haben Eurem Volk unsere Gastfreundschaft erwiesen, wir standen auf gutem Fuß miteinander. Wir haben sie ehrenhaft behandelt, und sie haben unsere Familien abgeschlachtet!«, rief er mit all seiner Wut und Verzweiflung. »Solange der Shar-Ja nicht sein Wort hält und das Wergeld bezahlt, wird unser Klan seine Rache im Blut der Turic suchen!«

Die Stammeswachen drängten vor, um den Jungen vom Pferd zu stoßen, und ihr Offizier brüllte: »Zurück mit euch!«, und warf sich zwischen Peoren und die wütenden Männer. »Verschwinde, Junge«, knurrte er den Ferganan an, »bevor dein Blut vergossen wird.«

Nicht im mindesten eingeschüchtert wendete Peoren sein Pferd und galoppierte zurück an das Ufer von Ramtharin. Die älteren Männer folgten wütend und bedrückt dicht hinter ihm.

*

Die Kohlen waren heiß, die Kräuter hatten gezogen, und Kelene und Gabria setzten sich schließlich in der Ruhe ihres verlassenen Zelts nieder und genossen den lange ersehnten Becher Tee. Das heiße Getränk war Gabrias Spezialmischung aus Limonenharz, Pra Descher Teeblättern, einer Spur wilder Minze und Honig zum Süßen. An diesem kalten, feuchten Tag erinnerte der Tee an Sommer, Wildblumen und warme Nachmittage.

Kelene nippte vorsichtig an dem Getränk und seufzte vor Vergnügen. Sie hatte sich vorgenommen, ihre Mutter um einige Limonenschösslinge zu bitten, die sie in ihrem Garten in Moy Tura einsetzen wollte. Ein Lächeln legte sich auf ihr Gesicht, als sie an ihren Garten dachte. Im Khulinin-Treld wuchsen Gabrias Kräuter wild in den sonnenwarmen Lichtungen am Goldrine. In Moy Tura waren die Pflanzen genau wie Stein, Wald und Erde nach dem Willen der Menschen gestaltet – eine Errungenschaft, die die Klanleute noch erlernen mussten.

Gabrias sanftes Lachen unterbrach Kelenes Gedanken. »Wir beide sind nun seit drei Tagen zusammen, und das ist der erste ruhige Augenblick, den wir für uns allein haben. Erzähl mir von Moy Tura.«

Also berichtete Kelene beim Tee über das Leben in den Ruinen. Sie redete über den Tempel, ihr Haus und den Garten, über die Gäste, die so häufig kamen und gingen, über die vielen Tunnel, die sie unter der Stadt entdeckt hatten, über Sayyeds Ausgrabungen und die unzähligen Schwierigkeiten, mit denen sie zu kämpfen hatten. Sie sprach lange, während der Graupelregen über ihren Köpfen gegen die Zeltwände prasselte und die Kohlenpfanne sanft glimmte.

Gabria hörte zu, stellte einige Fragen und betrachtete das Gesicht ihrer Tochter. Als Kelenes Worte schließlich in Schweigen mündeten, drückte die ältere Zauberin ihr die Hand und sagte freudig: »Das ist eine wunderbare Geschichte, die du deinen Kindern erzählen kannst. Es sollte ein Barde hier sein, der deine Abenteuer aufzeichnen kann.«

Kelene wurde still. Sie hatte kein Wort über ihr Unvermögen, Kinder zu bekommen, gesagt und Gabria bisher auch nicht um einen Rat gebeten. Sie sah ihre Mutter beinahe entschuldigend an und sagte: »Und was ist, wenn wir keine Kinder haben?«

Gabria schloss die Finger enger um Kelenes Hand. »Ich hatte mich schon gefragt, wann du endlich mit mir darüber reden wirst. So sehr, wie du und Rafnir euch liebt, sollte eure Stadt eigentlich schon voller Kinder sein.«

»Ich habe alles Mögliche versucht«, murmelte Kelene traurig. »Gebete, Geschenke für Amara und Kräutermedizin. Ich bin sogar im letzten Frühling zum Wylfling-Treld gegangen und habe mich bei der Feier der Rechtgeburt von einer Priesterin Amaras segnen lassen.«

»Hast du keine Hinweise in den Aufzeichnungen der Heiler gefunden?«

Einige aufregende Berichte, Rezepte, Wandgemälde und Heilsteine hatten sie tatsächlich unter der alten Heilerhalle in Moy Tura entdeckt, aber leider befand sich darunter nichts über die Herbeiführung von Schwangerschaften.

Bei der Erinnerung an die Enttäuschungen zog Kelene die Nase kraus. »Nein. Auch die Heiler, die zu uns kommen und die alten Aufzeichnungen lesen, können mir nicht helfen.« Sie verstummte und spürte plötzlich, wie Tränen in ihren Augen hochstiegen. »O Mutter, da bin ich eine Heilerin und kann mich nicht einmal selbst heilen. Ich weiß nicht, was mit mir nicht stimmt. Warum kann ich keine Kinder bekommen? Rafnir und ich wollten eine große Familie haben, die die Ruinen der Stadt mit Leben erfüllt! Aber ich fühle mich genauso leer wie diese Ruinen.«

Sie schwieg, während ihre eigenen Worte in ihrem Kopf widerhallten. Leer. Das klang so endgültig! So erbarmungswürdig. Sie schüttelte sich und vertrieb die drohenden Tränen. Selbstmitleid brachte sie nicht weiter; diese Lektion hatte sie bereits gelernt. Als sie den Rest ihres Tees trank und Gabria müde anlächelte, musste sie zugeben, dass sie sich jetzt, da sie ihre Sorgen vor ihrer Mutter ausgebreitet hatte, etwas besser fühlte.

Gabria horchte geduldig in die Stille und wusste, dass Kelene keine Beschwichtigungen hören wollte. Nun, da die Schmerzen offenbart worden waren, mussten sie nachdenken und an einer Lösung des Problems arbeiten. Gabria hoffte inständig auf ein Gelingen. Sie hoffte nicht nur auf Enkelkinder, sondern auch darauf, dass die Anzahl der Magier stieg, die Valorians Traditionen weitergeben konnten. Kelene und Rafnir waren ein ausgezeichnetes Paar, und wenn sie Kinder haben sollten, wären diese sicherlich sehr begabt.

Ihr mitfühlendes Schweigen dauerte einige Minuten, doch dann hörten die beiden Frauen das Geräusch hastender Füße. Ein in einer goldenen Kapuze steckender Kopf erschien plötzlich in der Zeltklappe, und eine männliche Stimme rief: »Kommt schnell! Es hat einen Unfall am Fluss gegeben.« Der Sprecher verschwand genauso rasch wieder, wie er aufgetaucht war, und seine Schritte entfernten sich, bevor die Zauberinnen ihn erkennen oder Fragen stellen konnten.

»Das war ja sehr hilfreich«, brummte Kelene und ergriff Heilerbeutel und Mantel. »Er hätte uns wenigstens noch sagen können, worum es geht.«

»Er sah wirklich sehr verwirrt aus«, kicherte Gabria. Sie warf ihren goldenen Mantel über den warmen Rock, das Lederwams und die Stiefel. Außerdem nahm sie ein Laken vom Bett und eilte hinter Kelene nach draußen. Der Bote war nirgendwo mehr zu sehen.

Nara und Demira standen Seite an Seite unter dem geneigten Dach ihres Unterstands.

»Habt ihr gesehen, wohin der Mann gelaufen ist?«, fragte Kelene und spähte in die kalte Finsternis.

Auf das Wäldchen am Fluss zu, antwortete Nara. *Er hatte es sehr eilig.*

Klaglos verließen die beiden Hunnuli ihren trockenen Unterstand und folgten den nur schwach erkennbaren Fußspuren des Boten hinunter zum Altai. Von den Häuptlingen war nichts zu sehen, aber weder Kelene noch Gabria fand das bedenklich. Sie erwarteten, ihre Männer bei der Unfallstelle anzutreffen.

Beide Frauen spähten in die dichter werdende Dunkelheit und erkannten kaum mehr als dunkle Umrisse und Schatten. Während des Nachmittags war es noch kälter geworden, und nun mischte sich Schnee unter den Graupel und bildete eine schmutzigweiße Decke über dem frierenden Matsch.

Die Hunnuli hielten sich am Ufer nach links und trabten in einen

Hain aus Pappeln, wilden Olivenbäumen und niedrigen Eichen. Die in der Knospe stehenden Bäume drängten sich dicht um eine Flussbiegung und bildeten einen undurchdringlichen Wall vor dem Ufer.

Gabria sah sich um. Sie erkannte nicht viel in dem treibenden Schnee, und das Klanlager war aus ihrem Blick verschwunden. »Bist du sicher, dass er hierher gelaufen ist?«, fragte sie ihre Stute.

»Hier drüben!«, rief eine Stimme. »Schnell!«

Die beiden Stuten brachen durch das dichte Gehölz und rannten auf die Stimme zu, bis sie den Rand des Wäldchens und das Wasser erreicht hatten. Im schwachen Licht sahen die beiden Frauen einen Körper flach auf dem steinigen Ufer liegen, und vier oder fünf Männer in Klanmänteln beugten sich über ihn.

Plötzlich stellten die beiden Hunnuli gleichzeitig die Ohren auf. Sie blähten die Nüstern weit, bohrten die Hufe in den Schlamm und kamen schlitternd zum Stillstand. *Gefahr!*, dröhnte es in den Köpfen der Frauen.

Kelene bemerkte, wie zwei der Männer herumwirbelten und den Pferden etwas entgegen warfen, das wie dunkle Bälle aussah. Einen Herzschlag später brachen die Bälle auf und versprühten ein dichtes, gelbliches Pulver unmittelbar vor den Schnauzen der Stuten. Nara trompetete wütend, aber das unbekannte Pulver füllte bereits ihre Lungen. Sie taumelte seitwärts und schlug gegen einen großen Baumstamm, bevor Gabria sie abfangen konnte. Sofort stürzten sich zwei Männer aus den Bäumen und zerrten die Zauberin in den gefrierenden Schlamm. Ein weiterer Mann band Naras Kopf und Hals fest.

Kelene blieb keine Zeit für eine Reaktion. In dem verzweifelten Versuch, ihre Reiterin zu retten, warf sich Demira nach vorn und fort von den Bäumen, damit sie ihre Schwingen ausbreiten konnte. Dann wirkte das Pulver auch bei ihr. Sie schlingerte, rollte mit den Augen und ging am Rand des Wassers in die Knie. Kelene stürzte schwer. Schmerzen schossen ihr durch den rechten Arm und den Rücken. Wut und Angst flammten in ihr auf, doch eine Hand drückte ihr einen feuchten Mantel über Mund und Nase. Kelene konnte weder etwas sagen noch ihre Magie einsetzen. Der Stoff strömte einen metallischen, faulen Geruch aus. Sie spürte, wie ihr

Körper taub wurde. Das schwache Licht wurde grau; dann verlor sie das Bewusstsein.

Die Männer warfen rasch ihre Klanmäntel und den toten Ausreiter in den Fluss. Sie verbanden den benommenen Stuten die Augen und fesselten sie aneinander. Dann warfen sie die Frauen über die Hunnuli. Einige Männer und Pferde bahnten sich einen Weg durch den Fluss. Die anderen Pferde zwangen Nara und Demira durch den steigenden Altai in die Finsternis am anderen Ufer. Nach einem Augenblick lag der Fluss wieder verlassen da, und Kelene und Gabria waren verschwunden.

*

Im Klanlager hob Eurus seinen großen Kopf. Er stand zusammen mit Afer, Tibor und den kleineren harachianischen Pferden in einer dicht gedrängten Gruppe, die sich warm zu halten versuchte, während sich die Männer ein letztes Mal in Sha Tajans Zelt besprachen, bevor die Dunkelheit undurchdringlich wurde. Der Hengst regte sich gereizt und blies Dampfschwaden in die Luft.

Irgendetwas stimmte nicht. Eurus spürte es so deutlich, wie man Bauchschmerzen spürt. Er rammte einen Huf in den Schneematsch. Die Harachianer waren zwar schöne und anmutige Tiere, hatten aber nicht die Klugheit, Ausdauer und Kraft der Hunnuli. Sie stierten den ruhelosen Riesen in ihrer Mitte an und rückten nervös von ihm ab.

Afer wieherte ihnen beruhigend zu, und sie rückten vorsichtig wieder näher an ihre Gruppe heran. Nur die Hunnuli konnten sich nicht beruhigen. Afer und Tibor wurden ebenfalls nervös, und nach einigen Minuten schlichen sich die drei Hunnuli davon und trotteten zurück zu den Zelten der Khulinin.

Auf den ersten Blick sah für sie alles normal aus. Die Zelte trotzten dem stärker werdenden Eisregen, es brannten einige geschützte Feuer, die Wachen standen auf ihren Posten in der Ferne, und im Lager war es ruhig.

Als die Hengste zum Zelt des Häuptlings kamen, verwandelte sich ihre Sorge jedoch in Angst. Die beiden Stuten und die Frauen waren verschwunden, und ihre Spuren, die sich bereits mit Schnee füllten, wiesen auf den dunklen Fluss zu.

Afer stieß einen langen, fordernden Weckruf aus, der das Lager aufrüttelte und die Männer alarmierte, aber weder Nara noch Demira antworteten darauf. Wie schwarzer Donner galoppierten die drei Hengste auf dem Pfad, den die Stuten hinterlassen hatten, zu dem kleinen Wäldchen. Hier verlangsamten sie ihren Schritt und ließen sich von ihren scharfen Augen und dem guten Geruchssinn durch das dichte Unterholz bis zum Flussufer führen.

In dem zertrampelten Gras rochen sie eine Spur von Demira und Nara sowie das Blut der Stuten im Schnee und Matsch des Ufers. Dort entdeckten sie auch die Spuren vieler Männer: Fußstapfen, eine Pfütze mit menschlichem Blut und den Gestank von Schweiß und Angst.

Ein weiterer Geruch stieg Eurus in die Nase; er war pulverig, metallisch und scharf. Der Hengst wurde davon benommen und atmete sofort heftig aus. Dann erkannte er Gabrias schwachen Geruch im Unterholz und den von Kelene auf den Felsen neben dem Altai. Das war alles.

Das Flussufer lag verlassen da. Die Frauen und Stuten waren verschwunden.

Tibor und Afer wirbelten herum und rannten denselben Weg zurück, auf dem sie gekommen waren, während Eurus das Ufer nach einem Anzeichen für seine Gefährtin und ihre Reiterin absuchte. Neben ihm rollte und schwappte der schlammige Altai immer höher das Ufer hinauf und schwemmte den Geruch und die Spuren der Angreifer und ihrer Opfer fort.

Besorgte Rufe und der Lärm rennender Füße brachen durch die Stille des Hains, und Fackeln bewegten sich mit ihrem Licht in der tiefen Dunkelheit hin und her. Der alte Hengst kehrte zurück und gesellte sich zu Athlone, Sayyed und Rafnir, die völlig außer Atem waren und wild um sich blickten. Afer und Tibor waren bei ihnen.

»Berichte«, keuchte Athlone. Andere Männer, unter denen sich auch Gaalney und Morad befanden, stellten sich neben ihren Häuptling ans Ufer, und Eurus erklärte den fünf Zauberern, was er herausgefunden hatte.

Lord Athlone holte tief Luft, bevor er brüllte: »Sayyed, ich will, dass das ganze Lager Zelt für Zelt durchsucht wird. Wir müssen uns vergewissern, dass sie nicht mehr hier sind. Rafnir, nimm dir ein paar Männer und such das Flussufer in beiden Richtungen ab. Der Rest kommt mit mir!«

Jedermann gehorchte sofort. Sie suchten stundenlang, bis die Finsternis undurchdringlich und der Regen endgültig zu Schnee geworden war, doch sie fanden keine Spur von Gabria, Kelene oder den beiden Hunnuli-Stuten.

Bei der fieberhaften Suche bemerkte niemand, wie auf der anderen Seite des Altai der große Wagen des Shar-Ja das Lager verließ, und niemand sah die lange Reihe von Versorgungswagen und Lastkarren, die ihm folgte.

Schließlich versammelten sich die Männer in der Mitte des Lagers um das große Feuer, das in der schwachen Hoffnung, die beiden Frauen könnten sich im Sturm verirrt haben, errichtet worden war.

Rafnir berichtete mit bleichem Gesicht Athlone von den traurigen Ergebnissen der Suche. »Nur ein einziger Wächter hat bemerkt, wie sie das Zelt verlassen haben, aber für ihn schien alles in Ordnung zu sein, und er hat nicht weiter darüber nachgedacht. Niemand weiß, warum sie hinunter zum Fluss geritten sind. Wir haben keine weiteren Spuren von ihnen gefunden.« Er verstummte wütend, als wolle er die Sorgen und Ängste, die in ihm nagten, für sich behalten. »Flussabwärts hat man auf einem angespülten Baumstamm die Leiche eines unserer Ausreiter gefunden. Ihm wurde die Kehle durchgeschnitten, und sein Mantel ist verschwunden.«

Athlone, Sayyed und Rafnir sahen sich an; ihre Gedanken folgten demselben Weg. Weitere Häuptlinge und Klanmänner drängten sich nun um das zischende Feuer, aber für die drei Männer schienen sie bloß ein ferner, murmelnder Teil des Hintergrunds zu sein. Für die Zauberer gab es nur noch ihren gemeinsamen Zorn und die brennende Sorge um ihre Frauen und Gefährtinnen.

Sayyed sprach als Erster; seine dunklen Augen glitzerten im zuckenden Licht des Feuers. »Die Turic haben die Hand im Spiel.«

Dafür gab es keinen klaren Beweis; dennoch nickte Athlone zustimmend. »Niemand aus den Klanen hätte einen Vorteil von Kelenes und Gabrias Entführung.«

»Was ist mit den Verbannten? Oder vielleicht gibt es Fremde in unserem Land«, wagte Rafnir zu bedenken.

Athlone dachte über diese Möglichkeiten nach, doch dann schüttelte er den Kopf. »Man braucht etliche Leute, um die beiden Hunnuli, Gabria und Kelene gefangen zu nehmen und zu verstecken. Sie müssen überrascht worden sein. Ich glaube nicht, dass sich eine größere Gruppe an unseren Ausreitern vorbeistehlen konnte, ohne Spuren zu hinterlassen. Wer immer es war, hat sich in unmittelbarer Nähe befunden und ist an einen Ort geflohen, an den wir ihm nicht folgen können.«

»Was ist, wenn sie gar nicht entführt wurden? Was ist, wenn sie tot sind?«, meinte Rafnir entsetzt.

Der Hengst Tibor drückte die Schnauze sanft gegen die Brust des jungen Mannes. *Ich glaube nicht, dass die tot sind. Ich wüsste es, wenn Demira diese Welt verlassen hätte.*

Eurus, der schon seit sechsundzwanzig Jahren mit Nara verbunden war, wieherte zustimmend. Die Hunnuli besaßen die Fähigkeit, starke gefühlsmäßige und geistige Verbindungen zu ihren Reitern herzustellen. Sie waren so mächtig, dass manche Hunnuli den Tod suchten, wenn ihr Reiter starb. Diese tiefe geistige Verbindung erstreckte sich auch oft auf Mitglieder der eigenen Rasse. Hunnuli wie Eurus und Nara, Tibor und Demira, deren Reiter einander liebten, wurden zu lebenslangen Paaren.

Wenn also Tibor sagte, dass Demira noch lebte, dann musste auch Kelene noch leben. Rafnir glaubte seinem Hengst vorbehaltlos. Er legte die Stirn gegen den großen Kopf des Tieres. »Wir werden sie suchen«, erklärte er.

»Die Versammlung ist beendet«, sagte Athlone und machte eine heftige Handbewegung. »Packt eure Sachen zusammen. Wir reisen ab.«

Lord Fiergan bahnte sich einen Weg zu ihnen, und seine harte Stimme donnerte über das Knistern und Knacken des Feuers. »Seid kein Narr, Athlone. Ihr könnt nicht einfach in das Gebiet der Turic reiten und Eure Frauen zurückverlangen. Entweder werden sie Euch auslachen oder töten. Ihr wisst nicht einmal, wer sie entführt hat. Es könnte der Shar-Ja sein oder die verrückten Fanatiker oder sogar dieser abscheuliche Kerl Zukhara. Vielleicht hat man die Frauen nur entführt, um Euch über den Altai und in eine Falle zu locken.«

»Lord, er hat Recht«, warf Gaalney eifrig ein. »Und wenn Ihr den

Fluss überquert und Euch als Turic ausgebt, werdet Ihr nicht weit kommen! Ihr seht nicht wie ein Turic aus. Bitte hört auf uns. Ihr seid zu wichtig, als dass wir es uns leisten könnten, Euch zu verlieren. Ihr dürft den Klan nicht wegen eines solch waghalsigen Abenteuers verlassen.«

»Abenteuer!«, explodierte Athlone. Nun hatten ihn seine Gefühle übermannt. Er wandte sich mit unverhüllter Wut an die beiden Männer. Aber bevor er seinem Zorn Luft machen konnte, drang ein anderer Laut an die Ohren der Klanmänner. Es war ein Laut, unter dem alle erstarrten und den Blick nach Osten lenkten. Hinter dem Feuer, in der wirbelnden Finsternis, kam das dumpfe Klappern von Hufen immer näher.

»Lord Wendern!«, heulte eine irre Stimme.

Der Häuptling der Schadedron eilte einige Schritte vor. »Hier bin ich. Bist du das, Hazeth?«

»Lord Wendern!«, rief die Stimme erneut, und aus der Nacht preschte im Feuerschein ein dunkles Pferd heran, das ein Gespenst aus Eis und Schnee und Blut trug. Das erschöpfte Pferd taumelte keuchend in den Lichtkreis; die Nüstern waren rot wie Flammen. Dampf entströmte seinem schweißgetränkten Fell, und die Beine zitterten unter der großen Anstrengung.

Die Gestalt auf seinem Rücken, die in einem vom Schnee überzogenen schwarzen Umhang steckte, fiel zur Seite und in die Arme seines Häuptlings. Blut aus einer Kopfwunde war auf dem Gesicht des jungen Reiters gefroren, und eine weitere Verletzung an der Schulter hatte eine harte, vereiste Kruste auf seinem Mantel hinterlassen. Trotz seiner Verletzungen und Erschöpfung kämpfte sich der Junge auf die Beine.

»Der Treld ist angegriffen worden, mein Lord«, keuchte er. »Von turischen Banditen!«

Diesmal waren die schlechten Nachrichten zu viert gekommen.

Fünf

»Lord Athlone, bitte«, flehte Wendern. »Bitte nehmt Vernunft an. Hazeth sagt, die Banditen haben gestern angegriffen, bevor das Wetter umschlug. Sie können den Fluss noch nicht erreicht haben. In diesem Schnee werden sie irgendwo Unterschlupf suchen und erst weiterreiten, wenn der Himmel sich aufklart. Wenn wir jetzt aufbrechen, können wir ihnen den Weg abschneiden. Dann haben wir die Möglichkeit, diesen Angriffen ein Ende zu setzen!«

»Eure Gedankengänge sind sehr überzeugend, Wendern, aber dazu braucht Ihr mich nicht. Ich muss meine Frau suchen!«, antwortete Athlone unnachgiebig und richtete sich auf, als wolle er jedes weitere Gespräch unterbinden. Er drehte dem Häuptling der Schadedron den Rücken zu und packte weiter seine Sachen mit einer Hast zusammen, die an Raserei grenzte. Die anderen Häuptlinge waren in ihre eigenen Lager zurückgekehrt und bereiteten sich darauf vor, bei Anbruch der Morgendämmerung abzureisen, doch Wendern war Athlone in dessen Zelt gefolgt und trat nun von einem Fuß auf den anderen. Das Blut seines jüngsten Kriegers klebte ihm noch an den Händen.

Wendern war einer der neuen Häuptlinge: ein widerstandsfähiger Mann mittleren Alters, der seine Stellung vor drei Jahren errungen hatte, als der vorige Anführer während der Seuche gestorben war. Er war ein starker und fähiger Häuptling, doch er besaß keinerlei Kriegserfahrung und wusste nicht, in welcher Verfassung sein Klan nach dem Angriff war. Athlone sah ein, dass er wirklich Hilfe brauchte, doch diese Hilfe musste jemand anderes leisten. Gabria und Kelene waren ihm wichtiger.

Athlone warf einen Wasserschlauch auf seinen Ausrüstungsstapel und griff soeben nach dem Beutel mit Flint und Feuerstein, als ihn ein Geräusch am Zelteingang unterbrach.

»Wer ist da?«, knurrte er und hielt kurz in seiner Geschäftigkeit inne.

Ein unterdrücktes Keuchen von Wendern alarmierte Athlone. Er wirbelte mit der Hand am Dolchgriff herum und sah zwei Turic im Eingang stehen. Ihre langärmeligen braunen Roben starrten vor Schnee, und die Burnusse schimmerten weiß wie der Mond. Sie schienen unbewaffnet zu sein. Der erste Mann trat schweigend ins Zelt, der zweite folgte dicht hinter ihm. Da sie sich die Enden der Burnusse als Schutz gegen den beißenden Wind über den unteren Teil ihres Gesichts gewickelt hatten, waren nur ihre dunklen Augen zu sehen. Der Blick des ersten Turic schien irgendwie belustigt zu sein.

Er berührte zum Gruß Stirn und Brust mit den Fingern und sprach Athlone in der Stammessprache an.

Athlone ließ die Hand sinken. Auch wenn die Tracht fremd wirkte, so war ihm doch die Stimme vertraut. »Sayyed«, sagte er verärgert, »glaubst du nicht, dass diese Verkleidung im Augenblick ziemlich gefährlich ist? Jemand könnte Anstoß daran nehmen und dir einen Pfeil durch den Leib jagen.«

Sayyed kicherte, während er den Stoff von seinem Gesicht fortschob. »Das beweist es.«

»Was?«

»Es beweist, dass ich Gabria und Kelene jenseits des Altai suchen sollte, während du mit Lord Wendern die Banditen jagst.«

»Nein, ich gehe selbst auf die Suche nach Gabria.«

»Hör mich an, Athlone!«

Der Häuptling zögerte; die Dringlichkeit in der Stimme seines Freundes hatte seine Aufmerksamkeit erregt.

Sayyed verschränkte die Arme vor der Brust. »Gaalney hatte Recht. Du siehst nicht wie ein Turic aus, du handelst nicht wie ein Turic, und es besteht nicht die geringste Hoffnung, dass du je wie ein Turic sprichst. Wenn du über den Fluss gehst, bist du ein Eindringling, und niemand wird dir helfen. Auch Fiergan hatte Recht. Wir wissen nicht, wer Gabria und Kelene entführt hat. Wir brauchen jemanden auf dieser Seite der Grenze, der alle anderen Möglichkeiten untersucht und ausschließt.«

Athlone schwieg. Seine Miene war ausdruckslos. Sein Körper war so angespannt, dass die Handknöchel weiß hervortraten. Wendern sagte klugerweise nichts dazu; er überließ die Argumente einer bedeutenderen Stimme als der seinen. Auch der zweite Turic blieb stumm. Er blickte aufmerksam drein.

»Ich schlage vor, dass du mit Wendern gehst und den Banditen den Rückweg abschneidest. Es sind nicht genug Krieger in der Nähe, die das an deiner Stelle tun könnten. Die Ferganan haben ihre eigenen Schwierigkeiten, die Wylfling und die Khulinin sind zu weit entfernt. Es bleiben nur die Häuptlinge und ihre Männer. Und sie brauchen zur Unterstützung einen Zauberer.«

»Gaalney und Morad können mitgehen«, sagte Athlone barsch.

»Gaalney und Morad sind keine Häuptlinge! Sie sind nicht einmal Wertaine. Sie haben noch nie in einer Schlacht gekämpft. Sie sind nicht Lord Athlone! Wenn sich Lord Athlone, der berühmte Zauberer-Häuptling der Klane Valorians, gegen die Eindringlinge in der Ebene von Ramtharin wendet, wird das eine deutliche Botschaft für all jene sein, die unser Volk für schwach halten.« Er wies mit dem Finger auf den Häuptling. »Und vergiss den Shar-Yon nicht. Die Turic könnten auf Rache sinnen, weil sie uns für Bashans Mörder halten. Wenn du hier bist und die Grenze verteidigst, überlegen es sich die Turic zweimal, ob sie uns wirklich angreifen wollen.«

»Zu viel der Ehre«, brummte Athlone.

»Das ist Unsinn, und du weißt es. Wendern braucht *dich*, nicht Morad oder Gaalney. Und wenn du diese Banditen gefangen nimmst, kannst du sie möglicherweise gegen Gabria und Kelene austauschen. Wer immer sie entführt hat, hat sich sogar die Mühe gemacht, die Hunnuli mitzunehmen. Sie wollten die Frauen lebend haben.«

Athlones Gesichtsausdruck verlor ein wenig von seiner Wildheit, als er über Sayyeds Worte nachdachte. Die Argumente seines Freundes ergaben einen Sinn, aber noch war sein Herz nicht überzeugt. »Und was willst du unternehmen, während ich hinter Dieben und Räubern herjage?«

Sayyed verneigte sich leicht. »Mein Gefährte und ich beabsichtigen, uns unter die Karawane des Shar-Ja zu mischen, den Aufenthaltsort der Frauen in Erfahrung zu bringen und sie bei der ersten Gelegenheit zu befreien.«

»Dein Gefährte?«, fragte Athlone knapp.

Der zweite Turic nahm den Burnus vom Gesicht und lächelte seinen Schwiegervater matt an. »Vater war der Meinung, ich solle endlich mehr über die andere Seite der Familie erfahren«, entgegnete Rafnir.

Athlones Beine schienen nachzugeben, denn plötzlich setzte er sich auf die Kissen in der Mitte des Zelts. Gabrias Teekessel und die beiden Becher standen noch auf dem niedrigen Tisch, und die Kohlen in der Pfanne waren noch warm. Der Blick des Häuptlings wanderte langsam und nachdenklich vom einen zum anderen, während sein Verstand um den besten Weg rang.

»Eurus«, rief er unvermittelt. Als das Hunnuli den Kopf durch den Zelteingang steckte, deutete er mit dem Finger auf Sayyed und sagte: »Hast du mitbekommen, was er gesagt hat?«

Das Hunnuli nickte.

»Wir müssen auch an Nara und Demira denken. Daher frage ich dich nach deiner Meinung.«

Eurus, eines der ältesten Hunnuli in den Klanen und eines der wenigen Pferde, die vorher die freie Wildbahn mit dem Hengstkönig durchstreift hatten, war während seiner Jahre unter den Menschen weise geworden. Er antwortete einfach: *Sayyed hat gute Aussichten, Gabria und Kelene zu finden. Ihr hättet einen besseren Stand gegen die Turic, wenn die Banditen aufgehalten würden.*

»Und du bist bereit, Afer und Tibor ohne dich gehen zu lassen?«

Ich würde dir wohl kaum raten, irgendwohin zu gehen, wenn ich nicht bereit wäre, dir zu folgen.

Wendern meinte beinahe entschuldigend: »Aber sie können die Hunnuli nicht mit ins Gebiet der Turic nehmen. Man würde die Pferde sofort erkennen.«

Rafnir deutete nach draußen. »Kommt mit und seht es euch an. Darum haben wir uns schon gekümmert.«

Die Männer traten in die Nacht hinaus. Der Wind hatte sich ein wenig gelegt, und es schneite nicht mehr so stark. Mit der Hilfe der Götter wird der Sturm morgen nachlassen, dachte Athlone. Er tätschelte Eurus und schaute sich nach Tibor und Afer um. Alles, was er jedoch sah, waren zwei gezäumte und mit tiefen turischen Sätteln versehene Pferde, die am Zeltpfosten festgebunden waren.

Die Pferde schienen schwarz zu sein, auch wenn man das in der Dunkelheit nicht so genau erkennen konnte. Eines hatte einen kleinen Stern auf der Stirn und das andere zwei weiße Fesseln. An ihren Flanken war kein für die Hunnuli übliches weißes Blitzzeichen zu sehen; auch hatten sie weder Anmut noch Stärke dieser besonderen Rasse. Die beiden hatten die Nüstern zum Schutz gegen den Wind gesenkt und wirkten alles andere als königlich.

»Nette Tiere«, bemerkte Wendern. »Wo habt ihr so große Pferde gefunden?« Dann hob zu seinem großen Erstaunen eines der Pferde den Kopf und schnaubte ihn an. Er sperrte den Mund auf.

»Das kann doch nicht sein«, kicherte Athlone. »Wie habt ihr die Hunnuli dazu gebracht, Zaumzeug zu tragen?«

Es war Afers Idee, beschwerte sich Tibor und schüttelte den Sattel auf seinem Rücken. *Das tue ich nur für Gabria und Kelene.*

Sayyed lachte. »Sie haben sogar vorgeschlagen, die Flanken mit dem Blitzzeichen zu färben und sich das Fell mit weißer Farbe bemalen zu lassen. Wenn man nicht allzu genau hinschaut und sie sich zusammenreißen, gehen sie als gewöhnliche Pferde durch.«

Gegen eine solche gemeinsame Front kam Athlone nicht an. Er umarmte seinen Freund und seinen Schwiegersohn dankbar. »Ihr habt meine Erlaubnis zum Aufbruch«, sagte er. Er war so gerührt, dass er nicht alles sagen konnte, was er ihnen eigentlich noch mitteilen wollte. Aber eine letzte Ermahnung fügte er hinzu: »Wenn ich innerhalb der nächsten fünfzehn Tage keine Nachricht von euch erhalte, trommle ich die Klane zusammen und marschiere in den Süden ein!«

*

Ein blasser Schimmer färbte bereits sanft den östlichen Horizont, als die Klanleute endlich bemerkten, dass die Karawane des Shar-Ja abgereist war. Starke Wachverbände patrouillierten am südlichen Ufer, aber dort, wo am Vortag die ganze Wiese voller turischer Rundzelte gewesen war, stand nur noch ein kleines Lager. Die meisten Wagen waren ebenfalls verschwunden, einschließlich des kunstvoll gearbeiteten Wagens des Shar-Ja.

Sayyed zuckte die Achseln, als er die Neuigkeit hörte. »Bei diesem Wetter können sie nicht weit gekommen sein. Wir werden sie finden.«

Auch das Klanlager verschwand schnell; die Reisezelte und Vorräte wurden auf Wagen und Packtiere geladen. Der Schnee fiel noch immer in launenhaften Schauern; die Luft war feucht und kalt, doch es war das letzte Aufbäumen eines sterbenden Sturms. An diesem Morgen sah der Himmel nicht mehr stahlblau aus wie am vergangenen Tag, sondern taubengrau, und der Wind trieb seinen Mutwillen nun anderswo.

Sobald es hell genug war, um Farben und Umrisse zu erkennen, holte Sayyed seinen Gebetsteppich aus dem Gepäck und legte ihn sorgfältig auf den nackten Boden, den Gabrias Zelt hinterlassen hatte. Er kniete nieder und ehrte seinen Gott bei Sonnenaufgang nach der uralten Tradition der Turic. Zweimal am Tag betete er und verneigte sich dabei nach Süden, wo nach der Meinung seiner Vorväter die heilige Stadt Sargun Shar lag. Obwohl er schon seit sechsundzwanzig Jahren bei den Klanen lebte und auch an einigen ihrer Festlichkeiten teilnahm, war Sayyed dem Glauben der Turic treu geblieben und trug die Liebe zu seinem Gott tief in seinem Herzen. Er war dankbar dafür, dass die Klanleute keine religiösen Eiferer waren und nicht versucht hatten, ihn zu bekehren. Aus Achtung vor den Klanen hatte er erlaubt, dass Rafnir in den Traditionen von Amara, Lord Sorh, Surgart und Krath erzogen wurde, und seinem Sohn nur die Bedeutung der verschiedenen Glaubensarten dargelegt.

Als er aber an diesem Morgen im kalten Licht kniete, einen Blick über die Schulter warf und Rafnir hinter sich bemerkte, befahl er: »Hol dir einen Gebetsteppich. Du musst nicht gläubig werden, aber wenn du für eine Weile ein echter Turic sein willst, musst du zumindest so tun.«

Rafnir gehorchte freudig. Er breitete eine Pferdedecke aus, kniete sich neben seinen Vater und neigte den Kopf. Stumm und aufmerksam lauschte er den Gebeten seines Vaters. Die Worte waren ihm seit frühester Kindheit vertraut. Es waren eher Lieder – Lieder von Frieden, Dankbarkeit und Hoffnung auf einen neuen Tag. Sie kamen über Sayyeds Lippen mit gesunder Demut und Freude. In den Sätzen lag Trost, den auch Rafnir empfand, als er sie seinem Vater nachsprach. Die verehrten Gottheiten mochten andere sein, doch die tief empfundenen Gefühle in den Gebeten waren gleich.

Als sie fertig waren, hatten die Häuptlinge ihre Männer versammelt und waren zur Abreise bereit. Sayyed und Rafnir rollten ihre Teppiche zusammen, befestigten die Taschen hinter den Sätteln und warfen sich die Klanmäntel über die turische Kleidung. Sie gesellten sich zu den berittenen Kriegern und zogen mit ihnen der aufgehenden Sonne entgegen. Am Ratsfelsen stand das große Zelt einsam und verlassen da; es hatte seinen Zweck nicht erfüllt. Jenseits des Altai beobachtete die Nachhut, wie die Klane fortritten.

Die Häuptlinge waren am Morgen wegen der Schneeverwehungen und der vereisten Wege gezwungen, langsam zu reisen. Die Krieger ritten sehr vorsichtig entlang des Altai auf die Ruinen des Ferganan-Trelds zu. Wenn alles gut verlief, würden sie rechtzeitig die Sandberge südlich des Schadedron-Trelds erreichen und den turischen Banditen den Rückzug durch den Grenzfluss unmöglich machen.

Sayyed und Rafnir ritten fast eine Stunde mit den Klanen, bis sie die nächste Furt durch den angeschwollenen Strom erreichten. Auf einer kleinen Bergkuppe, von der aus man den Altai überblicken konnte, hielten sie zusammen mit den Lords Athlone, Wendern und Bendinor an.

Sayyed zog seinen Umhang aus. Er verspürte eine tiefe Traurigkeit, als er ihn Athlone überreichte. Es war ein Bedauern, das er nicht erwartet hatte. Natürlich war er insgeheim freudig erregt über die Rückkehr in das Land der Turic, aber er hatte länger bei den Klanen als bei den Stämmen gelebt und erkannte, dass die Ebene von Ramtharin für immer und ewig seine Heimat war. Er grinste Athlone an. In seinen Augen funkelte plötzlich der Schalk, als er den Lord wie einen einfachen Klanmann anredete: »Bis wir wieder zusammen reiten, Athlone.« Er winkte zum Abschied und trieb dann Afer im Galopp den Hügel hinunter und auf den Fluss zu. Er stieß das wilde, hohe Heulen der Turic aus, das unheimlich durch die stille Morgenluft hallte.

Rafnir warf seinen Mantel Bendinor zu, salutierte vor Athlone und lenkte Tibor hinter Afer her. Die Lords sahen den beiden schwarzen Pferden nach, die durch das Wasser pflügten und tropfnass auf der anderen Seite wieder herauskamen. Im nächsten Moment waren sie hinter einer Baumreihe verschwunden.

Eine Weile saß Athlone steif auf seinem Hengst und blickte gedankenverloren zum südlichen Horizont. Er bedurfte seiner ganzen Kraft, um still zu sitzen und nicht auf Eurus hinter Afer und Tibor herzugaloppieren. Die Angst um Gabria brachte ihn noch um den Verstand. Er wollte selbst handeln und nicht eine solch wichtige Aufgabe jemand anderem überlassen. Doch Athlone war klug genug, die Wahrheit zu sehen: Nördlich der Grenze, auf seinem eigenen Land, konnte er mehr erreichen.

Still betete er nicht zu Surgart, sondern zu Amara, dass die Götter über seine Frau, seine Tochter und die beiden Männer wachten, die sich auf der Suche nach ihnen einer so großen Gefahr aussetzten. Schließlich nickte er seinen Gefährten zu und wandte Eurus nach Osten. In Gedanken war er schon beim Schadedron-Treld und auf der Jagd nach den Mördern seines Volkes.

*

Als Sayyed und Rafnir die Karawane erreichten, war es Nachmittag. Sayyed hatte Recht gehabt: Sie war in der verschneiten Nacht nicht weit gekommen, sondern lediglich einige Meilen tiefer in das Stammesgebiet eingedrungen, bevor sie wieder anhalten musste. Der große Zug war seit dem frühen Morgen unterwegs und reiste mit geringer Geschwindigkeit auf einer ausgefahrenen Karawanenstraße nach Cangora; offenbar hatte man keine Eile, sein Ziel zu erreichen.

Ein großer, geschlossener Wagen, ausgekleidet in Schwarz und Königsblau, fuhr der Karawane voraus und trug den Leichnam des Shar-Yon. Eine Prozession von Priestern und königlichen Wachen umgab ihn. Die Nachricht vom Tod des Thronfolgers hatte sich bereits herumgesprochen, und die Straße wurde von Trauernden und Neugierigen gesäumt, die aus den nahe gelegenen Siedlungen kamen und dem königlichen Toten die letzte Ehre erweisen wollten.

Das Wetter schien dem traurigen Anlass zu entsprechen. Die Wolken hingen tief, und es herrschte ein schwacher Nebel, der alles in winzige Tropfen hüllte. Wie es so oft bei Frühlingsstürmen der Fall war, hatte auch dieser seine Kraft über der nördlichen Ebene verloren. Als er jenseits des Altai auf die trockenen, warmen Wüstenwinde geprallt war, hatte er seine Schärfe eingebüßt. Schnee und Eis erstreckten sich kaum fünf Meilen weit in das Land der Turic, bevor sie sich in Schlamm verwandelten und schmolzen. Vom Sturm, der über die Ebene von Ramtharin gefegt war, blieben nur Regen und Nebel übrig.

Auf der Kuppe eines niedrigen Hügels saßen Sayyed und Rafnir Seite an Seite und sahen zu, wie die Karawane unter ihnen die Straße entlang zog. Sie beobachteten eingehend die langen Reihen der Krieger, die aus allen fünfzehn Stämmen kamen, die geordneten Formationen der königlichen Garde, die berittenen Ratgeber und Adligen, die auf der Versammlung so schweigsam gewesen waren, die Dutzende Kriegswagen, das gewaltige persönliche Gefolge des Shar-Ja und die unzähligen Karren und Gepäckfahrzeuge, die den Abschluss bildeten.

»Ich sehe nichts, was einem Hunnuli auch nur entfernt gleicht«, sagte Rafnir mürrisch.

»Hattest du eines erwartet?«, murmelte Sayyed nachdenklich. Er hatte den Blick noch immer auf die Karawane unter ihnen gerichtet und die Augenbrauen vor Anspannung zusammengezogen.

»Eigentlich nicht«, gab der junge Mann zu. »Das wäre zu einfach. Wenn sie überhaupt in dieser Karawane sind, wird man sie gut versteckt haben.«

Sayyed kratzte sich am Bart. »Hmm. Vielleicht haben wir die ganze Sache von der falschen Seite aus betrachtet. Wir haben angenommen, dass Kelene und Gabria entführt wurden, um Lord Athlone eine Falle zu stellen oder die Klane zum Krieg zu reizen, aber was ist, wenn es rein persönliche Gründe für diese Tat gibt?«

Rafnir machte einen verwirrten Eindruck. »Warum sagst du das?«

»Es ist eigentlich nur eine Vermutung. Ich habe die Köpfe gezählt«, antwortete Sayyed. »In den Reihen der Stammesleute befinden sich jetzt mehr Männer als beim Ratsfelsen.«

»Bist du sicher?«

Der ältere Mann nickte. »Das Gesetz verlangt, dass jeder Stamm eine bestimmte Anzahl Männer schickt, die den Shar-Ja auf offiziellen Reisen begleitet. Beim Ratsfelsen habe ich vierzig Männer aus dem Stamm Raid gezählt. Die übrigen Stämme werden eine etwa gleiche Anzahl geschickt haben, aber einige haben jetzt mehr Männer.«

»Das ist seltsam. Ich frage mich, wer sie sind und warum sie jetzt erst zu den anderen gestoßen sind«, meinte Rafnir.

»Zwei ausgezeichnete Fragen.«

»Glaubst du, jemand in der Karawane erwartet Schwierigkeiten und hat die Frauen zum eigenen Schutz genommen?«

»Das wäre möglich. Zwei Zauberinnen sind ein mächtiger Schutzschild – oder eine furchtbare Waffe.« Sayyed zog eine Grimasse und stand auf. Das feucht-kalte Wetter schadete seinen Knien; er musste sie erst langsam wieder an Bewegung gewöhnen. »Bis zur Dunkelheit bleiben wir außer Sichtweite, dann gesellen wir uns zu der Karawane, während das Lager für die Nacht aufgeschlagen wird.«

Sein Sohn sprang mit der Geschmeidigkeit der Jugend auf. »Was ist, wenn sie nicht hier sind?«

»Wir geben uns vier Tage«, schlug Sayyed vor. »Wenn wir kein Zeichen von ihnen entdecken, reiten wir nach Norden, spüren die Fel Azureth auf und fangen von vorn an.«

Rasch kehrten die Männer zu den Hunnuli am Fuß des Hügels zurück. Sie zogen sich von der Straße in das offene Land zwischen Bergen und Buschwerk zurück und folgten der Karawane in sicherem Abstand. Der Nachmittag ging sehr langsam vorüber. Vor dem Abend hob sich der Nebel; eine steife Brise kam auf und zerriss das Wolkendach.

Kurz vor Sonnenuntergang hielt die königliche Karawane in einem breiten, flachen Talkessel bei der ersten einer ganzen Reihe von Oasen an, die wie Juwelen an der langen Kette der Karawanenstraße aufgereiht lagen, welche von den Turic als Gewürzstraße bezeichnet wurde.

Es war eine alte Straße, die in einer langen Diagonale von der Handelsstadt Pra Desch in den Fünf Königreichen nordwestlich der Ebene von Ramtharin und dem Ruad el Brashir nach Cangora führte, wo sich in der Abgeschiedenheit des Vorgebirges der Absarotan-Berge der Thron der turischen Herrscher befand. Die Absarotan- oder Blauhimmel-Berge waren der südliche Ausläufer des Dunkelhorns und erhoben sich wie eine Riesenfestung über der Wüste von Kumkara.

Der erste Haltepunkt an der Gewürzstraße auf turischem Gebiet war die Tarzul-Oase. Die behelfsmäßige Siedlung aus Lehmziegelhäusern, Herbergen und Läden war neben den Quellen der Oase entstanden und diente nicht nur den Einheimischen, sondern auch allen Pilgern, Reisenden, nomadischen Schäfern und Karawanen. Als die Offiziere des Shar-Ja den Befehl zum Anhalten gaben, schwärmte eine Schar von Einwohnern, aufgeregten Kindern und bellenden Hunden ins Lager, um zu helfen, zuzuschauen oder einfach nur im Weg zu stehen.

Sayyed und Rafnir beobachteten die Oase von einem Aussichtspunkt auf einer nahe gelegenen Erhöhung. Trotz des Aufruhrs, den die zusätzlichen Leute aus der Oase verursachten, ging der Aufbau des Lagers rasch und in geregelten Bahnen vor sich, doch die beiden Klanmänner bemerkten mit Freude, dass die Turic nur wenige Wachen um das Lager aufstellten. Lediglich das Zelt des Shar-Ja befand sich unter Aufsicht einer zahlreichen und schwer bewaffneten Garde.

Als die Sonne soeben die Gipfel der fernen Bergkette berührte, öffneten sich die Wolken im Westen. Die schräg einfallenden Strahlen aus goldenem Licht glitten über den Talkessel und vergoldeten die Bäume der Oase. In diesem Augenblick erschallte ein Horn und rief mit langem, tiefem Ton zum Gebet.

Zu Rafnirs Erstaunen fielen die gesamte geschäftige Bevölkerung des Lagers sowie die Oase und das Dorf in sofortiges Schweigen. Alle wandten sich nach Süden, standen reglos und mit gesenktem Kopf da und beteten. Einige knieten nieder, und andere hatten sich flach auf den Boden gelegt. Der junge Zauberer betrachtete die Szene mit Ehrfurcht. Er bemerkte, wie sein Vater neben ihm niederkniete und das Abendgebet murmelte. Langsam sank Rafnir neben ihm auf den Boden und richtete seine Gedanken auf die Götter in wortloser Bitte um Stärke und Weisheit.

Die Sonne sank tiefer; das goldene Licht verblasste. Einen Moment später blies das Horn erneut, und die Turic wurden wieder lebendig. Rafnir stand auf und fühlte sich seltsam getröstet.

»Auf geht's«, sagte Sayyed leise. Sie gingen zu den Hunnuli und nahmen ihnen Sättel und Zaumzeug ab. »Ich will euch beide nicht im Lager anbinden. Ihr seid draußen bei den Herden sicherer«, sagte er zu den Hengsten.

Vielen Dank, meinte Afer und schnaubte vor Erleichterung, als der feste Sattelgurt entfernt wurde.

»Aber«, sagte Sayyed und holte zwei Halfter aus dem Gepäck, »ihr tragt besser diese hier.«

Warum?, beschwerte sich Tibor. *Das ist entwürdigend.*

»Genau. Sogar die Turic wissen, dass Hunnuli kein Zaumzeug tragen. So wird niemand vermuten, dass ihr Hunnuli seid, wenn ihr einen Halfter tragt.«

Afer seufzte ungestüm. *Er hat Recht, Tibor. Sei dankbar, dass er nicht vorgeschlagen hat, uns die Hinterbeine zusammenzubinden.*

Kichernd schnallte Sayyed die Halfter an ihren Köpfen fest und schickte sie zum Grasen zu der Karawanenherde; dann schulterten er und Rafnir ihre Sättel und das übrige Gepäck. Sie entschlossen sich, an der Rückseite des Hügels abzusteigen, ihn zu umrunden und durch eine flache, von Büschen und Weiden gesäumte Rinne auf die Ausläufer des Lagers zuzugehen.

Sie hatten kaum die Hälfte der Strecke durch die Rinne hinter sich gebracht, als die ersten leisen Geräusche sie durch den fernen abendlichen Lärm erreichten. Die beiden Männer blieben stehen und lauschten angespannt. Eines der Geräusche ertönte bald wieder; es war ein einzelnes metallisches Klirren wie von einer Klinge, die auf Stein traf. Dann raschelte es im Gebüsch, und irgendwo vor ihnen erklang unmissverständlich gedämpftes Stimmengemurmel.

Sayyed nickte Rafnir zu und stellte sein Gepäck auf dem Boden ab. Sie schlichen so leise wie möglich durch das Unterholz zum Rand einer offenen Stelle und verbargen sich im dichten Gebüsch. Sayyed erstarrte und hob die Hand, um Rafnir zu warnen.

Die Dämmerung sammelte sich in den Schatten der Rinne, doch es lag noch genügend Tageslicht über der Lichtung, um die fünf Männer erkennen zu können, die leise miteinander sprachen. Sie trugen dunkle Roben, hohe Stiefel und warme, knielange Mäntel aus Wolle, wie sie die Stammesleute für die Reise bevorzugten. Sie waren schwer bewaffnet mit Tulwaren, Messern und Handäxten. Einer der Männer nähte etwas an die Vorderseite seines Mantels.

Sayyed wies mit der Hand nach hinten. Er und Rafnir schlichen auf einen Hügel, von dem aus sie die Lichtung unbemerkt beobachten konnten.

»Warum lauern fünf Stammesleute im Gebüsch?«, flüsterte Rafnir.

»Sieh!«, zischte Sayyed zur Antwort und deutete auf die Rinne, die sie soeben verlassen hatten. Einer nach dem anderen schlüpften die Männer aus ihrem Versteck und gingen in verschiedene Richtungen. Nach wenigen Minuten waren alle fünf unbekümmert in dem vor Leuten überquellenden Lager verschwunden.

»Wer waren sie?«, wollte Rafnir wissen.

»Ich bin mir nicht sicher, aber hast du den Mann mit der Nadel bemerkt? Er hat ein Stammesabzeichen an seiner Kleidung befestigt.« Sayyed deutete auf den gestickten Löwen der Raid an seiner Brust. »Jeder Stammesmann trägt sein Zeichen auf der Brust. Warum also hat dieser Mann seines in letzter Minute angebracht?«

Für dieses Rätsel wussten beide keine Lösung, also schoben sie es erst einmal beiseite, verließen den Hügel und gingen auf den Rand des Lagers zu. Die beiden Männer folgten den anderen und traten lässig aus dem dichter werdenden Dunkel in das Lager des Shar-Ja. Sie ließen ihre Ausrüstung auf einem Stapel anderer Sättel in der Nähe einiger angebundener Pferde zurück, die für Notfälle bereitstanden. Der Geruch gebratenen Fleisches lockte sie zum Küchenzelt, in dem sie eine Mahlzeit aus Brot, Käse, Fleisch und Datteln erhielten.

Als sie fertig waren, schlenderten sie durch das gewaltige Lager und sahen sich eingehend um. Hier und da blieben sie stehen und hielten ein Schwätzchen mit anderen Stammesleuten, tranken beim Feuer einen Becher Wein mit Dorfbewohnern und tauschten Komplimente mit ihnen aus. Sie bewunderten den kunstvollen Wagen des Shar-Ja und erwiesen dem toten Shar-Yon in seinem geschmückten Sarg die letzte Ehre. Als sie sich aber dem Zelt des Shar-Ja zu nähern versuchten, stellten sich ihnen einige Wachen in den Weg und rieten ihnen nachdrücklich, einen anderen Weg einzuschlagen. Sie erhaschten einen kurzen Blick auf Tassilio, den Sohn des Shar-Ja, der mit seinem Hund spielte, und einmal sahen sie Zukhara zielstrebig durch das Lager schreiten.

Sie hatten erfahren, dass der Ratgeber anstelle des Shar-Ja die Befehlsgewalt über die Karawane erhalten hatte. Seit der Katastrophe am Ratsfelsen hatte niemand mehr den Herrscher der Turic gesehen. Im Lager ging das Gerücht, der Shar-Ja sei tot, aber dafür gab es keinerlei Bestätigung.

Sayyed bemerkte, wie die Leute vor Zukhara zurückwichen und die königliche Garde ihn argwöhnisch grüßte. Zu Rafnirs Entsetzen rief Sayyed ihm einen Gruß zu und salutierte vor ihm, doch der Ratgeber beachtete ihn kaum und setzte seinen Weg fort. Er hielt sich aufrecht wie eine Lanze; sein Gesicht war dunkel und zeugte von tiefer Entschlossenheit.

Als die Morgendämmerung hereinbrach, waren die Klanmänner müde und enttäuscht. Sie hatten keine Anzeichen dafür entdeckt, dass sich Kelene und Gabria in der Karawane befanden, und nichts gehört, das auch nur entfernt mit Zauberei oder den entführten Frauen in Verbindung stand. Alle im Lager redeten nur über die religiösen Eiferer im Norden, die Krankheit des Shar-Ja und die wachsenden Unruhen in verschiedenen Gegenden des Reiches.

Bei Sonnenaufgang, nach den Gebeten zum Lebendigen Gott, brachen die Turic das Lager ab und setzten ihre Reise nach Cangora fort. Sayyed und Rafnir holten ihre Sättel und pfiffen die Hunnuli herbei. Afer und Tibor berichteten, es sei ihnen unmöglich gewesen, die Gegenwart der Stuten zu riechen oder auch nur zu spüren. Niedergeschlagen gesellten sich die Zauberer und die Hunnuli zu den Stammesgruppen in der Karawane. Niemand machte eine Bemerkung über ihre Anwesenheit oder stellte ihr Recht, hier zu sein, in Frage. Angesichts der Größe der schwarzen Hengste hoben sich einige Augenbrauen, doch Sayyed erklärte, es seien Kreuzungen mit einer bestimmten Sorte von Ackergäulen. Er unterdrückte ein Lachen, als Afer den Kopf herumwarf und so tat, als schnappe er nach einer Fliege an Sayyeds Bein.

Die Karawane wand sich mit der Langsamkeit eines Trauerzugs auf die nächste Oase am Weg zu. Die Gewürzstraße verlief für einige Meilen direkt nach Süden und wandte sich dann nach Südwesten auf das Vorgebirge der Absarotan-Berge zu.

Zwar war Rafnir mit diesem Gelände nicht vertraut, aber Sayyed war in seiner Jugend mehrere Male mit seinem Vater, dem Raid-Ja, auf der Straße gereist, und er sah mit tiefer Sorge, dass die Geschichten über die Dürre der grausamen Wahrheit entsprachen. Die Gegend, die sie durchritten, war offenes Weideland, auf dem üblicherweise Schafe, Ziegen, Kühe und die anspruchslosen Wüstenpferde der Turic grasten. In den meisten Jahren erblühte das Land unter dem Frühlingsregen, der die Teiche füllte, Blumen hervorzauberte und das dichte, dünne Gras saftig sprießen ließ, das im Sommer einen goldbraunen Schimmer annahm.

Doch dieses Jahr war das Grün, das die sanften Hügel bedecken sollte, bereits zu einem matten, welken Braun geworden. Das Gras wuchs nur spärlich, und die Teiche, die künstlich angelegt waren und das Wasser des Frühlingsregens auffangen sollten, waren kaum mehr als Schlammlöcher. Die Herden, die Sayyed sah, waren abgezehrt und weit verstreut.

Als er das dem Mann gegenüber erwähnte, der neben ihm ritt, setzte dieser eine kummervolle Miene auf. »Ja, wir mussten beinahe das ganze Vieh verkaufen oder schlachten. In meiner Familie sind nur noch die Zuchttiere übrig. Wenn wir nicht bald Regen bekommen, gibt es zum Fest des Propheten eine Hungersnot.«

Sayyed warf einen Blick auf das Abzeichen des Mannes und erkannte ihn als ein Mitglied des Mira-Stammes, der seine Erblande im Nordosten hatte. Er runzelte die Stirn vor Mitgefühl. Das Fest des Propheten fand in neun Monaten, in der kalten Winterzeit statt. Es blieb nicht viel Zeit, um die Bevölkerung vor dem Verhungern zu retten. »Haben die Priester kein Korn gehortet, wie es üblich ist?«, fragte er neugierig.

Bei diesen Worten wurde sein Begleiter rot vor schlecht verhohlener Wut. »Vielleicht haben die Raid ehrliche Stammesdiener und keine Probleme mit den Fel Azureth. Aber in unserem Land mussten die Priester Korn als Abgaben für die Eintreiber des Shar-Ja entrichten, und was übrig blieb, wurde vom Greif herausgefordert, um sein Eiferer-Heer zu ernähren.«

Sayyed nahm im Sattel eine gekrümmte Haltung ein und versuchte, nicht allzu neugierig zu wirken. Er hatte diesen Namen aus Athlones Mund als Titel des unbekannten Anführers der Fel Azureth gehört. ›Greif‹ war eine passende Bezeichnung für einen solchen Mann, dachte Sayyed. Echte Greife hatten früher in den Absarotan-Bergen gelebt und waren bekannt als verschlagen und scheu und ihren Kameraden treu ergeben. »Hast du den Greif schon einmal gesehen?«, fragte er beiläufig.

»Nicht von Angesicht zu Angesicht«, sagte der Stammesmann mürrisch. »Er schickt seine Kommandanten, um von den Siedlungen und Städten den Zehnten im Namen des Lebendigen Gottes und des Propheten Sargun einzutreiben.« Plötzlich bemerkte der Mann, dass seine Stimme laut vor Wut geworden war, und er verstummte mit harschem Gelächter. »Der Shar möge den Greif in seiner Faust und fern von meiner Familie halten«, fügte er mit seltsamem Unterton hinzu und ritt fort von dem neugierigen Fremden.

»Das war aufschlussreich«, sagte Rafnir. »Nicht alle Stammesleute scheinen mit den Fel Azureth glücklich zu sein.«

Sayyed sah nachdenklich vor sich – an der Karawane vorbei, bis hinter den Horizont und auf Dinge, die er nur mit dem inneren Auge sehen konnte. Es war so vieles zu bedenken, es fehlten noch so viele Fakten, und so viele Einzelheiten passten noch nicht zusammen. Er musste mit jemandem sprechen, der die Neuigkeiten aus dem gesamten Reich kannte – jemand, der ihn im Gegenzug nicht über sein großes Pferd ausfragen und sich nicht über seine Neugier und sein mangelndes Wissen wundern würde. Aber ihm kam niemand in den Sinn, dem er vertrauen konnte. Er und Rafnir mussten ihre blinde Suche weiterführen, ohne die Aufmerksamkeit derer auf sich zu ziehen, die Gabria und Kelene in ihrer Gewalt hatten. Eine einzige Unachtsamkeit konnte sich tödlich für sie alle erweisen.

Der Zauberer unterdrückte ein Gähnen. Zeit war kostbar, doch er und Rafnir kamen nicht länger ohne Schlaf aus. Sie hatten drei aufregende Tage und zwei Nächte fast ohne Ruhe verbracht, was sich nun deutlich bemerkbar machte. Sayyed gähnte erneut. Sein Kopf fühlte sich bleischwer an, und hinter den Augen saß der Schmerz.

Er sah Rafnir an und erkannte im Gesicht seines Sohnes dieselbe Müdigkeit. Doch er sah noch mehr: Sorgen und brüchige Selbstbeherrschung. Rafnir hatte nur wenig über seine Ängste um Kelene gesprochen, doch sie lagen gut sichtbar in dem auflodernden Feuer seiner dunkelbraunen Augen.

*

Die Nacht in der zweiten Oase, welche ›Die Tränen von Al Masra‹ hieß, war genau wie in der ersten. Die Karawane hielt auf einem ebenen Feld und schlug das Lager neben einer Reihe von Tümpeln auf. Nach den Gebeten wurde das Essen zubereitet, die Pferde wurden unter den wachsamen Augen berittener Hirten zum Grasen hinausgeschickt, und die Reisenden entspannten sich. Sayyed und Rafnir gingen umher und suchten nach etwas, das sie zu den vermissten Frauen führen konnte.

Sie fanden nichts. Vom Shar-Ja war weiterhin nichts zu sehen. Die Ratgeber blieben unter sich, und die Stammesleute aßen und ruhten sich aus. Tassilo schien der Einzige mit leichtem Herzen im Lager zu sein. Er rannte mit seinem Hund umher, lachte, bellte und jagte unsichtbare Beute.

Als sich die Nacht über die Oase senkte, sah Sayyed, wie sieben weitere Männer aus der Dunkelheit hervorkamen und sich unter die Lagerbewohner mischten. Sie waren wie die erste Gruppe: völlig unauffällig mit Ausnahme ihrer vielen Waffen. Als Sayyed sich einem von ihnen, einem wölfischen, dünnen Mann mit einer Warze auf der Wange, zu nähern versuchte, blickte ihn der Stammesangehörige finster an und eilte fort.

Schließlich suchten Sayyed und Rafnir völlig erschöpft Unterschlupf an einer einsamen Stelle unter den Ästen einer Oasenweide. Sie schliefen ungestört bis zum Morgen, als die Hörner die Gläubigen zum Gebet riefen.

Dieser Tag war wie der vorangegangene. Seit drei Tagen gab es nicht den geringsten Hinweis auf den Verbleib von Gabria und Kelene. An jenem Abend zog die Karawane bis tief in die Dämmerung hinein weiter, damit sie die nächste Oase an der Gewürzstraße erreichte, die einfallslos ›Oase drei‹ hieß.

»An einem Ort haben wir es noch nicht versucht«, sagte Sayyed zu seinem Sohn, als sie ihr Abendessen verzehrten. »Im Tross. Wir sollten einen Blick in die größeren Wagen und Karren werfen.«

Sie warteten, bis es Nacht geworden war und gedämpfte Stille im Lager herrschte. Die gewaltige Kuppel des Himmels wölbte sich über ihren Köpfen, klar und durchglüht von zahllosen Sternen. In ihrem blassen Licht krochen die Zauberer zu den Versorgungswagen und durchsuchten jeden, ob groß oder klein, langsam und systematisch. Mit leisen Schritten überprüften sie die erste Reihe und begaben sich dann an die zweite.

Sayyed setzte den Fuß auf das Rad eines großen, geschlossenen Gefährts und wollte sich gerade hochziehen und ins Innere schauen, als er das schwache Knirschen weicher Stiefel auf dem sandigen Boden hörte. Er drehte sich um und wollte Rafnir warnen. Da sah er, wie einige Schatten um die Ecke des Wagens sprangen. Mit einem Bein auf dem Rad und beiden Händen an der Seite des Wagens konnte er sich nicht verteidigen. Er fiel zur Seite und hoffte, die Angreifer so lange abzuschütteln, dass er einen Verteidigungszauber bilden konnte. Etwas blitzte im Sternenlicht auf, und blendender Schmerz explodierte in seinem Kopf. Er hörte einen gedämpften Aufschlag neben sich, und als er zusammenbrach, spürte er, wie der Körper seines Sohnes still auf ihn sackte.

Sechs

Sayyed hing in einer bodenlosen Schwärze zwischen Bewusstsein und Ohnmacht. Er konnte nichts sehen, nicht sprechen und sich nicht bewegen; es gab nichts als die Schmerzen, die seinen Körper marterten. Zuerst glaubte er, die Schmerzen seien nur in seinem Kopf, in einer blendenden Spalte hinter dem Ohr, die seinen ganzen Schädel auseinander zu sprengen drohte. Doch als er all seine Aufmerksamkeit auf dieses Gefühl der Pein richtete, erwachten seine übrigen Sinne, und andere Körperteile schrien auf. Hals, Schultern und Arme schmerzten aus einem Grund, den er noch nicht verstand, und Schienbeine und Fußknöchel fühlten sich wie zerschmettert an. Verwirrt von dieser unbegreiflichen Lage, tastete sich Sayyeds Verstand weiter aus dem schwarzen Nebel hervor und suchte nach einem Weg, die Schmerzen zu beenden.

Er wurde sich gleichzeitig mehrerer Dinge bewusst. Obwohl er die Augen geöffnet hatte, konnte er nichts sehen, da man ihm Stoff um seinen Kopf geschlungen hatte. Dann erkannte er, dass Arme und Beine schmerzten, weil jemand ihm die Arme über dem Kopf zusammengebunden hatte und ihn mit dem Gesicht nach unten über unebenen Boden mit Gebüsch, Steinen und kleinen, stacheligen Kakteen fortschleifte.

Benommen kämpfte er gegen die straffen Fesseln um die Arme an, doch seine Bemühungen brachten ihm nur einen wütenden Tritt in die Rippen ein. Er ächzte auf und regte sich nicht mehr, während er jedoch seinen Geist zu voller Wachsamkeit zwang.

Er überlegte kurz, ob er seine Fesseln mit Magie sprengen sollte, doch er entschied sich für den Augenblick dagegen. Er war noch zu benommen und konnte weder sprechen noch die Hände bewegen. Ohne diese Hilfsmittel und die Kraft, die Magie in geordnete Bahnen zu lenken, würde er nur in noch größere Schwierigkeiten geraten. Die Magie konnte außer Kontrolle geraten und alle Umstehenden vernichten.

Er machte den Körper in den Händen seiner Gegner schlaff und lauschte auf die Geräusche um ihn herum, weil er hoffte, so mehr über die Männer und Rafnirs Schicksal zu erfahren. Als er sich konzentrierte, unterschied er mehrere Fußtritte, möglicherweise von fünf oder sechs Männern, und erkannte das Schleifgeräusch eines weiteren Körpers neben sich.

Die Angreifer bewegten sich schnell und still einen sanften Hang hoch. Dann ging es wieder hinab in eine tiefe Senke mit einem Boden aus Kies und kurzen, dünnen Pflanzen, die unter Sayyeds Gewicht knisterten. Hier hielten die unsichtbaren Männer an und warfen ihre Gefangenen zu Boden.

»Beim Pfad des Sargun, sind diese Diebe schwer!«, beklagte sich eine Stimme. »Warum mussten wir sie bis hier hinaus schleppen?«

Eine zweite, barschere Stimme antwortete: »Er hat gesagt, im Lager wird nicht mehr getötet. Irgendwann fällt es auf.«

Sayyed biss sich auf die Lippen, um einen Schmerzensseufzer zu ersticken. Die Arme waren immer noch über dem Kopf gefesselt und fühlten sich an, als seien sie ihm aus der Schulter gerissen worden. Er spürte, dass der andere Körper zu ihm hinüberrollte, und hörte zu seiner Erleichterung eine dritte Stimme sagen: »Der hier lebt noch.«

»Kennt jemand die beiden?«, wollte die zweite Stimme wissen, die vermutlich dem Anführer gehörte.

Sayyed spürte, wie er auf den Rücken gedreht wurde. Jemand zerrte den Stoff von seinem Gesicht und verursachte ihm damit stechende Kopfschmerzen. Der Schrei, den er zu unterdrücken versucht hatte, quoll zwischen seinen zusammengebissenen Zähnen hervor.

Sechs grinsende, gnadenlose Gesichter starrten auf ihn herab. »Er kommt aus dem Stamm Raid; mehr weiß ich nicht«, sagte ein dunkler Bursche. »Vielleicht war er auf der Suche nach etwas Stehlenswertem.«

»Raid«, höhnte ein anderer. »Nichts als Diebe und Banditen. Kein Wunder, dass sie nicht dem Pfad des Lichts und der Wahrheit folgen.«

»Bringt sie um«, befahl der Anführer.

Sayyed versuchte wie rasend, sich über die Lippen zu lecken und die Bitterkeit in seinem geschwollenen Mund herunterzuschlucken. Er musste etwas tun, bevor ihm die Männer die Kehle durchschnitten. Unter Anspannung aller Willenskraft zog er die Magie aus der Erde um ihn herum. Er spürte, wie sie durch seinen Körper brandete. Es war eine wilde, Kraft spendende Energie, die durch Knochen und Muskeln so leicht wie Blut floss. Er formte die Magie zur einzigen Waffe, die er ohne einen besonderen Spruch benutzen konnte: zur trymianischen Kraft.

Er sah, wie die Verbrecher ihre Messer zogen. Es waren die langen, breiten Klingen, die die Turic oft benutzten. Er zog die Arme hinunter auf die Brust. Die Muskeln spannten sich an, und das Herz schlug ihm schwer gegen die Rippen. Ein Mann trat vor und wollte Sayyed bei den Haaren packen.

»Oh, Entschuldigung«, rief eine jungenhafte Stimme freundlich.

Alle Männer wirbelten herum, sahen auf und erkannten die kleine Gestalt, die in der Mitte des Abhangs stand.

»Entschuldigung«, rief die Stimme noch einmal. »Ich habe gerade nach meinem Hund gesucht. Er ist groß und braun und sieht genauso hässlich aus wie ihr!« Schnell wie ein Jäger zog die Gestalt einen Arm zurück und feuerte aus einer Schleuder einen Stein auf den Mann ab, der vor Sayyed stand. Das Geschoss traf den Mann an der Schläfe und verursache ein knirschendes Geräusch. Er ging zu Boden und starb, bevor er begreifen konnte, was ihn getroffen hatte.

Der Anführer stieß einen Fluch aus und rannte auf den Jungen zu.

»Tassilio!«, brüllte eine fremde Stimme, und zu jedermanns Erstaunen sprang ein in Schwarz gekleideter Krieger mit gezogenem Tulwar den Hügel hinunter. Er hastete an dem Jungen vorbei und mitten unter die überraschten Männer. Mit beiden Händen rammte er sein Krummschwert dem Anführer in den Bauch. Die Verbrecher zögerten nur einen Herzschlag lang, dann zogen die vier, die noch auf den Beinen standen, ihre eigenen Klingen, kreisten den Angreifer ein und stürzten sich wie Wölfe auf ihn.

Sayyed versuchte verzweifelt, sich aufzurichten und die Hände frei zu bekommen. Um seine Fäuste bildete sich eine blassblaue Aura aus trymianischer Kraft. Er benutzte einen Bruchteil ihrer versengenden Energie dazu, das Seil um seine Arme durchzuschmoren.

In diesem Augenblick hörte er, wie der Junge aufschrie und ein Hund bellte. Er drehte sich um und sah den Jungen rasend vor Wut den Hügel hinunter und auf den Krieger mit dem Schwert zulaufen. Der in schwarz gekleidete Mann hatte einen zweiten Verbrecher verwundet, doch die übrigen bedrängten ihn so hart, dass er über einen Felsvorsprung gestolpert und auf den Rücken gefallen war. Das Schwert eines der Mörder schwebte über seinem Kopf.

Sayyed hatte bereits die Hand gehoben und wollte einen magischen Blitz abschießen, als plötzlich Pferdehufe den Hügel hinabdonnerten und der Wutschrei eines Hengstes die Mörder in ihrem Tun unterbrach. Zwei große Pferde, schwärzer als die Nacht mit Augen wie Monde aus grünem Feuer, rasten auf die drei verbliebenen Angreifer zu. Die Männer schrien vor Angst auf und flüchteten, doch nur einer entkam den stampfenden Hufen der Pferde. Dieser Mann versuchte, an Sayyed vorbeizukommen und in die Sicherheit des fernen Lagers zu fliehen.

Ein Blitz aus trymianischer Kraft schoss aus der Hand des Zauberers, schlug eine leuchtend blaue Bresche durch die Dunkelheit und brannte sich in die Brust des letzten Mörders. Der Verbrecher fiel mit rauchender Robe auf den Rücken.

Eine seltsame Stille senkte sich über das kleine Tal. Die Toten lagen reglos im niedersinkenden Staub. Der Krieger stützte sich auf den Griff seines Schwerts und rang nach Luft. Sein kleiner Begleiter stand mit offenem Mund und hervorquellenden Augen knapp über ihm auf dem Hang. Der Hund schmiegte sich eng an seine Beine. Die beiden schwarzen Pferde beschnupperten die toten Männer vor ihren Hufen, drehten dann die großen Köpfe und schauten Sayyed an, der sich über seinen Sohn beugte.

»Bei allem, was heilig ist«, sagte eine sanfte Stimme voller Verwunderung. »Sayyed. Du bist es.«

Der Zauberer hob den Kopf. Die Stimme, die ihm einst so vertraut gewesen war, weckte angenehme Erinnerungen in ihm und gab dem unbekannten Krieger einen Namen. Im blassen Licht der eisigen Sterne sah er ein Gesicht, in das er seit sechsundzwanzig Jahren nicht mehr geblickt hatte. Es war sein Bruder Hajira, ein Jahr älter als er selbst, der sechste Sohn des Raid-Ja und seiner Gemahlin, der Klanfrau von den Ferganan.

Sie entzündeten im Schutz der Senke ein kleines Feuer. Während sich Sayyed um Rafnir kümmerte, zerrte Hajira die Leichen außer Sichtweite in ein Dickicht. Tassilio rannte in das ferne Lager und kehrte bald mit einem Stück Käse, einer Kiste mit süßen Plätzchen und einem Krug *Firza* zurück, einem Getränk aus vergorenem Korn und Datteln. Inzwischen war Rafnir wieder bei Bewusstsein; er saß vor dem Feuer und kümmerte sich um seinen schmerzenden Kopf. Die beiden Brüder saßen rechts und links neben ihm und wussten nicht, was sie sagen sollten.

Tassilio grinste wie ein Verschwörer, legte seine Mitbringsel auf den Boden und stellte zwei Kelche daneben.

Hajira rollte mit den Augen, als er diese Gegenstände sah. »Tassilio mag zwar der Sohn des Shar-Ja sein, aber er klaut wie ein Rabe«, sagte er, als sich der Junge dicht neben ihn setzte.

Der Knabe grinste und zwinkerte Sayyed mit solchem Schalk in den Augen zu, dass der Zauberer sich ernsthaft fragte, ob der General Recht hatte, wenn er Tassilio als dumm bezeichnete. Aus der Nähe betrachtet, war der Sohn des Shar-Ja schlank, athletisch und ganz der Vater; er hatte eine gerade Nase, einen starken Kiefer und zwei große, wachsame Augen, welche die beiden Zauberer fest ansahen.

»Ihr seid Klanleute, nicht wahr?«, sagte der Junge in der Klansprache zu Sayyed. »Trotzdem sprecht ihr Turisch, reitet mit der Karawane und seht aus wie Hajira.«

»Dir entgeht nicht viel, was?«, meinte Rafnir und schenkte ihm ein schwaches Lächeln.

Zur Überraschung der Klanmänner sackte der Junge nach vorn. Das Haar fiel ihm über das Gesicht. Der Mund erschlaffte zu einem dümmlichen Grinsen, und das helle Leuchten in den Augen wich einem ausdruckslosen Starren. Nun sah er aus wie der Dummkopf, für den ihn die Leute hielten. Sayyed starrte ihn verwundert an.

»Es ist erstaunlich, was man alles mitbekommt, wenn die Leute so tun, als existiere man gar nicht«, lachte Tassilio. Er richtete sich auf und wurde wieder aufmerksam und freundlich.

Hajira regte sich zum ersten Mal. »Tassilio hatte gesehen, wie die Verbrecher euch bei den Gepäckwagen überfallen haben. Er hat mich sofort geholt.«

Sayyed nippte an seinem Wein. Die herbe Flüssigkeit tat seiner schmerzenden Kehle gut. Er fragte sich, welche Wendungen dieses Gespräch noch nehmen würde. Wie sehr konnte er einem Bruder vertrauen, den er so lange nicht mehr gesehen hatte? Hajira kannte ihn gut. Damals wäre er eher gestorben, als seinen Bruder zu belügen. Aber wie war es heute? Wer war sein Bruder heute?

»Woher wusstest du, das ich hier bin?«, fragte er Hajira nach kurzem Schweigen.

»Ich habe dich bei der Zusammenkunft am Ufer gesehen und dich wiedererkannt«, antwortete Tassilio für seinen Gefährten. »Also habe ich Hajira gesagt, dass du in der Karawane bist, und er hat mir befohlen, dich nicht aus den Augen zu lassen.«

Der turische Krieger hob eine Braue. Er schien so schweigsam zu sein, wie der Junge redselig war. »Wir haben viele Geschichten über ein Zauberer-Halbblut gehört, das sich in der Gesellschaft Gabrias befindet«, sagte er schließlich. »Aber Vater erlaubt es nicht, deinen Namen auszusprechen, seit du uns verlassen hast. Ich habe erst gestern Abend begriffen, dass es sich bei diesem Halbblut um dich handelt. Wir hatten geglaubt, du seist tot.«

Sayyed schüttelte den Kopf, als er an seinen Vater dachte. Der Raid-Ja war ein strenger, unerbittlicher Mann und glaubte, er müsse als Anführer des Stammes Raid das Gesetz buchstabengetreu erfüllen. Als sein jüngster Sohn die unerwartete und verbotene Gabe der Zauberei gezeigt hatte, war er von Dultar unter Bedauern, aber gnadenlos enterbt und aus dem Stamm verbannt worden. Der Schmerz über diese Zurückweisung war mit den Jahren verblasst, und nach einiger Zeit hatte Sayyed diese Verbannung und alles, was sich aus ihr ergab, dankbar angenommen. Wenn er nicht zu den Klanen geflohen wäre, hätte er weder Gabria und Athlone noch seine geliebte Tam getroffen und auch nicht diesen hübschen, wenn auch im Augenblick etwas zerschlagen aussehenden Sohn gehabt. In Dankbarkeit zu dem Lebendigen Gott, der so gut über ihn gewacht hatte, lehnte er sich zu Rafnir herüber und drückte ihm liebevoll die Schulter.

»Dein Sohn?«, fragte Hajira und beäugte seinen neuen Neffen.

»Ja«, sagte Sayyed. Er beugte sich vor und sah seinen Bruder an, den er damals so gut gekannt hatte. Hajira schien sich nicht sehr verändert zu haben. Er war natürlich reifer geworden, aber er trug immer noch seinen langen Schnurrbart, der das breite Gesicht schmäler machen sollte. Die weit auseinander stehenden Augen lagen neben der Adlernase tief in den Höhlen. Sein Kiefer war stark ausgeprägt, und wenn Hajira stand, überragte er seinen Bruder beträchtlich.

Was sich verändert hatte – und was Sayyed verwirrte –, war Hajiras Haarschnitt. Das lange, dichte Haar und der Knoten der Stammesmänner waren abrasiert. Dieser Schnitt war eigentlich die Strafe für eine Unehrenhaftigkeit.

Sayyed nahm noch einen Schluck Wein. »Und was ist mit dir?«, fragte er. »Wenn du Geschichten über mich gehört hast, sind sie wahrscheinlich zur Hälfte richtig; also kennst du mein Leben. Wie steht es mit dir? Erzähl mir von der Familie.«

Hajira lachte kurz und erheitert auf. »In der Familie ist alles wie immer. Alset ist jetzt Raid-Ja, und er ist genauso nachtragend wie Vater damals.«

»Vater ist tot?«

»Seit vier Jahren. Er ist im Schlaf gestorben.«

»Und Mutter?«

»Sie ist gesund und munter und erfreut sich ihrer Enkelkinder. Sie wird überglücklich sein, wenn sie erfährt, dass du lebst.« Er hielt inne und warf einen Blick auf die beiden Hunnuli, die schützend hinter Sayyed und Rafnir standen, bevor er hinzufügte: »Was mich angeht, so bin ich in die Garde des Shar-Ja eingetreten und nun schon seit zwanzig Jahren dabei.«

Sayyed war beeindruckt. Die persönliche Garde des Shar-Ja setzte sich aus den Elitekriegern aller Stämme zusammen. Anfänger durchliefen mehrere Jahre härtester Ausbildung und mussten dem Herrscher lebenslange Treue schwören. Sie alle würden ihr Leben für den Shar-Ja hingeben. Beinahe unwillig hob er den Blick zu Hajiras Haupt und runzelte die Stirn.

Sein Bruder verstand die unausgesprochene Frage. Er setzte ein mattes Lächeln auf. »In den letzten zwei Jahren hat sich vieles in Cangora verändert. Ich habe den Fehler gemacht, meine Meinung über Ratgeber Zukhara allzu heftig zu äußern. Er konnte mich nicht entlassen, aber er hat dafür gesorgt, dass ich gerügt und als Wache für Tassilio abkommandiert wurde. Er glaubte, es sei ein ziemlicher

Ehrverlust, ›sich um einen Idioten kümmern zu müssen.‹« Er kicherte, als er die Worte des Ratgebers in einer guten Nachahmung von Zukharas tiefer Stimme wiederholte.

Tassilios Gesicht hellte sich auf. »Das war das Beste, was Zukhara je getan hat, und er weiß es nicht einmal«, fuhr Hajira fort. »Die Mutter dieses Schlingels hat ihn vor einem Jahr an den Hof geschickt. Er hat einen kurzen Blick auf die politische Lage geworfen und spielt seitdem den Narren, um seine Haut zu retten. Er ist schließlich der angenommene, rechtmäßige zweite Sohn des Shar-Ja und nach Bashan sein Erbe. Du hast gesehen, was mit dem Shar-Yon geschehen ist.«

»Die Fel Azureth haben geschworen, den Shar-Ja und all seine Nachkommen zu töten«, sagte Tassilio gedämpft. »Als Vater krank wurde, habe ich vorgespielt, verrückt zu werden. Das Gesetz schützt Aussätzige und Narren.«

Sayyed blinzelte. Er war erstaunt über die Gewitztheit des Jungen und entsetzt über die Umstände, die ihn zu einer solchen Verzweiflungstat getrieben hatten. »Was hält dein Vater von deiner Maskerade?«

Der Junge wandte schnell den Blick ab, doch Sayyed war das Glitzern ungeweinter Tränen in seinen Augen nicht entgangen. »Ich glaube nicht, dass Vater es überhaupt bemerkt hat. Er hatte nur Augen für Bashan.«

Sayyed richtete sich auf und versuchte, die Aufmerksamkeit des Jungen wieder auf sich zu lenken. »Wer hat eurer Meinung nach den Shar-Yon getötet?«, fragte er Hajira und Tassilio mit großem Nachdruck. Sein Bruder und der Knabe würden gute Verbündete in der Karawane abgeben, auch wenn Tassilio noch sehr jung war, und Sayyed wollte alle Verdächtigungen gegen ihn endgültig ausräumen.

»Vielleicht waren wir es. Glaubt ihr, dass wir hier sind, um auch den Shar-Ja umzubringen?«, warf Rafnir ein. »Wie Zukhara schon sagte, hat nur Klanblut die Gabe der Zauberei.«

Tassilio wand sich und wirkte, als ob er etwas sagen wolle, doch diesmal wartete er und ließ dem Krieger neben ihm den Vortritt.

So war es Hajira, der als Erster sprach. Er legte Holz auf das Feuer, goss noch ein wenig *Firza* ein und dachte sorgsam nach, bevor er antwortete: »Ich wusste nicht, was ich denken sollte, als ich hörte, dass sich in der Karawane ein Klanmagier befindet. Natürlich ist mir der Gedanke gekommen, dass dieser Zauberer hier ist, um dem Shar-Ja etwas anzutun. Aber ich kenne dich. Sechsundzwanzig Jahre reichen nicht aus, um aus meinem Bruder einen Mörder zu machen.«

Tassilio schüttelte wild den Kopf. »Nicht das Halbblut, das zum Zauberer geworden ist, das gegen Gorthlinge, Steinlöwen und Seuchen gekämpft hat, das ein schwarzes Hunnuli gezähmt hat und an der Seite der Herrin des Toten Klans reitet«, platzte es aus ihm hervor. »Trägst du wirklich einen Diamantsplitter im Handgelenk?«

Sayyed musste über den Ausbruch des Jungen lächeln. Er war erstaunt, dass Tassilio so viel über seine Vergangenheit wusste und sie mit solcher Begeisterung betrachtete. Zauberei war ungesetzlich, doch offensichtlich hatten die Geschichten der Klane die Grenzen überschritten. Gehorsam zog er den langen Ärmel seiner Robe zurück und enthüllte ein gestanztes ledernes Gelenkband am rechten Arm. Sobald er die Schnüre lockerte, fiel das Band ab und gab den Blick auf den schimmernden Splitter dicht unter der Haut frei. Der schmale Diamant war so lang wie ein halber Finger und glimmte dunkelrot durch das Blut, das ihn umfloss.

Tassilo machte große Augen. »Also bist du nicht hier, um Vater zu töten. Warum aber dann?«, fragte er ohne Umschweife.

»Um Bashans Mörder zu suchen?«, warf Hajira ein.

Sayyed schnallte das Armband wieder um. »Ja, wenn möglich, und um die Herrin des Toten Klans zu finden sowie die Heilerin mit dem geflügelten Pferd«, gestand er ihnen knapp.

Der Wächter und der Junge ruckten hoch und warfen sich einen verblüfften Blick zu. »Gabria und …«

»Kelene«, beendete Rafnir den Satz für sie. »Meine Frau. Sie und Gabria sind in der Nacht verschwunden, in der eure Karawane den Ratsfelsen verlassen hat. Wir versuchen sie zu finden.«

Hajira fragte nicht, warum sie dafür die Karawane durchsuchten. Dass sie es gewagt hatten, verlieh ihrer Geschichte Glaubwürdigkeit. »Ich kann euch versprechen, dass sie nicht beim Shar-Ja oder einem seiner unmittelbaren Diener sind. Wenn sie sich dort befänden, wüssten Tassilio und ich es. Wo sonst habt ihr nachgesehen?«

Sayyed setzte ihn über alles in Kenntnis, was sie bisher erfahren hatten. »Wir waren gerade dabei, die Gepäckwagen zu durchsuchen, als wir überfallen wurden.«

»Ein seltsamer Platz für einen Hinterhalt«, sagte Hajira und kratzte sich nachdenklich am Hals. »Ich frage mich, ob jemand etwas zu verbergen und deshalb Wachen aufgestellt hat. Sie wussten offenbar nicht, dass ihr Zauberer seid, denn anderenfalls hätten sie euch sofort getötet.«

»Da sind ein paar große, geschlossene Wagen, in denen man zwei Hunnuli transportieren könnte«, betonte Tassilio. »Wir könnten sie morgen Nacht durchsuchen.« Er hatte jede Traurigkeit abgelegt und begeisterte sich zunehmend für das bevorstehende Abenteuer.

Seine dunkel gekleidete Wache richtete sich an ihn. »Wieso *wir*? *Du* bleibst in deinem Zelt, wo du hingehörst.«

Tassilio stieß einen langen, bebenden Seufzer aus, doch mit einem Auge blinzelte er rasch Sayyed zu.

Sie löschten das Feuer und verwischten gründlich jede Spur ihrer Anwesenheit in der Senke. Tassilio und sein Hund führten die Gruppe an, und die beiden Brüder gingen Seite an Seite zurück zum quirligen Lager. Tibor trug Rafnir, der noch unter dem schlimmen Schlag auf den Kopf litt. Er war so schwach und benommen, dass er seine Decke nahm und sich eine geschützte Stelle zum Schlafen suchte, wo Tibor über ihn wachen konnte. Sayyed half ihm bei der Suche und machte es ihm bequem, als sie einen passenden Ort gefunden hatten.

Tassilio beäugte zweifelnd das große schwarze Pferd über Rafnir. »Ist das dein Hunnuli? Wo ist sein Blitzzeichen?«

Tibor beugte sich seiner Neugier und wandte die rechte Schulter Tassilio zu. Der Junge vergrub die Finger in das Fell des Hengstes und quietschte vor Freude, als er unter der schwarzen Farbe weiße Haut fand. Zur Belustigung der Brüder fragte Tassilio, ob er sich zu Rafnir legen dürfe; er würde besser schlafen, wenn ein Hunnuli sein Bett bewachte.

Hajira hatte nichts dagegen. Tibor beschnüffelte den Jungen von Kopf bis Fuß und wieherte sein Einverständnis. Tassilio bettete sich rasch neben Rafnir, und der Hund hatte sich bereits an ihn gekuschelt, bevor Hajira es sich anders überlegen konnte.

Obwohl ihm der Kopf schmerzte und die Muskeln geschwächt waren, wollte Sayyed noch nicht schlafen. Unter Afers Schutz umschritten er und Hajira das Lager und sprachen stundenlang über alles, was ihnen in den Sinn kam. Ihre neu erwachte Kameradschaft erfreute Sayyed. Die Jahre schienen von ihm abzufallen, und er und sein Bruder kehrten zu dem unbeschwerten, vertrauensvollen Verhältnis zurück, das sie so sehr genossen hatten, bevor ihr Vater sie auseinander gerissen und Sayyed ins Exil geschickt hatte.

Zum ersten Mal seit der Seuche gelang es Sayyed, ausführlich über Tam zu sprechen. Während Hajira schweigend neben ihm herschritt, berichtete er von ihrer gemeinsamen Zeit und davon, wie Tam ihm einmal das Leben gerettet hatte, als sie noch ein Mädchen gewesen war. Er erzählte, wie er fünf Jahre auf sie gewartet hatte, bis sie zur Frau herangereift war; er berichtete von ihrer Liebe zu Tieren, von ihrem Mut und ihrer Stärke, und schließlich setzte er seinen Bruder mit einer Stimme, die auch nach drei Jahren noch zitterte, von ihrem Tod im Seuchenzelt und dem tödlichen Schmerz ihres Hunnuli in Kenntnis.

Als er geendet hatte, holte er tief Luft und stieß sie langsam wieder aus. Jetzt, da er sich Hajira geöffnet hatte, fühlte er sich besser. Er hatte seine Erinnerungen an Tam tief in seinem Inneren vergraben, wo sie nicht so sehr schmerzten, doch jetzt, da er sie für seinen Bruder ans Tageslicht geholt hatte, erkannte er, dass seine Heilung keineswegs vollständig gewesen war. Er musste über Tam reden, damit er sich besser an ihre gemeinsame Liebe und Freude erinnern konnte. Das war er dem Andenken an seine geliebte Frau schuldig.

Als Sayyed verstummte und er wieder seinen Gedanken nachhing, lachte Hajira sanft. Seine schwarzen, leuchtenden Augen füllten sich mit unvertrauter Hochachtung. »Jahrelang habe ich Vater dafür gehasst, dass er dich fortgeschickt hat. Aber jetzt begreife ich, dass er dir damit ohne es zu wollen den größten Gefallen getan hat.«

Sie gingen friedlich eine Weile weiter, bis sie an einer Gruppe prächtiger Zelte vorbeikamen, die den Ratgebern und Stammesführern im Gefolge des Shar-Ja vorbehalten waren. Als sie sich dem großen Zelt des Shar-Ja näherten, wurden einige treue Wachen auf sie aufmerksam und salutierten vor Hajira. Der Krieger erwiderte ihren Salut nicht, sondern nickte nur angesichts ihrer Ehrerbietungen.

Der Zauberer bemerkte den seltsamen Austausch der Grüße und fragte: »Du warst mehr als nur ein einfacher Wachmann, oder?«

Hajira zögerte einen Moment, doch dann richtete er sich mit dem Stolz des Kriegers auf. »Ich war Kommandant des Zehnten Pferdes, der ältesten und angesehensten Kavallerieeinheit des Shar-Ja. Wegen unserer Lautlosigkeit, Geschicklichkeit und Geschwindigkeit beim Angriff hat man uns die Panther genannt. Jetzt bin ich ein Fußsoldat im niedrigsten Rang, dessen einzige Aufgabe es ist, einen Idioten von Sandratte zu beschützen.« Verbitterung klang in seiner tiefen Stimme, und er schloss die Hände wie um eine unsichtbare Waffe.

»Aber es ist eine ganz besondere Sandratte«, bemerkte Sayyed und hoffte, damit Hajiras Anspannung zu lockern.

Seine Worte halfen ein wenig, denn die Hände des Kriegers lösten sich wieder, und er lachte wehmütig. »Dieser Junge war eine echte Überraschung.«

»Was ist passiert?«, fragte Sayyed. Sie waren am Zelt des Shar-Ja vorbeigegangen und zu einem großen Platz mit Zelten und behelfsmäßigen Unterständen gekommen. Die Eskorte aus allen fünfzehn Stämmen kampierte zusammen. Man trank, spielte, redete und zankte gemeinsam die halbe Nacht hindurch. Mädchen aus der Oase kamen herbei und unterhielten sie für ein paar Münzen, und Händler brachten Tabletts mit Speisen und Krüge mit Getränken. Selbst zu dieser späten Stunde brannten noch einige Feuer, und neben dem klagenden Heulen der wilden Hunde, die am Rand des großen Lagers nach Essbarem suchten, hörte man gelegentliches Lachen und Singen.

Sayyed dachte an die sechs toten Verbrecher und wünschte den Hunden einen gesegneten Appetit. Er sah seinen Bruder von der Seite an. Das Licht der Feuer reichte gerade aus, um Hajiras steinernes Gesicht zu erkennen. Sayyed fragte sich, ob der Krieger seine Frage nicht beantworten wollte.

Doch schließlich hatte Hajira seinen Zorn bezwungen und das Vertrauen zu seinem jüngeren Bruder, den er für tot gehalten hatte, wiedergefunden. »Du weißt, dass der Shar-Ja bereits seit fast einem Jahr krank ist«, begann er. »Etwa zu jener Zeit brachten der Greif und seine Fanatiker den heiligen Schrein des Propheten Sargun in ihre Gewalt und erklärten, sie wollten den korrupten Hof des Shar-Ja vernichten und die Herrschaft über die Stämme einem Hohenpriester zurückgeben. Zunächst schenkte ihnen niemand große Aufmerksamkeit, weil die Priester und die Stammesräte zu sehr mit den Auswirkungen der Dürre und dem schlechten Gesundheitszustand des Shar-Ja beschäftigt waren. Niemand war in der Lage, den Grund für seine Krankheit oder ein Heilmittel dagegen zu finden; deshalb gab er einen Teil der Regierungsgeschäfte an seinen Sohn ab.

Für eine Weile hat Bashan gute Arbeit geleistet. Doch dann ging etwas schief. Getreidelieferungen an die Städte verschwanden, die Stammesfürsten erzürnten sich; Ratgeber wurden ermordet; die Gewalt auf den Straßen nahm drastisch zu. Dann kam die Nachricht, dass sich die Fel Azureth im Reich ausbreiteten und jenseits des Altai Schwierigkeiten machten. Die verbliebenen Ratgeber verloren das Vertrauen in den Shar-Ja und seinen Sohn. Schließlich schlug jemand vor, Ratgeber Zukhara solle den Shar-Yon ersetzen und die Macht übernehmen, bis der Shar-Ja wieder gesund sei.«

An dieser Stelle machte Hajira eine Pause. Ein schwaches Lächeln umspielte seine Lippen. »Weder die königliche Garde noch die Panther dürfen ihre Waffen in den Ratsgebäuden ziehen, doch als dieser wieseläugige, honigmundige Zukhara sich einverstanden erklärte und dem Shar-Yon gebot, die Ratsversammlung zu verlassen, habe ich mich dagegen gewehrt.« Er zog seinen langen, gekrümmten Tulwar und hielt ihn am ausgestreckten Arm vor sich. »Wenn Bashan mir nicht befohlen hätte, mich zurückzuhalten, hätte ich den Ratgeber vermutlich getötet und dafür mit Entehrung und Vierteilung bezahlt. Seitdem hasst Zukhara mich.« Er senkte den Arm, und die glitzernde Klinge fuhr zischend zurück in die Scheide. »An jenem Tag hat mir Bashan das Leben gerettet, aber ich war nicht da, um seines zu retten. Um der Ehre willen, die ich seinem Vater schulde, werde ich seinen Bruder beschützen und Bashans Mörder finden.«

Sayyed blieb stehen. »Dann befinden wir uns auf derselben Jagd, denn die Turic werden keine Ruhe geben, bis der Shar-Yon gerächt ist.« Er hob die rechte Hand mit der Innenfläche nach oben und strecke sie gegen seinen Bruder aus.

Hajira schlug ein, und gemeinsam ballten sie eine Faust und besiegelten so ihren Eid, einander zu vertrauen und beizustehen.

Sie kehrten um und gingen zurück zu der Stelle, wo sie Rafnir und Tassilio verlassen hatten. Afer folgte ihnen pflichtbewusst; für alle Welt sah er wie ein einfaches Pferd am Zügel aus. Nur Sayyed und Hajira, die in den glitzernden dunklen Augen des Hengstes sowohl tödlichen Zorn als auch liebevolle Zuneigung gesehen hatten, wussten, wer er in Wirklichkeit war.

Die beiden Männer fanden Tassilo und Rafnir in ihre Decken eingewickelt. Sie schliefen zufrieden unter der aufmerksamen Wacht des Hunnuli und des Hundes. Nun war auch Sayyed erschöpft. Er warf sich neben seinen Sohn und fiel in einen verdienten Schlaf. Hajira schlich noch einige Minuten in der Nähe herum. Er hatte sich über die Jahre große Vorsicht angewöhnt, die ihn nun dazu zwang, die dunklen Schatten ein letztes Mal abzusuchen, bevor auch er sich schlafen legte. Schließlich warf er noch einen Blick auf die beiden schwarzen Hengste, streckte sich neben Tassilio aus und gönnte sich etwas Erholung.

*

Kurz vor Sonnenaufgang und dem Signal der Morgenhörner wurde Sayyed von Hajira geweckt. Ohne ein Wort verließen sie die Hunnuli und die anderen Schläfer und gingen mit festem Schritt in Richtung der Gepäckwagen. Sie erkletterten eine niedrige Erhebung, von der aus sie im Licht der Dämmerung die Wagen und Karren in mehreren Reihen geparkt sehen konnten. Sie redeten und gestikulierten heftig, um ihre Absichten zu verbergen, und drehten sich den Wagen zu.

Nach einigen Minuten nahm Hajiras Gesicht einen nachdenklichen Ausdruck an. »Sieh dir diesen großen geschlossenen Wagen da hinten an«, sagte er leise. »In der letzten Reihe, fast am Ende. Einige Männer treiben sich in seiner Nähe herum.«

Sayyed drehte sich beiläufig um, als wolle er etwas am blassen Horizont betrachten. »Den hatte ich bisher nicht bemerkt. Den braunen mit dem Holzdach und dem roten Zeichen an der Seite?« Er spürte eine Woge der Hoffnung. Der Wagen wirkte groß genug, um sowohl die beiden Stuten als auch die Frauen in sich zu bergen.

»Genau der. Er sieht abgenutzt aus. Möglicherweise ist es ein Kaufmannswagen, den man gemietet hat. Aber die Männer da hinten sehen nicht wie seine Fahrer aus.«

»Hmm, nein. Sie sind gekleidet wie die Männer, die uns angegriffen haben. Vielleicht weitere Wachen?« Plötzlich versteifte sich Sayyed und musste sich zwingen, die Männer unter ihm nicht anzustarren. »Ich kenne einen von ihnen. Den schmalen. Sein Haar ist schon an manchen Stellen grau, und er hat eine Warze auf der Wange. Ich habe gesehen, wie er sich vor zwei Tagen zu der Karawane geschlichen hat.«

Hajiras Gesicht verlor jeden Ausdruck von Freundlichkeit; Wut und Enttäuschung spiegelten sich nun in ihm wider. »Hast du noch andere gesehen, die zu der Karawane gestoßen sind?«

»Mehrere Gruppen«, bestätigte der Zauberer. »Sie waren schwer bewaffnet und sind in der Abenddämmerung gekommen.«

Der Krieger runzelte die Stirn. »Ich hatte Recht!«, sagte er grimmig. »Jemand bläht die Truppen der Stämme mit Söldnern und Fanatikern auf. Ich habe die Ratgeber zu warnen versucht, aber keiner wollte mir zuhören. Ich bin ja entehrt!« Er spuckte aus. »Und die anderen haben zu viel Angst, um zu reden. Der Greif hat geschworen, den heiligen Krieg auszurufen, und niemand will sich ihm in den Weg stellen.«

Sayyed holte tief Luft. Ein heiliger Krieg bedeutete Kampf im Namen des Lebendigen Gottes; es war ein Ruf, dem nur wenige Turic keine Beachtung schenken würden. Üblicherweise wurde der heilige Krieg in Zeiten der Invasion oder des Kampfes gegen andere Nationen ausgerufen. Nie hatte es einen heiligen Krieg gegeben, um eine Rebellion innerhalb der turischen Nation anzuzetteln. »Das möge Gott verhindern«, murmelte er.

»Allerdings. Möglicherweise plant der Greif einen Angriff, bevor wir in neun Tagen Cangora erreichen.« Er machte auf dem Absatz kehrt und ging den Hang hinunter, weg von den Wagen. »Wir sollten eure Frauen finden und sie befreien. Was wir überhaupt nicht brauchen können, sind zwei ertappte Zauberer inmitten eines Bürgerkriegs.«

Sayyed konnte dem nur zustimmen.

Danach teilten sie sich auf. Hajira begab sich an den Anfang der Karawane in die Nähe des Leichenwagens, und Sayyed und Rafnir ritten in der Mitte der Stammeseskorte. Aus Angst, unnötige Aufmerksamkeit zu erregen, hielten alle drei einen großen Abstand von der Wagenkolonne im hinteren Teil.

Es war ein langer und harter Ritt an jenem Tag. Die Straße, die auf das Vorgebirge des Absarotan zuführte, war holprig und gewunden. Es war schon dunkel, als die Karawane an der nächsten Oase, den Impalaquellen, anhielt. Die Leute waren so müde, dass sie kein vollständiges Lager, sondern nur behelfsmäßige Unterstände errichteten. Sie nahmen ein kaltes Abendessen zu sich und gingen dankbar zu Bett. Nur für den Shar-Ja und seine Ratgeber hatte man Zelte errichtet.

Hajira wartete, bis das Lager zur Ruhe gekommen war, und suchte dann die Klanleute auf. Er beachtete Tassilios Proteste nicht, sondern ließ den Jungen in der Obhut der Hunnuli und führte Rafnir und Sayyed zurück zu den abgestellten Wagen und Karren. Sie mussten nicht lange suchen, bis sie eine beunruhigende Entdeckung machten.

Der große hölzerne Wagen mit dem roten Abzeichen an der Seite war verschwunden.

Sieben

In großer Aufregung suchten die drei Männer noch einmal den Tross vom einen Ende des Rastplatzes bis zum anderen ab. Sie fanden keinen braunen Wagen und keine Wachen, lediglich ein paar Fahrer, die sich um ihre Gefährte kümmerten. Sayyed fragte mehrere Leute nach dem Wagen, doch niemand hatte ihm große Aufmerksamkeit geschenkt oder bemerkt, dass er die Oase verlassen hatte. Die Männer schauten sich überall in der Oase, an den Quellen mit den Steineinfassungen, in den anderen Bereichen des Lagers und sogar in einigen entfernten Senken, Rinnen und ausgetrockneten Tälern um. Es war alles umsonst. Der unauffällige braune Wagen blieb verschwunden.

Enttäuscht und beunruhigt kehrten Sayyed und Rafnir mit Hajira zu den Hunnuli zurück. Es herrschte bereits tiefe Nacht, doch die Männer waren so aufgeregt, dass sie nicht schlafen konnten. Die selbst gesetzte Frist von vier Tagen war verstrichen, und die einzige Spur war ihnen irgendwo auf der Gewürzstraße abhanden gekommen.

»Wir haben mehrere Möglichkeiten«, erklärte Sayyed. Er hatte die Arme vor der Brust verschränkt und schaute grimmig drein. »Wir können zum Altai zurückgehen und die Fel Azureth suchen; vielleicht haben sie Gabria und Kelene in ihrer Gewalt. Wir können auch die Karawane weiter durchsuchen oder nach dem unbekannten Wagen fahnden, in dem sich die Frauen befinden könnten.«

»Die Straße zweigt in drei verschiedene Richtungen ab«, sagte Hajira sanft. »Welche Richtung schlägt das Herz vor?«

Tassilio legte die Hand auf Sayyeds Arm. »Die Fel Azureth würden sie niemals entführen. Sie sind zu sehr von ihrer eigenen Rechtschaffenheit überzeugt. Sie würden sich nicht dazu herablassen, eine Macht zu benutzen, die sie als häretisch bezeichnen.«

Die drei Männer sahen Tassilio an und waren erstaunt über den Scharfsinn des Jungen. Sein ernstes Gesicht erhellte sich unter ihren Blicken. Er trat einen Schritt vor und hob das gebieterische Kinn in einer so perfekten Imitation seines Vaters, dass sich Hajira vor Lachen beinahe verschluckt hätte.

»Er hat Recht«, entschied Hajira. »Der innere Kern der Fel Azureth besteht aus extremen Fanatikern, die jede Religion oder Macht ablehnen, welche nicht die ihre ist. Das bedeutet natürlich nicht, dass jemand anderes die Frauen entführt haben könnte, weil er die Fanatiker in Schwierigkeiten bringen will.« Er verstummte und dachte darüber nach, dass ihnen greifbare Ergebnisse fehlten. Mit den Fingern trommelte er auf dem Griff seines Schwerts herum.

Rafnir war noch zu jung und heißblütig, um Ruhe zu bewahren. Er lief wütend zwischen den Männern und den Hunnuli hin und her. »Wohin führt uns das, Vater?«, wollte er wissen. »Keine Spur weist nach vorn, dafür aber gibt es viele, die zurück deuten.«

Der ältere Zauberer rieb sich den Hals; in seinem Kopf pochte der Schmerz. Es waren ein sehr langer Tag und eine sehr lange Nacht gewesen, und er litt noch unter den Nachwirkungen des Schlags auf den Kopf. Er schloss die Augen und holte tief Luft. »Ich möchte die Entscheidung überschlafen«, sagte er. »Morgen früh werde ich euch sagen, welche Abzweigung wir nehmen.«

Die anderen Männer waren einverstanden. Es hatte keinen Sinn, weitere Zeit und Kraft für Debatten zu verschwenden, da sie vor Tagesanbruch ohnehin nichts unternehmen konnten. Sie behielten Tassilio bei sich, rollten sich in ihre Decken und warteten unter dem Schutz der Hunnuli auf den Morgen.

In der Tiefe der Nacht flogen Sayyeds Träume zurück zur Ebene von Ramtharin. Er ritt auf einem Wüstenpferd wild hinter einer Frau in einem goldenen Umhang her, die auf einem Hunnuli saß. Er jagte sie, rief nach ihr, und schließlich wurde sie langsamer und wartete auf ihn. Er erwartete, Tam zu sehen, doch als er sich der Frau näherte und sie sich umdrehte, schob sie die Kapuze zurück und enthüllte Gabrias Gesicht, so wie es vor sechsundzwanzig Jahren gewesen war, als er sie an jenem Frühlingstag zum ersten Mal gesehen und sich sofort in sie verliebt hatte. Ihre Schönheit tat Sayyeds Herz weh. Sie lächelte ihn mit der ganzen Wärme und Liebe an, an die er sich erinnerte, und ohne ein Wort zu sagen, hob sie den Arm und deutete auf eine Bergkette. Plötzlich war sie verschwunden, und Sayyed fand sich in erstickender Finsternis wieder. Er schrie auf – nicht weil sie fort war, sondern wegen der Schwärze, die ihn umgab und der er zu entkommen versuchte. Er entdeckte jedoch, dass er weder Arme noch Beine bewegen konnte. Etwas fesselte ihn von Kopf bis Fuß; etwas ächzte und knirschte dicht neben seinen Ohren. Dann hörte er ihre Stimme; es war kaum mehr als ein schwaches Flüstern in seinem Kopf: »Sayyed.«

»Gabria!«, rief er. Seine eigene Stimme weckte ihn. Er sprang auf die Beine und sah, dass der Morgen den Himmel schon mit Gold und Gelb bedeckte. Afer stieß ihn sanft mit der Schnauze an, und Sayyed lehnte sich dankbar gegen die mächtige Schulter des Hengstes.

Rafnir gähnte unter seinem Fünftagesbart und kroch unter der Decke hervor. Sein Blick traf den seines Vaters, und sie sahen sich lange nachdenklich an.

»Ich bin der Meinung, wir sollten nach dem Wagen suchen«, sagte Rafnir gelassen. »Ich glaube nicht, dass sie hier sind.«

Sayyed erwiderte nichts darauf. Er blickte über Rafnirs Schulter auf die Berge nordwestlich der Oase. Er sah die Gipfel schon seit vielen Tagen, in denen sich die Karawane ihnen langsam genähert hatte. Als sie jedoch am letzten Abend die Quellen erreicht hatten, war es schon so dunkel gewesen, dass er keine Einzelheiten in der großen grau-grünen Bergkette hatte ausmachen können, die etwa zehn oder zwanzig Meilen von ihnen entfernt war. Nun sah er alles ganz deutlich. Die Berge badeten im Sonnenlicht, und er erkannte ihre zerklüfteten Gipfel so genau, wie er im Traum Gabria erkannt hatte. Und sie hatte auf ebendiese Berge gedeutet. Er dachte auch über die anderen Elemente seiner Vision nach: über die Bedeutung der Dunkelheit, über das knirschende Geräusch und Gabrias Stimme.

War ein Traum bedeutender als eine Ahnung oder eine Idee? War er ein von Amara geschicktes Zeichen oder nur eine Ausgeburt seines müden Geistes? Vielleicht hatte Gabrias Gabe nach ihm gegriffen. Was immer die Bedeutung oder die Quelle dieser Bilder gewesen war, er würde ihnen folgen, denn sie stellten die einzige Spur dar, die sie besaßen. »Es ist der richtige Wagen«, sagte er.

Hajira war zusammen mit Tassilio erwacht und zog ein kleines

Messer aus einer im Stiefel verborgenen Scheide. Die Klinge war dünn und schlank wie ein Schilfrohr und verschwand beinahe in seiner Hand. Der Griff bestand aus einem winzigen Greifenkopf, der aus einer flachen Opalscheibe geschnitzt war. Das Gesicht des Tieres schillerte im Sonnenlicht wie ein Regenbogen. Hajira gab Sayyed die Waffe. »Nimm das mit. Wenn du mich brauchst, schick mir das Messer mit einer Botschaft zurück, und ich werde kommen.« Er legte den Arm um Tassilios Schulter; es war eine väterliche Geste, die der Junge freudig aufnahm. »Wir halten die Ohren offen. Falls sich die Frauen doch hier in der Nähe befinden sollten, werden wir es bald wissen.«

Sayyed fuhr mit dem Finger die Klinge entlang. Obwohl Greife ausgestorben waren, versinnbildlichten sie im turischen Glauben noch immer Mut und Treue. »Ein wunderbares Messer«, sagte er.

»Ein Geschenk des Shar-Ja«, erwiderte Hajira. Es gelang ihm nicht, die Verbitterung in seiner Stimme vollständig zu unterdrücken.

Der Zauberer steckte das Messer ein und nahm etwas aus seiner Satteltasche. Es war ein Seil, so dick wie sein kleiner Finger. »Vor vielen Jahren wurden magische Wächter aus Elfenbein oder Holz hergestellt und in Kugeln von großer Schönheit eingesetzt«, erklärte er Hajira und Tassilio. Während er sprach, schnitt er geschickt ein Stück Seil ab und wand es zu einem verwickelten Knoten. »Leider habe ich keine Zeit, um etwas zu schnitzen. Das hier muss vorerst genügen.« Er legte den Knoten auf den Boden. Unter Tassilios erstaunten Blicken berührte er den Strick und sprach die Worte eines Zaubers, den er aus dem *Buch des Matrah* auswendig gelernt hatte.

Rot glühte die Magie eine Minute lang in dem Knoten auf; dann versank sie in den verdrehten Fasern. Sayyed hob ihn auf, wand ihn zu einer Schlinge und gab ihn Tassilio. »Er ist nicht so stark wie die alten, aber dieser magische Wächter wird dich vor allem außer den mächtigsten Zaubersprüchen schützen.«

Tassilio bewunderte das Geschenk. Er nahm das Seil ohne sein übliches munteres Lächeln entgegen und legte es sich dankbar um den Hals.

Nach den Morgengebeten frühstückten die vier rasch, sattelten die Hunnuli und verabschiedeten sich voneinander.

»Pass auf dich auf«, sagte Sayyed zu seinem Bruder. Die beiden

Männer umarmten sich und waren dankbar für dieses unerhoffte Zusammentreffen nach so vielen Jahren. Die Klanmänner saßen auf und winkten dem einsamen Wachmann sowie dessen königlichem Schützling zu. Hajira hob den Arm zum Salut.

Die Hunnuli trotteten ohne Eile durch die Randbezirke des Lagers und auf die Siedlung zu. Im Lager bereitete man sich auf die Abreise vor, und alle waren so beschäftigt, dass niemand zwei Klanmänner beachtete, die ihren eigenen Geschäften nachgingen.

Bald hatten sie das Lager und die Oase mit ihren verhalten sprudelnden Quellen hinter sich gelassen. Sobald sie außer Sichtweite waren, trennten sich Sayyed und Rafnir. Jeder nahm sich eine Seite der ausgetretenen Karawanenstraße vor. Die Hoffnung, die Spuren eines einzelnen und überdies noch des richtigen Wagens zu finden, waren äußerst gering. Die Männer wussten jedoch, dass das Gefährt die Karawane irgendwo zwischen den Impalaquellen und der Oase drei verlassen hatte; daher wollten sie dort das ganze Gelände entlang der Straße absuchen, bis sie eine Spur des fehlenden Wagens gefunden hatten.

Mit Hilfe des guten Geruchssinns ihrer Hengste sowie ihrer eigenen Erfahrungen im Spurenlesen suchten die beiden Männer die Gewürzstraße meilenlang ab. Es war nicht leicht. Die gewaltige Karawane des Schar-Ja hatte eine Unmenge von Hufspuren, Wagenfurchen, Stiefelabdrücken, Abfall und Dunghaufen hinterlassen, und der nachfolgende Verkehr hatte seine eigenen Zeichen hinzugefügt. Viel bereiste Seitenpfade stießen hier und da auf die Straße, und überdies führte sie an zwei Stammessiedlungen vorbei, die ihre eigenen Wagen und Karren hatten.

In den winzigen Dörfern zogen die Klanmänner Erkundigungen ein und unterhielten sich mit anderen Reisenden, doch niemand konnte sich an einen solchen Wagen erinnern. Die beiden Männer kämpften andauernd mit dem Verlangen, schneller voranzukommen, falls sich der Wagen vor ihnen auf der Straße befinden sollte, und der Notwendigkeit einer langsamen und sorgfältigen Suche nach Spuren, denn es bestand durchaus die Möglichkeit, dass der Wagen die Straße verlassen und ein abgelegenes Ziel angesteuert hatte. Den größten Teil des Tages zwangen sie sich, ihre Enttäuschungen beiseite zu schieben und sich langsam nach Nordosten vorzuarbeiten.

Die Nachmittagssonne sank schon gen Abend, als Sayyed und Rafnir zur Straße zurückkehrten und ihre Pferde nebeneinander herführten. Die Karawanenstraße schlängelte sich zwischen großen Hügeln hindurch und zwang die beiden Reisenden, durch einen engen Einschnitt zu gehen, der von steilen Hängen eingefasst und von wohlriechenden Zedern und Kiefern in Schatten getaucht wurde. Vater und Sohn ritten schweigend; jeder hing seinen eigenen Gedanken nach, bis sie die Hügel hinter sich gelassen hatten und in ein weites, sanft gewelltes Land kamen.

Da links ist eine weitere Spur, sagte Afer zu Sayyed. Der Hengst hatte Recht. Sie war schwach und staubbedeckt, doch eindeutig führte eine von zwei Rädern gezogene Spur von der Hauptstraße fort und auf die braune, unfruchtbare Bergkette zu. Die Pferde folgten der Spur ein kurzes Stück und hielten dann an, damit Sayyed und Rafnir absteigen konnten.

»Etwas Schweres ist vor kurzem hier vorbeigekommen«, bemerkte Sayyed. Er deutete auf die Radspuren im Lehm und das geknickte Gras.

Rafnir bückte sich. »Aber ist das unser verschwundener Wagen?« Er blickte den Weg zurück, auf dem sie hergekommen und auf das Gebirge zugeritten waren. »Wenn man plant, eine Karawane ohne großes Aufsehen zu verlassen, ist das hier ein guter Ort dafür.«

Sayyed sah die Berge an und verstand, was Rafnir meinte. Ein Wagen, der ganz am Schluss einer Karawane fuhr, konnte hier leicht abbiegen, wenn der Rest des Trosses vor ihm in dem baumgesäumten Einschnitt verschwand. »Sollen wir auf der Straße bleiben oder diesen Spuren folgen?«

»Ich bin für die Spuren«, meinte Rafnir. Er schirmte die Augen vor der Sonne ab und folgte mit dem Blick den Spuren so weit wie möglich. Wenn sie ihre Richtung beibehielten, führten sie geradewegs ins Gebirge.

Die Männer saßen wieder auf, und die Hunnuli fielen in einen leichten Galopp. Es gab nur wenige Stellen, wo ein Wagen den Weg hätte verlassen können, und der Pfad wand sich klar und deutlich sichtbar durch die trockene Vegetation voran. Sie waren beinahe eine Stunde hintereinander geritten, als Tibor den Pfad so plötzlich verließ, dass Rafnir aus dem Sattel rutschte. Der Zauberer reagierte sofort, packte die Mähne des Hengstes und zog sich zurück in den Sattel.

Seht!, sagte Tibor aufgeregt, bevor Rafnir die Gedanken aussprechen konnte, die ihm auf den Lippen lagen. Der Hengst deutete mit der Nase auf etwas am Boden.

Rafnir konnte den Gegenstand hinter Tibors großem Kopf nicht erkennen; also stieg er ab und drückte die Nase des Hengstes beiseite. Er sah bloß einen roten Streifen, der an den langen, scharfkantigen Blättern einer Dolchpflanze hing. Er riss die Augen auf und jauchzte vor Freude. »Das ist Kelenes Haarband!«, rief er und schwenkte es durch die Luft.

»Bist du sicher?« Sayyed hob zweifelnd die Brauen.

Bin ich, wieherte Tibor. *Es riecht nach ihr.*

»Sie sind vor uns!«, krähte Rafnir. »Sie hat es bestimmt als Zeichen hinterlassen.«

Die beiden Männer grinsten sich an. Zum ersten Mal seit fünf Tagen hatten sie eine echte Spur, und sie wollten sie nicht wieder verlieren. Rafnir wickelte sich das Band rasch um den Arm und sprang wieder in den Sattel. Die Hunnuli liefen los.

Der Wagen hatte etwa einen Tag Vorsprung, aber kein lebendes Geschöpf war schneller oder ausdauernder als ein Hunnuli. Die Pferde galoppierten für den Rest des Tages weiter, bis die Sonne hinter die Berge sank und die Nacht hereinbrach. Sie fanden keine weiteren Zeichen der Frauen. Die Wagenspuren kamen den Bergen immer näher.

Sobald die Sonne untergegangen war, mussten die Hunnuli anhalten. Zwar hätten sie die ganze Nacht hindurch laufen können, doch ein Schleier aus hohen Wolken verdeckte den Himmel und schluckte das Licht der Sterne und des Mondes. Die Männer wagten nicht, die Reise fortzusetzen, denn es bestand die Gefahr, dass sie ein weiteres Zeichen übersahen oder die schwache Spur in der Dunkelheit verloren. Widerstrebend errichteten sie ein einfaches Lager und legten sich zum dringend benötigten Schlaf nieder.

Kurz vor Anbruch der Morgendämmerung standen die Männer auf, nahmen ein rasches Mahl zu sich und verrichteten kniend ihre Gebete. Rafnir empfand diese Morgenandachten inzwischen als angenehm, und er schickte schweigend sein Gebet zur Muttergottheit, damit sie über das Leben seiner Frau und deren Mutter wachte. Als es so hell war, dass man die Spuren erkennen konnte, machten sich die Männer mit den Hunnuli wieder auf den Wag. Der Pfad lag vor ihnen wie zwei blasse, parallele Bänder, die westwärts in die Ausläufer des Absarotan-Gebirges führten.

Rasch wurde das Land kahl und zerklüftet; die kahlen Hänge lagen schutzlos unter dem Himmelsgewölbe. Ausgetrocknete Flussläufe und Rinnen liefen wie Spalten die Hänge herab, und raue Vorsprünge aus verwittertem Gestein bohrten sich alten Ruinen gleich durch das Gras. Nicht weit vor ihnen erhoben sich die Gipfel über die ausgedörrte Ebene und hockten wie brütende Riesen über den tiefen, uneinsehbaren Tälern.

Ein warmer Wind aus Osten blies den ganzen Tag über und drückte Wolken gegen die hohen Gipfel. Am Nachmittag bildeten sich Gewitterwolken, und die Elementarkräfte eines Sturms wurden im Kampf zwischen Luft, Stein und Feuer geboren.

Am Boden spürten die Männer und die Hunnuli den heraufziehenden Sturm in der magischen Energie, die sich um sie herum bildete. Aus Gründen, die selbst die Magier kaum verstanden, stärkten Gewitter die Kräfte der Magie und die Fähigkeit der Zauberer bei ihrer Ausübung. Noch bevor sich der Himmel in Stahl verwandelte und der erste Blitz in die Erde schoss, spürten die beiden Zauberer das Prickeln im Blut und die steigende Spannung, während sich der Sturm vor dem Gebirge zusammenbraute.

Besorgt eilten sie voran, aber außer den Spuren, die sich immer höher die unwirtliche Flanke des Gebirges hinaufschlängelten, war nichts von dem flüchtigen Wagen zu sehen. Am späten Nachmittag ritten sie einen steilen Bergkamm hoch, erreichten die Spitze und sahen sich um. Zwar war der Wagen nirgendwo zu sehen, aber unter ihnen entdeckten sie zwei Hirten, die eine Ziegenherde im Tal hüteten. Afer und Tibor holten die beiden Hirten rasch ein, und die Klanmänner grüßten die beiden Turic herzlich.

Die Hirten musterten sie und die großen Pferde argwöhnisch, bis sie das Zeichen der Raid an der Kleidung der Reiter erkannten.

»Der wahre Gott sei mit Euch, Reisende«, sagte der jüngere Hirte durch den Lärm der blökenden Ziegen. »Wir dachten zuerst, Ihr wärt Steuereintreiber oder Einnehmer der Fel Azureth.«

Sayyed kicherte. »Die Raid reiten nur um Ehre. Das ist der Grund, warum wir so arm sind.«

Die Hirten entspannten sich ein wenig, doch sie traten von einem Fuß auf den anderen und warteten ängstlich darauf, sich entfernen zu können. Ihre Ziegen, eine langbeinige, schlanke Gebirgsrasse, versammelten sich laut und ungeduldig um sie. Sayyed fragte rasch nach dem Wagen.

»Heute haben wir keinen gesehen«, antwortete der ältere Hirte. »Wir hatten die Herde auf der Weide da oben.« Er deutete auf einen Berg etwas abseits von den anderen, dessen wilder, einsamer Gipfel in den Wolken verschwand. »Wir mussten sie aber früh wieder runterbringen. Der Sturmkönig wird wütend.«

»Wer?«, fragte Rafnir.

»Ihr seid fremd hier«, sagte der Hirte und zog eine Grimasse. »Da hinten liegt der Sturmkönig.« Er deutete noch einmal auf den Gipfel. »Der alte Knabe kann schreckliche Stürme machen, wenn er wütend ist.«

»Weißt du denn, wohin dieser Weg führt?«

Die Hirten sahen sich an, als versuchten sie gegenseitig, ihrem Gedächtnis nachzuhelfen. »Führt er nicht zu dieser alten Festung?«, meinte der jüngere.

Der andere zuckte die Achseln. »Könnte sein. Die Hauptstrecke liegt südlich von hier, aber ich habe gehört, dass es einen Seitenweg hier hoch gibt. Habe ihn noch nie genommen. Würde da niemals hingehen.«

Etwas in seinem Tonfall veranlasste Rafnir zu fragen: »Warum nicht?«

Beide Klanmänner zuckten zusammen, als die Hirten die Handgelenke kreuzten, um das Böse abzuwehren. »Tief in den Bergen ist etwas Dunkles. Etwas, das ich nicht für alles Gold des Sturmkönigs besuchen würde«, sagte der alte Hirte.

»Wenn Ihr dieser Straße folgt«, meinte der jüngere nachdrücklich, »dann kommt bloß nicht vom Weg ab. Findet Euren Wagen und verschwindet wieder, so schnell ihr könnt.« Ohne auf eine Antwort zu warten, trieben die Hirten ihre Tiere zusammen und eilten davon.

Die Hunnuli kehrten zu der Wagenspur zurück und galoppierten weiter. Die Männer sahen nun, dass der Weg auf jenen Berg zulief, den die Hirten den Sturmkönig genannt hatten. Seinem Namen gemäß kauerte er unter einem wogenden, grau-weißen Wolkenmantel, der die oberen Hänge verbarg. Blitze zuckten um den Gipfel.

»Wir sollten irgendwo Schutz suchen«, meinte Sayyed.

Nun trabten die Hengste schneller über den offenen Pfad den Berghang hinauf. Rasch hatten sie den Waldrand erreicht und waren gezwungen, langsamer durch das Unterholz und Gebüsch zu laufen.

Die beiden Jäger drangen in immer höher gelegene Gebiete vor, während sich der Himmel verdunkelte und der Wind durch die Haine rauschte. Staub und Blätter wirbelten umher, und die warme, schwüle Luft kühlte sich plötzlich ab. Grollender Donner hallte zwischen den Gipfeln wider. Das Tageslicht verblasste zu einem gespenstischen Schimmern.

Sayyed schaute angestrengt auf den Pfad vor ihm, als ein Blitz aus den Wolken schoss und in einen Baum in der Nähe einschlug. Vor Schreck wäre der Klanmann beinahe aus dem Sattel gefallen. Tibor und Afer wieherten auf, denn der schreckliche Lärm verursachte ihnen Schmerzen. Mit diesem Fanfarenstoß entlud sich die Wut des Sturmkönigs in einem Wind, der kreischend vom Gipfel herabfuhr, die Zweige knickte und das Gras platt drückte.

Halb geblendet vom Staub und Sand, klammerten sich die Männer an ihre Pferde, während der Wind sie umtobte. Die Hunnuli kämpften sich weiter voran. Nach wenigen Sekunden hatten sie den Weg bereits in einem Wirbelwind aus Lehm, Sand und Blättern aus den Augen verloren.

»Weiter!«, rief Sayyed Afer zu. »Such uns einen Unterschlupf!«

Gehorsam pflügte der alte Hengst durch den Sturm und spannte seine Sinne an, um in diesem schrecklichen Unwetter eine geschützte Stelle zu finden. Tibor hielt sich mit Mühe dicht hinter ihm. Niemand konnte mehr sehen, wohin die Reise ging. Sie sahen nur noch hellere oder dunklere Schatten in dem tosenden Wind und die Richtung des Hangs unter ihren Füßen. Andauernd explodierten Blitze, und es donnerte heftig um sie herum.

Sie hatten noch immer keinen geschützten Ort gefunden, als Hagel in einem Vorhang aus stechenden Kügelchen niederging. Sayyed wand sich den Burnus eng um das Gesicht und hielt Afer an. Er kauerte sich mit dem Rücken zum Wind nieder und wartete darauf, dass Tibor näher kam.

»Wir haben kaum eine Wahl. Wir bleiben hier, bis der Sturm abzieht«, rief er Rafnir zu. »Wir errichten einen Schutzschild.«

Rafnir nickte. Sie begannen mit dem Zauberspruch, der einen dichten Schild gegen Wind und Hagel bilden würde.

Afer hob den Kopf. *Ich rieche etwas. Ich kann nicht sagen, was es ist, aber es riecht nach Menschenwerk,* sagte das Hunnuli den beiden Männern.

Sayyed verzog das Gesicht. »Sollen wir es uns ansehen?«

»Versuchen wir's. Wir wissen nicht, wie lange dieser Sturm anhalten wird, und ein Unterschlupf wäre sehr willkommen.«

Erregt stürzte sich Afer wieder in den Wind und das peitschende Eis. Die Männer benutzten die Magie, die sie bereits geformt hatten, um kleine Schutzschilde zu errichten, die wenigstens das Gröbste abhielten. Tibor eilte hinter Afer über einen Sattelrücken und in ein steiles, enges Tal.

Die Dämmerung kam und ging zu schnell, und undurchdringliche Nacht bedeckte die Berge. Der Hagel hörte bald auf und wurde von heftigen Regengüssen abgelöst. Nach wenigen Augenblicken waren Sayyed und Rafnir trotz ihrer Schilde von der kalten Flut durchnässt. Noch immer folgte Afer dem flüchtigen Geruch und führte sie an einem kleinen, gurgelnden Bach entlang weiter das Tal hinauf. In der dichten Dunkelheit und dem strömenden Regen bemerkten sie nicht, dass die Talwände immer steiler wurden und höher aufragten, je tiefer die Männer in die Berge eindrangen.

Dann ragte unvermittelt eine hohe Gestalt aus der Dunkelheit. Sie war doppelt so groß wie ein Mensch. Dick und plump hockte sie mitten auf dem Talboden wie eine Reihe missgebildeter, großer Menschenköpfe, die jemand übereinander gestapelt hatte. Das oberste Haupt, dessen scheußliches Gesicht beinahe in der Finsternis verschwand, blickte düster auf jeden nieder, der sich ihm näherte.

Das ist Stein, schnaubte Tibor.

»Ja, aber was stellt es dar?«, rief Rafnir, der eigentlich keine Antwort darauf erwartete. Die gewaltige Statue glich nichts, was er je gesehen hatte.

»Das ist ein Ahnenstamm; ein altes Mittel, böse Geister abzuwehren«, erklärte Sayyed müde.

Rafnir zitterte im eisigen Sog des Windes. »Ich glaube nicht, dass es funktioniert. Ist es das, was du gerochen hast?«, fragte er Afer.

Etwas davon. Aber jetzt spüre ich noch andere Dinge, antwortete Afer.

Ich ebenfalls. Menschliche Gerüche auf Holz und Stein und im Rauch. Auch von Pferden, fügte Tibor hinzu.

»Also los«, seufzte Rafnir. Das Verlangen nach einem Unterstand war stärker als seine Vorsicht und Neugier. Sie ritten an der seltsamen Statue vorbei und weiter die Schlucht hinauf.

In der Dunkelheit und dem Sturm sahen sie nicht, wie sich der obere Kopf langsam drehte und sie beobachtete.

Obwohl sie eine schwache Tierfährte entdeckten, die dem Lauf des Baches folgte, wurde der Pfad allmählich sehr unwegsam. Er schlängelte sich um Felsblöcke, Vorsprünge, schlammige Tümpel und dichtes Unterholz herum. Sayyed und Rafnir mussten ihre Schutzschilde auflösen, denn sie konnten nicht länger die ganze Aufmerksamkeit auf ihre Erhaltung und gleichzeitig auf den Pfad richten. Stattdessen erschuf Sayyed eine kleine Lichtkugel. Wenn ein solcher magischer Ball einmal brannte, benötigte er fast keine Aufmerksamkeit mehr, und sein Licht war in der stürmischen Nacht eine willkommene Hilfe.

Es war kaum eine Stunde vergangen, seit sie die fremdartige Statue verlassen hatten, als die Schlucht plötzlich vor einer hohen Wand aus geriffeltem Stein endete. Am Fuß der Felswand quoll der Bach aus einem tiefen, klaren Teich hervor, der im strömenden Regen schäumte. Anstatt anzuhalten, wandte sich Afer nach links und trat in eine Felsspalte, die so schmal war, dass die Männer sie übersehen hätten. Der Durchgang war tief und dunkel und nahm Wind und Regen die Gewalt. Die Hunnuli trotteten mit stetigem Schritt durch den Einschnitt und schenkten den Wänden, die sich etwa vierzig Fuß über sie erhoben, keine Beachtung.

Die Männer und Pferde gingen einige Minuten hintereinander durch die Spalte und waren dankbar für den Schutz, den sie vor dem Wetter bot. Die Hunnuli hatten die Nüstern hoch erhoben und die Ohren aufgestellt, um weitere menschliche Spuren zu wittern, die ganz in der Nähe sein mussten. Sie hatten ihre Sinne so sehr auf das gerichtet, was vor ihnen lag, dass sie nichts hinter ihnen bemerkten, bis sie etwas wie Donner hörten, der von einem rumpelnden, dumpfen Geräusch vom Eingang der Spalte her begleitet wurde.

Tibor wieherte durchdringend. Plötzlich schlängelten sich zwei Seile, die blasssilbern in der Dunkelheit leuchteten, von oben herab. Die Seile legten sich um die Hälse der Männer und rissen sie aus dem Sattel. Sie zuckten und wanden sich und wurden so rasch hochgezogen, dass die Hunnuli nur noch ihre Wut herausbrüllen und in die leere Luft treten konnten.

Hände packten nach Sayyed, kurz bevor ihm die Sinne schwanden. Zum zweiten Mal wurden er und Rafnir von einem Feind gefangen genommen, den sie nicht sehen konnten.

In der Felsspalte unter ihnen erstarb das magische Licht, und die Hunnuli blieben allein in der Dunkelheit zurück.

Acht

Der Knebel schnitt tief in Kelenes Mund, trocknete ihr die Zunge aus und zwang sie, den Mund so weit aufzusperren, dass sie kaum mehr den Kiefer bewegen konnte. Ihre Lippen waren trocken und geschwollen, und der ganze Kopf schmerzte und pochte so stark, dass es ihr die Tränen in die Augen trieb. Sie ließ den Schmerz im rechten Arm unbeachtet und kämpfte wieder darum, den Knebel zu erreichen, doch man hatte ihr die Hände fest an die Seiten gebunden, und die Knoten lockerten sich nicht. Schon schwollen auch ihre Hände an, und sie spürte, wie Blut an den Gelenken herabrann.

Sie hatte mehrmals versucht, die Seile durch Magie zu zerreißen, aber es hatte nichts genützt. Wer immer sie gebunden hatte, war mit Zauberern vertraut und hatte die Fesseln aus den Schweifhaaren eines Hunnuli gewoben. Wie das Pferd selbst, so war auch sein Haar unempfindlich gegen Magie. Kelene fragte sich kurz, von welchem Pferd diese Haare stammen mochten.

Sie streckte sich wieder auf der Pritsche aus und dachte an einige schlimme Flüche, mit denen sie jene überschütten wollte, die ihr das angetan hatten, sobald sie Hände und Mund frei bekommen würde. Dicht neben ihr spürte sie die Wärme und Nähe von Gabrias Körper, der in derselben schmerzhaften Weise verschnürt war. Sie wusste nicht, ob ihre Mutter schlief, bewusstlos war oder bloß abwartete. Die ältere Zauberin war schon vor einiger Zeit erwacht, hatte gegen ihre Fesseln gekämpft und war dann in schweigende Reglosigkeit verfallen.

Kelene stieß einen kurzen Seufzer der Enttäuschung aus und betrachtete ihre Umgebung im schwachen Licht. Sie kannte die wenigen Dinge, die sie sah, schon sehr genau, doch sie hoffte immer noch, etwas Neues zu entdecken, das ihr eine Hilfe sein könnte. Sie und Gabria befanden sich in einem Wagen; das hatte sie sofort begriffen, als sie vor einigen Stunden aus ihrer Ohnmacht erwacht war. Es war kein Klanwagen, denn der Aufbau war zu groß, hatte hölzerne Seitenwände und ein leicht gewölbtes Holzdach. Eine Tür am Ende gestattete den Eintritt, und ein winziges Fenster unter dem Dach sorgte für frische Luft. Das Gefährt erinnerte Kelene an die Kaufmannswagen, die sie manchmal auf den Sommertreffen der Klane sah. Sie hatten viel Platz für die Waren und eine kleine Kammer für den Händler.

Sie und Gabria lagen nicht auf dem Boden, sondern auf einem ausgeklappten Bett, und von ihrem Platz aus sah sie einen kleinen, gegen die Wand gelehnten Tisch sowie eine kurze Bank. Im Innern des Wagens war es dunkel; nur einige Lichtfetzen drangen durch einen Spalt im Türrahmen und unter dem Dach herein.

Hinter dem Bett, am dunkleren Ende des Wagens, standen Nara und Demira Seite an Seite in einer hölzernen Box, die ausschließlich für diese beiden Pferde gezimmert zu sein schien. Die Wand, welche die Pferde von den Frauen trennte, bestand aus dicken, schweren Bohlen, die so massiv waren, dass sie sogar ein Hunnuli einsperren konnten. Beide Stuten hatten nicht auf Kelenes Geräusche reagiert. Sie fragte sich, ob die Tiere ein Beruhigungsmittel erhalten hatten. Wenn sie den Kopf so hoch erhob, wie es die Fesseln erlaubten, erkannte sie undeutlich die beiden Tiere, die unmittelbar vor der Vorderwand des Wagens standen. Beide Stuten trugen einen Halfter, und Demiras Schwingen schienen mit einem breiten Tuchstreifen gegen die Flanken gebunden zu sein. Hier hatte sich jemand große Mühe gemacht.

Wütend kämpfte sich Kelene auf, bis sie am Rand des Klappbetts saß. Es war zwar wichtig zu wissen, dass sie sich in einem Wagen befanden, aber sie hatte noch immer keine Ahnung, wer sie entführt hatte und wohin sie unterwegs waren. Sie versuchte an jene Nacht zurückzudenken, in der sie am Fluss überfallen worden waren. War das in der letzten oder vorletzten Nacht gewesen? Sie war sich nicht sicher. Sie konnte sich an nichts mehr erinnern, was geschehen war, seit sie und ihre Mutter zum Flussufer geritten waren. Sie hatte einige schwarze Männer auf sich zukommen sehen und Schmerz und Angst gespürt, als Demira stürzte. Kelene hatte sich beim Sturz den Arm verletzt, und dann war alles schwarz geworden. Sie wusste nicht, wie und von wem sie, Gabria und die Pferde in den Wagen gebracht worden waren. In ihrer Erinnerung klaffte eine Lücke bis zum heutigen Morgen, als sie mit schrecklichen Kopfschmerzen und dem Verlangen aufgewacht war, bei der langsamen Vierteilung der Verbrecher zuzusehen.

Draußen hörte sie das Knallen von Peitschen, das Klappern vieler Hufe und das Knirschen anderer Wagen. Staub von der Straße drang durch die alten Holzwände und wirbelte in den dünnen Lichtstrahlen, die durch die Spalten im Dach hereinfielen. Kelene vermutete, dass ihr Wagen Teil einer Karawane war, doch ohne weitere Hinweise konnte sie sich keine Vorstellung davon machen, wohin sie unterwegs waren.

Plötzlich schwang der Wagen zur Seite, und Kelene verlor auf ihrem schwankenden Lager den Halt. Sie konnte sich nicht fangen, stürzte zu Boden und fiel dabei auf ihren verletzten Arm. Die Schmerzen machten sie beinahe wieder bewusstlos. Sie lag auf dem Rücken und biss mit den Zähnen auf den Knebel, während ihr Tränen die Wangen hinunterliefen. Ihr war übel.

Auf dem Bett über ihr rollte sich Gabria an den Rand und sah hinab. Ihre grünen Augen lagen im Schatten und waren tief in das schmale Gesicht eingesunken, doch in ihnen schimmerten Wachsamkeit und Besorgnis.

Das Knirschen der Tür überraschte die beiden Frauen. Sie hoben den Kopf, als das Tageslicht hereinströmte. Ein dunkler Umriss stand auf der Schwelle in einem so grellen Licht, dass beide Zauberinnen nicht erkennen konnten, wer die Person war.

»Gut; ihr seid wach«, sagte eine dumpfe Stimme. Der Sprecher schenkte dem Umstand, das Kelene auf dem Boden lag, nicht die geringste Beachtung. Er fuhr kalt und ausdruckslos fort: »Bald treffen wir in einer Oase ein. Dann werde ich euch etwas zu essen und zu trinken bringen. Wenn ihr Schwierigkeiten macht, Aufmerksamkeit zu erregen versucht oder zaubert, werde ich eure Hunnuli töten.« Die Gestalt trat zurück und schlug die Tür ohne ein weiteres Wort wieder zu.

Die Blicke der Frauen trafen sich; aus ihnen sprachen Verwirrung, Sorge und Wut. Kelene legte sich zurück auf den Boden. Es schien ihr besser zu sein, hier zu bleiben, als sich unter Schmerzen auf das Bett zu kämpfen. Wenigstens pochte jetzt ihr Arm nicht mehr so stark.

Sie schloss die Augen und richtete die Gedanken auf die Zaubersprüche, die sie im vergangenen Winter benutzt hatte, um ihren verkrüppelten Fuß zu richten. Sie wünschte, sie hätte die Heilsteine aus Moy Tura zur Verfügung, denn einer von ihnen besaß die Fähigkeit, gebrochene Knochen zu heilen. Auch einige Arzneikräuter wie Schwarzwurz oder Knochenricht wären nun hilfreich, aber diese und die Steine lagen in ihrem Heilerbeutel, und nur die Götter wussten, was mit diesem geschehen war. Ihr Beutel, ihre Mäntel, Stiefel und auch ihr Schmuck waren fort – entweder gestohlen oder einfach weggeworfen.

Sie konzentrierte sich auf ihre Magie, wandte sie nach innen und auf die Verletzung im rechten Oberarm. Wenigstens hatte dieser Teil des Arms nur einen einzigen Knochen, während Knöchel und Fuß ein Gewirr aus kleinen Knochen und Sehnen bildeten. Sie wusste, dass der Knochen nicht zerschmettert war, aber er war schlimm zugerichtet und möglicherweise angebrochen. Kelene benutzte nur einen kleinen magischen Stoß, glättete den Riss im Knochen und stärkte die natürliche Abwehrkraft ihres Körpers gegen Schmerzen.

Das Pochen wurde schwächer und dumpfer, und als der Zauber beendet war, wurde Kelene schläfrig. Trotz des Staubs und des harten Bodens beugte sie sich ihrer eigenen Medizin und schlief bald ein.

*

Zukhara.

Kelene riss überrascht die Augen auf, als dieser Name so deutlich in ihren Gedanken erschien. Sie starrte in die Dunkelheit und fragte sich, warum sie gerade jetzt an den turischen Ratgeber dachte. Er war eine unangenehme Person, die wenig Rücksicht auf den Shar-Ja oder den Friedensrat nahm. Er gehörte nicht zu ihrem Leben. Kelenes Gedanken verschwammen. Irgendetwas hatte ihn in ihre Gedanken eingeschmuggelt. Irgendeine Erinnerung hatte ihren überanstrengten Verstand heimgesucht und ihre Aufmerksamkeit auf ihn gelenkt.

Sie schaute sich um und sah, dass die Nacht hereingebrochen war. Der Wagen schaukelte nicht mehr, und die Welt hinter den Holzwänden war zur Ruhe gekommen. Die Worte ihres Besuchers fielen ihr wieder ein: Er wollte ihnen etwas zu essen und zu trinken bringen, wenn die Karawane bei der Oase anhielt.

Kelene versteifte sich in ihren Fesseln. Die Worte und die Stimme des Mannes hallten in ihren Gedanken wider. Die Stimme war ihr unbekannt gewesen; die Schmerzen und ihre unbequeme Lage hatten sie abgelenkt, doch jetzt erkannte sie sie wieder. Natürlich, brummte sie zu sich selbst. Jetzt hatte der Umriss ein Gesicht: das von Zukhara.

Leise Schritte knirschten draußen auf Kies. Die Tür wurde geöffnet, dieselbe schlanke Gestalt kletterte in den Wagen und schloss die Tür hinter sich. Der Mann war so groß, das er sich unter dem Wagendach bücken musste. Er trug eine kleine Lampe, einen Wasserschlauch und einige Platten mit Essen, die er auf den Tisch stellte.

Schweigend beugte er sich über Kelene, hob sie auf und setzte sie mühelos auf die Bank an der Wand. Auch Gabria wurde von der Pritsche gehoben und neben Kelene gesetzt. Beide Frauen sahen den Mann, der sie gefangen genommen hatte, mit unaussprechlichem Hass an.

Zukhara schenkte ihrem schweigenden Zorn keine Beachtung und stellte die Speisen und das Wasser vor sie. Er setzte sich auf den Rand des Betts, während sie die Erfrischungen, die so unerträglich nahe vor ihnen standen, lange anstarrten.

»Hört mir zu«, sagte er schließlich. Die kleine Lampe flackerte und legte scharfe Schatten über sein kantiges Gesicht. »Ihr befindet euch mitten im turischen Reich. Es gibt kein Entkommen. Eure Hunnuli sind betäubt und werden es bleiben, bis wir unser Ziel erreicht haben. Ich weiß, dass ihr sie nicht zurücklassen werdet, aber falls ihr törichterweise zu entkommen versucht oder anderen Ärger macht, werde ich nicht zögern, sie zu töten. Habt ihr verstanden?«

Beide Frauen hatten die Augen weit aufgerissen und nickten.

Zukhara sprach eindringlich und klar weiter: »Solange ihr mir gehorcht, werde ich euch zwei Mal am Tag Nahrung und Wasser bringen. Wenn ihr euch mir widersetzt, wird eine von euch sterben.« Er hielt inne und zog etwas aus seiner Robe hervor. »Außerdem habe ich das hier.« Er zeigte ihnen eine kleine Kugel an einer goldenen Kette.

Kelene sah sie verständnislos an, doch Gabria zuckte zusammen. Die Kugel war eine wunderbare Schnitzarbeit aus Elfenbein, die aus ineinander greifenden Knoten bestand. Innerhalb der Kugel steckten zwei weitere, eine in der anderen; sie waren genauso fein geschnitzt. Gabria hatte einmal eine ähnliche Kugel gesehen, die ihr der Hohepriester des Krath-Kults gegeben hatte. Die Kugeln, Schöpfungen eines vergangenen Zeitalters, waren magische Wächter, die ihre Träger vor jedem Zauber schützten. Es war einfach unerklärlich, wie ein Turic an eine solche Kugel gekommen sein konnte oder warum er wusste, wie man sie benutzte.

Zukhara bedachte Gabrias Erkenntnis mit einem Nicken. »Da nun alles geklärt ist, dürft ihr essen.« Mit überraschender Sanftheit nahm er ihnen die Pferdehaarfesseln von den Armen und lockerte ihre Knebel. Ihre Beine ließ er jedoch gefesselt.

Kelene und Gabria mussten zunächst darum kämpfen, wieder Gefühl in Arme und Hände zu bekommen. Ihnen tat der Kiefer von den engen Knebeln schrecklich weh, und ihr Mund war so trocken, dass sie kaum schlucken konnten.

Zukhara goss ihnen Wasser in zwei Becher und sah unbewegt zu, als die Frauen eifrig tranken.

Die erste Frage, die Kelene in den Sinn kam, sobald sie wieder sprechen konnte, war: »Warum?«

Der Ratgeber kratzte sich am langen, vornehmen Kinn, während er darüber nachsann, wie viel sie wissen durften. »Sagen wir es so: Ich habe Verwendung für euch und eure Fähigkeiten.« Mehr wollte er nicht verraten, und die Klanfrauen waren zu durstig und hungrig, um weitere Fragen zu stellen. Sie aßen und tranken so viel wie möglich. Das Essen bestand aus einem erstaunlich milden und schmackhaften Eintopf, und das Wasser kam aus einer der frischen, sauberen Quellen der Oase. Für ihre ausgedorrten Münder war es wie ein Wunder.

Sobald sie fertig waren, räumte Zukhara die Teller und Becher beiseite und sah sie beide über den leeren Tisch hinweg an. »Ich habe euch hergebracht«, sagte er unvermittelt, »weil ich eure Hilfe brauche.«

Ein Ausdruck des Erstaunens glitt über Kelenes Gesicht, denn der Ratgeber zeigte nun ein völlig verändertes Verhalten und bediente sich eines mäßigeren Tons. Die Angriffslust machte Höflichkeit Platz; die Barschheit in seiner Stimme war verschwunden, und er lockerte die angespannten Schultern und Glieder und nahm eine beinahe lässige Haltung ein.

Er beugte sich vor, stützte sich mit den Ellbogen auf dem Tisch auf und fuhr fort: »Ihr müsst verstehen, dass es keine einfache Entscheidung war, zwei Zauberinnen zu entführen.«

»Warum?«, meinte Kelene höhnisch und deutete auf die Wände des Wagens. »Du hast doch genug Platz zur Verfügung.«

Der Ratgeber schüttelte die Frage genauso ab, wie er es bei einer Fliege getan hätte. »Ich wollte den Friedensrat nicht stören, aber nach Bashans Tod blieb mir keine andere Wahl. Als der Shar-Ja den Ratsfelsen in der vergangenen Nacht verlassen hat, habe ich euch mitgenommen.«

Gabria sagte zum ersten Mal etwas. »Wir haben Bashan nicht getötet.«

»Ich weiß, Gabria, aber ich fürchte, ich kenne den Täter, und deswegen musste ich schnell handeln.« Er lächelte, und Kelene hielt bei dieser verblüffenden Verwandlung den Atem an. Die Wut des Raubtiers, die für gewöhnlich auf seinem Gesicht lag, wurde von einem angenehmen, entwaffnenden Lächeln voller Freundlichkeit und Fröhlichkeit fortgewischt. Wenn Kelene nicht während der Ratsversammlung seine Wut gespürt und den Hass in seinen Augen gesehen hätte, wenn sie nicht die letzten vierundzwanzig Stunden im Elend verbracht hätte und nicht von diesem Mann bedroht worden wäre, hätte sie ihn schon allein wegen seines Lächelns gemocht. Nun wusste sie, dass Zukhara noch gefährlicher war, als sie sich vorgestellt hatte, denn er war nicht nur einflussreich, mächtig, gnadenlos und ehrgeizig, sondern er konnte sich auch unter der wunderbaren Tünche der Liebenswürdigkeit verbergen.

»Was willst du?«, fragte Gabria vorsichtig.

»Ihr habt in eurem Klan einen Mann, der je zur Hälfte von den Klanen und den Turic abstammt. Seine Eltern hatten zwölf Kinder, doch nur er hat genügend Klanblut geerbt, um ein Zauberer sein zu können.« Der Mann legte die Fingerspitzen zusammen und sah

Gabria in die Augen. »Es hat schon andere Mischlinge entlang der Grenze gegeben; eine solche Fähigkeit könnte erneut auftreten.«

Gabria runzelte die Stirn. »Natürlich könnte das wieder geschehen. Aber mir ist ein solches Kind bisher nicht aufgefallen.«

Er verzog den Mund zu etwas, das die meisten Menschen als einen Ausdruck der Freude angesehen hätten. Für Kelene und Gabria glich sein breites Grinsen aber mehr dem lüsternen und hungrigen Schielen eines Wolfes nach seinem Opfer, das er soeben getötet hat.

»Bisher vielleicht noch nicht«, sagte Zukhara, öffnete die Handfläche, spreizte die Finger und erschuf eine kleine Kugel aus grünem Licht unmittelbar über seiner Hand. Ihre Bedeutung ging den beiden Frauen zur gleichen Zeit auf, und sie schreckten vor dem harmlosen kleinen Licht zurück.

»Wieso bist du dazu in der Lage?«, keuchte Kelene.

»Meine Mutter wurde von einem Wylfling vergewaltigt, während sie sich auf einer Reise befand. Sie hatte so große Angst vor der Eifersucht ihres Mannes, dass sie ihm sagte, ich sei sein Kind. Erst als er vor einigen Jahren starb, hat sie den Mut gefunden, mir die Wahrheit zu sagen.« Er schenkte ihnen ein weiteres freundliches Lächeln. »Das beantwortete einige Fragen, die ich mir schon immer gestellt hatte.«

Gabria und Kelene erwiderten nichts auf seine Enthüllungen. Beide hegten den Verdacht, dass der Ratgeber mehr über Magie wusste, als für die Erschaffung eines einfachen Zauberlichts nötig war. Sie sahen ihn ruhig an und warteten auf weitere Erklärungen.

Zukhara ließ das kleine Licht sanft auf seiner Handfläche auf und nieder hüpfen; dann schloss er die Finger um die Kugel und zerquetschte sie. »Ich hatte mir während der letzten Jahre mehrfach überlegt, zu dir zu kommen und zusammen mit deinen Klanschülern die Zauberei zu erlernen, aber ich war anderweitig zu sehr beschäftigt. Und jetzt bleibt nur noch wenig Zeit. Ich muss diese Kraft beherrschen, und aus diesem Grunde habe ich euch beide mitgenommen.« Die Liebenswürdigkeit in seiner Stimme zerbrach; seine Worte wurden hart und kalt. Plötzlich drehte er sich um und zeigte mit dem Finger auf Kelene. »Ich will, dass du mir beibringst, wie ich meine Kraft beherrschen, sie einsetzen und meinem Willen beugen kann.«

Kelene war von seiner Wahl so verwundert, dass sie ohne nachzudenken rief: »Ich? Ich bin Heilerin, keine Lehrerin.«

»Du verstehst etwas von Zauberei. Das reicht für den Anfang. Gabria mag zuschauen und ihren Teil beitragen, wenn sie es wünscht. Wir werden morgen beginnen.« Er erhob sich und zog Kelene auf die Beine. Sorgfältig stopfte er ihr wieder den Knebel in den Mund und band ihre Handgelenke fest zusammen. Seine Augen glitzerten im Lampenlicht, als er auf ihr wütendes Gesicht herabblickte. Einen Augenblick länger als nötig lagen seine Hände auf ihren Armen, bevor er sie wieder ins Bett legte. Kelene versuchte nicht einmal, seine Gefühle zu erspüren, sondern verschloss ihren Geist und wandte den Kopf ab. Sie fürchtete sich vor dem, was sie entdecken mochte.

Auch Gabria wurde gefesselt und geknebelt und neben Kelene gelegt. Diesmal machte sich Zukhara nicht die Mühe, die Arme der beiden Frauen an den Körper zu binden. Er nahm die Lampe und die Teller mit. »Bis Morgen früh«, sagte er freundlich, kletterte aus dem Wagen und verriegelte die Tür hinter sich.

Der Klang seiner Schritte war kaum verhallt, als Kelene die Handgelenke hob und sich mit den Fingern den Knebel aus dem Mund zog. »Dieser …!«, spuckte sie aus; in ihrem Zorn fiel ihr kein geeignetes Schimpfwort ein.

Gabria entfernte ebenfalls ihren Knebel und war dankbar für diese kleine Erleichterung. »Dieser Mann ist verrückter als ein tollwütiger Hund in der Sommerhitze«, bemerkte sie trocken.

»Ein Klan-Halbblut!«, zischte Kelene. »Bei allen Göttern!« Sie lag neben ihrer Mutter und zitterte vor Zorn. Obwohl sie es Gabria nicht sagen konnte, schäumte sie nicht nur vor Wut über ihre Entführung durch Zukhara oder seinen Befehl, ihm das Zaubern beizubringen, sondern auch über den strahlenden Blick in seinen Augen, als er sie hochgezogen hatte, und über die langsame Berührung seiner Hände auf ihrer Haut. Sie allein reichte aus, um ihr einen Schauer über den Rücken zu jagen.

Gabria drehte Kelene den Kopf zu. »Weißt du«, sagte sie langsam, »ich würde Nara darauf verwetten, dass Zukhara Bashans Mörder ist.«

»Da würde ich nicht dagegenhalten«, antwortete Kelene. »Mutter, wir *dürfen* dieser Schlange die Zauberei nicht beibringen. Er ist jetzt schon eine Bedrohung für die Turic und die Klane!«

»Nein, das dürfen wir wirklich nicht, wenn wir es irgendwie vermeiden können.« Sie hielt inne und dachte an Athlones Beschreibung von Bashans versengtem Körper. »Aber vielleicht sollten wir ihm die Grundsätze der Beherrschung von Magie erklären. Ungebändigte Magie ist in seinen Händen gefährlicher als ein gezähmter Zauberspruch.«

»Was ist, wenn er mich dazu zwingt, ihm mehr beizubringen?«

Gabrias dünnes Lächeln verlor sich in der Dunkelheit. »Vielleicht sollten wir ihn davon überzeugen, dass seine Fähigkeiten nicht so groß sind, wie er hofft. Wenn seine Zaubereien fehlschlagen ...«

Kelene gab ein trockenes Kichern von sich. »Du hast doch nicht etwa vor, seine Zaubersprüche zu hintertreiben?«

»Nicht wesentlich. Nur ein kleiner Stups hier und da, damit es ihm das Ergebnis versalzt.«

Sie schwiegen und dachten über ihren gefährlichen Plan nach. Nach einer langen, unglücklichen Pause flüsterte Kelene: »Sollten wir versuchen, ihm zu entkommen?«

»Würdest du Demira in seinen Händen zurücklassen?«, fragte Gabria ernst, obwohl beide die Antwort kannten.

»Nein. Also müssen wir uns mit Zukhara abgeben, bis wir zusammen mit den Hunnuli fliehen können.«

»Oder bis uns jemand befreit.«

In der Dunkelheit, mit zusammengebundenen Händen und Beinen, weit von zu Hause entfernt und völlig verzweifelt, verspürte Kelene das dringende Bedürfnis einer Tochter nach den Tröstungen der Mutter. »Glaubst du wirklich, dass sie es wagen, uns hier zu suchen?«

In der Dunkelheit tastete Gabria nach den gefesselten Händen ihrer Tochter und drückte sie fest. »Athlone, Rafnir und Sayyed werden einen Weg finden; das weiß ich.«

Die Gewissheit, die aus diesen Worten sprach, reichte aus, um Kelene zu beruhigen und ihr den Glauben an ihre Verwandten wiederzugeben. Nun wurde sie gelassener und konzentrierte sich auf die drängenderen Probleme, Zukhara das Zaubern beizubringen und mit ihrer Gefangenschaft fertig zu werden.

Plötzlich lachte sie wehmütig auf. »Kurz bevor Gaalney nach Moy Tura kam«, erklärte sie ihrer verwirrten Mutter, »bin ich mit Demira über die Stadt geflogen und war traurig, weil nicht alles so lief, wie ich wollte.« Sie kicherte wieder und fühlte sich nun besser. »Und jetzt würde ich alles dafür geben, zurück im dortigen Durcheinander zu sein. Ich verspreche dir, dass ich mich nie wieder beklagen werde, wenn wir es schaffen sollten, nach Moy Tura zurückzukehren … wenigstens nicht die nächsten drei oder vier Jahre.«

Gabria und Kelene lachten leise. Ihre Spannung legte sich und erlaubte ihnen ein wenig Ruhe. Sie schliefen immer wieder ein, bis Zukhara bei Anbruch der Morgendämmerung zurückkehrte. Der Turic brachte seinen Gefangenen etwas zu essen, erlaubte ihnen, sich frisch zu machen, und wartete, während sie frühstückten. Gabria und Kelene beobachteten ihn wie ein Falkenpaar, doch der Mann blieb stumm und machte den Frauen nicht die geringste Hoffnung auf eine Flucht. Seine Bewegungen waren schroff, aber genau berechnet, und seine Augen brannten unaufhörlich vor grimmigem Eifer.

Sobald die Gefangenen ihr Mahl beendet hatten, wurden ihnen die Hände wieder gefesselt, und sie kehrten auf die Pritsche zurück. Zukhara ging nicht sofort, sondern trat an die Scheidewand und warf einen Blick auf die Hunnuli. Kelene reckte den Hals und wollte sehen, was er tat. Ihr Herz hüpfte vor Hoffnung, als Demira den Kopf herumwarf.

Ein Huf donnerte gegen das hölzerne Gatter, doch die beiden Stuten standen so dicht beieinander, dass Kelene nicht sagen konnte, welche von ihnen ausgetreten hatte.

Zukhara zuckte vor dem Aufprall nicht zurück. Er holte eine Glasphiole aus einer Tasche in seiner dunkelblauen Robe und entkorkte sie. Ein bitterer Geruch erfüllte das Innere des Wagens und erregte Kelenes Neugier. Sie streckte den Kopf noch weiter vor und sah zu, wie Zukhara Tropfen einer zähen grünlichen Flüssigkeit auf ein Tuch träufelte und damit Demiras Lende einrieb. Nara wurde mit derselben Tinktur behandelt, und kurz danach war es in der Box der Stuten wieder still.

Kelene fluchte stumm. Die Droge, die er zur Beruhigung der Stuten einsetzte, musste sehr mächtig sein, wenn sie so schnell bei den großen Pferden wirkte. Der Ratgeber schlug die Tür wieder zu, verriegelte sie und ließ die Klanfrauen allein in der Dunkelheit zurück. Kurze Zeit später hörten sie Peitschengeknall, Rufe und Tierlaute. Es erhob sich ein großer Lärm, und mehrfach ruckte es heftig, als sich der Gepäckzug in Bewegung setzte; dann rollte der Wagen vorwärts. Sie waren wieder auf dem Weg.

An diesem Tag schien es sonniger zu sein, denn das Licht, das durch die Spalten in den Wänden des Wagens fiel, war hell und kräftig. Kelene beobachtete, wie ein peitschendünner Strahl langsam über die Wand und den Boden wanderte und ihr anzeigte, dass sie nach Süden unterwegs waren, noch tiefer in das turische Gebiet hinein.

Trotz des Dursts und der unbequemen Lage kam der Abend allzu schnell für Kelene und Gabria. Das Licht verblasste und versank in der Dämmerung; die Karawane erreichte ihren nächsten Haltepunkt an der Gewürzstraße. Die beiden wussten nicht, dass Rafnir und Sayyed nur einige hundert Schritte entfernt gerade zu Abend aßen und mit einigen Turic redeten.

Lange näherte sich niemand dem Wagen, und die Geräusche aus dem Lager machten bald einer schläfrigen Ruhe Platz. Die beiden Frauen hatten gehört, wie Schritte an ihrem Gefängnis vorbeigingen, doch niemand blieb stehen und warf einen Blick in den Wagen oder überprüfte dessen Zustand.

Kelene wand sich unter dem Seil aus Hunnulihaaren, das ihr keine Bewegungsfreiheit gab. Ihre Hände waren rot geschwollen und schmerzten, genau wie ihr Körper, der den ganzen Tag über auf dem harten Brett durchgerüttelt worden war. Sie fürchtete sich davor, Zukhara wiederzusehen, doch gleichzeitig war sie schrecklich wütend auf ihn, weil er nicht herkam und diese Tortur beendete. Ihre Zunge war trocken wie Leder, und ihre Kehle brannte vor Durst. »Wo ist er?«, zischte sie mit zusammengebissenen Zähnen.

Sie spürte, wie ihre Gefühle die trymianische Kraft in Blut und Knochen entfachten. Die Magie brannte wie ein Funken auf Zunderholz und war bereit, auf ihren Willen hin alles zu entzünden.

Plötzlich schwang die Tür auf, und eine große Gestalt stand im Eingang. In diesem Augenblick explodierten Kelenes Gedanken unter all der angestauten Angst und Wut, und bevor sie sich beherrschen konnte, flammte ein wilder Ausbruch trymianischer Kraft aus ihren Händen. Kelene keuchte entsetzt auf.

Gabria bäumte sich auf und versuchte den Blitz abzufangen und aufzulösen, doch er flog zu schnell und traf Zukhara mitten in der Brust, wo er in einem blauen Funkenregen barst. Der Ratgeber taumelte unter der Gewalt des Schlags zurück. Nur der elfenbeinerne Schutzwächter um den Hals konnte die versengende Kraft aufsaugen und rettete ihm so das Leben.

Kelene riss die Augen weit auf. Ihr Herz klopfte schmerzhaft heftig, als Zukhara wieder auf die Beine kam. Der große Turic kehrte in den Wagen zurück und stellte den Teller, den er einem Diener aus der Hand genommen hatte, auf den Tisch. Dann schloss er mit wohl abgewogenen Bewegungen die Tür hinter sich. Schnell wie eine zustoßende Kobra schoss seine Hand hervor und klammerte sich um Gabrias Kehle. Die Finger fanden Halsschlagader und Luftröhre und krampften sich immer enger zusammen.

»Nein«, kreischte Kelene. »Ich war das!« Sie wollte seine Handgelenke packen und ihn von seiner Mutter fortziehen, doch sie hätte ebenso gut versuchen können, mit bloßen Händen einen Baum zu entwurzeln. Zukhara beachtete sie überhaupt nicht und drückte die Daumen noch tiefer in Gabrias Kehle. Die Augen der Klanfrau quollen über dem aufgerissenen Mund aus den Höhlen. Sie kämpfte vergeblich, dem eisernen Griff zu entkommen.

»Ich habe euch gewarnt«, zischte Zukhara mit wilder, heftiger Wut. »Ihr habt nicht auf mich gehört.«

»Ich wollte das nicht! Ich war wütend und hatte Angst«, schrie sie. »Lass sie los!« Sie zog ihre gefesselten Beine an und trat mit aller Kraft nach ihm.

Ihre Füße trafen seine Rippen und warfen ihn gegen die Wagenwand. Er musste den Griff um Gabrias Hals lockern. Kelene rollte sich rasch über die ältere Zauberin und drückte Gabria mit ihrem Körper von der Pritsche auf den Boden.

Gabria war so schwach, dass sie nicht aufrecht stehen konnte. Schluchzend lag sie mit dem Rücken auf den staubigen Bohlen und versuchte, tief Luft zu holen. Der Atem ging rasselnd durch ihre gequetschte Kehle.

Der Ratgeber richtete sich zornig auf und kniete sich über Kelene. Seine lange, hagere Gestalt erhob sich über ihr wie ein schwarzer, bedrohlicher Schatten.

»Es war ein Unfall!«, beharrte Kelene. »Wenn du sie umbringst, verlierst du dein bestes Faustpfand gegen mich, und ich werde dich in Gormoth wiedersehen, bevor du auch nur einen einzigen Zauberspruch von mir gelernt hast.«

Zukhara beugte sich so dicht über sie, dass ihr sein gestutzter Bart über das Kinn strich. Er hob und senkte die Hände über ihrem Hals, doch anstatt sie zu erwürgen, streichelte er mit seinen langen Fingern ihre Haut von den Ohrläppchen bis hinunter zum Hals. »Ich fürchte, jetzt stecken wir in einer Sackgasse, meine Dame«, flüsterte er ihr ins Ohr. »Wenn du mir nicht gehorchst, werde ich töten, und wenn ich töte, wirst du mir nicht gehorchen. Was für eine Herausforderung.«

Kelene erzitterte unter seiner Berührung. Sein warmer Atem an ihrem Ohr bewirkte, dass sich ihr die Nackenhaare aufrichteten, und sein Gewicht auf ihrer Schulter und Brust ängstigten sie. Sie lag steif und kalt da; ihr Herz schlug schnell. »Dann ist es wohl das Beste, wenn wir eine Abmachung treffen«, stieß sie hervor.

Zukhara richtete sich ein wenig auf. Seine Hände lagen noch immer auf ihrem bloßen Hals, und mit dem Daumen liebkoste er den heftigen Puls unterhalb der Kehle.

»Ich werde dir die Zauberei beibringen – so viel, wie du zur Beherrschung deiner Kräfte brauchst –, und wenn ich damit fertig bin, lässt du meine Mutter, mich und unsere Hunnuli unversehrt nach Hause gehen.«

Der Mann kicherte glucksend. »Eine Abmachung, die man unter Druck trifft, bereut man später oft. Ich werde darüber nachdenken. Vielleicht kommen wir noch zu einem besseren Geschäft.« Er machte sich von ihr los und löste die Fesseln ihrer Hände. »In der Zwischenzeit könnt ihr essen. Und dann zeigt ihr mir, was ihr zu bieten habt.«

Kelene knirschte mit den Zähnen. Vorerst blieb ihr nichts anderes übrig, als darauf einzugehen. Sie half ihrer Mutter zur Bank vor dem Tisch, auf den Zukhara ihr Mahl und eine kleine Lampe gestellt hatte. Kelene verließ sich ganz auf ihre Fähigkeiten als Heilerin und dämpfte sanft die Schmerzen in Gabrias gequetschter Kehle. Sie legte ihrer Mutter ein feuchtes, kühles Tuch um den Hals und half ihr, einige Schlucke Wein zu trinken.

Von einem Stuhl aus beobachtete Zukhara die beiden mitleidslos.

Nach einer Weile konnte Kelene ihre Mutter überreden, etwas Suppe zu trinken. Sie freute sich, als die wächsernen Wagen der älteren Frau wieder etwas Farbe annahmen. Mit der leichten Röte erwachte auch Gabrias stählerner Wille wieder. Sie bedeckte die Stirn mit ihrer schlaffen Hand, lehnte sich gegen die Holzwand und blinzelte Kelene verstohlen zu. Die junge Frau unterdrückte ein Lächeln und aß dankbar ihre eigene Portion.

Sobald sie fertig war, räumte Zukhara den Tisch ab und setzte sein freundliches, entwaffnendes Lächeln auf. Er zog ein kleines Buch aus seiner Robe und legte es Kelene vor. »Es geht los, meine Dame. Womit fangen wir an?«

Gabria und Kelene beugten sich vor und betrachteten den kleinen Band im Licht der Öllampe. Obwohl Bücher bei den halb-nomadischen Klanleuten nicht häufig waren, hatten beide Frauen die alte Klanschrift aus den Werken, die sich in der Zitadelle von Krath unter der Obhut des Kults der Peitsche befanden, und aus den wenigen wertvollen Manuskripten gelernt, die sie in Moy Tura entdeckt hatten. Zu ihrem großen Erstaunen erwies sich das Buch, das nur so groß wie die Hand eines Mannes war, als ein Überbleibsel der Klangeschichte. Es bestand aus dünn geschabten, geschmeidigen Pergamentblättern und war in schweres Leder gebunden, das früher einmal tief rot gewesen und nun zur Farbe alten Weins verblichen war.

Kelene blätterte behutsam zur ersten Seite und hörte, wie ihre Mutter aufkeuchte. In einer spinnenartigen, zarten Handschrift stand dort: Jeneve, Tochter Lord Magars vom Klan Corin.

Gabrias Hände flogen dem Buch entgegen. Sie zog es zu sich heran und versenkte sich in den Text und die Illustrationen der nächsten Seiten. »Das ist ein Buch mit Zaubersprüchen«, keuchte sie überrascht. »Eine persönliche Sammlung, die von Jeneve zusammengetragen wurde! Woher hast du es?«, fuhr sie Zukhara an.

Er lächelte wieder; es war ein lang gezogenes, selbstzufriedenes Grinsen. »Der Gott des Alls hat es mir in die Hände gegeben, damit die Prophezeiung erfüllt werde.«

»Welche Prophezeiung?«, wollte Kelene wissen.

Zukhara beachtete ihre Frage nicht, sondern legte den Zeigefinger auf das Buch. »Ich kann das lesen, also versucht nicht, mich zu betrügen. Ich will nur wissen, wie man die Magie einsetzen muss, damit man diese Sprüche beherrscht.«

Kelene warf einen Blick über den Arm ihrer Mutter und las die Titel einiger Zaubersprüche in dem Handbuch. Die meisten waren einfache, alltägliche Zaubereien, für die man nur ein wenig Grundwissen brauchte und die kaum Schaden anrichten konnten. Da gab es einen Zauber zum Anzünden von Feuer, einen für Lichtkugeln, weiterhin leichtere Verwandlungen, Haushaltshilfen und einfache Arzneien. Doch es gab auch andere, die ein Mann wie Zukhara für seine eigenen Zwecke umwandeln konnte: einen Spruch, der ein Tier oder einen Menschen lähmte, zerstörerische Zaubereien, einen Zauber, um den Wind von einem sich zusammenbrauenden Unwetter abzuziehen, und viele andere, die sie ihm keinesfalls zeigen wollte.

Zuerst die Beherrschung, sagte sie zu sich selbst. Sie hatte noch nie jemandem Magie beigebracht; das war bisher immer Gabrias Aufgabe gewesen. Doch es erschien ihr vernünftig, dort zu beginnen, wo jeder Zauberlehrling beginnen musste, und so langsam wie möglich fortzuschreiten. Vielleicht fanden sie und Gabria mit Hilfe der Götter eine Fluchtmöglichkeit, bevor Zukhara in seinen Übungen bereits zu weit fortgeschritten war.

Sie tauschte einen raschen Blick mit Gabria, schloss dann das Buch und schob es beiseite. »Wir fangen hier an«, sagte sie und tippte sich gegen die Stirn. Dann begann sie mit der ersten Lektion. »Der Wille ist der Mittelpunkt der Zauberei. Mit jedem Zauberspruch, den du erschaffst, versuchst du, deinen Willen dem Stoff einzudrücken, aus dem unsere Welt besteht. Magie ist eine natürliche Kraft, die in jedem Wesen, jedem Stein und jeder Pflanze wirksam ist. Wenn du diese Kraft veränderst, und sei es auch nur mit dem kleinsten Zauberspruch, musst du stark genug sein, die Auswirkungen zu beherrschen. Die Mächte der Magie können dich vernichten, wenn du nicht in der Lage bist, sie zu beherrschen.«

Sie machte eine Pause und sah in Zukharas dunkles Gesicht. Unbewusst hatte sie Gabrias alte Lehrstunde wiederholt, der sie vor vielen Jahren beigewohnt hatte, als diese Worte für sie noch keine Bedeutung gehabt hatten. »Willenskraft ist das wichtigste Merkmal eines Zauberers. Daher musst du dich selbst durch und durch kennen, damit du weißt, wo deine Grenzen liegen und wann die Zauberei dir die eigene Lebenskraft stiehlt.«

Plötzlich packte Zukhara Kelenes rechten Arm und zog ihr Handgelenk zu sich. Er berührte den Splitter unter der Haut so grob, dass sie vor Schmerz zurückzuckte. »Ich habe genug von deinen kindischen Lektionen. Ich besitze die Willenskraft des Lebendigen Gottes; es gibt keine anderen Begrenzungen als mein Mangel an Kenntnissen. Entweder habe ich spätestens in zehn Tagen einen solchen Splitter im Handgelenk, oder ich werde dir den Arm kurz unter dem Ellbogen abschneiden. Verstehen wir uns?«

Kelene riss den Mund auf. Seine schreckliche Anmaßung entsetzte sie. Er begriff seine eigenen Schwächen nicht und tat sie daher mit völliger Blindheit ab. Vielleicht brauchten sie und Gabria gar nicht zu fliehen; sie mussten nur warten, bis Zukhara sich in seiner überwältigenden Arroganz selbst vernichtete.

Sie hoffte, er würde sich damit beeilen. Sie wollte ihm keinesfalls verraten, dass es keine weiteren Splitter gab. Gabria hatte den letzten vor einem Jahr benutzt und bisher keine neue Quelle für diese besonderen, die Kräfte verstärkenden Juwelen gefunden.

Kelene befreite ihr Handgelenk aus seinem Griff und sagte mit fester Stimme: »Ausgezeichnet. Dann fangen wir mit den Beherrschungsübungen an.« Sie streckte die Finger aus und gab die Befehle für Zukharas ersten Zauber.

Der Turic sah gierig zu und folgte dann ihren Anweisungen, bis er eine vollendete, grünlich-weiße Lichtkugel erschaffen hatte. Bis spät in die Nacht hinein übten und diskutierten die Zauberin und ihr Schüler, handhabten die Magie und arbeiteten an einfachen Sprüchen, bis Kelene erschöpft war und Gabria neben ihr zusammensackte.

Der unermüdliche Zukhara befahl ihnen, sich hinzulegen, band ihnen die Hände zusammen und ging. Er hielt sich immer noch kerzengerade, und sein Schritt war so fest wie zuvor.

»O Mutter«, seufzte Kelene, als er fort war. »Was sollen wir bloß tun? Er ist mindestens so stark wie Sayyed, und er lernt schnell.«

»Das hatte ich schon befürchtet, als ich ihn arbeiten gesehen habe. Er brennt vor Ehrgeiz. Aber was hat er vor? Warum ist er so finster entschlossen, in den nächsten zehn Tagen einen Splitter zu bekommen?«

Kelene ächzte und schloss die Augen. Sie war so müde und wusste nichts mehr zu sagen.

Gabrias Fragen verhallten unbeantwortet in der Stille.

Neun

Zukhara schlug mit der Faust auf den groben Tisch. »Was für einen Schund zeigt ihr mir? Warum funktioniert es nicht?«, wollte er wissen. Siedend vor Wut und Enttäuschung versuchte er erneut, mit einem einfachen Verwandlungsspruch eine Weintraube zu einer Hand voll Pflaumen zu machen.

Er sah die Traube an und sagte die Worte des Zauberspruchs zum dritten Mal.

In der Koje hinter ihm bewegte Gabria stumm die Finger und benutzte ihren eigenen Willen, um seine Magie in die Irre zu leiten. Die Traube auf dem Tisch schwankte einige Male und zerplatzte dann unter dem Druck der wetteifernden Magie.

Der Turic spuckte einen Fluch aus.

»Hab Geduld«, sagte Kelene kalt. »Konzentriere dich auf das, was du willst. Du musst genau wissen, was du erschaffen möchtest; ansonsten wirkt der Zauber nicht.«

»Ich weiß, was ich will«, stieß er gepresst hervor.

»Vielleicht strengst du dich nicht genug an, die Magie unter Kontrolle zu bringen. Wenn diese einfachen Sprüche nicht beherrschst, wirst du niemals in der Lage sein, die schwierigeren Zaubereien auszuführen.«

Sie sahen sich über den Tisch hinweg an. Kelene saß aufrecht da und hatte den Kopf zurückgeworfen; Zukhara war angespannt und wütend; um Mund und Augen hatten sich scharfe Linien gebildet. Im flackernden Lampenschein erinnerte er Kelene mit seinen dunklen, großen und glitzernden Augen und dem schmalen Kopf, der jederzeit vorzuschnellen drohte, an eine schwarz-goldene Viper.

»Also gut, wir versuchen etwas Einfacheres«, schlug sie vor, schob die tropfende Traube zur Seite und nahm eine Karaffe mit Wasser. Sie goss etwas davon auf einen Teller und stellte ihn vor den Turic.

»Mit einem leichten Spruch kannst du dieses Wasser in Eis verwandeln«, sagte sie und zeigte ihm, wie es ging.

Zukhara versuchte es selbst. Es gelang ihm, eine dünne Eisschicht auf dem Wasser zu erschaffen, bevor der irdene Teller zerbarst und sich das Wasser über den Tisch verteilte. Kelene sah ihn mitleidlos an wie eine Lehrerin, deren Schüler nicht einmal das Einfachste versteht. Er versuchte einen Spruch nach dem anderen, doch alles ging schief, wie sehr er sich auch anstrengte.

Eine Stunde später kämpfte er mit der Flamme auf einer Kerze, als Kelene plötzlich den Kopf hob. Irgendwo in der Nähe scharrten Tritte; es entstanden einige dumpfe Geräusche, und sie hörte das Murmeln gedämpfter Stimmen. Diesmal musste Gabria den Zauber nicht vereiteln, denn Zukharas Hand zuckte bei dieser Unterbrechung, und die Kerze kippte in einen Teich aus geschmolzenem Wachs. Zukhara zerbiss einen Fluch, ging zur Tür, entriegelte sie und trat nach draußen.

Kelenes Blick folgte ihm. Sie erkannte einen dunkel gekleideten Mann dicht vor der Tür. »Ratgeber, wir haben zwei weitere Diebe bei den Wagen aufgespürt«, hörte sie den Mann sagen.

Zukhara sah auf etwas, das außerhalb von Kelenes Blickfeld lag. »Schafft sie euch vom Hals«, befahl er. »Aber nicht hier. Noch mehr Todesfälle würden zu viel Aufmerksamkeit erregen. Macht es hinter der Oase.«

Die Gefühllosigkeit in seiner Stimme erfüllte Kelene mit einer dumpfen Vorahnung. Es konnten ohne weiteres auch sie selbst und Gabria sein, die er sich bald vom Hals schaffen würde. Der Ratgeber kletterte zurück in den Wagen und rieb sich die Hände, als habe er etwas Schmutziges angefasst. Er setzte sich gegenüber von Kelene auf den Stuhl, schnippte nachlässig mit der Hand und setzte den Docht der geschmolzenen Kerze in Brand. Lange starrte er die winzige Flamme an, und sein launisches Gesicht versank in Nachdenklichkeit. Schweigen türmte sich um ihn auf, so dick wie Mauern.

Mit einer plötzlichen und unerwarteten Bewegung sprang er von seinem Sitz auf und schlug Gabria heftig ins Gesicht. Die Wucht des Angriffs riss ihr den Kopf zurück, der mit einem deutlichen Knacken gegen die Holzwand prallte.

»Bleib da, wo du bist!«, brüllte er Kelene an, die aufgesprungen war und ihrer Mutter helfen wollte. Mit grimmiger Gewandtheit band er Gabrias Hände zusammen und stopfte ihr den Knebel in den Mund. Stumm vor Misstrauen setzte er sich und wiederholte den Verwandlungszauber, den Kelene ihm beizubringen versucht hatte. Die zerdrückten Trauben wurden zu einem Haufen köstlicher purpurner Trauben. Dann versuchte er jeden einzelnen Zauber, den er gelernt hatte und der fehlgeschlagen war. Nun funktionierten alle einwandfrei. Kelene beobachtete ihn, aber sie hatte zu große Angst um Gabria und wagte daher nicht, etwas zu unternehmen.

»Aha«, zischte er. »Ihr wolltet mich von meinem Ziel abbringen, indem ihr meine Magie hintertrieben habt.« Er warf Gabria einen unheilvollen Blick zu. Sie lag halb benommen da; ihr Gesicht war weiß und der Körper schlaff. Blut aus einer Platzwunde am Mund rann ihr das Kinn herunter. Sie versuchte ihre ganze Aufmerksamkeit auf ihn zu richten; ihre Enttäuschung und Wut waren beinahe genauso stark wie seine. »Ihr könnt mich nicht aufhalten. Ihr Närrinnen müsst endlich begreifen, dass die Magie ein Teil meiner Bestimmung ist. Sie ist eine meiner Waffen, wie es in der Prophezeiung vorhergesagt wurde.«

Schon wieder eine Anspielung auf diese Prophezeiung, dachte Kelene. »Wovon redest du? Wie kann eine Klanmacht Teil einer turischen Prophezeiung sein?«, giftete sie ihn an. Ihre Stimme klang hart vor Erregung.

Zukhara schien vor ihren Augen anzuschwellen. Der große Mann richtete sich auf, warf die langen Schultern zurück und streckte das Kinn anmaßend vor. »Vor fünfhundert Jahren, als eure armseligen Pferdeklane noch in der Steppe hausten, schrieb der Prophet Sargun *Die Wahrheit der Neun* in seinem Kerker in Sarcithia, als dieses noch Teil des tarnischen Reiches war. Als er fliehen konnte und durch das Gebirge in sein Heimatland zurückkehrte, gründete er die Stadt Sargun Shar und übergab sein Buch seinem jüngeren Bruder. Die Stadt ist inzwischen untergegangen. Noch heute suchen wir nach ihr, aber *Die Wahrheit der Neun* befindet sich im Besitz des Heiligen Ordens im großen Tempel Sarguns in Cangora.«

Kelenes Mund klappte auf – nicht wegen des Vortrags, denn die meisten Klanleute kannten die Grundzüge der turischen Geschichte, sondern wegen der Schlussfolgerung, die sie aus seiner Rede zog.

»Willst du damit sagen, dass in diesem Buch eine Prophezeiung über dich steht?«

Er lehnte sich vor, legte die Hände auf den Tisch, und seine einschüchternde Gestalt warf einen Schatten über Kelene. »Die sechste«, sagte er so kalt wie der Winter. »›Und der Greif wird sich erheben, um die Wüste in Brand zu setzen und sich vom Blute der Ungläubigen zu ernähren. Tyrannen werden sich vor ihm verneigen und Nationen ihm zu Füßen fallen.‹« Zukharas Stimme wurde tief und dunkel; er wiederholte die Worte der Prophezeiung wie ein Gebet. »›An diesen Zeichen werdet ihr ihn erkennen: In seiner Hand wird der Blitz des Nordens liegen, und der Wind des Lebendigen Gottes wird ihn tragen. Dürren, Seuchen und Hungersnöte werden ihm den Weg ebnen, und das kupferne Tor wird unter seiner gewaltigen Stärke fallen. Vor dem Auge seiner erwählten Dienerin wird er im Licht der goldenen Sonne stehen, und ein Bastard wird sitzen auf dem Thron des Shar‹.« Die Worte verwehten. Er richtete sich auf; all seine Gedanken waren auf die Zukunft und die Erfüllung seiner Träume gerichtet.

Kelene wusste nicht, was sie darauf erwidern sollte. Seine Kühnheit und Überzeugung verblüfften sie. Der Greif. Bei allen Göttern, diesen Namen kannte sie. »Fel Azureth«, flüsterte sie und bemerkte nicht, dass man ihre Worte verstehen konnte.

Zukhara hob den Kopf; in seinen Augen glitzerte es. »Ja, meine Liebe. Ich bin Fel Karak, der Greif, und die Fel Azureth sind mein Schwert. Schon gehen meine Pläne in Erfüllung. Nur noch eine Waffe muss ich haben, und deshalb werden wir morgen die Karawane verlassen.« Er hob die Haarseile auf, band Kelene die Hände hinter den Rücken und legte sie auf das Bett.

»Sei froh, Klanfrau, dass du hier bei mir bist«, sagte er sanft. Er berührte sie an der Wange; es war eine zärtliche Liebkosung. »Schon versenkt der Greif seine Klauen in den Norden. Wenn ich den Thron erringe, werde ich die reichen Weidegründe nördlich des Altai für mein eigenes Reich beanspruchen. Und am Ende des Jahres werde ich *dich* zu meiner Königin machen und dir die Ebene von Ramtharin als mein Hochzeitsgeschenk zu Füßen legen.«

Kelene starrte ihn an; ihre dunklen Augen wirkten wie große Teiche. Obwohl sie die ungeheure Stärke seiner Überzeugungen durch die Berührung mit seiner Haut spürte, benötigte sie ihre Gabe nicht, um den Ernst dessen zu begreifen, was sie da hörte. »Aber ich bin schon verheiratet«, sagte sie; sie war zu erschüttert, um etwas Vernünftigeres sagen zu können.

Zukharas Zähne blitzten weiß unter seinem schwarzen Bart auf. »Es gibt kein Gesetz, das mir verbietet, eine Witwe zu heiraten.«

Mit raschen, sicheren Bewegungen steckte er Kelene den Knebel in den Mund, säuberte den Tisch, löschte das Licht und wünschte den Frauen eine gute Nacht.

Kelene hörte, wie seine Schritte verhallten. Zorn wütete in ihr wie ein gefangenes Tier. Sie starrte hilflos auf die dunkle Tür und versuchte, ihre Wut und Angst zu beherrschen. Sie wollte schreien und auf den Mann und seine unerschütterliche Anmaßung einschlagen. Sie gelobte Amara, Sorh, Surgart und Krath, dass sie einen Weg finden würde, ihn aufzuhalten. Es musste doch etwas geben, das seine Pläne vereitelte. Nicht alle Prophezeiungen erfüllten sich so, wie man glaubte.

Sie drehte den Kopf zu ihrer Mutter und sah, wie Tränen über Gabrias Gesicht rannen. Die Zauberin hielt die Augen fest geschlossen und das blasse Gesicht gegen die Decke gerichtet.

Sorge dämpfte Kelenes Wut so gründlich wie Eiswasser. So vorsichtig, wie es ihr mit gefesselten Händen möglich war, benutzte sie ihren langen Ärmel, um das Blut von Gabrias anschwellendem Kiefer abzuwischen und die Tränen aufzufangen, die ihr helles Haar verdunkelten. Gabria rang sich ein mattes Lächeln ab. Die beiden Frauen waren unfähig, ein Wort zu sagen. Sie drängten sich aneinander und trösteten sich mit ihrer Gesellschaft. In jener langen, bitteren Nacht schlief keine von beiden gut.

*

Für den jungen Peoren klang das Hufgeklapper der Pferde unnatürlich laut in dem stillen Zwielicht. Er richtete sich in seinem geborgten schwarzen Umhang auf und drehte den Kopf, damit er die herannahende Truppe besser hören konnte. Neben ihm versteiften sich die Männer, die er ausgesucht hatte – zwei Dangari, seine Wache Dos und sechs Schadedron –, wie wachsame Hunde. Sie hatten ihre ganze Aufmerksamkeit auf die näher kommenden Geräusche der Pferde, die gedämpften Stimmen und das leise Geklapper und Geklingel von Rüstungen gerichtet.

Dem äußeren Anschein nach schienen die zehn Klanmänner die über den langen Berghang nahende Truppe nicht zu bemerken. Sie hatten ihre Feuer absichtlich so angeordnet, dass die Vorhut der turischen Plünderer sie aus der Ferne sehen konnten und den Klanmänner genug Zeit blieb, die Flucht zu ergreifen.

Peoren lächelte träge und siegesgewiss, als die ersten Turic die Anhöhe erreichten. Die Späher hatten die Formation der Plünderer genau beschrieben. Fünf Männer ritten als Vorhut vor der Hauptgruppe. Wie auf ein Stichwort hielten sie ihre Pferde an und starrten auf die zehn Männer, ihre winzigen Feuer und die zehn Klanpferde. Peoren und seine Gefährten sprangen auf die Beine, als seien sie überrascht worden. Die Turic grölten vor Freude. Einer riss ein Horn hoch und blies ein Signal für die Reiter hinter ihnen.

Unter Zurschaustellung angemessen großer Angst hasteten die Klanleute auf ihre Tiere zu, saßen auf und flüchteten den Hang des hohen Berges entlang.

Die Plünderertruppe war groß; sie umfasste mindestens zweihundert berittene Kämpfer. Einige blieben mit einer Reihe von gestohlenen Pferden und schwer beladenen Packtieren in der Nachhut, doch die Mehrzahl zog ihre Waffen und folgte den Flüchtigen. Schließlich stellten zehn Männer eine leichte Beute dar, und zehn Klanpferde waren die Verfolgungsjagd wert.

Unter der Führung eines Schadedron eilten die fliehenden Klanmänner den jenseitigen Berghang hinunter bis zum Eingang eines Tals, das tief hinein ins Gebirge führte. Sie ritten gerade schnell genug, um vor den Verbechern zu bleiben. Sie preschten in das Tal, hielten sich nach rechts und jagten an einem Flussbett entlang auf den Schutz der bewaldeten Berge zu. Die Turic trieben ihre Pferde noch mehr an, weil sie die Klanleute einholen wollten, bevor diese in der Nacht verschwanden.

Das Zwielicht verdichtete sich zu einer unheimlichen Düsternis, verwischte alle Einzelheiten und wusch jede Farbe ab, bis nur noch ein blau-grauer Dunst übrig war. Nebel erhob sich aus dem Fluss in wirbelnden Schwaden, sammelte sich in den Senken und breitete sich über sumpfigen Tümpeln aus. In den kalten Schatten der Berge lagen noch immer Schneewehen.

Die Klanleute eilten hinter dem Schadedron her, einem Jäger, der die Berge so gut wie sein eigenes Zelt kannte. Peoren bildete die Nachhut und blieb ein wenig zurück, um die Turic zur weiteren Jagd über den schlecht erhellten Pfad zu verleiten. Die Berge ragten immer höher über dem Fluss auf, und der Schnee wurde tiefer.

Die Klanleute befanden sich nun schon fast in Reichweite der turischen Bögen, als das Tal eine scharfe Biegung nach rechts machte und sich zu einer baumlosen Ebene öffnete, über der nur eine dünne Schneeschicht lag. Im ungewissen Licht wirkte der Boden fest und sicher. Der Schadedron führte seine Gefährten an den Fuß einer hohen Böschung. Die Turic eilten um die Kurve und sahen, dass ihrer Beute der Weg durch einen hohen Damm abgeschnitten war. Sie stießen ihre Schlachtrufe aus, spornten die Pferde weiter an und galoppierten unmittelbar auf die scheinbar ziellos umherirrenden Klanmänner zu.

In ihrer Aufregung bemerkten die Turic nicht den blassen, schimmernden Glanz auf dem Boden unter ihnen. Verborgen von Schnee und bläulichem Zwielicht, erstreckte sich der Glanz über die gesamte Strecke bis zum Fuß der hohen Böschung, vor der die Klanleute mit gezogenen Schwertern warteten. Auf der Böschung beobachtete Lord Athlone zwischen Gebüsch und Fels die Angreifer und schätzte die ihm verbleibende Zeit ab. Auf der anderen Seite des Tals beobachteten auch Gaalney und Morad die Lage und warteten auf das Zeichen ihres Häuptlings.

Die heraneilenden Turic hoben ihre Tulware und bereiteten sich darauf vor, die kleine Gruppe Klanmänner zu überwältigen. Doch im nächsten Augenblick sackte die Erde unter ihren Pferden ein. Das blasse Glimmen, das sie nicht bemerkt hatten, erlosch mit einer Handbewegung Athlones, und die harte Kruste, welche die Turic als Erdboden angesehen hatten, löste sich in einen bebenden Sumpf auf. Die Angriffsformation wurde zu einem um sich schlagenden, kämpfenden, kreischenden Durcheinander aus Männern, Schlamm und Pferden.

Einige Reiter am Ende der Truppe hatten den Sumpf noch nicht erreicht, doch als sie zu fliehen versuchten, erhob sich plötzlich eine hellrote Mauer aus magischer Energie am Eingang des Tals und versperrte ihnen den Rückweg. Sie hielten erstaunt an und sahen, wie über hundert schwer bewaffnete und rachedurstige Klanmänner aus ihren Verstecken kamen und die Plünderer umzingelten.

Die Stammesleute, die sich noch auf festem Boden befanden, konnten sich gut vorstellen, welches Schicksal sie in den Händen der wütenden Klane erwartete, und entschlossen sich daher zum Angriff. Sie preschten auf die nächste Kriegergruppe zu, wurden aber von Pfeilen niedergemäht, noch bevor sie den ersten Mann erreicht hatten. Eine weitere Gruppe an der Spitze des Angriffs stürmte auf Peoren und seine Männer zu und wollte sie niedermachen. Die wutentbrannten Schadedron stellten sich ihnen entgegen und töteten einige, bevor Peoren sie aufhielt. Er blickte in ein Gesicht mit rechteckigem Kiefer, säbelartiger Nase und den Augen eines Mörders und erkannte darin den Anführer der Bande, die den Ferganan-Treld angegriffen hatte.

Das war ein Fang, den man nicht entwischen lassen durfte. Peoren rief nach Lord Athlone und trat von dem Gegner zurück, als der Zauberer-Lord von seinem erhöhten Aussichtspunkt heruntersprang und einen magischen Blitz auf den turischen Kommandanten abfeuerte. Die blaue Kraft machte den Mann bewusstlos. Weitere zwanzig Turic wurden aus dem Schlamm gezerrt und gefangen genommen. Der Rest ertrank entweder in dem schwarzen, gierigen Sumpf oder wurde von den erschrockenen Pferden niedergetrampelt oder von den Klanleuten getötet.

Als die Nacht hereinbrach, war der Angriff vorbei. Die Klanleute retteten so viele Pferde wie möglich, verbanden die verletzten Turic und überließen die toten den Aasfressern. Sie zogen das Tal hinauf und sammelten dabei die erbeuteten Pferde und schwer beladenen Packtiere ein. Dann schlugen sie am Fluss ein Lager auf und nahmen ein herzhaftes Mahl zu sich. Sie waren müde und traurig über die Tragödien, die ihren Anschlag erzwungen hatten, doch sie waren siegreich gewesen und hatten eine Bande übler Verbrecher vernichtet, ohne einen einzigen Klanmann verloren zu haben.

Nach dem Essen saßen sie um die Feuer, sangen, erzählten sich Geschichten und feierten ihren Erfolg, während sich ihre Häuptlinge um die Gefangenen kümmerten. Zwei Wachen brachten zuerst den turischen Anführer vor sie. Arme und Hände waren ihm gefesselt worden, und seine dunklen Augen loderten zornig.

Peoren nickte kurz. »Das ist der Mann, der meinen Vater getötet hat.«

»Er war auch im Schadedron-Treld«, sagte der junge Hazeth.

Der Turic versteifte sich herausfordernd und starrte die Sieger böse an.

»Ich habe die Pferde und die anderen Dinge gesehen, die sie gestohlen haben«, sagte Lord Wendern. »Es gibt keinen Zweifel.«

Lord Fiergan, der rothaarige Reidhar, brummte: »Wer bist du? Warum habt ihr unsere Trelds angegriffen?«

Es kam keine Antwort. Der Gefangene trat mit grämlicher und entschlossener Miene von einem Fuß auf den anderen.

Lord Athlone stand mit den langsamen, genau berechneten Bewegungen eines pirschenden Löwen auf. Kein Anzeichen einer Regung veränderte seinen kalten Gesichtsausdruck; nichts lenkte seinen gnadenlosen Blick von dem Gefangenen ab.

Der Turic sah den Zauberer an; er erkannte den Häuptling und wusste um seine Kräfte. Sein dunkles Gesicht wurde merklich blasser.

Wortlos beobachteten die Häuptlinge, wie Athlone sich vor den Turic stellte. Die Wachen traten zurück und ließen den Gefangenen mit dem Khulinin-Lord allein.

»Du kennst die Bestrafungen, die wir Gewürm wie dir zumessen«, sagte Athlone mit einer Stimme, die so glatt und durchdringend wie Stahl war. »Du wirst dich nach dem Ende deiner Qualen sehnen, wenn *ich* gezwungen sein sollte, mich mit dir zu beschäftigen.«

Der Turic, der beinahe genauso groß wie Athlone war, versuchte, dessen Blick standzuhalten, aber es gelang ihm nicht. Er wich vor dem Häuptling zurück und sah sich verzweifelt um in der Hoffnung, dass ihm jemand beistand, doch die Klanleute rührten sich nicht. Gnade hatte schon lange keinen Platz mehr in ihren Gedanken. Der Turic schwitzte trotz der kühlen Nachtluft.

Athlone hob die rechte Hand; seine Finger befanden sich knapp vor dem Gesicht des Mannes. Der Turic starrte sie mit wachsender Furcht an. »Also«, fuhr der Zauberer fort, »wer bist du? Und was kannst du uns über die Fel Azureth sagen?«

Der Turic erbleichte. Athlone senkte die Finger, bis sie sanft die Stirn des Gefangenen berührten. »Rede!«, befahl er.

*

Als die Morgendämmerung anbrach, waren Kelene und Gabria erschöpft und von Schmerzen gequält. Es war eine schreckliche Nacht gewesen, und der anbrechende Tag, der die schwarzen Schatten milderte und zarte, tanzende Lichtstrahlen durch die Risse in der Wagenwand schickte, konnte die Düsternis nicht aus den Herzen der Frauen vertreiben.

Sie fuhren aus ihrem unruhigen Schlummer hoch, als die Tür aufgerissen wurde und Zukhara eintrat. Er wirkte erbost, sagte jedoch kein Wort, sondern stellte das Frühstück auf den Tisch, band den Frauen die Hände los und trat zur Seite, als sie mit steifen Gliedern aufstanden. Kelene war sehr hungrig und aß mit gutem Appetit. Gabria hingegen stocherte im Essen herum. Ihr Kiefer war geschwollen und rot und blau angelaufen, und ihre Haut war schrecklich bleich. Nur die grünen Augen blitzten Zukhara herausfordernd an, während sie an dem Wein nippte, den er ihnen gebracht hatte.

Sobald sie fertig waren, fesselte der Ratgeber sie wieder, indem er ihnen die Hände locker vor den Bauch band. Als Kelene sich fragte, warum er das tat, zog er eine seltsame Phiole aus einer Tasche seiner Robe. Seine Hand schoss wie eine Viper vor, packte Gabrias verletztes Gesicht und riss es hoch. Er drückte ihr die Phiole gegen den Mund und flößte ihr den Inhalt ein, bevor sie ihre Schmerzen unterdrücken und die Flüssigkeit ausspucken konnte. Entsetzen überkam sie.

»Was hast du getan?«, kreischte Kelene.

Zufrieden drückte Zukhara den Stöpsel auf die kleine Flasche. »Ich habe genug von eurem Ungehorsam. Da ihr mich nicht ernst genommen habt, schlage ich euch jetzt einen neuen Handel vor. Ich habe Gabria ein schleichendes Gift verabreicht. Wenn ihr mir in jeder Hinsicht gehorcht, gebe ich ihr in zehn Tagen das Gegenmittel. Wenn nicht, wird sie einen langen und schmerzhaften Tod erleiden.« Er hielt inne und lächelte böse. »Glaubt nicht, ihr könntet mir entkommen und nach dem Gegenmittel suchen. Dieses Gift habe ich selbst hergestellt, und nur ich weiß, wie es unschädlich gemacht werden kann.«

Gleichgültig wandte er sich den Hunnuli zu und schmierte ihnen eine weitere Dosis des zähflüssigen Beruhigungsmittels auf die Lenden. Er verneigte sich leicht vor den Frauen, verließ sie und verriegelte die Tür hinter ihnen.

Sobald die Tür ins Schloss gefallen war, sprang Kelene auf die Beine. Ihre Fußknöchel waren noch gefesselt, aber das Seil hatte sich so sehr gelockert, dass sie sich hinüber zu Demira schlängeln konnte. Sie packte den Saum ihres Hemds und riss einen langen, schmalen Streifen dort ab, wo es nicht sofort auffiel. Dann ballte sie ihn zusammen und rieb die Stelle an Demiras Hüfte ab, wo Zukhara die Salbe aufgetragen hatte. Zu ihrer großen Erleichterung bildete sich ein dünner Film der grünlichen Flüssigkeit auf dem Stoff. Sie wusste, dass sie nicht das gesamte Beruhigungsmittel abgerieben hatte und es eine Weile dauern würde, bis Demira wieder zu sich kam, aber es war immerhin ein Anfang. Sie wickelte das Tuch so zusammen, dass der grüne Fleck zwischen den Falten verschwand, und steckte es in ihren Rockbund.

Langsam drehte sie sich um und sah Gabria an. »Ich glaube nicht, dass Zukhara sein Wort halten wird. Wenn Demira entkommen kann, findet sie bestimmt Vater, Sayyed oder Rafnir«, meinte sie beinahe entschuldigend. Sie wusste, dass sie Gabrias Leben aufs Spiel setzte.

Die Zauberin nickte entschlossen. »Dieser Mann muss aufgehalten werden«, sagte sie nur.

Es entstand ein Schweigen, das keine der beiden Frauen durchbrechen wollte. Gabria legte sich auf die Pritsche; sie war so schwach, dass sie nicht mehr stehen konnte. Kelene schwang sich auf die Bank und hielt in den Morgenstunden Wache, während der Wagen in der Karawane nach Süden rumpelte. In dem kleinen Raum wurde es immer staubiger und wärmer.

Dem Knurren in ihrem Bauch nach zu urteilen, war es Mittag, als Kelene erkannte, dass der Wagen erheblich langsamer geworden war. Die Zauberin wagte in der staubigen Luft kaum zu atmen. Einen Augenblick später machte der Wagen eine scharfe Biegung nach rechts und fuhr auf eine noch holprigere Straße. Kelene musste sich an dem kleinen Tisch festhalten, und die Stuten taumelten in ihrer Box zur Seite. Kelene bemerkte, wie ein Zittern vom Kopf bis zum Schwanz durch Demiras Fell lief. Die Stute hob den Kopf, doch dann fiel sie wieder in ihre alte Erstarrung zurück.

Der Wagen hielt an. In der folgenden Stille hörte Kelene die fernen Geräusche der Karawane und stellte erstaunt fest, dass sie sich immer weiter entfernten. Zukhara hatte gesagt, dass sie die Karawane verlassen würden. Draußen murmelten einige Stimmen; sie waren so leise, dass Kelene sie weder verstand noch zuordnen konnte.

Sie sah ihre Mutter an. Gabria schien zu schlafen. Kelene wollte sie nicht wecken. Aber der Anblick ihrer Mutter erinnerte sie an Gabrias tiefe Überzeugung, dass ihnen jemand auf der Spur war. Kelenes Mut sank. Wenn es stimmte und Athlone, Sayyed oder Rafnir der Karawane nachgereist waren, würden sie dann wissen, wohin dieser Wagen abgebogen war? Sie konnten dem Shar-Ja den ganzen Weg bis Cangora folgen in der Hoffnung, sie und Gabria zu finden.

Sie musste irgendein Zeichen hinterlassen und hoffen, dass jemand es fand und erkannte, so gering die Hoffnung auch war. Aber was sollte sie nehmen? Wenn sie etwas Magisches hinterließ, bemerkte es Zukhara womöglich und würde ihre Absicht erkennen. Es durfte auch nichts Großes sein, denn es gab keine Möglichkeit, einen umfangreichen Gegenstand aus dem Wagen zu schmuggeln.

Der Karren ruckte auf dem unebenen Weg wieder voran. Kelenes Hände flogen hoch zu ihrem Zopf und dem roten Band. Es hing schlaff und schmutzig zwischen ihren Fingern, aber es war alles, was sie hatte. Auf Händen und Knien suchte sie den Wagenboden nach einem Spalt ab, der so groß war, dass sie das Band hindurchzwängen konnte. Leider hatte jemand den Unterboden des Wagens verstärkt, möglicherweise damit er das Gewicht der Hunnuli aushielt. Nirgendwo war auch nur die kleinste Ritze zu finden. Schließlich blieb ihr lediglich ein fingernagelbreiter Riss in der Seitenwand neben der Tür. Es war eine harte Arbeit, das schlaffe Band durch den Spalt zu zwängen, und sie betete darum, dass niemand hinter dem Wagen herritt. Schließlich fiel das rote Band hindurch und verschwand. Nun musste es irgendwo auf dem Pfad liegen. Kelenes Gebete blieben bei ihm.

In jener Nacht lagerten sie an dem Pfad, und Zukhara brachte ihnen wie gewöhnlich Essen und Trinken. Er redete kein Wort mit ihnen, sondern richtete Gabria auf, sah ihnen beim Essen zu und kehrte rasch nach draußen zurück.

Sobald sie gegessen hatte, schlief Gabria wieder ein. Kelene lag neben ihr und machte sich Sorgen wegen der Teilnahmslosigkeit ihrer Mutter. Irgendwann in der Nacht warf sich Gabria im Schlaf herum; sie schien einen schlechten Traum zu haben. Kelene erwachte, als ihre Mutter leise und eindringlich rief: »Sayyed!«

Der Traum verblasste, und Gabria lag wieder still da. Ihr Atem ging so flach, dass Kelene sich anstrengen musste, ihn zu hören. War das wieder eine Vision ihrer Mutter? War es Sayyed, der ihnen folgte? Das ergab durchaus einen Sinn. Für ihn war es am leichtesten, sich durch das turische Gebiet zu bewegen. Sie schlummerte wieder ein und dachte an Sayyed und natürlich vor allem an seinen hübschen, dunkelhaarigen Sohn.

Zukharas Eintreten weckte Kelene. Blinzelnd lag sie im Morgenlicht, das durch die offene Tür hereinströmte, während der Ratgeber das Frühstück bereitstellte, die Stuten betäubte und wieder ging, ohne ein Wort gesagt zu haben. Sobald er die Tür hinter sich geschlossen hatte, arbeitete sich Kelene zu Demiras Box vor und wischte das zähe Betäubungsmittel mit ihrem Tuch ab. Sie legte die Hand auf Demiras warmes Fell. Ihr suchender Geist berührte sofort das Bewusstsein der Stute, das sich gegen die Droge in ihrem Körper auflehnte.

Ganz sanft bildete Kelene einen Zauberspruch, der die Bänder um Demiras Flügel löste. Das Hunnuli, das Kelenes Nähe spürte, regte sich ungeduldig.

Ganz ruhig, besänftigte Kelene es. *Warte und hab Geduld. Wenn du wach genug bist, flüchte und flieg fort.*

Nein!, hallte Demiras Widerstand durch Kelenes Geist. Die Stute kämpfte mit all ihrer Willenskraft gegen das Betäubungsmittel an. *Ich werde dich nicht verlassen!*

Bitte, Demira, du musst! Mutter wurde vergiftet. Sie wird sterben, wenn wir keine Hilfe bekommen. Ich glaube, Sayyed sucht uns. Finde ihn! Bring ihn zu uns! Du bist die Einzige, die das kann.

Ich kann dich nicht verlassen, wiederholte Demira, doch ihre Gedanken waren schwach und verwirrt.

Kelene lehnte den Kopf gegen das Hinterteil der Stute. »Versuch es bitte«, flüsterte sie. Sie kehrte an ihren Tisch zurück, richtete Gabria auf und versuchte etwas zu essen. An diesem Morgen gab es nur ein einfaches Frühstück: Brot, Datteln, ein Stück Käse und zwei Becher mit süßem, rotem Saft, den Kelene nicht kannte. Sie beäugte den Saft misstrauisch und fragte sich, ob Zukhara ihr Gift oder ein Beruhigungsmittel in den Trunk gemischt hatte. Schließlich gewann ihr Durst die Oberhand, und sie leerte den Becher bis zur Neige. Das Getränk war äußerst süß, hatte aber einen reichen, fruchtigen Geschmack.

Gabria nippte nur an ihrem Becher und legte sich zurück auf die Pritsche. Zukhara kehrte zurück, um das Geschirr einzusammeln. Er setzte sein Honigkuchenlächeln auf, als er Kelenes leeren Becher sah. »Hat dir der Saft geschmeckt, meine Liebe?«, fragte er zuvorkommend.

Ein Warnsignal schrillte in Kelenes Kopf; sie verengte die Augen. »Warum?«

»Er hat eine Mischung enthalten, die ich nur für dich angesetzt habe.« Er näherte sich ihr und drückte sie gegen die Wand des Wagens. »Wenn du meine auserwählte Dienerin sein willst, musst du empfänglich für meinen Samen sein. Ich beabsichtige, mit dir eine Dynastie von Zauberern zu gründen.« Er strich ihr eine Haarsträhne aus dem Gesicht und küsste sie sanft auf die Stirn.

Kelene erstarrte. Die Gerüche seiner Kleidung und seines warmen Körpers hüllten sie ein; er drückte sich gegen sie. Sie versuchte sich frei zu kämpfen, aber die Seile gaben nicht nach, und seine Stärke hielt sie hilflos vor der Wand gefangen. »Ich kann keine Kinder bekommen«, stieß sie zwischen den zusammengepressten Zähnen hervor.

»Doch, das kannst du«, kicherte er ihr ins Ohr. »Das ist ein alter turischer Kräutertrank. Er setzt auch einen unfruchtbaren Bauch in Flammen.«

»Umso besser, wenn dein Same darin verbrennt«, zischte sie.

Zukhara lachte lauthals. Er trat zurück und nahm die Becher an sich. »Heute erreichen wir meine Festung, wo uns meine letzte Waffe erwartet. Dort wird deine Arbeit beginnen … und dein Vergnügen.« Immer noch kichernd ging er, und kurze Zeit später ruckte der Wagen weiter auf dem letzten Teil der Reise.

Kelene konnte ihre Wut nicht länger besänftigen. Sie stieß einen Wutschrei aus, hob die kleine Bank hoch und schleuderte sie gegen den Tisch. Beide bekamen Risse und brachen auseinander. Draußen schwoll Zukharas Stimme zu einem spöttischen Lachen an.

An diesem Tag war die Reise lang und schwierig. Der Wagen holperte und rumpelte eine schlechte, verwahrloste Straße entlang. Zwar hatte Kelene keine Ahnung, wo sie sich befanden, aber der Wagen schien immer höher zu klettern. Stunden vergingen. Sie spürte die elektrische Energie des herannahenden Sturms, lange bevor sie das gedämpfte Grollen des Donners hörte.

Das Licht im Wageninneren wurde grau und blass. Der Wind schlug gegen die Flanken des Gefährts. Kelene hörte das Peitschenknallen des Fahrers und das nervöse Wiehern der Pferde. Stimmen riefen zu beiden Seiten, und der Donner kam näher.

In ihrer Box hob Demira den Kopf. Sie blähte die Nüstern und roch den kommenden Sturm. »Geduld«, sagte Kelene zu der Stute.

Das Licht war beinahe erloschen, als der Wagen von der Lehmstraße herunterfuhr und über Steinpflaster klapperte. Noch einmal ging es ruckartig aufwärts, dann blieb er stehen. Fremde Stimmen riefen etwas, Befehle wurden gebrüllt, und Kelene hörte ein Knirschen und Dröhnen, das von einem großen, sich öffnenden Tor herrühren mochte. Der Wagen rollte wieder eine kurze Strecke voran.

Plötzlich wurde die Tür aufgerissen, und Zukhara kletterte hinein. Er band ihnen die Fesseln los und trieb beide Frauen nach draußen. Gabrias Augen lagen tief in den Höhlen. Sie war benommen und musste sich auf Kelenes Arm stützen. Kelene sah sich rasch um. Der Sturm war beinahe über ihnen, und Blitze zuckten um sie herum. Undeutlich erkannte sie eine hohe Steinmauer mit mehreren dunklen, gedrungenen Türmen; links von ihr erhob sich eine Halle und eine hohe Festung.

»Bringt die Hunnuli her!«, rief Zukhara und drängte seine Gefangenen aus dem Sturm. Regen trommelte auf das Steinpflaster.

Plötzlich erhob sich ein durchdringendes Wiehern über das Tosen des Windes. Wildes Hufgedonner, ein Entsetzensschrei – der Turic und die Frauen wirbelten gerade rechtzeitig herum, um mit anzusehen, wie Demira durch die Tür an der Vorderseite des Wagens schoss. Hände streckten sich aus und wollten ihren Halfter packen, doch sie kreischte, bäumte sich auf und drosch mit den Hufen über die Köpfe ihrer Feinde. Die Bänder um ihren Leib rissen und fielen von ihr ab. Sie breitete die Schwingen wie ein Adler aus und war bereit zum Abflug.

»Fangt sie ein!«, kreischte Zukhara. Seine Worte verloren sich in einem Donnerschlag.

Die geflügelte Stute sah ihre Reiterin mit rollenden Augen an. »Los!«, rief Kelene, und die Stute gehorchte. Wie schwarzer Donner preschte sie durch das offene Tor. Vom langen Stehen waren ihre Beine angeschwollen, ihre Muskeln steif und langsam, überdies war sie noch benommen von dem Betäubungsmittel. Doch ihre Verzweiflung trieb Demira an. Sie breitete die Flügel aus und warf sich dem Sturm entgegen. Sogleich brachen die Wolken auf, und Regen fiel in dichten Vorhängen. Im nächsten Augenblick war das Hunnuli verschwunden.

Einen schrecklichen Augenblick lang glaubte Kelene, sie hätte es zu weit getrieben. Zitternd vor Wut und Leidenschaft wandte sich Zukhara gegen sie, zog seinen Dolch und presste ihn gegen ihre Kehle. Sein langes Gesicht verzog sich in einem wölfischen Knurren.

»Sie hast du nicht gebraucht«, zwang sich Kelene zu sagen. »Sie wird nach Hause gehen, wie jedes Pferd.« Sie betete darum, dass er nicht genug über die Hunnuli wusste und keine Ahnung hatte, wie anders sie waren.

Ihre kühlen Worte zeigten eine gewisse Wirkung, denn statt ihr den Dolch in den Hals zu rammen, spie er einen Fluch aus und zerrte sie in die Halle. Sie sah, wie Diener Gabria fortbrachten, aber sie hatte keine Gelegenheit mehr festzustellen, wohin ihre Mutter verschleppt wurde, denn schon riss Zukhara eine Tür auf und trieb Kelene eine Treppe hinunter. Sie kämpfte hart darum, auf den Beinen zu bleiben. Die Hand des Ratgebers schloss sich fest um ihr Gelenk und zog sie einige Wendeltreppen hinunter, die sich immer tiefer in die Unterwelt der Festung bohrten.

Schweigend und mitleidslos schleifte er sie mit sich, bis ihre Hand taub und die Beine völlig ermüdet waren. Schließlich zerrte er sie durch einen engen Bogengang und stieß sie nach vorn. Sie prallte schmerzhaft gegen eine niedrige Steinmauer und musste sich daran festhalten, um nicht hinzufallen.

Ein leises, wütendes Zischen erfüllte die Dunkelheit um sie herum. In der kalten Luft lag ein seltsamer Geruch. Zukhara stieß die Worte eines Zaubers aus, den Kelene ihm beigebracht hatte, und ein heller weißer Lichtball schoss auf. Er schwebte über ihren Köpfen und warf sein Licht auf eine große, gewölbte Steindecke.

»Dort unten ist meine Waffe für den Heiligen Krieg, den ich entfesseln will. Unglücklicherweise wurde es während seiner Gefangennahme verletzt. Ich habe es hergebracht, damit es geheilt und gezähmt wird. Wenn du das schaffst, bekommt deine Mutter ihr Gegengift.« Zukhara deutete hinter die Steinmauer.

Kelene drehte sich um. Sie sah, dass sie auf einem Überhang an der Seite einer großen natürlichen Höhle standen. Langsam senkte sie den Blick in die Tiefe. Auf dem sandigen Boden zusammengeringelt hockte eine Kreatur und starrte bösartig in das Licht. Es war ein Wesen, das Kelene nie zuvor gesehen hatte.

»Was …«, keuchte sie.

Zukharas Wut machte seinem Stolz Platz. »Das«, sagte er, »ist mein Greif.«

Zehn

»Vater!«, zischte ihm eine drängende Stimme ins Ohr. »Wach auf, Vater!«

Sayyed regte sich und stöhnte vor Benommenheit. Er versuchte die Arme auszustrecken, bis dieselbe Stimme flüsterte: »Nein! Beweg dich nicht so hastig. Bleib ruhig liegen. Bitte, Vater, versuch aufzuwachen.«

Die Dringlichkeit in dieser vertrauten Stimme drang durch Sayyeds verworrene Gedanken. Er schloss den Mund und entspannte seine schmerzenden Glieder. Irgendetwas schien falsch zu sein. Etwas Seltsames war mit seinem Körper geschehen – etwas, das er nicht verstand. Vielleicht stimmte es nicht, aber er hatte das Gefühl, mit dem Kopf nach unten zu hängen.

Sayyed öffnete die Augen. Eine strahlende Morgensonne erhellte alles um ihn herum mit ihrem klaren, scharfen Licht. Die majestätischen Berge glitzerten – auf dem Kopf – in einem unendlichen Himmelsblau. Dann sah er nach unten – oder war es nach oben? – und erkannte, dass unter seinen Füßen nichts als Luft war.

Die Worte kamen kurz und nachdrücklich.

»Vater«, zischte Rafnirs Stimme. »Bitte beweg dich nicht!«

Nun kam Sayyed ganz zu sich, und sofort erkannte er die Bedenklichkeit seiner Lage. Er war Rücken an Rücken mit Rafnir zusammengebunden worden und hing mit dem Kopf nach unten über einer tiefen und zerklüfteten Schlucht. Außerdem schien das Seil, das sie hielt, gefährlich ausgefranst zu sein und war an einem sehr zerbrechlich wirkenden Holzgerüst befestigt, das über den Rand des Abgrunds ragte. Und er bemerkte mit wachsendem Ärger, dass seine Waffen und die meisten seiner Kleidungsstücke verschwunden waren. Schließlich registrierte er, dass noch andere Stimmen als die von Rafnir hinter ihm zu hören waren.

»Ich sage dir, Helmar, das sind bloß Turic. Man sollte das Gesetz erfüllen und sie loswerden«, verlangte eine männliche Stimme.

»Ob Turic oder nicht, warum sollte man zwei gesunde Männer verschwenden?«, rief eine weibliche Stimme. Die Sprecherin schien älter und ziemlich beharrlich zu sein. »Du weißt, dass wir neues Blut brauchen, falls unser Volk überleben soll. Diese beiden sind stark und können ohne weiteres Kinder zeugen. Sie sollten ihren Samen in unseren Frauen zurücklassen, bevor wir sie töten.«

Sayyed war so erschrocken über dieses Gespräch, dass er eine ganze Minute lang nicht erkannte, welche Sprache die beiden benutzten. Es war die Klansprache! Nicht die Klansprache, an die er gewöhnt war, sondern ein alter Dialekt, der mit neuen Wörtern und turischen Redewendungen durchsetzt war. Er hörte sowohl mit Faszination als auch mit wachsender Wut zu.

»Und was ist mit dir, Rapinor?«, sagte eine dritte Stimme. »Du hast sie gefangen. Was sagst du dazu?« Diese dritte Stimme, voll und selbstsicher, gehörte einer Frau.

Doch eine vierte Stimme antwortete: »Herrin, ich weiß nicht, welchen Rat ich Euch geben soll. Ja, ich habe sie an der Hintertür gefunden, und sie sehen aus wie Turic. Aber ich schwöre, dass sie auf schwarzen Pferden ritten, die größer als alles sind, was ich je gesehen habe, und einer der beiden hatte eine Lichtkugel.«

»Bist du sicher, dass es keine Fackel war?«, fragte der erste Mann gelassen.

»Eine Fackel in einer Nacht wie dieser? Nein«, sagte der Sprecher mit großer Sicherheit in der volltönenden, tiefen Stimme. »Die Kugel war grünlich-weiß wie aus Magie und ging aus, als die beiden Männer bewusstlos wurden.«

»Dafür muss es eine einfache Erklärung geben«, sagte die alte Frau gereizt. »Wir alle wissen, dass die Magie hinter den Bergen tot ist.«

Sayyed drehte den Kopf und versuchte, diese Leute zu erkennen, doch obwohl er sich so weit wie möglich seitwärts streckte, konnte er nicht um Rafnir herumsehen. »Was ist hier los?«, fragte er auf Klanisch.

Seine Worte erregten die Aufmerksamkeit der Leute. »Ein Turic, der in der Sprache der Klane redet«, wunderte sich der erste Mann.

»Noch ein Grund, ihn zu töten. Sie könnten entkommen und es den Klanen sagen.«

Es den Klanen sagen? Sayyed fragte sich, was sie damit meinten.

»Reisender«, rief die jüngere Frau, »du wurdest auf Land aufgegriffen, das verboten ist. Unser Gesetz hat dich daher zum Tode verurteilt. Wir haben jedoch einige Zweifel an eurer Herkunft. Wer seid ihr?«

Sayyed öffnete den Mund zu einer Antwort, doch dann schloss er ihn wieder. Bei allen Göttern, was sollte er darauf antworten? Wenn er vorgab, ein Turic zu sein, würden diese Fremden das Seil durchschneiden und er und Rafnir in die Tiefe stürzen. Wenn er zugab, dass sie von den Klanen kamen, würde ihnen vermutlich dasselbe Schicksal bevorstehen. Seine magische Kraft drängte ihn dazu, die Seile, die ihn und seinen Sohn fesselten, zu sprengen und diesen Leuten auf gleicher Höhe gegenüberzutreten, doch er entschied sich dagegen, seine Gabe zu offenbaren, bis es unumgänglich wurde. Es war ziemlich unklar, was die Sprecher von Magie hielten.

»Wir suchen nach unserer Familie«, antwortete Rafnir für ihn. »Meine Frau und meine Schwiegermutter wurden von jemandem entführt, den wir nicht kennen. Der Wagen, in dem sie gefangen gehalten werden, ist in diese Berge gefahren. Wir hatten ihn beinahe erreicht, als wir vom Sturm überrascht wurden und die Spur verloren haben. Wenn wir irgendwo eingedrungen sind, haben wir das unabsichtlich getan und bitten dafür demütigst um Entschuldigung.«

Zuerst schwiegen die Leute und versuchten, Rafnirs unvertrauten Dialekt zu verstehen. Dann stellten sie alle gleichzeitig Fragen und verfielen in wütende Mutmaßungen. Weitere Stimmen gesellten sich dazu, bis Sayyed und Rafnir nichts mehr verstanden.

»Wer sind diese Leute?«, fragte Sayyed gereizt. Ihm schmerzte der Kopf von der unnatürlichen Lage, und er hatte keine Lust mehr, sich mit jemandem zu streiten.

»Ich weiß es nicht. Ich kann sie ebenfalls nicht sehen. Sie sind unmittelbar über uns auf einem Felssims«, entgegnete Rafnir.

Sayyed versuchte erneut, um seinen Sohn herumzuspähen, doch dabei geriet bloß das Seil in Schwingungen. Er erstarrte zu spät. Er hörte ein Knirschen und ein Knallen, und mit einem furchtbaren Ruck fielen er und Rafnir ins Bodenlose.

»Herrin!«, rief Rapinors Stimme. »Das Seil ist gerissen!«

»Na und?«, antwortete der erste Mann.

Sayyed verlor keine Zeit mehr. Es kümmerte ihn nicht, wer diese Leute waren oder wovor sie Angst hatten; nun war es an der Zeit, ihnen zu zeigen, dass die Magie noch lebendig und bei Kräften war. »Ich löse die Fesseln, und du bremst unseren Fall ab!«, rief er Rafnir zu.

Der Fallwind verwehte seine Worte, doch sein Sohn verstand ihn. Magie flackerte aus Sayyeds Händen, und die Seile lösten sich in Staub auf. Mit befreiten Armen griff Sayyed nach Rafnir und drückte ihn an sich. Rafnir schloss die Augen, während er einen Zauber sprach, den er schon vor drei Jahren angewandt hatte, um Kelene vor einem schrecklichen Sturz zu schützen. Die Luft verdichtete sich unter ihnen zu einem Kissen. Sie wurden langsamer und taumelten sanft auf eine Plattform aus Wind und Magie, die kaum zehn Fuß über dem Boden der Schlucht lag.

»Gerade zur richtigen Zeit«, sagte Sayyed und schaute hinunter auf die Felsbrocken.

»Gute Götter«, seufzte Rafnir, »das war knapp. Nichts wie weg von hier.«

»Noch nicht«, knurrte Sayyed. Er starrte den Felsspalt hoch. Oben spähte die Gruppe über den Rand des Abhangs. »Ich will wissen, wer sie sind.«

Er richtete sich auf, während Rafnir das Luftkissen hoch bis zum Rand des Vorsprungs lenkte. Mit verschränkten Armen und einem Ausdruck deutlichen Missfallens trat Sayyed auf den Felsen und stellte sich der Gruppe entgegen. Er starrte sie an und spürte, wie seine Wut sich verflüchtigte. Noch nie in seinem langen und abenteuerlichen Leben hatte er einen so einmütigen Ausdruck ungläubigen Erstaunens und ehrfürchtiger Überraschung gesehen. Nicht einmal das erste, unerwartete Auftreten seiner Magie hatte damals eine solche Verblüffung hervorgerufen. Die Frauen und Männer vor ihm starrten ihn in sprachlosem Entsetzen an. Alle richteten gemeinsam den Blick auf Rafnir, der nun neben seinen Vater trat und den Zauber löste; dann blickten sie sich gegenseitig an.

Sayyed zählte einundzwanzig Männer und Frauen verschiedenen Alters, die sich auf der Klippe versammelt hatten. Die vier, welche zuvor unsichtbar gewesen waren und gesprochen hatten, waren dabei bereits mitgezählt. Sie alle waren bemerkenswert hellhäutig, hatten blonde Haare und blaue, grüne oder graue Augen. Wer immer sie sein mochten, von turischer Abstammung waren sie nicht. Wenn sie sich nicht an diesem Ort befunden und nicht diese seltsame Kleidung getragen hätten, wäre man auf den Gedanken gekommen, es handle sich bei ihnen um Klanleute.

Er entschloss sich, etwas zu tun, um die Spannung zu lösen und zu sehen, wie sie reagieren würden. Sein Burnus, seine Überrobe, Stiefel und Gürtel waren verschwunden. Er trug nur noch Unterwäsche und Hose. Also zog er auch noch das Unterhemd aus und verwandelte es rasch und geschickt in einen goldenen Klanmantel. Er legte sich den Mantel um die Schultern, trat vor und grüßte die Versammelten.

»Ich bin Sayyed, Zauberer und Herdwächter Lord Athlones vom Khulinin-Klan. Mein Sohn Rafnir und ich sind nur in diese Berge gekommen, weil wir unsere Landsleute suchen.«

Dankbar stellte er fest, dass eine der Frauen vortrat und seinen Gruß erwiderte. Die große Frau stand stolz und furchtlos vor ihrem Volk. Das helle Morgenlicht schien auf eine lockige Masse roten Haars und schimmerte auf der hohen Stirn, den gewölbten, hoheitlichen Brauen und dem breiten, festen Mund. »Ich heiße dich willkommen, Zauberer. Mehr als du dir vorstellen kannst. Ich bin Helmar, Anführerin der Klannad«, sagte sie mit klarer, starker Stimme.

In ihrer Kopfhaltung und der zielstrebigen Direktheit lag etwas, das Sayyed an Gabria erinnerte. Ein weiblicher Häuptling? Auch das würde Gabria gefallen.

Sayyed verneigte sich vor ihr. »Das war eine anregende Art, den Tag zu beginnen, aber ich glaube mich daran zu erinnern, dass wir auf Pferden hergekommen sind. Dürfen wir zu ihnen zurückkehren?« Trotz seiner ironischen Worte sprach er ausdruckslos und hielt seine Verärgerung und wachsende Neugier im Zaum.

Als ob ein Bann gebrochen sei, verwandelte sich das erstaunte Schweigen in hektische Tätigkeit und erstauntes Reden. Helmar erteilte eine Reihe rascher Anordnungen, und einige Leute schossen davon, während andere sich um die beiden Klanmänner drängten.

»Hier entlang«, sagte ein Mann, den Sayyed als einen der vier erkannte. Er war ein vorbildlicher Krieger: riesenhaft, muskulös, stämmig und freundlich. »Ich bin Rapinor, Schwertkämpfer und persönliche Wache Helmars. Eure Pferde befinden sich drüben in der Schlucht.« Er zögerte und fragte neugierig: »Sind eure Reittiere Hunnuli?«

»Habt ihr von ihnen gehört?«, meinte Sayyed. Je mehr er über diese Leute erfuhr, desto rätselhafter wurden sie ihm. Wieso wussten sie so viel über Klanmagie?

»Langsam, Rapinor«, ermahnte Helmar ihn. »Es wird noch genug Zeit für Antworten sein, nachdem wir ihnen die Pferde zurückgegeben haben.«

Den Umstehenden war ihre brennende Neugier ins Gesicht geschrieben, doch niemand widersprach der Anführerin, während sie die Fremden über einen Pfad hoch zum Kamm des Berges führte. Dort blieb sie stehen und streckte die Hand nach Westen aus. »Willkommen an der Heiligen Stätte.«

Rafnir pfiff leise, und Sayyed riss bloß die Augen auf.

Zu ihren Füßen lag ein tiefes Tal wie ein grünes Juwel im kalten Herzen des Gebirges. Üppig und grün erstreckte es sich fast fünf Meilen nach Osten und Westen und lag eingebettet zwischen drei hohen Gipfeln. Das Sonnenlicht schimmerte im Wasser eines kleinen Sees und eines Flusses auf dem Talboden und glitzerte in der Gischt einiger Wasserfälle, die im Westen herabstürzten.

»Sieh nur!«, rief Rafnir. Er deutete auf die Wasserfälle, doch es war nicht das Wasser, das seine Aufmerksamkeit erregt hatte. Ein großer Felsvorsprung teilte das westliche Ende der Schlucht in halber Höhe. Auf diesem Sims befand sich unter einer mächtigen Vorwölbung eine Ansammlung von Gebäuden, die aus dem Stein herausgehauen waren und das Tal weithin überblickten. Darunter grasten Herden auf den Weiden, und aus der Ferne klein wirkende Menschen gingen hier und dort ihren Verrichtungen nach.

Um Helmars Augen bildeten sich zahlreiche Fältchen, als sie die Reaktion der beiden Klanmänner beobachtete. Ihre Miene war ruhig, drückte aber Wachsamkeit aus, und sie betrachtete die beiden Männer so eingehend wie diese das Tal.

Eine ältere Frau neben ihr berührte Sayyeds Umhang. Sie war klein, flink wie ein Vogel, hatte helle Augen und war die einzige

Frau in der Gruppe, die in einer langen Robe steckte. Der Rest der Leute einschließlich der Frauen trugen sackartige Hosen, warme Wollhemden und Westen oder Wamse aus Leder. »Zauberer, ich bin Minora, die Priesterin des Klannad«, sagte sie zu Sayyed.

»Ah ja«, meinte Sayyed und schenkte ihr ein Lächeln. »Diejenige, die uns als Zuchthengste einsetzen wollte.«

Obwohl Sayyed es nicht wusste, hatte er ein sehr gewinnendes Lächeln, das seinen Worten die Spitze nahm. Minora lachte; es war ein schallendes, freundliches Gelächter. »Das will ich noch immer. Wir sind hier sehr abgeschieden. Gute Zuchthengste sind schwer zu bekommen.«

Er drehte sich wieder um und betrachtete die großartigen Gebäude über dem Tal. »Haben eure Leute das gemacht?«

Die Priesterin hob den Kopf, damit sie ihm in die Augen sehen konnte. Sayyed war zwar nicht groß, aber trotzdem reichte sie ihm nur bis an die Schulter. »Der Sims und der Stein waren schon da. Wir haben ihn lediglich nach unseren Wünschen bearbeitet.«

»Solche Leute könnten wir in Moy Tura gut gebrauchen«, meinte Rafnir zu seinem Vater.

Ein Ausdruck, der unmöglich zu beschreiben war, huschte über Minoras Gesicht. Die anderen Leute zögerten und trugen noch immer ihre harten und ausdruckslosen Mienen.

»Was ist Moy Tura?«, fragte Helmar rasch.

Doch Sayyed spürte in ihrer Stimme so etwas wie Vertrautheit mit diesem Namen, die ihre angebliche Unwissenheit Lügen strafte. »Eine alte Ruine in unserem Land. Wir versuchen sie wieder aufzubauen.«

»Wer …?«, begann sie.

»Herrin, Ihr sagtet, es sollen keine Fragen gestellt werden, bevor die Pferde freigelassen sind«, erinnerte Rapinor sie grob.

Sie kicherte tief und kehlig und führte die Gruppe auf einem gewundenen Weg über den Kamm und einen steilen, mörderischen Pfad hinunter in eine kleine Schlucht, in welcher die Hengste eingesperrt waren.

»Als ihr in der letzten Nacht den Durchgang durchschritten hattet, wurde er von uns sofort versiegelt«, erklärte Rapinor. »Wir wussten nicht, was wir da gefangen hatten.«

Sayyed griff sich an die Kehle. Wenn sein Hals so wie Rafnirs aussah, trug er jetzt ein Band aus Blau und Purpur, wo das Seil ihn vom Pferd gerissen hatte. »Was du nicht sagst«, erwiderte er trocken.

Helmar räusperte sich mitleidig und verzog die Lippen zu einem kleinen Lächeln. »Ihr müsst uns unsere Art des Willkommens vergeben. Normalerweise erlauben wir keinem Fremden den Zutritt zu unserem Tal. Wenn Rapinor nicht so beharrlich behauptet hätte, dass ihr ein Zaubererlicht benutzt habt, wärt ihr schon tot.«

Sayyed warf dem untersetzten Schwertkämpfer einen raschen Blick zu. Der Wachmann war so stämmig wie eine Eiche und seiner Herrin nicht von der Seite gewichen, seit die beiden Männer auf dem Felsvorsprung gelandet waren. Auch hatte sich seine Hand niemals von dem Schwert an seiner Hüfte entfernt. Ein weiterer Mann, der jünger, aber mürrischer als Rapinor war, stand auf der anderen Seite neben Helmar. Er runzelte die buschigen Brauen und schürzte unwillig die wulstigen Lippen.

»Wieso wisst ihr so viel über Magie?«, fragte Sayyed. »Warum lebt ihr so abgeschieden in einer Gegend, die man nicht betreten darf?« Und für sich fügte er stumm hinzu: Warum darf man sie nicht betreten?

Helmar hielt den Kopf schief und sah ihn aus ihren grün-goldenen Augen eindringlich und herausfordernd an. »Manchmal dringt uns etwas zu Ohren. Wir lassen nicht alle Besucher über die Klippe springen.« Sie schenkte ihm ein strahlendes, entwaffnendes Lächeln.

Kurze Zeit später erreichten sie den Talgrund und marschierten zu dem engen Eingang, der zu der Felsspalte führte, in welcher die Hengste gefangen waren. Helmar und ihre beiden Wachen zwängten sich hinein, gefolgt von Sayyed und Rafnir. Sie hörten die Pferde, lange bevor sie sie sahen, denn durchdringendes Wiehern hallte von den Felswänden wider und wurde von heftigem Knacken wie von Holz unterbrochen.

Den Grund dafür erkannten die Klanmänner einige Minuten später. Der hohe, schmale Durchgang wurde von massiven Steinblöcken versperrt, die eine dicke Mauer bildeten. Die Geräusche kamen von einem hölzernen Tor in dieser Wand.

»Die Hintertür«, erklärte Rapinor. »Eure Pferde haben sie offenbar gefunden.« Er machte einen Schritt nach vorn und zog die schweren Bolzen zurück, wobei er klugerweise neben das Tor trat. Es schwang auf, und Afer und Tibor preschten kampfeslustig hindurch. Ihre Augen glühten grün vor Wut, und sie hatten den Schweif wie eine Kriegsstandarte erhoben. Ihre Hufe klapperten über das Gestein.

Als die beiden Hengste ihre Reiter sahen, hielten sie an und schnaubten. *Wo wart ihr?*, trompetete Afer. *Wer sind diese Leute?*

Bevor Sayyed darauf antworten konnte, trat Helmar vor und legte kühn die Hand auf Afers gewölbten Hals. Der Hengst wurde sofort ruhig. Er richtete die Ohren auf und beschnüffelte mit geblähten Nüstern Helmars Arm und Kopf. Tibor gesellte sich zu ihm und beschnupperte die Anführerin von den Haaren bis zum Gürtel; dann wieherte er einen Gruß.

Als sie einen Schritt zurück machte, waren die Hunnuli zufrieden und gingen still hinüber zu den Zauberern. Sayyed und Rafnir sahen sich überrascht an.

Sayyed bückte sich und gab vor, Afers Beine zu untersuchen. »Geht es dir gut?« fragte er leise.

Mir und dir auch! Ich bin froh, aus dieser Felsspalte befreit zu sein. Da drinnen gibt es kein Gras, und ich bin hungrig!

Als ob Helmar seine Gedanken verstanden hätte, verneigte sie sich leicht vor den beiden Pferden und den Klanmännern. »Ich möchte für unsere unzureichende Gastfreundschaft um Verzeihung bitten. Würdet ihr bitte die Nacht bei uns verbringen und die Tafel mit uns teilen?«

Der mürrische junge Mann neben ihr wirkte, als wolle er etwas entgegnen, doch er unterließ es verdrießlich, als er Minoras strengen Blick bemerkte.

Sayyed dachte nach über die Stadt auf der Klippe, über das verborgene Tal und das geheimnisvolle Volk, das es bewohnte, über das schlecht verhüllte Misstrauen im Blick aller Umstehenden und über deren Erregung, als könnten sie nicht glauben, was er und Rafnir getan hatten. Er dachte an die Kenntnisse der Klannad über Hunnuli und Zaubererlichter sowie an den ›Tod‹ der Magie hinter den Bergen. Diese Leute mit ihrer blassen Haut und den blonden Haaren schienen fremdartig zu sein, doch war da eine unterschwellige Vertrautheit, die er nicht leugnen konnte. Sicherlich machte eine

Nacht in diesem Tal keinen Unterschied, was ihre Suche nach Gabria und Kelene anbelangte, und vielleicht konnten die Klannad ihnen sagen, wohin der Wagen unterwegs war und wie sie ihn finden konnten. Er verneigte sich vor Helmar und nahm mit Rafnirs Einverständnis die Einladung an.

Die Gruppe gesellte sich wieder zu den anderen, die am Beginn des Durchgangs gewartet hatten, und alle gingen gemeinsam über einen steilen, schmalen Pfad zum Talgrund hinunter. Als sie dort angekommen waren, machten sie auf einer kleinen Erhebung am westlichen Ende des Tals Rast und betrachteten das umliegende Land.

»Der Senkfluss hat dieses Becken geformt«, sagte Helmar zu ihren Gästen. »Das Wasser stürzt von den Gipfeln in den Fluss, der durch das ganze Tal fließt und in den See mündet.« Sie deutete auf den kleinen See, der unterhalb der Erhebung lag. Er war kaum größer als ein ausgedehnter Teich und wurde von Wiesen und bewaldeten Ufern eingerahmt. Klares Wasser leckte an der Böschung und sank in ungeahnte Tiefen. »Es war uns nicht möglich, den Grund des Sees auszuloten. Der Fluss wird einfach von ihm aufgesaugt.«

Die Klanleute sahen sich an der Schönheit des Tals satt. Nach den zerklüfteten Gipfeln und der Wut des Sturmkönigs schätzten sie die üppige Heiterkeit dieses versteckten Gebiets, in dem der Frühling in voller Blüte stand, umso mehr. Gras und dichte Vegetation bedeckten das Tal, Bäume in vollem Blätterschmuck wuchsen in den Hainen. Die Männer drehten sich gerade rechtzeitig um, so dass sie noch eine geisterhafte Pferdeherde sehen konnten, die an einem Baumgürtel vorbei auf die Erhebung zustürmte. Beide Männer hielten vor Erstaunen über die weißen Tiere den Atem an. Mehr als hundert Hengste, Stuten und Fohlen flogen wie eine Schneelawine auf den Fuß des Hügels zu und wieherten den Fremden einen Willkommensgruß zu.

Alle Pferde waren kleiner als die Hunnuli, aber genauso anmutig und wohlproportioniert; ihre Farbe reichte vom Apfelschimmel bis zum strahlendsten Weiß.

Ein Hengst und eine Stute galoppierten gemeinsam den Hügel hinauf. Die sternenweiße Stute ging zu Helmar und begrüßte sie, doch der Hengst bog den Hals, tänzelte auf Sayyed und Rafnir zu und beschnüffelte sie, weil er sich mit ihrem Geruch vertraut machen wollte. Sie rieben ihm den Hals, der die Farbe von poliertem Schiefer hatte; dann ging er zu Afer und Tibor. Die beiden Schwarzen berührten ihn mit der Schnauze und wieherten ihm freundlich zu. Sayyed nahm den Hunnuli die Sättel ab, und gemeinsam rannten die drei Hengste hinunter zu der Herde. Die Leute und die Stute sahen ihnen nach, bis sich die Pferde über die weite Wiese verteilten und grasten.

»Eure Pferde sind unglaublich«, sagte Sayyed zu Helmar. »Wie habt ihr es geschafft, eine solch gleichmäßige Farbe zu züchten?«

»Mit Angst, Klanmann«, antwortete sie. Mit einer anmutigen Bewegung sprang sie auf den breiten Rücken der Stute. Ein rätselhaftes Lächeln umspielte ihre Lippen. »Bring sie zur Klippe, Rapinor. Ich werde ein Fest vorbereiten.« Die Stute rannte so schnell davon wie ein niedergehender Stern. Minora kicherte in sich hinein.

Von der Erhebung aus gingen sie hinunter in das Tal, an den Wasserfällen vorbei und unter den großen Felsvorsprung. Strickleitern hingen an der Wand herab und verbanden eine Reihe kleiner Simse, Grifflöcher und schmaler Stufen zu mehreren schwierigen Pfaden, die in die luftigen Höhen der Felsensiedlung führten. Weitere Leute gesellten sich zu der Gruppe; ihre Mienen drückten große Verwunderung aus; einige hingegen schienen die Ankunft der Zauberer nicht glauben zu wollen. Irgendwo hoch oben rief ein Horn. Inzwischen stand die Sonne im Zenit und erfüllte mit ihrem warmen Licht das Tal vom einen Ende bis zum anderen, doch trotz der vielen Arbeit, die diese Jahreszeit mit sich brachte, ließen die Klannad alles liegen und stehen und folgten dem Ruf des Horns.

Mit einer Geschicklichkeit, aus der lebenslange Übung sprach, kletterten die Leute die Leitern zu ihren Behausungen hoch. Sayyed und Rafnir kamen langsamer voran, doch als sie es endlich geschafft hatten, wurden ihnen zur Begrüßung Kleider und Waffen zurückgegeben. Die Männer ließen sich zu einem weiten, runden Versammlungsplatz am Rand der Klippe führen, der von einer niedrigen Mauer begrenzt wurde. Ein Feuer brannte in der Mitte des Kreises, und zu Sayyeds und Rafnirs großer Überraschung war anlässlich ihrer Ankunft hastig ein wahres Festessen vorbereitet worden.

Helmars Dienerinnen platzierten Sayyed und Rafnir neben dem

Sessel der Anführerin und legten ihnen von Platten Fleisch und Fisch vor und reichten dazu eine bemerkenswerte Beilage aus gekochten Knollen, ferner hielt man ihnen Schüsseln mit getrockneten Beeren und große runde Brotlaibe vor. Mächtige Flaschen mit gekühltem Wein und große Bierkrüge wurden herumgereicht.

Während Sayyed dankbar sein erstes herzhaftes Mahl seit vielen Tagen genoss, ließ er die Blicke über seine Umgebung und die Leute um ihn herum schweifen. Die Siedlung auf der Klippe war nicht so ausgedehnt, wie er zuerst geglaubt hatte. Zwar waren die Gebäude groß und zahlreich, aber die Bevölkerung war es nicht. Nach einer überschlägigen Zählung schätzte er, dass die Klannad etwa vierhundert Männer, Frauen und Kinder zählten. Da er keine weiteren Gebäude, Zelte oder Unterschlüpfe im Tal bemerkt hatte, nahm er an, dass alle in diesem hohen Steinhorst lebten.

Die Gebäude waren bemerkenswert; einige erhoben sich vier oder fünf Stockwerke über den Boden. Von seinem Platz aus sah Sayyed mehrere Handwerkerhäuser, eine Versammlungshalle, etwas, das wie ein Tempel aussah und etliche mehrstöckige Gebäude. Die Bauwerke waren zwar nicht luxuriös, aber sie wirkten wohnlich und gepflegt.

Während er die engen Durchgänge zwischen den Häusern betrachtete, machte er eine interessante Entdeckung, die seine Neugier nur noch stärker entfachte. Im Gegensatz zu einem Klanlager gab es in dieser Siedlung keine Hunde – nicht einen einzigen, soweit Sayyed sehen konnte. Allerdings bemerkte er Katzen in allen Farben und jeden Alters; sie kauerten auf Fenstersimsen, hockten auf Mauern und stapften die Straßen entlang.

Ein Kätzchen kam keck auf ihn zu und sprang ihm auf den Schoß. Erfreut kraulte Sayyed ihm die Ohren und den Rücken und erinnerte sich an Tams Katze, die in Moy Tura auf ihn wartete. Die Katze machte es sich auf seinen Knien bequem und schnurrte behaglich.

Ein leises Lachen zog seine Aufmerksamkeit auf sich. Er blickte auf und sah in die grün-goldenen Augen Helmars. Nun, da er sie aus der Nähe sah, erkannte er, dass sie kaum äußerliche Ähnlichkeit mit Gabria hatte. Helmars Gesicht war kantig und hatte aufgeprägte Umrisse, eine gerade Nase und unregelmäßige Sommersprossen.

Er vermutete, dass sie bereits mehr als dreißig Sommer zählte, denn Sonne, Wind und Arbeit hatten deutliche Spuren hinterlassen. Ihr Körper war gestählt von körperlicher Arbeit, die Hände waren rissig und schwielig vom Schwertkampf. Sie saß auf ihrem mit Fell überzogenen Sessel so selbstsicher wie jeder beliebige Klan-Häuptling.

Ohne es zu bemerken, erwiderte er ihr Lächeln.

»Du magst unsere Katzen?«, fragte sie.

»Ich habe zu Hause selbst eine. Ich vermisse sie sehr.«

»Erzähl mir von ihr.«

Und aus dieser einfachen, sinnreichen Frage ergab sich ein ganzer Nachmittag voller Gespräche, Geschichten und Begebenheiten. Nach der Geschichte über Tams Katze erzählte Sayyed seinen begeisterten Zuhörern von Tam, der Seuche und den Klanen. Dann war Rafnir an der Reihe; er sprach über Moy Tura, Kelene und Demira. Die Leute der Klannad lauschten begierig.

Während Sayyed Gabria und ihren Kampf mit Lord Mebd beschrieb, saßen die Leute reglos und gebannt da. Sayyed schaute in ihre Gesichter und hatte den Eindruck, dass ihr Interesse mehr als bloße Höflichkeit war. Den ganzen Nachmittag hindurch verließ niemand die Versammlung. Kinder schlummerten auf dem Schoß ihrer Eltern, ältere Leute dösten auf ihren Sitzen, aber niemand ging fort. Als er fertig war, erfüllte das leise Summen vieler Gespräche den Kreis. Der Zauberer schaute sich um und stellte erstaunt fest, dass die Sonne bereits hinter den Gipfeln im Westen verschwunden war. Dunkelheit sickerte in den Talkessel.

Die Gespräche verstummten, als Helmar langsam aufstand. Sie sah nachdenklich und ein wenig traurig aus, doch ihre Stimme war so fest wie immer. »Diese Gabria, diese letzte Corin, ist sie die zweite Frau, die ihr sucht?«

»Sie ist Kelenes Mutter«, entgegnete Rafnir. »Sie sind zusammen entführt worden.«

»Ich würde sie gern treffen. Ich glaube, wir werden euch zur Festung begleiten.«

Der jüngere Wachmann neben ihr sprang auf die Beine und stellte sich ihr breitschultrig in den Weg. »Überlegt es Euch, Herrin. Es wäre die reine Dummheit, das Tal zu dieser Jahreszeit zu verlassen. Sollen sie den Weg doch allein finden.«

Helmar wich nicht zurück. Kühl trat sie der Wache entgegen und sagte: »Hydan, du vergisst dich.«

Mit vorgerecktem Kinn und Stahl im Blick deutete Hydan auf die beiden Zauberer wie ein Mann, der eine Anklage vorbringt. »Und was ist, wenn sie lügen? Was ist, wenn sie die ganze Geschichte nur erzählt haben, um ihren Hals zu retten?«

Sayyed spürte, wie Rafnir sich versteifte, und legte beruhigend die Hand auf den Arm seines Sohnes, bevor er sich zu einer unbedachten Handlung hinreißen ließ. Er erkannte, dass Helmar diesem Kräftemessen gewachsen war.

Ihre Augen blitzten. Sie schenkte dem Rest der Versammlung keinerlei Beachtung mehr, sondern stellte sich dicht vor Hydan und machte ihren Standpunkt deutlich. »Und vermutlich haben sie auch ihre Zauberkräfte heute Morgen nur vorgespielt«, sagte sie grimmig. »Ob Wahrheit oder Halbwahrheit, sie sind hier und sie sind Zauberer.« Sie deutete heftig auf die steinerne Stadt hinter ihr. »Möchtest du für immer und ewig so weiterleben? Wenn wir diese Gabria finden, wird sie uns die Wahrheit bestätigen.«

»Wenn es überhaupt eine Gabria gibt«, murmelte Hydan.

»Wenn du das bezweifelst, Hydan, dann reite mit uns und sieh selbst.«

So rasch der junge Wächter sich ereifert hatte, so rasch gab er nach. Er war mit seinen Gefühlen gegen eine Wand gelaufen. Gegen den Willen seiner Herrin kam er nicht an. Helmar war offenbar an seine Launen gewöhnt. Sofort wandte sie sich wieder an Sayyed. »Du sagtest, der Wagen hat ein rotes Abzeichen und ist den Weg zum Sturmkönig hinaufgefahren? Ich kenne diesen Pfad. Er führt zu einer Festung, die von einer alten Adelsfamilie bewohnt wird.«

»Das alte Steinschloss?«, warf Hydan so gleichmütig ein, als habe er niemals einen Zornesausbruch gehabt. »Ich habe gehört, der derzeitige Bewohner ist einer der königlichen Ratgeber.«

»Sein Name lautet nicht zufällig Zukhara?«, mutmaßte Rafnir. Darauf musste Hydan nicht einmal eine Antwort geben. Zukharas Name passte zu den restlichen Spuren, denen sie vom Ratsfelsen aus gefolgt waren.

»Ihr kennt diesen Mann?«, fragte Helmar.

Sayyed nickte knapp. »Ein gefährlicher Gegner.« Er schaute in ihr

Gesicht und hielt ihrem Blick stand. Kurz dachte er daran, ihr vorzuschlagen, allein weiterzureisen – sicherlich würden er und Rafnir die Festung auch ohne sie finden, doch er verwarf diese Idee wieder und beugte sich der Entschlossenheit, die er so deutlich in diesen ausdrucksstarken Augen erkannte. Er fragte sich jedoch, warum sie so begierig darauf war, zwei Fremden zu helfen, die sie noch vor wenigen Stunden in eine Schlucht hatte stürzen wollen. Und warum war es für die Klannad so gefährlich, das Tal zu verlassen? Diese und viele weitere Fragen gaben Sayyed zu denken. Es war ein Rätsel, bei dem zu viele Teile fehlten.

Nun wurden Fackeln in den Kreis gebracht und das Feuer geschürt. Einige Leute holten ihre Instrumente hervor und spielten Tanzmusik. Wie ihre Sprache, so waren auch die Instrumente der Klannad eine bemerkenswerte Mischung aus Turic und Klan unter Hinzufügung eigener Elemente, und die Musik, die sie spielten, stellte sich als ausgelassener, stampfender Spaß heraus. Die Leute tanzten bis tief in die Nacht und legten nur eine Pause ein, wenn ein Harfner eine Ballade über die weißen Pferde, den Senkfluss oder das Tal sang, das sie ihre Heimat nannten.

Sayyed und Rafnir genossen den Abend und die angenehme Gesellschaft der Felsenbewohner. Doch es war auch ein enttäuschender Abend, denn es gelang ihnen nicht, jemanden nach mehr als dem täglichen Leben zu befragen. Minora war sehr glücklich, über ihre Pflichten im Tempel ihrer Göttin reden zu können, doch sie wich geschickt allen Fragen nach dem Ursprung der weißen Pferde aus und gab auch keine Antwort darauf, warum sie die beiden Männer zu Fortpflanzungszwecken hier behalten wollte. Auch Rapinor war sehr einsilbig hinsichtlich allem außer seinen Pflichten als Schwertkämpfer in den Diensten Helmars. Und wenn die Herrscherin selbst gefragt wurde, antwortete sie meist mit einer Gegenfrage. Sayyed redete mit ihr beinahe eine ganze Stunde über seine Kindheit bei den Turic und seine Entscheidung, sich Gabria anzuschließen. In dieser ganzen Zeit verriet sie nichts über sich selbst.

Schließlich schlug die Anführerin mit dem Griff ihres Schwerts gegen einen Gong, der neben ihrem Sessel stand, und beendete so die Versammlung. Die Leute brachen rasch auf und gingen auf getrennten Wegen zu ihren Häusern. Helma führte Sayyed und Rafnir zu einer Unterkunft, die für sie im Erdgeschoss eines großen Gebäudes hergerichtet worden war, und wünschte ihnen eine gute Nacht.

Als sie endlich allein waren, holte Sayyed tief Luft und stieß sie mit einem heftigen Seufzer wieder aus. »Ich weiß immer noch nicht, wer diese Leute sind«, sagte er gereizt.

Sie fanden Wasserkrüge auf einem Gestell für die abendliche Waschung und Betten mit gewebten Laken vor. Die gepolsterten Matratzen auf den Betten fühlten sich nach vielen Nächten auf dem nackten Boden sehr angenehm an. Rafnir warf sich auf eines der Betten und war bereits eingeschlafen, als Sayyed noch seine Stiefel auszog.

Obwohl Sayyed todmüde war, konnte er nicht sofort einschlafen. Zu viele Dinge gingen ihm durch den Kopf. Er dachte an den Klanmantel, den er früher am Tag verwandelt hatte, und erinnerte sich daran, dass er ihn im Versammlungskreis liegen gelassen hatte. Auf bloßen Füßen ging er still durch die dunklen Straßen zurück zu dem weiten Platz.

Er trat zwischen den Gebäuden hervor – und zog sich sofort wieder in die Schatten zurück. Jemand stand auf dem kreisförmigen Platz vor dem Mantel, den Sayyed neben seinem Sitz abgelegt hatte.

Er starrte die Gestalt an und versuchte zu erkennen, um wen es sich handelte. Die Nacht erfüllte die Felsenstadt mit samtener Dunkelheit, doch hinter den Steinwällen glitzerte ein Vorhang aus zahllosen Sternen in fernem, silbernem Licht. Die Gestalt drehte sich zur Seite und stand nun im Glanz des Nachthimmels, und Sayyed erkannte das schöne, offene Gesicht Helmars. Ganz langsam hob sie den Mantel auf und drückte ihn fest gegen die Brust; dann kam sie auf Sayyed zu. Er presste sich tiefer in die schützenden Schatten, während sie an ihm vorüberging.

Der Zauberer blinzelte überrascht. Einen Augenblick lang war Helmar ihm so nahe gewesen, dass er sie deutlich sehen konnte, und während dieser kurzen Zeitspanne bemerkte er die Tränen in ihren Augen.

Sayyed ging langsam und nachdenklich zu seiner Unterkunft zurück, und als er schließlich in jener Nacht den Schlaf fand, war es Helmars starkes und doch so trauriges und verwundbares Gesicht, das seine Träume erfüllte.

Elf

Kelene drückte sich gegen die Steinwand in größtmöglicher Entfernung von dem Greif. Sie stieß eine heftige und lange Reihe von allerlei Flüchen gegen Zukharas Vorfahren aus. Blut tropfte aus drei langen Kratzern an ihrem Arm, und ein Bluterguss zog sich über die rechte Hälfte ihres Gesichts. Sie starrte den Greif böse an. Er zischte und erwiderte ihren Blick mit gleicher Wildheit.

»Dämliches Federvieh«, murmelte sie. Oder was immer es sonst sein mochte. Kelene war sich noch nicht sicher, ob es sich bei der geflügelten Kreatur um einen Vogel oder ein anderes Tier handelte. Sie musste zugeben, dass es ein sehr schönes Wesen war. Der schmale Kopf, die Flügel und die Hakennase erinnerten sie an einen Adler und ebenso die durchdringenden Jägeraugen sowie das hellgoldene Fell, das verdächtig wie ein Federkleid aussah und den ganzen Körper bedeckte. Die Beine allerdings glichen denen eines Löwen; sie waren von starken Muskeln durchzogen, schlank und von tödlicher Kraft. An den Füßen befanden sich große Pfoten mit rasiermesserscharfen, einziehbaren Krallen. Das Tier hatte einen langen, katzenartigen Schweif und drückte damit seine Stimmungen aus, wie es auch Tams Katze tat. Nun peitschte der Schweif gereizt hin und her, während das Wesen auf dem Boden lag und Kelene anfunkelte. Die mit Haarbüscheln besetzten Ohren hatte es flach an den Kopf gelegt.

»Angst vor ein paar Kratzern?«, hallte Zukharas Stimme durch die Höhle. Sowohl die Frau als auch der Greif schauten hasserfüllt hoch zum Felsvorsprung. Wenigstens das hatten sie gemeinsam, dachte Kelene.

»Das Untier wird dich nicht töten«, rief Zukhara ihr zu. Die Verachtung in seiner lauten Stimme war deutlich zu hören. »Es ist angekettet und bevorzugt dem Geschmack von Pferdefleisch. Nun sind schon zwei Tage vergangen – zwei Tage, in denen deine Mutter im Sterben liegt.«

Kelene sprang auf die Beine und schenkte dem aufgeregten Knurren des Greifs keine Beachtung. »Wie geht es ihr? Lebt sie noch?«, rief sie ängstlich.

»Man kümmert sich um sie«, sagte der Turic knapp. »Und sie ist noch so rege, dass sie mich auch weiterhin in der Zauberei unterrichten kann. Aber dir bleiben nur noch fünf Tage, bis das Gift wirkt.« Er senkte einen Korb zu ihr herab und ging; seine Worte hallten in ihrem Kopf wider.

Fünf Tage, dachte sie entsetzt. Sie war dem Ziel, diesen Greif zu zähmen, seit jenem Tag, an dem Zukhara sie in diese Grotte gesperrt hatte, keinen Schritt näher gekommen. Grimmig dachte sie, dass die Gesellschaft eines wilden Greifs Zukharas Gesellschaft bei weitem vorzuziehen war.

Sie packte das Essen und einen Wasserschlauch aus dem Korb. Er wollte offenbar nicht, dass sie Hunger litt. Diese Köstlichkeiten würden für mindestens einen weiteren Tag reichen, und der Schlauch war prall mit demselben Fruchtsaft gefüllt, den er ihr schon früher gegeben hatte. Sie zog die Nase über dem süßen Geruch kraus. Möglicherweise hatte er das Getränk mit seiner Hebammenmedizin angereichert. Einen Moment zögerte sie und dachte an ihren Wunsch, ein Kind zu haben. Wenn diese Medizin wirkte, war es dann nicht alle Anstrengungen wert? Konnte sie sich nur auf Glück und Geschick verlassen, damit diese sie vom Bett des Ratgebers fern hielten? Doch dann verwandelte sie beinahe wütend den Saft in Wasser. Sie wünschte sich verzweifelt ein Kind, aber es sollte Rafnirs Kind sein und nicht eines, das in Hass und Betrug empfangen wurde.

Nachdem sie gegessen hatte, packte sie die Überreste in den Korb, stand auf und streckte sich unter dem aufmerksamen Blick des Greifs. Bei ihren Bewegungen fiel etwas aus ihrem Rock auf den Boden. Sie hob es auf und erkannte den Stoffballen, mit dem sie das Beruhigungsmittel von Demiras Lende gerieben hatte. Drei Tage lang hatte er vergessen in ihrem Rockband gesteckt. Sie war neugierig darauf, ob die Salbe noch feucht war, und entfaltete den Stoff. Der schwache Arzneigeruch drang ihr in die Nase. Das ölige Mittel war durch alle Schichten des Stoffs gedrungen. Kelene grinste. Wenn es nicht heruntergefallen wäre, hätte es sie möglicherweise selbst betäubt.

Sie faltete den Stoff wieder zusammen, wickelte ihn in ein anderes Stück ihres zerfetzten Hemds und steckte ihn zurück in sein Versteck. Unglücklicherweise reichte das Mittel nicht aus, um den Greif zu betäuben. Er war größer als ein Hunnuli und wog vermutlich doppelt so viel.

Aber sie hatte andere Waffen gegen das Untier. Kelene krempelte die Ärmel hoch. Sie hatte in der Gegenwart des Greifs bisher nur ein paar kleinere Zaubersprüche benutzt, da sie Angst hatte, ihn noch stärker zu verletzen oder hoffnungslos zu verängstigen. Alles, was sie für ihre freundliche Sorge erhalten hatte, waren Kratzer, Blutergüsse und knurrende Verachtung. Aber die Zeit war inzwischen zu kostbar geworden, um weiterhin sanft mit diesem Wesen umzugehen! Sie durfte sich nicht mehr um seine Empfindlichkeiten kümmern.

Kelene erinnerte sich an das Handbuch Jeneves, und vor ihrem geistigen Auge stellte sie sich die Seite vor, die sie benötigte und auf welcher die Worte geschrieben standen, die lebende Wesen lähmten. Sie wirkte diesen Zauber und entfesselte ihn. Der Greif wurde mitten in der Bewegung getroffen und bemerkte nicht einmal, was ihn da befallen hatte. Er konnte noch atmen, und in seinem Blick glühten Angst und Zorn hell auf, doch er regte sich nicht mehr, als sich Kelene ihm näherte.

Sanft und freundlich redete sie mit dem Greif, um ihm die Angst zu nehmen. Sie berührte ihn noch nicht; sie ging nur um das Wesen herum und stellte das genaue Ausmaß seiner Verletzungen fest. Glücklicherweise waren die meisten Wunden nur Kratzer und Risse, die von selbst heilen würden. Lediglich eine tiefe Abschürfung am linken Hinterbein wirkte geschwollen und vereitert.

Kelene holte ihren Heilerbeutel und das Wasser, das noch in dem Schlauch übrig geblieben war. In der ersten Nacht, in welcher Zukhara sie mit dem Greif eingesperrt hatte, war er so zuvorkommend gewesen, ihr den Heilerbeutel zurückzugeben, frische Kleider zur Verfügung zu stellen und eine Pritsche zu ihrer Bequemlichkeit aufzustellen. Kelene hatte die neuen Kleider nicht beachtet; sie zog ihre eigenen schmutzigen und zerrissenen der neuen Seidenbluse und dem auf Taille geschnittenen Umhang vor, die Zukhara ihr gegeben hatte. Nun jedoch fand sie Verwendung dafür. Mit großer Freude riss Kelene sie in Fetzen; sie würden als Verband für den Greif dienen. Sie legte sich einige Fläschchen mit Arzneien, eine Wasserschüssel und die Bandagen zurecht. Als sie damit fertig war, holte sie tief Luft. Der Greif rollte die großen Augen zu ihr herüber und schien über seine Lähmung entsetzt zu sein. Kelene legte die Hand sanft auf die Flanke des Greifs, schloss die Augen, lenkte ihre Gabe des Fühlens den Arm hinab und tastete sich mit ihren Gedanken in den Körper des Wesens hinein.

Die Empfindungen des Greifs brachen wild, heiß und wütend über ihr zusammen. Sie keuchte unter der schieren Macht seiner Persönlichkeit auf. Sofort begriff sie, dass der Greif weiblich, jung, kaum im gebärfähigen Alter und vom Zorn über seine Gefangenschaft verzehrt war. Kelene spürte den Stachel des Misstrauens und hellrote Wellen tierischer Furcht. Sie drang tiefer und bahnte sich ihren Weg mit stillen Gedanken und Gefühlen der Sorge bis ins Innerste des Greifs.

Ganz zart berührte Kelene mit ihrem Geist den der Kreatur. *Entspann dich, Mädchen*, sagte sie stumm und freundlich. *Wir stecken beide in einer unangenehmen Lage. Wir sollten einander helfen.* Sie wusste nicht, ob das goldene Tier klug genug war, ihre Gedanken und den Wert der Zusammenarbeit zu begreifen, aber es war einen Versuch wert.

Zu ihrer großen Erleichterung wurden die lebhaften, verworrenen Gefühle des Greifs ruhiger und machten stilleren Wellen vorsichtiger Neugier Platz.

Ich werde dir nicht wehtun, fuhr Kelene fort. *Ich will nur deine Verletzungen behandeln.*

Während sie mit ihren Gedanken weiterhin den Geist des Greifs berührte, säuberte sie vorsichtig die entzündete Wunde. Geschickt legte sie Salbe auf, verband das Bein und streichelte die ganze Zeit über die Kreatur mit ihren geistigen Kräften.

Als sie mit der Wunde fertig war, fügte sie noch einen weiteren Gedanken hinzu, bevor sie das Band durchtrennte. *Ich bin eine Gefangene wie du, und wie du muss ich diesem Mann dienen. Wenn du mir hilfst, werde ich dir helfen, deine Freiheit zurückzugewinnen.* Mit diesen Worten zog sie sich aus dem Geist des Tiers zurück und hob den Lähmungszauber auf.

Der Greif schüttelte sich und knurrte Kelene gereizt an, doch obwohl sie in Reichweite der mächtigen Pfoten stand, setzte sich der Greif, ringelte den Schweif um die Füße und betrachtete die Zauberin mit Adleraugen.

»Denk darüber nach«, sagte Kelene laut und kehrte zu ihrer Pritsche zurück, weil sie dem Tier Ruhe verschaffen wollte. Würde der Greif zustimmen und sich von ihr helfen lassen? Sie wusste es nicht und war zu müde, um lange darüber nachzudenken. Obwohl Kelene es nicht wollte, fiel sie rasch in einen tiefen Schlaf.

Das Brummen des Greifs weckte sie in der Dunkelheit. Unter dem unheimlichen Geräusch schoss sie hoch. Das Zauberlicht, das sie üblicherweise brennen ließ, war erloschen, während sie geschlafen hatte, so dass die Höhle nun in undurchdringliche Schwärze getaucht war. Der Greif knurrte erneut; es war ein tiefes Geräusch voller Drohung. Die Ketten rasselten in der Finsternis.

Kelene hob die Hand und wollte das Licht wieder entzünden, als plötzlich eine kleine Handlaterne aufloderte und eine Tür beleuchtete, die sie bisher nicht bemerkt hatte. Die Steintür, die geschickt in der Höhlenwand verborgen war, schloss sich knirschend hinter Ratgeber Zukhara. Er stellte die Lampe auf einen Sims und ging auf Kelenes Pritsche zu. Misstrauisch sprang sie auf die Beine.

»Ich habe dich und deine Fortschritte mit dem Greif beobachtet. Er ist beinahe bereit.« Kelene erwiderte nichts darauf und beobachtete, wie er näher kam. Eine Armeslänge vor ihr blieb er stehen und sah sie von Kopf bis Fuß an. »Du trägst nicht die Kleidung, die ich für dich ausgesucht habe«, sagte er gleichmütig.

»Ich hatte eine andere Verwendung dafür«, entgegnete Kelene. Nervös wich sie zurück. Sie war sich allzu deutlich der Tatsache bewusst, dass Zukhara nur eine locker fallende, über der Brust offen stehende Robe und seinen elfenbeinernen Wächter trug. Sie tat so, als wolle sie fortlaufen, griff bei dieser heftigen Bewegung in ihr Rockband und holte das Tuch hervor.

Zukhara sprang auf sie zu. Er schloss die Hände um ihre Schultern, und sie verlor das Gleichgewicht. Ihr Hemd riss im Rücken. Halb zerrte er sie, halb hob er sie auf die Pritsche und drückte sie mit dem Gewicht seines ausgestreckten Körpers gegen das Laken. Kelene lag keuchend und mit wildem Blick unter ihm. Sie kämpfte gegen seine Zudringlichkeit an, und während sie ihn von sich zu stoßen versuchte, drückte sie den Stofffetzen mit dem öligen Betäubungsmittel gegen seinen Oberarm.

Damit sie seine ganze Aufmerksamkeit hatte, kreischte sie, kämpfte gegen ihn an und betete, das Mittel möge wirken. Sie spürte, wie die Leidenschaft in einer schweren, widerlichen Aura aus ihm strömte, und versperrte verzweifelt ihren Geist vor seiner Berührung, denn sie hatte Angst, dass sein Verlangen sie übermannen könnte.

Zukhara drückte ihr die Hand auf den Mund und erstickte ihre Schreie. In der plötzlichen Stille hörte sie, wie der Greif gegen seine Ketten ankämpfte. Das Grollen des Tiers schwoll zu einem markerschütternden Brüllen an, das sich am Deckengewölbe der Höhle brach.

Zukhara hörte es und war begeistert. »Heute Nacht, meine Erwählte, vollziehen wir unsere Vereinigung in der Gegenwart des heiligen Greifs.« Kelene regte sich nicht mehr. Ihr Gesicht war weiß wie Marmor, und sie hielt noch immer die Finger um seine Arme geklammert. »Du bist wie der Greif«, sagte er zu ihr. »Ungezähmt, wild und stolz. Darauf habe ich lange gewartet.«

Kelene hob die Brauen. Schien die Stimme nicht bei den letzten Worten undeutlich zu werden? Als sie gerade darüber nachdachte, rollte Zukhara die Augen nach oben und brach über ihr zusammen. Nun existierte er für die Welt nicht mehr.

Die Zauberin drückte ihn dankbar von sich. Sie wickelte den Fetzen wieder ein und grinste. Das Betäubungsmittel war in der Tat äußerst wirksam. Sie hatte keine Ahnung, wie lange es vorhielt, also machte sie sich rasch an die Arbeit. Zuerst untersuchte sie die Steintür, doch wie Kelene befürchtet hatte, war sie durch einen mächtigen Zauber versperrt. Aber Kelene war sich nicht sicher, ob sie überhaupt fliehen wollte. Sie hatte kein Gegenmittel für Gabria und wusste nicht, wo sich ihre Mutter und Nara befanden. Sie kannte nicht einmal den Weg hinaus. Außerdem wollte sie Zukhara aus denselben Gründen jetzt noch nicht töten. Es würde eine bessere Gelegenheit zur Flucht kommen – eine Gelegenheit, bei der sie vielleicht auch den Greif befreien konnte. Daher entschied sie sich, bis auf Weiteres so zu tun, als füge sie sich Zukharas Plänen. Soll der Mann doch glauben, er sei erfolgreich gewesen, dachte sie grimmig. Vielleicht ließ er sie dann für eine Weile in Ruhe.

Sie legte ein Laken beiseite, zerknüllte das zweite, damit es aussah, als habe sich jemand heftig darauf bewegt, und legte dann den langen Körper des Turic auf das Bett. Sie ertastete den elfenbeinernen Wächter, zog ihn hervor und kniete sich auf ihn, bis es knackte. Der Riss würde die Wirksamkeit des Wächters dämpfen, und wenn alles gut ging, erkannte Zukhara den Schaden zu spät. Sie zog ihm die Robe aus, wobei sie vor Ekel den Blick abwandte, und warf sie auf einen Haufen mit ihrer eigenen zerrissenen und schmutzigen Kleidung. Dann verwandelte sie das beiseite gelegte Laken in eine Reithose und ein dickes, warmes Hemd ähnlich dem, welches sie vorher getragen hatte.

Sie sah sich nach einem Platz um, wo sie sich in größtmöglicher Entfernung von Zukhara niederlegen konnte, und bemerkte erstaunt, dass der Greif sie von seiner gespannten Kette aus mit ruhigen, freundlichen Augen beobachtete. Tatsächlich schnurrte er sogar. Kelene ging zu dem Geschöpf hinüber und wartete darauf, dass sich die aufgestellten Ohren flach an den Schädel schmiegten, doch der Greif legte sich bloß auf die Seite, als ob er Kelene in seine Nähe einladen wolle. Sie vergaß jede Vorsicht, kuschelte sich an die warme, federig pelzige Flanke des Greifs und wartete darauf, dass Zukhara aufwachte.

Sie musste nicht lange warten. Das Betäubungsmittel war nicht mehr frisch, und es hatte sich nicht viel davon auf dem Fetzen befunden. Nach einigen Minuten regte sich Zukhara und richtete sich benommen auf. Er sah sich nach Kelene um. Sie schmiegte sich enger an die Flanke des Greifs und tat ihr Bestes, um wie ein missbrauchtes Mädchen auszusehen. Der Blick des Turic wanderte von ihm selbst zum Bett, dann zu den Kleidern und schließlich zu Kelenes verängstigtem Gesicht. Sie freute sich über die Verwirrung in den dunklen Augen des Mannes. Nun stand er auf, zog seine Robe an und ging auf Kelene zu. Der Greif legte die buschigen Ohren an und brummte so warnend, dass Zukhara stehen blieb.

Höhnisch hob er eine Braue. »Ich sehe, du hast das Biest gezähmt«, sagte er zu Kelene.

»Sie und ich haben etwas gemeinsam«, gab Kelene zurück.

»Sie? Das habe ich nicht gewusst.« Er lächelte erfreut. »Wie passend.«

»Ich hatte geglaubt, die Greife seien ausgestorben«, sagte sie und versuchte, den betroffenen Ton in ihrer Stimme beizubehalten und über alles Mögliche außer dem zu reden, was *nicht* zwischen ihnen vorgefallen war.

Sie sorgte sich umsonst. Zukharas Stolz ließ es einfach nicht zu, dass er zugab, sich an nichts erinnern zu können. Dankbar ging er auf das Gespräch ein, in dem er seine Selbstsicherheit und Autorität unter Beweis stellen konnte. »Meine Jäger hatten ein winziges Rudel so tief in den Bergen aufgespürt, dass es Tage gedauert hat, bis sie näher herankommen konnten.«

Kelene bemerkte, dass der Greif ihnen aufmerksam zuhörte, und sie fragte sich, wie viel das Tier wohl verstehen mochte. »Sind die übrigen noch dort?«

»Soweit ich weiß, ja. Ich habe nur diesen einen genommen.«

»Aber warum? Was nützt dir dieses Tier?«

»Du kennst dich in der turischen Religion nicht aus«, meinte er verächtlich, »denn sonst würdest du es verstehen. Die Greife sind die heiligen Boten des Propheten Sargun. In unseren alten Geschichten war es ein Greif, der den Propheten aus dem Gefängnis befreite und ihn nach Hause trug. Der Greif ist für mein Volk ein mächtiges Symbol, und dieser hier wird die Vorhut meines Eroberungszuges sein. Wenn er herbeifliegt, werden die Leute wissen, dass meine Heerscharen vom Lebendigen Gott gesegnet wurden, und sie werden sich mir unterwerfen.«

Kelene nickte lediglich. Sie hatte es aufgegeben, von den gewaltigen Plänen dieses Mannes überrascht zu sein. »Und wenn du mit diesem Greif fertig bist, wirst du ihn dann gehen lassen?«

Zukhara verzog den Mund zu einem kalten Lächeln. »Wenn ich fertig bin, kann er gehen, wohin er will.« Er verneigte sich leicht vor beiden. »Ich wünsche dir noch einen guten Tag, meine Dienerin. Bleib bei dem Greif, und stelle sicher, dass er dir auf deinen Ruf hin folgt. Morgen werden wir nach Cangora aufbrechen.«

Kelene sprang auf die Beine. »Und meine Mutter?«

»Sie kommt mit uns.« Er lachte und wandte sich um. »Und auch das Gegenmittel.« Er löschte seine Lampe und ließ Kelene und den Greif in der Dunkelheit zurück. Die Tür schloss sich mit einem dumpfen Knall.

*

Die Klannad traten auf der Wiese am Fuß der Felsensiedlung an. Fünfzig Krieger und Kriegerinnen, für eine Schlacht gerüstet und gekleidet, bestiegen ihre weißen Pferde und reihten sich hinter der Standarte ihrer Anführerin ein. Sayyed und Rafnir wunderten sich auf ihren Hunnuli über die Schönheit und Geschicklichkeit der Klannad-Pferde. Außer einfachen Sattelpolstern trugen die Pferde keinerlei Zaumzeug, doch sie gehorchten ihren Reitern so gut wie jedes Hunnuli.

Sobald die Reihen angetreten waren, hob Helmar die behandschuhte Faust. An diesem Morgen ritt sie ihre sternenfarbene Stute und trug eine silberne Rüstung, die wie Wasser in dem perlgleichen Licht schimmerte. Ihr helles rotes Haar hing unter dem Helm in einem schweren Zopf herab und baumelte über der Schulter. Bogen und Köcher hatte sie auf den Rücken geschnallt. Sie stieß einen durchdringenden Schrei aus, der durch das Tal hallte. In der Stadt über ihnen riefen und winkten all jene, die zu Hause blieben, zum Abschied.

Die Truppe setzte sich talabwärts in Bewegung und formierte sich in einer langen Reihe, als sie die Pforte erreichte. Einer nach dem anderen ritten sie durch den engen Spalt und bahnten sich ihren Weg durch die zerklüftete Schlucht neben dem gurgelnden Bach.

Selbst im Licht eines sonnigen Frühlingstags war das Vorwärtskommen mühsam. Es war schon beinahe Mittag, als die Truppe bei der hohen, seltsamen Gesichtersäule ankam, die den kaum sichtbaren Pfad bewachte.

»Weißt du etwas über diese Statue?«, fragte Rafnir den Reiter neben ihm.

Der Mann sah die Säule von oben bis unten an und grinste. »Diese Dinge gab es schon lange vor uns in den Bergen. Aber diese Säule stand ursprünglich viele Meilen entfernt. Mein Großvater hat dabei geholfen, sie hierher zu bringen und als Wächter der Pforte aufzustellen. Die hiesigen Hirten haben Angst davor und bleiben von dem Tal fern.«

Die Klanmänner erwarteten, den ganzen Nachmittag hindurch zu reisen. Die Luft war klar und mild, der Boden trocknete allmählich, und die Reise war angenehm. Doch als der letzte Klannad den Ahnenstamm erreicht hatte, ritten sie zu Rafnirs und Sayyeds Erstaunen nicht weiter. Helmar führte ihre Reiter in den Schutz eines dichten Baumstreifens und befahl abzusitzen.

Als Sayyed den Grund dafür erfahren wollte, sagte sie: »Wir reisen immer nur nachts. Nur deshalb sind wir so früh aufgebrochen, weil wir die Schlucht bei Tageslicht durchqueren wollten. Aber jetzt befinden wir uns außerhalb unseres eigenen Gebiets. Die Pferde können sich ausruhen; wir werden erst nach Anbruch der Nacht weiterreiten.«

Sayyed und Rafnir blieb nichts anderes übrig, als ihre Ungeduld zu bezähmen und zu warten. Den Hengsten schien die Pause nicht ungelegen zu kommen. Sayyed bemerkte, dass Afer und Tibor die weißen Pferde sehr mochten und ihre Gesellschaft offenbar äußerst angenehm fanden. Als er die beiden Hengste jedoch danach befragte, erhielt er keine klare Antwort.

Sayyed kratzte sich am Bart und versuchte sich zu entspannen. Der Nachmittag schlich dahin, während die Pferde friedlich grasten, die Krieger dösten und die Insekten im Gebüsch brummten. Sayyed holte seinen Tulwar und den besonderen Stein hervor, mit dem er die Waffe zu schärfen pflegte. Er fuhr mit dem Stein sanft über die gekrümmte Klinge. Nach einigen Streichen spürte er ein Prickeln im Nacken, das er immer bekam, wenn er beobachtet wurde. Er sah auf und begegnete Helmars eindringlichem Blick. In ihren Augen glitzerte es grün und tief wie Sonnenlicht im unergründlichen Wasser. Sie hielt seinem Blick neugierig stand.

»Bist du mit der Klinge so geschickt wie in der Magie?«, fragte sie mit leichtem Spott in der Stimme.

Er hob eine Braue und arbeitete weiter. »Ihr habt nur einen einzigen Zauber von mir gesehen, also könnt Ihr nicht wissen, ob ich gut bin oder nicht.«

Neben der Anführerin lag Hydan flach auf dem Rücken und kicherte bei dieser Bemerkung in sich hinein.

»Wenn die Hälfte von dem stimmt, was du uns erzählt hast, dann musst du einer der besten Zauberer in den Klanen sein«, sagte sie.

»Das ist er«, warf Rafnir von seinem Platz neben einem Baumstamm ein.

Sayyed entfuhr ein zischender Laut der Belustigung. »Alles, was ich Euch erzählt habe, ist wahr«, sagte er knapp. »Und nun sagt mir die Wahrheit. Woher kommt Euer Volk?«

»Aus einer Gegend hinter den Bergen.« Sie zuckte die Achseln. »Wir leben schon seit Generationen im heiligen Tal.«

»Warum habt Ihr uns gerettet, als Ihr erfuhrt, dass wir Zauberer sind?«

»Ihr habt euch selbst gerettet. Mit Zauberern soll man nicht streiten.«

»Wo habt ihr die Klansprache erlernt?«, brummte er.

»Wir wussten nicht, dass es die Sprache der Klane ist, bis ihr es uns gesagt habt.«

Verärgert legte Sayyed den Stein beiseite. Er fühlte sich, als laufe er mit jeder Frage gegen eine Wand. Entweder besaß dieses Volk nur eine schwache mündliche Überlieferung, oder es interessierte sich nicht für seine Vorfahren, oder – was Sayyed eher zu glauben geneigt war – es verbarg ein Geheimnis, das es noch nicht mitteilen wollte.

Er steckte den Tulwar zurück in die Scheide, lehnte sich gegen einen Baum, schloss die Augen und beendete damit das Gespräch. Die Klannad würden ihre Geheimnisse schon mitteilen, wenn sie die Zeit dafür gekommen hielten, und bis dahin musste er sich gedulden.

Als die Nacht hereinbrach, aßen die Soldaten ein kaltes Mahl und machten sich wieder auf den Weg über die Berghänge zu dem Gebirgspfad, von dem Sayyed und Rafnir im Sturm abgekommen waren. Die beiden Zauberer mussten bald zugeben, dass die Klannad-Krieger gute Nachtreiter und ihre Pferde scharfäugig und wendig waren. Aber die Dunkelheit verbarg Einzelheiten, ließ alle Farben verblassen und machte die Welt zu einem Schatten. Selbst der geübteste Reisende wurde bei Nacht und auf heimtückischen Pfaden in der Wildnis der Bergwelt langsamer. Noch schlimmer war der Umstand, dass der schwere Sturmregen vor zwei Nächten den Pfad, dem sie zu folgen versuchten, an vielen Stellen ausgewaschen hatte. Ein großer, schlammiger Erdrutsch blockierte eine Abkürzung, die sie nehmen wollten, und zwang sie zu einem langen Umweg aus dem Tal hinaus und über einen hohen, heiklen Grat, bevor sie wieder auf die Wagenspuren stießen. Am Morgen waren sie müde, verschlammt und immer noch meilenweit von der Festung entfernt.

Als das Tageslicht den östlichen Horizont in flammende Farben tauchte, sahen sich die Klannad nach einem geschützten Rastplatz für den Tag um. Sayyed trieb Afer an Helmars Stute heran. »Wir können jetzt nicht anhalten«, sagte er offen heraus. »Gabria und Kelene sind vermutlich schon seit drei Tagen in der Festung. Wir müssen sie befreien!«

»Das werden wir«, erwiderte Helmar. »Aber die Pferde brauchen eine Pause, und wir …«

»… reisen nicht bei Tageslicht, ich weiß«, schnitt er ihr das Wort ab. »Aber wir dürfen keine Zeit mehr verlieren.«

»Ich werde meine Leute nicht in Gefahr bringen, nur weil …«

»Was ist denn *das*?«, rief Hydan.

Alle Blicke richteten sich auf den heller werdenden Himmel und entdeckten etwas Großes und Dunkles, das auf sie zuflog. Ein Schatten, schnell wie eine Gewitterwolke, schnellte aus der Dämmerung und glitt über sie hinweg. Die weißen Pferde wieherten warnend.

Instinktiv griff Hydan nach seinem Bogen, legte einen Pfeil ein, hob die Waffe und spannte sie.

»Nein!«, brüllte Rafnir.

Tibor sprang vor und rammte Hydans Pferd. Der Bogen senkte sich, doch Hydan ließ die Sehne los, und der Pfeil schwirrte zischend in die Gruppe um Helmar.

In derselben Sekunde erreichte der Luftzug von gewaltigen Schwingen die Gruppe und änderte die Flugbahn des Geschosses noch einmal. *Ich habe euch gefunden!*, trompetete eine Hunnuli-Stimme.

»Demira!«, rief Sayyed voller Freude. Im selben Augenblick drang ihm der Pfeil in Arm und Seite. Verblüfft sah er auf den Schaft hinunter, der ihm den Arm gegen die Rippen geheftet hatte, und ein schwaches Lächeln kräuselte seine Lippen. »Ich habe doch gewusst, dass ich in Moy Tura hätte bleiben sollen«, sagte er und sank von Afer auf den schlammigen Boden

Entsetzt sprangen Helmar, Hydan und Rafnir von ihren Reittieren und eilten Sayyed zu Hilfe. Während Tibor freudig Demira begrüßte, trugen die Krieger den Zauberer in den Schutz eines Wäldchens und legten ihn auf den Mantel, den Helmar ihm zurückgegeben hatte. Nun stand fest, dass sie nicht weiterreiten konnten.

Helmar erteilte knappe Befehle an ihre Reiter, und in wenigen Augenblicken hatten sich alle Männer und Pferde in verschiedene Wäldchen zerstreut. Einer der Männer war Heiler, und unter seinen Anweisungen zogen Helmar und Rafnir den Pfeil aus Sayyeds Arm. Glücklicherweise stellte sich dies als leicht heraus, denn der Pfeil hatte nur einen Muskel am hinteren Teil des Oberarms durchbohrt. Die Schwierigkeit bestand jedoch darin, die Pfeilspitze aus den Rippen zu entfernen. Demiras Schwingen hatten ihm vermutlich das Leben gerettet, indem sie den Pfeil verlangsamt hatten, doch er war noch mit so großer Kraft eingedrungen, dass er sich in den Knochen eingegraben hatte. Es dauerte lange, bis sie die Haut aufgeschnitten, den Pfeil herausgezogen und die Wunde vernäht hatten. Helmar und der Heiler versuchten sanft zu sein, doch als sie endlich fertig waren, war Sayyed schweißnass und völlig erschöpft. Er ergriff Helmars Hand und sank dankbar in einen Heilschlaf.

Die Anführerin starrte hinunter auf seine Hand, die noch sehr schmutzig war, weil er sich in seinen Schmerzen in die Erde verkrallt hatte, und sie schloss die Finger fester um sie.

Afer berührte sie sanft mit der Nase. *Er wird es überstehen.*

»Ich weiß«, murmelte sie.

Rafnir blickte sie scharf an. »Wie bitte?«

Sie brachte sich neben dem Klanmann in eine bequemere Lage, ließ aber seine Hand nicht los und seufzte: »Ich habe nur mit mir selbst geredet.«

Der Schlaf, die Heilersalben und ein warmes Essen hatten Sayyeds Kräfte bald wieder hergestellt. Sobald er stehen konnte, ohne dass ihm schwindlig wurde, bestand er darauf, Demira zu begrüßen. Er freute sich sehr über ihr Erscheinen. Die Stute bestätigte, dass sich Kelene und Gabria in Zukharas Festung befanden, und teilte den Männern in knappen Worten alles mit, was sie wusste.

»Vergiftet!«, rief Sayyed wütend. »Bist du sicher?«

Das hat zumindest Kelene gesagt, erwiderte Demira. *Sie war sicher, dass jemand sie suchen würde, und hat mich deshalb losgeschickt.* Ihre geistige Stimme klang sorgenschwer. *Ich habe überall in diesen Bergen nach euch gesucht!*

Rafnir schlang die Arme um ihren Hals; das war ihr der schönste Dank.

Die Truppe verließ in der folgenden Nacht das Wäldchen auf Sayyeds beharrlichen Wunsch, doch der Blutverlust hatte ihn mehr geschwächt, als er für möglich gehalten hätte, und er konnte nur wenige Stunden reiten. Am dritten Tag hielten sie wieder im Wald an; nun befanden sie sich nur noch wenige Meilen von der Festung entfernt. Sayyed war zu müde, um etwas dagegen einzuwenden. Obwohl ihn seine Ungeduld vorwärts trieb, wollte ihm sein Körper nicht mehr gehorchen. Die Wunde am Arm verheilte gut, doch der Ritt zerrte an den Nähten in seiner Seite. Blut quoll unter dem Verband hervor, und die Wunde war rot und geschwollen. Sayyed wusste, dass er Gabria und Kelene nicht von Nutzen war, wenn er nicht zu Kräften kam; also aß er tüchtig, schluckte einen Trank, den der Heiler zusammengebraut hatte, und ging ohne Protest schlafen.

In der nächsten Nacht erklomm die Truppe kurz nach Mitternacht einen felsigen Hügel und ritt dahinter in eine steile Schlucht ein. Auf einer Hochebene, welche die Schlucht überblickte, sahen sie deutlich die Umrisse einiger gedrungener Türme und die hohen Steinmauern einer Festung. An der einen Seite der Burg fiel der Fels senkrecht bis zum Boden der Schlucht ab; an der anderen Seite wand sich eine schwach erkennbare Straße den Hang bis zum Burgtor hoch.

»Gute Götter«, keuchte Rafnir. »Wie sollen wir denn da hineinkommen?«

»Durch die Vordertür«, brummte Sayyed.

Er beriet sich mehrere Minuten lang mit Helmar. Als sie sich einig geworden waren, stiegen die Klannad-Reiter ab. Still und beinahe unsichtbar schlichen die Krieger die Straße zur Festung hinauf. Demira unterdrückte ihre Angst vor nächtlichen Flügen und unternahm einen Aufklärungsflug über der Festung.

Sie ist nur schwach bewacht, berichtete sie bei ihrer Rückkehr. *Und sie passen nicht sehr gut auf.*

Sayyed und Rafnir sahen dem sinkenden Mond zu und gaben Helmar und ihren Kriegern eine weitere halbe Stunde; dann ritt Sayyed mit Afer offen die Straße hinauf und auf die Festungstore zu. Rafnir bestieg Demira, und sie erhob sich in die Finsternis.

Demira hatte Recht gehabt; die Wachen waren in dieser Nacht sehr nachlässig. Sayyed hatte die Hochebene und das Tor fast erreicht, als ihm endlich eine Stimme befahl anzuhalten.

Sayyed erwiderte auf Turic: »Ich habe Botschaften für den obersten Ratgeber Zukhara.«

»Nicht heute Nacht«, brummte eine Stimme auf der Mauer.

Sayyed warf einen Blick über die Schulter auf den dunklen, felsgesäumten Rand der Straße. Ein kleiner Blitz, der Widerschein des Mondlichts auf einer Dolchklinge, zeigte ihm, dass Helmar bereit war.

»Ich bedaure, aber ich muss sofort mit ihm sprechen«, sagte Sayyed unwirsch. Er hob den gesunden Arm und feuerte einen gewaltigen magischen Blitz auf das hölzerne Tor. Zu seinem großen Erstaunen drang die Magie in das Holz ein und verflog. Der Eingang wurde von magischen Wächtern geschützt!

Diese zauberische Verteidigung erstaunte Sayyed so sehr, dass er das Tor mit großen Augen anstarrte. Rufe hallten von den Mauern wider, und Schritte tappten über die Wehrgänge. Der Zauberer hatte die Wächter überraschen wollen, doch er hatte sie bloß alle aufgeweckt. Er versuchte es noch einmal mit einem mächtigeren Blitz. Das Tor erzitterte unter ihm und wurde gegen den Stein gedrückt, aber die Wächter waren neu und stark und hielten.

Sayyed holte tief Luft. Er war schwächer, als er geglaubt hatte, und allmählich befürchtete er, dass er dieses Tor nicht aufbrechen konnte. Als ob Afer seine Gedanken gelesen hätte, wieherte der große Hengst los. Jemand huschte neben das Hunnuli.

»Versuch es noch einmal«, rief Helmar dem Klanmann zu.

Er zog so viel Magie in sich zusammen, wie er wagte, bildete daraus einen explosiven Zauber und schoss ihn durch die Handfläche ab. Bevor er Atem holen konnte, folgte ein zweiter Blitz dem ersten durch die nächtliche Schwärze und schlug knapp hinter seinem eigenen in das Portal ein. Die Wächter zersprangen mit einem Donnerschlag, und das hölzerne Tor brach in sich zusammen.

Die Klannad-Krieger stürmten mit erhobenen Schwertern vor und stimmten ihr Schlachtgeschrei an. Demira landete hinter den Mauern auf einem gepflasterten Platz, und Rafnir sprang während der allgemeinen Verwirrung in die Halle und suchte nach den Frauen.

Sayyed sah auf Helmar herunter und war zu verblüfft, um etwas sagen zu können.

Sie lächelte ihn an. »Wenn du kein Halbblut wärst, wüsstest du vielleicht, dass ›Klannad‹ ein uraltes Klanwort für ›Familie‹ ist.«

»Eure Vorfahren waren Klanleute?«, fragte er verständnislos.

»Vor langer, langer Zeit ...«

»Aber ihr habt keinen Splitter.«

»Es gibt keine mehr«, erwiderte Helmar mit einem Schulterzucken. Sie berührte sein rechtes Handgelenk, in dem der Splitter unter dem Ärmel glühte; dann riss sie sich von ihm los, rannte zu ihren Kriegern und stand ihnen im Kampf um das Tor bei.

Die Garnison war unterbesetzt und nicht vorbereitet auf eine Schlacht mit Zauberern und Schwertkämpfern, die aus dem Nichts auftauchten, daher ergab sie sich rasch. Als Sayyed und Helmar den Angriff beendeten und die Gefangenen zusammentrieben, kam Rafnir aufgebracht aus der Halle gelaufen. »Sie sind fort!«, rief er wütend.

Sayyed wandte sich an den Kommandanten der Festung. »Wo ist Zukhara? Wo sind die Frauen, die er bei sich hatte?«

Der Turic warf sich vor Stolz auf seinen Herrn in die Brust. »Der Greif fliegt, und Lord Zukhara ist losgeritten, um seinen Thron einzufordern.«

»Er ist ... was?««, fragte Helmar verwirrt. Sayyed hatte die gegenwärtigen Unruhen im turischen Reich nicht in allen Einzelheiten erläutert. Er war davon ausgegangen, dass die Klannad Bescheid wussten.

»Lord Zukhara ist heute Morgen zusammen mit den Zauberinnen aufgebrochen«, erklärte der Soldat, als spreche er mit einem Einfältigen. »Bald wird er seine Heere sammeln und nach Cangora marschieren.«

Zwölf

»Ein Tag!«, rief Rafnir bedrückt. »Wir haben sie um einen Tag verpasst!« Er lief in der Halle der Bergfestung auf und ab und schlug jedes Mal, wenn er an einem Schild vorbeikam, mit der Faust dagegen. Es war ein großer Schild, der als Schmuck an der Wand hing und bei jedem Treffer ein befriedigendes Scheppern von sich gab. »Warum können wir nicht sofort aufbrechen?«, wollte der junge Mann wissen. »Die Hunnuli könnten ihre Pferde rasch einholen.«

Er erhielt nicht sofort eine Antwort. Sein Vater, Helmar, Rapinor, Hydan und einige andere Krieger saßen um einen langen Tisch vor einem lodernden Feuer. Eine Karte des turischen Reiches, die der Garnisonskommandant in einer Vorratstruhe entdeckt hatte, lag inmitten von Flaschen, Krügen und Tellern ausgebreitet auf dem Tisch. Der Rest der Truppe ruhte sich aus, kümmerte sich um die Pferde oder durchsuchte die Räume der Burg nach Vorräten. Die gesamte Festungsgarnison schmorte in den Verliesen.

Mitternacht war schon seit etlichen Stunden vorüber, und bald würde die Morgendämmerung die Straße erhellen, doch Sayyed machte keine Anstalten, aus seinem Sessel aufzustehen. Nun waren so viele Kräfte in Bewegung, dass man nichts überstürzen durfte. Er brauchte Zeit zum Nachdenken. Er hatte Helmar und ihren Männern bereits in allen Einzelheiten erklärt, was am Ratsfelsen und später in der Karawane geschehen war.

Sie waren von den Geschehnissen unangenehm berührt. Doch trotz ihrer Besorgnis erwartete Sayyed fest, dass die rätselhafte Helmar mit ihren Reitern nun nach Hause zurückkehren würde, denn sie hatten ihre Pflicht getan.

Daher war er sehr überrascht, als er hörte, was sie zwischen Rafnirs regelmäßigen Schlägen gegen den Schild sagte: »Wenn ihr plant, Zukhara zu folgen, braucht ihr Hilfe.«

Überraschung fuhr in Wellen durch ihre Männer. Rafnir hielt mitten in der Bewegung inne.

Anstatt erfreut dreinzublicken, senkte Sayyed misstrauisch die Brauen. »Warum? Das würde für Euch bedeuten, die Berge zu verlassen und bei Tag reisen zu müssen. Warum bietet Ihr uns das so unverhofft an?«

Helmar stand langsam auf. Sie hatte den Helm abgenommen, und ihr rot-goldenes Haar leuchtete im Feuerschein. Sie fuhr mit der Hand über die Karte und sah dann ihre Krieger nacheinander an. Als sie sprach, waren die Worte ausschließlich an ihre eigenen Männer gerichtet: »Seit Generationen haben wir im heiligen Tal gelebt und geglaubt, die Welt habe uns im Stich gelassen. Jetzt hat die Welt an unsere Tür geklopft, und wir erkennen, dass sie sich verändert hat, während wir uns in unserer Bergfeste versteckt haben. Dürfen wir uns jetzt, da wir die Wahrheit erfahren haben, weiterhin verstecken und das Weltgeschehen an uns vorüberziehen lassen? Oder sollten wir nicht eher ausrücken und die Zukunft mitgestalten?«

Die Fragen richteten sich an jeden einzelnen Mann. Es entstand eine tiefe Stille, als sie über eine Antwort nachdachten.

Rapinor, der treue, zuverlässige Krieger, der seiner Anführerin bis ins Grab folgen würde, sprach als Erster. »Ich gehe mit Euch.«

»Hast du über die Folgen nachgedacht, Helmar?«, fragte einer der Männer.

»Seit drei Tagen, Dejion. Ich habe auch darüber nachgedacht, was es bedeutet, wenn wir zu Hause bleiben und uns taub und blind stellen. Wie mir Minora immer sagt, sind wir starr geworden. Wenn wir jetzt umkehren, könnten wir alles verlieren, was unsere Vorfahren für uns zu retten versuchten.«

»Dann werde ich mit Euch reiten. Den Letzten beißen die Gorthlinge«, lachte der Krieger.

»Ich habe zwar diese Gabria noch nicht gesehen«, brummte Hydan. »Aber Eure Gründe sind stichhaltig.«

Auch die Übrigen stimmten zu, die Klanmänner zu begleiten, und Helmar nickte zufrieden. »Dann geht und redet mit den Kriegern. Erläutert ihnen unsere Gründe. Wer trotzdem nach Hause gehen will, darf das selbstverständlich tun.«

Die Männer verneigten sich vor ihr und ließen Helmar, ihre beiden Wachen und die Klanmänner zurück. Sie holte tief Luft und setzte sich so rasch, dass ihr Schwert klappernd gegen den Stuhl schlug. »Beantwortet das deine Frage?«, meinte sie zu Sayyed.

Er lehnte sich auf seinem Stuhl zurück und streckte die Beine aus. Der Arm schmerzte, und in der Seite pochte es abscheulich, doch er wollte noch nicht zu Bett gehen. Diese Nacht steckte voller Enthüllungen. »Was hat Euch zu dieser Entscheidung gebracht?«, fragte er.

»Die Stute.« Helmar deutete mit dem Kopf auf die offene Tür, hinter der sich das Hunnuli im Hof ausruhte. »Als ich sie in ihrer ganzen lebendigen Schönheit gesehen habe, wusste ich, dass ihr mir die Wahrheit gesagt habt – die ganze Wahrheit. Da habe ich begriffen, dass unsere Felswände nicht alles sind. Es ist an der Zeit, dass die Klannad ihre wahren Farben zeigen.«

Sayyed schenkte ihr ein zögerliches, versöhnliches Lächeln. »Wäre die Morgendämmerung eine gute Zeit zum Aufbruch?«

Rafnir hob verärgert die Hände. »Warum bis dahin warten? Sie reiten doch so gern bei Nacht, also los!«

»Du kannst jederzeit aufbrechen«, sagte sein Vater zu ihm, »denn ich will sowieso, dass du in die Ebene von Ramtharin zurückkehrst.«

Eine tiefe Röte legte sich über Rafnirs Gesicht. Er drehte sich auf dem Absatz um und stapfte zum Tisch.

Als Sayyed den Ausdruck im Gesicht seines Sohnes sah, hob er die Hand. »Ich brauche einen vertrauenswürdigen Mann, der nach Athlone sucht. Erinnerst du dich daran, dass er uns befohlen hat, wir sollten ihm eine Nachricht schicken? Also schicke ich dich und Tibor. Bring ihn dazu, mit den Weroden nach Süden zu ziehen und dem Shar-Ja beizustehen.«

Die Kühnheit dieses Vorschlags raubte Rafnir den Atem. »Du willst, dass er die Klane über den Altai führt? Die Turic werden das für eine Invasion halten!«

»Aus diesem Grund will ich dich schicken. Wenn du an Athlones Seite bist, kannst du den Turic sagen, ihr wärt vom Shar-Ja in Erfüllung des Friedensabkommens gerufen worden.«

»Aber das Abkommen wurde nie unterzeichnet!«

»Das ist eine reine Formalität. Macht euch ein Banner, wie es der Shar-Ja hat. Kleide dich wie ein turischer Edelmann. Es soll so offiziell wie möglich aussehen.«

»Und was ist, wenn der Shar-Ja gar keine Hilfe will?«, fragte Rafnir.

Sayyed rieb sich die Schläfen und antwortete grimmig: »Ich glaube nicht, dass er in der Lage ist, mit euch zu streiten.«

Helmar hatte diesem Wortwechsel mit nachdenklicher Miene gelauscht. »Kannst du nicht euer fliegendes Pferd nehmen? Es wäre doch schneller, nicht wahr?«

Rafnir hob eine gefüllte Flasche auf und setzte sie wieder ab. Er war noch immer so aufgeregt, dass er nicht still stehen konnte. »Nein. Sie kann mich zwar über kurze Strecken tragen, aber für weite Entfernungen bin ich zu schwer. Außerdem ...« – er zog eine Grimasse – »... bezweifle ich, dass sie sich noch weiter von Kelene entfernen würde.«

Helmar nickte, als ob sie diese Antwort bereits erwartet hätte. »Nun, deine Rückreise wird gefährlich sein, wenn du allein über Land reitest.« Sie zog mit dem Finger eine Linie entlag des Absarotan-Vorgebirges. »Einer meiner Späher könnte dich über Gebirgspfade bis zur Grenze führen.«

»Das ist sehr großzügig von Euch, aber ich glaube nicht, dass Eure Pferde mit einem Hunnuli mithalten können«, erwiderte Rafnir beunruhigt.

Die Anführerin lachte leise wie über einen vertraulichen Scherz. »Auf den Bergpfaden konntest du die Fähigkeiten unserer weißen Pferde nicht erkennen, mein junger Rafnir. Sei versichert, dass unsere weißen euren schwarzen Pferden gleichkommen.«

Sayyed schürzte die Lippen und blickte nachdenklich drein. »Ich vermute, Eure weißen Pferde stammen ebenfalls von der Klanrasse ab.«

Sie nickte mit freudigem Blick. »Natürlich.«

Als sie nichts weiter sagte, beugte sich Sayyed vor, ergriff ihre Hände und sagte ernsthaft: »Werdet Ihr mir eines Tages genug vertrauen, um mir Eure ganze Geschichte zu erzählen?«

Helmars Blick fiel auf ihre und seine Hände, und im hintersten Winkel ihres Herzens flackerte etwas auf – in demselben Herzen, das sie gegen jeden Mann verhärtet geglaubt hatte. »Eines Tages«, sagte sie und zog ihre Hände fort.

Rafnir lief wieder auf und ab, doch diesmal schlug er nicht mehr gegen den Schild – ein gutes Zeichen, dachte Sayyed. Der ältere Zauberer ließ Rafnir in Ruhe nachdenken und fuhr mit seinen eigenen Plänen fort. »Ich muss Euch um einen weiteren Gefallen bitten«, sagte er und zögerte, bevor er weitersprach. »Es könnte gefährlich sein, aber es ist sehr wichtig für mich und möglicherweise auch für die Turic.«

»Sprich.«

»Ich brauche jemanden, der meinem Bruder Hajira in der Karawane des Shar-Ja eine Nachricht überbringt. Er ist der Wächter des einzigen überlebenden Sohnes, den der Shar-Ja noch hat. Dieser Junge muss um jeden Preis beschützt werden.«

Helmar legte die Fingerspitzen zusammen. »Außer dem, was du uns berichtet hast, weiß ich nichts über diesen Jungen oder den Shar-Ja, doch selbst dieses Wenige ist besser als alles, was ich über Zukhara gehört habe. Ich werde einen Freiwilligen finden.«

»Mit Eurer Erlaubnis, Herrin«, sagte Hydan und erhob sich. »Ich gehe. Ich spreche ein wenig Turisch, und ich schulde Sayyed einen Gefallen, weil ich ihm den Arm durchbohrt und damit unsere Verzögerung verursacht habe.«

Der Klanmann drehte sich erstaunt um. Aus dieser Ecke hatte er keine Hilfe erwartet. »Wirst du den Weg finden?«

»Hydan ist einer der wenigen, die gelegentlich das Tal verlassen und die Siedlungen in der Nähe besuchen. Er ist ein guter Mann«, fügte Helmar hinzu. »Seine einzigen Schwächen sind sein Jähzorn, den er noch nicht ganz unter Kontrolle hat, und ein übertriebenes Verlangen, all das zu beschützen, was ihm lieb und teuer ist.«

Der Schwertkämpfer wurde rot, aber er schwankte nicht, als sie ihn fragte: »Du verstehst, welchen Gefahren du dich damit aussetzt?« Er nickte. »Dann geh mit meinem Segen und reite vorsichtig.«

Nachdem diese Angelegenheit erledigt war, beugten sich Sayyed, Rafnir und Helmar wieder über die Karte und gaben ihren Plänen den letzten Schliff. Obwohl Sayyed bis zu diesem Zeitpunkt die meisten Entscheidungen allein getroffen hatte, stellte er mit großem Interesse fest, dass Helmar die sich verschlechternde Lage rasch begriff und ein sehr gutes taktisches Gespür besaß. Sie war es, die den Vorschlag machte, weitere Späher auszusenden, um so viele Informationen wie möglich zu sammeln, und die einen schwierigen Weg über den Khidar-Pass vorschlug, der sie unmittelbar zur Gewürzstraße führen und ihnen viele Meilen ersparen würde.

Doch ein Umstand verwirrte sie. »Was machen wir, wenn wir diesen Zukhara eingeholt haben? Was ist, wenn er schon sein Heer von Fanatikern formiert hat?«

Sayyed schüttelte den Kopf. Derselbe Gedanke war ihm auch schon gekommen, leider aber keine Erleuchtung in dieser Frage. »Das weiß ich erst, wenn wir am Ziel sind«, gab er zu. »Wenn Ihr einen Vorschlag habt ...« Er gähnte und war zu müde, um den Satz zu beenden.

Inzwischen war das Feuer niedergebrannt, und alles, was man planen konnte, war besprochen worden. Sayyeds braunes Gesicht hatte eine gräuliche Färbung angenommen, und als er aufstand, bewegte er sich mit einer unangenehmen Steifheit. Helmar und Rafnir führten ihn zum Bett. Er war schon eingeschlafen, noch bevor sie ihm ein Laken über die Brust gezogen hatten.

*

Der äußere Burghof brummte bereits vor Geschäftigkeit, als Sayyed am nächsten Morgen erwachte. Nach einer schnellen Wäsche und einer stillen Morgenandacht trat er gerade rechtzeitig hinaus in den Sonnenschein, um sich von Rafnir und seinem Führer zu verabschieden.

Rafnir hatte sich nicht ausdrücklich damit einverstanden erklärt, die Suche nach Gabria und Kelene aufzugeben, doch Sayyed kannte seinen Sohn gut genug und wusste, dass er die Gründe für diese Bitte einsah. Er trat beiseite und verschränkte die Arme vor der Brust, während Rafnir statt des schweren Turic-Sattels einen der Klannad-Sättel auf Tibor schnallte.

»Ich verlasse mich darauf, dass ihr Kelene findet«, sagte Rafnir schärfer, als er beabsichtigt hatte. Er fuhr mit gemäßigter Stimme fort: »Ich habe nie ganz verstanden, warum du so lange um Mutter getrauert hast, aber wenn ich mir vorstelle, wie es wäre, Kelene zu verlieren, begreife ich es allmählich.« Er umarmte seinen Vater und sprang auf Tibors Rücken. »Ich werde die Klane herbringen«, schwor er. Er wollte gerade losreiten, als er sich plötzlich umdrehte. »Vater, ich glaube, Mutter wäre mit Helmar einverstanden.« Er winkte; der schwarze und der weiße Hengst galoppierten mit laut klappernden Hufschlägen aus dem Burghof.

»Was war denn los?«, fragte Helmar, die sich neben Sayyed gestellt hatte.

Ein Lächeln huschte über Sayyeds Lippen. »Er hat mir nur alles Gute gewünscht.« Er war sich nicht sicher, warum Rafnir das gesagt hatte, aber er glaubte, dass sein Sohn Recht hatte. Tam hätte Helmar gemocht. Ein Windstoß wehte herbei, zerrte an seinem Mantel und trieb Staub in kleinen Wirbelwinden über den Außenhof. Der Himmel war schmerzhaft blau und wolkenlos, doch die Luft hier oben in den Bergen war dünn und morgens empfindlich kalt. Sayyed erzitterte, als eine Windbö an seinem Hals entlang fuhr. »Tam«, flüsterte er. Dann blickte er hinüber zu einer geraden Nase, zu sprenkelnden Sommersprossen und einem Paar grüner Augen, die von rot-goldenem Haar eingerahmt wurden – so verschieden von Tams zarter, ovaler Schönheit –, und war froh über Helmars Gegenwart.

Hydan brach als Nächster auf. Er hatte Sayyeds Botschaft um Hajiras Greifmesser gewickelt und dieses sorgsam in sein Hemd gesteckt. Er hatte sich turische Kleidung besorgt, trug sogar einen kurzen Mantel mit Zukharas rotem Zeichen darauf und hatte seinem widerstrebenden Pferd Rafnirs turischen Sattel umgebunden. Er sah gut, wenn auch etwas unglücklich in dem ungewohnten Sattel aus, salutierte vor seiner Anführerin und ritt hinter Rafnir her.

Kurze Zeit später führte Helmar ihre Truppe durch die Festungstore. Zu ihrer Freude und heimlichen Erleichterung hatten sich alle Krieger dazu entschlossen, sie zu begleiten und Sayyed bei der Befreiung der Zauberinnen zu helfen. Sie nahmen so viele Vorräte und Werkzeuge mit, wie sie den Garnisonspferden aufbürden konnten. Sayyed wartete neben Afer, bis die Reiter außer Sichtweite waren; dann eilte er eine Wendeltreppe hinunter zu den Verliesen. Die Gefangenen drängten sich an den Türen, als er sie aufschloss.

»Wenn ich bis hundert gezählt habe, wird dieser Ort zerstört«, sagte er gelassen.

Die Turic sahen ihn an und flohen dann so schnell wie möglich aus der Burg. Der Klanmann ritt langsam durch das Tor und zählte, bis Afer den Grund der Schlucht erreicht hatte. Dann drehte er sich um und betrachtete die Felswand.

»Achtundneunzig … neunundneunzig … hundert.«

Sayyed hob den unverletzten Arm, streckte ihn gegen die Grundmauern der Burg aus und schickte einen langen, stetigen Kraftstrom in den Stein. Diesmal gab es keine Explosionen, sondern nur ein rumpelndes Geräusch, das unter dem Strom entstand und rasch abstrahlte. Plötzlich löste sich ein gewaltiger Felsbrocken. Risse erschienen in den Mauern der Festung; dann brach der Boden unter dem Gebäude weg. Die Halle, die Bastionen, einige Türme und die Hälfte der Mauern rutschten ab und stürzten in einer Wolke aus Stein, Staub und Schutt in die Schlucht. Die Trümmer der Festung lagen zerschmettert da, und der Eingang zu der schmalen Wendeltreppe hinunter in die leeren Höhlen verschwand unter herabstürzendem Mauerwerk.

Sayyed empfand beim Anblick der Ruinen eine kleine Genugtuung angesichts all der Schwierigkeiten, die Zukhara heraufbeschworen hatte. Afer schnaubte zustimmend. Rasch machten sie sich auf den Weg und hatten die Klannad bald eingeholt.

Da nun die Truppe einverstanden war, auch bei Tageslicht zu reiten, kamen sie schnell voran. Sie bewegten sich mit großer Geschwindigkeit nach Süden auf dem Weg, der sie hergeführt hatte, und in weniger als zwei Tagen erreichten sie den rückwärtigen Eingang des heiligen Tals. Helmar nahm die meisten Packpferde sowie drei ihrer Krieger mit und ließ die übrigen in dem wilden Tal zurück, damit sie sich ausruhen konnten.

Sayyed hatte keine Ahnung, was sie zu ihrem Volk im Tal gesagt hatte, aber sie kam in der nächsten Morgendämmerung mit fünfundzwanzig weiteren Reitern und einem Glühen im Gesicht zurück.

»Minora schickt uns ihren Segen«, war alles, was sie mitteilen wollte.

Sie führte ihre Krieger einen hohen Berg hinauf, hielt an und beobachtete ihren Vorbeiritt. Sayyed blieb neben ihr stehen. Die Welt vor ihnen war verlassen und öde; die gewaltigen Gipfel waren in Wolken gehüllt, die Hänge mit Wäldern und kahlen Felsvorsprüngen gesprenkelt. Jenseits der Wildnis im Osten, wo die Berge in unfruchtbare Ebenen übergingen, war der Horizont von Nebel bedeckt, der wie der Rauch von Kriegsfeuern wirkte. Hinter der Truppe lag der enge Pfad in das heilige Land und zu allem, was dieser Name verhieß. Sayyed hatte die Schönheit und geschützte Lage des Tals mit eigenen Augen gesehen und wusste um den Mut, den es kostete, aus den schützenden Felswänden hervorzutreten und in eine gefährliche, von Unruhen erschütterte Welt zu reiten. Ihm war bekannt, dass einige der Männer noch nie einen Fuß aus ihrem Tal gesetzt hatten.

Über ihnen wieherte Demira den Leuten zu, kreiste über der langsam reitenden Kolonne und hielt vom Himmel aus Wacht.

An diesem und dem nächsten Tag ritten die Klannad erst nach Osten zu den weniger zerklüfteten und offeneren Vorbergen und dann nach Süden auf die turische Hauptstadt Cangora zu, die am Rand der großen südlichen Wüste lag. Sie ritten ausdauernd, und trotz ihrer ruhigen Lebensart waren sie und ihre weißen Pferde genauso zäh wie jede andere Nomadengruppe.

Ihr Führer war ein älterer Mann, ein kleiner, kräftiger Krieger mit dem lebhaften, raschen Blick eines neugierigen Kindes. Während die meisten Klannad ihr Tal nie verließen, hatten einige ausgebildete Späher die Berge und Pässe aus den mündlichen Überlieferungen anderer Späher und durch jahrelange Erkundungsgänge kennen gelernt. Dieser Mann kannte daher den Pfad, den Helmar auf der turischen Landkarte entdeckt hatte, und führte seine Leute unbeirrt den kürzesten und sichersten Weg entlang.

Am zweiten Nachmittag sahen sie Rauch, der in einer dunklen Säule über der Ebene aufstieg und sich langsam über den südlichen Himmel ausbreitete. Demira machte sich auf einen Erkundungsflug. Als sie zurückkehrte, war ihre Botschaft dunkel und hart.

Ich habe eine große Karawane gesehen, über fast eine ganze Meile auf der Straße verstreut. Da waren brennende Wagen und tote Männer überall.

Sayyed spürte, wie sich kalte Angst in seine Eingeweide krallte. »Kannst du sie genauer beschreiben? War der Wagen des Shar-Ja dabei?«

Diesen Wagen habe ich nicht gesehen, aber ich habe tote Wächter in seinen Farben erkannt, und mir sind andere Wagen aufgefallen, die auch am Ratsfelsen waren. Ihre Stimme schwankte, und sie schlug die Augen zu Boden. *Selbst das Seuchenlager hat nicht so schrecklich ausgesehen und gerochen.*

Sayyed und Helmar wechselten einen langen Blick, doch beide

fragten nicht nach Hydan, Hajira oder Tassilio. Selbst wenn ihre Leichname im Staub der Gewürzstraße liegen sollten, hätte Demira sie aus der Luft nicht erkennen können. Sie ritten weiter auf den Rauch zu und hofften, dass die beiden Männer und der Junge irgendwie überlebt hatten.

Am dritten Abend kam einer von Helmars Spähern zu der Truppe zurück, als diese am Ufer eines halb ausgetrockneten Flusses Rast machte. Der Reiter trieb sein schweißnasses Pferd sofort zu Helmar und wäre beinahe gestürzt, als er abstieg.

»Der Klanmann hatte Recht«, sagte der Späher erschöpft. Er war so müde, dass er kaum stehen konnte. »Ich bin zu der Siedlung bei Khazar gegangen und habe mit einigen Händlern und Hirten gesprochen. Die Nachricht verbreitet sich wie ein Heuschreckenschwarm. Es heißt, die Fel Azureth hätten sich erhoben. Der Greif hat sich als den wahren Herrscher der Turic bezeichnet und den heiligen Krieg ausgerufen, um das Land von den Ungläubigen zu säubern. Die eine Hälfte der Männer in der Siedlung will sich ihm anschließen, und die andere Hälfte redet davon, gegen ihn zu kämpfen. Es heißt, der Greif marschiere auf Cangora zu, und seine Truppen hätten die Karawane des Shar-Ja vernichtet.«

»Organisiert jemand den Widerstand gegen ihn?«, fragte Sayyed.

»Nicht dass ich wüsste. Ich habe gehört, dass viele der Stammesfürsten, die den Shar-Ja begleitet haben, zusammen mit dem größten Teil der königlichen Garde in dem Massaker umgekommen sind. Die Stämme sind in Aufruhr. Die Soldaten des Shar-Ja sind führerlos, und niemand weiß, was aus dem Shar-Ja geworden ist.«

Sayyed lehnte sich gegen Afers starke Flanke. »Beim lebendigen Gott, es wird immer schlimmer.«

»Ja, das stimmt«, erwiderte der erschöpfte Späher. »Sie sagen, das Heer der Eiferer begegnet keinem Widerstand, weil es den Blitz des Nordens bei sich hat.«

»Was ist das denn?«

»Ich weiß es nicht. Aber man hat mir auch gesagt, dass ein Greif mit einer schwarzhaarigen Frau auf dem Rücken in der Vorhut fliegt. Die Frau soll eine Zauberin sein.«

Sayyed riss die Augen auf. »Ein Greif? Ein echter?« Er stieß einen Pfiff aus. »Und Kelene auf seinem Rücken? Kein Wunder, dass die

Leute nicht gegen ihn kämpfen.« Ihm versagte kurz die Stimme, doch dann fuhr er fort: »Hast du etwas über diesen Jungen namens Tassilio erfahren?«

Der Späher schüttelte den Kopf. »Ich habe nur gehört, dass sich die Karawane auf der Straße befand, als die Kämpfe in den Reihen der Stammestruppen ausbrachen, und bevor man wusste, was los war, stand die gesamte Karawane unter Beschuss. Es war hoffnungslos.«

»Glaubt Ihr, Hydan hat sie noch erreicht?«, fragte Sayyed Helmar.

Sie wusste, wen er meinte, aber sie konnte seine Befürchtungen nicht zerstreuen. »Ich weiß es nicht.«

Er legte die Hand auf den Schwertgriff und richtete seinen durchdringenden Blick in die Ferne. »Seid Ihr immer noch sicher, dass Ihr mich begleiten wollt? Es ist viel mehr daraus geworden als nur die Rettung zweier Frauen aus den Händen eines unbekannten Gegners.«

»Wir sind schon zu weit gegangen, um jetzt noch umkehren zu können. Ich reite mit dir, Zauberer.« Sie hob die Hand, und er schlug ein. Sie bildeten zusammen eine Faust und besiegelten ihren Pakt.

»Außerdem«, fügte sie mit einem Grinsen hinzu, »möchte ich es mit den Worten Hydans ausdrücken: Ich habe Gabria noch nicht gesehen.«

*

Kelene drückte die Flanken des Greifs mit den Knien und bohrte die Finger in die flaumigen Federn der Kreatur, damit sie ihre warme Haut berühren konnte. Nach langer Übung hatte sie gelernt, dass die beste Art einer Zwiesprache mit dem Wesen darin bestand, ein ähnliches geistiges Band wie zu den Hunnuli zu knüpfen. Es war schwierig und ermüdend, aber der Greif gehorchte diesem Kontakt viel williger als unsinnigen Worten, die man ihm ins Ohr brüllte. *Hinunter, Kleines. Es ist zu dunkel zum Fliegen* geworden.

Ein Brummen drang aus der Kehle des Greifs, doch schließlich gehorchte er und glitt in Spiralen langsam zur Erde.

Kelene seufzte. Einen Greif zu reiten war aufregend, denn im Gegensatz zu Demira flog dieses Geschöpf seit seiner Geburt. Es war unglaublich anmutig, so geschickt wie jeder Vogel, spürte die kleinsten Änderungen der Windströmungen und flog, als sei sein Körper Teil der Luft. Doch es war auch eigensinnig und widerspenstig und trotz des Gehorsams Kelene gegenüber immer noch sehr wild. Demira verehrte ihre Reiterin, doch der Greif ertrug sie bloß und wartete auf den Tag, an dem er die Freiheit wiedererlangte. Die Zauberin verstand seine Gefühle und war so freundlich wie möglich, doch das machte den Ritt auf dem Greif an diesen langen, heißen Tagen nicht einfacher.

Kelene hätte beinahe alles darum gegeben, mit dem Greif fortfliegen zu können – alles außer Gabrias und Naras Leben. Auch der Greif müsste einen zu hohen Preis zahlen, denn Zukhara hatte ihm ein Halsband umgelegt, in dem ein Zauber steckte, der dem Tier einen tödlichen Blitz versetzen würde, falls es sich mehr als zwei Meilen von ihm entfernte. Kelene wusste nicht, wie dieses Halsband funktionierte, aber sie wollte es nicht auf die Probe stellen. Es musste einen anderen Weg geben, wie sie ihre Mutter, Nara und den Greif aus Zukharas Gewalt befreien konnte. Sie musste nur geduldig sein und die Augen offen halten.

Kelene blickte hinunter auf den Boden. Schon hatte Zukharas Heer angehalten und sein Lager an der Gewürzstraße aufgeschlagen. Sie seufzte erneut und kämpfte die Verzweiflung nieder, die sie zunehmend bedrückte.

Als sie zum ersten Mal von Zukharas Plänen gehört hatte, hatte sie diese als Verrücktheiten eines Wahnsinnigen abgetan, doch in den letzten vier Tagen war alles so gekommen, wie er es vorhergesagt hatte. In dem Augenblick, als er bei den Impalaquellen vor seine Anhänger getreten war und sich als der neue, wahre Herrscher über die turischen Stämme ausgerufen hatte, waren die Männer seinem Ruf gefolgt. Kelene wusste nicht, auf welche Weise er die Nachricht so schnell verbreitete – es sei denn, er hatte alles vorausgeplant –, aber tatsächlich rief er am zehnten Tag nach den Drohungen gegen Kelene den heiligen Krieg aus, und Männer aus dem ganzen Reich trafen zu seiner Unterstützung ein.

Zum Glück hatte er noch nicht sein Versprechen eingelöst, ihr den Unterarm abzuhacken, um an den Diamantsplitter heranzukommen. Nachdem Gabria ihm erklärt hatte, es gebe keine weiteren Splitter, und er sich davon überzeugt hatte, dass die magischen

Kristalle der Frauen nicht herausoperiert werden konnten, hatte er die Angelegenheit zunächst auf sich beruhen lassen. Er beschränkte sich darauf, seine Gefolgschaft mit Kostproben seiner Macht einzuschüchtern, bis jedermann wusste, dass er tatsächlich den Blitz des Nordens in seinen Händen hielt.

In der Zwischenzeit befahl Zukhara Kelene, mit dem Greif seinem stetig wachsenden Heer vorauszufliegen, während dieses nach Süden auf Cangora zumarschierte. Selbst aus der Luft hatte die Zauberin deutlich die Ehrfurcht und Angst gesehen, die die Gegenwart des Greifs hervorrief. Einige Leute verneigten sich tief vor der goldenen Kreatur, andere starrten sie verblüfft an, und wieder andere flohen vor ihr. Niemand versuchte sich Zukharas Heer in den Weg zu stellen. Die Streitmacht aus Fanatikern, Rebellen und Unterstützern marschierte ohne Gegenwehr über die Karawanenstraße. Niemand schien sich für den Shar-Ja einsetzen zu wollen. Ob es in seiner eigenen Stadt genauso sein würde?

Der Greif segelte tief über das verbrannte Gras. Er war steif und wollte nicht landen, also erlaubte Kelene ihm, noch einige Minuten über die Straße weiterzuschweben. Sie waren nur eine kurze Strecke weg vom Heer nach Süden geflogen, als der Greif plötzlich die Ohren aufstellte und die Nüstern in der warmen Luft blähte.

Eine leichte Brise trieb vorbei, und nun roch es auch Kelene. Es war der schwere Gestank verwesender Leichname. Ihr wurde schwindlig. Ein deutliches, durchdringendes Bild stieg aus ihrer Erinnerung auf – das Bild ihrer Rückkehr zur Klanversammlung auf dem Höhepunkt der Seuche. Ihr Magen drehte sich um, und Kelene unterdrückte die Erinnerung, bevor sie die Selbstbeherrschung verlor.

Vor sich im Zwielicht sah sie schemenhafte Umrisse am Rand der Straße. Sie schaute genauer hin, und als der Greif näher heranflog, wurde das ganze Ausmaß der Katastrophe sichtbar. Verbrannte und zerschmetterte Wagen und Karren lagen zu beiden Seiten des Weges, so weit Kelene in dem schwächer werdenden Licht sehen konnte. Ihr Inhalt lag überall verstreut und war bereits von Plünderern durchwühlt worden. Wohin Kelene auch immer schaute, lagen tote, aufgedunsene Pferde und Leichen in kleinen oder großen Haufen im zertrampelten Gras oder neben den Wagen.

Kelene wendete den Greif sofort, achtete nicht auf sein verärgertes Zischen und befahl ihm, zum Lager zurückzukehren. Sie landeten auf einer freien Stelle neben Zukharas Zelt. Mit zitternden Händen legte sie dem Greif die Kette um, so wie Zukhara es ihr gezeigt hatte, gab dem Wesen ein großes Mahl aus Ziegenfleisch und betrat Zukharas Zelt. Was immer sie hatte sagen wollen, wurde durch die scharfe Geste Zukharas unterdrückt.

»Setz dich!«, befahl er und deutete auf einen kleineren Stuhl vor seinem eigenen. Der Mann saß auf einem großen, reich verzierten Stuhl mit hoher Lehne in der Mitte seines geräumigen Zelts. Helle Lampen erleuchteten das Innere, und wunderschöne Webteppiche bedeckten den Boden. Zukhara trug eine schwarze Hose und eine schwarze Robe, die mit einem goldenen, sprungbereiten Greif bestickt war. Die Kleidung war einfach, aber wertvoll und wirkte an seinem großen, schmalen Körper sehr elegant. Er saß erwartungsvoll und gelassen zwischen seinen Offizieren.

Kelene hockte sich widerstrebend auf den Stuhl, den er ihr zugewiesen hatte. Bei Amara, wenn Kelene noch mehr Groll hinunterschlucken musste, würde sie bald platzen. Sie hasste es, derart zur Schau gestellt zu werden. Die ›Erwählte‹ des Greifs zu sein hatte einige Vorteile, aber die Nachteile überwogen bei weitem. Sie war nur dankbar dafür, dass er zu beschäftigt gewesen war, um ihr seine Aufmerksamkeit noch einmal allzu eingehend zu widmen.

Von draußen hörte sie Stiefelschritte, und acht Männer drängten sich ins Zelt. Alle außer einem salutierten und verneigten sich tief vor Zukhara. Kelene keuchte auf. Der eine Mann, der sich nicht verneigen konnte oder wollte, war der Shar-Ja. Beim Ratsfelsen hatte er schon alt und krank ausgesehen, doch nun wirkte er dem Tode nahe. Sein einstmals ausdrucksstarkes Gesicht war zusammengesackt; die Haut lag in grauen Falten. Die rotgeränderten Augen waren beinahe in den tiefen Höhlen verschwunden. Er hatte kaum die Kraft, aufrecht zu stehen, doch er drückte jede Hand beiseite, die ihn berührte. Es gelang ihm allein durch seinen überragenden Willen, ohne fremde Hilfe vor Zukhara zu stehen.

»Gut«, sagte der Greif; es war wie ein scharfes, kurzes, zustimmendes Bellen. »Ihr habt ihn lebend gefangen. Und der Junge?«

Einer der Offiziere trat vor. »Euer Hoheit, wir haben seinen Leichnam noch nicht gefunden und auch nicht den seines Wächters.«

Wut flackerte über Zukharas Gesicht, doch er befahl lediglich: »Haltet weiterhin nach ihnen Ausschau. Es darf nichts unerledigt bleiben.«

»Und was ist mit mir?«, fragte der Shar-Ja höhnisch. Seine Stimme hatte eine überraschende Klangfarbe, die Zukharas Aufmerksamkeit erregte. »Bin ich auch etwas Unerledigtes?«

Das Lampenlicht fiel in die Augen des Greifs und wurde zu schwarzem Feuer in einem Gesicht, das so reglos und kalt wie Eis war. »Nein, Shar-Ja Rassidar. Du bist ein wesentlicher Bestandteil meiner Pläne. Kennst du das Ritual der Thronbesteigung?«

Der alte Mann stieß ein bellendes Gelächter aus und richtete sich noch gerader auf, bis er die Männer in seiner Umgebung überragte. Kelene erkannte erst jetzt, wie groß und stolz er war. »Ich kenne das Ritual. Es wurde vor einigen hundert Jahren abgeschafft.«

Zukhara schenkte ihm ein rasches, wildes Lächeln. »Ja, und im Namen des zwiefach gesegneten Sargun und bei der Glorie des Lebenden Gottes werde ich die alten Wege neu beschreiten und mit dem Ritual beginnen.« Er gab seinen Männer ein Zeichen. »Bringt ihn zu seinem Wagen und bewacht ihn. Niemand darf ihn besuchen oder auch nur in seine Nähe kommen.« Die Männer gehorchten augenblicklich.

Als sie fort waren, wandte Zukhara seinen brennenden Blick Kelene zu. »Du hast deine Sache gut gemacht, meine Liebe. Du und der Greif wart so erfolgreich, wie ich gehofft hatte. Ich habe ein Geschenk für dich.«

Kelene sprang auf die Beine. »Meiner Mutter bleibt nur noch ein einziger Tag! Wenn du mir etwas schenken willst, dann gib mir das Gegenmittel.«

Er stand auf und ging zu seinem Tisch, auf dem ein kleines Tablett mit vielfarbigen, im Licht schimmernden Glasflaschen stand. Er nahm eine kleine, mit Wachs versiegelte Phiole in die Hand. »Wie du unzweifelhaft bemerkt haben wirst«, sagte er und trat dicht vor sie, »habe ich große Erfahrung in der Zubereitung von Arzneien und Giften.« Er zog die Zauberin eng an sich und drückte sie mit einem Arm gegen seine Brust. Mit der anderen Hand hielt er die Phiole gegen das Licht. »Ich kann nicht nur ein Gift mischen, das meinen besonderen Zwecken dient. Ich kann auch Gegenmittel erschaffen, welche die Auswirkungen meiner Gifte ganz oder teilweise aufheben.«

Kelene presste die Lippen zusammen. »Erfüllst du jetzt dein Versprechen?«, fragte sie, ohne die Zähne voneinander zu lösen.

»Zum Teil, meine Liebe.« Er kicherte und küsste sie auf die Lippen, bevor er ihr die Phiole gab. »Das hier wird das Gift für weitere zehn Tage im Zaum halten. Verhalte dich weiterhin so willfährig, und ich werde ihr mehr davon geben.«

»Und was ist mit dem Gegenmittel?«, wetterte Kelene. Würde er dieses Spiel ohne Ende weitertreiben?

»Ich habe es ganz nahe bei mir«, sagte er und zog die Kette mit dem elfenbeinernen Wächter heraus. Neben der Kugel hing ein kleines silbernes Röhrchen. »Wenn ich der Meinung bin, dass du es verdient hast, wirst du es als Belohnung erhalten.«

Kelene schloss den Mund und wandte das Gesicht ab. Wenigstens hat er den Riss in dem Elfenbeinwächter noch nicht bemerkt, dachte sie.

Er küsste sie noch einmal lange und erdrückend, bis Kelene glaubte, sie müsse ersticken. Dann schob er sie mit einem höhnischen Grinsen auf den Ausgang zu. »Nicht heute Nacht, meine Liebe, obwohl es ein süßer Gedanke ist. Ich muss mich noch um zu vieles kümmern. Schlaf gut.«

Kelene machte sich nicht die Mühe zu antworten. Sie packte die kostbare Phiole, wirbelte herum und floh.

Dreizehn

Das Heer des Greifs erwachte am Morgen unter einem klaren Himmel und einer heißen Sonne. Die Krieger knieten sich zum Morgengebet in den Staub und verneigten sich vor Zukhara, dem Repräsentanten ihrer Ehrerbietung. Ihr Eifer war groß an jenem Morgen, als sie ihr Lager abschlugen und sich auf den Marsch vorbereiteten, denn am Abend wollten sie die Randbezirke von Cangora erreichen und vielleicht auf die ersten Streitkräfte stoßen, die dem Shar-Ja noch treu ergeben waren. Wenigstens hofften sie das. Ihr Blut schrie nach Kampf und der Gelegenheit, ihr Leben für den Lebendigen Gott und seinen Diener Zukhara hinzugeben. Schließlich hatte ihnen Zukhara, der Mund des Shahr, gesagt, bei einem solchen Tod sei ihnen der Eingang ins Paradies gewiss.

Unter dem Klang der Hörner nahmen die Männer ihre Stellungen ein. Die Fel Azureth, die Ersten Zukharas, begaben sich auf ihre Ehrenplätze in der Vorhut. Ihre gut ausgebildeten Einheiten ritten wie Mitglieder der Kavallerie des Shar-Ja auf flinken Pferden. Hinter ihnen rollte der Wagen des Shar-Ja mit seinem streng bewachten Gefangenen. Dann folgten weitere Kämpfer, einige in ordentlichen Marschreihen, andere beritten, wieder andere – hauptsächlich Pöbel und Mitläufer, die wegen der Beute oder des Abenteuers dabei waren – liefen ungeordnet am Ende mit. Hinter ihnen kam der Tross, die Bediensteten und eine Abteilung der Fel Azureth, die den Mob beaufsichtigte.

Das Heer setzte sich unter Zukharas wachsamen Blicken in Gang und erreichte bald die Überreste der großen Karawane des Shar-Ja. Tagelange Spätsommersonne hatte gewaltiges Unheil unter den Leichnamen angerichtet, die von Waffen und Aasfressern zerfetzt worden waren. Der Gestank in diesem Abschnitt der Straße war schrecklich, und dichte Fliegenwolken hingen über dem Schauplatz des Kampfes. Die Männer hielten sich die Burnusse vor Mund und Nase, schenkten den Toten kaum Beachtung und beeilten sich, von hier fortzukommen.

Über ihnen schwebte Kelene auf dem Rücken des Greifs und schloss die Augen vor dem Blutbad am Boden. Es war schon schlimm genug, dass sie gezwungen war, Zukharas Sache mit ihrer Gegenwart zu unterstützen; da musste sie nicht auch noch das blutige Ergebnis seines Ehrgeizes betrachten. Sie betete inbrünstig, er möge ihr nicht befehlen, ihre Magie gegen die Turic einzusetzen. Bisher hatte seine eigene Kraft ausgereicht, sein Volk einzuschüchtern und in Schrecken zu versetzen, und sie hoffte, sein Stolz würde ihn davon abhalten, nach der Hilfe einer Frau zu trachten. Aber wer konnte das schon wissen? Wenn Cangora seine Tore vor ihm verschloss und sein Heer die Stadt belagern musste, könnte er so wütend werden, dass er ihre Kräfte einsetzen wollte. Seine ungeheure Verwegenheit wuchs mit jedem Tag, doch die Macht einer voll ausgebildeten Zauberin vermochte eine ungeschützte Stadt in kurzer Zeit einzunehmen.

Kelene streichelte den Hals des Greifs. Rafnir, ich brauche dich, flehte sie stumm. Wo bist du?

Sie konnte nicht wissen, dass Rafnir an diesem Tag weit im Norden jenseits des Altai und bei ihrem Vater und den anderen Klan-Häuptlingen war und die Werode auf den Krieg einschwor.

*

Am selben Morgen ritten die Klannad viele Meilen hinter Zukharas Heer über einen Bergkamm und blickten von dort aus hinab auf die staubige, ausgefahrene Gewürzstraße in der Ebene unter ihnen.

»Bis hierher konnte ich Euch führen, Herrin«, sagte der Führer mürrisch. »Jenseits dieser Berge war ich nie.«

Helmar betrachtete die Straße von Horizont zu Horizont, so weit sie blicken konnte. »Ich danke dir, du hast gute Arbeit geleistet. Jetzt können wir alle die Straße sehen.«

»Wollt Ihr uns dort hinunter führen?«, fragte Rapinor voller Zweifel. Alle Krieger starrten die ungeschützte Straße an, als wäre sie eine giftige Schlange.

»Zu lange Einsamkeit macht ein angstvolles Herz«, erwiderte Helmar und trieb ihre Stute den Berg hinunter. Die Krieger folgten ihr ohne zu zögern.

Sie haben sich so lange versteckt, dass es ihnen zur Gewohnheit geworden ist, meinte Afer.

»Und woher weißt du das?«, fragte Sayyed, der noch immer hinter der hinabreitenden Helmar hersah.

Helmar hat es mir gesagt. Ich mag sie. Weißt du, die meisten Klannad sind Zauberer. Aber sie ist ihre Anführerin geworden, weil sie die begabteste ist.

»Nein«, sagte Sayyed wie zu sich selbst. »Das habe ich nicht gewusst. Hat sie dir auch gesagt, wieso sie sich in den turischen Bergen verstecken?«

Noch nicht, schnaubte der Hengst. *Aber ich habe da einige Vermutungen.*

»Ich ebenfalls«, erwiderte Sayyed nachdenklich. »Ich ebenfalls.« Er rollte seinen goldenen Mantel fest zusammen, band ihn hinter seinen Sattel und wickelte sich den Burnus um das Gesicht. Wenn es nötig sein würde, konnte er sich als Turic ausgeben, der neue Truppenteile in Zukharas Krieg schickte. Er wusste nicht, was sie auf der Straße vor ihnen erwartete, und er wollte Zukhara keinen Hinweis darauf geben, dass ihm weitere Südländer folgten.

Er warf einen zweifelnden Blick auf Demira, die sich ungeduldig neben ihm regte, und erkannte, dass es unmöglich war, ihre langen Schwingen zu tarnen. Es gab nur einen einzigen Umstand, der ihre Gegenwart erklären könnte.

Ein Halfter!, wieherte sie. *Das ist erniedrigend!*

Nicht erniedrigender als dieser Sattel! Wenn ich Zaumzeug tragen kann, kannst du es auch. Tu es für Kelene!, sagte Afer streng zu ihr.

So verließen sie das Gebirge: ein Turic auf einem großen schwarzen Pferd, der eine geflügelte Hunnuli-Stute mitführte. Wenn ihn jemand fragte, würde Sayyed sagen, er habe die Stute eingefangen und bringe sie zum Greif.

Seltsamerweise wurde er an diesem Tag nicht nach Demira gefragt, denn obwohl sich die Straße recht bald belebte, wagte es niemand, die seltsame Truppe aus entschlossen dreinblickenden und zielstrebig voranmarschierenden Kriegern anzuhalten. Weitere Gruppen von berittenen Männern und Fußsoldaten reisten nach Süden auf Cangora zu, und einige Flüchtlinge eilten nach Norden. Aber niemand versuchte zu der Truppe zu stoßen oder mit den Reitern zu sprechen. Alle starrten bloß die weißen Pferde an.

Die Sonne näherte sich dem Zenit, als Afer, Demira und die weißen Pferde plötzlich die Nüstern blähten und die Köpfe herumwarfen. Eine lebhafte Brise wehte heiß und trocken von der Wüste her und brachte durchdringenden Verwesungsgeruch mit.

In dem weiten, nahezu baumlosen Land sahen die Reiter die Aasvögel und die Überreste der vernichteten Karawane, lange bevor sie den ersten verbrannten Wagen und die verwesenden Körper erreichten. Ein paar Vögel kreischten die Eindringlinge an und flogen ein Stück die Straße hinunter. Einige der Toten waren beerdigt worden, doch die meisten warteten auf dem sandigen Boden zwischen den toten Pferden und verstreuten Habseligkeiten auf ihr Begräbnis.

Helmar hielt ihre Truppe an. »Wir werden es nie wissen, wenn wir nicht nachsehen«, sagte sie zu Sayyed, der sehr dankbar für ihr Verständnis war.

Zu zweit suchten sie das lange Straßenstück ab und untersuchten sorgfältig jeden Wagen, Körper und Haufen, der zur Karawane des Shar-Ja gehörte. Niemand hegte wirklich die Hoffnung, Hydan, Hajira oder Tassilio lebend inmitten der Trümmer zu finden, doch wenn sie die Leichen fanden, hatten sie wenigstens Gewissheit. Sayyed half unermüdlich bei der Suche, da er und Afer die Einzigen waren, die Hajira und Tassilio identifizieren konnten. Obwohl er einige Gesichter entdeckte, die er wiedererkannte, waren doch weder der Junge noch sein schwarz gekleideter Wächter dabei.

Er erreichte die letzte Wagengruppe am Beginn der Karawane und ging langsam zwischen den zerstörten Fahrzeugen hindurch. Einige waren von Plünderern völlig ausgeraubt worden, doch etwas entfernt von ihnen lag ein Wagen auf der Seite, der vertraut und noch halbwegs unbeschädigt aussah. Sayyed ging gerade darauf zu, als irgendwo hinter ihm ein Pferd wieherte und ein großer Hund aus dem Inneren des Wagens hervorkam und auf Sayyed zulief. Sein lautes Bellen erfüllte die Stille und lenkte jedermanns Aufmerksamkeit auf ihn. Ein Krieger in der Nähe hob seinen Bogen, doch Sayyed rief, er solle ihn weglegen. Dann streckte er die Hände aus und begrüßte den Hund. Das große Tier jaulte und bellte vor Freude. Er legte Sayyed die Pfoten auf die Brust und leckte ihm das Gesicht ab.

»Sayyed!«, rief eine vertraute Stimme. Eine dürre junge Gestalt huschte durch die Wagentür und stürzte sich freudig in die Umarmung des Zauberers. Unter Lachen und Tränen beruhigte Sayyed den Jungen und den Hund so weit, dass er sie in Ruhe anschauen konnte. Beide waren abgemagert, und der Schatten der Angst lag auf ihnen. Tassilios Gesicht hatte den letzten Rest kindlicher Unschuld verloren. Doch dem Gott des Alls sei Dank, er war unverletzt.

Er starrte den Klanmann mit großen Augen an, und alle bisher aufgestauten Worte sprudelten nun aus ihm hervor. »Sayyed, du bist hier! Darum hatte ich gebetet! Und sieh nur das Pferd mit den Flügeln! Ist das Demira? Hast du Kelene und Gabria gefunden? Wer sind diese Leute? Wo ist …«

Sayyed hob die Hand und unterbrach seinen wilden Redeschwall. »Tassilio, wo ist Hajira?«

Der Junge führte ihn zum Wagen und redete unterwegs schnell weiter. »Weißt du, Hajira war klar, was geschehen würde. Ein seltsamer Mann hat es ihm gesagt, kurz bevor es losging. Hajira blieb in der Nähe des Shar-Yon-Wagens, und sobald er bemerkte, dass der Angriff erfolgte, warf er den Fahrer ab und fuhr so schnell wie möglich weiter, bis wir durch den Kampf aufgehalten wurden; dann band er die Pferde los, stürzte den Wagen um und hat mich ins Innere gezwungen. Er glaubte, niemand würde sich um einen Leichenwagen kümmern.«

Er kletterte nach drinnen. Sayyed bückte sich und warf einen Blick in den geschlossenen Wagen. Der versiegelte Sarg des Shar-Yon war respektvoll mit den königlichen blauen Wandbehängen bedeckt und auf die Seite geschoben worden, die früher einmal das Dach gewesen war, so dass ein schmaler Durchgang zwischen dem Wagenboden und dem Sarg frei blieb. Dort lag auf einem behelfsmäßigen Bett Sayyeds Bruder. Er trug einen groben Verband um die Schulter und einen weiteren um den Oberschenkel.

»Er war vor einer Weile wach«, sagte Tassilio mit zitternder Stimme, »aber jetzt will er nicht mehr aufwachen.« Trotz seiner Stärke und wachsenden Reife traten ihm Tränen in die Augen – Tränen der

Erschöpfung, des Kummers und der überwältigenden Erleichterung. Er wischte sie mit dem schmutzigen Ärmel fort.

Besorgt stand Sayyed auf und rief nach Helmar und ihrem Heiler. Sie stand bereits hinter dem Wagen mitten unter ihren Reitern bei einem weißen Pferd und sah niedergeschlagen aus. Etwas Langes und Regloses lag in königliches blaues Tuch gehüllt auf dem Boden neben den Hufen des Pferdes. Sayyed spürte eine Hand an seinem Arm, drehte sich um und sah, wie Tassilio traurig auf das Bündel blickte.

Der Junge räusperte sich. »Ich weiß nicht, wer er war. Er kam an jenem Morgen und hat nach Hajira gesucht. Sie hatten sich miteinander unterhalten, als der Kampf losging. Er blieb bei uns und hat den Wagen verteidigt, bis einige von den Fel Azureth uns nachgesetzt haben.« Tassilio verstummte und wischte sich noch einmal über die Augen. Helmar und die Krieger hatten sich umgedreht und hörten ihm zu. Er sah die Anführerin an; es war, als rede er nur mit ihr. »Er war sehr tapfer. Er hat neben Hajira gekämpft und mir das Leben gerettet, müsst Ihr wissen. Er hat einen Schwerthieb abgefangen, der für mich bestimmt war. Als die Angreifer zurückgewichen sind, waren sie der Meinung, alle seien tot. Ich habe Hajira in den Wagen geholfen, aber für den Fremden konnte ich nichts mehr tun außer ihn zudecken und die Geier von ihm fern halten. Ich kenne nicht einmal seinen Namen.« Plötzlich kamen die Tränen wieder und rannen ihm die Wangen herab.

Die Anführerin ließ sich auf ein Knie vor Tassilio nieder und reichte ihm ein Stück Stoff für sein Gesicht. »Sein Name war Hydan«, sagte sie sanft. »Er war einer meiner Schwertkämpfer und, ja, er war sehr tapfer. Ich bin wie du froh zu wissen, dass er einen ehrenhaften Tod fand. Ich danke dir, dass du dich um ihn gekümmert hast.«

Ihre einfachen, direkten Worte waren genau das, was Tassilio brauchte. Er nahm das angebotene Tuch, schenkte ihr ein bebendes Lächeln und rieb sich heftig übers Gesicht. Als er hinter dem Stoff hervorsah, waren die Tränen verschwunden, und er sah wieder mehr wie er selbst aus.

Traurig banden die Klannad-Reiter Hydans eingehüllten Leichnam auf den Rücken seines Pferdes. Helmar nahm die Schnauze des Tiers in die Hände und beugte sich zu ihm vor, um ihm Lebewohl zu sagen. »Bring ihn nach Hause«, murmelte sie. Das Pferd wieherte kurz; es war ein kummervoller, einsamer Laut. Dann trottete es mit seiner schweren Bürde davon.

»Wohin geht es?«, fragte Tassilio erstaunt.

»Es bringt seinen Reiter nach Hause, damit er mit allen Ehren begraben werden kann«, antwortete die Anführerin, die von ihren eigenen Gedanken abgelenkt wurde.

»Woher kennt es den Weg? Lebt ihr in der Nähe? Wer seid ihr überhaupt?« Tassilio war wieder ganz der Alte. Er wartete nicht einmal eine Antwort ab, sondern packte Helmar am Arm und zerrte sie zu dem Wagen, in welchem sich Sayyed um Hajira kümmerte.

Der Klannad-Heiler eilte auf Helmars Befehl herbei, und gemeinsam trugen sie Hajira in einen Unterstand, den man behelfsmäßig neben dem Wagen errichtet hatte und in dem der Heiler mehr Platz hatte, um sich um den Verletzten zu kümmern.

Nach einer gründlichen Untersuchung teilte der Heiler Sayyed und Tassilio die gute Nachricht mit. »Seine Wunden sind nicht gefährlich. Sein schlimmstes Übel ist die Austrocknung. Er muss sehr viel trinken. Wenn er die nächsten Stunden ohne Infektionen übersteht, wird er bald wieder auf den Beinen sein.«

Tassilio jauchzte auf und tanzte mit seinem Hund um das Zelt.

Der Heiler sollte Recht behalten. Unter ständiger Zufuhr von Wasser, mit Honig gesüßtem Tee und klarer Suppe lebte Hajira wieder auf. Am späten Nachmittag überraschte er jedermann, indem er sich aufsetzte und energisch darauf bestand, dass Sayyed ihn und den Jungen von diesem stinkenden, fliegenverseuchten und schmutzigen Ort fortbringen sollte. Der Heiler stimmte zu, und die Reiter gehorchten dankbar. Sie bauten aus verschiedenen Teilen der zerstörten Wagen einen Karren für den Wächter, spannten ihn hinter ein Pferd und ließen die Karawane hinter sich.

Einen Teil des Weges ritt Sayyed neben Hajira her und berichtete ihm, was geschehen war. Der Verwundete hörte mit halb geschlossenen Augen zu, und nachdem Sayyed seine Geschichte beendet hatte, erhellte sich sein abgezehrtes Gesicht vor Freude. »Niemand außer dir, mein Bruder, geht in die Berge, um zwei Zauberer zu suchen, und kommt mit mehr als siebzig zurück.«

»Aber nicht mit den richtigen.«

Hajiras gute Laune verflüchtigte sich. »Nein, noch nicht. Die Lage ist schlimmer, als wir befürchtet hatten.« Ohne den Schmerzen in Schulter und Bein Beachtung zu schenken, drückte er sich an der Wand des Karrens hoch, bis er aufrecht saß. »Zukhara benutzt deine Frauen dazu, eine alte Prophezeiung aus der *Wahrheit der Neun* zu erfüllen, die seiner Meinung nach auf ihn zutrifft.«

»Und du glaubst das nicht?«, fragte Helmar.

Hajira schnaubte verächtlich. Er kannte die Klansprache gut genug, um die Frau zu verstehen. »Prophezeiungen sind niemals genau. Man kann sie auf alle möglichen Ereignisse beziehen.«

»Was ist denn der Blitz des Nordens?«, wollte Sayyed wissen.

»Wie hast du davon erfahren?«

»Aus ein paar Berichten, die wir sammeln konnten. Es geht das Gerücht um, Zukhara trage den Blitz des Nordens in seiner Hand.«

Hajira tat dies mit einem Zucken der unverletzten Schulter ab. »Das muss Gabrias und Kelenes Zauber sein.«

Sayyed kratzte sich am Kinn. Das ergab einen Sinn, also brachte er noch etwas anderes zur Sprache, was ihn beunruhigte. »Haben die Fel Azureth den Shar-Ja getötet?«

»Das möchte ich bezweifeln. Ich habe gesehen, wie sie seinen Wagen entführt haben, bevor wir zum Leichenwagen gelaufen sind.« Er neigte den Kopf vor Helmar, die an seiner anderen Seite ritt; Tassilio hockte glücklich hinter ihr. »Vielen Dank, dass Ihr einen Eurer Männer geschickt habt. Er sagte, er sei Tag und Nacht geritten, um uns zu erreichen. Es tut mir Leid, dass er gerade zu einem so schlechten Zeitpunkt eintreffen musste.«

Sie nahm seinen Dank entgegen und sagte: »Eines möchte ich gern noch wissen. Wie habt ihr beiden zwei Tage lang überlebt?«

Der Turic deutete mit dem Finger auf den Jungen. »Er ist ein höchst fähiger Langfinger.«

Es war trotz seiner dunklen Haut deutlich zu sehen, dass Tassilio errötete. »Du hättest dasselbe für mich getan«, sagte er hastig.

»Stimmt.« Hajira lächelte und schloss die Augen. Er fiel in einen tiefen Schlaf.

Tassilio betrachtete seinen Freund mit großer Verehrung. »Er wollte, dass ich weglaufe und ihn allein lasse, aber das konnte ich nicht tun! Niemand ist dem Wagen des Shar-Yon nach der Schlacht nahe gekommen. Viele Leute haben die Verwundeten und Toten ausgeraubt, aber keiner hat sich an einen königlichen Sarg herangewagt, der von einem großen Hund und einem Pferd verteidigt wurde, das so weiß wie ein Gespenst war.« Der Junge grinste angesichts seiner Erinnerungen, doch rasch verflog das Lächeln wieder. Er schniefte und war dankbar, dass dieser Teil seiner Tortur vorbei war. Verstohlen wischte er sich mit dem Ärmel übers Gesicht.

Dann kam sein rascher Verstand auf einen neuen Gedanken, und er tätschelte das weiße Hinterteil des Pferdes. »Hydans Pferd war etwas Besonderes, nicht wahr? Es schien so schrecklich traurig über den Tod seines Herrn zu sein. Es war kaum zu ertragen. Ich habe ihm gesagt, es täte mir Leid, und habe ihm gedankt. Das Merkwürdigste war, dass es so wirkte, als hätte es mich verstanden.«

»Die meisten Pferde verstehen ein freundliches Herz«, erwiderte Helmar.

»Versuche nicht, sie mit Fragen zu löchern, Junge«, warnte Sayyed ihn trocken. »Sie ist so verschlossen wie eine Auster.«

»Alle Geheimnisse werden zur passenden Zeit enthüllt«, gab sie zurück. »Und die Gründe für sie ebenfalls.«

Tassilio war zum ersten Mal seit langer Zeit in Sicherheit. Müde lehnte er sich gegen Helmars starken Rücken. »Wenigstens kommen wir bald nach Cangora. Ich hoffe, mein Vater ist dort.«

Die Erwachsenen gaben keine Antwort darauf. Niemand wusste, was sie in Cangora vorfinden würden, und niemand wagte eine Vermutung anzustellen.

Die Klannad ritten weiter, bis die Dämmerung hereinbrach, und folgten den ausgetretenen Pfaden von Zukharas Heer. Obwohl sie auf dem Weg auch andere Turic sahen, waren die meisten Leute zu verängstigt oder misstrauisch, um Neuigkeiten über den Greif mitzuteilen. Kurz vor Sonnenuntergang erreichten die Reiter die letzte Oase an der Gewürzstraße und hofften, dass das Heer hier sein Lager aufgeschlagen hatte, doch die Oase und die kleine Siedlung neben ihr waren verlassen. Der Grund dafür baumelte in den wenigen Bäumen rund um die Einfriedung. Zehn Männer unterschiedlichen Alters waren hier mit zusammengebundenen Händen und ohne Roben vor wenigen Stunden aufgeknüpft worden. Ein an einen Baum genagelter Erlass verbot es jedermann, die Leichen abzuhängen, bis sie verfault aus ihren Schlingen fielen.

»So geht der Greif mit denen um, die sich seinem Willen widersetzen«, sagte Hajira mit vor Zorn und Ekel bebender Stimme. »Die Familien, die in dieser Oase lebten, waren vom Stamm Kirmaz. Ihr Anführer war nicht mit der Karawane des Shar-Ja gereist. Er ist ein sturer Mann mit einem tiefen Sinn für Tradition, der mit Zukhara nicht besonders gut ausgekommen ist. Sobald er hiervon erfährt ...« – Hajira deutete auf die gehängten Männer – »... wird er kaum zurückzuhalten sein.« Der Wächter verstummte und wurde sehr nachdenklich. »Schneidet sie ab«, sagte er plötzlich.

Die Anführerin zuckte unter seiner scharfen Stimme zusammen. »Warum? Wäre es nicht besser, wenn sich die Angehörigen um die Leichen kümmern? Warum sollten wir weitere Zeit verlieren?«

»Vermutlich ist es schon zu spät, um den Greif vor Cangora einzuholen«, erwiderte Hajira und hing immer noch seinen eigenen Gedanken nach. Sein durchdringender Blick glitt über das nahe Vorgebirge. Die Brunnen und Quellen der Oasen an der Gewürzstraße wurden von einigen gewundenen Flüssen gespeist, die im verborgenen Herzen der Absarotan-Berge entsprangen. Sie waren die Lebensadern des westlichen Teils des turischen Reiches und wurden – oft als eine besondere Ehre – verschiedenen westlichen Stämmen in Gewahrsam gegeben. Selbst in Zeiten der Dürre hatten die Oasen für gewöhnlich Wasser. Die Quellen dieser besonderen Oase waren doppelt wichtig, denn sie lagen in der Nähe von Cangora und an einer Hauptstraße, die zu den hoch gelegenen Weiden in den Bergen führte. Seit mehreren Generationen war sie eifrig vom Stamm der Kirmaz gepflegt worden.

Hajira kannte ihren Führer gut und wusste um seinen Ruf als Unruhestifter. Wenn es ihm gelingen sollte, die Aufmerksamkeit dieses Mannes zu erregen, wäre dies die verloren gegangene Zeit wert. »Die Überlebenden sind jetzt vermutlich irgendwo dort oben und beobachten uns aus sicheren Verstecken«, sagte er zu Helmar. »Noch wissen sie nicht, wer wir sind, aber wenn wir ihre Toten mit Respekt behandeln und eine Botschaft für den Kirmaz-Ja hinterlassen, könnten wir einen neuen Verbündeten gewinnen.«

Die Reiter folgten Helmars Anordnung und schnitten die zehn Männer ab. Sie legten die Leichen im Schatten eines Lehmziegelhauses sorgfältig nebeneinander, schlossen ihnen die hervorgequollenen Augen und bedeckten sie mit Tüchern und schließlich mit Steinen, um die Aasfresser fern zu halten.

Als sie mit ihrer Arbeit fertig waren, hinkte Hajira zusammen mit Sayyed zu den Grabhügeln. »Die Familien werden bald zurückkehren und diese Männer so begraben, wie sie es für richtig halten, und sie werden wissen, dass die Raid keine Angst vor dem Greif haben.« Die beiden Männer legten Sayyeds Mantel so über den ersten Hügel, dass jeder, der sich dem Grab näherte, das Zeichen der Raid sehen konnte.

Nachdem die Klannad ihre Pferde getränkt hatten, setzten sie die Reise fort. Sie waren nicht mehr weit von Cangora entfernt und wollten Zukhara rasch folgen, weil sie hofften, dass er vor den Toren lagern würde und sie die Frauen finden konnten, bevor der Greif die Stadt betrat. Alles hing davon ab, ob sich Cangora verteidigen würde oder nicht.

Doch je näher sie der Hauptstadt kamen, desto mehr Hinweise fanden sie für das grausame Vorrücken des Greifs. Eine wachsende Anzahl kleiner Dörfer und Gehöfte befand sich nun entlang der Straße, und viele waren verwüstet worden, um das gefräßige Heer zu ernähren. Weitere Leichen hingen an den Bäumen oder vor ihren verlassenen Häusern. Eines der Gebäude – nach den verbrannten Trümmern zu urteilen, war es ein Lagerhaus gewesen – war eindeutig durch Magie zerstört worden.

»Würde Kelene so etwas tun?«, fragte Hajira mit großem Erstaunen über das Ausmaß der Schäden.

»Möglicherweise, falls Zukhara ihrer Mutter ein Messer gegen die Kehle gedrückt hat«, sagte Sayyed düster.

»Das ist etwas, das ich mich immer wieder gefragt habe, seit du mir diese Geschichte erzählt hast«, meinte Helmar. »Warum setzen Kelene und Gabria ihre Gabe der Zauberei nicht zur Flucht ein? Sie werden jetzt schon seit vielen Tagen gefangen gehalten, und wir wissen, dass sie noch leben.«

»Zukhara hat Gabria vergiftet, aber darüber hinaus weiß ich nichts. Allerdings denke ich über diese Frage seit jener Nacht nach, in der sie entführt wurden.«

Sie hat Angst vor ihm, erklärte Demira stumm. *Das weiß ich aus ihrer Berührung, aber ich kenne den Grund dafür nicht. Er hat mich lan-*

ge betäubt, und als ich endlich aufgewacht bin, hat Kelene mich fortgeschickt.

Sayyed schüttelte den Kopf. »Welches Druckmittel hat er? Kelene ist so mutig wie eine Löwin und so stur wie ein Dachs. Ich hoffe, sie wartet nur den richtigen Augenblick ab.«

»Was wirst du tun, wenn Zukhara sie zwingt, gegen uns zu kämpfen?«, fragte Helmar in ihrer ruhigen, sanften Stimme.

»Die Entscheidung darüber sollen die Götter fällen«, erwiderte er so leise, dass sie ihn kaum verstand.

Die Straße wand sich den baumlosen, welligen Saum des Vorgebirges entlang. Im Westen war die Sonne bereits hinter die gewaltigen Gipfel des Absarotan-Massivs gesunken. Im Osten legte sich ein purpurfarbener Dunst friedlich über das flache, trockene Land, das an die Wüste von Kumkara grenzte. Hinter einem sanften, lang gezogenen Hügel, über den sich die Straße zog, entdeckten die Reiter die ersten grauen Rauchwolken in der ruhigen Abendluft. Bald bemerkten sie ein Murmeln, das so tief und bedrohlich wie fernes Donnergrollen war.

Die Reiter sahen einander besorgt an. Hajira setzte sich in seinem Wagen auf und reckte den Kopf. Die Straße lag jetzt verlassen da; das Land trug keine Anzeichen von Leben mehr. In der Luft hing eine Spannung, die genauso deutlich war wie die Laute, die immer durchdringender wurden, je näher die Truppe dem Hügelkamm kam. Inzwischen erkannten sie, dass sich der Lärm aus Tausenden wütender Stimmen, dem Zusammenprall von Waffen sowie einigen starken Explosionen zusammensetzte.

Die Truppe eilte voran und erklomm die Spitze des Hügels. Dort hielt sie an und starrte auf das Bild unter ihr. Cangora, die alte Hauptstadt der turischen Herrscher, lag in einer großen Senke im Schutz der Berge. Sie war etwa so groß wie Moy Tura und zog sich terrassenförmig den Hang hoch bis zu einer massiven Felswand, die sich über die Stadt erhob und einen Angriff von der Rückseite unmöglich machte. Überdies wurde Cangora von dicken Steinmauern und hohen, überwölbten Türmen geschützt, die eine feste Verteidigungslinie quer durch die Senke bildeten. Der einzige große Eingang war ein massives Tor mit gewaltigen kupfernen Flügeln, die der Stadt ihren turischen Namen verliehen: ›Kupfertor‹. Nach der untergegangenen heiligen Stadt Sargun Shahr war dies der wichtigste Ort im turischen Reich, ein Zentrum des Handels, der Religion und Kunst. Cangora war noch nie im Kampf erobert worden.

Das Heer des Greifs hatte sich vor dem großen Tor in schreienden, brodelnden Reihen zusammengezogen. Sie besaßen keine Sturmmaschinen und nicht genügend Männer zum Angriff auf eine so große Befestigung, doch sogar von ihrer Position auf dem fernen Hügel aus sahen die Klannad deutlich, dass Zukharas Heer lediglich die eine Person brauchte, die vor dem riesigen Tor stand, um sich einen Weg ins Herz der Stadt zu bahnen. Ein heftiger Blitz aus feurig blauem Licht strömte aus ihrer Hand auf die Spitze eines Turms zu. Die Kuppel explodierte in einem tödlichen Schauer aus Stein, geschmolzenem Blei und brennendem Holz. Drei andere Türme waren schon zerstört worden.

»Ist das Kelene?«, fragte Helmar überrascht und verärgert.

Hajira lehnte sich über die Schulter des Fahrers und starrte auf die so weit entfernte Gestalt. »Nein, bei der Hand des lebendigen Gottes!«, antwortete er. »Das ist Zukhara!«

Ein entsetztes Schweigen legte sich über die verblüfften Krieger. Das war die Antwort auf so viele Fragen.

»Der Blitz des Nordens«, knurrte Sayyed. »Das ist nicht Kelenes Magie, sondern seine eigene.«

Trotz der Dunkelheit sahen die Beobachter vom Hügel aus die hektische Betriebsamkeit auf dem Mauern. Waffen blitzten im Fackelschein auf, und die Leute versuchten die Feuer zu löschen, bevor sie außer Kontrolle gerieten.

In diesem Augenblick schwebte ein großer, dunkler Schatten über der Stadt. Fackelschein und das Licht der Feuer vor dem Tor erglühte auf den goldenen Schwingen eines lebenden Greifs. Auf seinem Rücken saß die reglose Gestalt einer Frau mit gelöstem dunklem Haar.

Demira wieherte wütend auf und hätte sich in die Luft erhoben, wenn Sayyed nicht rechtzeitig die Anspannung in ihren Muskeln gesehen und ihre Vorsatz geahnt hätte. »Nein!«, brüllte er und zerrte so stark an ihrem Halfter, dass sie aus dem Gleichgewicht geriet und gegen Afer prallte. »Nein! Denk nicht einmal daran. Noch nicht. Warte ab. Wir können sie nicht unter den Augen einer ganzen Streitmacht retten.«

Die Stute stieß ein enttäuschtes, durchdringendes Wiehern aus. *Lass mich zu ihr! Ich kann schneller fliegen als dieses Ding!*

Der schwarze Hengst schnaubte wütend. *Nein, das kannst du nicht. Das ist ein zum Fliegen geborenes Geschöpf. Und wenn du schon nicht an dich selbst denkst, dann denk an Gabria und Nara!*

Demira scharrte mit den Hufen. Auf ihrem Fell zeigten sich dunkle Schweißflecke, und ihr Schweif vollführte einen wilden Tanz, doch sie nahm sich Afers Worte zu Herzen und faltete wütend die Flügel zusammen – vorerst zumindest.

Ein weiteres Geräusch richtete die Aufmerksamkeit aller wieder auf die angegriffene Stadt. Die schmetternde Stimme eines einzelnen Horns hallte bis hinauf zu dem Hügel. Die Angreifer verstummten. Der Mann vor dem Tor sandte eine donnernde Botschaft aus. Die Truppe konnte seine Worte nicht verstehen, doch sie hörten den erregten Tonfall und wussten, was er verlangte.

Lange Zeit geschah nichts. Der Greif kreiste noch immer über der Stadt, und das Heer regte sich ungeduldig wie ein Jagdhund, der auf das Töten wartet. Rauch wirbelte aus den Spitzen der zerschmetterten Türme.

Schließlich ertönte ein anderes Horn, diesmal vom Wehrgang der Stadtmauer, und die gewaltigen Tore schwangen langsam auf und erlaubten einem kleinen Teil der Männer, die Stadt zu verlassen. An ihren Roben und den flachen goldenen Ketten, die ihnen glitzernd vor der Brust hingen, erkannte Hajira sie als Ratsmitglieder. Sie verneigten sich tief vor Zukhara.

»Das war's dann«, brummte er. »Wenn diese Männer verhandeln, wird sich die Stadt ergeben. Ich hatte gehofft, der Statthalter würde den Kampf befehlen, aber vielleicht wurde er schon ermordet.«

Er hatte diese Worte gerade ausgesprochen, als die Gesandten auf etwas deuteten. Zwei weitere Männer zerrten einen Körper durch das Tor und warfen ihn vor Zukharas Füße.

Ein triumphierendes Brüllen schwoll in den Reihen der Fanatiker an. Sie hoben ihre Waffen und schlugen die Schilde zusammen. Der schreckliche Lärm erfüllte das Tal vom einen Ende zum anderen und erschütterte die Grundmauern der Stadt. Die großen Tore wurden weit geöffnet. Der Greif und die Fel Azureth betraten die Stadt im Triumphzug.

Vierzehn

Ein Nebeltuch verhüllte Gabrias Träume. Dicht und schwer, gleichsam undurchdringlich hing es über ihrem Unterbewusstsein und verschleierte die Bilder, die sich in ihrem Geist bildeten. Sie versuchte sich durch den Nebel zu einem Ort durchzukämpfen, wo die Luft rein und das Licht so hell wie die Mittagssonne über der Ebene von Ramtharin war, doch der zähe, dunkle Dunst schien kein Ende zu nehmen. Kein Anfang. Kein Ende. Kein Leben. Nur schreckliche Unbegreiflichkeit.

Dann hörte sie ein Geräusch, das allen Klanleuten vertraut war: das ferne Klappern von Hufen. Ein Angstblitz durchzuckte sie. Das Massaker an ihrem Klan und die Vision von der Ermordung ihres Zwillingsbruders lagen siebenundzwanzig Jahre zurück. Seitdem hatte sie diesen Traum oder Abwandlungen von ihm mehrfach erlitten, und immer verursachte er ihr Kummer und Schmerz. Unabänderlich nahm er im Nebel seinen Ausgang und setzte sich mit Hufgeklapper fort. Sie drehte sich halb um und erwartete, die Stimme ihres Bruders zu hören, doch diesmal war sie allein im Nebel. Niemand sagte etwas; keine anderen Laute drangen in ihren Traum ein. Da war nur das Hufgetrappel eines einzelnen Pferdes.

Gabria blickte in die Richtung des Geräuschs und sah, wie sich ein Reiter auf einem geisterhaften weißen Pferd aus dem Dunst herausschälte. Ein Vorbote, rief es in ihr. Der unsterbliche Bote, der vom Gott der Toten ausgesandt worden war, um ihre Seele zu holen. Nun hatte Zukharas Gift doch noch gewirkt.

Aber ihr Herz widersprach. Ihr Herz schlug noch in der Brust, schneller nun vor wachsender Aufregung, und auch ihre Gedanken taten angesichts der Vision einen Sprung. Vorboten waren männlich, soweit man wusste, aber der Reiter auf diesem wunderbaren weißen Pferd war eine Frau, und überdies eine großartige Frau, gekleidet für die Schlacht, mit einem Schwert in der Hand. Ein Helm verbarg ihr Gesicht, und der Stil ihrer Kleidung war unvertraut, doch hinter ihrem Rücken flatterte gleich einem Banner ein Mantel, der so rot wie das Blut der Corin war. Die Frau hob das Schwert zum Gruß … und verschwand.

Gabria regte sich unruhig in ihrem Bett. »Sie kommen«, flüsterte sie.

Kelene war sogar im Schlaf wachsam. Sie erhob sich und sah nach ihrer Mutter. »Wer kommt?«, fragte sie, doch Gabria seufzte nur und glitt in einen tieferen Schlaf.

Das Licht einer Kerze neben dem Bett huschte über Gabrias Gesicht und hob die scharfen Züge gelblich hervor. Kelene biss sich besorgt auf die Lippen. Gabria war schon immer sehr schlank gewesen, doch sie hatte so viel Gewicht verloren, dass sie nun abgezehrt aussah. Das Gift in ihrem Körper verursachte ihr Übelkeit. Kelene war es lediglich gelungen, ihr ein wenig Flüssigkeit einzuflößen, damit sie nicht zu schwach wurde und auszehrte. Ihr langes, helles Haar, das normalerweise glänzte und sorgsam gebürstet war, war nun zu einem schlaffen und schmutzigen Zopf geflochten. Die Haut hatte eine graue Färbung angenommen, und Gabrias Stärke war verschwunden, so dass sie sehr schnell ermüdete. Sie zeigte viele der Symptome, die Kelene auch bei dem Shar-Ja festgestellt hatte. Kelene vermutete, dass Zukhara ihn ebenfalls vergiftet hatte.

Nun war Kelene hellwach. Sie schlüpfte aus dem Bett und ging quer durch den Raum zu einem Fenstersitz in der tiefen Laibung. Sie schlief sowieso nicht gern in diesem hohen Bett; es war zu weit vom Boden entfernt. Eine warme Matratze auf dem Boden war ihr angenehmer und überdies bequemer für den Rücken als diese zu weich gepolsterten Federbetten, auf denen die Turic lagen. Natürlich diente dieser Raum für gewöhnlich als Gästezimmer für adligen Besuch und nicht für Klanfrauen, die an Zelte und Ruinen gewöhnt waren.

Kelene warf einen kritischen Blick in den düsteren Raum und schürzte die Lippen. Alles hier war zu groß, zu vornehm, zu übertrieben. Mächtige, mit üppigem Schnitzwerk geschmückte Möbel, Wandgemälde, dicke Teppiche und Kunstwerke waren in diesem Raum von jemandem angehäuft worden, in dessen Geist große Anspannung und Unordnung herrschten. Das Ergebnis sollte nicht bequem sein, sondern beeindrucken. Kelene fand das Ganze ärgerlich.

Sie unterdrückte ein Seufzen, zog die Vorhänge zurück und öffnete das Glasfenster. Glas war eine Seltenheit bei Leuten, die den größten Teil ihres Lebens in Zelten verbrachten, doch Kelene mochte das Gefühl der glatten, kalten Oberfläche und die Art, wie das Licht hindurchströmte. Wenn sie je nach Moy Tura zurückkehren konnte, wollte Kelene einen Glasbläser ausfindig machen und von ihm lernen, wie man Scheiben, Phiolen sowie die wunderschönen farbigen Glasflaschen und Kannen herstellte, die sie bei den Turic gesehen hatte.

Sie lehnte sich über die Brüstung und sog die Nachtluft tief ein. Weit unter ihr fiel Cangora Straße für Straße zu den großen Kupferportalen ab, die während der Nacht geschlossen waren. In der Stadt war es dunkel; sie brütete in Schweigen, nachdem sie sich dem Greif in der vergangenen Nacht ohne Gegenwehr ergeben hatte.

Nach der Übergabe der Stadt hatte Zukhara seine Residenz im Palast des Shar-Ja am Fuß der mächtigen Felswand aufgeschlagen, die Cangoras wichtigste Verteidigungsanlage bildete. Von ihrem Fenster aus konnte Kelene diese Felsformation nicht sehen, doch sie hatte sie vom Rücken des Greifs aus bemerkt und ihre unüberwindbare Stärke erkannt. Das hatten die Turic schon vor langer Zeit begriffen und auf der Spitze der luftigen Erhebung einen großen Tempel errichtet. Zukhara hatte ihr mitgeteilt, dass dieser Tempel der Hauptgrund für seinen Marsch auf Cangora war. Leider hatte er ihr diesen Grund nicht näher erläutert.

Glücklicherweise hatte sie den Ratgeber erst einmal gesehen, seit er Gabria und sie in diesem Zimmer in der Nähe seines eigenen Quartiers eingesperrt hatte, und da hatte er ihr nur kurz einige Ratsmitglieder des Shar-Ja vorgestellt. In der Zwischenzeit war er sehr geschäftig gewesen, hatte rasch seine Position in der Stadt gefestigt und den Krieg bis in den hintersten Winkel des Reiches getragen. Den Leichnam des Statthalters hatte man in einem Käfig neben dem Haupttor aufgehängt. Er erhielt rasch Gesellschaft von weiteren Ratsmitgliedern aus der Stadt, die sich gegen die Verhängung des Kriegsrechts über die Bevölkerung aufgelehnt hatten.

Er erließ eine nächtliche Ausgangssperre für alle Einwohner der Stadt, und die Fel Azureth patrouillierten in Gruppen durch die Straßen, um dem neuen Recht Geltung zu verschaffen. Der Rest des Heers, der nicht im Palast untergebracht war, verteilte sich über einige Wirtshäuser und eine Reihe großer Wohngebäude in Cangora, vertrieb deren Eigentümer und plünderte die Läden. Zukhara unternahm nichts, um sie davon abzuhalten, und jeder, der dumm genug war, sich darüber zu beschweren, fand sich bald in der Gesellschaft der Ratten des städtischen Gefängnisses wieder. Auch diejenigen, die ihrem Glauben an die heilige Mission des Greifs keinen genügend großen Ausdruck verliehen, wurden in den Kerker geworfen.

Es war kaum der glückliche Beginn einer großen Herrschaft, dachte Kelene verbittert. Sie hob den Blick über die Mauern der nachtschwarzen Stadt zur Karawanenstraße, die von einem breiten, kargen Hügel herabkam. Auch wenn sie die ferne Landschaft nicht deutlich erkennen konnte, erinnerte sie sich doch gut an sie.

»Sie kommen«, hatte ihre Mutter gesagt.

Wer kam? Ritt da draußen jemand zu ihrer Rettung herbei? Oder war es etwas, das sie noch nicht verstehen konnte – etwas, das Gabria nur im Traum gesehen hatte? Kelene sah dorthin, wo der Hügel sein musste, als könne sie die Dunkelheit durchdringen und erkennen, was dort war. In der letzten Nacht hatte sie etwas gehört – oder etwas zu hören geglaubt. Es war ein kurzer Laut gewesen, der sich nur einen Augenblick lang über den Lärm des Heers und das Getöse der Waffen gelegt hatte. Das Geräusch war so schwach gewesen, dass sie immer noch nicht sicher war, es wirklich gehört zu haben, aber es hatte so vertraut geklungen, so schön. Vielleicht war es nur einem Wunschgedanken entsprungen, dass sie Demiras Stimme auf dem Berg vor der Stadt vernommen hatte.

Sie ließ das Fenster offen, kehrte zu dem Bett zurück, in dem Gabria friedlich schlief, und zog ein überzähliges Laken auf den Boden. Sie legte sich dicht neben das Bett, damit sie schnell bei Gabria war, wenn diese sie brauchte. Sie schloss die Augen, und ihr Körper entspannte sich, doch es dauerte sehr lange, bis sie endlich einschlief.

*

Wegen der ruhelosen Nacht schlief Kelene bis tief in den Morgen und erwachte erst, als Diener Tabletts mit Essen ins Schlafzimmer brachten und das Frühstück auf einen Tisch beim geöffneten Fenster stellten. Sie sprang auf die Beine – der Schlaf auf dem Boden war ihr besser bekommen – und schickte die Männer fort, welche die Klanfrauen unbedingt bedienen wollten. Kelene scheuchte sie zur Tür und schlug sie ihnen vor der Nase zu. »Überfütterte, störende Weibsbilder sind wir«, sagte sie gereizt.

Wenigstens hatten die Diener einen guten Einfall gehabt: Sie hatten eine Kanne frisch aufgebrühten Tee mitgebracht. Kelene goss eine Tasse ein, schüttete Milch hinein, süßte ihn mit Honig und brachte ihn ihrer Mutter.

Gabria war schon wach und lächelte, als Kelene sich neben sie setzte. Vorsichtig trank sie den heißen Tee in kleinen Schlucken, damit ihr empfindlicher Magen nicht zu sehr in Aufruhr geriet.

»Erinnerst du dich an den Traum, den du in der letzten Nacht hattest?«, fragte Kelene nach einer Weile.

Die ältere Zauberin sah sie verständnislos an, dann hielt sie den Kopf schräg und dachte nach. »Es ist alles so undeutlich. Ich fühle mich, als ob ich die ganze Nacht durch Nebel gegangen wäre. Aber ich erinnere mich an ein weißes Pferd.«

»Ein *weißes* Pferd?«, wiederholte Kelene besorgt. Diese Farbe war bei den Klanpferden ungewöhnlich, denn sie wurde in Verbindung mit Zauberei und den geisterhaften Rössern der Vorboten gebracht. »War es ein …?«

»Nein«, versicherte Gabria ihr rasch. »Zuerst hatte ich das auch geglaubt, aber es wurde von einer Frau geritten.«

»Von wem? Und warum hast du gesagt: Sie kommen?«

»Habe ich das? Ich weiß es nicht. Ich erinnere mich an sonst nichts mehr.«

Kelene schnalzte mit der Zunge. »Mutter, wenn du eines fernen Tages in die Gegenwart der Götter trittst, musst du unbedingt Amara fragen, warum deine Träume immer so schrecklich undeutlich waren.«

Diese Bemerkung zauberte ein Lächeln auf Gabrias Gesicht, und einen Moment lang leuchteten ihre stumpfen Augen auf. »Ich werde dafür sorgen, dass du eine Antwort darauf erhältst.«

Sie lachten noch, als die Tür aufgestoßen wurde und Zukharas Haushofmeister den Raum betrat. Ein goldener Greif auf seiner Uniform bezeichnete ihn als einen der Fel Azureth, und die tiefen

Linien auf der Stirn sowie die kalten, schwarzen Augen wiesen ihn als einen Mann mit wenig Sinn für Humor aus.

Kelene starrte ihn an und sagte kühl: »Wurdest du in einem Bordell geboren, da du nicht einmal anklopfst?«

Er beachtete ihre Bemerkung nicht. Sein geringschätziger Blick glitt durch den Raum; er sah sie nicht offen an. »Seine Oberste Hoheit, Lord Zukhara, Herrscher der Gläubigen, erwartet deinen Besuch, Klanfrau«, verlangte er in grober Klansprache.

»Ich nehme an, er meint mich«, zischte Kelene.

»Und er erwartet dich in einer der Roben, die für dich bereitgelegt worden sind.«

Kelene schlucke eine Bemerkung über diese Kleider hinunter und verließ den Raum, bevor der Offizier ihr Einhalt gebieten konnte. Sie trug noch die Klanhose, die sie sich in der Höhle gemacht hatte. Sie war gut genug!

Der Offizier rannte los, um sie einzuholen; sein Gesicht war eine eisige Maske. Ohne ein weiteres Wort führte er sie zu einem luftigen Zimmer in einem unteren Stockwerk des weitläufigen Palasts. Hier standen Zukhara, einige ältere Männer und zwei Priester in gelben Gewändern zusammen und unterhielten sich.

Der Greif senkte die buschigen Brauen, als er Kelene sah. »Ich habe dich gebeten …«

Kelene schnitt ihm das Wort ab: »«Es ist bequemer so.«

Die Männer waren entsetzt über ihren Widerspruch, doch Zukhara schnippte nur mit den Fingern und sprach einen kurzen Zauber. Zu Kelenes Verdruss fand sie sich in einem langen blauen Kleid mit einem Leibchen wieder, das sich eng an ihren Körper schmiegte. Der Rock floss wie Wasser bis zu den Füßen herab. Silberne Stickereien schmückten den Halsausschnitt und den Saum, und ein silberner Gürtel schloss sich um ihre schlanke Taille. Sogar das lange Haar wurde von einem silbernen Band gehalten und von einem einfachen Diadem gekrönt. In ihrem ganzen Leben war sie sich noch nie so elegant, selbstbewusst und erniedrigt vorgekommen.

Zukhara schenkte ihr sein bezauberndes Lächeln. »Du bist wunderschön, meine Liebe. Denke nicht daran, es wegzuzaubern, denn dann wirst du vor der ganzen Stadt nur in deiner seidigen, blassen Haut dastehen.«

Kelene schluckte schwer. Sie konnte nichts darauf erwidern, denn in der nächsten Minute schmetterten Fanfaren in der Nähe. Zukhara ergriff ihre Hand. Erst jetzt bemerkte sie die Großartigkeit seiner Kleidung und begriff, dass er etwas sehr Wichtiges vorbereitet hatte.

Schwere Vorhänge wurden von Dienern beiseite gezogen, und Zukhara, Kelene und die anderen Männer traten hinaus auf einen großen Balkon, von dem aus man die ganze Palastanlage überblicken konnte. Menschenmassen erfüllten den offenen Platz unter ihnen und ergossen sich die Promenade hinunter bis in die Straßen der Stadt. Die halbe Streitmacht Zukharas war versammelt. Sie grölte laut und drängte die zurückhaltenden Städter zu Freudengeheul. Fanatiker sangen Zukharas Namen.

Der Thronräuber badete in den Schmeicheleien, doch dann hob er die Hände und gebot Schweigen. Die Menge beruhigte sich allmählich und wartete gespannt auf seine Worte.

»Freut euch, turische Stämme, eure Rettung ist nahe!«, rief Zukhara. »Lange wurden wir an der Hand der Linie von Festith auf den Pfaden der Gier, Faulheit, Sünde und Verderbnis geführt. Seht, wie wir für ihre bösen Taten zahlen müssen! Unsere Quellen versiegen, unsere Tiere sterben, unsere Frauen und Kinder verhungern. Das Getreide, das wir säen, vergeht aus Mangel an Wasser. Es gibt keine Hilfe für uns! Der Lebendige Gott hat sein Angesicht von uns abgewendet. Solange wir dem letzten der Festith erlauben, uns als Shar-Ja zu regieren, wird Shahr uns nicht der Erlösung für würdig erachten!«

Ein paar Zischer und Buhrufe folgten diesen Worten, doch die meisten Leute blieben ruhig.

»Seht nur, was geschehen ist, als der Shar-Ja versuchte, einen Pakt mit den ungläubigen Pferdeklanen zu schmieden! Seine Boshaftigkeit und Gier wurden ihm mit Verrat heimgezahlt und sein Sohn ermordet. Das war unser Zeichen, mein Volk! Es wurde uns von unserem Gott gesandt, um uns den Weg aus der Dunkelheit zu weisen. Wir müssen die kranke Macht des Shar-Ja Rassidar überwinden und, wie es der Prophet Sargun vorhergesehen hat, den Greif auf den Thron des turischen Reiches setzen.«

Die Männer der Fel Azureth brachen in Frohlocken aus.

Kelene starrte den Mann neben ihr mit aufgerissenen Augen an. Sie wusste, dass er ein guter Lügner war, die Wahrheit zu seinen

Gunsten zurechtbog und sein eigenes Volk absichtlich in die Irre führte, aber er sprach mit solchem Eifer und Ernst und einer Stimme, die bis zu den hintersten Zuhörern drang und doch genug Mitgefühl und Sorge für seine Zuhörer zum Ausdruck brachte. Sie hätte ihm selbst geglaubt, wenn sie nicht Zeugin seiner Grausamkeiten und dunklen Machenschaften gewesen wäre.

Zukhara erhob abermals die Stimme. »Seht den Häretiker, der solche Leiden über uns bringt.« Er zeigte nach unten, und aus dem Hauptportal traten vier Männer mit einer Sänfte. Der Shar-Ja saß in seiner Zeremonienrobe gefesselt auf dem Stuhl. Er lebte noch und schwieg wütend.

Die Stadtbewohner sahen entsetzt zu, wie der Shar-Ja vor dem Palast auf und ab getragen wurde. Die Eiferer bewarfen den Herrscher mit fauligem Obst und Schlimmerem, doch die Städter wichen vor ihm zurück wie vor einem Aussätzigen.

»Von heute an in vier Tagen, am ersten Tag des Monats Janas, werden ich und die Priester Sarguns das Ritual der Thronbesteigung durchführen, den Shar-Ja feierlich töten und den Thron für eine neue Dynastie vorbereiten. Wie es in den heiligen Texten des Ritus vorgeschrieben ist, werde ich an jenem Tag diese Frau zu meiner Gattin machen und als Himmlischer Monarch und Heiliger Herrscher der turischen Stämme eingesetzt werden. Wie es geschrieben steht, so soll es geschehen!« Er hob die Arme im Beifall seiner Gefolgsleute, dann stieß er Kelene an die Brüstung des Balkons, damit die Menge einen kurzen Blick auf sie erhaschen konnte. Er machte auf dem Absatz kehrt und ging zurück ins Innere des Palasts, wobei er Kelene hinter sich herzerrte. Sobald er langsamer wurde, wand die Zauberin ihre Hand aus seinem Griff.

»Ich werde dich nicht heiraten!«, rief sie. »Ich bin schon verheiratet und noch keine Witwe.« Sie wusste, dass es keinen Zweck hatte, mit ihm zu streiten, aber ihre Wut hatte sie übermannt und sie jeglichen gesunden Menschenverstand vergessen lassen.

Er schlug mit der Hand aus, wie um eine lästige Fliege zu verscheuchen. »Deine Hochzeit wurde in deinem Volk unter euren heidnischen Göttern vollzogen und ist in unserem Land nicht bindend«, entgegnete er mit einer Anmaßung, die ihre Wut nicht hatte erschüttern können. »Für uns bist du mit keinem Mann außer mir verbunden.«

Sie verschränkte die Arme vor der Brust und fühlte sich wie gelähmt. »Das wird dir nichts nützen. Ich habe die Heilmittel, die du mir zusammen mit dem Essen geschickt hast, nicht eingenommen. Ich bin immer noch unfruchtbar und kann nicht dazu beitragen, Valorians Blut deinen Nachkommen weiterzugeben«, spuckte sie aus; etwas Besseres wusste sie nicht zu sagen.

Er lachte vor Vergnügen auf. »Natürlich hast du es nicht getrunken. Aber du hast es seit der Nacht in der Höhle gegessen, nachdem ich herausgefunden hatte, dass du den Fruchtsaft in Wasser verwandelst. Das war klug von dir. Aber nicht klug genug. Wenn wir unsere Ehe vollziehen, wird das Heilmittel seine volle Wirkung entfaltet haben.«

»Es wird keine Hochzeitsnacht geben«, sagte Kelene so langsam und deutlich, als ob jedes Wort ein Dolch sei, der ihm ins Herz fahren sollte.

Er streckte blitzschnell die Hand nach ihr aus, packte sie am Zopf und wickelte ihn sich fest um die Finger. Er zog ihren Kopf zurück, so dass ihre Kehle ungeschützt war. »Du bist so wunderschön, wenn du wütend bist. Bleibe so. Es wird mit ein großes Vergnügen sein, deinen Widerstand zu brechen«, zischte er ihr ins Ohr. Seine Finger liebkosten ihre Halsschlagader. »Es wird eine Hochzeitsnacht geben, und du wirst diesen wertlosen Mann bald vergessen haben, der dir niemals einen Sohn schenken kann.«

Diesmal schluckte Kelene ihre heiße Erwiderung herunter. Nichts, was sie sagen konnte, würde ihn umstimmen oder seine Pläne ändern. Sie wollte nur noch aus seiner Nähe fliehen und nachdenken. Bei allen Göttern, vier Tage waren so wenig Zeit! Es kribbelte ihr in den Händen, ihm die Kette vom Hals zu reißen und fortzulaufen, doch was würde ihr das nützen? Selbst wenn es ihr gelingen sollte, ihn zu töten, musste sie noch immer ihre Mutter mitnehmen, Nara und den Greif finden, die irgendwo auf dem Palastgelände untergebracht waren, und sich einem ganzen Heer entgegenstellen. Sie brauchte Hilfe oder wenigstens eine gute Ablenkung, doch ein Rettungstrupp aus Zauberern wäre ihr am meisten willkommen gewesen.

Zukhara küsste sie zart auf die Kehle, und es lief ihr eiskalt über den Rücken. Wenn nicht bald etwas geschah, das ihre Flucht beschleunigte, würde Kelene zwischen ihrer Ehre und dem Leben ihrer Mutter wählen müssen. Die Klangesellschaft verurteilte Ehebruch; einige Frauen waren sogar wegen unzüchtigen Verhaltens verbannt worden. Aber was war, wenn ihre Treue Gabria das Leben kostete? Und noch wichtiger war, wie Rafnir darüber denken würde. Was würde er empfinden, wenn sie sich einem anderen Mann hingab? Würde er es verstehen? Ächzend biss sie die Zähne zusammen und betete darum, dass ihm diese Probe erspart blieb.

Zukhara lachte sie aus. Er hielt sie noch am Zopf fest, zerrte sie die Korridore entlang zu ihrem Zimmer und riss die Tür auf.

Gabria saß bereits angezogen am Tisch und blickte den Greif kalt an, als er ihre Tochter in den Raum schob. »Mein Lord«, sagte sie, bevor Zukhara gehen konnte. »Ich erbitte eine Gnade.«

Er zögerte, wurde neugierig, und da er im Augenblick in Geberlaune war, entschied er, ihr zuzuhören. Obwohl er es nicht einmal sich selbst gegenüber zugeben wollte, empfand er Hochachtung vor dieser Klanfrau, die in ihrem Leben schon so vieles durchgemacht hatte. Er sah es als Ehre und Großtat an, dass er es schließlich sein durfte, der sie tötete. »Was willst du?«

»Ich hätte gern Jeneves Buch.«

Zukhara zuckte die Achseln. Er hatte jedes Wort und jeden Zauber in dem kleinen Buch auswendig gelernt. Es stand nichts darin, was die Zauberin gegen ihn verwenden konnte; also gab es eigentlich keinen Grund, warum er es ihr nicht für kurze Zeit überlassen sollte. »Warum möchtest du es haben?«, fragte er.

Gabria stand auf und trat neben Kelene. »Es gehört zu einem lange untergegangenen Klan. Ich hätte es gern als Erinnerungsstück.«

Der Greif verneigte sich vor ihr. Er konnte durchaus großmütig sein. »Dann sollst du es haben. Ich werde es dir heute noch bringen lassen. Einen guten Tag, meine Damen.« Er schlenderte fort, und die Tür fiel hinter ihm laut ins Schloss. Sie hörten das unverwechselbare Summen eines Zaubers, und als Kelene an der Tür rüttelte, stellte sie fest, dass sie durch einen mächtigen Wächter versiegelt war.

Sie lehnte sich mit dem Rücken gegen die Tür und riss sich das silberne Diadem vom Kopf. »Vier Tage, Mutter. Mehr Zeit bleibt uns nicht.«

*

Sobald der Greif vom Palastbalkon verschwunden war, eilten die Einwohner von Cangora zurück zu ihren Häusern und Läden. Sie waren verstimmt und ängstlich und achteten nicht auf den Bettlerjungen mit dem idiotischen Lächeln, der mit seiner Schale und seinem Bastardhund neben einer Säule an der Promenade kauerte. Er lachte und schwatzte mit jemandem, den nur er mit seinen großen schwarzen Augen sehen konnte, und grinste umso mehr, als seine Schale leer blieb.

Schließlich hatten sich der Palasthof und die Promenade geleert, und nur noch die vielen Wachen, die den Palast schützten, waren übrig geblieben. Eine von ihnen schlenderte zu dem Jungen herüber und befahl ihm fortzugehen. Der Bengel nickte übertrieben. Mit offenem Mund watschelte er weg; der Hund folgte ihm. Der Wächter runzelte die Stirn und meinte, Zukhara sollte sich um das Gesindel in der Stadt kümmern.

Das ›Gesindel‹ lief durch die Straßen und erreichte schließlich das Kupfertor. Eine große Truppe der Fel Azureth hatte inzwischen den Befehl über das Tor. Sie wurde von einem hünenhaften Mann angeführt, dessen Aussehen niemanden auf den Gedanken kommen ließ, seine Entscheidungen in Frage zu stellen. Unter seinem harschen Blick durchsuchten die Wachen eingehend alle durchkommenden Karren und Wagen, befragten jedermann und verwehrten all jenen den Eintritt, die ihnen verdächtig erschienen. Der dreckige Bengel hingegen ging unerschrocken zu dem Hauptmann der Wachen hinüber und hielt ihm seine Schale entgegen.

»Fort mit dir, du Narr«, brummte der Mann. Er war so beschäftigt, dass er sich mit solchen Großstadtratten nicht abgeben konnte.

Der Junge grinste noch breiter, pfiff seinen Hund herbei und trottete durchs Tor. Die Wachen beachteten ihn nicht. Er schlenderte scheinbar ziellos die Karawanenstraße entlang, an den Feldern und einigen der Stadt vorgelagerten Häusern und Wirtschaftgebäuden vorbei, bis er einen hohen Hügel erreichte. Auf dem Kamm schaute er zurück. Ein triumphierendes Lächeln ersetzte das dümmliche Grinsen, und er lief außer Sichtweite der Stadt. Tassilio lachte in sich hinein und rannte mit seinem Hund über die Straße. Sobald der Weg frei war, bog er nach links in ein breites Tal ein, das durch einen Gürtel von wilden Olivenbäumen teilweise den Blicken entzogen war. Die Klannad hatten hier in einem Wäldchen ihr Lager aufgeschlagen und dachten über ihre nächsten Schritte nach, während sich Sayyed und Hajira erholten.

Tassilio hörte Sayyed, noch bevor er den Rand des Lagers erreicht hatte. Er winkte den Wachen zu und lief sofort in das Zelt des Heilers, in dem sich die Brüder unter der Obhut des wachsamen Klanheilers befanden.

»Wo ist dieser Junge?«, rief Sayyed gerade. »Er ist schon seit Sonnenaufgang fort.«

Als Tassilio das Zelt betrat, verstand er, warum der Zauberer so aufgebracht war. Sayyed lag auf der Seite, hatte den Rücken dem Eingang zugewendet und die Hände zu Fäusten geballt, während der Heiler versuchte, die eitrige Wunde zwischen den Rippen zu säubern.

»Du bist ein guter Mann«, stieß der Klanmann zwischen zusammengepressten Zähnen hervor. »Trotzdem hätte ich lieber Kelene als Heilerin.«

Bevor er sich zügeln konnte, platzte Tassilio heraus: »Ich habe sie gesehen! Mit Zukhara.«

Beim unerwarteten Klang seiner Stimme zuckte jedermann im Zelt zusammen. Der Heiler stach dabei Sayyed ein wenig zu hart in das empfindliche Fleisch.

Der Klanmann stieß einen heftigen Fluch aus, den selbst Hajira noch nie gehört hatte. Der Wächter achtete nicht auf sein schmerzendes Bein, sondern packte Tassilio am Kragen und zerrte ihn zu einem Stuhl neben Sayyed. »Schleich dich niemals an einen Zauberer heran, der unter Schmerzen leidet«, warnte Hajira ihn. »Er könnte dich in eine Kröte verwandeln.«

Tassilio machte große Augen. »Könntest du das wirklich tun?«, fragte er Sayyed verblüfft.

Sayyed starrte ihn an. »Stell mich nicht auf die Probe. Wo in Sarguns Namen bist zu gewesen? Und wieso hast du Kelene gesehen?«

Bevor Tassilio antworten konnte, humpelte Hajira zur Zeltklappe und rief nach Helmar. Die Anführerin kam rasch herbei und klopfte sich den Sand von Hose und Händen.

Sie warf Sayyed einen mitleidigen Blick zu; Tassilio hingegen sah sie gereizt an. »Ob du der Thronerbe bist oder nicht, junger Mann, du darfst dieses Lager erst verlassen, wenn du einem von uns Bescheid gegeben hast«, ermahnte sie ihn. »Wir haben überall nach dir gesucht. Ich werde nicht zulassen, dass du uns in noch größere Schwierigkeiten bringst, indem du dich verirrst, gefangen genommen oder sogar getötet wirst. Hast du mich verstanden?«

Ernüchtert ließ Tassilio den Kopf hängen und trat mit dem bloßen Fuß gegen den Boden. Er wusste, dass er diese Zurechtweisung verdiente – er hatte sich ohne Erlaubnis fortgestohlen –, aber er hatte das Gefühl, die Neuigkeiten waren das Risiko wert gewesen. Seine unbändige gute Laune kehrte zurück. »Ja, meine Herrin«, sagte er mit leuchtenden Augen. »Aber ich habe Kelene gesehen. Und auch Vater. Er lebt noch!«

Helmar musste sich geschlagen geben. »Dann solltest du uns alles erzählen«, sagte sie mit einem Seufzer und setzte sich neben Hajira.

Aufgeregt berichtete ihnen Tassilio, wie er am Morgen die Stadt betreten und von Zukharas Bekanntmachung gehört hatte. Sofort hatte sich Tassilio unter die Menge gemischt. Er wiederholte Zukharas Ansprache beinahe Wort für Wort und beschrieb genau, wie sein Vater ausgesehen und welche Kleider Kelene getragen hatte.

»Sie ist so wunderschön«, rief der Junge aus, der offenbar langsam zum Mann wurde. »Wenn sie wütend ist, streckt sie das Kinn vor, und aus ihren Augen sprühen Blitze.«

Inzwischen war Sayyed frisch bandagiert und hatte sich aufrecht gesetzt. Bei Tassilios Beschreibung kicherte er. »Also steht sie nicht unter Drogen, und ihr Wille ist noch nicht gebrochen. Das ist ein gutes Zeichen.«

»Aber vier Tage!«, rief Tassilio. »Zukhara hat gesagt, er will dann das Ritual der Thronbesteigung begehen. Wir müssen unbedingt Vater helfen!«

»Was ist das für ein Ritual?«, fragte Helmar.

Hajira verzog das Gesicht, als er an das dachte, was er über das Ritual gelesen hatte. »Es ist eine uralte Zeremonie, die den Thron vom einen Herrscher reinigen und den Weg für den nächsten frei machen soll. Es ist ein Ritualmord. Zukhara hat vor, den Shar-Ja zu köpfen und seinen Körper zu verbrennen. Dann nimmt er am selben Tag eine Frau und setzt seine eigene Linie auf Cangoras Thron.«

»Und wo kommt Gabria dabei ins Spiel?«

»Vermutlich dient sie dazu, Kelene gefügig zu machen«, antwortete Sayyed.

»Ich hoffe, sie lebt noch«, meinte Helmar.

Sayyed seufzte so leise, dass nur Helmar ihn hörte. »Ich auch«, sagte er.

Etwas in seinem Tonfall versetzte Helmar einen unerklärlichen Stich. In seiner Stimme lag mehr als nur Sorge; es war auch ... Verlangen? Sie gab sich im Geiste selbst einen Tritt für diesen Gedanken und vor allem deshalb, weil er sie störte, doch ihr Selbsttadel half nicht viel. Rasch und ungebeten huschte Eifersucht in ihre Gedanken. Sie erinnerte sich, dass Sayyed zugegeben hatte, er habe diese Frau vor langer Zeit geliebt.

Wie viele Männer brachten sich für die Frau eines anderen in eine so gefährliche Lage? Helmar sprang auf die Beine, bevor ihre Gedanken noch lächerlicher werden konnten. Ohne etwas zu sagen, verließ sie das Zelt.

Überrascht sahen die Männer ihr nach. Nur der Heiler, ein alter Freund und Vertrauter der Anführerin, glaubte zu verstehen. »Sie war nie verheiratet«, versuchte er zu erklären. »Sie versteht es noch nicht.«

»Was versteht sie nicht?«, wunderte sich Sayyed.

Der Heiler zuckte die knochigen Schultern. »Was sie für dich empfindet.«

Erstaunt sah Sayyed zuerst seinen Bruder, dann den Heiler an und spürte, wie er rot im Gesicht wurde. Obwohl er unsterblich in zwei Frauen verliebt und mit einer davon achtzehn Jahre verheiratet gewesen war, hatte er es ebenfalls nicht verstanden. Er mochte und achtete Helmar mehr, als er es für möglich gehalten hätte, aber er hatte sich nicht vorstellen können, dass sie für ihn dasselbe empfand. Nach Tams Tod war er der festen Überzeugung gewesen, dass es für ihn keine Liebe mehr geben würde. Jetzt stellte er sich seinen Gefühlen und erkannte zum ersten Mal, dass das Verlangen nach Liebe nicht gestorben war, sondern nur in seinem Herzen geschlafen hatte. Könnte Helmar diejenige sein, die es wiederbeleben würde? Plötzlich lächelte er. Es war, als ob er in den Ruinen eine wundervolle Kiste entdeckt hätte und nicht wusste, was er darin entdecken würde. In seinen Gedanken verloren, zog er das weite Hemd über die verbundenen Rippen und verließ das Zelt in entgegengesetzter Richtung.

Tassilio grinste Hajira an und winkte hinter Sayyeds Rücken her.

*

Die Sonne brannte heiß, als sich später am Tag ein einsamer Reiter dem Lager der Klannad näherte. Beim ersten tiefen Warnton ergriffen die Reiter ihre Waffen und bildeten eine Verteidigungslinie um das Lager.

Der Reiter, ein Turic auf einem kastanienbraunen Pferd, zügelte sein Tier und betrachtete die Krieger anerkennend. Er hob die Hand zum Friedensgruß. »Ich bin Mohadan, der Kirmaz-Ja. An eurer Kleidung und den weißen Pferden sehe ich, dass ihr die Truppe seid, die ich suche«, sagte er auf Turisch.

Hajira trat aus der Reihe der Krieger vor und begrüßte den Stammesführer wie einen Gleichgestellten. »Ich bin Hajira al Raid-Ja, Kommandant der Zehnten. Warum hast du nach uns gesucht?«

Der Fremde hob eine Braue und stützte sich mit dem Arm auf den Sattelknauf. »Das sind kaum turische Soldaten, Kommandant, und soweit ich gehört habe, wurde der größte Teil der Zehnten vernichtet.«

»Nicht alle, Kirmaz-Ja. Wir müssen mit dem auskommen, was uns verblieben ist.«

»Und was habt ihr vor?«

Hajira wusste, dass der Stammesfürst ein Mann von Ehre war, und verneigte sich kurz vor ihm. »Vielleicht möchtest du dich uns anschließen. Wir könnte über unsere gemeinsamen Möglichkeiten reden.«

Der Fremde stieg ab und führte sein Pferd auf Hajira, Helmar und Rapinor zu. Die Klannad-Krieger blieben entspannt, aber wachsam auf dem Posten, als ihr Anführer den Turic in die Schatten einiger großer Zedern führte. Kalter Wein und Teller mit Käse und Datteln wurden herbeigebracht; Tassilio übernahm die Rolle des Mundschenks. Der Kirmaz-Ja setzte sich wortlos und beobachtete die Vorbereitungen aufmerksam. Besonders erstaunt schien er über Helmar und ihre offensichtliche Befehlsgewalt zu sein.

»Ich kenne weder dich, Frau«, sagte er in rauem, aber verständlichem Klanisch, »noch deine Leute. Ihr scheint ein Klan und doch wieder kein Klan zu sein. Und wie kommt es, dass eine Frau eine Truppe von Kriegern leitet? Einige davon«, bemerkte er plötzlich, »sind ebenfalls Frauen.«

»Schwert und Bogen sind nicht unsere hauptsächlichen Waffen«, erwiderte Helmar. »Für uns ist die Waffenstärke nicht so wichtig wie das Talent.«

Der Turic kniff die Augen zusammen. Er hatte kleine Augen, die neben einer dünnen Nase tief in den Höhlen lagen, aber sie wirkten nicht wie Schweinsäuglein, denn sein Gesicht war zu hart und schmal, und aus seinem Blick sprachen Klugheit und Geist.

Er hatte einen grauen, kurz geschorenen Bart, und sein verknotetes Haar war eisengrau. Er richtete seinen Adlerblick von Helmar auf Sayyed. »Und du bist kein Turic mehr. Ich vermute, du bist das Halbblut, das sich der Zauberei zugewandt hat.«

Zur Antwort hob Sayyed nur seinen Becher. Er war von der raschen Auffassungsgabe und dem Wissen des Mannes beeindruckt.

»Seid ihr wegen der Frauen in Zukharas Gewalt hier?«, wollte Mohadan wissen.

Kurz erläuterten Sayyed und Hajira dem Kirmaz-Ja die Ereignisse, die am Ratsfelsen ihren Ausgang genommen und schließlich zu ihrer Ankunft in den Hügeln vor Cangora geführt hatten. Sayyed erwähnte seine Zeit im heiligen Tal und das Angebot der Klannad, ihn zu begleiten, nur beiläufig, doch Mohadans scharfer Aufmerksamkeit entging nichts. Er betrachtete die Krieger um ihn herum mit größer Neugier.

Als die Erzählung beendet war, kam Mohadan ohne Umschweife zu dem Grund seines Besuchs. »Ich habe gestern gehört, was eure Männer für die Toten in der Saran-Oase getan haben. Die Familien waren dankbar dafür, dass ihr euch dem Befehl des Greifs widersetzt und die Männer nicht hängen gelassen habt, bis sie verfaulen. Was haltet ihr davon, wenn wir unsere Kräfte bündeln und den Greif stürzen?«

Fünfzehn

Hajira wechselte einen raschen Blick mit Helmar und Sayyed, bevor er sich an Tassilio wandte, der dicht neben ihm stand. »Ist es Euer Wille, Shar-Yon, dass wir uns mit diesem Mann und den Feinden des Greifs verbinden?«

Zum ersten Mal zeigte Mohadans Gesicht echte Überraschung. Bisher hatte er den Jungen, der den Wein eingeschenkt hatte, nicht beachtet, doch nun richtete er seine ganze Aufmerksamkeit auf den Sohn des Shar-Ja. »Ihr seid die Sandratte? Es geht das Gerücht um, Ihr wärt tot.«

Der Junge zuckte zusammen, als er den Namen hörte, mit dem Hajira ihn früher gerufen hatte, doch er fing sich schnell wieder. »Nein, Kirmaz-Ja«, erwiderte Tassilio mit der ganzen Würde, die auch seinem Vater eigen war. »Ich bin der Shar-Yon, und ich bin noch sehr lebendig.«

Mohadan, der Traditionalist, der dem Thron des Shar-Ja die Treue geschworen hatte, war nie von der Möglichkeit ausgegangen, den Thron eines Tages selbst zu erobern. Er begrüßte das unerwartete Auftreten eines Erben mit Aufrichtigkeit und Erleichterung und verneigte sich tief vor dem Jungen. Seine Haltung besiegelte Hajiras Entscheidung.

Auf ein Nicken Tassilios hin zog Hajira einen Dolch aus einer Scheide an seiner Hüfte und steckte ihn vor Mohadan in die Erde. Damit folgte er einem alten turischen Brauch, mit dem ein Stammesfürst einem anderen seine Dienste versprach. Wenn Mohadan den Dolch herauszog und ihn zurückgab, würde er mit dieser Geste Hajiras Dienste annehmen und einen Pakt mit ihm schließen, der so eng wie eine Blutsbrüderschaft war.

Der Kirmaz-Ja sah die Klinge an, die im trockenen Gras zitterte. »Mir ist deine Unterstützung willkommen, Kommandant, aber ich frage mich, ob das auch den Zauberer sowie die Frau und ihre Krieger einschließt. Ich habe das Gefühl, dass wir ohne sie nicht viel gegen Zukharas Macht ausrichten können.«

Sayyed antwortete zuerst. »Ich habe meinem eigenen Lord bereits geschworen, dass ich alles tun werde, um die Zauberinnen in den Klan zurückzubringen. Daher werde ich dir helfen, solange die Frauen gefangen gehalten werden.«

»Das ist ein gerechtes Angebot, Klanmann.« Er wandte sich an Helmar, die neben ihrer Wache saß. »Und was ist mit dir, Frau?«

Sayyed war von dem neugierigen Blick in den Augen des Mannes überrascht, mit dem er die Anführerin bedachte, doch Helmar schien ihn nicht zu bemerken. Sie schob ungerührt das Kinn vor und sagte kühl: »Ich habe Sayyed mein Versprechen gegeben, ihm bei der Befreiung von Gabria und Kelene zu helfen. Wir werden tun, was wir tun müssen.«

Der Mann kniff die Lippen zusammen, und sein Blick wurde unter einem nachdenklichen Stirnrunzeln hart, als ob er soeben eine unwillkommene Entdeckung gemacht hätte. Ohne weiteres Zögern riss er den Dolch aus der Erde und gab ihn mit dem Griff voran der königlichen Wache. Hajira nahm ihn mit einem dünnen Lächeln entgegen.

»Nun«, sagte Mohadan und sprang auf die Beine, »solltet ihr euer Lager abschlagen und mit mir kommen. Ich muss euch etwas zeigen.«

Sie folgten seinem Vorschlag rasch und gründlich. Nach weniger als einer Stunde ritten sie in einer Kolonne auf der Karawanenstraße in Richtung Cangora. Sie schlugen einen weiten Bogen um die Stadt und begaben sich in die Berge am südlichen Ende des breiten Tals. Mohadan führte sie in das erste tiefe Tal, an dem sie vorbeikamen, und deutete auf eine lang gezogene Wiese, auf der sich ein großes, geschäftiges Lager am Ufer eines ausgetrockneten Flussbetts befand. Das gelbe Banner der Kirmaz flatterte über einem der Zelte.

»Die meisten der Männer sind meine eigenen«, sagte der Kirmaz-Ja und deutete mit einer ausladenden Handbewegung auf das Lager. »Einige sind Überlebende aus der Karawane. Andere sind gekommen, als sich die Gerüchte verbreiteten. Nicht alle Erwartungen Zukharas haben sich erfüllt. An der Küste wird gekämpft und auch in den Städten Hazereth und Shamani, wo die Fel Azureth auf Widerstand aus verschiedenen Stämmen gestoßen sind – einschließlich der Raid. Etwa zweihundert Männer haben sich auf meinen Ruf hin versammelt. Es werden noch mehr kommen.« Er zeigte auf eine Stelle, wo diese ihr Lager neben seinen eigenen Leuten aufschlagen konnten.

»Wenn alles nach Plan läuft«, sagte Sayyed zu ihm, als sie abstiegen, »werden bald weitere Männer eintreffen. Mein Sohn holt Lord Athlone und die Werode, die dem Shar-Ja beistehen werden, wie sie es ihm vertraglich zugesichert haben.«

Ein zweiter überraschter Blick legte sich über Mohadans Gesicht. Überraschung war nicht unbedingt eine häufige Regung bei einem hartgesottenen Anführer, dachte Sayyed, und heute war es ihnen gelungen, diesen Mann bereits zwei Mal zu verblüffen.

»Sie kommen zu Hilfe?«, stieß Mohadan hervor. »Wir dachten, sie hätten den Altai überquert, um Rache für die Entführung der Frauen sowie die Überfälle auf ihre Trelds durch die Fel Azureth zu nehmen.«

»Ich habe vor sechs Tagen nach ihnen gerufen.«

Mohadan gab ein heftiges, ungestümes Schnauben von sich. »Gestern haben sie den Altai durchquert. Ein Botenvogel hat mir diese Nachricht heute Morgen von einem meiner Vettern überbracht.«

»Gestern.« Sayyed blickte nachdenklich drein. »Dann sind sie noch vier oder fünf Tage von hier entfernt – wenn sie wie der Wind reiten und sich ihnen niemand in den Weg stellt.«

»Darum werde ich mich kümmern! Ich werde den Männern aus den Klanen eine Eskorte und Passierscheine entgegenschicken!«

»Das ist eine großartige Idee, Kirmaz-Ja, aber dürfte ich vorschlagen, die Passierscheine und eine dringende Botschaft mit der geflügelten Stute zu senden? Nur sie kann sie schnell genug erreichen.«

Ich habe das gehört, und die Antwort lautet Nein!, trompetete Demira, bevor jemand etwas darauf erwidern konnte. Die Stute tänzelte auf Sayyed zu; in ihren großen Augen leuchtete der Zorn. *Ich gehe nicht schon wieder fort von Kelene!*

Mohadan konnte nicht hören, was sie auf dem Wege der Gedankenübertragung sagte, aber an ihrer steifbeinigen Haltung und den angelegten Ohren las er genau ab, was sie meinte. Er zuckte unverbindlich die Achseln. »Vielleicht wäre es besser …«

Helmar schnitt ihm das Wort ab, indem sie einen Arm um Demiras Hals schlang. Die Stute sah die Anführerin mit großen, rollenden Augen an, aber sie riss sich nicht los. »Wenn du nicht die beste Möglichkeit wärst, Kelenes Vater zu erreichen, würde ich dich nicht darum bitten«, sagte sie besänftigend. »Wenn Hajira gesund wäre und so weit reiten könnte, würde er sich auf den Weg machen, obwohl sein Pferd eigentlich nicht schnell genug ist. Es würden auch einige von meinen Männern gehen, aber sie sind keine Turic und wären daher in ständiger Gefahr. Du hingegen hast deine wunderbaren Schwingen, kannst rasch über jede Gefahr hinweggleiten und Lord Athlone rechtzeitig erreichen. Versteh das bitte. Wenn wir Gabria und Kelene retten wollen, brauchen wir mehr Leute für den Angriff auf die Stadt.«

Das Hunnuli schüttelte seine Mähne. *Darf ich zurückkommen, sobald ich sie gefunden habe?*

»So schnell du willst«, versprach die Anführerin.

Dann will ich eure Botschaft Lord Athlone und Rafnir überbringen. Der Himmel ist klar und die Straße offen. Ich werde versuchen, die ganze Nacht hindurch zu fliegen.

»Sie wird die Nachricht überbringen«, sagte Helmar erleichtert.

Zufrieden eilte der Kirmaz-Ja fort, um das zu holen, was er den Klan-Lords schicken wollte, und die Klannad schlugen ihr Lager auf und aßen zu Abend. Sayyed und Helmar kümmerten sich eingehend um Demira, bürsteten ihr das schimmernde Fell, wischten ihr den Staub aus den Nüstern und fütterten sie mit Leckerbissen, bis der turische Stammesfürst zurückkehrte.

Mohadan brachte eine Schriftrolle und ein gelbes Banner mit; beides war fest in Tuch eingewickelt. »Gib das Lord Athlone. Es wird ihm den Weg auf der Gewürzstraße bis nach Cangora ebnen. Und sag ihm, er soll sich beeilen«, meinte er zu Demira und tätschelte unbeholfen ihren Hals. Er war es nicht gewöhnt, mit Pferden zu sprechen.

Sie schnallten das Banner und die Schriftrolle auf Demiras Rücken fest und sahen ihr nach, als sie sich langsam in das tiefe Blau des Abendhimmels erhob. Als sie fort war, breitete sich gespannte Hoffnung im Lager aus. Jetzt konnte man nur noch abwarten.

Der nächste Tag dämmerte heiß und trocken herauf, wie schon in den Tagen zuvor. Der staubige Wind aus der Wüste saugte die wenige Feuchtigkeit aus dem Boden und ließ die Berge ausgedörrt und braun zurück. Nach den Morgengebeten verbrachten die Turic ihre Zeit mit der Vorbereitung auf den Krieg. Sie richteten Ausrüstungen und Kriegsgeräte, untersuchten ihre Waffen und übten sich im Schatten der wenigen Bäume in Schwertkampf und Bogenschießen. Zurückhaltung und Anspannung waren der Grund dafür, dass die meisten Klannad unter sich blieben, denn sie waren noch nie in der Gesellschaft so vieler Fremder gewesen. Nur wenige wanderten hinüber und befriedigten ihre Neugier. Bald tranken sie turisches Bier, bewunderten seltsame Waffen, Verzierungen und andere Gegenstände, die neu für sie waren, während sie sich durch unbeholfen geführte Gespräche kämpften.

Den ganzen Tag über blieb niemand untätig. Regelmäßig wechselnde Wachen patrouillierten am Rand des Tals und der Lager. Späher ritten aus, um die Pfade und die Karawanenstraße zu beobachten. Ein ständiger Menschenstrom bereiste an jenem Tag die Straßen um Cangora. Die meisten ritten in die Stadt, um sich dem heiligen Krieg des Greifs anzuschließen, doch das Gerücht über Mohadans Widerstand verbreitete sich genauso rasch wie Zukharas Proklamation, und den ganzen Tag über traf im turischen Lager Verstärkung ein.

Nach dem Mittagessen gesellten sich Helmar, Rapinor, Sayyed, Hajira und Tassilio zu den Turic im Schatten von Mohadans großem, gestreiftem Zelt und redeten mit dem Stammesfürsten und seinen Offizieren über alles, was ihnen hinsichtlich Zukhara, seinen Absichten, der Anlage von Cangora und ihren Plänen in den Sinn kam.

»Stimmt es«, fragte Mohadan Helmar, »dass all eure Reiter Zauberer sind? Warum könnt ihr nicht einfach eine Bresche in die Stadtbefestigung schlagen und die Mauern um Zukhara herum zum Einsturz bringen?«

Die Anführerin trank etwas Wasser aus einem Becher, bevor sie tief Luft holte und antwortete: »Wir alle sind in der Tat Zauberer, aber unsere Kräfte sind sehr unterschiedlich. Einige meiner Leute benutzen Magie nur äußerst selten. Wir waren so lange von der Außenwelt abgeschnitten, dass wir allmählich erstarren und unser Blut immer schwächer wird.«

Rapinor wollte etwas dagegen einwenden, doch Helmar legte ihm die Hand auf den Arm. »Du weißt, dass das die Wahrheit ist. Das ist der Grund, warum du mitgegangen bist. Nicht nur unsere Pferde und Nutztiere sind bedroht, sondern auch wir selbst.« Sie wandte sich wieder an Mohadan. »Ja, wir könnten die Tore mit unserer Magie öffnen und die Stadt in Schutt und Asche legen, und das werden wir auch tun, wenn uns nichts anderes übrig bleibt. Aber ich möchte lieber auf die Klane warten. Es wäre besser, wenn wir ein Heer im Rücken hätten, das die Streitkräfte des Greifs ablenkt, während wir versuchen, die Klanfrauen zu retten und uns Zukhara entgegenzustellen. Außerdem«, sagte sie und zwinkerte Tassilio zu, »möchte ich nicht die Einzige sein, die man für Schäden in der Stadt des Shar-Yon zur Rechenschaft ziehen kann.«

Der Kirmaz-Ja bedachte ihre Weisheit mit einem anerkennenden Nicken und rang sich ein Lächeln ab. »Ich verstehe. Es wäre auch für uns besser, wenn wir zusammen reiten. Wir haben nur wenig Hoffnung, den Greif allein zu besiegen.«

»Genau.« Sie erwiderte sein Lächeln, und um ihre Augen bildeten sich Lachfältchen über den Sommersprossen. Sie hob ihren Becher. »Auf unsere Zusammenarbeit und unser Bündnis. So etwas haben wir seit vielen Generationen nicht mehr erlebt.«

Mehr Bier sowie mit Honig gesüßter Wein und Kannen mit kostbarem Wasser wurden gebracht. Die Unterhaltung wurde fortgesetzt, während einige von Mohadans Männern einen Plan von Cangora für die Fremden skizzierten, auf dem Straßen, Militärgebäude, der Palast und der Fels mit dem gewaltigen Tempel auf der Spitze verzeichnet waren.

»Wäre es möglich, den Palast in kleinen Gruppen zu unterwanden?«, meinte Sayyed.

Tassilio setzte eine zweifelnde Miene auf. »Der Palast und seine Anlagen sind schwer bewacht, und überall sind Soldaten. Die Wächter an den Toren überprüfen alles und jeden. Ich weiß nicht, wie man an ihnen vorbeikommen und Kelene und Gabria finden sollte. Dieser Palast ist gewaltig!«

»Ich glaube, unsere größte Hoffnung ist ein Blitzangriff. Wir schlagen schnell zu, reiten zum Palast und erwischen Zukhara vor dem Ritual«, schlug Mohadan nachdrücklich vor.

»Und was ist, wenn er die Frauen oder den Shar-Ja tötet, bevor wir sie erreicht haben?«, fragte Hajira.

Der Kirmaz-Ja seufzte schwer. »Diese Gefahr besteht unabhängig von der Art unseres Angriffs.«

Das Gespräch wurde fortgesetzt, bis jeder etwas über mögliche Taktiken beigesteuert hatte. Tassilio hörte aufmerksam zu, doch Sayyed fand, er sah recht nachdenklich aus. Der Klanmann fragte sich, was der Junge wohl in seinem regen Kopf ausheckte.

Zur gleichen Zeit überbrachten Späher Berichte aus der Stadt und aus anderen Regionen des Reiches. Kämpfe hatten sich im Land ausgebreitet, und die wenigen überlebenden Stammesführer, die über das Massaker an ihren Genossen entsetzt waren, versuchten den Widerstand gegen die Rebellen des Greifs zu organisieren. Die führerlos gewordenen Stämme verloren sich jedoch in Hader und Verwirrung. Mohadan hatte gehofft, weitere Fürsten würden sich in Cangora zu ihm gesellen, doch als allmählich immer mehr Nachrichten eintrafen, musste er erkennen, dass er allein kämpfen würde.

Als die Sonne hinter den Bergen im Westen versank, waren sowohl die Turic als auch die Klannad müde und freuten sich auf die Kühle der Nacht.

Der zweite Tag verging wie der vorangegangene in Hitze und mit Gesprächen und Vorbereitungen. Die Treuen des Shar-Ja versuchten ihre Zahl zu erhöhen, und der Greif arbeitete unablässig daran, seine Macht über Cangora zu stärken und Anspruch auf die Herrschaft über die fünfzehn Stämme zu erheben. Die Spannung stieg, während alle auf den ersten Tag des Janas warteten.

Besonders an Sayyed nagten Sorge und Ungeduld. Beinahe unablässig schwirrten ihm tausend Fragen durch den Kopf; sie waren wie Krähen, die einen Falken bestürmten. Würden die Klane rechtzeitig eintreffen, oder mussten die Klannad und das kleine Heer Mohadans allein gegen die große Stadt losmarschieren, die von einer viel größeren Streitmacht verteidigt wurde? Wie behandelte Zukhara Kelene? War Gabria bereits an dem Gift gestorben? Würden er und die Klannad zu den Frauen gelangen können, bevor Zukhara sie tötete? Vor allem diese Angst bekümmerte ihn und hielt ihn bis spät in die Nacht wach, während er über Wege nachdachte, wie er rechtzeitig die Frauen finden konnte.

In der dritten Nacht, nach einem weiteren heißen, endlosen Tag, kroch Sayyed aus seinem Bett und verließ das Zelt, das er mit Hajira, Tassilio und dem Heiler teilte. Die Dunkelheit umfing ihn mit einer kühlen Brise und besänftige seine fieberhaften Gedanken, bis sie in eine stille Gelassenheit mündeten. Er ging barfuß fort von den Lagern und zu der Wiese, auf welcher die Pferde grasten. Die weißen Klannad-Pferde waren im Sternenlicht deutlich zu sehen, doch es dauerte eine Weile, bis er Afers schwarzen Umriss entdeckt hatte, der wie ein Schatten in der Nähe von Helmars Stute stand. Mit den Schweifen verjagten sie müßig ein paar lästige Fliegen und hatten die Köpfe in friedlicher Ruhe gesenkt.

Als Sayyed näher kam, hoben beide Pferde die Schnauze und wieherten leise zur Begrüßung. Der Zauberer vergaß seine Ängste und drängte sich zwischen die Pferde. Ihre Wärme und Kameradschaft waren Balsam für seine Seele. Er wollte die Stille nicht stören, lehnte sich gegen Afer und kraulte den Hengst am Hals. Eine weiche Nase drückte ihm gegen den Ellbogen, und sofort drehte sich Sayyed um und kraulte auch die Stute. Er fand schnell heraus, dass sie es liebte, wenn man ihr den Rücken und den Widerrist kraulte, und massierte ihr Fell mit allen zehn Fingern.

Die Stute reckte den Hals. Sie hatte die Augen halb geschlossen und bewegte die Ohren hin und her. Wenn sie eine Katze wäre, würde sie jetzt schnurren, dachte Sayyed.

Oh, das ist wundervoll, seufzte eine leise, weibliche Stimme in seinen Gedanken.

Sayyed grinste. Er hatte so etwas erwartet. »Und wie ist es mit dieser Stelle?« Er bewegte die Finger bis zum Ende ihrer Mähne, wo sich der Widerrist unter dem silbrigen Fell erhob.

Ja, ertönte wieder die Stimme. Die Stute drängte sich an ihn. *Das mag ich.*

»Warum hat Helmar mir nicht gesagt, dass du ein Hunnuli bist?«, fragte Sayyed beiläufig und kratzte ihr dabei weiter den Rücken.

Die weiße Stute wurde ruhig und gab ein Schnauben von sich, das zugleich Belustigung und Verärgerung ausdrückte. *Nun ja, jetzt ist es zu spät, die Ahnungslose zu spielen. Weißt du, wie schwer es war, in deiner Gegenwart still zu bleiben?*

»Warum hast du das getan?«

Helmar hat uns allen befohlen, nicht mit dir zu reden, bis sie sich sicher ist.

»Hat sie so große Angst vor mir?«

Nicht vor dir. Vor den Klanen.

»Warum?«

Wenigstens das soll sie dir selber erklären.

»In Ordnung«, kicherte Sayyed. »Aber wenn ihr Hunnuli seid, warum seid ihr dann alle weiß?«

Die Pferde wandten die Köpfe herum und wieherten jemandem eine Begrüßung zu. Helmar trat aus der Dunkelheit hervor. Sie trug nur ein leichtes, weites Hemd, das sich ihr in der sanften Brise um die Schenkel schmiegte. Sie beugte sich über den Rücken der Stute; ihre Miene war in der nächtlichen Finsternis undeutbar.

»Es ist kein richtiges Weiß, Sayyed. Nur die Haare sind weiß. Unsere Ahnen haben die Farbe des Blitzes genommen und sie über das Schwarz gelegt. Wenn du unter den Haaren nachsiehst, wirst du erkennen, dass die Haut immer noch schwarz wie die Nacht ist.« Sie streichelte die Stute und den Hengst und stieß ihr leises, trockenes Kichern aus. »Marron, meine Schöne, du hast länger geschwiegen, als ich es für möglich gehalten hätte.«

Er hat mir den Rücken gekrault, entschuldigte sich die Stute.

»Ist der Blitz noch da?«, fragte Sayyed fasziniert.

»Ja, wenn du genau hinschaust, kannst du ihn erkennen.« Helmar zwängte sich neben Sayyed, teilte das Fell an Marrons rechter Schulter und sagte: »Da. Siehst du die Umrisse?«

Der Zauberer kam ihr noch näher und sah auf die Stelle, die sie ihm zeigte. Undeutlich hob sich die blasse Linie aus weißer Haut von dem Schwarz ab. In den folgenden Tagen war es Sayyed unmöglich anzugeben, ob die folgenden Ereignisse zufällig oder absichtlich eintraten – und Afer würde es ihm niemals sagen. Als er sich wieder aufrichtete, drängten sich Marron und Afer enger aneinander, stießen gegen Sayyed und brachten ihn aus dem Gleichgewicht. Er taumelte und prallte gegen Helmar. Sie schlang ihre starken Arme um ihn und richtete ihn wieder auf. Er traf sie mit dem verwundeten Arm an der Schulter, und erst als der Schmerz nachließ, begriff er, was geschehen war. Sie standen eng umschlungen da.

Keiner von beiden bewegte sich. Sie waren von gleicher Größe, ihre Herzen schlugen dicht aneinander, und ihre Augen waren nur einen Hauch voneinander entfernt. Sie zögerten und waren überrascht von der plötzlichen Nähe des anderen. Helmars Hände zitterten hinter Sayyeds Rücken, und Sayyed spürte, wie ihm heiß wurde. In einem überwältigenden Gleichklang trafen sich ihre Lippen, und sie küssten sich so lange und innig, dass sie hinterher nach Luft schnappten.

Marron biss Afer neckisch. Der Hengst stampfte mit dem Huf auf, reckte den Hals und knabberte an ihrem Rücken. Als phantomweißer Blitz sprang die Stute zurück und hielt den Schweif wie eine Flagge aufrecht. Afer galoppierte ihr nach, und die beiden Menschen standen plötzlich allein auf der Wiese. Die samtige Nacht hüllte sie ein.

Niemand wollte etwas sagen; niemand musste etwas sagen. Sayyed löste das Lederband, das Helmars dichtes Haar hielt, welches ihr nun in Wellen auf Schultern und Rücken fiel. Er sog ihren Duft ein, eine warme Mischung aus Leder, Pferden, Sonne, Wind und einem ganz besonderen Geruch, der nur ihr allein gehörte. Er vergrub das Gesicht in ihrem Haar, während sie seinen harten Körper eng gegen sich drückte.

Sie küssten sich erneut, und all ihre Fragen und Sorgen zerstoben im Wind, bis sie an nichts mehr denken konnten als an das warme Gras und das Wunder einer Liebe, die sie beide nicht gesucht hatten und die doch zu ihnen gekommen war.

Hinter der dunklen Wiese und am Rand des Klannad-Lagers schlüpften eine dürre Gestalt und ein zotteliger Schatten aus dem Zelt des Heilers und schlichen an den Wachen vorbei. Still und unbemerkt huschten sie über den Hügel und verschwanden im Tal in Richtung Cangora. In der Morgendämmerung saßen sie vor dem Stadttor, bettelten geduldig und warteten auf den Tag.

*

Afer und Marron kamen kurz vor Tagesanbruch wieder auf der Wiese an und weckten die Liebenden rechtzeitig für die Rückkehr ins Lager. Die vier gingen zusammen und waren allesamt sehr glücklich. Helmar und Sayyed blieben in der Nähe der Zelte stehen und wollten ihre gemeinsame Zeit noch nicht beenden. Es war der Morgen des ersten Tages im Monat Janas. Es blieb nicht mehr viel Zeit, um den Shar-Ja, Kelene und Gabria zu retten. Sie mussten Cangora heute angreifen, ob mit den Klanen oder ohne sie, und nur die Götter wussten, wie der Tag enden würde. Sie umarmten sich und schauten gemeinsam nach Osten, wo ein blasses, goldenes Lichtband den flachen Horizont erhellte.

Sie waren so vertieft in die Schönheit des heraufziehenden Tages, dass sie nicht sahen, wie sich eine dunkle Gestalt aus Westen näherte. Ein unheimlicher, schmetternder Ruf durchbrach die Stille der Frühe, und plötzlich hallte das Tal von den Schreien erschrockener Pferde wider. Die beiden Lager erwachten zu hektischem Leben. Wachen rannten herbei, Männer taumelten aus den Zelten.

Sayyed und Helmar wirbelten gerade noch rechtzeitig herum und sahen, wie ein gewaltiges Geschöpf aus dem Himmel herabstieß – mit gefalteten Schwingen und ausgestreckten Klauen. Heulend stürzte es sich auf die turischen Pferde, und mit einem Schlag seiner großen Pranke brach es zwei Tieren das Genick. Der Rest flog wahnsinnig vor Angst vor der grässlichen Bestie. Die Pferde jagten das Tal hoch und rasten blindlings durch das Lager des Kirmaz-Ja. Das Donnern der Hufe und die Rufe und Schreie der Männer erfüllten das Tal.

Der Greif knurrte zufrieden. Er hatte ein totes Pferd in den Krallen und flog mit schwerem Flügelschlag wieder nach Cangora und zu dem Mann, der ihn gerufen hatte.

Das Tal blieb in Aufruhr zurück. Durch den Staub, der von den durchgehenden Pferden aufgewirbelt worden war, konnten Sayyed und Helmar kaum die Trümmer des turischen Lagers erkennen. Nur schemenhaft erkennbare Männer rannten durch das blasse Licht. Andere lagen reglos am Boden.

Helmar sah sich eingehend um und wurde wieder zur Anführerin. Sie drückte rasch Sayyeds Hand, rannte in ihr Lager und rief nach Rapinor und ihren Kriegern. Sie brüllte Befehle, teilte die Männer schnell in Gruppen ein und führte sie hinüber zum Lager der Turic.

Sayyed sah ihr nach. Sie war so anders als die stille Tam, und dennoch war den beiden Frauen die Charakterstärke und die Fähigkeit gemeinsam, eine Krise kühl durchzustehen. Er dachte einen Augenblick an ihre Nacht und an sein verschlossenes Herz nach, das sie geöffnet hatte. Die Erinnerung an diese Nacht war etwas, das er in Ehren halten würde, so lange er noch leben durfte. Er legte die Hand auf Afers Schulter. »Geht«, befahl er ihm. »Sammelt die Hunnuli, und treibt die anderen Pferde zusammen. Zukhara hat die Kriegshandlungen heute Morgen eröffnet, aber wir werden diejenigen sein, die sie beenden.«

Afer und Marron wieherten zustimmend und galoppierten davon. Dann traf Hajira auf ihn, und die beiden Brüder eilten in das Lager der Turic und halfen, wo sie nur konnten. Inmitten der Zerstörung stand der Kirmaz-Ja. Er war unverletzt und unterstrich seine gebrüllten Anweisungen mit heftigen Gesten. Mohadan war so wütend, dass seine schwarzen Augen Feuer sprühten und sein Gesicht zu einer Maske des Zorns geworden war.

»Er glaubt, er kann uns aufhalten«, knurrte der Turic Sayyed und Hajira an, »indem er unsere Pferde verscheucht und uns mit Unglück überhäuft. Aber ich werde Cangora heute noch angreifen, und wenn ich auf Händen und Knien dorthin kriechen muss!«

Langsam legte sich der Staub, und die Turic sowie die Klannad brachten Ordnung in das Chaos. Sie waren sehr erleichtert, als sie feststellten, dass es nicht so viele Tote und Verletzte gegeben hatte, wie sie zunächst befürchtet hatten. Der erste Schrei des Greifs hatte die meisten Stammesleute alarmiert, so dass sie sich rechtzeitig vor den durchgehenden Pferden in Sicherheit bringen konnten. Insgesamt lagen schließlich nur sechs Leichname für das Begräbnis unter einem der Bäume, und vierzehn Männer mussten von den Heilern wegen Quetschungen, Schürfwunden und gebrochener Knochen behandelt werden. Durch das Lager war eine Schneise der Verwüstung geschlagen, und es dauerte einige Stunden, bis man in den Trümmern genügend Kleider, Waffen und Kampfausrüstung gefunden hatte, um die Krieger angemessen zu bestatten. Die Zauberer taten alles, was in ihrer Macht stand, um die benötigten Gegenstände zu richten oder zu verwandeln, doch all das nahm mehr Zeit in Anspruch, als sie zur Verfügung hatten.

Die Hunnuli hatten bald die turischen Pferde beruhigt und sie zurück zum Eingang des Tals getrieben. Eifrige Krieger holten die Tiere ab und sattelten sie.

Als langsam die Ordnung wiederkehrte, beruhigte sich Mohadan. Kalter, besonnener Zorn ersetzte seine früheren Gefühlsaufwallungen, und er versammelte seine Offiziere sowie Helmar, Hajira und Sayyed um sich.

»Es gibt keine Nachricht von den Klanen«, sagte er offen heraus. »Wir müssen davon ausgehen, dass sie heute noch nicht hier eintreffen werden. Doch dies ist der letzte Tag für die Rettung des Shar-Ja. Bei Sonnenuntergang wird er tot sein und Zukhara auf dem Thron sitzen. Wir sind alles, was noch zwischen diesem Verrückten und dem Thron steht. Sollen wir heute angreifen oder warten, bis sich die anderen Stammesfürsten uns anschließen und die Klane eintreffen?«

»Heute«, sagte Hajira mit Nachdruck.

»Auch mit der Unterstützung der Klannad sind wir kaum achthundert Mann. Der Greif hat etwa siebentausend und eine Festung.«

»Das wissen wir, Kirmaz-Ja«, sagte einer der Offiziere. »Aber ich will lieber bei dem Versuch sterben, unseren rechtmäßigen Herrscher zu retten, als zusehen, wie dieser Thronräuber ihn ermordet.«

Mohadan schaute die Anführerin der Klannad an. »Bist du weiterhin bereit, mit uns zu reiten?«

Obwohl sie schmutzig und zerzaust war und immer noch nur das weite Hemd trug, strahlte Helmar ungebrochen Autorität und Selbstvertrauen aus. »Natürlich. Unsere Motive mögen zwar ein wenig verschieden sein, aber unser Ziel ist dasselbe.«

»Dann sei es so«, bemerkte der Kirmaz-Ja. »In einer Stunde reiten wir los.«

Ein plötzlicher Lärm riss sie alle von ihren Sitzen hoch. »Es kommt zurück!«, schrie eine Wache, kurz bevor einige Hörner Alarm gaben. Alle erstarrten und suchten mit den Augen den Himmel ab.

»Da!«, rief Hajira.

Schneller als ein Adler hatte der Greif einen Bogen beschrieben und griff das Lager nun aus einer anderen Richtung an. Er stürzte sich wieder auf die angebundenen Pferde und stieß seinen durchdringenden Ruf aus. Die Pferde gerieten in heillose Panik.

»Die Pferde!«, schrie Mohadan. Seine Männer befreiten sich aus dem Griff der Furcht und eilten ihren Tieren zu Hilfe. Bogenschützen legten die kleinen, gefiederten Pfeile ein, die sogar Rüstungen durchschlugen. Sie schossen einen tödlichen Pfeilregen ab, doch der Greif wich in letzter Minute aus und brüllte seine Verachtung über die kümmerlichen Geschosse heraus. Er kreiste wieder über der Wiese und trieb die ängstlichen Pferde in die Flucht. Nur die Hunnuli ließen sich nicht einschüchtern und versuchten standhaft, die entsetzte Herde zusammenzuhalten.

Der Greif sah die weißen Pferde und begriff, was sie taten. Er sank herab; seine Flügel summten unter der Geschwindigkeit, und er senkte die Klauen in den Rücken eines der weißen Hunnuli. Bevor der Greif es vom Boden heben konnte, stürmten Afer und drei weitere Tiere auf den Greif zu. Der schwarze Hengst, der größer als alle anderen war, bleckte die Zähne und trieb die Hufe in die Schultern des Greifs.

Wütend und verletzt ließ der Greif seine Beute los. Er kauerte sich nieder und wollte gerade das schwarze Pferd anspringen, das ihn verletzt hatte, als ihn etwas in der Seite traf und zu Boden warf. Seine bösen Augen suchten nach der Quelle dieser neuen Verletzung, und er erkannte einen Mann, der Blitze aus blauer Magie auf ihn abschoss. Der Greif war mit den Auswirkungen dieser mächtigen Kraft nur allzu vertraut. Weitere Blitze vertrieben ihn in den blauen Himmel hinein.

Helmar und andere Klannad-Zauberer gesellten sich zu Sayyed und hielten gemeinsam mit ihm das magische Sperrfeuer aufrecht, das den Greif zwang, immer höher über dem Lager zu kreisen.

Ein Reiter rannte mit Tränen in den Augen auf sein verwundetes Hunnuli zu.

Inzwischen hatten die Turic und die Hunnuli die anderen Pferde so weit beruhigt, dass sie gesattelt und zur Abreise bereit gemacht werden konnten. Der Greif kreiste noch immer über dem Tal, doch so lange die Zauberer auf ihn feuerten, wagte er sich nicht näher heran.

»Guter Gott«, keuchte Sayyed, als er innehielt und sich den Schweiß von der Stirn wischte. »Dieses Geschöpf ist stark. Die trymianische Kraft schüttelt es nicht einmal durch.«

Helmar stimmte ihm zu. »Wenn es uns auf dem ganzen Weg bis nach Cangora in Atem hält, bleibt uns nicht mehr viel Kraft übrig.«

»Die Turic sind bald fertig«, bemerkte Sayyed und betrachtete Helmars unpassende Kleidung. »Du solltest die Klannad vorbereiten.«

Sie griff diesen Fingerzeig dankbar auf, küsste ihn auf die Wange und nahm die Hälfte der Krieger mit. Sie kamen rasch zurück, steckten in ihren Rüstungen und waren voll bewaffnet. Die übrigen schickten sie los, damit sie sich ebenfalls bereit machten. Als die Turic aufsaßen und fertig waren, pfiffen die Klannad ihre Hunnuli herbei.

Sayyed sah sich nach Hajira um und wollte ihm Lebewohl sagen. Hajira hatte sich dazu entschlossen, trotz der Bitten Tassilios mit ihm im Lager zu bleiben, und Mohadan hatte dem aus ganzem Herzen zugestimmt. Eine Stadt im verzweifelten Kampf war kein guter Ort für den letzten Sohn des Shar-Ja. Doch Hajira kam nun aus dem Zelt gelaufen, schnallte rasch sein Schwert um und blickte so wild drein, dass er aussah, als werde er gleich Blitze spucken.

»Er ist fort! Und dieser räudige Hund ist bei ihm!«, rief der Wächter. Er ergriff einen Sattel und warf ihn mit solcher Gewalt auf das nächste freie Pferd, dass es sich entsetzt aufbäumte und Hajira es erst beruhigen musste, bevor er einen zweiten Versuch unternahm.

»Was heißt das? War er nicht die ganze Zeit im Zelt?«, wollte Sayyed wissen.

»Das hatte ich auch geglaubt, aber es war alles so in Aufruhr, dass ich es nicht mit Sicherheit sagen kann. Sein Bett ist leer, seine Lumpen sind fort, und er und dieser Hund sind nirgendwo im Lager zu finden. Ich verwette meine nächsten zehn Lebensjahre darauf, dass er nach Cangora gegangen ist.« In Hajiras Stimme schwang sowohl Zorn als auch wilde Verzweiflung mit. Es gelang ihm, das scheuende Pferd zu beruhigen und ohne große Schwierigkeiten aufzusitzen. »Wenn die Fel Azureth ihn nicht umbringen, werde ich es tun«, brummte er und trieb sein Pferd an.

Der Kirmaz-Ja führte sein von den Zauberern flankiertes Heer aus dem Tal. Der Greif beobachtete ihren Aufbruch, stieg nieder und wollte die Kolonne jagen, doch die Zauberer trieben ihn mit Flüchen und Kugeln aus blauer Energie zurück.

Hajira, Sayyed und Helmar gesellten sich zu Mohadan an der Spitze. »Das Kupfertor ist möglicherweise durch magische Wächter verstärkt und schwer bewacht«, sagte Sayyed. »Aber der kürzeste Weg zum Palast führt von dort aus durch die Stadt.«

Der Kirmaz-Ja nickte; sein graues Haar ragte unter dem Helm hervor. »Dort werden wir angreifen.« Er starrte in die Sonne, die nun beinahe über ihnen stand. »Verdammter Greif. Er hat uns zu lange aufgehalten. Wir hatten keine Zeit, jemanden hineinzuschmuggeln, und jetzt ist schon beinahe Mittag. Das Ritual der Thronbesteigung beginnt immer dann, wenn die Sonne ihren höchsten Stand erreicht hat. Uns bleibt nur wenig Zeit, um uns den Weg freizukämpfen. Aber wenigstens ist es ein langes Ritual.«

»Vielleicht haben wir schon jemanden drinnen«, sagte Hajira gereizt. »Was immer uns das auch helfen mag.«

Die Kolonne verließ das Lager und marschierte den Hügel hinab in das breite Tal, in dem die ebenen Felder bis an den Fuß der Stadtmauer reichten. Der Greif kreiste und kreischte über ihnen. Die Sonne brannte auf den Rüstungen der Männer. Die Kolonne zog sich weit auseinander; je acht Pferde liefen nebeneinander, und brachen in einen schnellen Galopp aus. Das gelbe Banner des Kirmaz-Ja flatterte über dem Kopf des Standartenträgers.

Sayyed zögerte einen Augenblick, dann entrollte er etwas, das er mitgebracht hatte. Ein goldener Klanmantel breitete sich über seinen Knien aus. Er zog ihn an und war stolz, ihn nun endlich offen und stolz vor den Turic tragen zu können. Ein Farbblitz erregte seine Aufmerksamkeit. Er drehte den Kopf und sah, dass Helmar sich ebenfalls einen Mantel umlegte. Das erstaunte ihn nicht, da die Klannad früher auch zu den Klanen gehört hatten; erstaunlich war nur die Farbe. Es war ein helles, kühnes, feuriges Rot. Helmar trug die Farbe des Corin-Klans. Er starrte sie an und fragte sich, warum sie ausgerechnet diese Farbe gewählt hatte. Dann zog sie ihr Schwert als Signal für ihre Reiter und stieß einen durchdringenden Kriegsschrei aus, der sofort von einem herausgebrüllten turischen Kommando beantwortet wurde.

Die turischen Pferde und die Hunnuli streckten die Hälse vor, legten die Ohren an und galoppierten auf das Stadttor Cangoras zu. Hörner schmetterten auf der Stadtmauer. Die Stammesleute und die Klannad antworteten darauf mit eigenem Hörnerschall, der herausfordernd durch die Stadt hallte. Die Turic erhoben die Stimme zu einem wilden, hohen Gebrüll, das Helmar eine Gänsehaut über den Rücken jagte. Die polierten Tore, die schon geschlossen und verriegelt waren, strahlten wie ein Leuchtfeuer in der Sonne.

Die fähigsten der Klannad-Zauberer zogen sich hinter Helmar und Sayyed zusammen. Andere verteilten sich entlang der Angriffslinien. Als sich die Pferde der Stadtmauer näherten, sogen die Zauberer die allgegenwärtige Magie in sich auf und formten sie nach ihren Wünschen. Auf Helmars Kommando feuerten sie gemeinsam auf die massiven Kupfertore und einige ausgewählte Stellen in der Stadtmauer.

Die Wächter, deren Existenz Sayyed vorausgeahnt hatte, befanden sich im Tordurchgang und waren sogar noch stärker, als die Zauberer befürchtet hatten, doch sie waren nicht dazu erschaffen worden, der unaufhörlichen Kraft geballter Magie zu widerstehen. Die Wächter ächzten, spuckten Funken und hielten einige wertvolle Minuten lang, doch schließlich lösten sie sich in einer lauten Explosion auf, und die Magie der Angreifer schlug große Löcher in die Türme zu beiden Seiten des Tors. Auch die kupfernen Portale gaben nach und sackten langsam in sich zusammen, bis sie mit einem durchdringenden Knall zu Boden fielen. Andere Zauberer brachen die Mauer an zwei weiteren Stellen auf und schlugen so neue Eingänge in die Stadt.

Die Männer des Kirmaz brüllten vor Freude und stürmten auf die Breschen in der Mauer zu. Die Klannad folgten langsamer. Sie hatten viel Kraft im Kampf mit dem Greif und bei der Zerstörung der Wächter verloren und wurden allmählich müde.

Zukharas Streitkräfte waren über die Blitze erstaunt und zögerten einige wesentliche Minuten, so dass die Angreifer innerhalb der Mauern Fuß fassen konnten. Die Fel Azureth, die bereits an Zukharas Magie gewöhnt waren, erholten sich rasch wieder und trieben ihre Streitkräfte vorwärts. Männer eilten aus allen Stadtteilen herbei, um die Eindringlinge zurückzuschlagen. Allzu bald kam der Angriff der Getreuen des Shar-Ja unter der überwältigenden Zahl der Rebellen zum Stillstand. Die Krieger waren gezwungen, abzusteigen und einen blutigen und heftigen Kampf Mann gegen Mann zu beginnen, wenn sie ihre Stellung halten wollten. Bogenschützen feuerten von der Stadtmauer und aus den umliegenden Häusern auf sie herab. Man brachte eine kleine fahrbare Schleuder die Hauptstraße herab, und das Heer des Kirmaz-Ja wurde mit Felsbrocken und Kugeln unter Beschuss genommen, die mit tödlichen Nägeln gespickt waren.

Nur die Zauberer der Klannad bewahrten die Stammesmänner davor, vernichtet zu werden. Sie hatten sich unter die drei angreifenden Gruppen entlang der Mauer verteilt und versuchten verzweifelt, Geschosse abzulenken, Feuerschutz zu geben und die dem Shar-Ja Ergebenen so gut wie möglich mit magischen Energieschilden zu versehen. Doch die Zauberer wurden im endlosen Kampf immer erschöpfter. Einige mussten schon aufgeben und sich auf den Schutz ihrer Schwerter verlassen, andere waren bereits getötet worden.

In der Truppe des Kirmaz-Ja spürte Sayyed, wie seine Kraft abnahm. Er hatte nicht erwartet, dass die Streitmacht des Greifs so unermüdlich war. Sie drängte ohne Rücksicht auf Verluste voran und kämpfte die Turic allmählich nieder. Die Kirmaz konnten sich weder vor noch zurück bewegen. Sie waren in einem immer kleiner werdenden Kreis gefangen, der ihren sicheren Tod bedeutete.

Sechzehn

Das Kriegslied der Hörner stieg die Berge hoch und trug weiter als jeder andere Laut aus dem Kampf an der Stadtmauer. Die Einwohner hörten es auf den Straßen und in den Häusern. Einige folgten dem Ruf und kämpften auf der einen oder anderen Seite mit, andere hörten zu und verbarrikadierten ihre Läden und Häuser.

Ein wie ein Bettler gekleideter Junge hob den Kopf einen Augenblick lang, und das geistlose Grinsen auf seinem Gesicht machte einer leuchtenden Erregung Platz. Er nahm seine Schale, schlenderte die Straße hinauf und auf den Palast zu.

Die Musik wurde immer lauter und schriller und brandete gegen die hohen Mauern des Palasts, wo die Wachen des Greifs sie hörten und sich bereit machten – für alle Fälle.

Zukhara hielt kurz in seinen Vorbereitungen inne und erkannte die Bedeutung des Hörnerschalls. Das kleine Loyalistenheer war irgendwie dem Greif entkommen und pochte an seine Tür. Sollten sie doch pochen, höhnte er. Seine Streitmacht und der Greif würden es bald auslöschen. Er hatte Wichtigeres zu tun an diesem Tag der Tage.

Kelene öffnete das Fenster in ihrem Zimmer hoch oben in einem Flügel des Palasts und lehnte sich auf die Brüstung. »Hör nur, Mutter!«

Gabria stellte sich neben sie. Ihr Lächeln erhellte sogar ihre Augen mit den dunklen Ringen. »Sie kommen«, murmelte sie.

Kelene schaute hinunter in Richtung der Tore und hoffte, einen Blick auf etwas oder jemanden zu erhaschen, doch sie sah bloß die Sandsteinhäuser, die sich den Hügel bis zur fernen Stadtmauer hinab erstreckten, wo Rauch über einigen Dächern hing. Ein geflügelter Schatten, der über der Unterstadt kreiste, nahm ihr den Atem. Ihre Finger schlossen sich um die Brüstung. »Der Greif! Er hat den Greif auf sie gehetzt«, rief sie hin- und hergerissen zwischen Angst um die Angreifer und um das Tier. Sie hatte das wilde Geschöpf nicht mehr gesehen, seit Zukhara sie und ihre Mutter in diesem Zimmer eingesperrt hatte, und nur Amara wusste, was er dem Tier in der Zwischenzeit angetan hatte.

»Es wird ihm nichts geschehen«, ertönte Zukharas Stimme vom Eingang her. »Ein so wertvolles Wesen würde ich niemals schutzlos der Gefahr aussetzen.«

Kelene wirbelte herum und wollte gerade die Enttäuschung und den Ärger von vier Tagen auf ihm abladen, als ihr bei seinem Anblick die Worte im Hals stecken blieben. Der Ratgeber stand in der Tür vor einem Gefolge aus Priestern, Offizieren und Anhängern. Er trug eine Zeremonienrobe aus königsblauem Samt, die mit weißem Pelz besetzt und mit Perlen und Silberfäden geschmückt war. Ein silberner Mantel hing ihm um die breiten Schultern, und eine schlichte Krone bedeckte das pechschwarze Haar. Er war groß, schlank und elegant und sah für jedermann wie das Urbild eines Herrschers aus. Nur das eisige Glitzern in den Augen deutete die dahinter liegende Grausamkeit an.

»Seid ihr fertig, meine Damen?«, fragte er unvermittelt. Er streckte die Hand nach Kelene aus.

Kelene bezwang ihre Wut und zögerte nicht. Sie trug nun ein rotes, mit Gold abgesetztes Kleid und war für alles bereit, was kommen mochte. Die Zauberinnen sahen sich in schweigendem Einverständnis an, und Kelene nickte ihrer Mutter beinahe unmerklich zu. Sie beachtete Zukharas ausgestreckte Hand nicht, ergriff stattdessen Gabrias Arm und half ihrer Mutter aus dem Zimmer. Sie gingen mehrere Treppen hinunter und bis zum Südflügel des Palasts, wo der Thronsaal im Sonnenglanz badete.

Der Saal befand sich im ältesten Teil des Palasts, der beinahe dreihundert Jahre vor Zukharas Zeit errichtet worden war. Der Architekt hatte weißen Marmor für die Wände benutzt und im Boden ein zartes Mosaik aus Lapislazuli, Achat und Granit eingelassen. Zierliche Pfeiler stützten ein schwarzgrundiges Gewölbe, das in Blau, Weiß und Silber ausgemalt war und das Firmament darstellte. Hiervon hatte der Himmlische Thron seinen Namen bezogen. Zwischen den Pfeilern befanden sich hohe, schmale Fenster, die geöffnet worden waren, um das Licht und die Luft des Morgens hereinzulassen. Die Sonnenstrahlen ergossen sich in den Saal, wurden von dem schimmernden Boden widergespiegelt und beleuchteten den großen Sonnenthron des Shar-Ja.

Der schwere hölzerne Sitz stand auf einer breiten Erhebung und war ganz mit gepunztem Gold bezogen, das ehrerbietige Hände so poliert hatten, dass es hell glänzte. In die Wand dahinter war ein großes, rundes Bleiglasfenster eingelassen, das eine goldene Sonne darstellte. Blaue Vorhänge waren um den Thron drapiert, und zwei Männer im blauen Gewand der Leibgarde des Shar-Ja standen daneben. Erst als Kelene durch die Strahlen des Sonnenlichts getreten war und am Fuß des Throns stand, erkannte sie, dass die beiden Wachen tot und nur hier aufgestellt worden waren, damit sie ihren ermordeten Herrscher ins Grab begleiten konnten.

Sie schloss die Augen. Sie wusste nicht, ob die Klangötter auch bei einem Volk waren, das nicht an sie glaubte, aber sie betete inbrünstig, dass Amara ihre Bitten erhörte. »Hilf mir, den richtigen Moment zu finden«, bat sie still die Muttergottheit.

Zukharas Stimme riss sie aus ihrer Betrachtung. »Willkommen, Shar-Ja. Kommt, setzt Euch auf Euren Thron.«

Drei Männer betraten den Saal durch die große Doppeltür. Zwei von ihnen waren in das Schwarz und Gold der Fel Azureth gekleidet, der andere war der Shar-Ja, dem es Mühe bereitete, auf den Beinen zu bleiben. Sie zogen den alten Mann die Stufen zum Thron hoch, setzten ihn darauf und banden seine Arme an die Lehnen.

Die Priester im Gefolge Zukharas machten sich rasch an die Arbeit. Sie entzündeten Weihrauch und besprengten den Thron mit Wasser und Sand, um das Ritual dem Shahr, dem Lebendigen Gott und seinem Propheten Sargun zu weihen. Ihre tiefen Gesänge erfüllten den Raum.

Eine kleine Gruppe aus Fel Azureth, Dienern und Schaulustigen aus der Stadt versammelte sich im Thronsaal, um den alten Riten beizuwohnen. Niemand beachtete den Jungen in dem gestohlenen Hemd und der ausgebeulten Hose, der in den hinteren Teil der Menge schlüpfte und ebenfalls sehen wollte, was hier vor sich ging.

Die Priester beendeten ihre Gebete und Segnungen des Throns und legten eine Pause ein, bevor sie mit dem nächsten Ritus fortfuhren, der den Shar-Ja vor dessen Tod reinigen sollte. In diesem Moment schmerzhafter Stille spannte Kelene all ihre Sinne an. Geschah nicht irgendetwas, das ihr dabei half, den richtigen Zeitpunkt zu wählen? Ihr Herz setzte einen Schlag lang aus. Sie versuchte, sich nichts anmerken zu lassen, doch ihre Finger schlossen sich um Gabrias Arm. Die Gesänge wurden wieder aufgenommen und übertönten alles andere, das der Wind zu ihr hätte tragen können. Aber sie hätte schwören können, dass es da gewesen war. Schwach und weit entfernt hatte sie den unmissverständlichen Schall von Klanhörnern gehört.

*

Die Hörner ertönten abermals, auch wenn Kelene sie diesmal nicht hören konnte; ihr Schall drang von den Höhen der Karawanenstraße über das Tal. Rein und lieblich und mächtig wie der Nordwind rollten die Töne durch die Senke und fluteten über die Stadtmauer. Die Männer hinter den Zinnen und in den Türmen hörten sie und zögerten. Die Kämpfer am Boden, die in die wilde Schlacht verstrickt waren, überhörten die Musik im Lärm der Waffen und der Schreie der Kämpfenden und Sterbenden.

Aber Afer entging sie nicht. Sein großer Kopf schnellte hoch, und er richtete die Ohren auf. Dann stieß er über dem Schlachtenlärm ein trompetendes Wiehern aus. *Sie kommen!*, rief er allen zu, die ihn verstehen konnten.

Sayyed und die Krieger der Klannad fassten wieder Mut und gaben die Neuigkeit an die Turic weiter. »Die Klane rücken an!«

Hoch oben auf den Befestigungsmauern riefen die Männer, und einige Hörner bliesen eine Warnung. Überrascht hielt das Heer des Greifs inne und zog sich ein wenig zurück, weil die Männer sehen wollten, was diesen Aufruhr verursachte. Fast jeder ergriff die Gelegenheit und spähte durch eines der klaffenden Löcher in der Mauer.

Eine dunkle Reiterreihe erstreckte sich über das gesamte Tal und näherte sich in halsbrecherischem Galopp. Die Sonne glitzerte auf ihren Speeren. Ihre Anzahl wurde vom Staub verdeckt, der unter den Hufen der Pferde aufwirbelte, doch Zukharas Heer brauchte erst gar nicht zu zählen. Die farbenfrohen Banner in vorderster Front und die vier schwarzen Hunnuli reichten aus, um jedermann einzuschüchtern.

»Zurück!«, brüllte Mohadan seinen Männern zu. »Aus dem Weg!«

Wie rasend packten die Kirmaz und die Klannad ihre Pferde und machten den Weg für die heranstürmenden Klan-Werode frei. Auch die Fel Azureth zogen sich zurück und trieben ihre Leute an, Straßensperren zu errichten.

Plötzlich hallten die ohrenbetäubenden Kriegsrufe aller elf Klane durch die Luft. Der Boden erbebte unter den Hufen der Pferde. Blitzschnell und zielgenau senkte die erste Reihe die Speere, teilte sich in drei Gruppen auf, eine für jede Öffnung in der Mauer, und preschte in die Stadt hinein. Lord Athlone und Rafnir führten die Reiter durch das zerschmetterte Tor und stürzten sich kopfüber in die Reihen der Verteidiger. Die Fel Azureth konnten nicht standhalten. Obwohl die Klanmänner zahlenmäßig unterlegen und müde von der tagelangen Reise waren, überwanden sie den Feind mit ihrer Wildheit und ihrem Schwung mühelos. Die Speere wichen Schwertern und Streitäxten, und die Schlacht ging weiter.

Mohadan brüllte seinen Männern einen Befehl zu, und die Kirmaz stürzten sich abermals in den Kampf. Die Klannad, die von der vielen Magie, die sie eingesetzt hatten, müde waren, folgten dicht hinter ihnen.

Viele von Zukharas Freiwilligen ergriffen unter dem vereinten Angriff der Stammesleute und Klanmänner die Flucht, doch die Fanatiker der Fel Azureth hatten eindeutige Befehle ihres Meisters. Sie mussten die Stadt um jeden Preis halten. Unwillig wichen sie vor den Weroden und den turischen Loyalisten zurück. Sie formierten sich neu, kämpften, stellten sich abermals neu auf und fochten um jeden Schritt, den sie weiter zurückweichen mussten. Doch auch sie vermochten der Macht der Klanzauberer nicht lange standzuhalten. Lord Athlone, Rafnir, Gaalney und Sayyed bahnten sich langsam, aber stetig einen Weg durch die Straßen Cangoras auf den Palast des Shar-Ja zu.

Helmar ritt für kurze Zeit mit den Klanzauberern, als die Kämpfe auf die Straßen übergriffen, doch dann fiel sie allmählich zurück. Ein seltsames Gefühl von Angst und Dringlichkeit machte sich in ihrem Magen breit. Sie warf einen raschen Blick auf die breite Straße, die auf den Palast zuführte. Gabria befand sich dort oben – eine Frau, die sie nie gesehen hatte, doch sie war die einzige Frau in der gesamten Klanbevölkerung, die in direkter Linie vom Corin-Klan abstammte. Außerdem stellte sie eine Verbindung zur Säuberung dar, die so vielen Zauberern das Leben gekostet hatte. Für Helmar war diese Verbindung unendlich wichtig.

Sie sah noch einmal die Straße hinauf. Die Klanmänner kamen dem Palast stetig näher, aber sie waren nicht schnell genug. Jemand sollte sofort dorthin eilen, denn es war denkbar, dass Zukhara in Panik geriet und sich seiner Gefangenen entledigte. Ein Schatten huschte über den Boden, und Helmar sah, wie der Greif auf die höher gelegenen Stadtteile zuflog, wo sich der Palast am Fuß der massiven Steinfestung erhob.

Helmar erinnerte sich an Demira. Wo war sie?

»Marron, kannst du die geflügelte Stute rufen? Ist sie in der Nähe?«

Dort. Sie ist über den Mauern, antwortete die weiße Stute. *Sie folgt dem Greif.*

Helmar schaute hoch und sah Demira in nicht allzu großer Ferne. »Ruf sie her! Sag ihr, dass ich sie brauche. Bitte, meine Schöne. Sie kann mich über das Kampfgetümmel tragen und zu Kelene und Gabria bringen.«

Marron verstand und gehorchte. Sie stieß ein dröhnendes Wiehern aus, das über die Schlacht hinausreichte und in Demiras Ohren drang.

Helmar warf Sayyed, der an Lord Athlones Seite kämpfte, einen entschuldigenden Blick zu, und trieb Marron rasch in eine freie Seitenstraße.

Niemand außer Rapinor sah sie verschwinden. Ihr plötzlicher Abgang verwirrte ihn; er wendete sein Pferd und folgte ihr. Aus einem geöffneten Fenster lehnte sich ein Mann mit einer Armbrust und schoss wild auf die unter ihm kämpfenden Männer. Der Schwertkämpfer, der nichts anderes wollte als seiner Anführerin zu folgen, sah den Pfeil nicht, bis er in seiner Brust steckte. Er starrte darauf hinunter, fühlte sich benommen und sank langsam von seinem ebenfalls verwundeten Hunnuli.

Helmar ritt weiter; sie hatte von Rapinors Schicksal nichts mitbekommen. Sie und Marron fanden einen Platz, der so groß war, dass Demira darauf landen konnte. Sobald die Stute den Boden berührte, erklärte Helmar ihr, was sie vorhatte. Demiras Antwort kam sofort. Die Anführerin kletterte auf ihren Rücken, packte die Mähne und hielt sich daran fest, während Demira lostrabte und sich in die Luft erhob.

Marron sah ihnen nach. Helmar hatte ihr weder befohlen, hier zu bleiben, noch ihnen nachzulaufen; also preschte sie wie eine Wolke in einem sturmgepeitschten Himmel hinter den beiden her.

*

Im Himmlischen Thronsaal des Shar-Ja wurden die Zuschauer immer unruhiger. Die Brise, die durch die offenen Fenster hereinblies, brachte die schwachen Geräusche des Kampfes aus der Stadt tief unten mit und störte die heilige Würde der Riten. Nur der Shar-Ja und Zukhara schienen den zunehmenden Lärm nicht zu bemerken.

Die Zeremonie hatte den Augenblick erreicht, der den Tod des gegenwärtigen Monarchen ankündigte. Das Schwert für die Enthauptung war gesegnet worden, und die Priester standen mit einem Korb für das Haupt und mit Tüchern für den Körper bereit. Ein Soldat trat hinter den Thron des Shar-Ja und zog Rassidars Kopf nach hinten, damit die Kehle entblößt wurde.

Zukhara packte den Schwertgriff mit beiden Händen. Es war ein schwerer, sehr alter Beidhänder, doch er hielt die Waffe so geschickt wie ein Meister. Er richtete den Blick auf den Shar-Ja, ging hinüber zum Thron und hob das Schwert über die Schulter.

Ein Junge, kaum dreizehn Jahre alt, brach plötzlich aus der Menge hervor. Er warf den Arm zurück und schoss mit einer Präzision, der monatelange Übung vorausgegangen war, einen Stein aus einer Schleuder gegen Zukharas Kopf. Das Geschoss verfehlte knapp die Schläfe des Greifs und traf ihn stattdessen über der rechten Braue. Der Mann taumelte vor Überraschung und Schmerz; das Schwert fiel ihm aus der Hand und klirrte zu Boden.

Rasch wie ein zustoßender Falke ergriff Kelene die Gelegenheit. Sie trat zwei Schritte von Gabria zurück, zog die Magie um sich zusammen und feuerte eine Kugel aus Energie auf den Elfenbeinwächter unter Zukharas Robe ab. Der Schlag traf ihn schwer und warf ihn gegen den toten Gardisten neben dem Thron, doch er war nicht heftig genug, um den Wächter zu brechen. Wütend holte Zukhara aus und bedachte Kelene und den Jungen mit einer Faust voller schrecklicher Blitze. Die Leute in der Menge kreischten auf und brachten sich in Sicherheit.

Der erste Schlag traf Kelene an der Brust, bevor sie an Verteidigung denken konnte, und schleuderte sie gegen die Wand. Sie sackte bewusstlos zu Boden. Gabria stieß einen Schrei aus und rannte zu ihr. Ein zweiter Energieball erwischte Tassilio und warf ihn quer durch den Saal.

Die Priester und Wachen sahen sich besorgt an. Zukhara spie einen Fluch aus. Blut aus einer Platzwunde an der Stirn tropfte ihm das Gesicht herunter. Er riss seinen Dolch heraus und wollte den Shar-Ja erstechen, als ein zweiter Stein ihn am Arm traf.

Tassilio kniete auf dem Boden, sah sehr lebendig aus und wusste genau, was er tat. Er zog ein verknotetes Stück Seil aus seinem Hemd und winkte damit spöttisch dem Greif zu.

Zukhara erkannte es. Er wurde blass. »Sandratte«, zischte er.

»Das ist richtig!«, rief Tassilio heftig und steckte einen weiteren Stein in seine Schleuder. »Ein Bastard, genau wie du! Aber jetzt bin ich der Shar-Yon, und dort ist mein Vater, der rechtmäßige Herrscher der Turic. Du bist nichts als ein Verräter, Zukhara, und ich will dich tot sehen!«

Der Greif hob die Hand und wollte den abscheulichen Jungen niederstrecken. Doch mit überraschender Stärke verdrehte der Shar-Ja seinen gefesselten Körper und holte mit dem Fuß aus. Er erwischte Zukhara in der Kniekehle und trat dem Thronräuber das Bein weg. Der Greif schlug schwer auf die Stufen. Er erhob sich wieder, war erschüttert, aber unverletzt und starrte den alten Herrscher böse an.

»Sie kommen!«, rief eine hohle Stimme in der Nähe.

Zukhara wirbelte herum und sah, dass Gabria aufrecht stand und den leeren Blick auf die große Doppeltür gerichtet hatte. Irgendwo in den Korridoren ertönten Schreie und das harte Klappern näher kommender Hufe. Er verlor keine Zeit mehr. Er stürzte zu Kelene und warf sie sich über die Schulter. Gabria war vom Gift zu geschwächt, um gegen ihn zu kämpfen. Er streckte sie mit einem Schlag seines Handrückens zu Boden. Benommen sah sie zu, wie er hinter dem Thron verschwand; dann trommelten Hufe vor dem Saal, und die Türen flogen auf.

Eine rothaarige Frau in voller Kampfkleidung und in einem roten Mantel ritt auf einem schwarzen, geflügelten Hunnuli herein. Gabria lächelte durch ihre Tränen hindurch. Das Pferd war zwar nicht weiß, aber Demira reichte ihr völlig aus.

Die verbliebenen Priester und Fel Azureth schienen derselben Ansicht zu sein, denn sie warfen nur einen kurzen Blick auf die rasende Zauberin und flohen. Schließlich waren nur noch Tassilio und der Shar-Ja bei den beiden Frauen.

Tassilio rannte zu seinem Vater und löste seine Fesseln mit dem Dolch. Demira kam auf dem Mosaikboden schlitternd zum Stillstand, und Helmar saß ab.

Der Anführerin schlug das Herz bis zum Hals. Sie rannte auf die am Boden liegende Gabria zu. Die ältere Zauberin starrte die Fremde an, als wäre sie eine Vision. Ihre Hand ergriff den roten Umhang. Helmar war entsetzt von Gabrias dürrem Körper und den tiefen Schatten auf ihrem Gesicht. Blut troff ihr aus einer Wunde an der Wange, und ihre Hände zitterten. Aber in Gabrias smaragdgrünen Augen loderte die Wut, und es gelang ihr, sich in eine sitzende Lage zu stemmen.

»Du«, keuchte Gabria. »Bei Amaras Gnade, woher kommst du?«

Helmar hielt sie fest und half ihr aufzustehen. »Aus der Vergangenheit, Gabria.«

Kelene! Wo ist Kelene?, wieherte Demira. Sie rannte durch den Saal und suchte nach ihrer Reiterin.

Tassilio ahnte, was sie wollte. »Er ist mit ihr dort hinaus verschwunden«, rief er ihr zu und deutete auf die blauen Vorhänge hinter dem Thron. Er eilte auf die Tür zu und fand sie verschlossen.

Der Shar-Ja stützte seinen gebrechlichen Körper schwer auf dem Thron ab und sagte zu ihnen: »Sie führt in den Hof und auf den Weg hinauf zum Tempel. Vermutlich warten Pferde auf ihn, die ihn auf den Gipfel bringen.«

Tassilio versuchte das Schloss zu öffnen, aber es war vergebens. Die Tür war fest verriegelt. Enttäuscht drehte die Stute eine weitere Runde durch den Saal. Es gab keine weiteren Türen, und die Fenster waren zu schmal für ihre ausladenden Schwingen. Bevor sie jemand zurückhalten konnte, drehte sie sich um, galoppierte durch die Doppeltür und suchte nach einem anderen Weg zu Kelene.

»Er bringt sie zur Zitadelle«, sagte Gabria erregt. »Sie braucht mehr Hilfe, als Demira ihr geben kann.«

Seit Helmars Ankunft war der Kampflärm immer näher gekommen und hatte an Wucht nicht abgenommen. Die Fel Azureth kämpften wie die Wölfe und hatten noch den Vorteil der größeren Zahl sowie der Vertrautheit mit den Straßen der Stadt. Es würde eine Weile dauern, bis Lord Athlone, Sayyed oder Rafnir die Gegner so weit zurückgedrängt hatten, dass sie herkommen und helfen konnten, und dann war es möglicherweise schon zu spät.

»Bringt mich dort hinauf!«, forderte Gabria.

Helmar stieß scharf die Luft aus. »Du bist zu schwach. Wenn du versuchen solltest, Magie einzusetzen …«

»Ich bin zwar zu schwach, um ihn zu vernichten, aber ich kann ihn ablenken.«

Weitere Hufe donnerten durch die Halle, und Tassilios Hund lief vor Marron in den Saal. Der Hund bellte, wedelte mit dem Schwanz und sprang erfreut den grinsenden Jungen an.

»Cal, ich habe dir doch gesagt, du sollst draußen bleiben«, lachte der Junge.

Du hast mir nicht verboten hereinzukommen, sagte Marron zu der Anführerin. Die Stute atmete schwer und war schweißgebadet.

»Und darüber bin ich froh«, rief Helmar aus. »Wir müssen versuchen, Kelene zu befreien.«

»Ein weißes Hunnuli!«, keuchte Gabria. Sie griff nach der Stute und ließ es zu, dass Marron ihr Hände und Gesicht beschnüffelte.

Helmar schnippte mit den Fingern. »Nara! Wir brauchen sie. Lebt sie noch?«

»Zukhara mag zwar ein schlimmer Mensch sein«, erwiderte der Shar-Ja trocken, »aber er verschwendet keine Dinge, die ihm wertvoll erscheinen. Ich habe gehört, dass das schwarze Hunnuli in den Palaststallungen eingesperrt wurde.«

Marron stampfte mit dem Huf auf. *Ich hole sie. Ich habe die Ställe auf dem Weg hierher gesehen.*

»Gnade den armen Wächtern, die diesem Pferd im Wege stehen«, sagte der Shar-Ja verwundert, als er der Stute nachsah.

Tassilio rannte hinaus und kam mit einem Krug Wasser zurück. »Das ist alles, was ich finden konnte«, sagte er und bot es den Frauen und seinem Vater an.

Der Shar-Ja nahm einen Schluck und lächelte seinen Sohn an. »Beim Lebendigen Gott, wo bist du gewesen? Zukhara hat mir gesagt, du wärst tot.«

Tassilio errötete unter der Wärme in der Stimme seines Vaters, und zum ersten Mal war der schlagfertige Junge stumm. Er grinste und trat von einem Fuß auf den anderen. »Ich habe meinen Freunden geholfen«, war alles, was er herausbrachte.

Die Hunnuli-Stuten kamen rascher zurück, als die Frauen erwartet hatten. *Die Wächter waren fort*, erklärte Marron. *Der Palast ist fast leer. Alle kämpfen oder haben sich versteckt.*

Nara sagte nichts, drückte sich aber eng an Gabria, beschnüffelte sie und schnaubte erleichtert und freudig. Was für ein Beruhigungsmittel Zukhara ihr auch immer gegeben hatte, nun war seine Wirkung verflogen. Das Pferd sah dünn, aber kräftig aus. Gabria schlang die Arme um den Hals ihrer Stute und vergrub das Gesicht in der schwarzen Mähne. Mit Helmars Hilfe kletterte sie auf Naras breiten Rücken.

»Sag Sayyed und den anderen, wohin wir gegangen sind, wenn sie hier eintreffen«, befahl Helmar Tassilio.

Der Junge nickte eifrig. »Nehmt die erste Halle links, durchquert alle folgenden und wendet euch am Ende nach rechts. Dann kommt ihr zu den nach draußen führenden Türen.«

Die Zauberinnen nickten knapp und waren rasch verschwunden. Die Hufe ihrer Hunnuli hallten durch die Gänge. Tassilio schloss und verriegelte sanft die Türen hinter ihnen und kehrte zu seinem Vater zurück, um zusammen mit ihm zu warten.

Helmar ritt durch die prunkvollen Hallen voran. Sie bemerkte, dass Marron Recht gehabt hatte. Der Palast schien verlassen zu sein. Niemand versuchte sie auf dem Weg durch die Räume aufzuhalten.

Tassilios Angaben erwiesen sich als richtig, und bald fanden sich die Frauen im hellen Tageslicht und auf einem weiten, grasbewachsenen Platz wieder. Vor ihnen erhob sich der Fels hoch in den blauen Himmel. Auf seiner Spitze saß wie eine Krone aus Rot und Grün der Tempel des Propheten Sargun.

Die Sandsteingebäude waren ursprünglich als Zitadelle erbaut, aber einige Monate nach dem Tod des heiligen Propheten zum Kloster und Tempel umgeweiht worden. In ihm befanden sich eine großartige Bibliothek, Gärten und die königliche Krypta für die Shar-Jas. Die Anlage wurde von etwa hundert Mönchen und Weltpriestern bewohnt. Die Turic besuchten diese Gebäude nur zu den heiligsten Zeremonien. Eine schmale, von steinernen Mauern begrenzte Straße schlängelte sich den steilen Hang hoch bis zum Gipfel. Nirgendwo gab es ein Anzeichen von Zukhara oder Kelene, und nichts regte sich am Himmel außer ein paar treibenden Wolkenfetzen.

Marron und Nara eilten von dem Platz herunter und stießen am Ende eines langen Innenhofs auf den Beginn der Tempelstraße. Gemeinsam machten sie sich an den steilen Aufstieg.

Siebzehn

Kelene war so benommen, dass sie nicht begriff, was vor sich ging. Ihr wirbelnder Verstand bemerkte nur die Schmerzen in Brust und Magen und die Schwierigkeiten beim Atmen. Sie richtete ihre ganze Aufmerksamkeit auf die Lunge und die Anstrengung des Luftholens. Ihre Brust fühlte sich so matt und gequetscht an, als ob etwas Schweres gegen sie drücke. Der Magen schmerzte von etwas, das sich gegen ihn presste und ihr Übelkeit verursachte. Sie schien sich willenlos vorwärts zu bewegen, keineswegs auf eigenen Beinen, und ihr Kopf fühlte sich seltsam schwer und geschwollen an.

Sie öffnete die Augen und starrte auf etwas Struppiges und Dunkelbraunes. Alles vor ihr schaukelte. Ihr wurde übel. Sie schloss die Augen, holte tief Luft und versuchte es erneut. Diesmal war ihr Blick etwas klarer, und der braune, struppige Schimmer wurde zum Bauch eines Pferdes. Als sie dies erkannte, begriff sie alles. Zukhara hatte sie über ein gesatteltes Pferd geworfen und führte sie einen Berg hoch.

Es hatte keinen Sinn, sich in eine aufrechte Lage zu kämpfen, denn er hatte sie am Sattel festgebunden. Wieder mit diesen Hunnulihaarseilen, dachte Kelene verbittert. Sie rührte sich nicht und versuchte, das Klopfen in ihrem Kopf zu mildern, während sie abwartete, was er als Nächstes tun würde. Es war nicht leicht. Zukhara schien in sehr großer Eile zu sein. Er ritt auf einem zweiten Pferd und peitschte die Tiere so oft wie möglich. Als sie den Gipfel des Berges erreicht hatten, keuchten und schwitzten beide Pferde. Er trieb sie durch ein Burgtor und brachte sie in einem umschlossenen Innenhof vor dem Haupteingang zu den Gebäuden der Zitadelle grob zum Stehen.

Er ließ die Pferde zurück, rannte zum Tor und verschloss es. Kelene konnte nicht sehen, was er tat, denn er wandte ihr den Rücken zu, doch er schien sehr lange zu brauchen, bloß um das Tor zu versperren. Schließlich kam er zurück, schnallte Kelene von ihrem Pferd los und trug sie über der Schulter in den Vorhof des Eingangsgebäudes. Einige Priester rannten ihm entgegen.

»Wo ist der Tobba?«, brüllte er sie an. »Bringt ihn in das Zimmer der Einheit.«

In Kelenes Kopf drehte sich alles. Was hatte er vor? Erkannte er nicht, dass er verloren hatte? Der Shar-Ja lebte noch. Cangora fiel soeben in die Hände der Herrschertreuen, und seine Fanatiker wurden besiegt. »Was hast du vor?«, fragte sie.

Der Greif stellte sie auf die Beine und hielt ihre gefesselten Arme in eisernem Griff. »Es ist mir heute nicht gelungen, den Shar-Ja zu töten, doch ohne das Gegenmittel wird er ohnehin in kurzer Zeit sterben. Der Thron wird mir gehören. Ich bin Fel Karak, der Greif, der gesalbte Diener des Lebendigen Gottes!«, ereiferte er sich. »Und du bist immer noch meine auserwählte Gemahlin.« Er zerrte sie mit sich durch die Gänge der Vorgebäude zum inneren Heiligtum des Tempelbezirks.

Die Zauberin kämpfte darum, wieder Macht über ihre Gedanken zu bekommen. Es war Zeit zu handeln und zu kämpfen, doch Kopf und Brust schmerzen noch stark von dem magischen Schlag, den sie erhalten hatte, ihr Verstand war weiterhin verwirrt und ihr Blick verschwommen. Sie konnte kaum einen klaren Gedanken fassen, von einer Strategie gegen einen Zauberer mit einem machtvollen Wächter ganz zu schweigen. Sie stolperte hinter Zukhara her und achtete kaum darauf, wohin sie gingen.

Nach einer Zeit, die Kelene sehr lange erschien, drückte Zukhara eine Tür auf, die mit hölzernen Weinranken und Rosen geschmückt war, und stieß sie in das Zimmer der Einheit; es war die Kapelle, die von den Mitgliedern der königlichen Familie für Hochzeiten und Verlobungen benutzt wurde. Zukhara machte sich nicht die Mühe, seiner Gefangenen irgendetwas zu erklären, sondern stellte sie nur vor einen kleinen, verhutzelten Mann und ergriff ihre Handgelenke.

Der alte Mann, der Tobba, war der geistige Führer der Gemeinschaft von Priestern und Mönchen in diesem Tempel. Er war sehr vertraut mit dem Greif und dessen Methoden und murmelte nicht einmal eine Beschwerde über das hastige und ungewöhnliche Eintreffen des Mannes und seiner Braut. Er streckte die dürren Arme aus und hob die Stimme zu einem Bittgebet an Shahr, wie es in den uralten Texten der turischen Hochzeitszeremonie niedergelegt war.

Kelene benötigte keinen Übersetzer, um zu verstehen, was der Priester tat, das selbstzufriedene Grinsen auf Zukharas Gesicht war unmissverständlich. Sie musste sofort von hier fliehen, bevor sie nach turischem Gesetz mit ihm verheiratet wurde. Sie sah sich in dem Raum um und hoffte auf eine Eingebung. Sie wusste, dass sie nicht stark genug war, um gegen Zukhara zu kämpfen. Er war ein kräftiger, athletischer Mann, der sie allzu leicht überwältigen konnte. Auch war es ihr nicht möglich, Zaubersprüche gegen ihn einzusetzen, solange er den elfenbeinernen Wächter trug. Vielleicht konnte sie etwas in seiner unmittelbaren Umgebung verändern, das ihr die Möglichkeit zur Flucht verlieh. Ihr war völlig klar, dass er ihr folgen würde, und genau das hoffte sie auch. Sie wollte immer noch das Gegenmittel haben, das ihm um den Hals hing. Sie brauchte ein wenig Zeit, um ihre Hände loszubinden, einen klaren Kopf zu bekommen und vielleicht Hilfe zu suchen.

Sie bemerkte, dass das Zimmer der Einheit eher ein Garten als ein Raum war. Die Wände waren mit rosafarbener Seide bespannt, die mit zarten weißen Rosen bemalt war. Echte Rosen wuchsen in Töpfen in jeder Ecke, vor einem kleinen, reich verzierten Altar und in Körben, die von der Decke herabhingen. Rechts ließen weit geöffnete Türen die sonnige Wärme aus einem großartigen Rosengarten herein. Knospen aller Färbungen erfüllten die Luft mit einem süßen, berauschenden Duft. In der Stille des Nachmittags hörte Kelene das sanfte Summen von Bienen.

Ein verhaltenes Lächeln kräuselte Kelenes Mundwinkel. Ein Zauberspruch kam ihr in den Sinn, ein einfacher, gewöhnlicher, alltäglicher Spruch aus Jeneves Buch, mit dem man Bienen in einen neuen Stock locken konnte. Sie bildete stumm die Worte und formte die Magie zu einem leisen Spruch, dann regte sie sich gerade genug, um mit den Fingerspitzen Zukharas Zeremonialgewand zu berühren.

Die Magie wirkte schneller als erwartet. Der Tobba hatte soeben den ersten Teil der Gebete beendet und legte einen Leinenstreifen über die vereinigten Handgelenke von Zukhara und Kelene, als eine Biene in den Raum summte und sich auf der Wange des Greifs niederließ. Er wischte sie fort, doch sofort umschwirrten zehn weitere seinen Kopf. Plötzlich war der ganze Raum voller Honigbienen, die Zukhara in einer Wolke umgaben.

Der Tobba wich entsetzt zurück. Der Thronräuber schrie auf und schlug rasend mit der freien Hand nach den zielstrebigen Insekten. Damit reizte er sie, und sie stürzten sich angriffslustig auf ihn. Er ließ Kelene los, um einigen Bienen zu verjagen, die ihm am Hals herabkrochen. Kelene zog ihr langes Gewand hoch und floh in den Garten.

Zukharas wütende Rufe gellten hinter ihr her, doch er war so sehr mit den Bienen beschäftigt, dass er nicht sofort die Verfolgung aufnehmen konnte. Sie rannte die Graspfade zwischen den Rosenbeeten entlang, bis die Kapelle außer Sichtweite war. Erst jetzt wurde sie etwas langsamer und versuchte sich über ihre Lage klar zu werden. Sie hatte nicht nur einen einzelnen Garten, sondern ein ganzes Gewirr aus unterschiedlichsten Landschaftsgärten betreten, die von den Mönchen liebevoll gepflegt wurden. Der Rosengarten gehörte zu einem natürlichen Labyrinth, das einen großen Teil des Tempelbezirks überzog. Der Tempel selbst war nicht weit entfernt.

*

Am oberen Ende der Straße, die zur Zitadelle hinaufführte, hielten Marron und Nara vor dem geschlossenen Tor an. Helmar schnaubte verärgert und saß von ihrer Stute ab. Zwei schwere hölzerne Portale waren mit eisernen Riegeln versperrt und hingen in hohen Steinrahmen, die wiederum von massiven Mauern flankiert wurden. Es gab keinen Weg um die Tore herum oder über sie hinweg. Helmar trat vor sie und zerrte an ihnen. Sie gaben nicht nach.

»Sie sind magisch versiegelt«, rief sie Gabria zu.

Marron stellte sich neben sie und streckte gerade den Hals vor, um an den Toren zu schnüffeln, als Helmar einen Zauberspruch bildete, um die geheimen Siegel zu erbrechen. *Helmar! Nein, tu das nicht …*

Die Stute hatte keine Gelegenheit, ihre Warnung zu beenden.

Das Tor explodierte vor ihren Köpfen.

*

In den sonnenbeschienenen Gärten des Tempels hörte Kelene den gedämpften Knall. Sie neigte den Kopf und lauschte. Hoffentlich war Hilfe unterwegs. Als nichts Weiteres geschah, vermutete sie, dass das Geräusch von den Kämpfen in der Stadt herrührte. Sie eilte weiter.

Sie entdeckte mehrere gute Verstecke in den kleinen Wäldchen, dem dichten Gebüsch und einigen Winkeln, die über die Gärten verstreut waren. Aber sie wusste, dass sie hier nur vorübergehend Unterschlupf finden konnte. Ihr Instinkt suchte nach einem hoch gelegenen Ort, wo sie nach Zukhara Ausschau halten oder die Stadt überblicken konnte. Vielleicht gelang es ihr, die Kämpfe in den Straßen zu beobachten und herauszufinden, wer die Stadt angegriffen hatte. Möglicherweise hatte Demira mit der Gnade Amaras Sayyed und Rafnir hergeführt, und sie suchten bereits nach ihr.

Kelene blieb kurz stehen und richtete ihre Gabe auf sich selbst. Ihre Magie linderte den pochenden Kopfschmerz, so dass sie wieder klar sehen und weiterlaufen konnte, ohne dabei das Gefühl zu haben, ihr Kopf werde bald zerspringen. Zusätzlich verwandelte sie ihre rote Robe in Hose und Hemd, was ihr eine größere Bewegungsfreiheit verschaffte. Sie hastete so schnell wie möglich weiter durch den Irrgarten aus Blumenrabatten, Gemüsebeeten, Obstbäumen und Sträuchern. Sie eilte auf das höchste Gebäude zu, das sie finden konnte – den großen Tempel von Sargun.

Der Tempel glich nichts, was Kelene je gesehen hatte. Er erhob sich in Terrassen zehn Stockwerke empor um das sich hoch auftürmende innere Heiligtum. Auf jeder Ebene gab es hängende Gärten mit Bäumen und funkelnden Blumen. Vom Boden aus wirkte das Ganze wie eine blühende Pyramide, die sich stufenweise bis zu einer Krone aus rötlichem Stein erhob.

Kelene lief zum Fuß des Tempels. Hinter sich hörte sie Rufe und Zukharas wütende Stimme. Es war ihm gelungen, die Bienen zu verscheuchen und ihr nachzusetzen, so wie sie es vorhergesehen hatte. Eine heiße Wut, gespeist von vielen Tagen des Elends, der Angst und Sorge stieg in ihr auf. Dieser Mann hatte sie bedroht, zu vergewaltigen versucht, verletzt, ihre Mutter vergiftet, sie und Gabria mit Gewalt aus ihrer Heimat entführt und sie von allen getrennt, die ihnen lieb und teuer waren, nur um seine selbstsüchtigen, ehrgeizigen

Pläne zu verfolgen. Er hat die Musik bestellt, und nun muss er dafür bezahlen, dachte Kelene grimmig.

Sie erreichte eine breite Treppe, die zur ersten Ebene des Tempels führte, und rannte hinauf. Sie warf einen kurzen Blick auf die Männer, die durch die Gärten auf sie zuhasteten, und eilte über den äußeren Pfad zur nächsten Treppe, die auf die zweite Ebene führte. Die Stufen waren breit, fest und sicher, doch sie führten nicht in einer geraden Linie zur Spitze, sondern waren jeweils am Rand der Stockwerke angebracht.

Plötzlich schlug ein Blitz aus trymianischer Kraft neben ihr in die Treppe ein. Kelene stolperte zur nächsten Ebene, drehte sich um und starrte auf die Treppe hinunter.

Zukhara stand unter ihr und sah sie an. Er hob erneut die Hand. »Komm herunter. Es gibt kein Entkommen für dich.«

Kelene tat das Einzige, von dem sie wusste, dass er es nicht ertragen würde. Sie lachte ihn aus.

Mit brennendem Blick feuerte er einen Blitz aus trymianischer Kraft unmittelbar auf sie ab. Diesmal bildete sich knisternd ein roter Verteidigungsschild vor ihr. Der blaue Blitz wurde in die Wand abgelenkt. Die Zauberin drehte sich um und rannte die nächste Treppe hinauf. Der Schild war noch intakt und blieb dicht hinter ihr. Zukhara setzte ihr nach. Tempelwachen folgten ihm, doch er verscheuchte sie. Die Zauberin war *seine* Beute.

Die Jagd setzte sich wie ein knisternder, knallender Gewittersturm über die Flanke des Tempels fort. Kelene lockte Zukhara immer höher und verführte ihn dazu, andauernd seine Kraft einzusetzen. Sie wusste, dass er stark und beinahe unverwundbar war, solange er den Wächter trug. Doch er war auch anmaßend und unerfahren. Sein Wächter würde ihm nur noch wenig Schutz gegen seine eigene Magie bieten, wenn er die Kontrolle über seine Kräfte verlor.

Auf der fünften Ebene wurde sie langsamer und schoss ein paar Blitze auf ihn ab, denen er leicht ausweichen konnte. Mit höhnischem Grinsen nahm er sein Sperrfeuer wieder auf, mit dem er ihren Schild zerschmettern wollte. Kelene biss die Zähne zusammen und verstärkte ihre Verteidigung; dann rannte sie weiter hinauf. Sie kletterte an der Flanke des Tempels immer höher, vorbei an den hängenden Gärten voller Farne, Blumen und kleinen Bäumen. Als sie die neunte Ebene erreicht hatte, keuchte sie schwer. Ihre Beine schmerzten nach so vielen Tagen der Unbeweglichkeit, und das Pochen war in ihren Kopf zurückgekehrt. Sie hoffte, dass Zukhara genauso müde war wie sie selbst, doch als sie zurückschaute, sah sie ihn mit der immer gleichen, schonungslosen Schnelligkeit voranhasten. Kelene blieb kurz stehen und holte Luft, dann lief sie weiter und blieb erst am Fuß der letzten Treppe stehen, wo sie auf den Greif wartete.

Als er sie sah, bleckte er die Zähne zu einem wölfischen Grinsen. »Jetzt kannst du nirgendwohin mehr fliehen, Klanfrau. Ergib dich mir; sonst bin ich gezwungen, deinen Widerstand gewaltsam zu brechen.«

»Da breche ich lieber das«, gab sie zurück und streckte die Hand gegen ihn aus. Doch statt auf ihn zu feuern, schickte sie einen Blitz in einen großen Pflanzkübel, der über seinem Kopf hing. Das Holz zersplitterte, und ein Hagel aus Brettern, Erde und Blättern ging auf ihn nieder. Die Gewalt des Schlags trieb Zukhara zurück.

Sofort senkte Kelene die Hand und schleuderte einen lang anhaltenden, dünnen Energiestrahl gegen seine Brust, vor der verborgen der Wächter hing. Sie spürte dort einen Druck, der gegen ihre Macht kämpfte. Sie zwang ihre Magie tief in die verwickelten Windungen des Wächters hinein, um den Riss zu finden und die Kugel zu zerbrechen. Erde und Sand nahmen Zukhara die Sicht. Er versuchte, das Gleichgewicht wiederzuerlangen und einen eigenen Schild zu errichten, um ihren Angriff abzuwehren.

Etwas regte sich unter dem Druck von Kelenes Zauber. Obwohl der elfenbeinerne Wächter dazu geschaffen war, unglaubliche Mengen magischer Energie auszuhalten, war er durch den Riss in seiner Oberfläche geschwächt und schwankte nun unter Kelenes Macht. Der Riss vergrößerte sich.

Zukhara krümmte sich und schlang die Arme zum Schutz des Wächters um sich, während er einen Schild zu errichten versuchte. Kelene verstärkte ihre Magie. Sie stellte sich vor, wie ihre Hand sich um die blassweiße Kugel schloss, wie sie ihr schwaches Gewicht in der Handfläche spürte und wie sie mit einem befriedigenden Knirschen in ihrer Faust zerbrach.

Ein hörbares Knacken ertönte. Ungläubig zerrte der Turic die silberne Kette unter seiner Robe hervor und starrte die zerbrochenen Teile an, die auf seine Handfläche fielen.

Kelene sah begierig auf die kleine silberne Kapsel, die immer noch an seiner Kette hing. Sie musste verhindern, dass er sich für den Verlust des Wächters rächte und das Gegenmittel vernichtete. Deshalb lenkte sie ihn sofort ab. »Zauberer!«, höhnte sie. »Ha! Jetzt herrscht Gleichstand. Kein falscher Schutz hilft dir mehr. Nun gibt es nur noch unsere eigenen Fähigkeiten. Versuch doch, meine Gegenwehr zu brechen.« Sie hastete die letzten Stufen hoch zur Spitze des Tempels.

Ihr Trick wirkte. Zukhara warf den zerbrochenen Wächter zu Boden und eilte ihr nach. Sie verließen die Treppe und gelangten auf das große, flache Ziegeldach. Das Dach war kahl und leer und lag offen unter dem gewaltigen Himmel. Ein kleiner Altar stand an der Ostseite. Einige Steinbänke rahmten das Dach ein und dienten den Priestern, die hierher kamen, zur ungestörten Betrachtung der Sterne. Der Blick auf die Berge war atemberaubend.

Kelene rannte zum entgegengesetzten Ende und suchte nach einer weiteren Treppe, falls sie einen Fluchtweg benötigte. Doch statt einer Treppe entdeckte sie, dass der Tempel unmittelbar über dem felsigen Hang des Gipfels stand. Unter dem Fuß des Tempels fiel der Fels beinahe tausend Fuß steil bis zum Talboden ab. Kelene holte tief Luft, wirbelte herum und sah sich Zukhara gegenüber. Er hatte inzwischen seinen Schild errichtet und stand eingeschlossen in eine Kuppel aus glimmender Energie vor ihr.

Kelene schürzte die Lippen. Er zeigte deutlich seine Unerfahrenheit. Eine vollständige Kuppel erforderte große Kraft und Konzentration und war schwer zu bewegen. Kelene hatte gelernt, dass ein kleiner Schild, der nicht größer war als die Schilde der Krieger, einfacher zu benutzen war und weniger Aufmerksamkeit benötigte.

Plötzlich brachen ihre Gedanken ab. Was war das? Irgendetwas, eine Gegenwart, nagte an ihrem Bewusstsein. Es war nicht Demira. Dann ertönte ein hohes Kreischen in der Luft, und eine große, goldene Gestalt kreiste über ihr. Der Greif. Erneut stieß die Gestalt einen schrecklichen, misstönenden Laut aus, in dem sowohl Verärgerung als auch Wut mitschwangen. Das Geschöpf drehte die Flügel nach innen und landete anmutig auf dem Dach zwischen Zukhara und Kelene. Es hockte unbeweglich dort und zischte die beiden Menschen an. Der Greif hatte die Ohren angelegt und die Nackenhaare aufgerichtet.

Kelene starrte das Geschöpf wütend an. »Was hast du mit ihm gemacht?«, brüllte sie Zukhara an.

Es war offensichtlich, dass der Greif misshandelt worden war. Die Rippen stachen aus den goldenen Flanken hervor; das Fell war matt und verschmutzt. Offene Wunden wanden sich um die Beine, wo das Tier gegen seine Fesseln angekämpft hatte, und rote, nässende Striemen bedeckten Gesicht und Schultern. Doch am schlimmsten waren die versengten Flecken an den Seiten, wo die trymianische Kraft gegen das Wesen eingesetzt worden war. Kelene erinnerte sich daran, den Greif vor einiger Zeit über der Stadtmauer kreisen gesehen zu haben, als die Kämpfe begannen, doch falls sich tatsächlich unter den Angreifern einige Zauberer befanden, würden diese wohl kaum dem Greif einen solchen Schaden zugefügt haben. Die Brandwunden schienen schon einige Tage alt zu sein und waren bereits verkrustet.

Es gab noch eine weitere Veränderung. Der Greif trug ein neues Halsband, das aus komplizierten Knoten bestand. Kelene vermutete, dass es ein Wächterzauber war. Zukhara hatte den Greif mit einem Wächter losgeschickt.

Wie zur Bestätigung ihres Verdachts bellte Zukhara einen Befehl auf Turisch. Der Greif knurrte wütend; es war ein tiefer, bedrohlicher Laut. Zukhara wiederholte seinen Befehl und hob die Faust. Der Greif zuckte zusammen. Er sah Kelene an. Falls in seinen schmalen Augen eine Spur von Wiedererkennen gelegen hatte, erstarb es, als Zukhara seine Kuppel auflöste und einen magischen Blitz auf das Geschöpf abfeuerte.

Der Greif kreischte auf, mehr aus Angst denn vor Schmerz, da das Halsband ihn vor den schlimmsten Auswirkungen des Blitzes schützte. Das Tier stürzte sich mit ausgefahrenen Krallen und gebleckten Zähnen auf Kelene. Die Zauberin huschte unter dem Tier hindurch.

»Nein, Mädchen«, rief Kelene. Die Zauberin streckte die Hand zum Friedensgruß aus, doch der Greif sprang sie abermals an. Kelene drehte sich zu spät zur Seite. Die Klaue des Tiers traf sie am Rücken, und sie fiel in eine Ecke der niedrigen Mauer.

Zukhara lachte; es war ein tiefer und genauso bedrohlicher Laut wie das Knurren des Greifs. Er bildete Kugeln aus trymianischer Kraft und schoss sie auf Kelene ab, um sie tiefer in die Mauerecke zu treiben. Sie errichtete sofort einen Schutz geben Zukharas Geschosse und die Zähne des Greifs und dachte verzweifelt über einen Weg aus dieser Falle nach. Sie konnte nicht ewig hier bleiben und ihren Schild aufrechterhalten, aber sie konnte auch nicht gleichzeitig gegen Zukhara und den Greif kämpfen. Außerdem wollte sie den Greif nur dann verletzen, wenn es unbedingt nötig war.

Die Kreatur schnappte nach der roten Kraft und fuhr mit den Krallen über die kleine Kuppel. Zischend stieß sie ihren Atem aus. Plötzlich glitt ein weiterer Schatten über das Dach. Kelene warf einen raschen Blick in den Himmel und sah, wie Demira ihre langen Vorderbeine ausstreckte und unmittelbar auf den Greif zuhielt. Die geflügelte Bestie drehte sich um. Das Auftauchen der Stute entsetzte sie. Mit den Hinterhufen trat das Pferd ihr ins Gesicht. Dieser Tritt verletzte sie nicht, da Demira neben ihrem Flugmanöver kaum Kraft für anderes blieb, doch er schmerzte und machte den Greif nur noch wütender. Er sprang hoch und schlug nach Demira aus.

»O Götter«, keuchte Kelene. Sie wusste, dass das Hunnuli dem fliegenden Jäger kaum entkommen konnte. Einen kurzen Moment lang richtete sie ihren verzweifelten Blick auf Demira und ihre Flucht und vergaß dabei Zukhara.

Sofort entfesselte er einen Zauber, der allerdings weder sie noch ihren Schild berührte. Er landete auf den Ziegeln unter ihren Füßen und verwandelte sie in eine Scholle glitzernden Eises. Zu ihrer Überraschung spürte Kelene, wie ihre Füße auf der glatten Oberfläche ausglitten. Sie fiel hin und schlug mit dem Kopf gegen die niedrige Mauer.

Zwei Schläge an einem Nachmittag waren zu viel. Ihre Gedanken quälten sich durch einen Schleier aus Schmerz und wirbelnden Lichtern. Ihr Schild schwankte und erlosch. Sie wusste, dass sie ihn erneuern konnte, aber sie erinnerte sich nicht daran, was sie dafür tun musste. Zukharas Gesicht verschwamm vor ihr. Er lächelte sie so höhnisch an, dass ihr übel geworden wäre, wenn sie sich nicht schon so krank gefühlt hätte. Sie spürte seine Hand auf ihrem Gesicht und ihren Tod in all dem Hass und Zorn, der durch diese Berührung in sie strömte.

»Zukhara!«

Kelene blinzelte überrascht. Sie hatte nichts gesagt.

Der Turic zuckte zusammen, als sei er geschlagen worden. Mit einem Fluch sprang er auf die Beine und trat Gabria gegenüber. Die Zauberin stand am oberen Ende der Treppe und sah aus wie eine Seuchentote. Ihr Haar war gelöst und so zerzaust wie bei einer Hexe. Das Gesicht war geisterweiß und von dunklen Blutrinnsalen durchzogen. Blut befleckte auch ihren zerrissenen und zerknitterten Rock.

In seiner Anmaßung jubelte Zukhara auf. Gabria konnte ihn nicht besiegen, dazu war sie zu schwach. Aber sie konnte zusehen, wie seine Macht ihre Tochter zerquetschte. Er wollte Kelenes Körper nicht vernichten, denn er brauchte ihn noch für seine Nachkommen. Aber er würde ihre Persönlichkeit zerstören – den Geist, der sie so einmalig machte. Er beugte sich wieder über Kelene und streckte die Hand nach ihrem Gesicht aus.

Die kleine silberne Kapsel baumelte verloren an der Halskette. Sie tanzte im Sonnenlicht und leuchtete wie eine kleine Sonne vor Kelenes verschwommenem Blick. Sie verlockte Kelenes Finger, nach ihr zu greifen. Als Zukhara sie an der Wange berührte, ergriff Kelene die Kapsel und zerrte heftig daran. Die Kette grub sich in den Hals des Mannes und zerriss mit einem schnappenden Geräusch.

Er heulte vor Wut auf, doch bevor er ihr die Kapsel entwinden konnte, hatte Gabria einen Zauber geformt – einen einfachen, teuflischen, der kaum Kraft von ihrem schwachen Körper verlangte – und schleuderte ihn Zukhara entgegen. Ein kleiner grüner Ball aus Energie flog durch die Luft und traf ihn an der Schulter. Er klebte daran wie eine Klette. Sofort brachen kleine Tentakel aus grüner Energie aus dem Ball hervor und glitten wie wütende Feuerameisen über Zukharas Körper.

Zukhara taumelte zurück und war völlig verblüfft von den stechenden Schmerzen der Magie. Er kratzte sich wie rasend an Armen, Brust und Rücken, er zerrte an der kleinen grünen Klette, doch all seine Anstrengungen machten die brennenden Stiche nur noch schlimmer. Er torkelte zur Mauer und schrie nach dem Greif.

Als sein Gewicht nicht mehr auf ihr lastete, ergriff Kelene die Steine neben ihrem Kopf und zog sich daran auf die Knie. Sie konnte knapp über die niedrige Mauer blicken und sah den Boden tief unter ihr. Der Greif kauerte dicht neben der Tempelmauer zwischen zwei wütenden Hunnuli-Stuten. Demira war klug genug gewesen, um zu erkennen, dass sie dem geflügelten Jäger nicht entkommen konnte. Sobald sie sah, dass ihre Mutter Nara sich dem Tempel näherte, war sie gelandet und hatte den Beistand der älteren Stute gesucht. Jetzt sah sich der Greif zwei großen und kräftigen Pferden gegenüber und musste feststellen, dass sie keine leichte Beute waren. Auf Zukharas Brüllen hin erhob er sich unvermittelt in die Luft und flog bis zur Spitze des Tempels.

Kelene sah, wie Gabria näher kam. Sie nahm all ihre Kraft zusammen und eilte auf Gabria zu. Ihre Mutter stolperte ihr entgegen. Sie trafen sich in der Mitte und umarmten einander.

Schließlich hatte Zukhara die grüne Klette von seiner Schulter gerissen. Er warf sie zu Boden und stampfte auf ihr herum. »Bring sie sofort um!«, schrie er den Greif an. Das Geschöpf drehte in der Luft und zögerte, den Befehl des Mannes auszuführen. Es zischte ihn an und landete langsam neben den Frauen. »Bring sie um, habe ich gesagt!«, schrie er erneut.

Kelene ergriff die Gelegenheit. Sie machte sich von Gabria los, warf sich dem Greif entgegen und umschlang eines seiner langen Beine. Überrascht zuckte das Tier zurück, doch Kelene hielt sich an dem warmen, pelzigen Bein fest. Sie drückte die Finger gegen die Haut. Mit ihrer Gabe des Fühlens drang sie in den verwirrten Geist des Greifs ein und berührte das Band der Vertrautheit, das sie während ihrer gemeinsamen Zeit gebildet hatte. Der Greif knurrte tief.

Es ist in Ordnung, meine Schöne, sagte sie sanft und beruhigend. *Ich bin's. Ich werde dir nicht wehtun. Ich habe versprochen, dich zu befreien, erinnerst du dich?*

Das Brummen des Geschöpfs wurde tiefer und verschwand allmählich. Es erkannte Kelenes Geruch.

»Nein!«, schrie Zukhara den Greif an. »Du gehörst mir! Du tust, was ich dir sage! Und jetzt bring die beiden um.« Überwältigt von bitterer Wut, peitschte er den Greif mit feuriger Magie.

Ohne den Wächter hätte der Zauber das Wesen getötet. Die

Energie schlug wie ein Blitz in die Läufe des Greifs. Das Tier sprang auf, machte sich von Kelene los und stieß einen zitternden Schrei aus. Seine Schwingen peitschten durch die Luft, in den Augen brannte heißes Feuer. Mit einem mächtigen Satz sprang die Kreatur den Mann an, den sie mehr als alle anderen hasste.

Zukharas Anmaßung bedeutete seinen Untergang, denn selbst als er das Tier kommen sah, konnte er nicht glauben, dass der Greif, der ihm von seinem Gott geschickt worden war, sich gegen ihn wenden könnte. Als er es endlich begriff, hatten sich die mächtigen Krallen bereits in seinen Bauch gegraben. Er schrie noch einmal auf, bevor das Geschöpf ihm den Kopf zerschmetterte.

Kelene wandte die Augen ab. Sie ging zurück zu Gabria, und eine Zeit lang standen sie völlig erschöpft da. Erleichterung und Freude über die wiedergewonnene Freiheit durchströmten Kelene und belebten sie allmählich wieder. Nun erst fielen ihr einige Einzelheiten auf. Als Erstes deutete sie auf das Blut auf Gabrias Gesicht und Kleidern.

»Das meiste davon ist nicht meins«, sagte Gabria unglücklich. »Es stammt von Helmar und Marron.« Sie hob die Hand und schnitt damit Kelenes Fragen ab. »Die Geschichte ist zu lang, um sie jetzt zu erzählen, doch sobald du dazu in der Lage bist, solltest du zu den beiden gehen. Zukhara hat die Tore der Zitadelle mit Minen versehen, die unmittelbar vor uns hochgegangen sind.«

Kelene nickte. »Nur noch eines, dann machen wir uns auf den Weg.« Sie hielt die silberne Kapsel hoch, die sie Zukhara vom Hals gerissen hatte. »Das Gegenmittel.«

Gabria setzte ein strahlendes Lächeln auf; die Jahre fielen von ihr ab. Mit zitternden Händen nahm sie die Kapsel entgegen, schraubte den Verschluss auf und schluckte die Hälfte des Inhalts. »Der Rest ist für den Shar-Ja«, sagte sie. »Es genügt, ihn anzusehen, um zu wissen, dass er auf dieselbe Art vergiftet wurde.«

»Ich hoffe, es reicht aus. Nur Amara weiß, ob es noch mehr davon gibt.«

Ein knurrendes Geräusch lenkte ihre Aufmerksamkeit wieder auf den Greif. Demira und Nara liefen die Stufen hoch, und der Greif duckte sich und brummte sie an.

Kelene umrundete Zukharas blutigen Leichnam und streichelte

den wilden Greif. Obwohl er sehr hungrig war, hatte er nicht versucht, den Leichnam des Mannes zu fressen. Sanft befreite Kelene das Geschöpf von seinem Halsband. Kelene legte die Hand auf seinen Rücken und schickte ihre Magie in den Greif, um seine Schmerzen zu lindern, die von den Verbrennungen und Verletzungen herrührten. *Vielen Dank,* sagte Kelene. *Das ist schon das zweite Mal, dass du mich gerettet hast. Ich halte mein Versprechen. Geh nach Hause zu deiner Familie.*

Der Greif richtete die pelzigen Ohren auf und sprang ohne einen weiteren Blick vom Dach des Tempels in die Nachmittagsluft. Er stieß einen wilden Freudenschrei aus und flog schneller als der Wind auf die westlichen Berggipfel zu. Die Frauen sahen ihm eine Weile nach, bis die goldene Gestalt in der Ferne verschwunden war.

Schweigend bestiegen die Zauberinnen ihre Hunnuli und verließen das Tempeldach, auf dem Zukharas zerfetzter Körper allein und unbetrauert liegen blieb.

Achtzehn

Während sie zurück zum Vordertor ritten, berichtete Gabria ihrer Tochter das wenige, das sie über Helmar wusste.

»Ein roter Mantel?«, fragte Kelene verwundert. »Woher ist sie gekommen? Glaubst du, sie ist eine Corin?«

»Ich weiß es nicht. Ich kann nur sagen, dass sie und ihr Hunnuli für uns alle das Leben aufs Spiel gesetzt haben, und ich will sie jetzt nicht verlieren.« Gabrias Stimme klang äußerst entschlossen; das war ein sicheres Zeichen dafür, dass ihre Stärke allmählich zurückkehrte.

Kelene sagte nichts weiter. Sie war damit beschäftigt, ihre eigenen Gedanken zu ordnen, die Schmerzen zu stillen und ihre Energien wiederherzustellen. Als sie den umschlossenen Hof erreichten, waren ihre Kopfschmerzen von rasender Pein zu einem dumpfen Pochen herabgesunken, und ihre Glieder fühlten sich wieder stark genug an für das, was ihr noch bevorstand.

Eine kleine Gruppe gelb gekleideter Priester drängte sich im Schatten des gewölbten Kreuzgangs nahe des zerschmetterten Tors zusammen. Gabria ging auf sie zu und deutete auf Kelene.

Die junge Zauberin saß vorsichtig ab. Sie streichelte die Stute und war unsagbar glücklich, dass sie wieder mit ihr vereint war. »Demira, ich muss dich um einen weiteren Gefallen bitten. Geh zurück zum Palast und suche nach dem Heilerbeutel in unserem Zimmer im Westflügel. Und schau, ob du irgendwo Rafnir entdeckst.«

Ich werde auch nach Sayyed suchen. Ich glaube, er ist in Helmar verliebt.

Kelene hatte kaum genug Zeit, über diese verblüffende Bemerkung nachzudenken, als Demira bereits in die Luft sprang und sich über die Mauer der Zitadelle erhob. Kelene eilte zu Gabria, um ihr zu helfen.

Die Priester aus dem Tempel hatten die bewusstlose Frau in einen kleinen Unterstand gebracht, damit sie im Schatten lag. Sie hatten es nicht gewagt, sie weiter zu tragen. Ein in der Kunst der Medizin und Chirurgie geübter Heiler hatte bereits damit begonnen, die Blutungen an Stirn, Hals und Brust zu stillen. Kelene betrachtete das blutüberströmte Gesicht und wunderte sich, dass die Frau noch lebte.

Der Heiler sagte etwas auf Turisch, und Gabria gab eine verständliche Antwort. Der Heiler nickte Kelene zu. Sie kniete sich neben Helmars Kopf und machte sich an die Arbeit. Obwohl sie kaum Turisch sprach und der Heiler die Klansprache nicht verstand, konnten sie ihre Anstrengungen zu einer raschen, wirksamen Behandlung bündeln. Kelene entfernte die Holzsplitter sowie den Schmutz und säuberte die Wunden, während der Heilerpriester die schlimmsten Wunden nähte, bevor die Frau zu viel Blut verlor. Es war eine langwierige und schwierige Arbeit.

Helmar kam kurz zu sich und versuchte vor der spitzen Nadel des Heilers zurückzuweichen, doch Kelene legte ihr die Finger auf die Stirn und versetzte sie sanft zurück in den Schlaf. Der turische Heiler nickte anerkennend. Sie waren beinahe fertig, als Demira mit Kelenes Tasche zwischen den Zähnen und Tassilio auf dem Rücken zurückkehrte.

»Hajira und Mohadan sind bei Vater, also bin ich zu Hilfe gekommen«, sagte er und sprang von der Stute. »Demira hat uns gesagt, was geschehen ist. Lord Athlone, Rafnir und Sayyed sind auf dem Weg hierher.«

Kelene lächelte ihn dankbar an. »Ein Geschenk für deine Hilfe, Shar-Yon.« Sie übergab ihm die silberne Kapsel mit dem Gegengift.

Tassilio verstand sofort. Ein breites Grinsen legte sich über sein Gesicht. Rasch gab er die Kapsel einem der Priester. »Bringt sie sofort zu meinem Vater«, befahl er. »Sagt ihm, ich komme zu ihm, sobald meine Arbeit hier erledigt ist.«

Kelene trug ihren Beutel zu Helmars Bettstatt. Die wesentlichen Heilbehandlungen zur Rettung von Helmars Leben waren bereits erledigt, doch die Frau hatte noch einen langen Weg bis zur vollständigen Genesung vor sich. Schock, Blutverlust, Auszehrung und Infektionen waren Widrigkeiten, mit denen sie in den nächsten Tagen zu kämpfen haben würde. Glücklicherweise hatte sie sich nichts gebrochen und keine inneren Verletzungen, soweit Kelene es erkennen konnte. Trotzdem wussten weder Kelene noch der turische Heiler, der ihr geholfen hatte, ob Helmar überleben würde. Nun konnten ihr nur noch die Zeit und ihre eigene Kraft helfen.

Kelene holte ein sorgfältig eingewickeltes Päckchen hervor, mit dessen Inhalt sie die Kräfte ihrer Patientin stärken wollte. Mit ein wenig warmem Wasser, das ein Mönch herbeigebracht hatte, bereitete sie einen Sud aus einer besonderen Kräutermischung zu, die sie immer in ihrem Beutel bereithielt. Das Rezept dazu hatte sie in den Ruinen von Moy Tura gefunden. Die belebende Kraft des Tranks hatte schon vielen Menschen zur Gesundung verholfen. Mit Tassilios Hilfe erklärte sie dem Heiler, worum es sich hierbei handelte, und er sah neugierig zu, als sie den Tee mit Honig mischte und ihn zwischen Helmars Lippen träufelte.

Kelene schaute sich nach ihrer Mutter um und bemerkte, dass Gabria neben etwas an der anderen Seite des Tors kniete. O Götter, sie hatte die Hunnuli völlig vergessen. Sie gab Tassilio den Becher und kümmerte sich um die Pferde.

Gabria hatte in ihrem Leben viele Wunden behandelt, doch sie gab bereitwillig zu, dass sie keine Heilerin war. Als sich Kelene zu ihr gesellte, erkannte sie schnell, dass ihre Mutter mit Marrons schweren Verletzungen überfordert war. Mit einer Hand drückte Gabria einen Stofffetzen, den sie sich aus dem Rock gerissen hatte, gegen eine klaffende Wunde im Brustkorb der Stute, und mit der anderen Hand versuchte sie die Blutung aus einem tiefen Schnitt am Hals des Pferdes zu stillen.

Erschüttert setzte Kelene ihre Tasche ab und kniete sich neben das blutüberströmte Pferd. Die Priester waren der Meinung gewesen, die Stute sei tot, und hatten sie am Ort der Explosion liegen gelassen. Sie lag auf der Seite; das Blut lief aus Dutzenden von Schnitten, Schürfwunden und Stichen in den Staub.

»Ich glaube nicht, dass wir sie retten können«, sagte Gabria mit tränenerstickter Stimme. »Sie hatte sich aufgebäumt und die ganze Wucht der Explosion abbekommen, weil sie Helmar retten wollte.«

Kelene berührte die graue Schnauze der Stute dort, wo die schwarze Haut durch die kurzen weißen Haare schimmerte. Die

Haut war warm, und die Lider flatterten, doch Marron war dem Tod gefährlich nahe. Und wenn sie starb, würde Helmar vermutlich ebenfalls sterben.

»Wir brauchen Wasser – viel Wasser. Und Tücher, Laken sowie einen großen Kübel mit heißem Wasser.« Sie deutete auf ihre Tasche. »Wenn dieser Tee Menschen hilft, wirkt er vielleicht auch bei einem Hunnuli.«

Gabria bekämpfte ihre Ängste und machte sich auf die Suche nach dem Benötigten. Demira und Nara standen dicht neben Marron und berührten sie beinahe mit der Nase. Kelene beugte sich vor, drückte die Wange gegen das Gesicht der Stute und sagte: »Marron?«

Ein fremdes Bewusstsein flackerte in Kelenes Geist auf. Es waren nicht die wachsamen, pulsierenden Gedanken eines gesunden Hunnuli, doch wenigstens bedeuteten sie, dass Marron noch lebte und ihre Umwelt zumindest unterbewusst wahrnahm. Kelene grub sich tiefer in den Geist des Pferdes, damit es sie bemerkte. Dabei erstreckte sie ihre Kraft auf Marrons Körper, linderte ihre Schmerzen und dämpfte ihre Ängste.

Marron, ich bin Kelene, Demiras Reiterin. Helmar lebt. Verstehst du mich? Die Gedanken des Hunnuli wurden heller und verständiger. *Sie lebt. Aber auch du musst überleben. Hörst du mich? Wenn du stirbst, wird sie ihren Kampfeswillen verlieren. Bitte bleibe bei uns! Wir werden uns um euch beide kümmern.*

Die Gedanken des Pferdes funkelten in einem matten Verstehen und verblassten dann zum schwachen, pulsierenden Glimmen eines tiefen Schlafs.

Kelene hörte, dass sich Pferde näherten. Sie hob den Kopf und genoss einen der wunderbarsten Anblicke, die sie in ihrem Leben hatte sehen dürfen: Ihr Vater, ihr Mann und ihr Schwiegervater ritten auf ihren Hunnuli beinahe Kopf an Kopf auf die Tore der Zitadelle zu. Die drei Hengste hielten an, und die Männer sprangen gleichzeitig ab.

Kelene erhob sich, machte einen Schritt nach vorn und fand sich in den Armen ihres Mannes wieder. Sie vergrub das Gesicht an seiner Schulter und hielt ihn so fest, als wolle sie ihn nie wieder loslassen. Seine Kleidung war schmutzig, blutbefleckt, mit Staub überzogen und roch nach Schweiß und Rauch. Ein dunkler Bart rahmte seinen Kiefer ein, und sein Gesicht war sehr schmal geworden, doch für Kelene hatte er noch nie besser ausgesehen.

Als Sayyed erkannte, dass es ihr gut ging, kümmerte er sich sofort um Marron. Sein Gesicht nahm eine kränklich blasse Färbung an. Er rannte in den Hof und entdeckte Helmar. Afer gesellte sich zu Nara, und Demira und wachte mit ihnen über der weißen Stute.

Lord Athlone trat durch das Tor und half Gabria dabei, die Eimer und Verbände zu tragen. Seine Kleidung war in einem so schlechten Zustand wie die von Rafnir, und Haar und Bart waren ungekämmt. Tiefe Furchen der Sorge hatten sich in sein Gesicht gegraben, das einen ernüchterten Ausdruck annahm, als er Helmar sah. Doch unter alldem glühte eine Freude, die er unmöglich verbergen konnte. Sie wurde nur von der Freude in Gabrias Augen übertroffen. Er setzte seine Last ab und umarmte schweigend seine Tochter. Die Worte würden später kommen, wenn sie sich um die Verwundeten gekümmert und die drängendsten Aufgaben erledigt hatten.

Mit Gabrias und Rafnirs Hilfe machte sich Kelene daran, Marrons zerrissene Brust und Schulter zu heilen. Manchmal fühlte sie sich, als nähte sie ein zerfetztes Laken aus schwarzem Leder, weißem Haar und zu viel rotem Blut zusammen. Es war ein Wunder, dass die Schlagader des Pferdes nicht getroffen war. Offenbar hielten die Götter die Hand über Marron und Helmar.

Als sie endlich fertig war, war Kelene völlig erschöpft. Ihre Hände zitterten, als sie Marrons Wunden mit einer Salbe einrieb, die Entzündungen verhindern und die Haut geschmeidig erhalten sollte, damit die genähten Wunden verheilten, ohne allzu viel entstellendes Narbengewebe zu bilden. Wenn Marron überlebte, würde sie zwar etliche Narben davontragen, aber Kelene wollte, dass sie dadurch wenigstens nicht behindert wurde.

Da sie die Stute nicht einfach auf der Straße liegen lassen konnten, weckte die Zauberin Marron allmählich aus ihrer Bewusstlosigkeit. Ganz sanft stießen Nara und Afer sie am Bauch an und halfen ihr, wieder auf die Beine zu kommen. Die beiden stellten sich rechts und links neben die schwankende Stute und hielten ihr Gewicht, während sie gemeinsam in die Zitadelle und durch den schattigen Kreuzgang in die Nähe Helmars taumelten.

Auf Tassilios Drängen erklärten sich die Priester einverstanden, die Anführerin und ihr Hunnuli im Kreuzgang zu dulden, wo es ihnen möglich war, nahe beieinander zu sein. Für Marron wurde Stroh herbeigebracht, damit sie sich wieder hinlegen konnte. Sie schloss die Augen und drückte die Schnauze gegen Helmars Schulter.

Kelene füllte einen Kübel mit dem Stärkungsmittel für die Stute und stellte ihn so, dass sie ihn ohne Schwierigkeiten erreichen konnte. Auch tranken Gabria, die drei Männer und sie selbst je einen Becher davon, für den sie sehr dankbar waren.

Sayyed saß benommen neben Helmar. Er wischte ihr das Gesicht mit einem kühlen Tuch ab und flößte ihr langsam das stärkende Gebräu ein, doch ein Schatten lag grau über seinen Zügen, und seine Glieder standen unter schrecklicher Anspannung.

Gabria beobachtete ihn besorgt. Denselben Ausdruck hatte er im Seuchenzelt gehabt, als er Tams Siechtum verfolgt hatte. Sie hatte nicht gewusst, dass er so sehr in diese Frau verliebt war – vielleicht war es ihm bisher selbst nicht klar gewesen. O Götter im Himmel, wie soll er weiterleben, wenn er eine weitere Liebe verliert?, seufzte Gabria. Sie drängte sich in die Umarmung ihres geliebten Gemahls und dankte Amara von ganzem Herzen für ihr Zusammensein.

Sobald sie es Helmar und Marron so bequem wie möglich gemacht hatte, ließ sich Kelene am nächstbesten Ort nieder und verfiel in heftiges Zittern. Tränen füllten ihre Augen. Ihre Kraft war geschwunden, ihr Wille gebrochen. In ihrem Kopf pochte es wie in einer zu heftig geschlagenen Trommel. In Körper und Geist war nichts mehr übrig geblieben außer einem drängenden Verlangen, sich hinzulegen und zu heulen. Rafnir nahm sie in die Arme. Das Letzte, woran sie sich erinnerte, war die Weichheit eines Bettes und die Wärme von Rafnirs Körper, als er sie umarmte und in den Schlaf wiegte.

Sie erwachte am späten Nachmittag des folgenden Tages in einem Zimmer, von dem sie bald erfuhr, dass es in der Zitadelle lag. Rafnir war gegangen, doch erfreut sah Kelene, dass ein frisches Klanhemd sowie ein Rock über das Fußende des Bettes gelegt worden war und eine Platte mit gefüllten Fleischröllchen, Käse, Weintrauben und Wein auf dem Tisch stand. Kelene bemerkte, wie hungrig sie war. Sobald sie sich angezogen und gegessen hatte, eilte sie durch die

Korridore zum Vordereingang. Niemand außer Sayyed und seinen Patienten war im Kreuzgang. Die letzten vierundzwanzig Stunden hatten bei Helmar und ihrem Pferd kaum eine Veränderung bewirkt, und falls Sayyed einmal von ihrer Seite gewichen sein sollte, war ihm dies nicht anzumerken. Er trug immer noch seine verschmutzte, zerknitterte Kleidung, und der Schlafmangel hatte ihm dunkle Schatten um die Augen gelegt.

Kelene küsste ihn auf die Stirn. »Vielen Dank dafür, dass ihr uns gefolgt seid.«

Er rang sich ein Lächeln ab. »Ihr habt uns auf eine schöne Verfolgungsjagd gelockt.«

»Erzähl mir davon«, bat sie ihn und beugte sich über die Anführerin. Während Kelene Helmar und Marron untersuchte, berichtete ihr Sayyed von der langen Reise, die ihren Ausgang am Ratsfelsen genommen hatte. Nachdem er einmal angefangen hatte, schien der Bericht ihn stetig voranzutreiben, und er erzählte ihr alles über das heilige Tal, die Klannad, Hajira, den Ritt nach Cangora und vor allem über Helmar, wobei er wie ein Mann klang, den seine eigenen Worte verblüfften.

Kelene hörte schweigend zu. Ihr Schwiegervater war normalerweise nicht so gesprächig. Seit Jahren hatte er nicht mehr so viel geredet. Sie wusste, dass es seine Angst um Helmar war, die ihn dazu trieb, so vieles von seinen Gefühlen mitzuteilen. Und es war ein Anzeichen der Liebe zu seiner Schwiegertochter, dass er sie an seinen Gedanken teilhaben ließ. Kelene war dafür dankbarer, als sie es mit Worten hätte ausdrücken können.

Auch nachdem er mit seiner verworrenen Geschichte zum Ende gekommen war, blieb Kelene bei ihm. Sie brachte ihm Tee und eine Mahlzeit und stellte sicher, dass er sie wirklich aß. Sie holte ihm saubere Kleidung. Sie kümmerte sich um Afer und Demira, die in der Nähe standen, und sie besprach sich mit dem turischen Heiler, um die besten Salben und Schmerzmittel für ihre Patienten herauszufinden.

Lord Athlone und Gabria waren in den Palast zurückgekehrt, wo Gabria und der Shar-Ja sich langsam von den Auswirkungen ihrer Vergiftung erholten. Rafnir hatte Athlone begleitet, um ihm zu helfen, doch er kam am Abend voller Neuigkeiten zurück.

»Die letzten Fel Azureth haben sich heute Nachmittag ergeben«, berichtete er mit tiefer Befriedigung. »Mohadans Männer haben sie aus einem alten Lagerhaus herausgetrieben. Das Heer des Greifs in Cangora ist vollständig vernichtet worden.«

Kelene sah unwillkürlich in die Richtung des Tempels. »Und was ist mit Zukhara?«

»Der Shar-Ja hat angeordnet, dass sein Leichnam vom Tempel heruntergeschafft und an einen Galgen am Vordertor gehängt wird. Er lässt das Gerücht verbreiten, dass der Greif den Tod eines Verräters erlitten hat.«

Die Zauberin dachte an den goldenen Greif und an die Treue und Ehre, die dieses Tier bei den Turic symbolisierte. »Das stimmt«, entgegnete sie knapp.

Rafnir warf einen raschen Blick auf seinen Vater. »Hajira ist mit allen Ehren wieder in sein früheres Amt eingesetzt worden. Er ist gerade damit beschäftigt, die Überlebenden aus der Leibgarde des Shar-Ja neu aufzustellen. Tassilio hat seinem Vater alles berichtet, und der alte Mann ist so dankbar für seinen wiedergefundenen Sohn, dass er Hajira die ganze Welt zu Füßen legen würde, wenn dieser darum bäte.«

Sayyed nickte kurz.

Schweigen legte sich über den Hof. Die abendlichen Laute wurden gedämpft und entfernten sich im stillen Frieden kurz vor Sonnenuntergang. Der Kreuzgang badete in den letzten Sonnenstrahlen des Tages.

Helmars Keuchen überraschte alle drei. Ihr Mund öffnete und schloss sich, dann weiteten sich ihre Augen in großem Erstaunen. Sie hielt die verbundenen Arme hoch und befühlte die Stiche in ihrem Gesicht. »Sayyed?«, krächzte sie.

Er ergriff ihre Hände und drückte sie zart gegen ihre Brust.

»Versuch nicht zu sprechen«, riet Kelene ihr. »Dein Gesicht ist noch geschwollen und voller Blutergüsse, und am Kiefer und an der Stirn haben wir die Wunden genäht. Ruh dich aus, wir berichten dir alles später.« Sie goss weiteren Stärkungstee in einen Becher und reichte ihn Sayyed, der ihn Helmar einflößte. Diesmal war der Trank mit Mohnsaft vermischt, der Helmar beim Einschlafen helfen würde.

Als Helmar wieder schlief, sah Sayyed hoffnungsfroher aus. »Das ist das erste Mal, dass sie zu sprechen versucht hat.«

»Das ist ein gutes Zeichen«, sagte Kelene ihm in aller Ernsthaftigkeit. »Sie ist stark und gesund. Sie weiß nun auch, dass du hier bist. Das wird ihr helfen.«

Kelene hatte Recht. Am nächsten Morgen ging sie bei Sonnenaufgang hinaus in den Hof und fand Marron auf dem Bauch liegend vor. Sie hatte die Beine unter sich gestreckt und knabberte Heu von einem Stapel vor ihrer Nase. Helmar war wach; sie hatte den Blick auf das Gesicht des schlafenden Sayyed gerichtet.

Ihr wachsamer Blick folgte Kelene, während diese Marrons Nähte untersuchte, ihre Verbände wechselte und sie mit einem kleinen Eimer Kleie fütterte.

»Wird sie wieder gesund?«, flüsterte Helmar besorgt mit einer Stimme, die vom langen Schweigen trocken und rau war.

»Genau wie du«, erwiderte Kelene sanft. Sie untersuchte auch Helmars Wunden und schenkte der Anführerin ein beruhigendes Lächeln. »Euer Todestag ist noch nicht gekommen. Offenbar hatten die Vorboten anderes zu tun, als euch zu holen. Ihr beide wart schwer verletzt und werdet Narben davontragen. Aber eure Wunden sind sauber und heilen gut. Ich glaube, ihr werdet bald heimkehren können.«

»Heimkehren«, wiederholte Helmar. Ihr Blick folgte Kelene, die zurück ins Haus ging; dann schaute sie wieder auf Sayyeds Gesicht. »Heimkehren«, sagte sie noch einmal, doch die Freude, die sie eigentlich bei diesem Gedanken erfüllen sollte, stellte sich nicht ein. Sie empfand nur Unbehagen und drohenden Verlust.

Zwei Tage später trugen die Klannad Helmar auf einer Bahre die Straße hinunter zum Palast. Sie wurde von den Klanzauberern begleitet und in ein Zimmer neben einem stillen Garten gebracht, in dem es sich Marron auf dem weichen, grünen Rasen bequem gemacht hatte. Nun erfuhr die Anführerin von Rapinors Tod und den Verlusten ihrer Truppen. Fünfzehn Reiter waren in der Schlacht an den Toren gestorben und zwanzig weitere verwundet worden. Helmar drehte das Gesicht zur Wand, um ihre Tränen zu verbergen.

Von jenem Tag an empfing sie einen ständigen Strom von Besuchern, angefangen vom Shar-Ja und Tassilio bis zu Lord Athlone und den Klanhäuptlingen, die ihn begleitet hatten. Aus ihren Berichten setzte sie sich die Geschichte der letzten Tage zusammen.

»Ich will sehen, ob ich alles richtig verstanden habe«, sagte sie eines Abends zu Sayyed. »Lord Athlone hat eine Plünderergruppe der Fel Azureth gefangen genommen und von ihnen alles über den Greif und seine Pläne erfahren.«

»Richtig. Zukhara hatte seine Fanatiker ausgesandt, damit sie entlang der Grenze Unruhe stiften, und gehofft, dass wir genau das tun würden, was wir getan haben – nämlich nach einer Ratsversammlung rufen. Wir sind ihm in die Falle gegangen und haben ihm Kelene und Gabria ausgeliefert. Sobald Lord Athlone erfuhr, was vor sich ging, hat er die anderen Häuptlinge überzeugt, zusammen mit ihm den Altai zu überqueren und dem Shar-Ja zu helfen. Er hatte schon die Werode von fünf Klanen versammelt, als Rafnir ihn fand. Mit ihnen und den Männern vom Ratsfelsen ist er in weniger als vier Tagen hierher geritten.«

»In vier Tagen«, keuchte sie. Diese Leistung flößte ihr Ehrfurcht ein. »Geht es Mohadan gut?«

»Er ist in seinem Element«, lachte Sayyed. »Die Klan-Lords haben sich zurückgehalten und die Wiederherstellung der Regierungsgewalt Mohadan und dem Shar-Ja überlassen. Mohadan hat sich unentbehrlich gemacht. Er hat bereits erfahren, dass die Rebellion der Fanatiker fehlgeschlagen ist. Außer Zukhara gibt es niemanden, der bei ihnen den Oberbefehl ausüben könnte. Die Nachricht, dass sich der Shar-Ja erholt und seinen Nachfolger ernannt hat, stärkt seine Position. Dem Shar-Ja werden immer noch tiefe Ehrfurcht und große Treue entgegengebracht.«

»Wird er wieder ganz gesund?«, fragte sie.

»Es sieht so aus. Er und Gabria werden mit jedem Tag stärker.«

Helmar lehnte sich gegen ihre Kissen und seufzte. Durch die geöffneten Türen ihres Zimmers sah sie Marron grasen. Als sie die roten Linien sah, die den Hals, den Brustkorb und die Flanken der Stute überzogen, zuckte sie zusammen. Helmar hatte noch nicht in den Spiegel geblickt, doch sie stellte sich vor, dass sie ähnlich aussah. Sie richtete den Blick wieder auf Sayyed.

In den letzten Tagen war er nur von ihrer Seite gewichen, um den Schmutz des Krieges abzuwaschen und eine Stärkung zu sich zu nehmen. Die übrige Zeit war er bei ihr geblieben, hatte ihre Verbände gewechselt, sie mit Brühe und Tee versorgt, ihr Geschichten und Neuigkeiten erzählt oder ihr einfach nur Gesellschaft geleistet, während sie schlief.

Jeden anderen, der so viel Zeit mit ihr verbringen wollte, hätte sie wohl hinausgeworfen, doch Helmar stellte fest, dass sie sich nach Sayyeds Gesellschaft sehnte. Sie vermisste ihn furchtbar, wenn er sie bisweilen verließ, und sie genoss jeden Augenblick, den er mit ihr verbrachte. Kelene hatte ihr von Tam und Sayyeds Wacht an ihrem Totenbett berichtet, und Helmar begriff, dass er Angst hatte, nun auch sie zu verlieren. Dieses Wissen bestärkte sie in ihrem Willen, wieder gesund zu werden, und verwandelte ihre Gefühle für ihn zu einer beständigen Leidenschaft.

Während die Tage in den heißen turischen Sommer mündeten, ging es Helmar unter der Pflege von Sayyed, Kelene und den turischen Heilern rasch besser. Eines Morgens fühlte sie sich stark genug, mit Marron im Garten herumzugehen. Es war ein wunderbarer Spaziergang, doch sie erkannte jetzt, wie schwach sie geworden war. Nun ging sie jeden Tag, übte mit ihrem Schwert und stärkte die Muskeln, damit sie ihre frühere Kraft und Beweglichkeit wiedererlangte. Den Tag, an dem die Fäden gezogen wurden, feierte sie mit einem Ausritt. Afer bot sich an, sie zu tragen, da Marron noch zu schwach war, und Helmar ritt erfreut auf dem Hengst und sah sich die Sehenswürdigkeiten Cangoras an.

Viele der Schäden, die durch die Kämpfe entstanden waren, hatten die städtischen Baumeister mit Hilfe der Klannad-Reiter und ihrer magischen Fähigkeiten inzwischen behoben. Auch Rafnir half ihnen und lernte bei dieser Gelegenheit viel über Architektur und Bauwesen. Er und die anderen Zauberer hatten die Kupfertore erneuert und die Stadtmauer ausgebessert.

Zukharas Leichnam war inzwischen abgenommen und verbrannt worden; die Asche hatte man in alle Winde verstreut. Einige seiner Offiziere schmachteten im Kerker und warteten auf ihren Prozess.

Ein ganzer Monat verging in Frieden und wachsender Zuversicht. Schließlich bereiteten sich Lord Bendinor und die übrigen Häuptlinge auf die Abreise zur Ebene von Ramtharin und dem Sommertreffen vor. Lord Athlone entschied, seinen Aufbruch zu verschieben, bis Gabria und Helmar stark genug für die Reise waren. Er wusste, dass Savaron auch allein in der Lage war, die Khulinin zur Versammlung zu führen.

Zwei Tage vor der Abreise berief der Shar-Ja eine Versammlung ein, die am nächsten Tag in seinem Audienzsaal abgehalten werden sollte. Als Helmar davon hörte, bat sie, allein mit Gabria sprechen zu dürfen. Gabria kam und brachte Jeneves Buch sowie den roten Mantel mit. Sie redeten mehrere Stunden miteinander und behielten das Gesagte für sich. Sobald Gabria gegangen war, rief Helmar ihre Reiter herbei. Sie bat alle in ihr Zimmer und redete mit ihnen ebenfalls stundenlang. Als alles besprochen war, bat sie ihre Leute, zur Versammlung des Shar-Ja zu gehen.

Der Rat wurde am späten Vormittag in den großen, luftigen Gemächern neben dem Thronsaal eröffnet. Sie waren beinahe überfüllt, denn die Klannad-Reiter, die Klanhäuptlinge, der Kirmaz-Ja, eine Abordnung der königlichen Garde, die neuen Ratgeber des Shar-Ja sowie Kelene und Gabria waren anwesend.

Der Shar-Ja trat mit seinem Sohn ein und setzte sich auf einen Stuhl am Kopfende des Zimmers. Das Gegenmittel und viele Tage der Aktivität hatten bei dem turischen Herrscher ein Wunder bewirkt. Stolz und Lebenskraft waren zurückgekehrt und hatten seinem vergifteten Körper Gesundheit und frische Kraft geschenkt. Seine Haut hatte ihre Blässe verloren, und die Augen leuchteten vor Geist und Scharfsinn. Ein Teil des Heilerfolgs war dem Umstand zuzuschreiben, dass man den Leichnam seines ältesten Sohnes gefunden und ihn zum königlichen Begräbnis heim nach Cangora gebracht hatte. Die Trauer um seinen toten Sohn hielt zwar noch an, aber der Stolz, den er für seinen unerschrockenen jüngeren Sohn empfand, trug viel zur Heilung seines verwundeten Herzens bei.

Er erhob sich und verneigte sich vor den Versammelten. Mit unbedecktem weißen Haar und erhobenem Kopf stand er da und drückte seine Dankbarkeit allen gegenüber aus, die ihm geholfen hatten, seinen Thron zu erhalten. »Besonders tiefen Dank schulde ich den Leuten aus den Klanen des Dunklen Pferdes und den Klannad, die einem Nachbarn zu Hilfe gekommen sind, obwohl sie keineswegs dazu verpflichtet waren und keinen Treueid geleistet hatten. Euch, Lords der Klane, biete ich dieses an – besser spät als nie.«

Ein Schreiber trat mit vier Pergamentrollen vor und übergab sie Lord Athlone. Dieser behielt eine Ausfertigung und reichte die anderen drei Lord Jamas, Lord Wendern und Peoren weiter, dann entrollte er sein eigenes Exemplar und las den Umstehenden daraus vor. Die Rollen waren in Turisch und der Klansprache verfasst und enthielten Wort für Wort den Vertrag, der am Ratsfelsen formuliert worden war. Am Ende jeder Rolle befanden sich das amtliche Siegel und die Unterschrift des Shar-Ja. Federn wurden herumgereicht, und jeder Häuptling setzte seinen Namen unter den Vertrag. Lord Athlone gab zwei Exemplare dem Schreiber zurück. Dann verneigte er sich vor dem turischen Herrscher.

»Ihr seid einen langen Weg geritten, um diesen Vertrag zu erhalten«, sagte Rassidar mit einem Anflug von Humor. »Ich wollte nicht, dass ihr mit leeren Händen abreist. Und was dich anbelangt, Peoren«, sagte er zu dem jungen Ferganan, »so war ich durch Zukharas Gift nicht so benommen, dass ich mein Versprechen dir gegenüber vergessen hätte. Ich werde dir eine Entschädigung in Pferden, Zuchttieren, Baumwolle und Gewürzen zahlen, die zu einem Zeitpunkt deiner Wahl geliefert werden. Reicht das?«

Peoren verneigte sich vor dem Shar-Ja; sein Gesicht war rot vor Freude. »Das genügt in der Tat, Euer Majestät. Ich werde die Blutrache aufheben. Dies soll das Ende aller Feindseligkeiten zwischen Klan und Stamm sein.«

Lord Athlone meldete sich zu Wort. »Shar-Ja, unser Angebot, Euch während dieser Dürre zu helfen, hat noch immer Bestand.«

»Ihr habt bereits mehr für mich getan, als ich je von euch hätte erbitten können – es sei denn, ihr kennt einen Regenzauber. Aber es steht nicht so schlecht um uns, wie Zukhara uns glauben machen wollte. Er und die Fel Azureth haben während der letzten zwei Jahre Korn gestohlen und gehortet. Wir haben so viel davon gefunden, dass wir unser Volk damit länger ernähren können, als wir gehofft hatten. Vielleicht könntet ihr eure Götter um etwas Regen für uns bitten.« Er betrachtete den überfüllten Raum und sah die Klannad in einer stillen Gruppe im hinteren Teil des Zimmers stehen.

»Helmar«, rief er und wartete, bis sie vortrat. »Du bist wie eine Legende aus den Bergen gekommen. Niemand hat je über deine Kolonie oder über Leute wie euch in unserer Mitte berichtet. Ich hoffe, ihr werdet nicht wieder zwischen euren nebelverhangenen Berggipfeln verschwinden. Ich habe in den letzten Tagen eine Menge über euch gehört. Als Dank für euren Beistand gewähre ich den Klannad das ewige Eigentum über das Tal, das ihr das heilige nennt. Ihr schuldet dem Thron des Shar-Ja keinerlei Tribut oder Verpflichtung.«

Die Klannad-Reiter blieben seltsam ruhig hinter ihrer Anführerin und gaben Helmar auf diese Weise Unterstützung, als sie sich so drehte, dass sie gleichzeitig den Shar-Ja und die Klanlords sehen konnte. Ihre Stimme dröhnte durch den Raum, so dass jedermann sie hören konnte. »Einige von euch haben sicherlich schon geahnt, wieso die Klannad in den turischen Bergen leben, doch für diejenigen, die uns noch nicht so gut kennen, möchte ich den Grund dafür nennen. Vor vielen Generationen erhielt meine Ahnin Jeneve während eines Klan-Treffens die geheime Botschaft, dass die Zauberer in Moy Tura ermordet worden waren.« Sie verstummte, als Laute der Überraschung und des Verstehens sich durch die Menge fortpflanzten. Nur Gabria beobachtete sie still und verzog die Lippen zu einem wissenden Lächeln.

Helmar fuhr fort: »Jeneve ahnte, was geschehen würde, wenn die Mörder die Versammlung erreichten. Daher nahm sie ihre Familie, ihre Schoßkatzen, einige Freunde und ihre Hunnuli und floh nach Süden in die turischen Berge. Sie fanden das heilige Tal durch die Gnade der Götter. Seit zweihundert Jahren haben wir uns langsam vermehrt und in der andauernden Angst gelebt, dass jemand uns entdecken und unsere Siedlung den Klanen offenbaren könnte. Erst als Sayyed und Rafnir über uns gestolpert sind, haben wir erfahren, dass die Zauberei durch Gabria wiederbelebt wurde. Shar-Ja, bitte erlaubt uns, Euer großzügiges Geschenk zunächst nicht anzunehmen, denn ich möchte mit meinem Volk und den Häuptlingen über eine Rückkehr in die Ebene von Ramtharin sprechen. Meine Lords«, sagte sie unmittelbar zu den Klanmännern, »wir möchten heimkehren.«

Die Klanhäuptlinge starrten sie an. Einige wirkten entsetzt, andere schienen erfreut zu sein. »Aber wohin wollt ihr gehen?«, fragte Lord Fiergan scharf. »Wollt ihr euch einem Klan anschließen oder einen eigenen Treld gründen?«

»Nun, ich glaube, darüber können wir später noch sprechen …«, begann Helmar.

Sayyed grinste, als er plötzlich die Möglichkeiten begriff. »Meine Lords«, sagte er und schnitt damit Helmars Erwiderung ab. »Die Klannad könnten nach Moy Tura kommen. Sie sind es gewohnt, in Gebäuden zu leben, und wir brauchen dringend Hilfe.« Er blinzelte Helmar zu, und sie lächelte zurück. Sie hatte gehofft, dass er dieses Angebot machen würde.

»Ich muss zuerst mit meinem Volk reden«, sagte sie fest, »aber ich glaube, das ist eine gute Lösung.«

»Dann werde ich deine Antwort annehmen, wie immer ihr euch entscheiden werdet«, sagte der Shar-Ja zu ihr. »Und ich werde euch als Freunde ansehen, wohin ihr auch immer gehen werdet.«

Kelene jauchzte vor Freude.

Die Klanhäuptlinge reisten am nächsten Tag mit dem Vertrag des Shar-Ja und Helmars Gesuch ab, den Klanen beizutreten. Sie versprachen, diese Neuigkeiten bei der Klanversammlung zu unterbreiten und die Klanleute zur Zustimmung zu ermuntern. Sayyed ging mit ihnen. Obwohl er eigentlich bei Helmar bleiben wollte, spürte er, dass er auf der Versammlung ein guter Anwalt für die Klannad sein würde, und Lord Athlone stimmte ihm zu.

Aber bevor er ging, überreichte er Helmar als Verlobungsgeschenk einen Armreif aus den Haaren von Afer und Marron. »Es ist nur eine Kleinigkeit«, erklärte er, »die dich an mich erinnern soll, bis du Ja sagst.«

Sie küsste ihn und war dankbar, dass er jetzt noch keine Antwort erwartete. Wie konnte sie sich entscheiden, bis sie wusste, wohin ihr Volk ziehen wollte? Sie sah ihm nach, als er über die Berge zurück in die Ebene der Klans ritt, und sie wäre so gern bei ihm geblieben. O Amara, fragte sie sich, was soll ich tun, wenn die Klannad nicht zustimmen?

Zehn Tage später verabschiedeten sich Lord Athlone und seine Männer sowie Gabria, Kelene, Rafnir, Helmar und die Klannad-Reiter von Tassilio, Hajira und dem Shar-Ja. Ihr Abschied war lang, angenehm traurig und voller Versprechen der Wiederkehr. Sie ritten aus der Stadt, nahmen die Gewürzstraße und wandten sich dann nach Norden auf die Berge und das heilige Tal zu.

Kelene drehte sich nur einmal um und warf einen Blick zurück auf den Bergkegel, den grünen und roten Tempel und die Gipfel dahinter und hegte die unsinnige Hoffnung, noch einmal den Greif zu sehen. Dann seufzte sie auf und schaute ihren Gemahl von der Seite an.

»Weißt du, wie viele Leute bei den Klannad sind?«, fragte sie in gezwungen beiläufigem Tonfall.

»Ja, etwa dreihundertzweiundachtzig. Das hat Helmar zumindest gesagt«, antwortete Rafnir.

»Gut. Wenn sie zu uns kommen, hat Moy Tura also dreihundertdreiundachtzig neue Einwohner.«

Es dauerte ein wenig, bis er begriff. »Dreihundert…« Er verstummte und starrte sie an. Freude erglühte auf seinem Gesicht. »Bist du sicher?«

Sie grinste und strahlte wie ein Stern. »Ja. Zukharas Medizin hat tatsächlich gewirkt! Und das ist meine größte Rache an ihm«, sagte sie überglücklich.

Epilog

Das folgende Jahr erwies sich als weiterer Wendepunkt in der Geschichte der Klane. Die Barden hielten die Ereignisse in der *Geschichte der Jahre* fest, und die Klanleute redeten noch sehr lange darüber. Diese Zeit wurde als die *Rückkehr des toten Klans* bekannt.

In jenem Sommer, dessen Kennzeichen der heftige Regen sowohl nördlich als auch südlich des Altai war, entschieden sich Sayyed und Rafnir, zusammen mit ihren eigenen Leuten an der Klanversammlung teilzunehmen. Sie waren eine der letzten eintreffenden Gruppen, doch sie hatten es absichtlich so eingerichtet, um ihre Anführerin Helmar und die dreihundertzweiundachtzig Mitglieder der Klannad zu ehren, die zum ersten Mal seit über zweihundert Jahren wieder an einer Klanversammlung teilnahmen.

Die anderen Klane drängten sich entlang der Flüsse und an den Hängen, um ihre Ankunft zu beobachten. Die Khulinin warteten in der Nähe des großen Ratszelts. Gabria saß auf Nara und spürte, wie ihr Tränen die Wagen hinunterrannen, aber sie machte sich nicht die Mühe, sie wegzuwischen. Sie dachte an ihren Vater und ihre Brüder sowie an die anderen Corin, die vor achtundzwanzig Jahren gestorben waren. Sie wünschte sich sehnlich, dass auch sie die Rückkehr der Klannad hätten miterleben können.

Die ersten Reiter kamen über den fernen Berg im Norden, und Gabria erkannte Rafnir und Kelene, deren kleine Tochter in einem Tragegurt vor ihrer Brust steckte. Ihnen folgten Sayyed und seine Frau Helmar, die auf ihrer sternenweißen Stute ritt. Rechts von ihnen hüpfte das einen Monat alte Fohlen Marrons wie eine Puppe auf Stelzen. Es war ein hübsches junges Hunnuli mit schwarzem Fell, weißem Blitz und – wie ein Omen der Götter – weißer Mähne und weißem Schweif.

Dann kamen die anderen in einer langen Reihe aus Karren, Pferden und aufgeregten Leuten – alle trugen den roten Mantel des Corin-Klans.

Der Hauptteil des Klans ritt zum alten Lagerplatz der Corin am Isin, doch Helmar, Sayyed, Rafnir und Kelene lenkten ihre Hunnuli zum Ratshain und begrüßten die anderen elf Klanhäuptlinge.

Lord Bendinor trat vor und sagte so laut, dass alle es verstehen konnten: »Erkennst du, Gabria, als letzte lebende Erbin Lord Dathlars und der Corin diese Leute als Abkömmlinge von Jeneve, der Tochter Lord Magars vom Corin-Klan an?«

Gabria sah in Helmars strahlendes Gesicht. »Ich erkenne sie von ganzem Herzen an.«

Bendinor nickte einigen Leuten neben dem Zelt zu, und Gabria verfolgte mit Tränen in den Augen, wie das scharlachrote Banner der Corin zum ersten Mal seit dem Massaker wieder gehisst wurde und seinen rechtmäßigen Platz unter den zwölf Klanen Valorians einnahm.

Kleines Glossar

Die Klane	*Häuptling*	*Mantelfarbe*
Corin	–	Rot
Khulinin	Athlone	Gold
Geldring	Hendric	Grün
Wylfling	Jamas	Braun
Dangari	Bendinor	Indigoblau
Schadedron	Wendern	Schwarz
Reidhar	Fiergan	Gelb
Amnok	Terod	Grau
Murjik	Geric	Purpur
Bahedin	Ryne	Orange
Jehanan	Sha Tajan	Kastanienbraun
Ferganan	Tirek (Peoren)	Hellblau

Herdwache: Persönliche Leibwache des Königs. Diese Männer sind die Elitekrieger des Klans und werden mit ihrer Stellung für Tapferkeit, Geschicklichkeit und Treue belohnt.

Hunnuli: Magische schwarze Pferde, die auf geistigem Weg mit ihren Zauber-Reitern reden können.

Meara: Der Hengstkönig der Klanherden, ausgewählt aufgrund seiner Fähigkeit, die Stuten und Fohlen zu verteidigen.

Treld: Das feste Winterlager eines Klans.

Wergeld: Wiedergutmachung, welche der Familie eines Ermordeten in Form von Gold oder Vieh oder durch den Tod im persönlichen Duell geleistet wird.

Werod: Kampfeinheit des Klans. Obwohl von allen Männern verlangt wird, sich Grundkenntnisse in der Kampfkunst anzueignen, sind nur diejenigen zum Werod zugelassen, die gewisse Prüfungen bestehen.

Wertain: Befehlshaber des Werod. Diese Männer unterstehen unmittelbar dem Häuptling.